Elsebeth Egholm
Rachlust

aufbau taschenbuch

ELSEBETH EGHOLM ist Journalistin und Autorin. Ihre Serie um die eigenwillige Journalistin Dicte Svendsen wird gerade für das Fernsehen verfilmt. Ihre Werke, mit denen sie regelmäßig die dänischen Bestsellerlisten anführt, erscheinen in acht Sprachen. Zuletzt erschien ihr Thriller »Der Menschensammler« bei atb. Egholm lebt in Jütland und auf der kleinen maltesischen Insel Gozo.

Zwei nahezu gleichzeitige Bombenanschläge im Herzen von Århus geben Rätsel auf. Nur knapp entgehen Dicte Svendsen und ihre beste Freundin dem Attentat. Galten die Anschläge der umstrittenen Bürgermeisterkandidatin der Stadt, Francesca Olsen? Erneut sieht sich die Journalistin in einen Mordfall verwickelt, der schon bald machtvolle Interessen offenlegt. Die ersten Ermittlungen führen außerdem zu Svendsens erst kürzlich aus der Haft entlassenen Sohn und in eine Vergangenheit, mit der sie eigentlich abgeschlossen hatte.

»Egholm hat ein Näschen für psychologisch spannende Themen.«
Politiken

»Egholm weiß, wie man fesselnde Storys schreibt.«
Ekstra Bladet

Elsebeth Egholm

Rachlust

Dicte Svendsen ermittelt

Kriminalroman

Aus dem Dänischen
von Kerstin Schöps

atb aufbau taschenbuch

Die Originalausgabe mit dem Titel
»Vold og magt«
erschien 2009 bei Politikens Forlag, Kopenhagen.

ISBN 978–3-7466-2767-0

Aufbau Taschenbuch ist eine Marke
der Aufbau Verlag GmbH & Co. KG

1. Auflage 2011
© Aufbau Verlag GmbH & Co. KG, Berlin 2011
© Elsebeth Egholm, Kopenhagen 2009
Umschlaggestaltung capa, Anke Fesel
unter Verwendung zweier Motive von bobsairport, Chris Keller
Autorenfoto Sanne Berg/Politikens Forlag
Druck und Binden C.H. Beck, Nördlingen
Printed in Germany

www.aufbau-verlag.de

KAPITEL 1

»Ich bin schwanger.«

Ida Marie ließ die Bombe platzen, nachdem Dicte den ersten Schluck Kaffee genommen hatte. Die Geräusche im Sallings Café wurden in den Hintergrund gedrängt, während sich die Gedanken in ihrem Kopf überschlugen. Sie musste an Wagner denken und hatte Mitleid mit ihm. Sie bekam ein schlechtes Gewissen deswegen, aber dachte: Ein Glück, bin ich es nicht – und das alles in der einen Sekunde, bis sie aufrichtige Freude empfand. Die beiden hatten sich ein Kind gewünscht, zumindest hatte sich Ida Marie eines gewünscht.

»Herzlichen Glückwunsch? Weiß er es schon?«

Ida Marie lächelte.

»Nein, noch nicht. Ich wollte den richtigen Zeitpunkt abwarten.«

Dicte zwang sich zu einem Lächeln, das nur ein billiger Abklatsch von Ida Maries Strahlen war. Ida Maries Mann John Wagner war Polizist, sechsundfünfzig Jahre alt, und hatte zwei Kinder aus erster Ehe. Ida Marie hatte den sechsjährigen Martin mit in die Ehe gebracht. Sie war jetzt fünfundvierzig, nur ein Jahr jünger als Dicte. Dass die dafür Energie hatten!

»Was ist mit dem Alter?«

Am liebsten hätte sie sich die Zunge abgebissen, dass sie dieses Thema angesprochen hatte, aber Ida Marie missverstand ihre Frage, vielleicht auch mit Absicht.

»Ich weiß schon. Es ist ein Risiko, und ich werde natürlich ein großes Screening und eine Fruchtwasserpunktion machen lassen.«

Sogar aus diesen Worten war ihre Freude herauszuhören. Dicte konnte förmlich sehen, wie das Glück Ida Maries Gesicht zum Strahlen brachte, aus ihren Augen und jeder Pore strömte. Sie leuchtete und wirkte unsterblich in einer Menschenmenge,

5

die ausgesprochen normal und vergänglich aussah. Ein unwillkommener und überwältigender Anflug von Neid überfiel sie: Wie konnte man so himmelhoch jauchzend und unbekümmert sein, mit einem solchen Gottvertrauen in die Zukunft ausgestattet, dass man bereit war, neues Leben zu schaffen. Glücklich zu sein.

Ihr wurde bewusst, dass kein anderes Wort in ihr so ein Schamgefühl auslöste, wie »Glück« es tat, und als würde sie der blendenden Sonne ausweichen müssen, wandte sie den Kopf von Ida Marie ab und sah hinaus in die Fußgängerzone. Der Spätsommer lockte die Menschen auf die Straßen. Ihr fiel ein Mann mit Inlineskates auf, der einen Buggy vor sich herschob. Er überholte gerade einen anderen Passanten, der es offensichtlich auch eilig hatte und schnellen Schrittes zur Kreuzung hetzte. Er sah arabisch aus, hatte kurzes schwarzes Haar, einen halblangen Bart und trug einen schwarzen Jogginganzug, der viel zu warm schien für die Jahreszeit. Zumindest schwitzte er sehr, aber vielleicht war sein Rucksack auch besonders schwer. Er sah aus, als würde er damit eine längere Reise antreten. Zwei Jugendliche in Leggings und Minikleid drehten sich nach ihm um.

»Wir müssen natürlich darüber sprechen, wie wir uns verhalten, wenn etwas mit dem Baby nicht stimmt!«, sagte Ida Marie.

Sie ließ diese Möglichkeit oder vielmehr das Undenkbare dieser Möglichkeit zwischen ihnen in der Luft hängen. Eigentlich müsste Anne hier sitzen und sich mit Ida Marie unterhalten, dachte Dicte. Anne hätte als Hebamme genau gewusst, wie sie ihre Freundin gleichzeitig beruhigen und unterstützen konnte. Sie selbst spürte nur eine Panik in sich aufsteigen beim bloßen Gedanken an ein Kind. Ein gesundes war schon anstrengend genug – aber eines mit einer Behinderung?

Sie sah Ida Marie an und fand, dass dieses Glück ihrer Freundin Immunität verlieh. Deshalb stellte sich nach den anfänglichen Schrecksekunden auch die Gewissheit ein, dass die Katastrophe nicht eintreffen werde. Es würde einfach nichts schiefgehen. Das traf immer nur die anderen. Nicht einen selbst oder enge Freunde. War das nicht sowieso die Hauptregel, die das Leben erst erträglich machte?

Ida Marie warf einen Blick auf ihre Uhr.

»Ich muss los. Bist du dir sicher, dass du nicht mitkommen willst?«

Dicte schüttelte den Kopf.

»Die Lady war bis heute in Kopenhagen, deshalb konnte ich das Interview nicht verschieben.«

»Wer war das noch gleich?«

Ida Marie interessierte sich nicht besonders für Lokalpolitik.

»Francesca Olsen. Bürgermeisterkandidatin. Grüß mir die Sonne. Vielleicht wäre euer Urlaub der richtige Zeitpunkt?«

Ida erhob sich und gab Dicte einen Kuss.

»Ja, vielleicht. Aber ich sage es ihm bestimmt noch vor Spanien.«

John Wagner und sie wollten die Herbstferien zusammen mit den Kindern in Malaga verbringen, Dicte und Bo hatten Griechenland ins Auge gefasst. Gegen alle guten Ratschläge, Hautkrebs zu vermeiden, hatten sich Dicte und Ida Marie entschlossen, vorher ein bisschen Sonne im Solarium zu tanken, damit sie sich nicht schon am ersten Ferientag verbrannten.

»Viel Spaß beim Schwitzen!«

Ida Marie warf sich ihre Tasche über die Schulter und verschwand im Kaufhausgewirr. Dicte hatte den Eindruck, dass sie ganz leicht aussah, als würde sie schweben. Sie blieb noch einen Augenblick am Tisch sitzen und ging ein letztes Mal die Fragen an Francesca Olsen durch. Die genoss in der Bevölkerung von Århus mittlerweile eine Art Heldenstatus, nachdem sie eine junge Frau vor einer Vergewaltigung in einem der düsteren Stadtteile bewahrt und dem Täter drei gebrochene Rippen beschert hatte. War Francesca Olsen so eine Art Batwoman von Århus? Die Frage war natürlich ein bisschen reißerisch und oberflächlich, aber ein guter Aufhänger, um mit ihr darüber zu sprechen, was sie als neues, konservatives Stadtoberhaupt in die

Wege leiten würde, um die Kriminalität zu bekämpfen. Als Leiterin der Kriminalredaktion in der Zeitschrift *Avisen* und zuständige Redakteurin für die Sonderbeilage *Krimizone* beschloss sie, sich auf diesen Aspekt der Kandidatur zu konzentrieren.

Zehn Minuten hatte sie dort gesessen, etwa fünfzehn Kernfragen ausgearbeitet und ein paar Artikel über Francesca Olsen gelesen. Sie war die ehrgeizige Tochter eines italienischen Gastwirtes und vor so vielen Jahren die Miss Århus gewesen, dass sich niemand mehr daran erinnern konnte. Der Vater hatte die Familie verlassen und war nach Italien zurückgekehrt, als Francesca Olsen zehn Jahre alt war. Später hatte sie dann den Mädchennamen ihrer Mutter angenommen und sich von dem italienischen di Marco zugunsten des etwas prosaischen Olsen verabschiedet.

Dann überprüfte sie in ihrem Kalender zum zweiten Mal den vereinbarten Interviewtermin – Donnerstag, den 11. September um halb vier. Sie hatte gerade den Arm gehoben, um den letzten Schluck Kaffee zu trinken, als ein ohrenbetäubender Donner ihr fast die Tasse aus der Hand geschlagen hätte. An den Nachbartischen brach Panik aus.

»Laaauf!«

»Bloß raus hier!«

»Nein, nicht da lang. HIER lang …«

Hinterher konnte sie nicht mehr sagen, was zuerst gekommen war. Die Druckwelle, die in Schüben kommenden Stöße, die bebenden Mauern, die klirrenden Fenster, die tanzenden Tassen und Teller auf den Tischen und die Passanten auf der Straße, die sich in eine Menschenmasse verwandelten, die in ein- und dieselbe Richtung drängte. Oder die Detonation, der alles übertönende Donner, wie die Tonspur für einen Film über den Weltuntergang. Vielleicht hatte sich das auch alles gleichzeitig ereignet. Staunend verfolgte sie das Geschehen, setzte ihre Kaffeetasse ab, während ihr ein zartes »Huch« entwich, sie spürte es eher, als dass sie es hören konnte, denn in dem Lärm und in

8

der sich ausbreitenden Panik versank jedes andere Geräusch: Die Leute stießen ihre Stühle um, flohen in die Fußgängerzone und schlossen sich der Menschenmasse an, die vom Zentrum der Explosion floh. Die meisten griffen nach ihren Taschen, ließen aber ihre Jacken hängen; sie stürzten davon mit Kleinkindern an den Händen, weinend und schreiend. Bomben. Terroranschlag. Es war eben nicht irgendein beliebiger Tag im Jahr.

Sie empfand nichts. Sie wunderte sich nur über die Reaktionen um sie herum und darüber, dass sie als Einzige sitzen geblieben war. Schließlich stand sie auf, nahm ihre Jacke, steckte Stift und Notizblock in die Tasche, drängte sich hinaus in die Menschenmenge und versuchte, sich gegen den Strom zu bewegen. Das war nicht einfach. Sie wurde auch von dem Lemming-Reflex erfasst, der sie zwingen wollte, umzudrehen und den anderen zu folgen. Da sah sie die Staubwolke, die ihr von der Østergade entgegenkam, ihre Beine trugen sie immer näher und näher an den Ort des Geschehens, während sie versuchte, die schlimmsten Befürchtungen mit den Worten zu besänftigten: Das ist alles nicht wahr. Das passiert doch anderen, nicht mir. Das DARF einfach nicht wahr sein.

Sie packte den Mantelärmel eines Passanten, der seine Aktenmappe fest unter den Arm geklemmt hatte und sich mit beherrschtem Gesichtsausdruck vom Unfallort entfernte. Seine Haare und Schultern waren mit weißem Staub bedeckt.

»Wo ist die Explosion gewesen?«

Kein Was und kein Warum. Das Was war augenscheinlich, und das Warum hatte im Moment keine Bedeutung.

Der Mann schüttelte den Kopf und sah aus, als wunderte er sich über das menschliche Vermögen, Dinge zu zerstören:

»Das war ein Solarium«, sagte er, als würde er es selbst nicht glauben können. »Die haben tatsächlich ein Solarium in die Luft gesprengt. In der Hauptgeschäftszeit. Das gesamte Gebäude ist dabei fast eingestürzt.«

Sie hatte seinen Arm festgehalten, jetzt ließ sie ihn los. Rannte los, kämpfte sich gegen den Strom, näher und immer näher an die Staubwolke heran. Die Straße war von weißem Staub bedeckt, sie stolperte über Steinbrocken und andere Gegenstände, die von der Druckwelle los- und mitgerissen worden waren: ein gelbes Sonderangebotsschild, ein Kleiderständer, bis zur Unkenntlichkeit verbogen, Fahrräder, die über den Boden geschlittert waren, und vereinzelte Kleidungsstücke auf zerbrochenen Bügeln. Begleitet wurde dieses Chaos von einem Chor aus Autoalarmanlagen. Und dann lag das Gebäude vor ihr, mit seiner aufgerissenen Fassade: ein großes, hohles und dunkles Loch, aus dem Stichflammen emporschossen, klaffte dort, wo sie noch vor einer Woche kichernd zusammen mit Ida Marie gelegen hatte, weil sie sich wie Hotdogs gefühlt hatten. Ida Marie mit den Meerjungfrauenhaaren und Augen so blau wie eine Lagune. Die unsterbliche Ida Marie, die gerade noch strahlend und glücklich vor ihr gesessen und ihr Geheimnis preisgegeben hatte.

»Ida Marie. Ida Marie. IDA MARIE!!«

Ihre Lippen formten den Namen, und ihre Lungen schrien ihn heraus, während ihre Beine sie immer näher zum Höllenschlund in der Fassade trugen, und so hatte jedes ihrer Körperteile eine Aufgabe zu erfüllen. Sie konnte kaum etwas sehen, der Staub und alles andere verklebten ihr die Augenlider, sie spürte auch ihren Körper nicht, der sich vorwärtskämpfte und über Haufen von dampfenden Steinbrocken stieg, bis sie nicht mehr weiterkam, weil jemand sie aufhielt und fest an sich drückte.

»Du kannst da nicht rein, bist du verrückt?«

Sie erkannte die Stimme und wusste doch nicht, wer da sprach. Sie hörte die sich nähernden Sirenen. Der Mann zog sie vom Gebäude fort.

»Es könnte noch weitere Explosionen geben«, sagte er.

»Bo?«

»Hattest du heute nicht eine Verabredung im Solarium?«

Sie spürte etwas Hartes an ihrer Brust. Es war die Kamera, die um seinen Hals hing. Er war selbstverständlich sofort von den Redaktionsräumen in der Frederiksgade losgerannt, als er die Explosion gehört hatte. Die lagen nur drei Straßen entfernt. Bo, der Bombenhagel aus Bagdad und anderen Kriegsregionen der Welt gewohnt war.

»Ich habe abgesagt.«

»Du zitterst ja.«

Er zitterte auch, aber sie sagte nichts.

»Ida Marie …«

Sie wollte sich aus seinem Griff befreien, aber es gelang ihr nicht, er hielt sie fest, und sie hasste ihn dafür, legte wimmernd ihren Kopf gegen seine Brust, aber er gab sie nicht frei.

»Du musst das den Feuerwehrleuten überlassen«, sagte er, als der erste Löschzug in die Straße einbog. »Es könnte noch weitere Explosionen geben«, wiederholte er und flüsterte in ihr Haar: »Ich dachte, du bist da drin. Ich dachte verflucht noch mal, dass du da drin bist.«

Sie legte den Kopf in den Nacken und sah zu ihm hoch. So blass hatte sie ihn noch nie gesehen.

Sie wollte was sagen, aber bevor sie die Lippen öffnen konnte, erschütterte Explosion Nummer zwei die Straße, und Bo warf sie zu Boden und sich schützend darüber.

KAPITEL 2

Der Bus schlängelte sich durch die Landschaft, das viele Grün flog ihm entgegen. Er hatte davon geträumt. Er hatte sich vorgestellt, wie es sein würde, an der frischen Luft zu sein und die Farben zu sehen: die Hügel, die Wiesen, die Wälder.

Er hatte sich aber auch gefragt, ob es vielleicht zu viel sein würde. Dass er so viel Grün gar nicht aushalten und die Natur ein klaustrophobisches Gefühl in ihm auslösen würde.

Er lächelte, aber nur nach innen. Er hatte gelernt, nur nach innen zu lächeln.

Aber es war nicht zu viel für ihn. Er konnte gar nicht genug davon bekommen und wartete ungeduldig auf den Moment, es alles wieder ganz in Besitz zu nehmen. Das Wetter kümmerte ihn nicht. Er würde schon klarkommen. Er war immer klargekommen.

Der Bus bog von der Landstraße auf eine Seitenstraße ab. Sie fuhren durch kleinere Ortschaften, einige Fahrgäste stiegen aus, andere stiegen ein. Sie nickten ihm zu, als würden sie ihn kennen. Aber das taten sie nicht, oder aber sie hatten ein hervorragendes Gedächtnis.

Nach etwa fünf Kilometern stand er auf und warf sich seinen vollbepackten Rucksack über die Schulter, ging vor zum Busfahrer und bat, ihn am Kiesweg hinter der großen Eiche abzusetzen. Der Fahrer nickte. So war es hier schon immer gewesen, der Bus hielt auch ohne Haltestelle.

Er nickte dem Fahrer zu, stieg aus und sah dem Bus hinterher, bis er nicht mehr zu sehen war. Dann warf er sich den Rucksack über, lief den Kiesweg hinunter und setzte seinen Weg in den Wald fort, der sich wie eine dunkelgrüne Welle an den Horizont schmiegte.

Er hatte vom Himmel und den Hügeln geträumt, aber am meisten vom Wald. Dort, wo er herkam, hatten sich seine Sinne geschärft. Er hörte jedes noch so kleine Geräusch, und alle Düfte bombardierten seinen Geruchssinn. Im Graben neben dem Weg war Leben, die letzten Wespen des Spätsommers und Sommervögel mit müden Flügeln. Die Felder hatten sich von der Ernte erholt und waren wieder grün, der Boden war feucht nach einem Sommer, der typisch dänisch gewesen war, regnerisch und darum auch irgendwie nicht besonders befriedigend. Auf diese Weise, fand er, hielt der dänische Sommer immer ein Versprechen zurück, mit dem er dann zu einer späteren Gelegenheit wieder etwas gutmachen konnte. Wie jetzt zum Beispiel.

Er freute sich darüber, dass die Götter heute aus dem Vollen schöpften und die Landschaft vor ihm von der Sonne flimmerte und die Blätter in der leichten Brise raschelten. Morgen wäre ihm das alles nicht so wichtig. Der Herbst würde bald kommen, mit kürzeren Tagen und mehr Regen und dunklen Wolken.

Einige Blätter verloren schon die Farben und bekamen braune Schatten. Das war in Ordnung. Aber heute war sein Tag.

Nach fünf Kilometern hatte er die Lichtung erreicht. Hinter einer Anhöhe verbarg sich ein kleiner Waldsee, an dem jahrelang eine Fuchsfamilie ihren Bau gehabt hatte. Sein Wasser sah nach wie vor ziemlich klar aus, der See wurde von einem kleinen Bach gespeist, der durch den Wald lief und in weiter Ferne in den großen See, ins Meer mündete. Man konnte das Wasser natürlich nicht trinken, aber er könnte sich zum Internat hochschleichen und den Wasserhahn anzapfen, der draußen am Gebäude angebracht war. Das bereitete ihm keine Sorgen. Und in dem Bach konnte er zumindest sich und seine Kleidung waschen.

Er nahm den Rucksack ab, setzte sich auf einen Baumstumpf und sehnte sich in diesem Moment nach einer Zigarette. Aber stattdessen holte er eine Packung Salzlakritze aus einer Seitentasche des Rucksacks. Eine Weile saß er so und kaute, dann griff er nach seiner Wasserflasche und gönnte sich einen Schluck. Er würde sie später auffüllen gehen.

Dann packte er sein Zelt aus und begann es aufzubauen. Er rollte seine selfinflating Isomatte aus, legte den Schlafsack darüber und rüstete seine Schlafstätte sowohl mit einem wasserabweisenden Überzug als auch mit einem seidenen Innenschlafsack aus, den er selbst genäht hatte. Je mehr Schichten, desto besser.

Nach ein paar Minuten Bedenkzeit aber schleppte er die Isomatte samt Schlafsäcken nach draußen in den Schutz der Bäume. Er sah sich um. Kein Mensch war weit und breit zu sehen oder zu hören. Nur die Vögel gaben Laute von sich, und ab und zu brach ein Ast unter dem Gewicht eines Waldtieres.

Er legte sich auf den Schlafsack und ignorierte die Insekten und die Stiche, die ihm am nächsten Tag blühen würden. Die Ereignisse der letzten Tage verschmolzen langsam zu einem Theaterstück, das auf einer weit entfernten Bühne zur Aufführung kam, die ihn aber nichts mehr anging. Es war erst früh am Nachmittag. Trotzdem fiel er sofort in einen tiefen Schlaf, mit dem Abbild des Himmels und der Bäume auf seiner Netzhaut, die über ihm zu einer Decke strebten, die es nicht gab.

KAPITEL 3

Francesca Olsen sank aufs Sofa und ließ ihren Blick durchs Wohnzimmer gleiten. Hier sah fast nichts mehr so aus wie zuvor.

Sie erinnerte sich an den Moment, als sie den Schlüssel ins Schloss gesteckt und ihr Haus nach der Rückkehr aus Kopenhagen betreten hatte. Verspätet und außer Atem, weil sie vergessen hatte, die Verspätung einzukalkulieren, zu der es aufgrund der gängigen Gleisarbeiten auf der Strecke gekommen war, dieses Mal auf Fünen. Sie war in ein Taxi gesprungen, wohl wissend, dass sie dennoch zwanzig Minuten zu spät zum Interview kommen würde. Es war nicht ihre Art, zu spät zu kommen. Sie war sonst immer pünktlich.

Außerdem war sie sehr gut organisiert und in der Lage, sich sehr schnell einen Überblick zu verschaffen. Aber gerade jetzt versagte ihr diese Fähigkeit den Dienst. Zuerst hatte sie der leere Carport stutzig gemacht, in dem eigentlich ihr Wagen stehen sollte. Und als sie so dasaß und auf das Chaos um sie herum starrte, hatte sie keine Ahnung, wo sie anfangen sollte. Darum blieb sie sitzen und begann nach einer Weile, mit dem Oberkörper langsam vor und zurück zu schaukeln. Genau wie er, Jonas, kam ihr in den Sinn. Sie wünschte sich, dass sie damit aufhören könnte, aber die Bewegung war das Einzige, was half, und in diesem Augenblick konnte sie ihn endlich verstehen. Dieses Verhalten, das sie immer verwundert und mitunter auch stark irritiert hatte, war seine Methode gewesen, das Leben auszuhalten.

Diese Erkenntnis war fast nicht zu ertragen, sie zog die Beine hoch und krümmte sich zusammen, während die Tränen liefen. Minutenlang wurde ihr Körper von ihrem Schluchzen geschüttelt, Bilder flogen vorbei, und sie konnte nicht begreifen, wo diese Ohnmacht und das Schamgefühl herkamen. Es war doch nur ein Einbruch. Konnte so etwas diese Reaktion in ihr auslösen? Gehörte da so wenig dazu?

Es dauerte eine halbe Stunde, bis sie sich wieder beruhigt hatte. Sie fragte sich, wo die Journalistin blieb, aber offensichtlich war auch sie verhindert worden. Dicte Svendsen. Sie war ein bekanntes Gesicht und gehörte zu jenen Journalisten, von denen es beinahe eine Ehre war, interviewt zu werden. Svendsen hatte einen guten Ruf, trotzdem konnte so etwas immer schiefgehen, und sie musste vorsichtig sein und versuchen, das Interview zu ihrem eigenen Vorteil zu nutzen. Dicte Svendsen war Kriminalreporterin, mit großem K. Aber ihr wurde auch ein großes soziales Engagement nachgesagt, sie beide müssten sich also eigentlich einiges zu sagen haben.

Aber warum war sie noch nicht da?

Sie griff nach ihrer Tasche auf dem Boden und holte ihr Handy heraus. Vielleicht hatte die Journalistin ihr eine Nachricht hinterlassen? Sie hatte ein paar SMS erhalten, jedoch keine von Dicte Svendsen. Deshalb rief sie bei der Polizei an, landete aber zunächst in der Zentrale und wurde erst nach vielen Umwegen, eine Sekunde bevor sie auflegen wollte, mit dem wachhabenden Beamten verbunden. Zu diesem Zeitpunkt war ihr schwindelig vor Wut. Sie brüllte der Person am anderen Ende der Leitung praktisch ins Ohr, dass sie eine vom Volk gewählte Politikerin und ziemlich sicher sei, dass sie Opfer eines politischen Anschlags hatte werden sollen. Sie wollte den Beamten ordentlich aufrütteln.

»Sind bei ihnen Bomben explodiert?«, wollte der Wachhabende wissen.

»Bomben?«

Sie sah sich unsicher im Wohnzimmer um.

»Das könnte man in gewisser Weise sagen, ja«, befand sie. »Es sieht aus, als hätte jemand eine Handgranate in mein Wohnzimmer geworfen. Und mein Auto steht nicht mehr im Carport.«

»Wir kommen umgehend zu Ihnen«, sagte die Stimme im Hörer. »Verändern Sie bitte nichts. Wie war noch die Adresse?«

Nachdem sie aufgelegt hatte, ging sie ins Badezimmer und spritzte sich Wasser ins Gesicht. Sie starrte ihr Spiegelbild an und sah eine Frau mittleren Alters mit Panik im Blick. Schwarze und graue Haarsträhnen klebten auf ihrer Stirn, trotz des olivfarbenen Teints sah man, wie blass sie war, die Falten wirkten tiefer, und ihre Augen hatten die Farbe von Schlamm angenommen. Wovor hatte sie solche Angst? Sie war schließlich nicht die einzige Politikerin, der so etwas geschah. In einigen Fällen taucht die Polizei gar nicht erst auf, weil die Beamten überlastet und die Ressourcen zu begrenzt waren, sagten die Zuständigen. Sie selbst vertrat die Ansicht, dass die Ressourcen falsch eingesetzt wurden. Vor nicht allzu langer Zeit hatte zum Beispiel ein Ehepaar vergeblich um Hilfe gebeten, als die Party ihrer Tochter von einer Schlägergang heimgesucht wurde. Die Polizei kam erst gar nicht. Bürger zu sein war plötzlich zu einem Drahtseilakt ohne Sicherheitsnetz geworden. Das war eines ihrer Kernthemen. Die Gemeinde sollte ein Ort sein, an dem man sich sicher fühlt. Die Menschen sollten wieder vertrauen können, dass ihre Probleme ernst genommen und gelöst wurden: dass sie ohne Angst auf die Straße gehen, sich ihre Kinder in der Stadt bewegen konnten, ohne überfallen und beraubt zu werden; dass die unruhestiftenden Elemente und die Menschen, die keinen Respekt vor Mein und Dein hatten, unter Beobachtung gestellt und möglichst aus dem Straßenbild entfernt wurden. Aber nicht nur das. Der Wunsch nach Sicherheit sollte auch die Familie einbeziehen. Sie wollte den Fokus auf die häusliche Gewalt gegen Frauen und Kinder setzen. Ihre Partei unterstützte zwar nicht die Forderung nach verstärktem Kindesentzug und Zwangsentfernung aus den Familien, aber sie wich da vom Kurs ab. Es herrschte zu viel Unvermögen dort draußen in der Welt. Eltern, die nicht in der Lage waren, ihre Kinder angemessen zu versorgen; Männer, die das Konzept von Gleichwürdigkeit nicht begriffen und Frau und Kinder schlugen; Menschen, die einander missbrauchten, weil sie nicht anders konnten, und Gewalt, die weitervererbt wurde. Diese Teufelskreise mussten endlich durchbrochen werden.

Erinnerungen aus ihrem eigenen Leben tauchten auf. Sie wollte sie nicht sehen, aber hässlich und aufdringlich riefen sie ihr die bekannte Botschaft zu: Vielleicht konnte sie jetzt das für andere Menschen tun, wozu sie damals nicht in der Lage gewesen war, weder für sich noch für andere Menschen in ihrer unmittelbaren Umgebung.

Ihre Mundwinkel begannen zu zittern, und sie beugte schnell den Kopf übers Waschbecken und spritzte sich noch mehr Wasser ins Gesicht. Es war auch nicht nur der eine Aspekt. Es war nicht nur politisch. In letzter Zeit war etwas anderes an die Oberfläche geschwappt. Es hatte begonnen, auf sich aufmerksam zu machen, obwohl sie so lange versucht hatte, es zu unterdrücken. Vielleicht lag es daran, dass sich der 23. September näherte. In diesem Jahr jährte es sich zum 15. Mal. Ein Jubiläum, auf das sie gerne verzichtet hätte.

Sie ging in ihr Arbeitszimmer. Mechanisch setzte sie sich an den Schreibtisch und schaltete den Computer ein. Gleichzeitig wunderte sie sich darüber, dass er noch da stand. Genau genommen, wurde ihr in diesem Moment bewusst, fehlte gar nichts, außer ihrem Auto. Sie hatten weder den Flachbildschirm, die Bang&Olufsen- Stereoanlage, die PH-Lampen, die Arne-Jacobsen-Stühle oder die wenigen Gemälde von Wert mitgenommen. Sie besaß keinen wertvollen Schmuck außer dem, den sie am Körper trug: die Perlenkette, die Georg-Jensen-Armbanduhr und den Diamantring, den sie von William geschenkt bekommen hatte. Ihr fiel nichts ein, was die Einbrecher hätten mitnehmen können und was sich nicht nach wie vor an Ort und Stelle befand.

Der Bildschirm zog sie in seinen Bann. Sie hatte eine Reihe von E-Mails bekommen, aber ein Blick auf die Absender zeigte ihr, dass die meisten warten konnten. Sie scrollte durch die Liste und hielt bei der letzten inne. Ihr Puls schnellte in die Höhe. Der Absender hieß Jubi15. Sie schnappte nach Luft. Das konnte unmöglich ein Zufall sein. Sie sollte die Mail am besten gleich in den Papierkorb verfrachten und hatte sich eigentlich auch dafür entschieden, als ihr Finger ganz automatisch die Maus betätigte, die die Nachricht öffnete.

»Es hat gerade erst begonnen«, stand da.

Kapitel 4

Dicte hörte die Sirenen immer näher kommen, das Geräusch drohte ihr fast das Trommelfell zu sprengen. Bo verminderte endlich den Druck auf ihren Körper, und ihre Atmung beruhigte sich allmählich. Abrupt wurde ihr Bodenkontakt zu dem rauen Asphalt beendet.

»Alles okay?«

Bo stand auf und half ihr hoch. In unmittelbarer Nähe standen andere verschreckte Fußgänger, die sich alle langsam vom Schock der zweiten Detonation erholten und sich ängstlich ansahen: Würde es weitere geben? Handys fingen an zu klingeln, Kurznachrichten trafen mit lautem Piepen ein, und das Stimmengewirr schwoll an. Der Chor der Autoalarmanlagen gellte nach wie vor von allen Seiten, wie in einem Dolby-Surround-System.

Wie automatisch bürstete sie sich den Staub von der Jacke und sah sich das Ausmaß der Zerstörung an. Das Gebäude, in dem sich das Solarium befunden hatte, war vollkommen verwüstet: das Erdgeschoss nur noch ein großes Loch, aus dem Flammen schlugen. Die Explosion hatte Teile des ersten Stocks weggerissen, man konnte in ein Badezimmer sehen und in ein anderes, das aussah wie eine Küche. Andere Teile der Wohnung, wahrscheinlich das Wohnzimmer, waren eingestürzt und hatten das Solarium unter sich begraben. Als hätte ein Riese mit einem Puppenhaus gespielt und aus Spaß die einzelnen Stockwerke auseinandergenommen.

Das Haus auf der gegenüberliegenden Straßenseite war eingerüstet, zwei Handwerker in Overalls und Sicherheitsschuhen standen nebeneinander und unterhielten sich.

Dicte blinzelte den Staub aus den Augen und beobachtete, wie zwei Löschzüge und ein Einsatzwagen in der Straße hielten und Feuerwehrleute aus den Wagen sprangen. Sie begannen, die Neugierigen zurückzudrängen, und hatten in kürzester Zeit die Schläuche ausgerollt und einsatzbereit, um Wasser in das Chaos zu schießen, während der Rauch in dicken Schwaden herausquoll.

»Sie können da unmöglich rein«, murmelte Bo, der angefangen hatte zu fotografieren. »Es wäre aber besser, von innen zu löschen.«

Sie verstand, was er damit sagen wollte. Es war viel zu gefährlich, Feuerwehrmänner mit Rauchschutzgeräten in das Haus zu schicken. Das dreigeschossige Gebäude konnte jeden Augenblick einstürzen.

Kurze Zeit später traf die Polizei ein, ebenfalls mit zwei Streifenwagen. Dicte erkannte auch John Wagners schwarzen Passat, der dahinter hielt. Zusammen mit Jan Hansen stieg er aus dem Wagen.

»Er weiß Bescheid!«

Die Worte verließen ihre Lippen nahezu im gleichen Moment, als sie ihn aus dem Auto und zu den Überresten des Solariums stürzen sah. Niemand hielt ihn zurück, als er anfing, Steinbrocken beiseitezuschieben, Jan Hansen ihm dicht auf den Fersen. Aber sie kamen nicht weit, Flammen und hohe Temperaturen zwangen sie, zurückzuweichen. Dann kam ein Feuerwehrmann auf sie zu und verscheuchte sie, wild gestikulierend und mit einer Stimme in einem höheren Dezibelbereich. Wagner brüllte zurück und fuchtelte ebenfalls mit den Armen, während Jan Hansen seine Hand auf den Arm seines Chefs legte und sich zwischen ihn und das kollabierte Gebäude stellte. Er sprach ruhig, aber eindringlich auf Wagner ein, der den Kopf schüttelte, immer und immer wieder.

Bo drückte Dicte fest an sich.

»Verdammt noch mal«, zischte er. »Sie sollten ihn von hier wegschaffen. Er sollte gar nicht hier sein.«

Ida Marie. Dicte strengte ihre Augen an, konnte aber in all dem Staub nichts sehen. Eine starke Übelkeit überfiel sie, und sie brach auf dem Bürgersteig zusammen. Bo stützte sie und hielt ihr die Haare weg, während sie sich übergab.

»Das wird schon wieder«, flüsterte er in ihr Ohr. »Das wird schon wieder.«

Alles kam ihr wie eine Ewigkeit vor, sie wurden alle an den Rand geschoben, Absperrungen wurden aufgestellt, und die Menge zerstreute sich langsam. Eine absurde Form von Normalität löste die noch vor kurzem verbreitete Panik ab, einige begannen sogar, Angebotsschilder und umgestürzte Fahrräder aufzuheben und die Straße aufzuräumen. Die Luft zitterte vor Anspannung, aber auch vor Erleichterung, dass es jetzt vorbei war und die Welt in etwa noch so aussah wie vorher: Die Sonne schien, hoch oben am Himmel zog ein Flugzeug vorbei und zeichnete einen weißen Strich ins Blau, ein paar Tauben ließen sich neben einem herrenlosen Sandwich nieder.

»Dicte …«

Die Stimme kam von hinten. Besorgt, aber trotzdem hell und mit diesem schwedischen Singsang, der so überhaupt nicht zu Tragödien und eingestürzten Gebäuden passte. Sie drehte sich um und sah Ida Marie mit unsicheren Schritten und einer Einkaufstüte auf sie zukommen. Das blonde Haar umrahmte ihr ovales Gesicht, keine einzige Schramme war an ihr zu sehen.

»Verdammte Hacke.«

Dicte flüsterte die Worte und breitete dabei die Arme aus, als sie John Wagner aus dem Augenwinkel sah: grau im Gesicht, ins Sonnenlicht blinzelnd und in einer Tweedjacke voller Staub und Ruß. Es sah aus, als hätte er jede Orientierung verloren. Da drehte er sich zu ihr um und entdeckte Ida Marie. Dicte ließ die Arme wieder sinken. Das Glück war eine starke Kraft, aber es war nicht ihr Glück. Zum zweiten Mal an diesem Tag wandte sie den Blick ab, weil sie damit konfrontiert wurde. Trotzdem hätte sie die Szene genau beschreiben können, nur aufgrund der wenigen Details, die sie zu sehen bekommen hatte: Die Regungen in seinem Gesicht, den Zug um seinen Mund und das Leuchten in seinen Augen; seine Körpersprache, die sich im Bruchteil einer Sekunde von am Boden zerstört in strahlend verwandelte. Sie sah Ida Maries feminine Lieblichkeit vor sich, wie sie ihm auf halbem Weg mit flatterndem Kleid und in Sandalen entgegenlief, Symbole der Unschuld inmitten eines Kriegsschauplatzes voller Schuld und Grauen. Sie sah die Umarmungen und ahnte die Worte, die nicht gesagt werden würden, weil es dafür keine gab.

Sie begrüßte die Ablenkung, als das Handy in ihrer Tasche zu klingeln begann. Die Redaktion rief an.

»Ja?«

»Wo bist du?«, fragte Davidsen.

Zuerst suchte sie nach Worten, aber dann gelang es ihr, ihm kurz die Situation zu schildern.

»Okay«, erwiderte er. »Die zweite Explosion war eine Autobombe im Parkhaus vom Einkaufscenter *Magasin*. Ich habe Holger hingeschickt.«

Plötzlich war sie wieder in der Lage, logisch und zusammenhängend zu denken, und das starke Verlangen danach, den Überblick zu behalten, lenkte ihre Handlungen. Ida Marie lebte. Alles würde wieder gut werden.

»Was wissen wir?«

»Nicht viel«, musste Davidsen einräumen. »Wir wissen auch noch nicht, ob jemand verletzt oder gar getötet worden ist. Die Bombe ist im Keller explodiert, sie war vor einer tragenden Wand angebracht. Das hat den Schaden gemindert, aber die Autos sind wie Projektile durch die Tiefgarage geschossen.«

Davidsen klang erregt. »Holger hat mir gesagt, dass das eine Stockwerk im Parkhaus wahrscheinlich in sich zusammengestürzt wäre, wenn die Bombe weiter oben angebracht worden wäre.«

Eine eingestürzte Etage im Parkhaus vom *Magasin*. Sie sah es förmlich vor sich, und es war kein schöner Anblick: Menschen, in ihren Autos eingeklemmt, zerquetscht von tonnenschwerem Beton. Vielleicht hatte die Stadt einen Schutzengel gehabt.

»Bo ist schon hier«, sagte sie ihrem Kollegen. »Ihr solltet noch einen zweiten Fotografen besorgen.«

Sie beobachtete Bo, wie er am Absperrband entlangtanzte und versuchte, den besten Winkel zu finden. »Wir sollten überhaupt versuchen, mehr Kollegen zu aktivieren, auch Journalisten.«

»Das müssen aber freie sein«, warf Davidsen ein. »Das Budget …«

Sie unterbrach ihn:

»Ich klär das mit Kaiser ab, mach dir keine Sorgen. Besorg du die Extraleute. Wir müssen das von verschiedenen Seiten her aufziehen. Wir müssen die Augenzeugen interviewen und uns an die Lokalpolitiker heften und am besten auch hören, was in Christiansborg gesagt wird.«

Sie konnte hören, dass er Luft holte, um etwas zu sagen, aber sie überrollte ihn einfach, bis obenhin vollgepumpt mit Adrenalin.

»Du kümmerst dich um die lokalen Politiker und ihre Meinungen, die in Kopenhagen kümmern sich um Christiansborg. Holger und Cecilie schreiben die Reportagen, und ich spreche mit der Polizei.«

Sie holte tief Luft und fuhr gehetzt fort: »Wir brauchen auch einen Artikel über das Solarium. Ist nicht vor kurzem auch eins in Kopenhagen in die Luft gesprengt worden? Und frag einen Psychologen, wie man mit so einem Schock umgeht.«

Sie legte auf, bevor Davidsen zum Protest ansetzen konnte. Er hatte sich noch nicht daran gewöhnt, dass sie die Redaktionschefin war und sie Themen und Probleme ganz anders in Angriff nahm, als er es selbst machen würde.

Laute Rufe im Inneren des Gebäudes erregten ihre Aufmerksamkeit.

»Was ist? Was passiert da?«

Einer der Handwerker auf dem Gerüst nickte hinüber zu den Trümmern.

»Das hörte sich an, als hätten sie jemanden gefunden. Ich hoffe nicht, dass sie das ist ...«

»Wer?«

»Das Mädchen von drüben. Sie ist behindert«, antwortete der Mann, der sehr sympathisch aussah. Ihr bedeutete es gerade sehr viel, in ein paar freundliche Augen zu sehen.

Er hatte recht gehabt. Die Feuerwehrleute hatten einen Toten gefunden. Das Gerücht breitete sich so schnell aus wie Strom im Wasser, als die Männer sich auf eine bestimmte Stelle in dem schwarzen, klaffenden Loch konzentrierten. Dort, im Auge des Orkans, war alles vernichtet worden. Wenn sich ein Mensch dort aufgehalten hatte, war das sein sicherer Tod gewesen.

Kapitel 5

Am Wochenende blieben nie viele Schüler im Internat. Ein Teil von ihnen fuhr nach Hause zu ihren Eltern. Andere verbrachten den Samstag und Sonntag bei ihren neu gewonnenen Freunden. Was bedeutete, dass es ein Leichtes war, sich an einem frühen Samstagmorgen unbeobachtet den Hügel hinunter- und zum Schulgelände zu schleichen.

Er sah auf die Uhr. Es war 5:43, im Wald war es ganz still, während er sich mit dem Rucksack über der Schulter auf den Weg machte. Den Schlafsack und seine Ausrüstung hatte er wieder zusammengepackt und unter ein paar Zweigen versteckt, damit kein zufällig vorbeikommender Spaziergänger bemerken konnte, dass jemand hier die Nacht verbracht hatte. Aber der Müll war ein Problem. Er hatte sich schließlich dazu entschieden, ihn zu vergraben, hatte aber auch überlegt, dass es wohl nichts ausmachen würde, wenn er ab und zu eine kleine Abfalltüte mitnehmen und sie in die Müllcontainer der Schule werfen würde. Es war äußerst unwahrscheinlich, dass irgendjemand den Schulabfall durchwühlen und beim Anblick von leeren Kaffeepackungen und Tütensuppen Verdacht schöpfen würde.

Er ging im Kopf noch einmal seinen Plan durch. Er benötigte nicht viele, dafür aber elementare Dinge. Er kehrte auch nicht ganz ohne Vorbehalte zu dem Backsteinhaus und den etwas helleren, barackenähnlichen Gebäuden zurück, die etwas nonchalant zwischen den Bäumen standen. Aber es war nun einmal das Praktischste, und manchmal hatte das Wort praktisch eine magische Wirkung, die den Zweifel der Vergangenheit beiseitezuschieben vermochte, um Platz für die Gegenwart zu machen.

Er kam zu der Stelle, an der das Terrain abzufallen begann, und betrachtete einen Augenblick den Morgennebel, der sich langsam aus der Mulde hob. Von dort aus konnte er die beiden Sorten von Wald gut sehen, die sich hinunter in die Senke erstreckten: satter Buchenwald auf der einen und dunkler Nadelwald auf der anderen Seite. So stand er eine Weile und philosophierte darüber, welchen Wald er bevorzugte. Das Dunkle zog ihn aus verständlichen Gründen stark an. Im Dunklen konnte man sich besser verstecken, und die Nadelbäume verloren ihre Blätter nie, sondern trugen ihr Kleid tagaus, tagein. Aber auch das Helle zog ihn an. Der Buchenwald war wie ein grünes Meer, und er spielte mit einer Unmenge an Farbnuancen von Neongrün bis hin zu der Farbe der Tür und des Fensterrahmens, auf den er die letzten vier Jahre gestarrt hatte. Der Nadelwald war starr, dachte er. Er konnte einen gefangen halten, so dass man ihm nicht entfliehen konnte.

Er bevorzugte das Helle.

Es dauerte etwa eine halbe Stunde, das Schulgelände zu erreichen, und nicht mehr als zehn Minuten, um sich einen Überblick zu verschaffen. Es war nicht schwer, die Tür zum Küchentrakt aufzubekommen. Er fand ein paar Wasserkanister, die er an dem Wasserhahn draußen auffüllte. Er nahm sich auch etwas zu essen mit, wenn er schon einmal in der Küche war. Die Würstchen und der Schinken waren verführerisch, aber wichtiger waren Haferflocken, Brot, Tee, Kaffee, Zucker und Milch. Und dann steckte er sich noch eine Packung Buchweizengrütze ein.

Er aß so viele Würstchen und Brotscheiben, wie er konnte, und erlaubte sich sogar ein paar Kleckser Senf und Ketchup auf einem Stück Pappe, bevor er den Abfall in den Mülleimer warf. Dann warf er sich den Rucksack wieder über und machte sich an den Aufstieg.

Während er über Baumstümpfe und Wurzeln kraxelte und die Anstrengung in seinen Beinen spürte, tauchten die Erinnerungen an seinen Hund und die gemeinsamen Spaziergänge durch den Wald auf. Das waren die glücklichsten Augenblicke in seinem Leben, die Spaziergänge mit Thor. Die glücklichsten Augenblicke! Ihm war klar, dass dies eventuell mehr darüber aussagte, wie erbärmlich sein Leben bisher gewesen war. Die meisten Menschen würden eine andere Erinnerung nennen: Ferien mit der Familie, die Geburt eines Kindes, ein Wiedersehen nach langer Trennung. Er erinnerte sich an einen Hund.

Mit dieser Erinnerung kamen aber auch andere, während er so weiterstapfte. Und obwohl er mit schnellen Schritten ging und sie auch nicht willkommen geheißen hatte, tauchten sie auf.

Er musste an den Schuss denken. Er konnte den Anblick des Hundes genau vor sich sehen, der auf ihn zugelaufen kam und kurz vor seinen Füßen plötzlich umfiel, während seine Beine weiterliefen, nur in der Luft und ohne festen Boden unter den Pfoten. Er erinnerte sich an den Ausdruck in seinen Augen, diese Traurigkeit und doch Ergebenheit, die sich mit Erstaunen mischten. Er erinnerte sich auch an den Moment, als das Leben aus seinen Augen wich, als hätte jemand das Licht ausgeschaltet.

Ihm wurde bewusst, dass der Hund das einzige Lebewesen gewesen war, das er jemals geliebt hatte.

KAPITEL 6

»Gibt es was Neues?«

Bo stellte sich hinter sie und massierte ihr den Nacken. Der Computerbildschirm verschwamm vor ihren Augen.

»Kein Ton, schon seit Stunden.«

»Sollten wir dann nicht das Wochenende einläuten?«

Seine Stimme klang hell, nur zwei Tage nach dem Drama in der Østergade und im Kaufhaus *Magasin*. Alle Mitarbeiter der Redaktion hatten seit den Explosionen durchgeschuftet, alle verfügbaren Informationen überprüft und in der Freitagsausgabe veröffentlicht, wenn sie nicht in Form von Fotos und Artikeln in der Hauptredaktion in Kopenhagen in der Warteschleife verblieben, um auf den Aufstellern der Tageszeitungen an den Kiosken zu erscheinen. Bo liebte das. Ihn zogen Krieg und Chaos an, das wusste sie. Darum war er auch in der Lage, in den Krisengebieten der Welt Fotos zu machen, die ihm ab und an renommierte Preise und begeisterte Bemerkungen internationaler Jurymitglieder einbrachten.

Sie reckte den Kopf weiter nach hinten. Es war ein langer Samstag gewesen, sie genoss, wie seine Finger mit ihren Haaren spielten. Bo zog auch die menschliche Kontaktbereitschaft an, die Krisen und Krieg entstehen ließen, und nicht zum ersten Mal spekulierte sie darüber, ob ihn die Schüsse und die Zerstörung in der Fremde schon einmal in die Arme von anderen Frauen getrieben hatten. So wie auch die Explosion in der Innenstadt sie einander wieder nähergebracht hatte. Sie musste an die beiden vergangenen Nächte denken und errötete. Nicht wegen der Dinge, die sie gemacht hatten, sondern vielmehr weil es in der Vergangenheit so selten vorgekommen war und sie sich nicht erinnern konnten, wann sie sich das letzte Mal so nah gewesen waren.

»Ich war gerade in der Østergade«, sagte er. »Die haben das Mauerwerk abgestützt. Jetzt können die doch mit der Untersuchung anfangen, oder?«

Sie nickte, den Kopf noch zwischen seinen Händen gefangen. Sie war selbst dorthin gegangen und hatte sich ein Bild von der Lage gemacht. Die Männer vom Katastrophenschutz hatten begonnen, die Decken der Stockwerke abzustützen. Sie fragte sich, wie man in dem Gebäude noch Spuren sichern können sollte, nach so einer gewaltigen Explosion, dem verheerenden Brand und den Mengen an Wasser, die bei den Löscharbeiten benutzt worden waren. Beinahe unmöglich. Fraglich war überdies, wann die Presse wohl genauere Informationen erhalten würde.

Bo las ihre Gedanken.

»Es wird nicht leicht, da noch etwas Verwertbares zu finden. Das schwimmt ja alles in Wasser und Asche.«

»Aber wenigstens habe sie die Leiche geborgen.«

Sie setzte sich auf, als seine Finger die Massage ihres Nackens beendeten. Sie musste an den Rechtsmediziner denken, der allen Einsturzgefahren zum Trotz mit der Sicherung des Fundortes begonnen hatte. Die Leiche war zugedeckt, als die Bergungsleute sie auf der Bahre in den Leichenwagen trugen, der dann leise die Straße hinunterfuhr.

»Das hättest du sein können.«

»Das hätte Ida Marie sein können.«

Sie blinzelte, um die Erinnerung zu verscheuchen, und der Bildschirm tauchte wieder scharf und in Farbe vor ihr auf. Sie hatte gerade den Artikel fertiggeschrieben, nach dem Kaiser lautstark verlangt hatte. Es hatte sich nämlich herausgestellt, dass das Auto, in dem die zweite Bombe platziert gewesen war, nicht irgendjemandem gehört hatte: Es war der Wagen der Bürgermeisterkandidatin Francesca Olsen, den man aus ihrer Garage in Skåde gestohlen hatte. Diese Information hatte sie als kurze Meldung mit dem zusätzlichen Vermerk erreicht, dass am Dienstagnachmittag eine Pressekonferenz dazu im Polizeipräsidium stattfinden werde.

»Hast du Frau Olsen noch immer nicht erreicht?«

»Nee. Ich habe nur ein kurzes Statement von ihrem Fraktionsvorsitzenden bekommen, dass sie übers Wochenende verreist sei und erst am Montag zurückkehren würde.«

Sie las den Artikel erneut durch. Die Überschrift war eine, wie sie selbst fand, ganz originelle Alliteration: »Bombe bringt Benzinkutsche der Bürgermeisterkandidatin zum Bersten«. Es würde die Frontseite der Morgenzeitung schmücken, aber aus irgendeinem Grund blieb der gewohnte Adrenalinkick aus. Der war ersetzt durch eine anhaltende Übelkeit, nachdem sie Zeugin des Kriegszustands auf der Straße und der Bergung der Leiche geworden war. Die Frau hatte im ersten Stock gewohnt und war bei der Explosion durch die Decke ins Erdgeschoss gestürzt und auf der Stelle tot gewesen.

»Warum findet die Pressekonferenz erst am Dienstag statt?«, fragte Bo.

»Wegen der Obduktion. Die fangen bestimmt erst Montagmorgen damit an!«

»Wahrscheinlich arbeiten nur Journalisten am Wochenende«, stellte er fest.

Dicte drückte auf Senden und schrieb danach der Redaktionssekretärin eine kurze Notiz, dass ihr Artikel jetzt vorliege.

»Vonseiten der Polizei gibt es keine Eile, die Obduktion zu beschleunigen, und außerdem entstehen zusätzliche Kosten, wenn sie am Wochenende die Kollegen anrücken lassen. Außerdem gibt die Todesursache keine Rätsel auf.«

Sie fuhren nach Hause, aber die Unruhe in ihr wollte nicht nachlassen. Es gab so viele Fragen, und sie wagte nicht, alle Gedanken zu Ende zu denken. Sie klammerte sich daran fest, dass Ida Marie und sie noch am Leben waren, und an der Tatsache, dass alles so viel schlimmer hätte ausgehen können. Im Solarium hätten – neben ihnen – Kunden gewesen sein können, und auch in der Tiefgarage hätte es Opfer geben können. Mit Leichtigkeit hätte dieser Donnerstag zum schwärzesten Donnerstag in der Geschichte der Stadt werden können.

Als sie zu Hause ankamen, schloss sie sich im Badezimmer ein. Lange blieb sie vor dem Spiegel stehen und sah sich an. Der Anblick gefiel ihr ganz und gar nicht. Dann öffnete sie den Arzneischrank und fand ihren vertrauten Rettungsanker. Sie hasste sich, als sie den Deckel von dem kleinen Glas abschraubte und eine Tablette auf ihre Handfläche klopfte.

Kapitel 7

Am Montagmorgen parkte Wagner seinen Wagen vor dem neuen Gebäude des Instituts für Rechtsmedizin, das dem Skejby-Krankenhaus angegliedert war. Unter anderen Umständen hätte sich Wagner über das neue, geräumige Backsteingebäude freuen können, in dem jetzt auch im obersten Stockwerk genug Platz für die Rechtschemiker war und die großen Obduktionssäle und das neue Lüftungssystem es sehr viel erträglicher machten, seinem lieben Freund Paul Gormsen dabei zuzusehen, wie er die Toten zum Sprechen brachte.

»Lass uns reingehen und sehen was er hat.«

Sein Kollege, Kriminalkommissar Jan Hansen, nickte, erwiderte aber nichts. Er hatte auch nicht zu bedenken gegeben, dass Wagner vielleicht lieber der Demonstration von Gormsens Handwerk fernbleiben sollte, obwohl er das Wochenende gehabt hatte, um sich von dem Schock der Explosion zu erholen. Der gutmütige, muskelbepackte Hansen war grundsätzlich kein Mann, der sich einer Anweisung widersetzte. Das bedeutete allerdings nicht, dass er immer einverstanden war.

Sie stiegen aus, schlugen die Türen zu und gingen zum Haupteingang. Wagner registrierte, dass sich seine Beine noch immer wie Gelee anfühlten. Vielleicht hätte er doch vor der Obduktion etwas essen sollen, aber sein Magen hatte gestreikt, als er versucht hatte, sich eins der belegten Brötchen aus der Kantine reinzuzwingen. Nicht einmal eine Zimtschnecke hatte er herunterwürgen können. Es war, als wäre sein gesamtes System bezwungen worden, und tief im Inneren wusste er, dass er diese Aufgabe jemand anderem hätte überlassen sollen. Aber es war doch alles gutgegangen, dieses Ereignis, das auch so schrecklich hätte enden können und das für einen langen, unerträglichen Augenblick sein Leben bedroht hatte und zu einem totalen Kollaps geführt hätte. Ida Marie war unverletzt. Sie hatte sich zum Glück von dem Impuls leiten lassen, eine kleine Shoppingtour durch das Kaufhaus *Bruuns Galleri* zu machen, und hatte darauf spekuliert, auch später noch eine freie Bank im Solarium zu bekommen. Aber vielleicht hatte er den weitaus größeren Schock bekommen, als sie ihm bei einem Glas Wasser im Polizeipräsidium die Ausbeute ihrer Shoppingtour gezeigt hatte. Während er sich der Eingangstür des Rechtsmedizinischen Institutes näherte, sah er den Haufen vor sich auf seinem Schreibtisch. Babysachen. Ein großer Haufen Babykleidung.

»Hat eine Freundin von dir ein Baby bekommen?«, fragte er, begriffsstutzig, wie er war, während sie ein Outfit nach dem anderen in die Luft hob. Er musste daran denken, wie selbstverständlich für ihn früher das Wickeln eines Babys gewesen war und wie schnell man solche Dinge wieder vergaß.

Ida Marie hatte energisch den Kopf geschüttelt. Ihre Augen waren voller Erwartung und Freude, aber auch Nervosität. Doch auch da hatte er noch immer nichts begriffen.

»Na gut!«, sagte er, während der Schrecken bereits in den Hintergrund gedrängt wurde und der neue Fall mit den zwei Detonationen und der Toten aus dem ersten Stock in seinem Kopf zu arbeiten begann. Wie hing das alles zusammen?

»Du wirst Vater!«

»Wie bitte?«

Die Worte verschmolzen mit seinen Gedanken und vermischten sich in seinem Körper mit dem Schock. Es war unmöglich, das zu verarbeiten, und er versuchte es auch gar nicht erst. Wie sollte es ihm auch gelingen. In der einen Sekunde war sie ihm entrissen worden, und in der nächsten teilte sie sich in zwei Wesen. Sie hätte ihm genauso gut erzählen können, dass sie von einem anderen Planeten stammte und darauf programmiert wurde, sich selbst zu zerstören.

Sie bemerkte seine Ohnmacht und erklärte es ihm schonend, bis er es endlich begriffen hatte.

Darum aber zitterten seine Beine. Denn die Wahrheit war, dass sich in ihm eine tiefe, warme Freude mit einer fast lähmenden Angst paarte. Er hatte bereits zwei Kinder aus seiner ersten Ehe, und Ida Maries Sohn Martin war gerade sechs geworden. Alles war bisher ganz glimpflich verlaufen, allerdings hatte er oft das Gefühl, auf Messers Schneide zu balancieren. Und er hatte die Sorge, aufgrund seines Alters und des Drucks im Job über kurz oder lang die Diagnose: Als Vater ungeeignet, gestellt zu bekommen. Und jetzt stand ihm das alles erneut bevor: das Gefühl, nicht zu genügen, die tief empfundene Liebe für ein Kind, die sich mit einer ebenso tief empfundenen Sorge und Ohnmacht abwechselte. Er war sich nicht sicher, ob er dazu in der Lage war.

Hansen tippte den Code ein und drückte die Tür zum Institut auf. Sie traten ein, während in Wagner ein Chor aus Stimmen brüllte, dass sie draußen bleiben wollten.

»Kein schönes Erlebnis, so was!«

Eine Hand auf der Schulter; ein freundlicher Blick, der alles sagte, was noch gesagt werden konnte. Paul Gormsen und er kannten sich schon seit vielen Jahren, als Kollegen und Freunde. Allein seine Anwesenheit machte es erträglicher, als er den Obduktionssaal betrat.

Wagner nickte wortlos und folgte der Bahre mit Blicken, auf der die Leiche in den Raum gerollt wurde. Gormsen begrüßte mit einem Brummeln die übrigen Anwesenden: Jan Hansen sowie Erik Haunstrup, den Leiter der Kriminaltechnischen Abteilung, der in dieser Sekunde hereingestürmt kam, schwer atmend hinter seiner Gazemaske, die roten Haare in wilder Unordnung.

»Ich muss Sie alle darauf vorbereiten, dass es kein schöner Anblick ist«, sagte Gormsen. »Was wissen wir über sie?«

»Sie heißt Adda Boel«, antwortete Jan Hansen. »Sie wohnte in der Wohnung über dem Solarium. Frührentnerin, neunundzwanzig Jahre alt. Ging nicht oft vor die Tür, haben die Nachbarn gesagt.«

Gormsen nickte, hob das Tuch an und zog es von dem noch bekleideten Körper der Leiche. Gesicht und Hals waren eine blutige Masse.

»Sie ist sehr mager«, stellte er fest. »War da nicht etwas mit einem chronischen Leiden?«

»Sie hatte eine Lungenkrankheit«, bestätigte Hansen.

Wagner versuchte sich vorzustellen, wie es war, von Hilfsmitteln und Helfern abhängig zu sein. Wie ohnmächtig mochte sie sich gefühlt haben, gefangen in ihrer kleinen Wohnung, während die Welt um sie herum in die Luft flog. Wenn sie überhaupt Zeit gehabt hatte, irgendetwas zu denken, was er nicht hoffte.

Gormsen betrachtete den mitgenommenen Leichnam eingehend, dessen Kopf am Rumpf nur noch mit Fleischfasern und Sehnen verbunden war. Der Rest hing in Fetzen und entblößte Speiseröhre und Knochen. Gormsen nickte Erik Haunstrup zu, und gemeinsam begannen sie, Adda Boel zu entkleiden, jedes Kleidungsstück zu registrieren, um es danach in Papiertüten zu versiegeln, die dann ins Polizeipräsidium gebracht werden würden, wo man sie nach eventuellen Spuren untersuchte. Einige Teile der Kleidung mussten herausgeschnitten werden, weil sie mit der Haut verschmolzen waren.

»Das ist vielleicht eine Bescherung«, murmelte Haunstrup, und Wagner hörte seinen vergeblichen Versuch, aufmunternd zu klingen.

»Bescherung, ja, das ist richtig«, erwiderte Gormsen und warf einen Blick in die Runde. »Das wird auch eine ganze Weile dauern. Das kann ich Ihnen versprechen.«

Wagner stand reglos mit seiner Gazemaske daneben und blinzelte lediglich mit den Augen. Er hatte ausreichend Obduktionen beigewohnt, um zu wissen, dass diese sowohl kompliziert als auch hart für alle Beteiligten werden würde. Sogar er konnte auf den ersten Blick erkennen, dass sich der Leichnam in einem schrecklichen Zustand befand und es schwierig werden könnte, die eigentliche Todesursache festzustellen. Anderen, weitaus unerfahreneren Rechtsmedizinern hätten wahrscheinlich die Hände gezittert, aber Gormsen hatte viele Reisen zu den Unruheherden der Welt hinter sich und war etliche

Male mit Explosionsopfern und Massengräbern konfrontiert worden.

Nachdem die Kleidung entfernt worden war, begann der Rechtsmediziner mit der äußeren Untersuchung der Leiche. Er sprach in ein Diktaphon, das er in der einen Hand hielt, während er mit der anderen die Frau auf dem Seziertisch untersuchte.

»Die Haut ist stellenweise stark verbrannt, der Körper ist aufgequollen, was darauf hindeutet, dass er großer Hitze ausgesetzt war.«

Er sprach weiter, während er sorgfältig die Überreste des Halsbereiches untersuchte. Seine Finger in den Latexhandschuhen tasteten über die Hautfetzen und zogen kleine Splitter hervor. Diese versiegelte er in einem Plastikbehälter.

»Bei der Explosion sind Fremdkörper, wahrscheinlich Teile des Mauerwerks, durch die Luft gewirbelt worden und haben sekundäre *blast injuries* verursacht.

Einblutungen in den Schleimhäuten der Augen sind aller Voraussicht nach durch die Explosion verursacht worden. Der Bereich um Kehlkopf und Zungenbein ist vollkommen zerstört.«

Er sah hinab auf den mageren Körper.

»Sie wiegt ja praktisch nichts. 48,5 Kilo bei einer Körpergröße von 1,70 m. Wenig Widerstandskraft. Die Todesursache kann die schwere Halsläsion in Kombination mit den Folgen der Druckwellen gewesen sein. Aber wir werden uns auch die Organe genauer ansehen.«

Das Letzte sagte er, als würde er mit der Leiche sprechen. Wagner und Jan Hansens Blicke trafen sich über dem Seziertisch. Offenbar wurde dem Kriminalkommissar bewusst, dass der Körper auf dem Tisch das genaue Gegenteil von seiner eigenen Muskelpracht war. Zumindest senkte er sehr schnell den Blick, hatte aber Probleme, sich auf Adda Boels Arme und Beine zu konzentrieren, die nie besonders zum Einsatz gekommen waren. Es waren nahezu keine Muskeln vorhanden, die Glieder waren so dünn wie die eines Kindes.

»Wir müssen uns die Lungen ansehen, wenn wir die Organe

entnommen haben. Aber es kann schwierig werden, wenn sie schon von vornherein von einer Krankheit in Mitleidenschaft gezogen waren.«

Wagner betrachtete die Leiche. Das Gesicht war so zerstört, dass es schwerfiel, sich ein Bild von Adda Boel zu machen. Noch vor ein paar Tagen war sie am Leben gewesen, er hatte ein Foto von ihr gesehen, eine schöne Frau mit glänzenden, goldblonden Haaren und einem zarten, fast geheimnisvollen Lächeln. Sie war ein Familienmitglied von jemandem gewesen; die Nachbarin von jemandem; die Freundin von jemandem. Vielleicht hatte sie auch jemanden geliebt? Ob sie, trotz ihrer Krankheit und ihrer Lebenssituation, wohl jemals so etwas wie Liebe und Nähe erlebt hatte?

Plötzlich spürte er das schlechte Gewissen, das hinter seinen Augen stach. Auf diesem Tisch hätte auch Ida Marie liegen können. Sie hätte es sein können, deren Hals in Stücke gerissen war, deren Haare nur noch in vereinzelten Büscheln am Kopf saßen und deren Haut mit Splittern übersät war, so dass sie aussah, als hätte jemand eine Puppe mit Nadeln gespickt. Aber es war nicht Ida Marie. Ida Marie hatte Glück gehabt und er auch. Eine andere hatte ihren Platz eingenommen.

Gormsens nüchterner Tonfall riss ihn aus seinen Gedanken.

»Hmm. Wir müssen uns auch unbedingt das Trommelfell ansehen. Das Ohr ist das empfindlichste Organ, wenn wir über Druckwirkungen sprechen.«

Je weiter die Obduktion voranschritt, desto mehr hörte es sich an, als würde der Rechtsmediziner seine ganz eigene Unterhaltung mit der Toten führen, wenn er seine Überlegungen und Einwände formulierte. Da klingelte Wagners Telefon, er ging in eine Ecke des Saales, wandte den anderen den Rücken zu und ging ran.

»Ja.«

»John Henriksen, vom Brandtechnischen Labor. Ich stehe hier in der Østergade, wir kümmern uns gerade um die Räumung des Tatorts.«

»Ja, mir wurde schon gesagt, dass es ein paar Tage dauern wird.«

Wagner hörte Hintergrundgeräusche. Autos und Stimmen und Laute, die sich so anhörten wie ein Räumungskommando.

»Das wird es auch. Aber ich wollte kurz Meldung geben, dass wir in der obersten Schicht Reste von etwas gefunden haben, die einer Sauerstoffflasche ähneln.«

»Und die stammen aus der Wohnung im ersten Stock?«

»Ganz genau.«

Wagner drehte sich zu der kleinen Gestalt auf dem Stahltisch um. Natürlich. Die Krankheit war offensichtlich schon so weit vorangeschritten, dass Adda Boel eine zusätzliche Sauerstoffzufuhr benötigte hatte.

»Das könnte zutreffen, wir werden das mit ihrem Arzt klären. Reste, haben Sie gesagt?«

In der Leitung war es still, man hörte nur die Geräusche der Stadt. Dann kam die Antwort des Brandexperten:

»Es gibt Hinweise darauf, dass die Sauerstoffflasche explodiert ist.«

»Aber Sauerstoff ist doch nicht entflammbar? … Einen Augenblick bitte …«

Wagner gab Gormsen und den anderen ein Zeichen und drückte die Tür zum Gang auf. Es verschaffte ihm auf der Stelle Erleichterung, dem Geruch von verbranntem Fleisch und verkohlter Haut zu entkommen.

»Gibt die Sauerstoffflasche einen Hinweis darauf, welche Art von Explosion stattgefunden hat?«

Er zog die Tür hinter sich zu und versuchte, mit gedämpfter Stimme zu sprechen. Ein Laborant in weißem Kittel schlich lautlos an ihm vorbei wie ein Gespenst.

»Könnte sein«, erwiderte John Henriksen. Wagner kannte ihn als einen sehr zuverlässigen Brandexperten, der keine zusätzliche Untersuchung scheute.

»Die Zufuhr von Sauerstoff steuert die Brandentwicklung. Eine Sauerstoffflasche kann nicht einfach explodieren, aber sie kann natürlich durch starke Druck- und Wärmebildung in die

Luft fliegen. Das hätte eine enorme Wirkung. Und wenn es vorher gebrannt hat, kann der Sauerstoff die Verbrennung anderer Stoffe erheblich beschleunigen.«

»Das heißt, es hat schon gebrannt? Vor der Explosion?«

»So ist es.«

»Dann war es keine gewöhnliche Bombenexplosion? Es muss einen Brandbeschleuniger gegeben haben. Aber was? Benzin?«

»Das könnte gut sein. Wir untersuchen das, aber es wird noch ein paar Tage dauern, bis wir eine Antwort haben.«

Eine Stimme rief John Henriksen etwas zu, und er nahm sich Zeit, die Frage des Kollegen zu beantworten. Wagner hörte das Geräusch eines Wagens, der die Straße entlangfuhr, und eine Stimme, die etwas Unverständliches rief, dann war Henriksen wieder am Apparat. »Entschuldigen Sie. Wir arbeiten hier rund um die Uhr. Also: Diese Art von Sauerstoffflaschen hat kein Verschlussventil, das sich schließt, wenn der Schlauch defekt ist. Sie haben lediglich ein Reduktionsventil, das die Geschwindigkeit reduziert, mit der der Sauerstoff austritt.«

Wagner versuchte, die Bilder und Geräusche zu verdrängen, die in ihm durch den Geruch im Obduktionssaal ausgelöst worden waren. Aber sie hefteten sich an ihn, so wie sich die Kleider in den Körper der Toten gebrannt hatten.

»Wenn sie also im Augenblick der Explosion an die Sauerstoffflasche angeschlossen gewesen ist, wurde sie quasi in die Luft gesprengt«, fasste er zusammen und wartete einen Moment lang auf einen Widerspruch vom anderen Ende der Leitung. Aber der kam nicht.

KAPITEL 8

»Ist die Tat politisch motiviert?«

Der Journalist von *Jyllands-Posten* kam Dicte zuvor und stellte die Frage, auf die alle eine Antwort haben wollten. Die Kameras klickten, und es blitzte in einem fort, die roten Aufnahmelichter der Fernsehkameras leuchteten auf den Schultern der Kameramänner.

Sie ließ John Wagner und Kriminalhauptkommissar Hartvigsen auf der Pressekonferenz im Konferenzsaal des Polizeipräsidiums nicht aus den Augen. Auf den Tisch, an dem sie saßen, hatte sie, wie die anderen Journalisten auch, ihr Aufnahmegerät gestellt, als handle es sich hier um eine Pressekonferenz des Staatsministers in Christiansborg. Der Fall war groß und bedeutend. Zwei Detonationen hintereinander in der Innenstadt rochen sehr nach Terrorismus. Alle waren erschienen, alle Regionalzeitungen bis hin zum überregionalen Fernsehen.

Bo lehnte mit der Schulter an der Wand.

»Jetzt fehlt eigentlich nur noch ein CNN-Reporter, der die Tür aufreißt.«

Sie fand das nicht total undenkbar, der Symbolgehalt für die Ereignisse des 11. Septembers war nicht zu übersehen.

»Solltest du hier nicht was arbeiten?«

Er gähnte und streckte sich auf dem unbequemen Stuhl aus. Seine Cowboystiefel berührten dabei zufällig die Beine der jungen Kollegin Renate Guldberg in der Reihe vor ihm, die gerade in die feste Mannschaft der Krimiredaktion der Zeitung *Stiften* aufgenommen worden war.

»'tschuldigung«, murmelte Bo, als die Journalistin sich zu ihm umdrehte. Aber er zog seine Beine nicht zurück.

»Ach, wir haben im Archiv Aufnahmen von den beiden, von allen Seiten. Und so aufregend sind sie nun auch nicht. Die erinnern mich an Batman und Robin«, sagte er mit einem Kopfnicken zu Wagner und Hartvigsen.

Dicte stieß ihm den Ellbogen in die Seite.

»Jetzt komm schon. Wir können keine veralteten Fotos drucken, das weißt du genau.«

Er richtete sich mühsam im Stuhl auf.

»Wenn es sein muss.«

Er kratzte mit dem Dreitagebart über ihre Wange mit einem angedeuteten Kuss und warf der Madame vom *Stiften* ein freches Lächeln zu, als er sich endlich mit seiner Kamera erhob. Dicte folgte Renate Guldbergs Blick, als Bo sich entfernte, und verstand sehr wohl das Interesse an diesem langen, sehnigen Körper. Hier sendeten Jeans, T-Shirt und zerzaustes Haar eindeutige, aber effektive Signale, die an Bohnen am Lagerfeuer und Sex unterm Sternenhimmel denken ließen.

Der Zustand der Träumerei und das überwältigende Kribbeln im Körper hielten etwa zwei Sekunden an, dann konzentrierte sie sich wieder auf den Fall. Natürlich hatte Bo recht. Fotos von einer Pressekonferenz waren tatsächlich kein aufreizendes Bildmaterial, und nicht zu selten endete es damit, dass sie sich für Archivbilder oder ein Foto vom abgesperrten Tatort entschieden. Aber Fotos musste er machen, da ging kein Weg dran vorbei. Genauso erging es auch Wagner und Hartvigsen, die ihr Bestes taten, um der anwesenden Presse ein paar Häppchen zu servieren, ohne aber zu viel zu verraten.

»Es könnte sich um eine Verknüpfung von Zufällen handeln!«, antwortete Wagner auf die Frage nach den politischen Motiven.

»Zufälle?«, wiederholte der erfahrene Kollege von der *Jyllands-Posten*. »Es soll also ein Zufall sein, dass das Auto der Bürgermeisterkandidatin so kurz vor der Wahl in Brand gesteckt und gleichzeitig eine Bombe in einem Solarium gezündet wird und eine körperbehinderte Frau dabei umkommt?«

»Technisch sind die beiden Explosionen noch nicht miteinander in Verbindung gebracht worden«, warf Hartvigsen ein.

»Aber Sie haben doch die Vermutung, dass es sich um ein und denselben Täter handelt?«, meinte der Kollege von *Politiken*. »Deutet der Tathergang nicht auf al-Qaida hin?«

Wagner zuckte mit den Schultern. Es war unverkennbar, dass er die Pressekonferenz so schnell wie möglich hinter sich bringen wollte, um mit den Ermittlungen fortzufahren.

»Es könnte so vieles sein«, wiegelte er ab. »Wahrscheinlich hat man eher al-Qaida kopieren wollen. Aber noch ist es zu früh für Mutmaßungen.«

Die Informationen, die nach draußen drangen, waren bisher

mehr als spärlich gewesen, vermutlich, weil es nicht so viel zu erzählen gab, aber auch – und das wussten alle –, weil die Polizei die meisten Details geheim hielt. Der Name der Autobesitzerin hatte ja schon eingeschlagen wie eine weitere Bombe, vor allem als publik wurde, dass am selben Tag im Haus von Francesca Olsen eingebrochen worden war. Aber wie das alles mit al-Qaida in Verbindung gebracht werden sollte, konnte Dicte auch nicht sehen. Die zweifache Bombenexplosion war richtigerweise das Markenzeichen der islamistischen Terrororganisation, aber was für ein Interesse sollte al-Qaida haben, sich in einen Wahlkampf in Århus einzumischen? Der Heilige Krieg am Schweinebrunnen auf dem Rathausplatz? Ihr fiel es schwer, diese Theorie ernst zu nehmen.

Eine Unruhe machte sich in ihr breit, während sie Bo beobachtete, der mit seiner Kamera vor den beiden Protagonisten herumtänzelte. Einen Zufall hatte Wagner das genannt, aber ganz offensichtlich selbst nicht dran geglaubt. War es dann auch ein Zufall, dass ausgerechnet das Solarium in die Luft flog, in dem sie sich zusammen mit Ida Marie hatte braten lassen wollen? War es ein Zufall, dass bei der Person eingebrochen wurde, mit der sie einen Interviewtermin hatte und zu der sie nach dem Aufenthalt im Solarium gefahren wäre?

Sie kritzelte ein paar Notizen auf ihren Block, während die beiden Männer die Fragen der Journalisten beantworteten. Zwischendurch warf sie selbst ein paar Fragen ein. Parallel aber arbeitete es in ihrem Kopf an einem Motiv, das sehr wenig mit al-Qaida, aber umso mehr mit ihr zu tun hatte. Sie war keine Unbekannte in der Stadt, und sie war in letzter Zeit ziemlich exponiert gewesen, war schon so oft in der Zeitung genannt und gezeigt worden, dass sie das Zählen aufgegeben hatte. Sie hatte sich in Dinge eingemischt, in die man vielleicht nicht ungestraft seine Nase steckte, und ihre Person schien die Stadt in drei Lager gespalten zu haben. Da war ihre Fangemeinde, die ihr den Status einer Superheldin aus Århus verlieh, mit der Lizenz zum Töten oder zumindest mit dem Recht ausgestattet, in alle mög-

39

lichen Fettnäpfchen zu treten, solange dadurch die Verbrecher gefasst wurden. Dann gab es die Kritiker, deren Leserbriefe und Mails sie auf die Palme bringen konnten. Und dann gab es diejenigen, die Drohbriefe schrieben. Mails, Briefe und Kurznachrichten, die sie immer gleich löschte, mit denen sie aber eigentlich zur Polizei gehen müsste. Es waren Drohungen, dass sie sich nicht in Sicherheit wähnen sollte. Informationen, dass sie beobachtet werden würde und ihr Wohnort bekannt sei. Morddrohungen … Sie hatte es bisher nie wirklich ernst genommen. Bis jetzt. Ein einziges Mal war die Polizei einem Drohschreiben nachgegangen und hatte einen verwahrlosten, verwirrten Mann aufgespürt. Danach hatte sie aufgehört, die Polizei zu benachrichtigen. Aber vielleicht hatten sich die Umstände mittlerweile grundlegend geändert?

»Und die Obduktion?«, fragte der Kollege von *Jyllands-Posten* in diesem Augenblick. »Hat die was Neues ergeben?«

Wagner zögerte offensichtlich mit der Antwort.

»Nicht an und für sich«, erwiderte er dann. »Die Rechtsmediziner gehen davon aus, dass der Tod zeitgleich mit der Explosion erfolgte.«

»Aber sie wohnte doch im ersten Stock, und die beiden Etagen trennte eine massive Deckenkonstruktion. Was für eine Bombe kann so einen großen Schaden anrichten?«, bohrte der Journalist weiter.

»Wahrscheinlich hat nicht die Bombe allein die Explosion erzeugt«, sagte Wagner. »Adda Boel benutzte ein Sauerstoffgerät, das bei der Detonation der Bombe im Solarium durch den Druck und die Flammen ebenfalls explodierte. Und dann hat der Sauerstoff die Brandentwicklung beschleunigt.«

Die Reporter saßen einen kurzen Augenblick schweigend da. Dicte erinnerte sich an den Anblick des brennenden, verrußten Gebäudes, und auf einmal tauchten unglaubliche Details vor ihrem inneren Auge auf, die sie abgespeichert, aber nicht wieder aktiviert hatte: ein komplettes sechssprossiges Fenster inklusive Rahmen, das in einer gigantischen Löschwasserpfütze schwamm. Eine Frau mit blutverschmierten Schnittwunden im Gesicht von den Glassplittern, die wie Pfeile durch die Luft geschossen waren. Rote Dachziegel, die sich gelöst hatten und zerschmettert auf dem Bürgersteig lagen.

»Wir müssen die Ergebnisse der rechtsmedizinischen Untersuchung und die weiteren Laborwerte abwarten«, sagte Wagner mit Nachdruck und läutete damit das Ende der Pressekonferenz ein. »Wir werden Ihnen die Details vorlegen, sobald wir welche erhalten.«

»Prima, dann sag ich mal danke schön für heute!«

Christian Hartvigsens etwas rustikaler, jütländischer Duktus beendete die Konferenz. Bo knipste noch ein paarmal halbherzig, bevor er zu seinem Platz zurückgeschlendert kam. Die Journalistin vom *Stiften* stand in der Sekunde auf, als er an ihr vorbeiging, und warf sich ihre Tasche über die Schulter. Dabei traf sie Bo am Arm.

»Oh, Entschuldigung«, sagte die zarte, rothaarige Renate mit einem Lächeln, das Dicte zwar nicht sehen, aber hören konnte.

»Keine Ursache.«

Bo trat galant einen Schritt zur Seite. Dicte verdrehte die Augen zur Decke, spürte aber gleichzeitig ein Stechen in der Brust. Könnte er so etwas tun? Sie konnte es sich nicht vorstellen. Schon gar nicht jetzt, nach der Geschichte mit dem Solarium und ihrer Wiedervereinigung zwischen den Mauersteinen, denn wenn sie ehrlich war, hatte sie in letzter Zeit den Alltag und die Routine regieren lassen. Und wenn Bo eine Sache nicht leiden konnte, dann war es Routine. Dafür hatte er zu viel Feuer im Hintern, und das lag nicht nur daran, dass er achtunddreißig war und somit acht Jahre jünger als sie. So ist er nun einmal, dachte sie zum hundertundsiebzehnten Mal. Rastlos hoch drei. Aber eigentlich auch schon hoch zwei, musste sie sich eingestehen.

»Fleischklößchen auf Sellerie?«

»Warum nicht! Ich dachte, es wäre mal wieder Zeit für ein gutes altes Gericht aus Omas Kochbuch?«

Bo war für das Abendessen zuständig. Dicte schnupperte und wurde in die Vergangenheit getragen, aber nicht zu ihrer Großmutter, sondern in ihr Elternhaus und zu ihrer Schwester. Doch die Erinnerungen waren nicht glücklich, deshalb schob sie sie beiseite.

»Was ist an Pizza falsch?«

»Gar nichts. Aber Sellerie ist gut fürs Sexleben.«

Er steckte sich ein rohes Stück von dem Gemüse in den Mund, packte ihre Taille und schob seine Zunge zwischen ihre Lippen.

»Da siehst du«, sagte er triumphierend, als er sie wieder losließ.

»Findest du sie eigentlich sexy?«

»Wen?«

»Du weißt genau, wen ich meine. Die kleine Renate!«

»Das kleine Rotkäppchen?«

Sie kicherte.

»Bist du dann der Böse Wolf?«

Er packte sie erneut, diesmal etwas fester.

»Findest du?«

»Hmm. Ein bisschen. Aber sie wird nicht in deine Nähe kommen.«

Sie standen dicht beieinander. Seine Antwort hatte sie nicht wirklich beruhigt, aber auch nicht beunruhigt.

»Glaubst du, das hat was mit mir zu tun?«, fragte sie und konnte endlich dem Gefühl Luft machen, das sie weitaus mehr beschäftigte als junge, attraktive rothaarige Journalistinnen.

Er schob sie von sich weg und sah sie so durchdringend an, dass sie den Blick senken musste. Er war hart mit ihr ins Gericht gegangen nach ihrem letzten unbedachten Versuch, die Welt zu retten. Er hatte ihr Selbstgerechtigkeit vorgeworfen und die Vermessenheit, sich unverletzbar zu fühlen. Ausdrücke wie: dümmer als die Polizei erlaubt und anderer Leute Leben in Gefahr bringen, waren auf sie niedergegangen.

Das hatte weh getan und Spuren hinterlassen. In der Regel konnte sie mit Kritik ganz gut umgehen. Aber nicht von Bo.

»Das hoffe ich nicht«, sagte er und schüttelte den Kopf. »Das hoffe ich verdammt noch mal nicht.«

Er drehte sich um und begann, kleine Fleischbällchen mit einem Löffel zu formen und diese in das siedende Wasser zu werfen.

»Und dann auch noch an diesem Datum«, murmelte Dicte.

»Was hat denn der 11. September mit dir zu tun?«

»Das meine ich nicht. Die Entlassung. Am Mittwoch.«

Ihre Blicke trafen sich über dem dampfenden Kochtopf.

»Ich wusste nicht, dass du die Sache im Auge behalten hast. Hast du nicht gesagt, er sei dir egal?«

Sie starrte in den Kochtopf, in dem die Fleischklöße auf und ab hüpften. Hatte sie jemals wirklich selbst daran geglaubt?

»Aber das ist er ganz offensichtlich nicht?«

»Offenbar nicht.«

Er nahm ein Messer und schlachtete den Sellerie, der in zwei Hälften zerfiel.

»Weißt du, wo er jetzt ist?«

Sie schüttelte den Kopf.

»Aber du hast vor, das herauszufinden? Du hast vor, ihn zu treffen?«

Sie wusste es selbst nicht, deshalb zuckte sie nur mit den Schultern, wusste aber, dass er sie viel besser kannte. Er kannte sie sogar besser als sie sich selbst.

KAPITEL 9

Francesca wachte davon auf, dass der Mann neben ihr im Bett ihre Beine auseinanderdrückte und in sie eindrang. Nicht brutal, aber auch nicht vorsichtig und entschuldigend. Selbstverständlich bin ich bereit, dachte sie, als der Rhythmus einsetzte und die Invasion sie feucht werden ließ und somit Reaktionen in ihrem Körper hervorlockte, die ihr Kopf am Abend zuvor verweigert hatte. Die Wärme in ihrem Schoß breitete sich in

Arme und Beine aus, und sie empfing mit Genuss, während Jesus Christus am Kreuz von der gegenüberliegenden Wand zusah.

Vielleicht war ihr Liebhaber an diesem Morgen etwas behutsamer als sonst, das ließ sich nur schwer sagen. Er wusste zwar, dass sie der Einbruch und die Autobombe im Parkhaus mitgenommen hatten, aber er ahnte nicht, wie schlecht es ihr ging. Sie hatte ihn zu sich gerufen, obwohl sie wusste, wie riskant es war, und er war wie immer erst nach Einbruch der Dunkelheit zu ihr gekommen. Sein Fahrrad hatte er in ihre Garage gestellt. In einer Stunde, wenn die Nachbarn zur Arbeit gefahren waren und die Straße menschenleer war, würde er ihr Haus wieder verlassen, hoffentlich ohne gesehen zu werden. So wollte sie es haben, und so hatte es sich einrichten lassen. So hatten sie es in den vergangenen elf Monaten gehandhabt, seit sie sich kannten.

Eine halbe Stunde später stand er auf und brachte ihr das Frühstück ans Bett. Sie lauschte den Geräuschen in der Küche und wünschte sich einen kurzen Augenblick lang, dass sie ein ganz normales Paar wären mit ganz normalen Jobs und einer ganz normalen Liebesbeziehung, die im Internet entstanden war. Dort, wo so viele ihre Partner fanden. Aber so war es nun einmal nicht, sie schob die Illusion beiseite und ließ Früchte, Müsli und Kaffee den Magen füllen. An ihrem Verhältnis zu Asbjørn war nichts normal, was für ein Glück. Die Frage war nicht, wie viel die Beziehung aushielt, sondern wie viel sie selbst ertragen konnte.

Sie nahm einen Schluck Kaffee, stellte den Becher auf das Tablett und fühlte sich etwas gestärkter als noch wenige Minuten zuvor.

»Vielen Dank.«

»Ach, doch da nicht für. Du bist doch meine schöne Frau.«

Nicht zum ersten Mal fragte sie sich, ob er das wirklich ernst meinte. Was sie da direkt nach dem Einbruch in ihrem Spiegelbild gesehen hatte, hatte mit Schönheit nicht mehr so viel zu tun.

44

Die Haare waren früher schwarz und glänzend gewesen, sie hatte eine Wespentaille gehabt und straffe Haut. Man sah zwar noch deutlich Anzeichen vergangener Vorzüge, und dank des regelmäßigen Trainings hatte sie ihren Körper unter Kontrolle, was ihr sehr viel bedeutete. Aber es wäre gelogen, wenn sie nicht zugeben würde, dass die Zeit ihre Spuren hinterlassen hatte. Er sagte ihr oft, dass er die Zeichen der Jahre in ihrem Gesicht und an ihrem Körper liebte. Er zeigte es ihr auch, und meistens glaubte sie ihm.

»Und du bist mein blonder Prinz«, sagte sie und liebkoste seine Wange und seinen Hals. Er saß nackt auf der Bettdecke. An den Stellen, an denen ihr Körper muskulös, aber von der Zeit gezeichnet war, war seiner stark, fest und voller Energie.

»Du könntest mein Sohn sein, caro«, sagte sie nicht zum ersten Mal und hörte den traurigen Klang in ihrer Stimme. Die Ereignisse der letzten Tage hatten sie verletzlich gemacht, was sich immer auf ihre Stimme niederschlug, die jetzt klang wie ein überspanntes Cello, obwohl sie eigentlich neckend und hell klingen sollte.

Er nahm ihr das Tablett ab und legte seinen Kopf in ihren Schoß, küsste ihren Bauch und sog genüsslich den Geruch ein, den der Sex hinterlassen hatte.

»Aber das bin ich nicht. Ich bin dein Geliebter, der dich anbetet, aber du willst dich nicht zu mir bekennen.«

Sie strich ihm übers Haar. Die reale Welt stand vor der Tür und klopfte an, nachdem sie am vergangenen Wochenende buchstäblich den Stecker rausgezogen, eine kleine Tasche gepackt und bei ihm eingezogen war, verborgen unter einem großen Schal, Sonnenbrille und einem langen Mantel. Zwei Tage hintereinander hatte sie keinen Schritt vor die Tür getan, um die Gedanken zu sortieren und die wenigen Kräfte zu mobilisieren, die sie in sich finden konnte. Zurück in ihren eigenen vier Wänden und im eigenen Bett stellte sie dankbar fest, dass sich das bekannte Gefühl von Stärke und Entschlossenheit wieder meldete. Es gab so viel zu erledigen. Allem voran stand gleich das Interview mit

Dicte Svendsen, das schon vor zwei Tagen hatte stattfinden sollen.

»Du bist erst fünfundzwanzig. Ich bin Stadträtin und Bürgermeisterkandidatin in der zweitgrößten Stadt Dänemarks.«

»Und außerdem zwanzig Jahre älter«, ahmte er ihre Stimme nach.

»Stimmt genau, zwanzig Jahre älter und sehr beschäftigt!«

Sie schubste ihn vorsichtig beiseite und stand auf. Heute wollte sie keine Liebe, das hinderte sie nur an der Arbeit, war ein Klotz am Bein. Es schmerzte sie, als sie seinen verletzten Blick sah, aber es nützte nichts.

»Du solltest jetzt lieber gehen, caro.«

Er blieb einen Augenblick liegen und starrte an die Wand, wo Jesus mit der Dornenkrone und seinem geschundenen Körper hing.

»Ich weiß, dass ich das schon einmal gefragt habe, aber warum hängt er da eigentlich?«

»Das ist ein Erbstück. Von meiner Großmutter. Und sie hat es von ihrer Mutter bekommen, es ist also eine Antiquität. Ist es nicht hübsch?«

Sie betrachtete den versehrten und blutigen Körper am Kreuz. Zwar konnte sie das Asbjørn nicht anvertrauen, aber er erinnerte sie auch an die Schläge, die sie am eigenen Leib erfahren hatte. Nie wieder, sang es in ihrem Kopf. Nie wieder würde sie jemand so erniedrigen dürfen. Sie hatte alles unter Kontrolle. Alles. Immer.

Sie wühlte in der Schublade nach einem sauberen Slip.

»Und warum noch?«

»Wie meinst du das?«

»Bist du religiös?«

Sie seufzte. »Du weißt doch, dass ich Katholikin bin. Und das ist keine Krankheit.«

Er drehte sich auf den Bauch und grinste sie an. Ein Lächeln voll frecher und unausgesprochener Gedanken.

»Aber ist das, was wir hier machen, denn keine Sünde?«

Es kribbelte am ganzen Körper. Wie eine Armada aus lauter kleinen Nadelstichen auf der Haut.

»Vielleicht.«

Er stand auf, stellte sich vor sie und wippte mit den Füßen auf und ab. Er war so perfekt, dass es ihr fast den Atem verschlug. Sein Körper war ein harmonisches Ganzes, ein Kunstwerk. Seine Muskeln, die Glieder und der Torso waren eines Michelangelos würdig, und sein Gesichtsschnitt besaß jenen markanten Ausdruck, den sie an Männern besonders mochte. Mit zunehmendem Alter würde es an Kontur noch gewinnen, jede Pore seines Körpers verhieß noch mehr Schönheit und Stärke.

»Es macht aber Spaß zu sündigen, oder?«

Während er das sagte, begann sein Schwanz zu zucken. Sie bemerkte es, aber wollte nicht hinsehen, denn das würde fatal sein.

»So, geh jetzt. Ich habe zu tun.«

Sie wedelte abwehrend mit der Hand, aber es war schon zu spät. Sein Schwanz war hart und stand.

Er sah an sich herunter und lächelte.

»Ups!«

Sie hatte noch so viel zu erledigen. So vieles, dem sie Einhalt gebieten musste: Münder, denen absolute Verschwiegenheit abverlangt werden musste; Wahrheiten, die noch besser verschlossen werden mussten, als sie es ohnehin schon waren. Diese Aufgaben erschienen ihr riesengroß, und sie hatte überhaupt keine Zeit für solche Spielchen hier.

Sie kam einen Schritt näher, obwohl sie das eigentlich nicht wollte. Dann streckte sie eine Hand aus, packte seinen Schwanz und zog ihn zu sich.

»Nimm mich. Jetzt!«

Es gab keinen Raum für Triumph in seinem Blick, als er ihr gehorchte, nur Lust.

Etwas später, zehn Minuten vor dem Termin mit der Journalistin, stieg sie aus der Dusche und fühlte sich gestärkt. Sie verabschiedete ihn mit einem Kuss, und dabei schoss ihr durch den

Kopf, dass er ihr Bollwerk war gegen das Böse und die Erinnerungen an die dunklen Jahre, die angerauscht kamen und ihr Inneres aus dem Gleichgewicht brachten. Sie konnte nicht auf ihn verzichten. Der bloße Gedanke an ihn würde sie durch den bevorstehenden Alptraum geleiten, und es würde ein Alptraum werden, daran zweifelte sie nicht. Sie würden ihr das alles vor die Füße werfen. War es das wert? Sie könnte doch genauso gut das Handtuch werfen, ihre Kandidatur zurückziehen und ihre Koffer packen?

Ja, vielleicht. Aber was für einen Sinn würde das alles haben? Womit sollte sie ihr Leben verbringen, wenn nicht mit dem Streben nach Macht. Nicht um der Macht willen, natürlich, sondern um der Bürger willen, für die Schwachen, die sich nicht selbst verteidigen können. So wie es ihr selbst ergangen war. Was für eine schöne Vorstellung, die Tyrannen der Strafe zuzuführen, die sie verdienten. Das war ein Traum, der sie tags und nachts begleitete.

Sie machte das Bett, bohrte die Nase in die Bettwäsche und sog den Duft ihrer Körper ein, spürte dabei die Augen Jesu in ihrem Nacken. Dann wählte sie mit Sorgfalt ihre Garderobe und fühlte sich gewappnet.

KAPITEL 10

Dicte parkte in einiger Entfernung von dem gelben Einfamilienhaus am Straßenrand. Sie warf einen Blick auf ihre Uhr. Sie war etwa zehn Minuten zu früh und hatte noch genügend Zeit, ein letztes Mal ihre Notizen und ihre Strategie durchzugehen. In Gedanken ließ sie erneut die politische Karriere von Francesca Olsen Revue passieren: Parallel zu ihrem BWL-Studium war ihr politisches Interesse geweckt worden, und sie hatte sich in der größten bürgerlichen Oppositionspartei engagiert. Sie hatte sich zur Kommunalwahl aufstellen lassen und war so gerade eben gewählt worden. Am Anfang war sie eher unauffäl-

48

lig gewesen, aber nach ein paar Lehrjahren hatte sie begonnen, ihre Themen mit Sorgfalt und politischem Gespür auszuwählen, und traf meistens den Nerv der Zeit, sie wusste, was die Wähler beschäftigte, und hatte die Fähigkeit, die Medien zu ihrem eigenen Vorteil zu nutzen. Das hatte ihr viele interne Stimmen verschafft und sie schnell auf ein paar einflussreiche Posten katapultiert, so zum Beispiel in die Kommission für soziale Angelegenheiten. Sie half mit, die Verwaltungsstrukturen zu verschlanken, und es gelang ihr, eigene Projekte durchzusetzen. Sie hätte den durchaus schweren Posten als Sozialstadträtin nur allzu gerne angenommen, aber dieser war ihr nicht zugesprochen worden. Stattdessen hatte sie jetzt den Posten als Kulturstadträtin inne, allerdings war jedem Beobachter mehr als klar, dass ihr Ehrgeiz in eine andere Richtung ging. Ein Stadtratsposten war ein guter Ausgangspunkt für das Amt des Bürgermeisters.

Dicte blätterte ihre Notizen durch, während sie beobachtete, wie die feine Straße erwachte und ihre Bewohner sich auf den Weg zur Arbeit machten.

Otto Kaiser aus der Hauptstadtredaktion hatte in dem Augenblick angerufen, als sie gerade von der Redaktion in der Frederiksgade zu Frau Olsen in den Vorort Skåde aufbrechen wollte.

»Setz deinen Fokus vor allem auf das Persönliche. Den Einbruch. Das Auto, das in die Luft geflogen ist. Da gärt was unter der Oberfläche. Finde heraus, ob und in was sie verstrickt ist. Wer ihre Feinde sind.«

Er hatte die Angewohnheit, ins Telefon zu schreien, weswegen sie den Hörer weit vom Ohr entfernt hielt.

»Und dann diese Rettungsaktion. Keine Frage, sehr mutig, sich mit einem Vergewaltiger anzulegen. Aber was hatte sie eigentlich am Wochenende mitten in der Nacht in einer Gegend mit sozialem Wohnungsbau zu suchen? Haben wir jemals eine Antwort auf diese Frage erhalten? Der Mann lag nach ihrer Attacke praktisch im Koma, heißt es. Man möchte dieser Frau

49

nachts nur ungern in einem dunklen Treppenhaus begegnen«, sagte Kaiser.

»Sie wollte das damals nicht kommentieren«, erinnerte ihn Dicte.

»Aber darauf will ich doch hinaus. Eines Tages tauchte sie bei den Konservativen auf. Die meiste Zeit quasi unbekannt in der breiteren Schicht der Bevölkerung. Und plötzlich ist sie Everbody's Darling. Es zeigt sich, dass sie eine rhetorische Begabung hat und damit in einer Liga von ... von ...« Es war deutlich, dass er nach anderen Frauen suchte, mit denen er sie vergleichen konnte, da ihm aber keine einfiel, sprang er einfach weiter in seinem Vortrag: »... und man spricht mittlerweile von ihr als einer ernstzunehmenden Bedrohung für die Sozialdemokraten. Was passiert da gerade in Århus? Wer zum Teufel ist diese Francesca Olsen? Wir wollen alles wissen: ihre sexuellen Präferenzen, die Farbe ihrer Unterwäsche, den Namen ihres Hundes, ihre Religionszugehörigkeit, Haarfarbe, Schuhgröße ...«

Dicte lehnte sich gegen die Kopfstütze, während sie sich an Kaisers Wortschwall erinnerte und den Blick über die Wohnstraße gleiten ließ. Normalerweise liebte sie ihren Job, auch den Teil, der leider mit sich führte, dass sie ab und zu gezwungen war, aufdringlich zu sein. In der Regel fand sie es angemessen, dass die Öffentlichkeit einen Einblick in das private Leben der Prominenten und Politiker bekam. Sie selbst nutzten auch jede Gelegenheit, um die Presse für sich zu gewinnen, darum durften sie nicht jammern, wenn sie von dieser im Gegenzug mal ins Licht gezerrt wurden. Aber natürlich gab es Grenzen. Und Kaisers Grenze befand sich an einer vollkommen anderen Stelle als ihre eigene, das hatte sie oft genug erleben müssen. Und sie hatte den Eindruck, dass es auch im Fall von Francesca Olsen so war.

»Sie muss vollkommen erschüttert sein«, hatte sie ihm erwidert. »Der Einbruch und der gestohlene Wagen, der sich in eine Autobombe verwandelt. Sie hätte ja auch in dem Auto sitzen können. Vielleicht war das ja sogar so gedacht.«

»Ganz genau«, rief Kaiser und verstand Dicte mit Absicht falsch. »Du musst sie ein bisschen unter Druck setzen.«

Während sie so dasaß, öffnete sich das Garagentor des gelben Hauses. Einen Augenblick lang konnte sie zwei Gestalten im Halbdunkel ausmachen, dann schob ein junger Mann ein silberfarbenes Rennrad heraus und schwang sich darauf. Sekunden später sauste er an Dictes Wagen vorbei, und sie sah flüchtig einen ungewöhnlich gutaussehenden und sehr gut gebauten jungen Mann. Ein dänischer Adonis, solariumbraun und sportlich. Wer war er? Ein Neffe, zu so früher Stunde? Ein Sohn, der ihr bei der Recherche durch die Lappen gegangen war?

Sie blieb noch einen Weile sitzen und bereitete sich auf ihre Aufgabe vor, dankbar dafür, dass sie sich mit etwas beschäftigen musste und somit alles andere beiseiteschieben konnte. Und trotzdem beschlich sie erneut das ungute Gefühl, dass das alles miteinander zusammenhing. Die Entlassung aus dem Staatsgefängnis in Horsens, der Termin von ihr und Ida Marie in dem Solarium, die beiden Detonationen und die tote Frau im ersten Stock. Und schließlich auch der Einbruch bei Francesca Olsen und das gestohlene Auto.

Natürlich hatte sie Francesca Olsen im Fernsehen gesehen, aber die Möglichkeiten dieses Mediums waren doch beschränkt, darum war sie auch nicht auf die dunkle, exotische Ausstrahlung vorbereitet, die unter der scheinbaren Normalität zu beben schien. Trotz eines sehr neutralen Outfits: Jeans, kobaltblaue Seidenbluse und schwarze Pumps, und trotz eines dezenten Makeups und eines locker gebundenen Zopfes, was die Interviewpartnerin sehr entspannt und offen wirken ließ, war Francesca Olsen alles andere als eine gewöhnliche Person. Dicte registrierte die Wachsamkeit in ihren Augen, die durchdringender erschien als bei den meisten Menschen. Ihr Lächeln war freundlich, aber weder warm noch kühl. Ihr Gesicht war wie ein offenes Buch, das man auf einer leeren Seite aufgeschlagen hatte.

»Entschuldigen Sie bitte, ich bin ein bisschen zu früh!«

Sie sagte ihre übliche Erklärung auf, dass sie in der Gegend gewesen sei, aber die Wahrheit war, dass sie aus Prinzip zu früh kam. So hatte sie den Überraschungseffekt auf ihrer Seite, und es kam gar nicht selten vor, dass sie mit dieser Masche brauchbare Informationen ergatterte.

Ihr war es nicht möglich, zu sagen, ob sie dieses Mal erfolgreich gewesen war, aber zumindest spürte sie unterschwellig etwas, als Francesca Olsen sie begrüßte und hereinbat.

»Das sah hier nach dem Einbruch furchtbar chaotisch aus, aber ich habe jetzt wieder einigermaßen Ordnung geschaffen«, sagte sie und rückte ein paar Bücher und Kissen zurecht auf ihrem Weg durchs Wohnzimmer.

Ihre Bewegungen waren fahrig, und genau genommen lagen die Bücher und Kissen hinterher unordentlicher als zuvor.

»Wir können uns in mein Arbeitszimmer setzen, ... ach nein, ins Esszimmer. Lassen Sie uns dorthin gehen.«

Diese Unsicherheit passte nicht zu ihr. Und wenige Sekunden später hatte sie ihre Fassung wiedergewonnen, und die Schiebetür zu einem klassischen skandinavischen Esszimmer mit Arne-Jacobsen-und-Hans-Wegner-Stühlen wurde mit einem gedämpften Grollen zur Seite gerollt.

»Was darf ich Ihnen anbieten? Kaffee? Tee?«

»Vielen Dank, ich nehme, was Sie gerade in der Kanne haben. Sonst bin ich fein.«

»Ich habe nichts in der Kanne.«

Die Antwort kam wie scharf geschossen, wurde aber sofort abgemildert.

»Aber ich könnte jetzt eigentlich auch eine Tasse Kaffee vertragen, ich setze mal Wasser auf.«

Sie verschwand in die Küche, und die Stimmung im Raum beruhigte sich wieder. Dicte hörte sie draußen Lärm machen. Die Geräusche kamen in schneller Abfolge: Kessel, Wasserhahn, Kaffeedose vermutete sie. Sie sah sich im Esszimmer um. Von dort aus konnte sie ins Wohnzimmer sehen, das ebenfalls mit klassischen und nicht gerade billigen Möbeln ausgestattet war. Aber sie entdeckte auch das Pendant zu den Bildern von dänischen Waldseen: blaues Meer, pittoreske Hafenanlagen und bunte Fischerboote an lose hängenden Tauen. Kein einziges Familienfoto, dafür Regale voller Bücher, Klassiker in edlem Ledereinband und neuere Paperbacks. Ihr Blick fiel auf eine angeschlagene Gipsstatue der Jungfrau Maria in einem hellblauen, goldbesetzten Umhang, die auf dem Fenstersims stand.

»Das war hier vielleicht ein Durcheinander«, sagte ihre Interviewpartnerin, als sie mit einem Tablett hereinkam. »Ich habe Tag und Nacht gebraucht, um es wieder einigermaßen aufzuräumen.«

»Aber die Polizei ist doch wohl gekommen und hat Fingerabdrücke genommen und so etwas?«

»Ja, aber erst, als ich was von einem Bombenanschlag gesagt habe.«

Sie sah Dicte mit einem unerwartet schelmischen Gesichtsausdruck an.

»So sah es zumindest aus. Ich wusste zu diesem Zeitpunkt ja auch noch nichts von den beiden anderen Explosionen. Aber die haben mich wörtlich genommen und waren in Null komma nichts da.«

Sie nahmen am Esstisch gegenüber voneinander Platz. Dicte dachte kurz an den jungen Mann auf dem Silberfahrrad, als sie nach einer guten Einleitung suchte.

»Der Bürgermeisterposten!«, sagte sie dann aber. »Warum? Wo sehen Sie Århus nach vier Jahren mit Ihnen am Ruder? Also, im Vergleich dazu, dass die Stadtverwaltung wieder sozialdemokratisch besetzt wäre?«

Das war die richtige Entscheidung gewesen. Francesca Olsen entspannte sich sofort bei der Aussicht, über die Kernfragen ihrer politischen Arbeit sprechen zu können. Sie schenkte Kaffee ein, nahm sich Zucker und verrührte ihn mit wohldosierten Bewegungen, tunkte einen Cantuccini in die schwarze Flüssigkeit und nahm einen winzigen Biss davon.

»Weil ich glaube, dass man es besser machen kann«, sagte sie mit Überzeugung in der Stimme. »Und weil wir ab und an ein bisschen Veränderung in der Stadt brauchen. Und vergessen Sie eines nicht«, fügte sie mit einem Lächeln hinzu, »man kann auch ein soziales Gewissen haben, obwohl man rechts von der Mitte wählt.«

»Ja, dafür sind Sie ja quasi bekannt«, sagte Dicte, es fühlte sich an, als würde Kaiser wie ein Bauchredner hinter ihr sitzen. »Woher kommt Ihre Begeisterung für das Soziale?«

Diese Frage nahm ihre Gesprächspartnerin als Anlass, um eine kleine Zeitreise zu machen und von ihrem italienischen Vater zu erzählen, der aus einer armen neapolitanischen Familie stammte. Und von ihrer Mutter, deren Vater Fischer in Nordjütland gewesen war.

»Beide Seiten stammten aus kleinen selbständigen, familiären Unternehmen, das hat ganz bestimmt meinen politischen Standort geprägt. Die schlechte wirtschaftliche Situation, die daraus resultierte, hat mir Einsichten in soziale Verhältnisse ermöglicht und in mir den Wunsch geweckt, daran etwas zu ändern.«

Das klang gut, dachte Dicte. Das klang allerdings auch zurechtgelegt, konnte aber natürlich trotzdem der Wahrheit entsprechen.

»Dieser Abend in Hasle. Was ist da eigentlich geschehen?«

Francesca Olsen zupfte sich einen Fussel von der Bluse.

»Das war gar nicht so dramatisch, und ich würde mir wünschen, dass wir das übergehen könnten. Dieses arme Mädchen hat nichts davon, wenn wir diese alten Geschichten immer wieder aufwärmen.«

»Aber Sie wurden damals zur Heldin ernannt. Wie fühlt sich das an? Sie haben alle Bürger hinter sich.«

Ihre Grimasse wirkte echt.

»Das ist ja wunderbar. Aber sie sollten lieber aus den richtigen Gründen hinter mir stehen, weil sie nämlich meine politischen Ansichten teilen.«

»Ihre eigene Partei steht ja auch hinter Ihnen. Sie wollen doch nicht ernsthaft verneinen, dass dieses Ereignis von großer Bedeutung für Ihre Ernennung zur Bürgermeisterkandidatin gewesen ist?«

»Natürlich nicht. In der Politik hat alles Bedeutung, von der Haarfarbe bis zur Gesinnung.«

»Und finden Sie es moralisch vertretbar, diese Mechanismen zu seinen eigenen Gunsten auszunutzen?«

Francesca Olsen zuckte mit den Schultern, aber sie hätte genauso gut antworten können, dass die politischen Spielregeln so sind, und das stimmte ja auch, dachte Dicte. Jeder hätte den Rückenwind für seinen eigenen Erfolg genutzt.

»Aber können wir diese Sache jetzt bitte fallen lassen?«

In ihrer Stimme war Irritation zu hören. Dicte hörte deutlich die Weigerung, die in der Frage verpackt war, und sah ein, dass sie hier jetzt nicht weiterkommen würde.

»Bei Ihnen ist also eingebrochen worden, Ihr Auto wurde gestohlen und später in die Luft gesprengt. Das alles nur etwa eine Woche nach der Bekanntmachung, dass Sie die Kandidatin Ihrer Partei für den Bürgermeisterposten sind. Und nur vier Wochen nach den Ereignissen in Hasle. Haben Sie selbst eine Idee, wer dahinterstecken könnte?«

Francesca Olsen saß einen Augenblick reglos da. Dann schüttelte sie den Kopf.

»Politische Feinde? Private Gründe?«, hakte Dicte nach. »Ist Ihnen der Gedanke gekommen, dass Sie eigentlich in dem Wagen hätten sitzen sollen, als die Bombe detonierte?«

»Nein, nein.« Die Antwort kam sehr schnell. »Das kann nicht sein.«

»Warum nicht?«

Dicte war sich hinterher nicht mehr sicher, ob es Tränen gewesen waren, die sie in den Augen der anderen gesehen hatte.

»Die Erklärung wäre doch zu einfach, oder?«

KAPITEL 11

»Kalt!«

Die Stimme kam aus dem Nichts. Er öffnete die Augen und lauschte, aber da waren nur der Wind und die Vögel, die sich mittlerweile an ihn gewöhnt hatten.

Er drehte sich auf die andere Seite, kroch noch tiefer in den Schlafsack und schlief weiter.

»Kalt!«

Das konnte nicht sein. Nicht hier. Nicht so schnell.

Er setzte sich auf und lauschte erneut. In unmittelbarer Nähe hörte er das Knacken eines Astes und das Fiepen eines Hundes.

Er öffnete den Reißverschluss des Zeltes und steckte den Kopf durch die Öffnung, wusste aber genau, was ihn da draußen erwartete und dass die Ruhe ab jetzt vorbei war.

»My?«

Der Hund zog sie an gespannter Leine hinter sich her, als wäre er der Besitzer.

My trug eine Strickmütze auf dem Kopf, ihre mausgrauen Haare flatterten darunter im Wind. Der Anorak sah aus wie aus einem Second-Hand-Army-Shop und war mindestens fünf Nummern zu groß für den schmächtigen Körper. Ihr linkes Bein zuckte wie immer, wenn sie lief, und ihr Mund formte Wörter, von denen die wenigsten jemals zu hören waren. Einige aber drangen über die Lippen und bezeugten, dass sie an diesem Morgen beschlossen hatte, jemanden ordentlich auszuschimpfen:

»Verdammt komisch … Kacke, Pisse … Bekloppter Busfahrer, meint, er ist sonst wer … Dumme Fragen … Kalt!«

Das Letzte war keine Neuigkeit. My fror immer. Wenn es ihr nicht gerade so warm war, dass sie sich alle Kleider vom Leib riss, ohne darauf zu achten, wer in ihrer Nähe war.

»Was zum Teufel tust du hier?«

Er stolperte aus dem Zelt und wäre fast auf dem Gras ausgerutscht, das ganz glatt vom Morgentau war.

»Wie hast du mich gefunden?«

Das war total absurd. Er konnte sich vor allen verbergen, er kannte alle Tricks und wusste, wie man seine Spuren verwischte und lebte, ohne Aufmerksamkeit zu erregen. Alle Spürhunde hatte er abgehängt: seine Feinde, die Polizei, die Behörden, aber er hatte My und Kaj nicht auf der Rechnung gehabt. Damit war sein Robinson-Crusoe-Traum vorerst gestorben.

Er streichelte den Schäferhund am Kopf. Dann umarmte er den Militäranorak mit My darin.

»Du bist verrückt, Mädchen. Was willst du hier? Du frierst dich doch tot?«

Sie entspannte sich nicht in seinen Armen, weil sich My niemals entspannte. Sogar wenn sie schlief, zitterten ihre Augenbrauen, und man konnte förmlich den Film sehen, der auf ihrem inneren Augenlid lief, in dem sich Gut und Böse eine unerbittliche Jagd lieferten.

Sie wand sich aus seiner Umarmung.

»Cato«, sagte sie und formte ein paar weitere, lautlose Worte. »Was ist mit ihm?«

Sie sah ihn an, in ihren Augen war Angst. Er hasste es, wenn sie Angst hatte. Er hasste es, dass er sie gefunden hatte.

»Weg«, stieß My hervor und sah wütend aus. »Mitten in der Nacht. Zigaretten holen.«

Das Letztere war natürlich als Witz gemeint, und sie verzog das Gesicht dabei.

»Und?«

Cato war schon länger weg, in vielerlei Hinsicht. Er hatte sich bis unter die Haarspitzen vollgepumpt mit Psychopharmaka, Schlaftabletten, Alkohol und Drogen.

»Weg«, wiederholte sie. »Nicht mehr gesehen.«

»Und Lulu und Miriam? Haben die ihn auch nicht gesehen?«

Sie schüttelte den Kopf, aber sie hätte auch nicken können, er konnte die Wahrheit in ihrem Gesicht ablesen. Cato war verschwunden. Der Tag, von dem er so oft gesprochen und mit dem er so oft gedroht hatte, war gekommen. Warum ausgerechnet jetzt!

My bestätigte seine bange Ahnung, als sie ihn bei jeder Silbe mit dem Zeigefinger in die Brust pikte.

»Ca-to will Ra-che. Ra-che. Ra-che.«

Rache. Das Wort war ihm sehr geläufig, hatte sich aber im Laufe der Jahre abgenutzt. Aber nicht für Cato, das wussten alle, auch My. Cato konnte alles Mögliche anstellen. Er drehte My den Rücken zu und schlug immer wieder die Arme vor der Brust zusammen und beschwor so jene Gedanken, die er eigentlich am liebsten vertreiben würde.

My gehörte nicht zu ihm, aber er konnte sie auch nicht weg-schicken, denn dann würde er garantiert entdeckt werden. Sie mussten das Beste aus der Situation machen. Außerdem hatte sie den Hund dabei. Kaj war ein guter Wachhund, und das könnte ein großer Gewinn sein. Aber ein Hund musste auch gefüttert werden, und die Beschaffung von Lebensmitteln, die sie nicht im Wald fanden, barg ein großes Risiko. Verdammt noch mal. Die beiden waren nicht Teil seines Plans gewesen, aber jetzt wa-ren sie es eben.

»Hast du Hunger?«, fragte er und gab damit einem tief ver-wurzelten Reflex nach, den nur My in ihm auslöste.

Sie steckte ihre Hände in die riesigen Taschen ihres Anoraks und begann, Sachen hervorzuholen, die sie ihm mit einem Ge-sichtsausdruck entgegenstreckte, als würde sie Opfergaben dar-bringen. Schokoriegel, Toblerone, Mars, Pralinen, zwei Äpfel, zwei Bananen und drei kleine Packungen Cornflakes. Und als Letztes einige Dosen Cola.

»Woher hast du das alles?«

Sie antwortete ihm nicht, hatte aber große Schwierigkeiten, die Hände und Füße still zu halten. Ihr unruhiger Tanz bestä-tigte seine Vermutung, dass sie die Lebensmittel in der nächst-gelegenen Tankstelle geklaut hatte, wahrscheinlich dort, wo der Busfahrer sie abgesetzt hatte.

Er wollte sie zuerst ausschimpfen, konnte sich aber nicht dazu überwinden. Und genau das war das Problem bei My. Oder an-ders gesagt: Das war eines der Probleme. Ein anderes nämlich war, dass es gar nichts nützen würde. Sie war eben, wie sie war, und weder Drohungen noch Beschimpfungen konnten daran etwas ändern. In die Richtung hatte er viele Erfahrungen gemacht.

»Komm setz dich, dann mache ich ein Feuer an. Es wird gleich warm, das verspreche ich dir.«

Er schob sie auf einen Holzstumpf, auf dem sie sich in ihrem Anorak verkroch, der Hund immer an ihrer Seite. Kaj und My beobachteten ihn mit dem gleichen verwunderten Ausdruck, während er Zweige sammelte und das Lagerfeuer zum Leben erweckte. Danach bereitete er Hafergrütze in seinem Kochtopf zu, den er an das kleine dreibeinige Stativ hängte, das er aus drei alten Eisenstäben gebaut hatte. Unter großen Mühen hatte er einen Metallhaken gebogen, an dem er den Kochtopf befestigte. Er durfte nicht vergessen, den Haken noch weiterzubiegen, damit er die Konstruktion tiefer über das Feuer absenken konnte. Aber vorerst ging es auch so.

Nach der Grütze setzte er Tee auf, und sie saßen, Rücken an Rücken, auf dem Holzstumpf und aßen jeder einen Marsriegel, während ein weiterer Septembertag das Licht erblickte und die Sonne immer mehr an Kraft gewann.

»Wo hast du in letzter Zeit gewohnt? Was hast du so gemacht?«

Sie hatte ihn am Ende in Horsens nicht mehr besucht, was ihn gleichzeitig erleichtert und bedrückt hatte. Dann hatte er sich ausgemalt, dass sie vielleicht endlich ein eigenes Leben angefangen hatte, und hatte sie sich in einer kleinen, gemütlichen Wohnung vorgestellt, den Hund zu ihren Füßen vor einem laufenden Fernseher sitzend, ohne sich aber auf das Programm konzentrieren zu können. Aber so hatte sie wenigstens ein bisschen Gesellschaft, und der Hund zwang sie, nach draußen zu gehen und sich der Gesellschaft auszusetzen. Vielleicht hatte sie einen kleinen Job bekommen, nichts Großes, was besondere Anstrengungen erforderte. An ihrer Intelligenz war nichts auszusetzen. Er hatte immer großen Respekt vor der Art und

Weise gehabt, wie sie dachte und reagierte. Niemand konnte eine Situation in so wenigen Worten zusammenfassen oder den Finger auf die Schwachstellen setzen wie My. Leider war die Nachfrage nach dieser Form der Intelligenz nicht besonders groß auf dem Arbeitsmarkt, wo es nur darum ging, Befehle zu befolgen. Kein Unternehmen war bereit für die Wunderwaffe My, die aus einer Mischung von Selbständigkeit und Abhängigkeit bestand. Es stimmte, dass sie besonders viel Fürsorge benötigte, und in irgendeiner Krankenakte stand sehr wahrscheinlich auch ein Befund. Aber in erster Linie hatte My das Bedürfnis, sie selbst sein zu dürfen, ohne sich erklären oder verteidigen zu müssen, dass sie nun einmal so war, wie sie war.

»Im Kollektiv«, lautete ihre Antwort. »Gab 'ne Prügelei. Sind alle psychisch krank. Die ganze Bande. Wurde mit einem Stuhl geschlagen und für drei Tage ins Krankenhaus eingeliefert.«

Sie zeigte ihm die Narbe unter dem Haaransatz an der Stirn und drehte mit dem Zeigefinger Kreise auf der Schläfe.

»Ticken nicht richtig!«

Er seufzte und schluckte das letzte Stück Mars herunter. Nur ein Vollidiot würde My zusammen mit schizophrenen oder paranoiden Menschen unterbringen. Gerade My, die in ihrer ganz eigenen Weise die personifizierte Vernunft und Gelassenheit war.

»Wer tut das schon? Richtig ticken?«

Sie schubste ihn, nicht nur mit dem Ellenbogen, sondern mit dem ganzen Körper.

»Richtig«, sagte sie und schubste weiter. »Richtig.«

»Wer, ich?«

Sie stieß immer weiter, wurde zunehmend aufgeregter.

»Richtig, sehr richtig, am richtigsten.«

»Vielen Dank für dein Vertrauen«, murmelte er und nahm einen Schluck Tee. Das musste er ihr lassen. Niemand hatte so an seine Fähigkeiten geglaubt wie sie, vor allem als sein eigener Glauben ihn endgültig verlassen wollte, so wie auch jetzt.

Cato. Er war vollkommen unberechenbar, und im Moment konnte er so etwas nicht gebrauchen. Mit ein paar unbekannten Variablen konnte er ganz gut zurechtkommen. Aber eine wandelnde Bombe wie Cato war nicht das, was er gerade gebrauchen konnte. Das Risiko war zwar sehr groß, aber es gab keinen anderen Weg: Er musste ihn finden.

Er stand auf und goss den restlichen Tee ins Feuer, das kurz anzischte.

Das war eine Riesenscheiße. Das war der Anfang einer Katastrophe, daran bestand kein Zweifel. Die Frage war nur, ob er etwas unternehmen konnte, um sie abzuwenden.

KAPITEL 12

Cipramil.

Dicte drehte das Glas in der Hand hin und her, während in ihrem Inneren Bildsequenzen von der Explosion auftauchten. Die Detonation, die Panik, die in Sallings Café ausgebrochen war, das Gefühl, allein zurückgelassen zu werden in einer Welt aus Chaos.

Die Tabletten klapperten, als sie den Behälter öffnete, um ihre Tagesration zu entnehmen. Sie fischte eine einzelne Tablette heraus und ließ sie in ihrer Handfläche liegen, während sich das Gefühl verstärkte, von der Umwelt isoliert zu sein, nicht im selben Maße reagieren und fühlen zu können wie die anderen. Es war, als würde sie in einer Glasglocke durch die Welt laufen, in der die Freude freudlos und die Sorge sorglos war.

Sie haben aller Wahrscheinlichkeit nach eine kleine Depression, die durch irgendein Ereignis von außen ausgelöst worden ist. Die Worte des Arztes hatten in ihr zuerst Protest ausgelöst. Aber nach einer Weile hatte sie keine Kraft mehr gehabt und endlich die Diagnose akzeptiert. Angeblich war es eine verspätete Reaktion auf die sich überstürzenden Ereignisse und das juristische Nachspiel ihrer letzten Geschichte. Ihre Handlungen hatten zwar keine Konsequenzen für sie, das Gericht rechtfertigte ihre Freisprechung mit dem Notwehrparagraphen. Aber das war das Urteil des Systems und weniger ihr eigenes.

Schuldig?

Sie fixierte den Blick auf die kleine Tablette in ihrer Handfläche.

Auf jeden Fall nicht vollkommen unschuldig. Nicht befreit von dem unsicheren Gefühl, zu weit gegangen zu sein, sich selbst zum Richter und Henker ernannt zu haben. Sie hatte es getan, um einem anderen Menschen das Leben zu retten, ja genau, und sie hatte sich damals damit verteidigt und tat es auch heute noch. Aber sie musste auch mit der Tatsache leben, dass sie etwas genommen und ausgelöscht hatte, was ihr nicht zustand. Dafür war ihr eine Diagnose gegeben worden – eine Vorgehensweise, die sich diese Gesellschaft angewöhnt hatte. Einfach einen Aufkleber drauf, damit wir uns sicher fühlen und damit umgehen können. Damit wir in irgendeine Schublade passen, der eine mit seiner Depression, der andere mit sozialer Phobie, der dritte mit einer Sonderform des Autismus, dachte sie. Schubst uns herum, wie Figuren auf einem Schachbrett, und pumpt uns mit Medikamenten voll, damit wir bloß nicht anfangen zu denken und zu viel zu spüren.

Die Tablette in der Hand wurde immer schwerer und zog den Arm herunter.

Sie benötigte dringend ihr Handlungsvermögen zurück, um begreifen zu können, was um sie herum geschah und wer ihre Feinde waren. Um das zu erhalten, war sie gezwungen, alles zu spüren, Freude, Trauer und alles dazwischen. Sie wollte lieben können, ohne das Gefühl von Wiederholung und Gleichgültigkeit, und sie musste hassen können, ja, und sogar töten und die Konsequenzen tragen können, wenn das notwendig war. Bis jetzt hatte sie sich eingeschlossen, hatte die Augen verschlossen und sich versteckt, erst aus Ohnmacht und in schwarze Löcher stürzend, dann mit Hilfe der Tabletten, die ihr Leben zwar erträglich machten, aber auch unwirklich.

Sie nahm das Glas Cipramil und die Stesolid-Tabletten aus dem Regal, ging in die Küche und öffnete den Mülleimer. Bo machte sich gerade den letzten Kaffee, bevor er zur Arbeit in der Redaktion aufbrechen würde. Als er sah, wie sie die Tabletten in den Müll warf, hob er eine Augenbraue.

»Sicher?«, fragte er und schlürfte seinen Kaffee.

»Hmm.«

»Okay«, erwiderte er nur.

Vielleicht war das ein kleines, zufriedenes Lächeln, das sie da in seinen Mundwinkeln entdeckte, bevor er den restlichen Kaffee austrank und sich gleichzeitig auf die Suche nach dem Autoschlüssel begab. Aber vielleicht bedeutete es auch das genaue Gegenteil. Es kam ihr der Gedanke, dass er sie vielleicht doch gerne eingesperrt sah, mit gestutzten Flügeln und jener Kraft beraubt, die sie so oft schon in gefährliche Situationen gebracht hatte. Aber nein, das war ungerecht, dachte sie, während auch sie sich fertig machte, um das Haus in Kasted zu verlassen. So war es nicht. Eine innere Stimme sagte, dass auch er die alte Ausgabe von Dicte zurückwollte.

In der Redaktion in der Frederiksgade hatten sie eine neue Putzfrau eingestellt, die sich offenbar vorgenommen hatte, mal so richtig aufzuräumen.

»Irgendwie stimmt das hier alles nicht mehr«, sagte Davidsen und biss in einen Apfel, der so sauer aussah, wie seine Laune war. »Sie soll gefälligst nicht hier rumrennen und ihre Nase überall reinstecken.«

»Hier fehlt etwas Fundamentales«, brummte Holger Søborg und ließ seinen Blick über die blitzeblanken Tische und Bildschirme wandern, die man ohne weiteres als Spiegel benutzen konnte.

»Ach, gedenken wir der Zeit, als die Aschenbecher überquollen und ihren hinreißenden Duft des gestrigen Tages verströmten und als Berge von alten Zeitungen unser Bollwerk gegen die Umwelt waren«, klagte Bo und kochte noch mehr Kaffee.

»Lasst uns einen Protestbrief aufsetzen und ihn auf Facebook posten.«

Dicte hob die Nase und schnupperte, sie mochte den frischen Duft von Reinigungsmitteln und vergab fünf von sechs möglichen Punkten, während sie mit ihrer Post in der Hand zum Schreibtisch schlenderte. Nachdem sie die diversen Pressemitteilungen und Einladungen durchgesehen hatte, rief sie die Redaktion in Kopenhagen an und ließ sich mit der Wirtschaftsabteilung verbinden.

»Hanne Falster.«

»Hallo, wie geht's. Hast du vielleicht etwas für mich?«

»Ach, du bist es. Ja, warte einen Augenblick.«

Dicte hörte das Rascheln von Papier und sah den Notizblock vor sich, der durchgeblättert wurde. Computerzeitalter hin oder her, das wichtigste Werkzeug eines Journalisten waren und blieben Stift und Papier.

»Der Verantwortliche heißt Matti Jørgensen.«

Dicte hatte die Wirtschaftsabteilung gebeten, die Anteilsgesellschaft zu überprüfen, die sich hinter *Sunseeker ApS* verbarg, die wiederum als Eigentümer des Solariums angegeben wurde.

»Das ist eine ziemlich verworrene Konstruktion«, sagte Hanne Falster, eine ehemalige Kollegin aus den gemeinsamen Jahren in der Hauptstadtredaktion. Sie war erfrischend, laut und sprach wahnsinnig schnell in ausgeprägtem Kopenhagener Dialekt, man musste sich sehr konzentrieren, um alles mitzubekommen.

»Mehrere Anteilsgesellschaften, undurchsichtige Besitzverhältnisse und etwas anrüchige Eigentümer; einige von denen standen früher in enger Verbindung zum Rockermilieu.«

Die Information schossen durch die Leitung, ohne das Dicte einen einzigen Atemzug zwischen den Sätzen hören konnte.

»Hast du noch andere Namen?«

Hanne Falster zählte ein paar Namen in hoher Geschwindigkeit auf. Dicte notierte sich alle, aber sie konnte mit keinem etwas anfangen, da schrillte keine Glocke.

»Und dieser Matti Jørgensen? Hast du vielleicht etwas über ihn?«

»Lupenreine Weste! Also, was sein Strafregister anbelangt. In Wirtschaftskreisen ein total unbeschriebenes Blatt. Bis vor zwei Jahren hat er als Gefängniswärter gearbeitet, dann hat er gekündigt.«

»Wo war er angestellt?«

»Horsens. Staatsgefängnis. Obwohl das jetzt, glaube ich, anders heißt.«

»Staatsgefängnis von Ostjütland«, sagte Dicte und hörte dieses Mal sehr deutlich die Glocken schrillen. »Aber wenn er sich vor zwei Jahren schon verabschiedet hat, dann hat er ja gerade mal die Eröffnungsrede für das neue, fluchtsichere Gefängnis mitbekommen. Was hast du noch? Es gibt eine Verbindung zum Rockermilieu, sagst du?«

Hanne Falster bestätigte und antwortete im Takt eines altertümlichen Fernschreibers:

»Aber wie gesagt, er selbst hat eine reine Weste; war allerdings zu einem Verhör vorgeladen wegen eines privaten Kredits, den er einem der Hells-Angels-Anführer gewährt hatte; Pfand waren ein Luxusmotorrad und ein Auto. Aber das Ganze führte lediglich zu einer kleinen Zeitungsnotiz ganz unten auf Seite 8; steckt aller Wahrscheinlichkeit nach auch hinter einer kleinen Modefirma, die auf den Namen seiner Frau läuft, und ist aufgeführt als Anteilseigner in einer Baufirma.«

»Geldwäsche? Gibt es da nicht immer wieder Verbindungen zwischen Solarien und Drogengeldern?«

»Bei dieser Besitzerstruktur kann man nichts ausschließen, was bisher bloß nur noch nicht aufgedeckt worden ist. Soweit ich weiß ist es durchaus bekannt, dass auch Solarien für Geldwäsche benutzt werden. Aber da kannst du natürlich noch mal in der ›OK‹ nachfragen.«

»Was bitte ist OK?«

»Das ist die Abteilung in der Staatsanwaltschaft, die sich mit der Organisierten Kriminalität, Schwerpunkt Wirtschaftskriminalität beschäftigt. Die können dir bestimmt eine Menge erzählen.«

Dicte bedankte sich für das Gespräch und saß einen Moment reglos da, ganz verwirrt von den vielen Informationen. Dann googelte sie Solarium und Geldwäsche.

Rockerkriminalität? Das klang irgendwie einleuchtend, denn es war ja bekannt, dass sich der Kampf um den Drogenmarkt zwischen den Einwandererbanden und den Rockern zugespitzt hatte, also war eine Racheaktion in Form einer kleinen Sprengladung in einer der Immobilien des Gegners nicht ganz unwahrscheinlich. Immerhin hatten beide Gruppen vor kurzem von sich reden gemacht, als sie während der Århus-Festwoche einen Bummel durch die Stadt unternahmen. Die hundertzwanzig Mitglieder der Hells Angels hatten behauptet, sie seien nur in der Stadt, um sich eine Crêpe zu kaufen. »Unbekannte Täter« hatten zuvor Handgranaten in das Clubhaus der Hells Angels in Risskov geworfen, und der Bürgermeister hatte die Rocker der Stadt verwiesen. Aber wie passte das Auto von Francesca Olsen in diese Geschichte? Und das Staatsgefängnis von Ostjütland?

Das beschäftigte sie auch noch, als sie später mit Bo in der Redaktionsküche saß und Schwarzbrot mit warmer Leberpastete aß, die Bo eigens im Sallings Deli geholt hatte.

»Bist du immer noch auf dem Gute-alte-Zeiten-Trip?«, fragte Dicte, während sie sich eine Scheibe Rote Bete aus dem Glas nahm und ihr Brot damit bestückte.

Bo biss ebenfalls von seiner Brotschnitte ab und schloss dabei die Augen vor Genuss.

»Yes! Heute Abend gibt es Buttermilchsuppe. Mit Rosinen.«

»Hoffentlich als Nachspeise?«

Er ließ ihre Frage in der Luft schweben, deren Geruch nach Reinigungsmitteln jetzt mit Leberpastete konkurrieren musste. Also erzählte sie von den neuesten Informationen über Matti Jørgensen.

»Glaubst du, dass es ein Zufall ist. Das mit dem Gefängnis?«

»Wie meinst du, Zufall?«

Bos Blick war die Unschuld selbst.

»Ob es was mit ihm zu tun haben kann?«

»Mit wem?«

Dicte holte tief Luft, ließ das letzte Stück Leberwurstbrot unangetastet.

»Peter Boutrup. Er wurde am Mittwoch entlassen. Das war vor fünf Tagen. Die Detonationen fanden am Tag nach seiner Entlassung statt. Du weißt doch, dass ich vorhatte, ins Solarium zu gehen. Zusammen mit Ida Marie.«

Bo saß nachdenklich vor ihr und kaute.

»Willst du damit andeuten, dass dein eigener Sohn mit einem Schlag versucht haben soll, dich in die Luft zu sprengen und sich an einem ehemaligen Gefängniswärter zu rächen, der ihm das Leben in Horsens vielleicht schwergemacht hat, und das Risiko eingeht, sich damit selbst ein Bein zu stellen und direkt wieder in den Knast einzufahren?«

»Ich will gar nichts andeuten. Ich habe nur versucht, zu beurteilen, ob ein möglicher Zusammenhang bestehen könnte. Ein Zufall scheint mir leider unwahrscheinlich«, erwiderte sie, während sie bemerkte, wie Bos Formulierung ihres Verwandtschaftsverhältnisses Kratzer in ihren Panzer ritzte. Denn sie war damals nicht nur wegen der letzten Geschichte zum Arzt gegangen, um mit ihm über ihre dunklen Gedanken und das mangelnde Konzentrationsvermögen zu reden. Sie beide wussten, dass das Problem Peter Boutrup einen ebenso großen Stellenwert hatte, ohne es jedoch anzusprechen. Sie hatte es nicht gewollt, und Bo hatte sich nicht getraut.

Sie dachte an die Tabletten, die sie am Morgen weggeworfen hatte, und an ihr eigenes Bedürfnis danach, das Leben wieder zu spüren. Es hatte keinen Sinn, sich von der Welt abzukapseln, so wie sie es monatelang getan hatte. Es hatte keinen Sinn, zu ignorieren, dass sie einen Sohn hatte, der nicht der Wunschvorstellung einer Schwiegermutter entsprach. Oder eben der einer Mutter.

»Hattest du Kontakt zu ihm?«

Sie schüttelte den Kopf.

»Weißt du, wo er sich jetzt aufhält?«

»Nee.«

»Kennst du jemanden, der das wissen könnte?«

»Auch nicht. Und übrigens bin ich keine Verdächtige, die du verhören sollst.«

Bo verzog sein Gesicht zu einem freundlichen Lächeln.

»Aber du hast dich geweigert, dich damit auseinanderzusetzen. Du hast vor langer Zeit einen Sohn zur Welt gebracht, den du zur Adoption freigegeben hast und der seitdem wie ein romantisches Phantom durch dein Leben geistert. Dann hast du herausgefunden, dass er gar nicht perfekt ist, und ein Teil von dir glaubt, du bist schuld daran. So ist es nicht, aber du kannst diese Schuld nicht abschütteln, habe ich recht?«

Hatte er das? Sie war außerstande, das zu beurteilen.

»Mir gefällt der Gedanke ganz und gar nicht, Dicte, aber du musst ihn finden. Und du musst ihm einen Platz in deinem Leben einräumen.«

Es gab keine Tabletten in Reichweite. Keine Rettung, wie kurzfristig die auch sein mochte.

»Er hat jemanden umgebracht«, flüsterte sie.

»Ich will dich nur ungern daran erinnern, aber das hast du auch.«

KAPITEL 13

»Hier sieht man ihn im Bahnhof. Und dort am Kiosk.«

Wagner konzentrierte sich auf den körnigen Filmausschnitt. Ein junger Mann mit kurzen, schwarzen Haaren und einem halblangen Bart lief zielsicher durch die Bahnhofshalle. Er trug einen schwarzen Jogginganzug und einen großen Rucksack, der schwer beladen aussah. In der nächsten Bildsequenz sah man ihn etwas im Kiosk kaufen. Dann wandte er der Kamera den Rücken zu und verließ das Geschäft wieder.

»Mehrere Zeugen haben ihn durch die Fußgängerzone und

die Østergade hochlaufen sehen. Und er ist auch auf dieser Aufnahme hier zu finden«, sagte Alfred Thørgensen von der IT-Abteilung.

Eine weitere Bildsequenz tauchte auf dem Computerbildschirm auf. Man sah denselben Mann erneut, diesmal auf dem Bürgersteig vor dem Solarium. Sie hatten das Material aus der Überwachungskamera gewonnen. Der Mann verschwand für etwa eine halbe Minute aus dem Sichtfeld, dann kam er wieder heraus.

Der Techniker fror das Bild ein.

»Jetzt achte genau auf seinen Rucksack, wie er sich jetzt bewegt.«

Wagner lehnte sich vor.

»Der ist viel leichter«, sagte er. »Er geht, als hätte er weniger Gewicht auf den Schultern.«

Thørgensen schloss das Fenster.

»Und was ist mit dem Auto im Parkhaus vom *Magasin*?«, fragte Wagner. »Habt ihr da etwas Entsprechendes? Es müssen ja zwei Täter gewesen sein.«

Thørgensen nickte.

»Die Vorgehensweise ähnelt sich. Es handelt sich ebenfalls um einen noch nicht identifizierten jungen Mann, der auch ein Migrant der zweiten Generation sein könnte.«

Er klickte ein Foto an, das allerdings wesentlich unschärfer war als die anderen Aufnahmen. Man konnte auch hier einen jungen Mann mit Rucksack erkennen, der aber angesichts der Körnigkeit wahrscheinlich noch schwerer zu identifizieren war, dachte Wagner.

»Das passt doch alles zusammen«, sagte Thørgensen. »Solarium, Rocker, Drogen, Geldwäsche, so was eben …«

Wagner nickte. Das passte alles perfekt zusammen. Der Krieg um das Drogengeschäft tobte zwischen diesen beiden Gruppen. Besonders in Kopenhagen hatte er bedrohliche Dimensionen angenommen, mit Schusswechseln auf offener Straße, einem Angriff mit Handgranaten auf das Hauptquartier der

Hells Angels in Risskov, wobei ein bewaffneter Mann vor dem Haus festgenommen wurde. Ja, das Attentat auf das Solarium passte sehr gut in dieses Bild. Aber dann waren da noch das Auto und die Bürgermeisterkandidatin. Was in Gottes Namen hatte sie mit einer Auseinandersetzung zwischen Migranten und Rockern zu tun?

»Die Brandtechniker arbeiten mit Hochdruck an dem Fall, aber sie können bisher noch nicht bestätigen, dass beide Explosionen auf dieselbe Art und Weise stattfanden«, sagte Wagner auf der Morgenkonferenz, zu der sich seine Abteilung bei Kaffee und belegten Broten versammelt hatte. »Bis auf weiteres aber gehen wir davon aus, dass sie in Beziehung zueinander stehen. Alles andere ist eher unwahrscheinlich. Wir arbeiten vorläufig mit der Theorie, dass es sich um einen Bandenkrieg handelt. Möglicherweise ein Racheakt für den 4. August. So etwas wird in diesem Milieu gerne mit Zins und Zinseszins zurückgezahlt.«

Er wusste, dass seine Kollegen über die Vorgänge im Bilde waren, die sich in der letzten Zeit immer mehr zuspitzten. Die Polizei versuchte verzweifelt und mit viel zu wenigen Ressourcen, die Lage unter Kontrolle zu bekommen. Aber es waren zu viele Waffen im Umlauf, und die Banden bekämpften sich mit immer brutaleren Methoden. Die Hells-Angels-Mitglieder hatten ihre Familien aus der Stadt evakuiert, und vor kurzem war die Polizei darüber informiert worden, dass die Rocker die Liquidierung drei namhafter Mitglieder der Hasle-Bande planten. Offensichtlich war dies bereits versucht worden, als im August ein maskierter Mann ein Auto beschossen hatte, in dem ein führendes Bandenmitglied gesessen haben soll.

»Diese Idioten«, murmelte Ivar K, der auch Motorrad fuhr, aber eher zu den Easy-Rider-Typen gehörte, mit mittlerweile langen Haaren und einem ziemlich unattraktiven Schnurrbart wie die Zotteln am Lenker seiner Harley. Er besaß auch nicht gerade die physischen Voraussetzungen für einen harten Rocker mit seinem schlaksigen Körper, den langen Storchenbeinen und einem flachen Hintern in einer Jeans, die kein Modedesigner erfunden hatte.

»Da ist viel Geld im Spiel«, sagte Hansen, als erkläre das alles.

Jan Hansen war zwar die Rechtschaffenheit in Person, aber mit vier kleinen Kindern war er immer knapp bei Kasse, und wenn einer der Versuchung erliegen könnte, einen kleinen Nebenverdienst einzustreichen, dann bestimmt er, dachte Wagner. Außerdem benötigt man ein dickes Fell, wenn man mit einer strengen Krankenschwester verheiratet ist, und Hansens Fell ist dick, aber wer weiß. Die anderen hatten ein wesentlich einfacheres Leben, zumindest die Kollegen mittleren Alters, so wie Eriksen und er. Und dann war da noch der Neuzugang Lena Lund, die als Teil einer Rochade von Ålborg zu ihnen versetzt worden war und jetzt zum ersten Mal an einem Kriminalfall in Århus arbeiten würde.

»Lasst uns noch mal alles zusammenfassen«, sagte Wagner. »Lena, übernimmst du das?«

Sie war nicht ganz sein Typ, aber er musste zugeben, dass sie eine gutaussehende Frau war, wenn man diesen etwas schroffen Schlag Mensch mochte. Lena Lund war klein, aber das bemerkte man kaum. Ihre leuchtenden und sehr hellblauen Augen fixierten ihr Gegenüber so, dass dieser keine Gelegenheit hatte, sich über Größe und Form Gedanken zu machen. Er sah, dass sie sich mental auf ihren Vortrag vorbereitete und ihre Aufzeichnungen sorgfältig durchging, und er fragte sich, was sie wohl über ihre neuen Kollegen dachte.

Er hatte sich schon lange eine Frau in seiner Abteilung gewünscht, aber zu Lena Lund war er nicht befragt worden. Sie war Hartvigsens Idee gewesen, er selbst hätte durchaus ein paar Namen, eher lokale Größen, nennen können, die er als geeignet und naheliegender ansah. Aber sein Chef hatte offenbar andere Pläne. Lena Lund eilte der Ruf einer knallharten Paragraphenreiterin voraus, und Wagner hatte das Gefühl, dass sie bewusst ausgewählt worden war, um zu verhindern, dass sich ein weiteres Mal Zivilpersonen in die laufenden Ermittlungen einmischen konnten. Zumindest schien Hartvigsen es so zu sehen. Das bezog sich vor allem auf einen Fall im vergangenen Jahr, bei dem Dicte Svendsen einfach zu weit gegangen und alles außer Kontrolle geraten war. Diese Sache hatte – obwohl Svendsen maßgeblich zur Aufklärung des Falles beigetragen hatte – ein schlechtes Licht auf die Polizeiarbeit geworfen und Hartvigsen sehr wütend gestimmt. Polizei und Selbstjustiz waren zwei Begriffe, die sich schwer vereinbaren ließen, und Wagner hatte die Auflage erhalten, in Zukunft deutlichere Grenzen zu ziehen.

»Zuhören!«, sagte Lena Lund mit einem ausgeprägten Ålborger Dialekt und einer Tonlage, die das Gespräch von Ivar K und Christian Hvidt augenblicklich verstummen ließ.

Sie wartete, bis die Stille unangenehm zu werden drohte. Aber immerhin gelang es ihr so, die vollkommene Aufmerksamkeit ihrer Kollegen zu bekommen, obwohl Wagner genau registrierte, dass weder Christian noch Ivar K besonders begeistert davon waren. Die Mitglieder seiner Abteilung hatten offenbar das Gefühl, dass Lena Lund eine Zwangsbekanntschaft war, und er hatte sich fest vorgenommen, den etwas ablehnenden Empfang der Neuen zu entschärfen. Sie schuldeten ihr eine faire Behandlung trotz der unglücklichen Umstände. Hartvigsens merkwürdige Rochade sollte sie nicht ausbaden müssen.

»Um fünfzehn null fünf Ortszeit am Donnerstag, den 11. September, ereignet sich im Solarium in der Østergade eine Explosion. Zu diesem Zeitpunkt befindet sich glücklicherweise niemand in den Räumen des Solariums, das vollkommen zerstört wird. Die Detonation zieht aber auch die Wohnung im ersten Stock in Mitleidenschaft, in der unser Opfer wohnt, die neunundzwanzigjährige Adda Boel. Sie ist Frührentnerin und leidet an einer Lungenkrankheit.« Lena Lund blätterte in ihren Aufzeichnungen. »Es handelt sich um einen Alpha-1-Antitrypsin-Mangel [oder das Laurell-Eriksson-Syndrom], der sie von der Versorgung durch einen Sauerstoffapparat abhängig gemacht hat. Wir warten noch auf die Laborergebnisse der rechtsmedizinischen Abteilung, aber alles deutet darauf hin, dass sie bei den aufeinanderfolgenden Explosionen ums Leben kam. Zuerst die im Solarium und dann die dadurch ausgelöste Detonation ihrer Sauerstoffflasche. Da in ihren Lungen kein Ruß gefunden wurde, gehen wir davon aus, dass der Schlauch ihrer Sauerstoffflasche undicht war und sie deshalb in unmittelbarer Nähe explodiert ist. Sie war also nicht, wie zuerst angenommen, an die Flasche angeschlossen.«

Wagner registrierte die fehlende Pause in Lunds Vortrag. Sie fuhr einfach fort mit nüchternem Blick und einer Stimme, die durch Mark und Bein ging.

»Exakt zehn Minuten später, um fünfzehn fünfzehn, ereignet sich die zweite Bombenexplosion, ein Auto im Parkhaus des *Magasin*-Kaufhauses. Der Wagen gehört der Bürgermeister-kandidatin der Opposition, Francesca Olsen, die am frühen Vor-mittag von einer Reise zurückgekehrt war und einen Einbruch meldet. Das Einzige, was die Täter entwendet haben, ist ihr Wagen.« Lena Lund machte eine Kunstpause und nahm einen Schluck Kaffee, bevor sie fortfuhr. »Das Haus sowie das Sola-rium gehören einem Matti Jørgensen, dem zwar Verbindungen zum Rockermilieu nachgewiesen werden können, der aber noch nie angezeigt oder verurteilt worden ist. Die gegenwärtige An-nahme lautet, dass es sich um einen Bandenkrieg handelt, aller-dings fehlt uns die Verbindung zur Bürgermeisterkandidatin.«

»Was sagt denn Francesca Olsen dazu?«, fragte Wagner.

Lena Lund antwortete, ohne zu zögern.

»Christian und ich haben gestern etwa eine Stunde mit ihr ge-sprochen, sie bestreitet, jemals von Matti Jørgensen oder Adda Boel gehört zu haben. Sie ist sich bewusst, dass sie als Politike-rin zur Zielscheibe werden kann, aber hat nach eigener Aussage keine persönlichen Feinde, weder im Rockermilieu noch unter den Migranten.«

»Abgesehen davon, dass sie alle am liebsten in den erstbesten Flieger nach Afghanistan setzen und ohne Fallschirm über Ka-bul rauswerfen würde«, warf Ivar K ein.

»Hat sie das so gesagt?«, fragte Hansen.

»Vielleicht nicht wortwörtlich, aber sie ist doch bekannt für ihre harte Linie in Sachen Kriminalität. Ist das nicht in Wirklichkeit der Hauptbestandteil ihrer Kandidatur? Neben dem üblichen sozialen Mist über die Schwachen und was weiß ich denn.«

Ivar K untersuchte ausgiebig seine Nägel, die in letzter Zeit immer schwarze Ränder hatten, seit er an seiner Harley bastelte. Lena Lunds Gesichtsausdruck blieb sachlich und kühl.

»Okay!«, sagte Wagner. »Und, haben wir ein Motiv?«

»So wie ich es sehe, haben wir zu viele Motive«, erwiderte Lund. »Migranten, die keine Veränderungen wollen, auf der einen Seite und eine neue, strenge Bürgermeisterkandidatin auf der anderen. Und der Kampf um den Drogenmarkt und die gegenseitigen Rachefeldzüge.«

»Aber trotzdem: Was haben die beiden Fälle miteinander zu tun?«, hakte Wagner nach.

Es war für einen Moment sehr still. Wagner fingerte an den Tageszeitungen herum, die aufgeschlagen auf dem Tisch lagen. Die Explosion war Titelgeschichte bei *Stiftens*, in der *Jyllands-Posten* hingegen war sie schon auf die hinteren Seiten verdrängt worden, die sich für die internationale Finanzkrise als Leitartikel entschieden hatte. Er kam ins Schwitzen beim bloßen Gedanken daran, was in Anbetracht des kollabierenden Aktienmarktes von seinem Geld noch übrig war, das er nach Ninas Tod angelegt hatte. Vielleicht würde es doch darauf hinauslaufen, dass er bis siebzig arbeiten musste.

»Wir brauchen mehr Informationen«, sagte Christian Hvidt schließlich. »Technische Beweise und Anhaltspunkte dafür, dass es sich um identische Bomben gehandelt hat. Die beiden Rucksacktypen werden doch bestimmt auch noch identifiziert?«

Wagner nickte, während er einen Entschluss fasste.

»Die Bilder gehen heute an die Presse raus.«

Dann nickte er Lena Lund anerkennend zu.

»Wir müssen uns hier durcharbeiten. Lena, wir beide fahren zu Matti Jørgensen und sprechen mit ihm. Ivar und Christian, ihr befragt die Nachbarn von Francesca Olsen in Skåde. Eriksen, du befragst die Händler in der Østergade und zeigst ihnen mal die Fotos von unseren Rucksacktypen. Und du, sag mal, hast du noch Kontakt zum Einwanderermilieu?«

Er hatte sich Jan Hansen zugewandt, der früher in Gjellerup Streife gefahren war und dessen Herz für Multikulti, Integration und Fußball schlug.

Hansen nickte.

»Ein bisschen. Zu den Clubs.«

»Okay. Kannst du dich mal umhören, was die Buschtrommeln gerade so erzählen?«

»Ich kann es versuchen. Aber es wird nicht einfach sein.«

Wagner seufzte, und das lag nicht am bodenlosen Fall der Aktienkurse. Er bemerkte, dass Lena Lund ihn beobachtete. Er sah einen Hunger in ihren Augen, den er als Ehrgeiz deutete. Sie war jung und wollte nach oben. Daran war nichts auszusetzen.

Er schob den Stuhl zurück.

»An die Arbeit.«

Lena Lund und er hatten sich gerade in seinen Wagen gesetzt, als das Handy klingelte. Ein Kollege von der Streife namens Ivan Henriksen war dran.

»Ja?«

»Ich stehe hier im Supermarkt, im Føtex im Viby Center, zusammen mit Ihrem Sohn Alexander.«

Wagner wurde ganz flau im Magen.

»Ja?«

»Er ist leider mit einem der Kaufhausdetektive in Kontakt gekommen.«

Wagner war nicht in der Lage, etwas zu erwidern, deshalb wartete er, bis der Kollege am anderen Ende der Leitung weitersprach.

»Es sieht so aus, als hätte er versucht, etwas an sich zu nehmen, das ihm nicht gehört … es handelt sich um ein paar Dosen Cola sowie ein paar Tüten Süßigkeiten und Chips.«

75

Cola, Süßigkeiten, Chips. Unschuldige Wörter, die Wagner jedoch Löcher in den Magen bohrten.

Endlich gelang es ihm, die einzigen Worte hervorzupressen, die es zu sagen gab.

»Ich bin sofort da.«

Da erst wurde ihm bewusst, dass Lena Lund mit im Auto saß.

»Ist was passiert?«

Am liebsten hätte er sie irgendwo abgesetzt.

»Wir sind leider gezwungen, einen Abstecher ins Viby Center zu machen.«

Er erklärte ihr, warum. Glücklicherweise kommentierte sie den Vorfall nicht, sondern blieb schweigend neben ihm sitzen, während er seinen Passat durch die Stadt manövrierte. Als sie nach einer Weile zu reden anfing, musste er sich wahnsinnig auf ihre Worte konzentrieren. Der Gedanke an Alexander zerfraß ihn innerlich.

»Ihre Frau und diese Journalistin Svendsen … soweit ich informiert bin, hatten sie vorgehabt, zu besagter Uhrzeit im Solarium zu sein …«

»Hmm, ja. Das stimmt.«

»Könnte es da einen Zusammenhang geben?«

»Mit den Explosionen? Das glaube ich nicht.«

Er folgte der Hauptstraße, war aber in Gedanken in dem Supermarkt, wo sein Sohn durch die Gänge strich und Sachen aus den Regalen klaute, während ihn der Detektiv über die Überwachungskamera dabei beobachtete.

»Ich dachte nur, vielleicht wollte jemand Sie treffen, indem er Ihre Frau angreift. Oder, vielleicht sogar noch wahrscheinlicher, diese Journalistin … Sie ist ja nicht in allen Lagern gleich beliebt, soweit ich das verstanden habe.«

»Nein?«

Er wusste genau, wie abwesend er klang, und musste sich anstrengen, für die Unterhaltung mehr Engagement aufzubringen.

»Jemand könnte versucht haben, diese Svendsen aus dem Weg

zu räumen«, sagte seine Beifahrerin. »Würde gerne wissen, ob sie Drohungen oder so etwas erhalten hat, wissen Sie was davon?«

»Wir wohnen doch nicht in Chicago!«

Er war schon ein ganzes Stück gefahren, ehe Lena Lund wieder den Mund aufmachte.

»Vielleicht könnte man sie mal fragen?«

»Das könnte man bestimmt.«

Für einen kurzen Moment gelang es ihm, den Gedanken an Alexander beiseitezulegen. Dicte Svendsen hatte mit Bo Skytte vor dem zerstörten Solarium zusammengestanden. Sie hatte den Kopf abgewandt, als Ida und er sich umarmt hatten, daran konnte er sich jetzt gut erinnern. Aber warum hatte sie das getan? Wusste sie etwas? Gab es etwas, was sie ihm nicht erzählt hatte?

Er schluckte und bog auf den Parkplatz vor dem Viby Center ein. Es gab immer etwas, was Dicte für sich behielt.

Er sah das Schild der Supermarktkette Føtex. Wo war sein Sohn gerade? Wie ging es ihm?

»Also, wenn Sie damit einverstanden sind, würde ich mich gern mit ihr unterhalten«, sagte Lena Lund.

Er hatte ihr nicht mehr zugehört, sondern nickte nur, während sie ausstiegen und mit der Rolltreppe in das Center fuhren. Wie ein Zombie lief er durch die Masse der Kaufwilligen, bis sie den Supermarkt gefunden hatten. Er bat Lena Lund, draußen auf ihn zu warten, als er in eines der Hinterzimmer geführt wurde, wo Alexander mit seinem schwarzen Kapuzenpullover, einem Haufen Pickel im Gesicht und seinen verdammten Nasenringen auf einem Stuhl hockte. Der Blick, den er auf Wagner richtete, war voller Verachtung. Eine kleine Welle der Erschütterung durchfuhr ihn, als ihm klar wurde, dass er seinen eigenen Sohn nicht mehr kannte. Und diese Welle ergriff seinen gesamten Körper, als er sich eingestand, dass er den ganzen Tag weder an Alexander noch an Ida Maries Zustand gedacht hatte.

»Alexander. Was bitte ist hier los?«

Seine Stimme wollte ihm nicht gehorchen, sie klang brüchig.

»Was ist hier passiert?«

Der Junge starrte ins Leere und antwortete nicht.

KAPITEL 14

»Schade, dass du nicht mit dem Solarium in die Luft geflogen bist.«

Dicte starrte auf den Bildschirm. Im Laufe der Zeit hatte sie eine ganze Menge solcher perfider, anonymer Drohungen und Nachrichten erhalten, und eigentlich war diese auch nicht schlimmer als die anderen. Aber trotzdem brach ihr der Schweiß aus.

Sie sah hoch, Bos und ihr Blick trafen sich. Er war in ein Gespräch mit Cecilie über die Platzierung des AGF in der Superliga vertieft gewesen. Er erhob sich sofort, kam zu ihr an den Schreibtisch und setzte sich auf den Rand.

»Was gibt es, meine Schöne?«

Sie zeigte ihm die E-Mail mit dem Absender newshound@live.dk, eine Mailadresse, die garantiert nur für diesen Zweck in irgendeinem Internetcafé eingerichtet worden war.

»Ich hätte sie gar nicht erst öffnen sollen.«

Aber so etwas war schwer. In der Betreffzeile hatte Solarium gestanden, und deshalb war sie davon ausgegangen, einen Tipp zu erhalten. Bo pfiff eine Melodie. Aber der Ernst der Lage war trotz *Jumping Jack Flash* zu hören.

»Du bist eine gefragte Lady. Alle wollen ein kleines Stück von dir.«

»Was zum Teufel geht hier vor sich?«

Er räusperte sich und stellte einen Fuß mit Cowboystiefel auf den Heizkörper. In dieser Sekunde erinnerte sie sich an das allererste Mal, als er an exakt derselben Stelle gesessen hatte, vor etwa einer Million Jahren, und sie empfand fast so etwas wie Eifersucht auf sich selbst.

»Wer wusste denn, dass du ins Solarium wolltest?«

»Ida Marie.«

»Und wer noch?«

»Du. Alle in der Redaktion. Wagner wusste es von Ida Marie. Das ist ja auch kein Geheimnis, aber ich habe keine Annonce in die Zeitung gesetzt.«

»Muss man da eine Zeit buchen?«

»Nee. Du gehst einfach rein und steckst Geld in einen Automaten, wenn eine Sonnenbank frei ist.«

»Kommst du?«

Davidsen hatte sich den Reißverschluss seines Anoraks bis unter die Nase zugezogen und stand wartend an der Tür. Er war anlässlich der aktuellen weltweiten Finanzkrise an die Wirtschaftsredaktion ausgeliehen worden und sollte mit Bo zu einem Interview mit einer Wohltätigkeitsorganisation fahren, die viel Geld verloren hatte, das freundliche Menschen bei der letzten großen Spendenaktion gegeben hatten. Dicte verstand dieses Verhalten ihres Chefredakteurs nicht, aber es schien Otto Kaiser nicht im mindesten zu irritieren, dass Davidsen kaum den Unterschied zwischen Aktien, Obligationen, Debit und Kredit kannte.

Bo sagte mit einem Nicken zur Seite:

»Die Arbeit ruft.«

Er erhob sich und deutet mit dem Finger auf ihren Bildschirm.

»Vielleicht solltest du mal Ida Marie fragen, ob sie irgendwo ein Plakat angebracht hat.«

Dicte sah den beiden hinterher, wie sie über den Parkplatz gingen und in Bos Auto einstiegen, das wie üblich mit Fotoausrüstungen vollgestopft war, so dass Davidsen sich zuerst einen Sitzplatz freischaufeln musste. Zwei große Männer, der eine ohne Körperspannung und blass in Hochwasserhosen und mit dem Koordinationsvermögen einer angeschossenen Krähe; der andere mit geschmeidigen, schnellen Bewegungen ohne überflüssiges Gezappel, als gäbe es keine Garantie für den morgigen Tag. Bo. Sie hatte in den vergangenen Monaten so vieles, was sie verband, verkümmern lassen. Nähe und Lust waren eingekapselt und auf Stand-by gesetzt worden. Jetzt war in so kurzer Zeit so viel passiert: die Explosion im Solarium mit einer Toten; ihre und Ida Maries Beinahebegegnung mit dem Tod, die Drohmails und die Gedanken an den freigelassenen Sohn, der irgendwo dort draußen war. Und nicht zuletzt auch die Entdeckung, die Bo und sie gemacht hatten, dass sich ihre Glut noch entfachen ließ. Vielleicht sollte sie sich schämen, vielleicht müsste sie Angst haben. Sie empfand beides, Scham und Angst, aber das stärkste Gefühl war, dass sie sich lebendig fühlte.

Sie begann diesen Arbeitstag mit einem Anruf bei der Polizei, um sich zu erkundigen, ob es Neuigkeiten über die Bomben gab, ihre Beschaffenheit und wie das alles zusammenhing. Aber Wagner war unterwegs und ging nicht an sein Handy, und außer ihm war niemand autorisiert, mit der Presse zu sprechen. Da versuchte sie, sich durch eine andere Tür Zugang zu Informationen zu verschaffen. Die Polizei hatte zwei Aufnahmen von Männern mit Rucksäcken veröffentlicht. Sie hatte den einen Mann als jenen Fußgänger wiedererkannt, der durch die Fußgängerzone geeilt war, während sie mit Ida Marie im Café bei Sallings gesessen hatte. Sie rief erneut bei der Polizei an und hatte dieses Mal Jan Hansen aus Wagners Abteilung am Apparat. Ihm gab sie ihren Zeugenbericht zu Protokoll und vereinbarte, dass sie vorbeikommen sollte, um es zu unterschreiben. Allerdings hörte sie aus Hansens Antworten heraus, dass viele Bürger den Mann in der Fußgängerzone gesehen hatten und ihre Aussage von nicht besonders großer Bedeutung war.

»Und die Bombe? Hatte er die im Rucksack?«

Wenn sie schon einen Polizisten am Apparat hatte, konnte sie auch gleich versuchen, etwas aus ihm herauszulocken.

»Das wissen wir nicht genau«, erwiderte der immer zuvorkommende Hansen, wusste aber ganz eindeutig auch nicht mehr als sie.

»Bandenkrieg?«

»Auch darüber kann man im Augenblick nur spekulieren.«

Sie beendete das Gespräch. Dieser Rucksackmann war wahrscheinlich sowieso nur eine Art Soldat gewesen, und der General saß an einem anderen Ort. Aber er war der wesentlich Interessantere. Die Frage war, wer das Ganze inszeniert und gesteuert hatte. Wenn Jan Hansen einen Verdacht gehabt haben sollte, würde er diesen garantiert nicht der Presse mitteilen.

Dann nahm sie ihre Jacke vom Stuhl, richtete eine Rufumleitung auf ihr Handy ein und verließ die Redaktion. Sie musste nicht weit gehen, am Store Torv lag Ida Maries Reisebüro *Ostjütländische Reisen*. Es waren ein paar Kunden da, die von den Angestellten mit ihren Headsets eifrig bedient wurden. Es schien, als hätte die Finanzkrise Jütland noch nicht erreicht.

»Ist sie da?«

Jane, Ida Maries Firmenpartnerin, sah hoch, lächelte und wies mit dem Finger die Treppe hinunter. Ida Marie saß im Büro und war mit der Post beschäftigt.

»Lob? Beschwerden?«

»Das hier ist echt unglaublich. Da beschwert sich eine Familie darüber, dass sie von ihrem Hotelzimmer aus die Wellen am Strand gehört haben. Sie behaupten, dass sie deswegen nicht schlafen konnten.«

Dicte nahm unaufgefordert Platz.

»Das ist ja auch unerhört! Wie geht es dir?«

Ida Maries Lächeln hätte als Antwort eigentlich genügt, aber es wurde begleitet von einer längeren Ausführung über Scanningtermine, Wartezeiten und den Einkauf von Babysachen.

»Bitte erschrick jetzt nicht«, sagte Dicte schließlich und konnte sofort die Angst in Ida Maries Blick wachsen sehen. Deshalb fuhr sie schnell fort. »An diesem Tag, am Donnerstag, wer wusste noch, dass wir uns verabredet hatten, um 15 Uhr ins Solarium zu gehen?«

Es war deutlich zu sehen, dass Ida Marie dieser Gedanke bis zu diesem Zeitpunkt überhaupt nicht in den Sinn gekommen war. Eine kleine steile Falte bildete sich auf ihrer Stirn.

»Du glaubst doch nicht etwa, dass es etwas mit uns zu tun hat?«

»Nicht mit dir.«

»Aber mit dir?«

»Mir ist der Gedanke gekommen, ja. Wer, meinst du, wusste noch von unserem Treffen?«

Ida Marie schüttelte den Kopf.

»Ich habe es der Familie Donnerstagmorgen am Frühstückstisch erzählt. Und Jane habe ich es gesagt.«

»Sonst niemandem?«

Ida Marie wollte gerade mit Nachdruck das Kopfschütteln wiederholen, als sie mitten in der Bewegung innehielt.

»Ich habe es auf Facebook gepostet, als Statusmeldung.«

»Was hast du?«

In Dictes Blick war ein Vorwurf zu sehen, obwohl nichts Unrechtes geschehen war.

»Facebook, du weißt schon. Ich habe dich auch schon versucht zu überreden.«

»Willst du damit sagen, dass die ganze Welt davon wusste?«

»Nur meine Freunde.«

»Und wie viele Freunde hast du so?«

Ihr Tonfall war hart, das wusste Dicte genau. Ida Marie sah sie schuldbewusst an.

»Hundertzweiundzwanzig.«

»HUNDERTzweiundzwanzig? Richtige Freunde?«

Natürlich hatte sie von Facebook gehört, sich aber nie die Mühe gemacht, mehr darüber zu erfahren. Sie kannte nur ihre eigene Unlust, daran teilzunehmen. So wie ihr Leben war, verbrachte sie ausreichend Zeit im Netz.

»Keine richtigen Freunde. Zumindest nicht alle von ihnen. Willst du es mal ansehen?«

»Ja, danke.«

Dicte zwang sich, ihren Tonfall ein wenig umgänglicher klingen zu lassen. Sie sollte sich unbedingt mehr mit den existenten sozialen Netzwerken auseinandersetzen, an denen so viele teil-

nahmen. Vor allem hätte eigentlich sie Ida Marie Facebook vorstellen sollen und nicht andersherum.

Sie wartete, während ihre Freundin ihr Facebook-Profil auf-
rief. Plötzlich war der Bildschirm voller Informationen über
Menschen, von denen sie einige wenige kannte, während sie von
den meisten neuen Freunden Ida Maries noch nie zuvor gehört
hatte. Man sah sofort, wer besonders erpicht darauf war, sich
mitzuteilen. Einige hatten vor drei bis sieben Minuten eine
Nachricht geschrieben, andere hatten sich schon seit Tagen
nicht mehr gemeldet. Sie stutzte, als sie folgende Statusmeldung
las: »Anne legt die Füße hoch und gönnt sich ein Glas Rotwein
nach einem harten Tag im Kreißsaal.«

Dann war Anne also auch mit von der Facebook-Partie. Eine
weitere Welle der Erkenntnis erfasste sie, als sie den Namen
ihrer Tochter entdeckte: »Rose trifft sich mit Dorn. Juchhu.«

»Du bist mit Rose befreundet?«

Das klang vorwurfsvoll.

»Sie hat mich angefragt. Deswegen nennt man es ja auch
Netzwerk. Wir sind durch andere miteinander in Verbindung
gebracht worden, einer, der wieder jemand anderen kennt und
so weiter. Für mich ist das total nützlich gewesen.«

»Und was ist mit Roses Freunden? Konnten die auch lesen,
dass wir beide ins Solarium gehen wollten?«

»Im Prinzip schon.«

»Im Prinzip?«

»Ja, wenn Rose einen Kommentar geschrieben hat, und das
hat sie, soweit ich mich erinnere, getan.«

Ida Marie klickte Roses Namen an und öffnete damit ihr Profil mit Angaben zu ihrem Geburtsdatum, zu ihrem Jurastudium
in Kopenhagen, zu ihren Interessen an Literatur, fremden Kul-
turen und so weiter. Und man erfuhr auch, dass sie gerade mit
Aziz zusammen war.

Rose hatte fünfundsiebzig Freunde.

»Können wir die Liste durchgehen?«

Ida Marie nickte und klickte auf die Freundesliste. Dicte erkannte die Namen von Roses Schulkameraden, alten Flammen und anderen. Die meisten hatten Fotos hochgeladen, aber einige versteckten sich auch hinter dem gezeichneten Umriss eines Einheitsprofils.

»Warum haben die kein Foto?«

Sie zeigte auf die Silhouette einer Person mit dem Namen Sabine Berg.

»Entweder hat sie noch kein Foto gemacht oder sich noch nicht die Zeit genommen, es hochzuladen. So sah mein Profil am Anfang auch aus.«

Dictes Blick blieb an einem weiteren gesichtslosen Schattenbild hängen. Peter Andreas Dorn. Es gab keine weiteren Angaben, weder Geburtsdatum, Familienstand noch Beruf. Peter Andreas Dorn hatte eine Nachricht an Roses Pinnwand angebracht. Dicte las: »Freue mich.«

Sie spürte, wie der Boden unter ihr nachgab, der Raum drehte sich. Sie hatte nicht einmal genug Kraft, um darüber dankbar zu sein, dass sie auf einem Stuhl saß.

Peter Dorn. Rose trifft sich mit Dorn. Dornröschen. Es konnte nicht eindeutiger sein.

»Dicte? Was ist los mit dir?«

»Diese Meldung über uns, ist die noch da?«

Ida Marie klickte sich durch die Seite. Die Falte auf ihrer Stirn wurde tiefer und tiefer.

»Was soll das alles bedeuten?«

Dicte schüttelte den Kopf, während die einzelnen Bruchstücke an Informationen sich zu einem großen Ganzen und dann zur Gewissheit formten. Peter Boutrup hatte schon vor langer Zeit zu Rose Kontakt aufgenommen, das hatte er ihr bei einer ihrer ersten Begegnungen gesagt. Das hatte sie tief getroffen, sie wollte unbedingt verhindern, dass ihre erwachsene Tochter ihren Halbbruder fand und erfuhr, dass der wegen Totschlags im Gefängnis saß. Sie hatte Rose damals dazu befragt, aber sie hatte behauptet, keinen Peter Boutrup zu kennen, und sich sehr schnell abgewandt. Viel zu schnell.

84

Dorn. Keine Rose ohne Dornen. Das klang wie aus einem Chiffrierbuch für Dreijährige. Das war also der Weg, den sich ihre beiden Kinder ausgewählt hatten, um miteinander zu kommunizieren. Und jetzt würden sie sich auch noch treffen.

»Hier ist sie.«

Die Statusmeldung stand ganz am Ende der Liste und war schon längst von aktuelleren Meldungen zur Seite geschoben worden. Aber es gab sie noch: »Bereite schon mal die Herbstferien vor und gehe morgen um 15 Uhr mit Dicte ins Solarium in der Østergade. Will jemand mitkommen?« Etliche hatten den Eintrag kommentiert. Rose war eine davon: »Seid ihr noch ganz dicht? Man könnte glauben, ihr seid Teenager ... Habt ihr noch nie von Hautkrebs gehört?«

»Ich habe das nur zum Spaß reingestellt«, entschuldigte sich Ida Marie. »Das war nur, weil ich mich so darauf gefreut habe.«

»Das verstehe ich ja. Es ist auch überhaupt nicht sicher, dass es etwas zu bedeuten hat.«

Dicte stand auf und verabschiedete sich, aber sie wusste, dass sowohl ihre Stimme als auch ihre Bewegungen das genaue Gegenteil von dem ausdrückten, was sie soeben gesagt hatte.

KAPITEL 15

»Wenn Sie Hilfe brauchen, bitte zögern Sie nicht, es mir zu sagen«, sagte der Vorsitzende des Kulturausschusses und klopfte ihr auf die Schulter.

»Wenn es irgendetwas gibt, was ich für Sie tun kann, dann wissen Sie, wo Sie mich finden können«, sagte der amtierende Bürgermeister.

»Wie geht es Ihnen? Sie sehen müde aus«, sagte der Vorsitzende des Sozialausschusses auf dem Weg zu seinem Platz und ohne auf eine Antwort zu warten.

Es nahm kein Ende. Unterstützungsbekundungen und Absichtserklärungen flogen durch die Luft wie die ersten Herbstblätter, die sie noch vor wenigen Minuten auf dem Weg zur Stadtverordnetenversammlung ziellos auf dem Rathausplatz hatte herumwirbeln sehen. Sie alle klangen freundlich und waren nett gemeint, aber sie wusste, wie wenig Substanz dahinter war. Es waren Höflichkeitsfloskeln, nicht mehr und nicht weniger. Sie mussten sich so verhalten, und sie wiederum musste das Spiel mitmachen und sich dafür bedanken. Was sie auch tat – aber es schnürte ihr den Hals zu. Wer war ihr Freund und wer ihr Feind? Früher hatten sie diese Kategorien nicht interessiert, aber jetzt bedeuteten sie auf einmal alles.

Francesca setzte sich auf ihren Platz im Ratssaal. Das war eine wichtige Sitzung, der Haushalt sollte verabschiedet werden. Auch auf der Zuschauertribüne saßen schon ein paar interessierte Bürger. Sie wollte es nicht, konnte aber nicht verhindern, dass ihr Blick über die Stuhlreihen glitt. Saß er dort oben? Oder war Er eine Sie? Wer trachtete ihr nach dem Leben?

Plötzlich spürte sie eine Hand auf ihrer Schulter und zuckte zusammen.

»Überlebst du das hier?«

Sie drehte sich um und setzte ein Lächeln für ihren Parteirivalen Erik Balleby auf. Ginge es nach ihm, wäre er der Bürgermeisterkandidat der Opposition, während sie auf eine der hintersten Reihen verwiesen werden würde. Das wusste sie genau. Als Anders Fink sich aus gesundheitlichen Gründen vom Posten des Oppositionsführers zurückzog, hatte er sich sehr für sie eingesetzt, was allerdings aus der Sicht vieler eine Fehlentscheidung gewesen war. Sie galt als eine umstrittene Politikerin, und viele Parteikollegen fühlten sich bei Ballebys eher kompromissbereiter Linie und seiner maskulinen, ein bisschen altväterlichen Ausstrahlung besser aufgehoben. Allerdings verbarg sich dahinter ihrer Meinung nach – und die hatte sie auch nie verhehlt – nur mangelndes Talent und politische Unsicherheit.

Sie folgte Balleby auf dem Weg zu seinem Platz mit Blicken. Die Journalistin Svendsen hatte natürlich recht mit ihrer

Frage gehabt. Die Geschichte mit dem Vergewaltigungsversuch hatte ihre Popularität enorm vergrößert, sowohl in der Bevölkerung als auch innerhalb der Partei, und Finks Einsatz für sie hatte sich als ein Jackpot erwiesen, als sie bei der Generalversammlung einen erdrutschartigen Sieg errang. Und das obwohl der Ortsverband Risskov Fink mit der Aufstellung des Gegenkandidaten Balleby eine Kampfansage gemacht hatte.

Sie wusste genau, dass sie versucht hatten, die anderen Parteimitglieder zu überreden, ihre Stimme Balleby zu geben. Die Presse war zunächst noch auf ihrer Seite, aber die Nacht in Hasle entwickelte sich zu einer zweischneidigen Angelegenheit. Die Journalisten waren nach der ersten Euphorie und dem Pflegen ihres Heldenstatus dazu übergegangen, kritische Fragen zu stellen. So wie diese Dicte Svendsen, die sie mit ihren Spekulationen stark irritiert hatte.

Sie beobachtete Erik Balleby, der in ein Gespräch mit einem Parteikollegen vertieft war. War er es doch, der versuchte, ihr Fundament ins Schwanken zu bringen? War er so verbittert, dass er ihr um jeden Preis nach dem Leben trachtete?

Er würde unter normalen Umständen niemals den Bürgermeisterposten bekommen. Das wussten alle, auch er. Sie war die einzige Chance der Partei. Sie war der Terrier; sie war diejenige, die Dinge geradeheraus ansprach und auf den Punkt brachte. Die anderen waren viel zu große Angsthasen. Ins Gefängnis mit den Verbrechern, Drogenverkäufer und Alkoholiker weg von der Straße und bitte auch Wohltätigkeitsdealer, die im Namen der guten Sache die Bürger für dumm verkauften; Abriss der Ghettos und Vermischung der Bevölkerungsschichten; schnellerer Zugriff und Kindesentzug bei Reich und Arm – ohne Berührungsängste bei Familien mit Migrationshintergrund – schon beim geringsten Anzeichen von Vernachlässigung der Fürsorgepflicht. »Verantwortung und Konsequenz« lautete ihr Slogan, und sie meinte es wortwörtlich. Und um das umsetzen zu können, benötigte sie Macht. Sie hatte keine Angst davor, diese Macht einzusetzen, nur Angst, wenn die verkehrte Person an der Macht war. Sie löste den Blick von Balleby und sah sich im Saal um. Alle waren eingetroffen, und der Bürgermeister trat vor, um die Versammlung zu begrüßen. Die Abgeordneten saßen wie brave Schüler hinter ihren Tischen, während sich der Bürgermeister zehn Minuten über die historisch bedeutsame Einigung ausließ, zu der es gekommen war. Er bedankte sich sogar bei der Einheitsliste Rot-Grün für ihr Engagement, obwohl die sich aus den Verhandlungen zurückgezogen hatten. Er erzählte stolz von den Aktivitäten im Schulwesen und der Seniorenbetreuung, um verbesserte Wohnraumangebote für Menschen mit Behinderungen sowie von den Summen, die für die Belebung gefährdeter Stadtteile und sozialer Brennpunkte wie Rosenhøj und Søndervang bereitgestellt wurden. Das war alles gut und richtig – sie hatte an den Verhandlungen selbst teilgenommen –, aber so unglaublich langweilig.

Die Parteikollegen. Könnte einer von ihnen derjenige sein, der ihr nach dem Leben trachtete? Wenn nicht Balleby, wer dann? Jemand aus der Partei des Bürgermeisters? Vielleicht mehrere von ihnen? Aber wie konnten sie etwas erfahren haben? Wie konnte überhaupt jemand etwas erfahren haben?

Nach den einleitenden Worten des Bürgermeisters bekamen die Referenten das Wort erteilt. Sie sah einen nach dem anderen an, konnte sich aber nicht vorstellen, dass es einer von ihnen sein konnte. Sie waren zu geradlinig. Zu normal, was auch immer das bedeuten mochte.

Ihr Mobiltelefon meldete eine eingehende SMS. Verdammt. Sie hatte vergessen, es lautlos zu stellen. Diskret las sie die Nachricht und antwortete, ließ sich gerne ablenken, während auf dem Podium ein langweiliger Vortrag den nächsten ablöste. Diese Redner hatten alle keine Ausstrahlung, keine Ambitionen und Visionen. Wenn sie an der Reihe wäre, würde die Tatsache, ein Århusianer zu sein, eine vollkommen neue Bedeutung erhalten. Und damit wäre der Weg noch nicht beendet. Die Hauptstadt und Christiansborg würden in ein paar Jahren zum Greifen nah sein. Sie durfte doch wohl im Stillen von einem Ministerposten träumen. Oder anders gesagt: Das hatte sie früher gekonnt, aber nicht im Moment. Nicht nach dem, was geschehen war.

Sie sah sich im Saal um. Wer war es? Und wie viel wussten sie wirklich, wenn es ernst werden sollte?

»Francesca Olsen.«

Die Presse hatte sich versammelt, um die Stadtheinis in Empfang zu nehmen. Aber eine Morgenzeitung hatte offensichtlich ein Anliegen, das nichts mit dem Haushalt zu tun hatte. Einer der Journalisten, ein junger Mann mit bereits schütterem Haar, schob eine junge Frau mit Blumenstrauß im Arm vor sich her, während ein Fotograf Salven mit seiner Kamera abfeuerte.

»Hier ist jemand, der sich gern bei Ihnen bedanken möchte«, sagte der Reporter. »Sie haben sich ja schon seit Wochen nicht mehr gesehen.«

Francesca sah der jungen Frau ins Gesicht, sie errötete sofort. Sie war nicht viel älter als fünfundzwanzig, trug Leggings, Turnschuhe und ein langes Sweatshirt mit einem breiten Gürtel. Ihr Make-up war schwerer als kleidsam, aber das war meist das Problem der Jugend. Es dauerte Jahre, um seinen eigenen Stil zu finden.

»Ich will mich bedanken«, stammelte die junge Frau. Das klang einstudiert, und Francesca überlegte fieberhaft, wie sie der Situation entkommen konnte. Aber es gab keinen Ausweg, denn in diesem Augenblick bekam sie den Strauß in die Arme gedrückt, und sie konnte unmöglich die Frau vor den Kopf stoßen und ihn zurückgeben. Darum entschied sie sich in Sekundenschnelle für die mütterliche Variante.

»Ach, doch nicht dafür. Das habe ich gerne getan. Wie geht es Ihnen?«

Sie drückte die Hand der jungen Frau, die ohne Spannung und kraftlos wie ein alter Lappen war und auch so grau. Ein typisches Opfer. Kein Hauch von Selbstvertrauen.

»Danke, besser.«

Ihre Antwort war nicht mehr als ein Flüstern, und Francesca verfluchte die verantwortliche Zeitung.

Sie zog das Mädchen zur Seite, aber der Fotograf folgte ihnen.

»Machen Sie das Ding jetzt mal aus.«

Der Journalist mischte sich ein.

»Das kann nicht Ihr Ernst sein, wir stehen doch hier in aller Öffentlichkeit.«

»Das kann schon sein. Aber sie ist noch nicht so weit, ihr Foto überall auf euren Aufstellern zu sehen. Das kann man nicht zulassen. Wie viel haben die Ihnen bezahlt?«

Die junge Frau senkte den Kopf und murmelte etwas Unhörbares.

»Wie viel, sagen Sie schon, meine Liebe?«

»Tausend Kronen.«

In diesem Augenblick war ihr alles egal. Sie hob eine Hand und hielt sie vor die Kameralinse, konnte aber hören, dass sie weiter Aufnahmen machte.

»Das hier könnt ihr vergessen, hier gibt es nichts mehr zu holen. Sie sind herzlich eingeladen, mit mir über Politik zu sprechen, aber für alles andere ist die Vorstellung hiermit beendet.«

»Meinetwegen, wie stehen Sie zu Schwarzarbeit, Frau Olsen?«, parierte der Journalist.

»Schwarzarbeit?«

Sie wusste, wie desorientiert sie klang. Sie spielten mit ihr, und sie war nicht darauf vorbereitet.

»Da bin ich natürlich dagegen.«

Ihr Gegenüber nickte und lächelte.

»Sind Sie da sicher? Wir verfügen über Informationen, dass Sie und Ihr damaliger Mann eine Zeitlang eine nicht gemeldete Reinigungskraft hatten.«

Das war sehr lange her, aber natürlich erinnerte sie sich noch daran.

»Mit wem haben Sie darüber gesprochen?«

Der Journalist blätterte in seinem Block.

»Mit einer Thailänderin, die angibt, dass sie damals für Sie gearbeitet hat.«

Die beste Verteidigung war in der Regel Offenheit und Aufrichtigkeit. Sie musste zusehen, dass diese Sache so schnell wie möglich aus der Welt geschafft wurde.

»Das stimmt. Wir waren jung, ich habe noch studiert und die politische Arbeit neben dem Studium gemacht. Das ist nicht einfach, alles unter einen Hut zu bekommen, vor allem, wenn man ein pflegebedürftiges Kind hat.«

»Das heißt, Sie haben also eine Schwarzarbeiterin beschäftigt? Obwohl Sie eigentlich dagegen sind?«

»Ja, sie hat bei uns ein halbes Jahr lang gearbeitet. Mai, unsere Putzfrau, mit der Sie gesprochen haben, wird Ihnen sicher bestätigen, dass Sie uns damals eindringlich darum gebeten hat, das Geld schwarz auf die Hand zu bekommen. Sie war zu diesem Zeitpunkt gerade nach Dänemark gekommen, hatte einen Dänen geheiratet, und ihm wären die Sozialhilfezahlungen gestrichen worden, wenn wir es angegeben hätten.«

»Das heißt, Sie haben aus reinem Mitgefühl gehandelt?«

Sie schüttelte den Kopf. Es war ihnen schon unglaublich schwergefallen, sich überhaupt einzugestehen, dass sie dringend Hilfe benötigten.

»Zu diesem Zeitpunkt schien es der richtige Weg für alle Beteiligten. Aber mit Abstand betrachtet war es natürlich ein Fehler. Ich kann nur sagen, dass es mir leid tut und ich natürlich bereit bin, ein Bußgeld zu bezahlen.«

Hatte das genügt? Die totale Unterwerfung? Sie beobachtete den Journalisten, der nicht zufrieden aussah – ein bisschen wie Nachbars Katze, die in der Hoffnung vorbeikommt, eine Schale mit Thunfischsalat vorzufinden, und entdecken muss, dass diese leer ist.

Er klappte seinen Notizblock zu.

»Ja, dann bedanke ich mich recht herzlich. Zu Ihrer Information, wir bringen morgen ein Interview mit Mai Johansen, und natürlich werden Sie dann Gelegenheit bekommen, sich erneut zu diesem Fall zu äußern.«

Dieser Fall. Jetzt war es schon ein Fall. Kein großer Fall, wie sie fand, aber immerhin einer, um den sie sich kümmern musste.

Sie streckte sich und sah gerade noch, wie die junge Frau die Treppe hinunterhuschte. Zorn stieg in ihr auf. Es war verachtenswert, eine junge verletzliche Frau für die reißerischen Zwecke einer Zeitung auszunutzen. Es war verachtenswert, Mai zum Reden zu bringen und sie dadurch womöglich selbst zu kompromittieren, weil ihr unter Umständen eine Anzeige wegen Sozialbetrugs drohte. Aber die Presse war sich eben selbst am nächsten. Dieses Spiel kannte sie nur allzu gut. Zufrieden spürte sie, wie sich ihr alter Starrsinn und Kampfgeist zurückmeldeten. Wenn sie Krieg haben wollten, konnten sie ihn haben. Sie würde nicht kampflos untergehen.

KAPITEL 16

»Huhu, Mama.«

Rose schlang die Arme um ihren Hals, und Dicte atmete ihre jugendliche Frische tief ein. Ihre Wange war kalt, feucht und glatt wie ein Sommerapfel. Auch der Geruch war so, der von Äpfeln und von Kindern, die erwachsen geworden waren, während man nur mal eben beim Bäcker Brötchen kaufen war.

»Es nieselt«, sagte die Studentin, die mit dem Taxi aus der Stadt gekommen war. Kein Busunternehmen hatte jemals den Gedanken daran verschwendet, in Kasted einen Halt einzurichten.

»Du hättest doch anrufen können, dann hätte ich dich abgeholt.«

»Es sollte eine Überraschung werden!«, sagte Rose und hob anstatt einer Friedenspfeife eine Tüte mit frischen Brötchen in die Luft. »Ihr könnt euren Samstagmorgen doch auch für etwas Sinnvolleres nutzen, als ihn in einem Auto zu verbringen.«

»Autos sind aber doch vielseitig anwendbar«, warf Bo als Begrüßung ein, während Dicte sich fragte, welche Erinnerungen aus einer hoffentlich weit zurückliegenden Vergangenheit da in ihm aufgestiegen waren.

»Hallo, du.«

Rose musste sich auf die Zehenspitzen stellen, um ihn zu umarmen. Sie gehörte nicht zu den langstieligen Wesen, mehr Garten als Gewächshaus. Dicte sah ihr hinterher, wie sie – dicht gefolgt von einem ununterbrochen sabbernden Svendsen – ihre Tasche in den Flur warf und ins Wohnzimmer ging. Rose war anders und mehr als alles. Sie war auch ein Mädchen, das viele Geheimnisse hatte, die sich nicht nur um Partys und Freunde drehten. Hier ging es um das Gefühl, einen großen Bruder vorenthalten bekommen zu haben. Und es gab nur eine einzige Person, der man das vorwerfen konnte, und das war ihre Mutter.

Bei Kaffee und Brötchen fragte sich Dicte, wie sie das Thema geschickt ansprechen konnte. Nach dem Besuch in Ida Maries Reisebüro hatte sie gleich ein Facebook-Profil angelegt. Haufenweise Freunde hatten sich sofort gemeldet, aber weder Rose noch Peter Andreas Dorn hatten angebissen.

Sie hatten den Frühstückstisch in großer Harmonie gedeckt, aber unterschwellig war eine Stimmung zu spüren, die niemand von ihnen so richtig unter Kontrolle hatte.

»Was verschlägt dich denn in die langweilige Provinz?«, wollte Bo wissen, bevor er herzhaft in sein Brötchen biss. »Hast du uns wirklich so sehr vermisst?«

»Ganz enorm.«

Rose, die nicht aussah, als hätte sie irgendjemanden außer Svendsen vermisst, schnitt ihr Brötchen in zwei Teile.

»Nein, Spaß beiseite. Heute Abend feiert eine ehemalige Klassenkameradin eine Party.«

»Wer?«

Die Frage war gestellt, bevor Dicte darüber nachgedacht hatte. Darum warf ihr Rose auch einen Blick zu, den man viel zu wiss-

93

begierigen Müttern schenkt. Ihre Antwort war eine Gegen-frage.

»Und wie geht es euch beiden Alten? Sitzt ihr jeden Abend vor dem Kamin, spielt Schach, trinkt Whiskey und geht früh mit warmen Socken und Flanellschlafanzug ins Bett?«

Bo grinste und erwiderte etwas, das total jugendlich klang und die Worte *endgeil* und *downturner* beinhaltete. Rose spielte ge-duldig mit. Aber Dicte konnte nichts machen, wenn sie auch nur mit mehr als einem Gedankenstrich ihre Bedenken andeu-ten würde, wäre das kleine bisschen Vertrauen, das sie mit ihrer Tochter verband, auf der Stelle zerstört. Sie betrachtete Rose, die schmal und artig auf ihrem Stuhl saß und den Kaffeebecher mit beiden Händen hielt. Die organisierte, vernünftige Rose, de-ren Auflehnung sehr spät kam, dafür aber vielleicht umso hefti-ger war. Genau genommen waren die Spannungen zwischen ihnen eigentlich erst entstanden, seit sie das erste Mal über Peter Boutrup gesprochen hatten. So war er in ihr Leben eingedrungen.

»Und was ist mit Aziz? Alles in Ordnung?«

Bo hatte diese Frage gestellt. Da er nicht Roses leiblicher Va-ter war, konnte er viel unbefangener die Antworten aus ihr her-auslocken.

»Ganz gut«, verkündete Rose. »Ich soll grüßen.«

Dicte dekodierte ihre Worte und las daraus, dass Aziz und Rose noch ein Paar waren, was ihre Unruhe ein wenig zu dämp-fen vermochte. Es gab also etwas, das Bestand hatte.

Bo stand auf und begann, den Tisch abzuräumen.

»Holst du die Kinder?«, fragte Rose. Sie kannte die Abläufe. Bos Exfrau ließ die Kinder immer erst am Samstag zu ihrem Va-ter gehen, weil sie freitags nicht arbeitete.

Bo nickte, während er Marmelade und Käse in die Küche trug.

»Kannst du mich mit in die Stadt nehmen?«

»Natürlich. Wo willst du denn hin?«

»Zentrum wäre *topnice*. Vielleicht noch ein bisschen Shop-ping.«

Shopping my ass, dachte Dicte wütend. Wo wollt ihr euch treffen? Was habt ihr verabredet?

»Wir könnten doch zusammen fahren«, hörte sie sich selbst in einem unmöglichen Versuch sagen, besonders raffiniert zu sein.

»Ich treffe mich mit einer Freundin, mit Kristine«, log Rose. »Ein andermal. Ich mach mich schnell fertig.«

Sie verschwand mit ihrem Necessaire im Badezimmer. Dicte zog Bo beiseite.

»Tu mir bitte den Gefallen und behalte sie im Auge. Wo will sie hin? Wen will sie treffen?«

Sie hatte ihm alles über Peter Dorn erzählt, trotzdem sah er sie skeptisch an.

»Wir können ihr kein GPS einpflanzen. Sie ist erwachsen.«

»Please! Für dich ist es viel leichter!«

»Ja, und woran liegt das wohl?«

Rose kam zurück, mit Lipgloss und Rouge im Gesicht und dem Duft von Rive Gauche, Dictes Parfüm. Bevor sie auch nur *Facebook* aussprechen konnte, waren die beiden verschwunden.

Das knirschende Geräusch der Reifen auf dem Kies war kaum verebbt, als ein anderes Auto auf die Auffahrt fuhr. Ein Opel, der aussah, als hätte man ihn soeben in weißen Lack getaucht. Eine junge Frau stieg aus. Dicte hörte ihre zielsicheren Schritte auf dem Weg zur Eingangstür, dann ertönte das satte Dingdong der Klingel.

Svendsen bellte. Vielleicht lag es an der Stimmung am Frühstückstisch, auf jeden Fall öffnete sie die Tür mit einem inneren Widerstand, der hinter ihren Schläfen pochte.

»Svendsen?«

»Wenn Sie mit dem Hund sprechen wollen?«

»Dicte Svendsen?«

»Das bin ich.«

»Mein Name ist Lena Lund, ich bin von der Polizei Ostjütland, Kriminaldezernat.«

Die Gedanken türmten sich in ihr und drängten für einen kurzen Augenblick an die Oberfläche. Früher hätte Wagner sie angerufen oder wäre selbst vorbeigekommen. Jetzt schickte er eine Kollegin und dazu auch noch eine, die sie nicht kannte. Es fühlte sich an, als wäre ihre Welt, so wie sie sie kannte, aus den Fugen geraten, und sie musste sich zwingen, nicht zu feindselig zu klingen.

»Kommen Sie doch bitte herein. Und entschuldigen Sie die Unordnung.«

Lena Lund musste über einen von Svendsens Ochsenhautknochen steigen, aber es gelang ihr, sogar dabei noch adrett und geschäftsmäßig auszusehen. Sie gaben sich die Hand und lächelten einander an, ohne dass eine von ihnen es von Herzen meinte.

»Wir können ins Wohnzimmer gehen.«

Dicte ging voran und hörte die kleinen, bestimmten Schritte hinter sich. Sie musste sich zusammenreißen, um sich nicht umzudrehen. Es war, als würde Lena Lunds Sicherheit in ihr das genaue Gegenteil auslösen, das Gefühl von Unsicherheit. Was wollte sie? Wer war sie?

»Setzen Sie sich doch.«

Sie nahmen in den Lehnsesseln Platz. Lena Lund saß ganz vorn am Rand und sah aus, als hätte sie einen Stock verschluckt. An ihr ist alles viel zu perfekt, dachte Dicte. Von dem strahlend weißen Auto über die strahlend weißen Zähne und die schimmernden, fast weißen Haare, die aussahen, als hätten sie in einem sehr schmalen Flur mit einem Bügeleisen Kontakt gehabt. So sahen auch ihre Bluse und der dunkelblaue Hosenanzug aus. Ihre Augen waren wie zwei leuchtende Dartscheiben, die sie ausdruckslos fixierten.

»Schön haben Sie es hier. So schön ländlich.«

Lena Lund ließ ihren Blick über das Chaos wandern. Ihre Bemerkung war unzweifelhaft ein Versuch, das Eis zwischen ihnen zu brechen, aber Dicte war in diesem Augenblick nur peinlich berührt und wurde sich der Unzulänglichkeiten in ihrer ländlichen Idylle bewusst: der Käfig mit den Meerschweinchen von Bos Kindern, den er am Tag zuvor abgeholt hatte; der Wellensittich, der auf dem Schreibtisch thronte; die Spielsachen von Svendsen, die überall auf dem Boden verstreut lagen und sich mit kleinen Heuflocken aus dem Käfig vermischten; der Korb mit der Dreckwäsche, den sie ins Wohnzimmer geschleppt hatten, weil die Handwerker die Decke im Waschkeller rausreißen sollten; daneben die Körbe mit der sauberen Wäsche, die noch nicht zusammengelegt worden war. Dazu kamen die Unmengen an Zeitschriften und Zeitungen, die in wilden Haufen herumlagen, sowie ein paar leere Rotweingläser vom Abend zuvor, die neben den ebenfalls leeren Pizzakartons standen.

»Ich habe es noch nicht geschafft aufzuräumen. Meine Tochter aus Kopenhagen ist zu Besuch gekommen.«

Sie hatte keine Ahnung, warum sie Lena Lund freiwillig und ohne Not diese Information hinwarf. Vielleicht lag es an ihrem Blick, durstig danach, alles zu erfahren.

»Soweit ich erfahren habe, stehen Sie und Ida Marie Svensson einander sehr nah. Ein großes Glück, dass niemand von Ihnen bei der Explosion zu Schaden gekommen ist.«

Dicte nickte und fragte sich, wann die Polizistin endlich zur Sache kommen würde.

»Haben Sie sich gefragt, ob diese Bombe mit Ihnen zu tun haben könnte?«

Was sollte sie darauf antworten? Ihr Instinkt ließ sie im Stich und rannte in alle Richtungen davon. Am Ende nickte und schüttelte sie den Kopf gleichzeitig.

»Natürlich habe ich auch Feinde, aber wie wäre dann die zweite Bombe zu erklären?«

»Es ist noch nicht bewiesen, dass die beiden Detonationen in Zusammenhang miteinander stehen.«

Innerlich verdrehte Dicte die Augen.

»Aber Sie haben da eine Vermutung, richtig?«

»Wir ermitteln in alle Richtungen, darum wollte ich Sie fragen, ob Sie irgendwelche Drohungen erhalten haben?«

»Ich bekomme in regelmäßigen Abständen Drohungen. Das gehört zu meinem Job.«

»War etwas Spezifisches über das Solarium dabei?«

»Nein.«

»Warum gehen Sie mit den Drohungen nicht zur Polizei?«

Sie erzählte, dass sie das am Anfang sehr wohl getan habe, aber die Polizei nach einer Zeit ziemlich genervt davon gewesen sei. Außerdem habe sie nie damit gerechnet, dass irgendjemand Ernst machen würde.

»Das ist doch alles nur heiße Luft. Die wollen Dampf ablassen und haben einen Ort gefunden, wo sie ihren Ärger loswerden können.«

»Aber es waren keine Drohungen bezüglich des Solariums dabei?«

»Nein.«

Das war keine Unwahrheit, fand sie. Keine richtige.

»Wer wusste, dass Sie an besagtem Tag dorthin wollten?«

»Meine Kollegen, mein Lebensgefährte. Und Ida Marie natürlich, haben Sie schon mit ihr gesprochen?«

Sie sah den Berg Arbeit vor sich, der Lena Lund bevorstand, wenn sie alle Freunde auf Ida Maries Facebook-Profil durchgehen wollte, und musste fast lächeln. Allerdings würden sie auf diesem Weg auch auf Peter Andreas Dorn stoßen, und dieser Gedanke gefiel ihr aus irgendeinem Grund überhaupt nicht. Genau genommen gefiel ihr dieses Gespräch schon gar nicht.

Lena Lund wischte die Frage einfach mit einer neuen Gegenfrage vom Tisch.

»Noch einmal. Was sagt Ihnen Ihr Gefühl? Könnte die Explosion etwas mit Ihrer Person zu tun haben?«

In diesem Moment sagte ihr Gefühl nur, dass diese junge Polizistin in eigener Sache unterwegs war. Quer über ihr perfektes Gesicht stand in großen Buchstaben Ehrgeiz geschrieben. Nicht dass Dicte damit ein Problem hätte, aber irgendein Detail versetzte alle ihre Instinkte in Alarmbereitschaft.

»Das kann ich mir kaum vorstellen.«

Sie hoffte, dass ihr neutraler Gesichtsausdruck überzeugend genug war. »Vielleicht hat das doch alles mit dem Bandenkrieg zu tun?«

Lena Lund sah sich im Wohnzimmer um. Dicte unterdrückte den Reflex, aufzuspringen, den Staubsauger hervorzuholen und gegen den Korb mit der Dreckwäsche zu treten.

»Das kann schon sein. Aber Sie sind ja keine Unbekannte in der Stadt, außerdem dafür bekannt, quasi Hand in Hand mit der Polizei zu arbeiten.«

War da ein Vorwurf in ihrer Stimme zu hören? Das war schwer zu sagen. Lena Lund zog ihre Visitenkarte aus der Brusttasche ihrer Anzugsjacke.

»Es wäre schön, wenn Sie uns die Polizeiarbeit machen ließen. Ich würde mir wünschen, dass Sie sich bei mir melden, sobald Sie etwas Neues erfahren, was uns weiterhelfen könnte.«

»Ich habe schon auf dem Präsidium angerufen und angegeben, dass ich den Mann mit dem Rucksack auf dem Weg durch die Fußgängerzone hoch zur Østergade gesehen habe. Und ich war da und habe bei Ihrem Kollegen Jan Hansen meine Zeugenaussage unterschrieben.«

Wenn sich schon die Gelegenheit bot, konnte sie genauso gut ihr Ansehen ein bisschen aufpolieren. Aber Lena Lund schien kein bisschen beeindruckt zu sein. Sie erhob sich.

»Die halbe Stadt hat ihn gesehen. Aber Sie wissen, glaube ich, genau was ich meine. Es kann eine laufende Ermittlung erheblich beeinträchtigen und durcheinanderbringen, wenn Zivilisten versuchen, selbst tätig zu werden.«

»Zivilisten? Ich bin Journalistin!«

Die Proteste in ihr standen Schlange, aber sie schluckte sie runter. Es hatte keinen Zweck, sich von ihr provozieren zu lassen. Lena Lund reichte ihr die Hand zum Abschied.

»Ganz genau«, sagte sie, und ihre Augen waren wie Saugnäpfe. »Lassen Sie die Polizisten die Polizeiarbeit erledigen. Das führt zu den besten Ergebnissen.«

Hinterher konnte sie sich kaum erinnern, wie Lena Lund das

Haus verlassen hatte. Sie war völlig erschöpft. Wie eine Schlafwandlerin holte sie sich einen Becher Kaffee aus der Küche und
ließ sich aufs Sofa fallen, während sich die Gedanken in ihrem
Kopf den Kampf erklärten. So saß sie auch noch, als Bo mit den
Kindern zurückkam.

»Ry«, sagte er, nachdem alle Taschen und Jacken in die vertrauten Ecken geschmissen worden waren.

»Was?«

Bo strich ihr eine Strähne aus dem Gesicht, als würde er dahinter die echte Dicte suchen. Sie wusste genau, dass er lange
Zeit große Schwierigkeiten gehabt hatte, sie zu finden. So war es
ihr auch ergangen.

»Rose. Sie hat den Bus nach Ry genommen.«

Kapitel 17

Es war eine kleine Expedition, mit My und Kaj im Schlepptau
nach Ry zu kommen, aber er konnte sie unmöglich im Wald
zurücklassen. Er trug jetzt die Verantwortung für die beiden,
das hatte er in den letzten Tagen eingesehen.

Deshalb hatte er konsequent ihr Lager aufgelöst und den Boden mit Zweigen gefegt, damit sie nicht die kleinste Fußspur
oder ein einziges Stück Schokoladenpapier hinterließen. Das
wenige, was sie besaßen, hatte er in seinem Rucksack verstaut
oder daran festgebunden. Zelt, Kochgeschirr und Isomatte. Wie
an dem Tag, an dem er dort angekommen war und geglaubt
hatte, er hätte endlich einen Ort der Freiheit gefunden.

Der Waldboden war weich und feucht und immer wieder von
Baumwurzeln durchzogen, die hervorragende Stolperfallen
waren. Die Farbe Grün war nach wie vor dominierend, aber die
ersten Blätter waren bereits gefallen und sahen aus wie riesige
Fünfzig-Øre-Münzen, wenn sie zu Boden segelten und sich auf
den Waldweg legten. Es roch nach regennasser Erde, und man
hörte das Rascheln der Singvögel in den Bäumen. Er spürte

förmlich, wie sich die Mauern von Horsens langsam zurückzogen, wie der Gestank von Urin und Kot sich verflüchtigte und das klickende Geräusch des Zellenschlosses erstarb.

Da hörte er einen dumpfen Aufprall hinter sich, gefolgt von Mys Stimme.

»Fallen.«

Das war das dritte Mal. Er ging zu ihr und half ihr auf.

»Gefallen«, korrigierte er sie. »Das heißt, ich bin gefallen.«

»Ja«, sagte sie mit nasaler Stimme. »Nja.« So wie sie immer klang, wenn sie ärgerlich war. »Fallen. Wohin jetzt? Nicht zum Aushalten mit dem Umziehen immer. Verdammt auch. Verdammte Kackpisse. Packkisse. Mache nichts anderes als umziehen. Das ganze Leben. Die ganze Zeit immer.«

Sie stand vor ihm in ihrem riesigen, schmutzigen Anorak und zeigte in alle Himmelsrichtungen. Kajs Kopf drehte sich wild im Kreis, als er versuchte, ihrem Finger zu folgen, wie er immer allen ihren Bewegungen folgte.

»Wir müssen nur kurz nach Ry. In die Stadt. Wir haben dort eine Verabredung, das habe ich dir doch schon erzählt.«

Er klopfte ihr gegen die Stirn, so dass sie kichern musste, und in diesem Moment, wie ein Gruß aus einer längst vergangenen Zeit, sah er sie, wie sie früher einmal gewesen war.

»Du kannst dich ja an nichts von zwölf bis Mittag erinnern.«

»Kann gut Cato erinnern. Finde Cato!«

Sie zupfte besorgt eine Haarsträhne unter ihrer Strickmütze hervor, während ihre Beine einen sinnlosen Tanz aufführten. Es war selten, dass er ihr direkt in die Augen sah. Dort standen immer nur neue Fragen: vom Sinn des Lebens über die Frage, ob er dem Hund etwas zu essen geben oder ihr beim Suchen ihrer Schuhe helfen konnte. Viel zu viele Fragen, und er hatte nur auf wenige eine Antwort. Die schwerste war ihr ewiges »Warum?«, zwar unausgesprochen, jedoch immer auf eine unschuldige, aber insistierende Weise präsent.

»Finde Cato«, wiederholte sie und bohrte ihren Blick in ihn, so dass er sich davon losreißen musste.

»Wir werden ihn schon noch finden. Aber heute habe ich eine Verabredung. Jetzt komm schon, My. Ein Stück noch. Nur noch einen Kilometer, dann sind wir bei der Bushaltestelle. Das schaffst du.«

»Bekommen wir dann Pizza? Auch Kaj?«

Sie sah listig aus, und der Hund ergänzte das Bild perfekt. Zwei Augenpaare starrten ihn hungrig an.

»Ja, ja, das verspreche ich. Wir gehen alle eine Pizza essen.«

Zufrieden wickelte sie den Anorak enger um sich, nahm die Hundeleine und ließ sich das letzte Stück durch den Wald ziehen.

Am Bahnhof stiegen sie aus dem Bus aus. Schon jetzt, nach nur wenigen Tagen, fühlte es sich merkwürdig an, anderen Menschen so nah zu sein. Als würde er einen Film über Wesen sehen, die nichts mit ihm zu tun hatten. Aliens von einem anderen Stern, die wie Automaten durch die Gegend liefen und Dinge taten, die vollkommen sinnlos wirkten. Sie fuhren mit dem Fahrrad oder dem Auto oder gingen zu Fuß. Einige joggten, mit Sportsachen nach den neuesten Vorschriften bekleidet. Sie kauften ein, trugen Taschen und Tüten. Sie wichen den Wasserpfützen aus und sahen sich um, bevor sie die Straße überquerten. Sie benahmen sich auf eine Art und Weise normal, die für ihn unendlich weit weg war. Normal. Er schluckte das Wort zusammen mit ein bisschen Speichel hinunter. Das war kein Wort für ihn.

Er wusste nicht genau, warum er das hier tat, aber nun hatte er die Verabredung getroffen und würde sehen, was sie mit sich brachte. Eine Schwester. Was sollte er mit einer Schwester? Als ob er nicht schon genug Schwestern hatte, genau genommen hatte er gar nichts anderes. Er rechnete nicht damit, das Gefühl von Blutsverwandtschaft zu spüren. Und trotzdem. Da war ein gewisses Maß an Neugierde, das sich mit dem geheimen Wunsch mischte, ihre gemeinsame Mutter zu ärgern, das konnte er nicht leugnen. Ein bisschen am Stuhlbein wackeln. Die Hunde loszulassen. Oder irgendetwas los- und freizulassen, vielleicht sich

102

selbst. Denn er war nicht dumm und wusste genau, dass er noch in einem Gefängnis eingesperrt war.

Während sie so die Straße entlangliefen und bestimmt einen seltsamen Eindruck machten, fragte er sich, wie Rose wohl in Wirklichkeit aussah. Das Foto ihres Facebook-Profils war hübsch, aber auch unpersönlich. Außerdem konnten Fotos lügen, er musste an sein eigenes im Strafregister denken.

Ein Bus hielt an der Haltestelle vor ihnen. Fünf Menschen stiegen aus, dann fiel sein Blick auf sie, und die Welt schien zusammen mit ihm die Luft anzuhalten. Sie sah die beiden nicht, sie sah nicht einmal in ihre Richtung, sondern ging in die andere. So hatte er die Gelegenheit, stehen zu bleiben und ihr hinterherzusehen. Er war nie gut gewesen, Dinge in Worte zu fassen, und suchte hilflos nach den richtigen, um Rose zu beschreiben. Aber keins der Worte, die er in den vergangenen vier Jahren in Horsens zu hören bekommen hatte, konnte ihm jetzt dabei helfen. Vielleicht gab es die gar nicht, die Worte, um diese Schwester zu beschreiben. Die waren noch nicht erfunden, sondern warteten irgendwo auf so ein Wesen mit dieser Mischung aus Anmut und Selbstsicherheit, das darum bat, sie zugeteilt zu bekommen.

My stieß ihren Ellenbogen in seine Seite, und erst da ließ er die Luft entweichen, die er die ganze Zeit angehalten hatte.

»Warte mal eben.«

»Pizza«, sagte sie und zeigte auf ein italienisches Restaurant. »Jetzt?«

Einen Augenblick lang spielte er mit dem Gedanken, sie in der Pizzeria zu parken, während er Rose in dem vereinbarten Café traf. Aber da war ja Kaj. My würde niemals akzeptieren, dass ihr Hund draußen angebunden sein musste, während sie drinnen saß und eine Pizza aß. Und er bezweifelte stark, dass die ansonsten sehr freundlichen Italiener einen sabbernden Schäferhund im Restaurant zulassen würden.

»Später«, antwortete er und lief los. »Wir gehen zuerst ins Café.«

»Essen«, sagte sie. »Mund läuft.«

»Allerdings.«

»Voll Wasser.«

»Ich bin kein Millionär. Wenn du auch etwas im Café essen willst, dann bekommst du keine Pizza.«

Sie trat ihm gegen das Schienenbein. Er schluckte den Schmerz hinunter, weil er wusste, dass es ein Liebesbeweis war. Wenn es ihr möglich gewesen wäre, hätte sie ihm einen Kuss gegeben. Aber in Mys Welt existierten nur Filmküsse, wo sich die Münder mit mechanischer Präzision trafen. Sie konnte gut imitieren, aber ihre Gefühle waren ganz woanders. Die kreisten zum Beispiel ums Essen. Sie hätte niemals verstanden, wie es ihm gerade ging. Er wusste es ja selbst kaum.

Sie hatten das Café erreicht, und er sah Rose am Bartresen stehen. Sie hatte ihre Jacke ausgezogen. Schlank war sie und schön, zwei Worte, die er gerade so hervorkramen konnte.

»Petter«, sagte My plötzlich, und ihre Stimme alarmierte ihn. Sie klang nach Katastrophe, gemischt mit Angst. »Adda.«

»Was ist mit Adda?«

Sie streckte den Arm aus, er folgte ihrer Bewegung. Neben dem Café befand sich ein Kiosk. Von dem Aufsteller lächelte ihm Adda entgegen, und er hätte das Lächeln sofort erwidert, wenn die Überschrift ihm nicht ihre fürchterliche Nachricht ins Gesicht gebrüllt hätte: »Frührentnerin stirbt bei Explosion in einem Solarium.«

»Tot?«, fragte My und sah ihn an mit mehr Fragen in den Augen, als je zuvor.

Kapitel 18

»Ich habe mich geirrt.«

Gormsen öffnete den Reißverschluss des Leichensacks. Der Anblick der irdischen Überreste von Adda Boel versetzte Wagners Magen in Aufruhr. Ihr Körper war nach der Entnahme der inneren Organe mit der typischen Y-Naht wieder verschlossen worden. Lena Lund, die neben ihm stand, starrte die Leiche an. Ihre Atemzüge waren ruhig und gleichmäßig, sie stand stumm wie eine Mauer im Obduktionssaal. Nur kleine Schluckbewegungen deuteten darauf hin, dass sie überhaupt eine Regung zeigte.

»Ich habe das Sekret, das wir ihrer Vagina entnommen haben, mikroskopisch untersuchen lassen, und es hat sich eindeutig ergeben, dass es sich um Reste von Sperma handelt. Das Material habe ich für eine DNA-Analyse nach Kopenhagen geschickt, auf das Ergebnis warten wir noch.«

»Vergewaltigung?«

Nicht nur Lena Lunds Stimme hatte eine unerbittliche Härte, ihre Körpersprache signalisierte dasselbe. Gormsen zuckte mit den Schultern, ohne dass diese Geste gleichgültig gewirkt hätte.

»Mit solchen Schlussfolgerungen muss man vorsichtig sein, auch die Annahme von freiwilligem Verkehr ist vorstellbar.«

Lena Lund kniff die Augen zusammen.

»Freiwillig! Sehen Sie sich die Frau doch mal an! Kann man sich unter diesen Umständen einen freiwilligen Geschlechtsverkehr vorstellen? Sie war todkrank und abhängig von einer Sauerstoffflasche!«

Erneut streifte Wagner der Wunschgedanke, dass dieses Opfer hoffentlich den süßen Geschmack von Liebe und Nähe in seinem Leben hatte erfahren dürfen, bevor es hatte sterben müssen. Aber er behielt ihn für sich. Auch Gormsen kommentierte Lunds Aussage nicht, sondern sagte stattdessen: »Da ist noch was, was ich euch zeigen wollte.«

Er ging zu einem Tisch, und die beiden folgten ihm. Auf der Tischplatte lag ein Stapel Fotos.

»Das sind Aufnahmen von ihren Organen«, sagte er. »Wir haben kein Kohlenmonoxid in ihrem Blut gefunden, und wie ihr wisst, haben wir auch bei der Obduktion weder Rußpartikel noch Blutungen in ihrer Lunge entdeckt. Auch nicht mikroskopisch.«

Gormsen sprach, wie es seine Art war, als würde er die Leiche mit ins Gespräch einbeziehen.

»Zuerst habe ich das nicht als ein wichtiges Indiz betrachtet. Bei Explosionen oder explosionsartigen Bränden kommt es durchaus vor, dass wir kein Kohlenmonoxid im Blut finden. Aber seht euch das hier mal an.«

Er nahm ein Stahllineal von der Wand mit den Werkzeugen und ging zurück zur Leiche auf dem Untersuchungstisch.

»Ich habe es auch zuerst gar nicht gesehen. Das heißt, ich war mir sicher, dass die Spuren von der Explosion herrührten. Als ich aber die mikroskopische Analyse bekam, habe ich mich entschlossen, die Leiche ein zweites Mal zu untersuchen. Ich hatte das komische Gefühl, irgendetwas in dieser Region hier übersehen zu haben.«

Er zeigte mit dem Lineal auf den sehr beschädigten Bereich am Hals. Dann legte er das Lineal auf den Körper, quer übers Brustbein.

»Hier, könnt ihr das sehen? Minimale Blutungen der Haut. Und da. Wie sieht das aus?«

Die Frage war rhetorisch. Jetzt, da sie darauf vorbereitet waren, lag die Antwort auf der Hand.

»Halbmonde«, sagte Lena Lund.

»Halbmonde«, bestätigte Paul Gormsen. »Und das da?«

Er zeigte auf eine andere Stelle und gab gleich selbst die Antwort.

»Einblutungen in die Haut.«

Er hob den Kopf. »Das hat mich stutzig gemacht, also habe ich die Halsorgane, so gut es ging, einer neuen Untersuchung unterzogen.«

Wagner wünschte sich, Gormsens Worte am liebsten nicht gehört zu haben. Halbmonde am Hals, Einblutungen. Er wusste, was kommen würde, und fürchtete sich davor.

Gormsen blätterte durch den Fotostapel.

»Es ist schwer, es ganz genau zu sagen.«

Er zeigte mit der Linealspitze auf eine Abbildung.

»Der Kehlkopf und das Zungenbein sind so zerstört, dass man darüber keine Aussage mehr treffen kann. Ein Glück für den Täter, der ihr die Halbmondspuren mit den Nägeln zugefügt hat. Die Blutungen an Zungenwurzel und in den Schleimhäuten der Augen können nämlich auch von einem Würgegriff um den Hals stammen.«

»Erwürgt«, stellte Lena Lund kalt fest. »Dieser Satan hat sie erst vergewaltigt und dann erwürgt.«

Wagner konnte ihr nicht widersprechen. Ihr Hass, der sich ganz offensichtlich nicht nur gegen den Täter, sondern gegen alle Männer richtete, senkte sich wie ein zäher, undurchdringlicher Nebel über den Raum.

»So könnte es gewesen sein«, sagte Gormsen vorsichtig. »Zumindest in Hinblick auf Letzteres.«

»Männer! Der sollte an einem Baum aufgeknüpft werden und ihn abgeschnitten bekommen«, zischte Lena Lund.

Wagner spürte, dass sie ihre Wut stellvertretend für das gesamte männliche Geschlecht abbekamen. Er fühlte sich nicht wohl, und auch Gormsen sah nicht gerade begeistert aus.

»Dieser Fall ist kompliziert wegen der Verletzungen und aufgrund der Lungenerkrankung des Opfers, die eine Zustandsbeschreibung ihrer Lungen quasi unmöglich machten«, sagte der Rechtsmediziner. »Aber meiner Meinung nach gibt es keinen Zweifel.«

»Sie starb also nicht durch die Explosion«, fasste Wagner behutsam zusammen.

Gormsen nickte:

»Zu diesem Zeitpunkt war sie bereits tot. Und zwar schon seit einiger Zeit, vielleicht einen Tag.«

KAPITEL 19

Schweigsam saß Rose im Auto, als sie sich am Montagmorgen auf den Weg zum Bahnhof machten. So war sie gewesen, seit sie am Samstagnachmittag von ihrer Expedition nach Hause gekommen war, bei der sie laut Bo in Ry gewesen war. Am Abend war sie auf die Party gegangen und erst am Sonntagvormittag zum Frühstück wieder erschienen. Und zwar so einsilbig und verschlossen, dass sich nur Svendsen ihr hatte nähern können.

Dicte schielte zu dem Mädchen auf dem Beifahrersitz. Sie fand, sie hatte ihr Bestes gegeben. Sie hatte Roses Klamotten gewaschen, hinter ihr aufgeräumt: Süßigkeitenverpackungen auf dem Couchtisch, Hundeleckerlies im Sessel, überall verstreute Bücher und Zeitschriften. Und sie hatte Staub gesaugt, weil Rose mit ihren Stiefeln Sand und Erde auf dem Teppich im Wohnzimmer verteilt hatte. Dabei hatte sie sich die ganze Zeit gefragt, warum ihre Tochter nicht mehr wie früher ihren Teller in die Spülmaschine stellte oder aus Eigeninitiative die Blumen goss, so wie sie es sonst immer getan hatte. Rose war verschwunden. Peter Boutrup hatte sie ihr weggenommen, zumindest fühlte es sich so an. Wie eine Verschwörung, um sie nicht nur von dem einen, sondern gleich von beiden Menschen zu entfremden, die sie auf die Welt gebracht hatten.

Dicte bog auf den Randersvej, fuhr die Nørrebrogade hinunter und bereute es sofort, dass sie nicht die Abkürzung über die Seitenstraßen genommen hatte. Die Bauarbeiten am Hafen dauerten schon den ganzen Sommer über an und zogen sich bis in den Herbst, was Staus und ungeduldige Autofahrer zur Folge hatte. Da herrschte Chaos. Die großen Kastanien entlang den Einfallstraßen waren auf der einen Seite gefällt, die Autos strömten zu den Stoßzeiten ins Zentrum der Stadt, und die Beschilderung war so schlecht, dass man sich fühlte wie in einem Autoscooter ohne Steuer und Ziel.

»Ich komme zu spät«, maulte Rose, als sie für die Dauer der Nachrichten und eines langen Songs im Stau gestanden hatten, ohne auch nur einen Zentimeter vorwärtsgekommen zu sein.

»Wir hätten den anderen Weg nehmen sollen.«

»Ja, hinterher kann man immer klugscheißen.«

»Ich hätte auch in Kopenhagen bleiben können.«

Dicte sah sie an.

»Und warum hast du es dann nicht getan?«

Rose klang erstaunt.

»Ach, hast du vielleicht die Nase voll davon, dass ich euch besuchen komme?«

Die Autos vor ihnen begannen sich wieder in Bewegung zu setzen. Dicte gab zu viel Gas und musste schon nach wenigen Metern wieder hart bremsen.

»Na ja, viel haben wir nicht von dir gehabt.«

Sie wusste es eigentlich besser. Es lohnte sich nicht, sich mit seinen Kindern anzulegen und dann als Märtyrerin abgestempelt zu werden. Sie wusste es genau, ignorierte aber in diesem Moment ihren eigenen guten Rat.

»Warum bist du bloß so stinkig? Du bist schon das ganze Wochenende so sauer«, sagte Rose.

War sie das wirklich? Vielleicht hätte sie sich nur gewünscht, eine andere Funktion als die einer Hotelangestellten und Waschfrau zugewiesen zu bekommen. Vielleicht hätte sie sich ein bisschen mehr Vertrautheit von Seiten ihrer erwachsenen Tochter gewünscht. Denn das war sie ja. Kein Teenager mehr, sondern erwachsen und unabhängig. Und eigenständig.

Dicte hielt das Steuer fest umklammert. Sie musste nur an die Ratgeberseiten in den einschlägigen Frauenzeitschriften denken, um zu wissen, was sie alles falsch gemacht hatte. Man sollte nicht versuchen, die beste Freundin seiner Tochter zu sein, würde dort stehen. Man sollte sie weder in die eigenen Probleme einweihen noch von ihr Hilfe erwarten. Man sollte sie nicht bedrängen. Sie kannte das alles auswendig.

»Und was war? Habt ihr euch jetzt getroffen, oder ist er gar nicht erst aufgetaucht?«

Sie konnte förmlich sehen, wie die guten Ratschläge ihr den Mittelfinger zeigten und dann beleidigt aus dem offenen Fenster flogen. Rose schien zu überrascht zu sein, um gleich antworten zu können. Aber ihr Schweigen hatte nicht dieselbe Qualität wie zuvor. Es war so angespannt wie die Autofahrer um sie herum, die den Fuß auf dem Gaspedal hatten und nur auf den richtigen Augenblick warteten.

»Du solltest klüger sein, als darauf reinzufallen. Er macht das nur, um mich zu verletzen. Und dich benutzt er dafür.«

Rose hatte Munition gesammelt.

»Wie kommst du eigentlich drauf, dass sich alles immer nur um dich dreht?«

»Das habe ich doch gar nicht gesagt …«

»Das ist genau das, was du sagst. Hör dir doch mal selbst zu.«

Die letzten Worte murmelte sie.

»Er hatte eine Rechnung offen, und er wusste, dass ich an diesem Tag ins Solarium gehen wollte.«

»Du glaubst doch wohl selbst nicht, dass er dich umbringen wollte?« Rose sah aufrichtig erstaunt aus. »Warum sollte er das tun? So wichtig bist du nicht für ihn.«

»Das heißt, ihr habt euch also getroffen?«

Rose schüttelte den Kopf.

»Du bist verdammt noch mal unbezahlbar.«

Genau diese Worte hatte auch ihr Sohn benutzt, als sie sich das erste Mal begegnet waren. Unbezahlbar. Ihre Kinder rotteten sich gegen sie zusammen. Rose begriff den Ernst der Lage überhaupt nicht, sondern sah das alles nur vor dem Hintergrund ihres verletzten Schwesterherzens und der Tatsache, dass ihre Mutter sie beschützen wollte.

»Du willst immer alles unter Kontrolle haben«, sagte Rose gegen die Windschutzscheibe gewandt. »Du liebst es, alles unter Kontrolle zu haben. Niemand darf irgendetwas machen, ohne dass du davon weißt und einen Artikel darüber schreiben kannst. Aber wir sind erwachsen, Mama. Ich bin erwachsen. Und es ist meine Angelegenheit. Los, fahr jetzt weiter!«

Der Verkehr vor ihnen hatte sich tatsächlich gelichtet, und Dicte wollte gerade Gas geben, als der Fahrer hinter ihr hupte.

»Du ungeduldiger Idiot.«

Mit Absicht trat sie auf die Bremse. Der Mann hupte erneut, was nur dazu führte, dass sie noch wütender wurde.

»Er hasst mich. Und er versucht, dich gegen mich zu instrumentalisieren, siehst du das nicht? Du bist überhaupt nicht wiederzuerkennen.«

»Und das sagt meine Mutter, die seit Monaten vollgepumpt mit Tabletten wie ein Zombie rumläuft.«

Das war wie ein Schlag in die Magengrube.

»'tschuldige. Das hätt ich nicht sagen sollen.«

»Nein.«

Aber es nützte nichts. Was an diesem Wochenende geschehen war, musste sie selbst verarbeiten. Und vielleicht war es auch nur gerecht, vielleicht stimmte, was Rose gesagt hatte. Vielleicht war sie ein Kontrollfreak. Sie hoffte es nicht, aber natürlich bestand durchaus die Möglichkeit, dass sie alles um sich herum zerstörte mit ihrem unersättlichen Verlangen, zu wissen, was geschah und warum.

Der Stau löste sich ganz plötzlich auf, und bevor sie wusste, wie ihr geschah, hielt sie am Bahnhof. Rose nahm ihre Tasche und sagte verhalten auf Wiedersehen.

»Ich melde mich«, sagte sie und knallte die Tür zu. Dicte wusste, was das bedeutete. Wie oft hatte sie im Laufe ihres Daseins als Journalistin diesen Satz gehört. Und wie oft hatte sie hinterher am Telefon gesessen und vergeblich gewartet.

KAPITEL 20

»Hast du schon die Zeitung gelesen?«

Francesca setzte sich im Bett auf, den Telefonhörer ans Ohr gepresst, von der schnaufenden Stimme des Fraktionsvorsitzenden geweckt, als wäre er mit seinen hundertzwanzig Kilo zum Kiosk gerannt.

»Nein, warum?«

Alles war möglich, das wusste sie genau. Im Augenblick konnte ihr alles jederzeit weggenommen werden. Alles, wofür sie so hart gearbeitet hatte.

»Du bist auf der Titelseite von *NyhedsPosten*.«

Sie schwang ihre Beine aus dem Bett auf den Bettvorleger, konnte aber ihre Hausschuhe nicht finden. Eiseskälte kroch an ihren Füßen hoch.

»Ist das schlimm?«

Es gelang ihr nur mit Mühe, diese Worte hervorzupressen. Asbjørns Hand auf ihrem Rücken half leider nicht.

»Lass mich das so formulieren: Gut ist es nicht! Aber besorg dir die Zeitung und dann ruf mich an. Dann besprechen wir ...« Hier musste Axel Andreasen eine Pause machen, um Luft zu holen. »... was wir als Nächstes tun können. Natürlich stehen wir rückhaltlos hinter dir und unterstützen dich, wo wir können, das weißt du ja«, sagte derselbe Parteikollege, der mit seiner Unterstützung ihrer Kandidatur damals ein bisschen zu lange gewartet hatte.

Sie hörte keine Überzeugung in seiner Stimme, musste sich aber damit abfinden. Sie drehte den Kopf zu Asbjørn, der sich gegen die Wand gelehnt hatte und für alles bereit war, worauf sie jetzt gerade keine Lust hatte.

»Würdest du mir einen großen Gefallen tun«, fragte sie und brach damit ihre oberste Regel, ihn nicht in ihre Dinge hineinzuziehen. »Wärst du so lieb, mir eine Zeitung zu holen?«

Sie sah ihm durchs Fenster hinterher, wie er sich aufs Fahrrad schwang. Ihr war es egal, ob ihn jemand dabei beobachtete. Eigentlich war es ihr auch egal, wenn herauskam, dass sie in dieser schicksalhaften Nacht bei ihm gewesen war. »Ihn aufgesucht hatte« war vielleicht der passendere Ausdruck. Sie hatte sich so sehr nach ihm gesehnt, und dann war ihr Auto praktisch wie von allein in sein Wohnviertel in Hasle gerollt. Das Viertel Trillegården hatte große Schwierigkeiten mit Bandenkriegen und einen hohen Migrantenanteil, das wussten alle, aber das war nicht die ganze Wahrheit über den sozialen Wohnungsbau. Es war friedlich, solange man sich um seine Sachen kümmerte. Der Alltag der Leute entsprach dem anderer Bürger in anderen Vierteln. Das hatte sie sofort erkannt, als sie herausbekam, wo er wohnte. Und zwar in einer gemütlichen Wohnung, nicht teuer und fancy eingerichtet, aber sauber und aufgeräumt und sehr männlich, mit tiefen Sesseln und einem Sofa, das sich wesentlich besser für Sex eignete, als ihr eigenes hellgraues mit den Seitenlehnen.

Aber die politischen und moralischen Bedenken hatten sich gemeldet, und sie hatte ihr überstürztes Verhalten in jener Samstagnacht bereut, als sie dicht umschlungen mit ihm aufwachte. Sie hatte sich aus der Umarmung befreit, sich von ihm verabschiedet und sein Angebot ausgeschlagen, sie wenigstens bis zum Auto zu begleiten. Sie hatte alles unter Kontrolle. Selbstverständlich hatte sie das.

Sie war noch ganz versunken in ihre Erinnerungen an die gepressten Stimmen, die sie im Gebüsch neben ihrem geparkten Wagen gehört hatte, als sie ihn zurückkommen sah. Er lehnte sein Fahrrad gegen die Hecke und sprang mit der Zeitung in der Hand die Stufen zur Eingangstür hoch.

»Du willst das hier nicht lesen!«

Sie streckte ihre Hand nach der Zeitung aus, die er ihr nur widerstrebend überließ.

»Aber ich muss, caro!«

In seiner Welt konnte man den Kopf einfach in den Sand stecken und alles vergessen. Aber nicht in ihrer.

Sie war tatsächlich auf der Titelseite abgebildet. Das Foto zeigte sie mit einem Blumenstrauß im Arm und einem erhobenen Arm, der in Richtung Kamera zeigt. »Bürgermeisterkandidatin beschäftigte Schwarzarbeiterin« stand in fetten Lettern darüber.

Im Artikel wurde enthüllt, dass sie vor fünfzehn Jahren – als sie mit William verheiratet war – für eine Periode von etwa sechs Monaten eine thailändische Putzfrau namens Mai beschäftigt hatte. Es gab auch ein kurzes Interview mit Mai und ein Foto von ihr, auf dem man die sehr schüchterne und etwas einsilbige Frau kaum erkennen konnte. Sie sei mit einem dänischen Mann verheiratet gewesen, der ihr erklärt habe, dass sie ihm die Sozialhilfezahlungen zu streichen beabsichtigten, wenn Mais Verdienst dem Finanzamt gemeldet werden würde. Dumm, wie sie damals gewesen sei, habe sie eingewilligt, wie es so viele Dänen getan hätten. Bargeld und keinen umständlichen Papierkram. Es sei so einfach gewesen, dass es schon wieder zu gut war, um wahr zu sein.

»Das war es auch«, murmelte sie.

»Was?«

Asbjørn hatte zusammen mit ihr den Artikel gelesen, sein Kinn auf ihrer Schulter abgestützt.

»Sie ist abgehauen und hat einen antiken silbernen Kerzenständer und Williams Vacheron-Constantin-Armbanduhr mitgenommen.«

Sie hob ihre Hand und strich ihm über seine raue Wange. William war ein eitler Mensch gewesen und Uhren seine Leidenschaft. Die Zeit hatte ironischerweise auch ihre Ehe zerstört.

Asbjørns Arme schlangen sich um ihre Taille und hielten sie fest. Ohne ihn, dachte sie, wäre ich jetzt wahrscheinlich ins Schleudern geraten. Sie starrte auf die Titelseite und fühlte sich auf einmal krank, bis auf die Knochen, so krank, als würde etwas sie von innen verzehren und dabei mit den weniger lebenswichtigen Regionen beginnen, so dass der Schmerz exponentiell anstieg. Das hier war nur der Anfang, das wusste sie.

»Wo haben die denn diese Story her?«

Sie legte die Zeitung auf den Küchentisch und setzte Wasser auf.

»Das weiß ich nicht. Vielleicht von Mai?«

»Aber wie haben sie die ausfindig gemacht? Sie hat sich doch bestimmt nicht selbst an die Presse gewandt? Um zu erzählen, dass sie eine Sozialbetrügerin ist?«

Sie stellte Kaffeebecher auf den Tisch. Er hatte natürlich recht. Jemand musste diesem Journalisten den Hinweis gesteckt haben. Wie hieß der noch? Sie schlug die Zeitung erneut auf. Jimmi

Brandt. Das war der Reporter gewesen, der sie am Abend nach der Haushaltsdebatte vor dem Rathaus abgefangen hatte, mit seinem selbstgefälligen Grinsen und dem Vergewaltigungsopfer im Schlepptau.

»Ich habe keine Ahnung.«

»Da scheint es irgendjemand da draußen auf dich abgesehen zu haben.«

Für einen kurzen Augenblick spürte sie die Sehnsucht, ihm von der Mail vom Tag des Einbruchs zu erzählen. Aber das würde bedeuten, dass sie ihm alles erzählen müsste, damit es einen Sinn ergab. Und das konnte sie nicht. Dieser Gedanke kam ihr nicht einmal in den Sinn.

Behutsam forderte sie ihn auf, zu gehen. Sie sah ihm nach, wie er sich aufs Fahrrad schwang und davonsauste. Würde er ihr nächstes Geheimnis sein, das sie auf der Titelseite breitgetreten sehen würde? Oder wurde er noch zurückgehalten, als schweres Geschütz, wenn die Zeit für den eigentlichen Angriff gekommen war?

Sie griff nach dem Telefon, um den Fraktionsvorsitzenden anzurufen. Es war besetzt. Während sie wartete, um es erneut zu versuchen, tauchte plötzlich das Bild eines kleinen Jungen aus längst vergangener Zeit auf. Dunkelhaarig, mit durchdringenden braunen Augen, die sie mit einer Mischung aus Angst und Liebe verschlangen. Unersättlich. Dünne Arme, die sich an sie klammerten. Tränen, die in alle Richtungen spritzten, als hätte jemand einen Springbrunnen angeschaltet.

»Axel Andreasen«, meldete sich eine Stimme, nachdem sie die Bilder beiseitegedrängt und auf die Wiederwahltaste gedrückt hatte.

»Ja, ich bin es.«

Der Vorsitzende seufzte laut.

»Francesca. Was sagst du dazu?«

Sie erzählte ihm die Wahrheit oder zumindest so viel von der Wahrheit, wie sie ihm zugestand, und erhielt die erwartete Reaktion.

»Das ist ja alles ganz schön und gut. Das können wir prima verwenden, um intern für Ruhe zu sorgen. Aber was machen wir mit der Presse? Was schlägst du vor, wie wollen wir da vorgehen? Gibt es Fotos? Irgendeine Form der Dokumentation?«

»Nicht soweit ich weiß.«

»Aber im Artikel steht ja sogar, dass du es zugibst. Du bist gezwungen, den Sachverhalt auszuführen und dich zu erklären. Gib der *Stiften* ein Interview, vielleicht auch noch der *Jyllands-Posten*. Du solltest noch mal betonen, wie lange es her ist und dass du daraus deine Lehren gezogen hast ... Damit können sich die Leute identifizieren. Du musst vielleicht sogar noch weitergehen und irgendetwas für diese Mai tun, was weiß ich, irgendetwas, was sich gut macht.«

Wenn sie Axel Andreasen nicht kennen würde, hätte sie gedacht, dass er so ein Perverser wäre, der am Telefon fremden Frauen ins Ohr stöhnt. Wie ein Blasebalg klangen seine Atemzüge.

»Was schlägst du denn vor?«

»Die Wahrheit und nichts als die Wahrheit«, sagte sie. »Und die wiederhole ich gerne und häufig. Aber du wirst mich nicht zu einer Gegenüberstellung mit Mai bringen.«

Sie musste an Williams Uhr denken. »Sie tat mir damals leid. Und ja, ich war naiv und dumm. Und jung.«

Sie hörte die Verzweiflung in ihrer Stimme.

»Ich habe nichts zu verbergen, was meine Wähler nicht erfahren dürfen.«

KAPITEL 21

Der Besitzer des Sonnenstudios, Matti Jørgensen, wohnte zusammen mit seiner Frau Inger-Kirstine in einem alten Haus, das auf einem Grundstück irgendwo zwischen Odder und Hov stand. »Inger-Kirstine Fashion« stand auf einem Schild am Wegesrand. »Lagerverkauf von Markenwaren. 30–50 %. Keine Kartenzahlung möglich.«

Auf dem Feld hinter dem Haus fand gerade eine Rallye mit getunten, verbeulten Autos statt, die zwar schon eindeutig bessere Tage gesehen hatten, aber die mit einer Geschwindigkeit über die Ackerfurchen jagten, dass Dictes alter Fiat nur neidisch werden konnte. Der Lärm bildete einen Klangteppich, der die übrigen Geräusche auf dem Hof übertönte. In der Auffahrt hielten einige Autos mit nicht ganz so vielen Dellen, und in dem Shop befanden sich eine ganze Menge Kunden. Der Laden war in einer Doppelgarage untergebracht, die offenbar für diesen Anlass extra ausgeräumt worden war. Vielleicht war auch aus diesem Grund kein Platz für das weiße amerikanische Schlachtschiff sowie ein Motorrad neueren Baujahrs, die wie Ausstellungsstücke vor dem Haus auf dem Rasen standen.

Dicte stieg aus dem Wagen und mischte sich unter die Kunden in der Garage. Sie erkannte sofort einige Entwürfe bekannter dänischer Designer. Die Kleiderständer klangen wie Kastagnetten, wenn die eifrigen Hände sich durch das Angebot blätterten.

Hinter dem Verkaufstresen stand eine Frau, die so viel natürliche Autorität besaß, dass sie dem Laden ihren Namen gegeben hatte. Sie war in mehrerlei Hinsicht groß: großbusig, groß gewachsen, mit hochtoupierten blonden Haaren. Sie trug eine hautenge Jeans und einen langen schwarzen Wollpullover – wahrscheinlich zum Schutz gegen die Kälte in der Garage –, der in der Taille mit einem Gürtel zusammengehalten wurde. Auch beim Make-up war nicht gespart worden, knallroter Lippenstift und eine dicke Schicht Grundierung.

Von weitem beobachtete Dicte die Frau dabei, wie sie ihre Kundinnen beriet, die hinter einem provisorischen Vorhang die Kleidungsstücke anprobierten. Sie sah auch, wie einige der Barzahlungen an der Kasse vorbeiwanderten und direkt in einer kleinen Kiste unterm Tresen landeten. Einige ihrer Kundinnen kannte Inger-Kirstine wohl schon lange und sehr gut. Dicte wählte ein schokoladenfarbenes Top von Rosemunde aus und ging nach vorn, um zu zahlen. An der Kasse war eine Schlange.

Einige Frauen warteten auf Beratung, andere wollten bezahlen. Dabei wurde sich unterhalten.

»Jungenstreiche, da bin ich mir ganz sicher«, sagte eine Kundin, mit einem Stapel schwarzer Kleidungsstücke über dem Arm. Sie war sehr groß, aber dünn, eine 36. »Es war doch bestimmt niemals Absicht gewesen, dass die dabei sterben sollte.«

»Bandenkrieg«, warf eine 44 ein.

»Was meinst du dazu, Inger-Kirstine? Wie geht es Matti damit?«, fragte eine rothaarige 38 mit D-Körbchen.

»Er bekommt doch bestimmt was von der Versicherung wieder, oder?«, fragte die 36, die ein Profil wie ein Pferd hatte.

Inger-Kirstine zuckte mit den Schultern und sah aus, als ob es ihr egal wäre. Mit klackernden Nägeln faltete sie den Einkauf einer Kundin zusammen und legte ihn vorsichtig in eine Plastiktüte.

»Der hat ganz schön die Nase voll davon. Da ist so viel Unruhe entstanden, als hätten wir die Bombe in unserem Laden selbst gezündet.«

Ihre Stimme klang aufgebracht. Dicte mischte sich nicht ein, hätte aber große Lust gehabt, einzuwerfen, dass nicht zum ersten Mal in der Geschichte der Menschheit ein Unternehmer versucht hätte, seine Versicherung zu betrügen. Und wenn man dazu noch Verbindungen zum Rockermilieu pflegte, war es vielleicht nicht so weit hergeholt, dass die Polizei einen Versicherungsbetrug als Motiv in Erwägung zog. Sie bezahlte und bekam als neue und noch ungeprüfte Kundin mit einem Lächeln eine Quittung überreicht.

»Wo finde ich denn Matti?«, fragte sie.

»Worum geht es denn?«

Ein misstrauischer Zug glitt über Inger-Kirstines Gesicht.

»Ich möchte gern einen Artikel über ihn schreiben. Ich bin Journalistin.«

Sie war auf eine ablehnende Antwort gefasst.

»Der ist da hinten«, antwortete Inger-Kirstine, als hätte sie in

Sekundenschnelle entschieden, dass sich der Chef persönlich mit der Presse herumschlagen sollte. Sie warf den Kopf in den Nacken und wies damit in Richtung des Motorenlärms. »Er sitzt im roten Escort.«

Dicte bedankte sich, legte die Tüte in den Wagen und zog sich die Gummistiefel an, die sie immer für so einen Zweck im Auto deponiert hatte. Sie lief an der Garage vorbei zum Acker, wo eine Handvoll Männer und Jungs zusammenstanden, wild gestikulierten und den Autos zusahen.

»Tach. Wo finde ich denn Matti?«

Ein junger Mann nickt in Richtung des offenen Ackers.

»Der kommt gleich. Die müssen noch dieses Rennen beenden.«

Sie wartete etwa fünf Minuten, in denen die Autos an ihnen vorbeirasten und mit ihren Reifen Schlamm in alle Richtungen spritzten. Als es vorbei war, wurde laut gejohlt, gerufen und mit Handflächen auf dampfende Kühlerhauben geschlagen. Ein rotes Auto hielt ganz in ihrer Nähe, und ein muskulöser Hüne stieg aus. Er trug die Haare kurzgeschoren, hatte einen Overall an mit einem langärmeligen T-Shirt darunter und schwarze Schnürstiefel. Als er näher kam, erkannte Dicte ein Maori-Tattoo, das sich an seinem Hals emporschlängelte, und nahm an, dass sein gesamter Oberkörper und die Arme mit diesen zungenartigen Mustern bedeckt sein würden. Matti Jørgensen sah aus wie einer, der täglich mehrere Stunden im Fitnesscenter verbrachte.

»Du hast Besuch, Matti.«

»Hmm?«

Der junge Mann zeigte auf Dicte, und der Hüne kam auf sie zu. Er schwitzte stark und wischte sich mit der Hand über die Stirn.

»Ja?«

Sie stellte sich vor und bekam einen verschwitzten Händedruck, der sich anfühlte wie ein Schraubstock. Sie starrten sich ein paar Sekunden lang an, bis er sich geschlagen gab und sie ein

119

Stück von der Gruppe fortzog. Sie beeilte sich hinzuzufügen: »Ich bin Kundin in Ihrem Sonnenstudio in der Østergade. Das war echt schlimm mit der Explosion.«

Er nickte und sah gleich viel freundlicher aus. Er sprach mit gedämpfter Stimme, und Dicte musste sich konzentrieren. Matti Jørgensen war jemand, der gerne das ›r‹ verschluckte.

»Es ist ein *supe goße* Schaden entstanden. Die Polizei geht von *Vesicheungsbetug* aus, aber das können die doch *ga* nich *beurteilen*.«

»Haben Sie denn einen Verdacht, wer dahinterstehen könnte?«

Er schüttelte seinen riesigen Kopf und hatte ein kleines Lächeln im Mundwinkel, als er ihr antwortete.

»Und wenn ich den hätte, glauben Sie, ich *wüde* ihn *eine Jounalistin ezählen*?«

Sein Lächeln war ihre Eintrittskarte, sie erwiderte es.

»Nein, natürlich würden Sie das nicht. Eigentlich wollte ich mich auch nur erkundigen, ob ich einen Artikel über Sie und Ihre Geschäfte schreiben darf. So eine Art Porträt von dem Mann hinter dem Sonnenstudio.«

Sie sah ihm an, dass er zögerte.

»So etwas beruhigt die Polizei«, fügte sie hinzu. »Wenn die lesen, dass Sie in der Presse freundlich auftreten, dann fällt es denen leichter, in Ihnen einen Unschuldigen zu sehen.«

Er sah zwar skeptisch aus, erwiderte aber: »Na, meinetwegen. Legen Sie los.«

Sie interessierte sich für den ehemaligen Gefängniswärter, der sich gegen den Umzug von der altmodischen Vollzugsanstalt in ein hochmodernes, fluchtsicheres Wunderbauwerk entschieden hatte, das sogar mit architektonischen Preisen überhäuft worden war.

»Ich hatte keinen Bock, in so einer verdammten Raumstation zu arbeiten, aus der man praktisch nicht rauskommt. Das habe ich den anderen überlassen. Ich hatte was gespart und habe die Branche gewechselt.«

Er grinste.

»Raus aus dem Schatten und rein in die Sonne, wie *Ing-Kistine imme* sagt.«

»Das klingt auch viel optimistischer«, stimmte ihm Dicte zu. »Aber Ihnen wurde auch vorgeworfen, dass Sie ein paar zwielichtige Freunde aus der Rockerszene haben.«

»Ob das Freunde sind, weiß ich nicht. Aber ich kenne ein paar Typen aus meiner Zeit in Horsens, ja, das stimmt. Das ist nicht *veboten,* aber ich weiß, jeder *wid* in eine Schublade gesteckt.«

Gönnerhaft breitete er die Arme aus.

»Meine Meinung ist: Wer seine Strafe abgesessen hat, ist uns allen anderen gleichgestellt. Das, was ich mache, ist eine Art Sozialarbeit. Ab und zu vermittele ich denen einen Job bei mir oder bei *Ing-Kistine.*«

Nach den Sonnenstudios habe er sein Geld in einen Lincoln Continental investiert und einen Limousinenservice für Hochzeiten und andere Veranstaltungen gegründet, in weißem Anzug und passender Kopfbedeckung. Außerdem würde er sein Grundstück an Jugendzentren vermieten, damit die Kids sich bei Autorennen ein bisschen austoben konnten. Damit und mit den Einnahmen aus *Ing-Kistines* Boutique würden sie ganz gut über die Runden kommen.

»Mehr gibt es nicht«, sagte er. »Das ist keine Goldmine. Es ist nur die Alternative, ohne den Gefängnisjob klarzukommen. Ich darf ich selbst sein und kann für die Meinen sorgen.«

Dicte überlegte, in welcher Größenordnung er sich da bewegte, wenn er sich um die Seinen sorgte. Wie viel die Sonnenstudios abwarfen und wie viel er davon tatsächlich als Gewinn angab. Im Studio in der Østergade standen zehn Sonnenliegen. Bei 30 Kronen pro halbe Stunde kamen etwa 600 Kronen in der Stunde zusammen, das machte 6000 Kronen am Tag, wenn es zehn Stunden geöffnet hatte. Insgesamt belief sich das maximale Einkommen in einem Monat, bei voller Auslastung also, auf 180 000 Kronen. Man bekam als Kunde keine Quittung. Mit zwei Sonnenstudios konnte man das Finanzamt mit Leichtigkeit davon überzeugen, eine weitaus höhere Summe eingenommen zu haben, als tatsächlich geschehen, und somit Schwarzgeld zu waschen. Und dank der anderen Geschäfte und mithilfe eines guten Steuerberaters war es ein Leichtes, dieses und jenes abzuziehen und zu verrechnen, bis die Bilanzen wieder stimmten. Zumindest auf dem Papier. Aber das machte Matti Jørgensen nicht automatisch zum Bombenleger. Vielleicht zu einem – für den Geschmack der Allgemeinheit – allzu unternehmungslustigen Bürger, aber von dort war es ein langer Weg, um ein Mörder zu werden.

»Aus Ihrer Zeit in Horsens, ist Ihnen da ein Insasse namens Peter Boutrup bekannt?«

Sein Blick flackerte kurz. Erinnerung? Nervosität? Sie konnte es nicht zuordnen.

»Und was wäre, wenn?«

»Er ist entlassen worden. Und ich suche ihn.«

Matti kniff die Augen zusammen.

»Warum das?«

»Normalerweise will eine Mutter doch wissen, wo ihr Sohn sich aufhält.«

»Er hat keine Mutter. Er hatte nie eine Mutter. Keine Mutter und keinen Vater.«

»Alle haben Eltern.«

Sie hatte das Gefühl, sich verteidigen zu müssen.

»Sie wissen genau, was ich meine«, sagte Matti.

»Es ist sehr wichtig, dass ich ihn finde.«

»Für wen?«

Sie hörte keine Feindschaft, nur Interesse in seiner Stimme.

»Für uns beide. Warum versteckt er sich?«

Mattis Blick wanderte aufs Feld, wo sich die Fahrer für ein neues Rennen aufstellten. Es dauerte lange, bevor er antwortete.

»Peter war schon immer frei wie ein Vogel. Er kann es nicht leiden, wenn jemand ihn bevormundet. Das konnte er noch nie.«

Von der Startlinie waren Rufe zu hören.

»Verdammte Hacke. Jetzt muss ich wieder in dieses verdammte Auto.«

Dicte sah ihn fragend an.

»Ich leide unter *Klaustophobie*. Ich schwitze wie ein Schwein, aber da kann man nichts machen.«

Matti Jørgensen wandte sich zum Gehen, Dicte folgte ihm nach.

»So, wie Sie es sagen, hört sich das an, als hätte er etwas zu verbergen.«

»Haben das nicht die meisten?«

Er wartete nicht auf eine Antwort, sondern klemmte sich hinters Steuer seines roten Escorts und trat aufs Gaspedal. Sekunden später sah sie ihn für einen kurzen Moment durch die Luft fliegen, als er den Wagen über einen kleinen Hügel jagte.

Frei wie ein Vogel. Jemand, der Autoritäten verabscheute. Wo suchte man Zuflucht, wenn man in diesem Punkt war wie seine Mutter?

Kapitel 22

Dunkelheit. Sie umgab ihn wie ein Handschuh, der sich um seinen Hals legte und zudrückte. Vergeblich suchten seine Augen das Licht, nur einen kleinen Spalt, irgendwo. Aber das Einzige, was er sah, war diese totale Finsternis, die ihn durchdrang und auch seine Seele verdunkelte.

Dann überwältigten ihn die Gefühle, wollten aus allen Öffnungen dringen, als würde die Dunkelheit sie aus ihm herauspressen. In diesem Moment übernahm das *System:* Fünfhundert Einwohner der kleinen Ortschaft. Hundertzwanzig Häuser. Familien. Gärten. Bäume im Vorgarten. Obstbäume, vielleicht Apfel-, Pflaumen-, Birnenbäume. Fenster in den Häuserwänden. Fensterscheiben. Schornstein auf den Dächern. Rasen. Terrassen. Schuppen. Garagen. Fahrräder. Vielleicht ein Auto.

Das Auge der Kamera kam überallhin. Es konnte durch Türen

und Fenster dringen, bis tief in die Herzen der Familien. Durch den Flur, ins Wohnzimmer, in die Küche, ins Badezimmer, Schlafzimmer, Kinderzimmer. Auf dem Bett der Eltern lag eine grüne Tagesdecke, im Badezimmer hingen blaue Handtücher, weiße Kacheln an den Wänden.

Die Lampe im Wohnzimmer war eingeschaltet, auf den Fensterbrettern standen flackernde Kerzenleuchter. Die Kinder saßen auf dem Sofa. Sie waren in ein Spiel vertieft. Die Erwachsenen liefen umher. Machten Essen. Unterhielten sich. Sein Herz kam wieder zur Ruhe, schlug regelmäßig, und endlich schlief er ein.

Als er aufwachte, lag er eng an My gepresst in seinem Schlafsack. Er schob die Finsternis fort. Finsternis des Teufels, fahr zur Hölle. Paff, paff, er traf sie in dem Moment, als sie Luft holen wollte, und sie sank in sich zusammen, löste sich in Nichts auf, als hätte eine Nadelspitze einen Ballon berührt. Sie würde wiederkommen, das wusste er. Aber jetzt hatte er sie sich vorerst vom Leib gehalten.

Er blieb still liegen, hielt diesen Schmerz aus und stellte dann fest, dass er stark geschwitzt hatte. Immer wieder wurde er in die Vergangenheit zurückgeschleudert. Zurück zur »Kiste«, zum »Pferd« und zu den »Ringen«. So war das nun mal. Aber es war nur ein Teil des Ganzen. Und so ging es allen von ihnen.

Er versuchte, sich auf die andere Seite zu drehen. Es war unerträglich zu zweit in dem Schlafsack, obwohl My fast keinen Platz wegnahm. Wenn sie nur etwas von ihrer Kleidung anbehalten würde, aber am Abend zuvor hatte sie sich ihrer Kleider entledigt, ungeduldig und mit Ekel.

»Heiß. Schwitze.«

Und schon flogen der Anorak, der Pullover, die Hose und am Ende auch die Unterwäsche, die er ihr in Ry gekauft hatte, damit sie ein Set zum Wechseln hatte, in die Ecke.

»Zu eng.«

Er hatte sich in den Schlafsack gelegt und unentwegt auf ihre kleinen Brüste und das schmale Dreieck starren müssen. So sollte es nicht sein, auf keinen Fall. Aber verdammt noch mal, er war gerade aus dem Knast gekommen und Adda ...

Er schaltete sofort aus. Das hatte er gelernt. Er konnte innerhalb von Sekunden Gedanken und Bilder an- und ausschalten. Schwarzer Bildschirm, und Adda verschwand vorübergehend im Dunkeln, während My zu ihm in den Schlafsack kroch und sich an ihn schmiegte. Für sie gab es keinen Unterschied zwischen Sex und Kissenschlacht, My war wie ein Kind, das Begierde nicht kannte. Aber sie wusste, was Männer wollten, das stellte er schnell fest. Sie ahmte das nach, was sie zu Hause bei Cato und Miriam beobachtet hatte. Und sie machte das sehr gut, obwohl ihre Bewegungen etwas Mechanisches hatten. Kaj hob den Kopf und wunderte sich zuerst über die Geräusche, die sie machten. Aber dann beschloss er, dass seine Herrin nicht in Not zu sein schien, und legte sich wieder schlafen, während die Lust nach beendeter Mission aus dem Zelt entwich.

My. Seine Schwester. My. Sein nie endender Schmerz. My. Sein Gefängnis.

Er spürte den sanften Druck ihres Körpers, der sich gegen seinen schmiegte. Aber er wollte keine Zärtlichkeit und vermisste die Begierde, denn sie war klar. Die Zärtlichkeit konnte ihn an Stellen führen, an denen er nicht sein wollte. Sie seufzte im Schlaf, hatte ihren Kopf an seinen Hals gelegt, ihr leichter Atem kitzelte ihn. Er sah sie vor sich, als sie sich das erste Mal begegnet waren, in einem viel zu großen Kleid und viel zu großen Schuhen, die gut zu ihren weit aufgerissenen Augen passten. Sie sogen alles in sich auf. Es gab keinen Filter. Das war ihr Verhängnis.

My hatte panische Angst vor der »Kiste« gehabt. Man konnte ihr alles Mögliche antun, sie aber bloß nicht in die »Kiste« stecken. Man durfte sie nicht einsperren. Das heißt, man konnte sie natürlich sehr wohl einsperren, aber die Folgen waren katastrophal.

Er schloss die Augen. Wie viele von ihnen irrten in der Welt herum? Wie viele liefen durchs Leben mit einer inneren tickenden Uhr, die runterzählte zu dem Tag, an dem alles explodieren würde?

Er drückte My an sich. Sie schlief, den Kopf auf seiner Schulter, wie betäubt, aber ihre Beine zappelten zwischendurch, wie Trommelschläge gegen seine Oberschenkel. War sie auch im Traum auf der Flucht?

Er würde sich wünschen, dass sie flüchten könnten. Fliehen. Aber je älter er wurde, desto mehr gewann er die Gewissheit, dass es gar keinen Ort gab, an den sie flüchten konnten.

KAPITEL 23

»Zweiundzwanzigtausend, plus Steuern! Die haben sich doch was Falsches eingeworfen!«

Es herrschte ein heilloses Durcheinander in den Unterlagen: Briefe, Rechnungen, Kostenvoranschläge, Kalkulationen, Mahnungen. Sie wusste nicht, wo die auf einmal alle herkamen, aber es fühlte sich an wie ein Angriff aus dem Hinterhalt. Vollkommen unerwartet, während man versucht, ein normales Leben zu führen, stürzte sich die Gesellschaft mit lauter Forderungen auf einen. Die Gemeinde, die eine Trennung von Regenwasser und Abwasser forderte. Der Elektriker, der plötzlich der Ansicht war, dass die alten Leitungen alle gesetzwidrig verlegt worden seien, und eine Summe von 22 000 Kronen veranschlagt hatte, um das wieder in Ordnung zu bringen. Der Klempner, der Thermostate als die ultimative Lösung vorschlug, und der Zimmerer, der verkündete, dass die Dachbalken bald verrotten würden und die Dachplatten außerdem asbesthaltig seien. Der Arzt, der ihr eine Depression diagnostiziert hatte. Und schließlich Lena Lund, die ihr gedroht hatte. Allesamt Autoritäten, die einem genau erklärten, was anormal und was normal war. Alles ließ sich reparieren, behandeln und wieder in Ordnung bringen: Häuser, Menschen, Seelen. Um jeden Preis sollen wir alle gleich sein, uns bis zur Unkenntlichkeit ähneln, in perfekten

Häusern wohnen, die perfekten Kinder, Männer, Jobs und Leben haben.

Sie hatte großes Verständnis für Matti Jørgensens Freiheitsdrang und seine Weigerung, in dem neuen, ausbruchssicheren Gefängnis zu arbeiten. Sie kannte den Wunsch nur allzu gut, über sich selbst bestimmen zu wollen, seine Ruhe zu haben und sich nicht dauernd wie eine Schachfigur zu fühlen, die wahllos hin und her geschoben wird. Und sie verfügte sogar über eigenes Einkommen und ein gewisses Maß an Freiheit. Es gab andere Menschen, Kranke und Schwache; Menschen am Rande der Gesellschaft, deren Leben nur aus Bevormundung und Demütigung bestand.

»Wir reden also von einem Tötungsdelikt!«, sagte Bo, der über ein selektives Gehör verfügte. »Einem vorsätzlichen?«

Es war früh am Abend. Bo hatte es am Nachmittag nicht mehr zur Pressekonferenz im Polizeipräsidium geschafft, allerdings hatte es auch nichts Neues zu fotografieren gegeben, als Wagner und Co. in aller Eile die Journalisten zusammengetrommelt hatten.

Bo reichte Dicte den Becher mit Kaffee und warf sich aufs Sofa.

»Ob es vorsätzlich gewesen ist, lässt sich noch nicht sagen«, erwiderte sie. »Aber Totschlag war es auf jeden Fall. Da ist 'ne Bombe installiert worden, verdammt.«

Wo sollte bloß das ganze Geld für die Reparaturen herkommen? Da war man der Meinung, man würde in einem Eigenheim leben und Herr über sein Leben sein, und dann regneten die Geldforderungen für dies und das nur so auf einen herab. Da konnte man genauso gut in einer Gefängniszelle sitzen. Na ja, fast.

»Und die Tote hatte nichts mit den Explosionen zu tun?«

Dicte nahm einen Schluck Kaffee, der schwarz wie die Nacht war, ließ sich am anderen Sofaende in die Kissen sinken und legte ihre Füße in seinen Schoß.

»Das lässt sich auch noch nicht sagen. Es wirkt alles total undurchschaubar.«

127

Nach der Pressekonferenz bestand der Fall nur aus lauter losen Enden, die im Wind flatterten. Was gehörte zusammen? Hatten die Bomben etwas mit der Toten zu tun, oder war hier die Rede von zwei oder drei Einzeltaten, die nur zufällig zusammentrafen und somit wie eine einzige Tat aussahen? Wer war in der Wohnung der Toten in den Stunden vor der Explosion ein und aus gegangen?

Die Polizei war dieser Frage selbstverständlich nachgegangen und hatte die Überreste der Wohnung untersucht, sobald das Gebäude wieder zugänglich war. Aber Dicte unterstellte, dass sie nicht mit dem nötigen Enthusiasmus zu Werke gegangen waren. Alle waren von der Annahme ausgegangen, dass die Frau bei der Explosion ums Leben gekommen war, und trotzdem war die Obduktion bis Montag vertagt worden. Man hatte somit vier wertvolle Tage verstreichen lassen. Sie war sich sicher, dass die Polizei eine erneute Untersuchung des Tatorts vornehmen würde.

»Vielleicht gibt es ja was im Fernsehen darüber? Und wie steht es um deinen Verdacht gegen deinen Sohn?«

Bo griff nach der Fernbedienung auf dem Couchtisch und schaltete das Gerät ein, wo die Nachrichtensprecherin der Tagesschau Punkt 19 Uhr in Begleitung des altbekannten Jingles erschien.

»Verdacht und Verdacht. Er kann nach wie vor etwas mit den Explosionen und dem Ganzen zu tun haben. Es ist ja noch nicht widerlegt worden, dass er von meinem Besuch im Solarium wusste, und außerdem wurde er kurz zuvor entlassen.«

Sie musste an Rose denken und ihre missglückte Unterhaltung mit Ida Marie bei Facebook und fühlte sich unsäglich dumm. War sie vielleicht paranoid? Das wäre ja nicht das erste Mal.

Bo schüttelte den Kopf. Ihm fiel es schwer, bei der ganzen Sache ein Motiv zu erkennen.

Im Hintergrund tönte es aus dem Fernseher:

»In dem Fall des Bombenanschlags auf ein Solarium in der

Innenstadt von Århus haben die Untersuchungen ergeben, dass die Frau nicht etwa durch die Explosion ums Leben kam, sondern bei der Detonation bereits tot war. Die Gerichtsmediziner haben Hinweise auf eine Erdrosselung und eine vorangegangene Vergewaltigung gefunden. Wir haben uns mit einem Rechtsmediziner unterhalten, der uns erklärt hat, warum die Ermittlung der tatsächlichen Todesursache bei Opfern einer Explosion so ungleich schwerer fällt.«

Bo machte lauter. Der Chef der Gerichtsmedizin in Odense erschien auf dem Bildschirm und hielt einen langen detaillierten Vortrag. Dicte starrte auf den Fernsehapparat. Zurück blieb die Frage nach der Toten. Was für ein Motiv könnte es gegeben haben? Wer könnte ein Interesse daran gehabt haben, eine junge, schwerbehinderte Frau totzuschlagen? Adda Boel, neunundzwanzig Jahre alt, hatte an einem Alpha-1-Antitrypsin-Mangel, einer unheilbaren Stoffwechselkrankheit gelitten. Dicte hatte sich im Internet schlaugemacht. Es war eine erbliche Krankheit, und bis dato existierte noch keine erfolgreiche Behandlungsmethode. Sie hatte gelesen, dass bei einem gesunden Menschen das Protein Antitrypsin vor allem in der Blutbahn vorkommt und hauptsächlich in der Leber produziert wird. Es beschützt das Lungengewebe und führt bei ausgeprägtem Mangel zur Schädigung desselben. Die Lungenfunktion versagt, und die Patienten sterben in der Regel einen frühzeitigen Tod.

»Sie wäre doch in jedem Fall gestorben«, warf Dicte ein, während Bo den Ton wieder leiser machte. »Warum wurde sie erwürgt, während sie doch durch die Krankheit langsam erstickt wäre?«

»Im Affekt?«, schlug Bo vor.

»Ja, möglich. Ich habe gelesen, dass es in Dänemark nur ungefähr siebenhundert Erkrankte gibt.«

»Das sind nicht besonders viele.«

»Beide Elternteile müssen die Erbanlage in sich tragen, aber nur etwa ein Viertel der Nachkommen erkrankt, zwei werden gesunde Träger der Krankheit und der Vierte ist überhaupt nicht betroffen.«

»Das ist ja wie Lottospielen«, sagte Bo. »Und es gibt keine Medizin dagegen?«

»Doch, ich bin auf ein paar Artikel gestoßen.«

Dicte presste den Kaffeebecher dicht an ihren Körper, um die Wärme zu spüren.

»Ein Mittel, das heißt ... Nee, ich kann mich gerade nicht erinnern ... in Richtung von Pro-Irgendwas.«

»These?«, fragte Bo.

»Wie bitte?«

»Pro – these?«

Sie trat mit dem Fuß nach ihm.

»Du Hohlkopf. Das ist zwar in Dänemark zugelassen, aber die Gesundheitsbehörde oder die Wieauchimmerbehörde will es nicht auf den Markt lassen. Wer weiß auch so genau, ob es tatsächlich wirkt. Also sterben sie alle. Menschen, die an dieser Krankheit leiden, können noch auf eine Lungentransplantation warten, aber die meisten von ihnen sterben. Was für ein Motiv könnte es also geben, sie umzubringen?«

»Mitleid?«

Sie ließ sich den Gedanken durch den Kopf gehen. Es war immerhin eine Möglichkeit.

»Aber man vergewaltigt doch nicht aus Mitleid.«

»Einige tun das.«

»Aber keine normalen Menschen.«

»Was ist schon normal?«

»Die Explosion kann natürlich ein Ablenkungsmanöver gewesen sein. Der Mörder versucht, seine Spuren zu verwischen, wohl wissend, dass die Leiche bald darauf gefunden wird«, schlug Bo vor.

In diesem Fall, vermutete Dicte, war der Mörder wahrscheinlich jemand, der Adda Boel und ihren Terminkalender kannte und genau wusste, wann die junge alleinstehende Frau Besuch von Pflegern bekam, die sie ganz bestimmt in Anspruch genommen hatte. Der Betreffende würde genau wissen, dass die Leiche erst nach Stunden gefunden werden würde und er sich dadurch einen gehörigen Vorsprung verschaffen und wichtige Spuren beseitigen konnte. Eine explizitere Untersuchung des Tatorts hätte zum Beispiel ergeben können, ob die Wohnungstür verschlossen gewesen war oder nicht, wenn es die Tür noch geben sollte. Auf der Pressekonferenz hatten sie diese Details nicht erfahren. Im Großen und Ganzen entstand das Bild einer Bombe, die in der Lage gewesen war, entscheidende Spuren zu verwischen und die Aufmerksamkeit der Polizei abzulenken. Aber auch über die Bombe gab es keine neuen Informationen. Sie warteten noch auf die Analyse des Stoffs, mit dem sowohl das Auto als auch das Solarium in die Luft gesprengt worden war.

»Er ist frei wie ein Vogel«, sagte sie und kroch dichter an Bo heran. »Er hasst Autoritäten. Wo würde er hingehen, wenn er seine Ruhe haben will?«

»Zum Mond?«, schlug Bo vor.

»Ry, hast du gesagt? Was gibt es in Ry?«

»Soweit ich weiß, nur Seen und Wälder. Natur.«

»Und weiten Himmel? Keine Mauern und keine Decken. Keine Schlösser?«

Er legte den Kopf in den Nacken und warf sich eine Erdnuss in den Mund.

»Ja, so was in der Art.«

KAPITEL 24

»Alexander, wir müssen darüber reden.«

Wahrscheinlich war der Frühstückstisch nicht der geeignete Ort. Aber wann und wo sonst? Wann hatte man die Gelegenheit, mit einem Fünfzehnjährigen in Kontakt zu kommen, der sich ständig in seinem Kapuzenpulli versteckte und einem nicht in die Augen sah? Praktisch nie.

Wagner versuchte, seinen Gesichtsausdruck abzumildern, damit sein Sohn sich nicht völlig in sich zurückzog. Aber wie sollte ihm das gelingen? Es brauchte nicht viel, und Alexander schlug mit Türen oder aber warf ihm Beschimpfungen und Vorwürfe an den Kopf. Er wusste nicht, was schlimmer war.

An diesem Morgen begegnete ihm zuerst die dritte Variante: Schweigen.

»Alexander ...«

Er löffelte unbeirrt seine Cornflakes weiter und starrte vor sich auf den Küchentisch. Ida Marie war schon mit Martin zur Schule gefahren. Sie waren also allein, und Wagner hatte das Gefühl, dass jetzt der richtige Zeitpunkt für ein Vater-Sohn-Gespräch war.

»Ich weiß, dass du oft dir selbst überlassen warst in letzter Zeit. Ich habe viel gearbeitet. Aber du hattest doch auch Ida Marie und Hanne.«

In Gedanken umarmte er seine Schwester zum Dank, die in derselben Straße wohnte und sich nach Ninas Tod sehr um Alexander gekümmert hatte.

»Wir sind doch alle für dich da.«

Das war eindeutig die falsche Taktik. Alexanders Mundwinkel zeigten abwärts, aber er blieb stumm. Wagner suchte verzweifelt nach Worten, als würde er am Computer sitzen und hätte sein Passwort vergessen. Deshalb entschied er sich für das, was er am besten konnte, das Einzige, wozu er imstande war:

»Du sagst, dass du allein im Kaufhaus unterwegs warst. Aber das Personal gibt etwas anderes an, sie haben von drei Personen gesprochen. Ist da einer dabei, den ich kenne? War Mohammed aus deiner Klasse mit dabei? Und Kristoffer?«

Endlich gab es eine Regung.

»Ich war allein, das habe ich doch schon gesagt. Warum glaubst du denen mehr als mir?«

Wagner seufzte. Er hätte antworten können, dass er in seinem Leben schon so viele Verhöre geführt hatte, dass er genau wusste, wann jemand log. Und Alexander sagte nicht die Wahrheit, daran gab es keinen Zweifel. Vielleicht wollte er seine Freunde schützen. In dem Alter waren Loyalität und Gruppenzugehörigkeit sehr wichtig.

»Du hast mir noch nicht gesagt, warum, Alexander. Warum hast du diese Sachen im Kaufhaus gestohlen?«

Sein Sohn zuckte kaum sichtbar mit den Schultern.

»Hab ich halt einfach getan.«

»Ohne Grund?«

Dieses Mal hoben sich seine Schultern ein wenig deutlicher.

»Ich hatte Bock drauf.«

»Auf Cola und Süßigkeiten? Die hättest du dir doch auch von deinem Taschengeld kaufen können.«

Der Junge hob den Kopf. Sein Körper schien alle Energie zu bündeln, bevor er seinem Vater mit voller Kraft ins Gesicht brüllte.

»Ich hatte Bock, zu stehlen.«

Ohnmacht breitete sich in Wagners Körper aus, sprang wie ein bösartiger Virus von einer Zelle zur nächsten. Vom Gesehenwerden hatte Hanne nach Ninas Tod gesprochen. Für Alexander wäre es wichtig, sich gesehen zu fühlen. »Er fühlt sich aber nicht gesehen. Du hast genug mit deiner Trauer und vor allem mit deiner neuen Familie, mit Ida Marie und Martin zu tun. Aber das ist wahrscheinlich das Letzte, was ihn interessiert.«

Stimmte das? Vielleicht hätte er sich mehr um seinen Sohn kümmern müssen.

Alexander erhob sich und ließ den leeren Teller auf dem Tisch stehen.

»Du weißt aber schon, dass du aller Voraussicht nach einen Eintrag im Strafregister bekommen wirst?«

Wie war es nur möglich, dass er immer wieder erfolgreich mit schwierigen Verdächtigen zurechtkam, aber kein normales Gespräch mit seinem Sohn führen konnte? Alexander gab ihm die Antwort darauf. Sie wurde ihm ins Gesicht geschleudert, bevor der Junge seine Schultasche an sich riss und aus der Tür stürmte:

»Du bist immer Polizist, oder?«

Die Luft vibrierte, und die Tassen klirrten im Schrank, als die Tür hinter ihm zuknallte. Wagner starrte auf die Stelle, an der Alexander noch vor einer Sekunde gestanden hatte. Er hätte handeln können. Er hätte seine Arme ausbreiten und seinem Sohn erzählen können, dass er ihn liebte. Aber das hatte er nicht getan. Immer Polizist. Nie Vater. Immer gewohnt, die Führung zu übernehmen.

Er lehnte sich zurück. Er hatte soeben versucht, seinen eigenen Sohn zu verhören.

Der Tatort ähnelte einem Kriegsgebiet.

Schon im Treppenhaus hing der schwere Geruch von Rauch und Ruß. Wagners Körper und Sinne erinnerten sich sehr genau an die Minuten nach der Explosion.

»Und das ist hier wirklich sicher?«

Lena Lund stellte die Frage, während sie hinter Erik Haunstrup, dem Leiter der Kriminaltechnischen Abteilung, die Treppe in die Wohnung im ersten Stock hochstiegen.

Henriksen, der ihnen vorausging, drehte sich zu ihr um und bestätigte die Frage mit einem kurzen Nicken.

»Das Gebäude ist abgestützt und stabilisiert worden, aber das hat Zeit gekostet, und deshalb sind wir mit den Untersuchungen jetzt auch hinterher. Es kann zur Folge haben, dass einige Spuren beschädigt wurden und somit unbrauchbar sind. Aber wir sind der Meinung, dass wir doch ziemlich viel Glück gehabt haben.«

»Gab es hier einen Aufzug?«, fragte Wagner und deutete auf ein großes Loch, das mit Brettern vernagelt worden war.

»Ja, den gab es. Aber der Schacht ist unbrauchbar.«

Haunstrup öffnete die Wohnungstür und betrat als Erster das Chaos. Ein Chaos, das bis vor wenigen Tagen das Zuhause eines Menschen gewesen war, was man noch deutlich sehen konnte. Im Flur hingen ein paar abstrakte Malereien an den Wänden und in der Garderobe ein paar leere Kleiderbügel. An einem der Ha-

134

ken hing eine Jeansjacke, und auf dem Boden darunter standen drei Paar Schuhe: ein Paar Nikes, ein Paar praktische, schwarze Halbschuhe von Ecco und ein Paar dunkelblaue Pumps.

Wagner und Lund mussten auf dem Weg durch den Flur in die Küche vorsichtig über Bretter und Glassplitter steigen. Die Mauer zwischen der Küche und dem Wohnzimmer war eingestürzt, reduziert auf einen Haufen Backsteine; auch die Wand zwischen Wohn- und Schlafzimmer war beschädigt, gezeichnet von einem großen, rußigen Loch; die Fenster waren allesamt weggesprengt worden, überall lagen Fragmente aus Holz und Glas herum, und die noch intakten Wände zierten schwarze Zungen des Feuers, die an ihnen geleckt hatten.

»Am besten bleiben wir hier stehen«, schlug der Techniker vor und zeigte auf das klaffende Loch im Boden des Wohnzimmers, durch das sie von der Küche aus sehen konnten. Ein großer Schlund, schwarz und kalt. Die Möbel im Wohnzimmer waren bei der Explosion durcheinandergeworfen worden: Das Sofa stand schief, ein Sessel war umgefallen und das Glas vom Couchtisch zerbrochen, so dass von ihm nur ein Stahlgerüst zurückgeblieben war.

»Was ist das denn?«

Wagner zeigte auf eine unförmige Metallvorrichtung neben dem Sofa.

»Das ist der Sauerstoffapparat. Laut Brandtechniker ist der bei der Detonation aufgrund der Druckwelle explodiert«, sagte Erik Haunstrup. »Wir haben ein paar Einzelteile mit ins Labor genommen, das Hauptgerät hier aber stehenlassen.«

Wagner nickte und ging vorsichtig durch den Raum. Wie immer fühlte er sich extrem lächerlich in dem weißen Schutzanzug und den blauen Plastiküberschuhen. Lena Lund, in identischer Montur gekleidet, folgte ihm.

»Gibt es Neuigkeiten?«, erkundigte sie sich bei den Kollegen und stahl ihm dadurch seine nächste Frage.

»Wir haben in der Küche ein benutztes Wasserglas gefunden. Das untersuchen wir auf DNA-Spuren.«

»Haben Sie darauf irgendwelche verwertbaren Fingerabdrücke entdeckt?«

Der Techniker schüttelte den Kopf.

»Da sieht es nicht so gut aus. Unter Umständen ist ein Abdruck zu gebrauchen, wenn wir uns ordentlich ins Zeug legen, aber es sind keine eindeutigen Spuren.«

»Der kann ja vor allem von jedem stammen, wenn wir davon ausgehen, dass sie schon länger hier gelegen hat«, sagte Lena Lund. »Der ist für uns also nicht weiter von Bedeutung.«

Wagner war da nicht ganz ihrer Meinung.

»Bitte prüft trotzdem alles nach, so gut ihr könnt«, mischte er sich ein. »Es kann immens wichtig werden, wenn ihr dann einen Abdruck findet.«

»Und sonst noch?«, fragte Lena Lund.

»Einen ziemlich verwischten Sohlenabdruck im Badezimmer.«

»Größe? Typ?«, hakte Wagner nach.

»Da können wir uns noch nicht festlegen. Aber wir arbeiten daran. Es ist keine Sohle einer bekannten Marke, die uns sofort ins Auge gesprungen ist. Aber wir haben sie ins ENFSI-Labor nach Den Haag geschickt«, erzählte Haunstrup.

Wagner nickte. Vielleicht konnte ihnen das Europäische Netzwerk für forensische Institute weiterhelfen. Es war zumindest einen Versuch wert.

»Aber ihr habt noch nichts von ihnen gehört?«

»Nein, noch nicht.«

»Könnte das nicht sogar ihr eigener Abdruck sein?«, schlug Lena Lund vor. »Oder ein alter Abdruck?«

Haunstrup schüttelte den Kopf.

»Klares Nein zu Teil eins der Frage. Adda Boel hatte eine sehr kleine Schuhgröße, und dieser Abdruck ist mindestens eine 40. Wir sind allerdings nicht sicher, wie alt der Abdruck ist, aber nicht mehr als höchstens ein paar Tage.«

»Warum?«, wollte Lena Lund wissen.

»Das Wetter. Am Dienstag hatte es geregnet, und den ganzen

Mittwoch hatten wir Dauerregen. Sonntag und Montag schien die Sonne wieder. Der Abdruck aber besteht aus Schlammpartikeln.«

»Mitten in der Stadt?«

»Draußen vor dem Gebäude gibt es Schlamm, wegen irgendwelcher Straßenarbeiten, die vergangenen Dienstag abgeschlossen wurden.«

Lena Lund verstummte. Wagner dachte kurz darüber nach, warum sie an die wenigen potentiellen Spuren nicht glauben mochte. Natürlich könnte sie mit allen Einwänden recht haben, und die Spuren waren allesamt unbrauchbar, aber ihnen blieb nun mal nichts anderes übrig, als mit dem wenigen zu arbeiten, was sie hatten. Und wenn ENFSI ihnen tatsächlich weiterhelfen konnte, könnte das den Durchbruch bedeuten. Das Netzwerk war ein etwas sonderbarer Verbund von internationalen Polizeitechnikern, in dem diese Informationen und Erkenntnisse austauschten. Er hatte es bei der Aufklärung eines Banküberfalls in Anspruch genommen, bei dem einer der Räuber dem Kassierer einen Zettel gegeben hatte, der eindeutig von einem Nichtdänen geschrieben worden war. Dieser Brief wurde einer Unterabteilung des Netzwerks vorgelegt, die sich unter anderem mit der Identifizierung von Handschriften beschäftigte. Der Durchbruch erfolgte, als die Untersuchungen ergaben, dass nach dem Täter sowohl in Holland als auch in Spanien bereits gefahndet wurde.

Er betrachtete Lena Lund aus dem Augenwinkel. Ihre verkrampften Schultern hatte sie bis fast unter die Ohren gehoben; ihr Körper strahlte Gegenwehr aus, die Arme vor der Brust verschränkt, die Beine fest zusammengepresst mit ausgestellten Füßen, die Hüfte vorgeschoben. Sie war hübsch, schön sogar, und er musste zugeben, dass er sich sehnlichst eine Frau im Team gewünscht hatte. Aber sein Gefühl sagte ihm, dass wie beim Märchen »Vom Fischer und seiner Frau« zwar sein Wunsch in Erfüllung gegangen war, aber gleichzeitig sein Schicksal damit besiegelt wurde.

»Was war mit der Wohnungstür? War die geschlossen?«, fragte sie.

»Ins Schloss gefallen, ja. Nichts deutet auf einen Einbruch hin.«

Lena Lund hatte schnell eine Schlussfolgerung zur Hand:

»Das Schwein«, zischte sie. »Das sind alles Hinweise auf einen Machtmissbrauch allerschlimmster Sorte. Sie muss den Täter gekannt und ihm vertraut haben. Womöglich ist er auch noch einer ihrer Pfleger.«

Wagner erwiderte nichts darauf, aber auf dem Weg zurück ins Präsidium, zum Treffen mit der Ermittlungsgruppe im Konferenzraum, überlegte er ununterbrochen, ob es wirklich so einfach war. Adda Boel war vollständig bekleidet gewesen, als man ihren Körper fand. Sie lag nicht nackt im Bett, umgeben von Anzeichen sexueller Aktivität. Die Explosion hatte ein Loch in das Stockwerk gerissen, und Adda Boels Körper war eine Etage tiefer gestürzt. Wenn sie tatsächlich in ihrem Wohnzimmer erwürgt worden war, warum hätte der Täter nach der Vergewaltigung so lange warten sollen, bis er sie umbrachte? Hatte er sich erst an ihr vergangen und sich danach gemütlich aufs Sofa gesetzt und gewartet – um sie dann irgendwann zu erwürgen? Das ergab keinen Sinn, allerdings wäre dieser Mörder nicht der Erste, dessen Handlungen unlogisch waren.

»Okay, lasst uns alles zusammentragen.«

Die Thermoskanne ging von einem zum nächsten, wie ein neugeborenes Baby, das herumgezeigt wurde.

»Was wissen wir alles über sie?«, fragte Wagner in die Runde.

»Adda Boel …«, hob Lena Lund an. Gut vorbereitet wie immer.

»… Ivar?«

Lund klappte der Mund zu. Wagner konnte das dumpfe Aufeinanderprallen der Kiefer fast hören. Er spürte auch ihren verärgerten Blick, aber das nützte nichts. Er musste auch andere zu Wort kommen lassen.

Ivar K lehnte sich zurück und warf Lena Lund ein Lächeln zu, wie eine Katze vor dem Mäuseloch.

»Adda Boel, neunundzwanzig Jahre alt, Frührentnerin. Sie ist mit fünf Vollwaise geworden und wuchs die meiste Zeit im Kinderheim oder in Pflegefamilien auf. Die Eltern starben jung an derselben erblichen Krankheit, an der auch Adda litt.«

»Keine weiteren Familienmitglieder?«, fragte Wagner.

Ivar K musste nicht einmal einen Blick in seine Aufzeichnungen werfen.

»Entfernte Verwandte, ja. Aber keine direkte Verwandtschaft, Geschwister oder Großeltern. Es gibt Tante und Onkel auf der Seite ihres Vaters, mit denen sie aber nie etwas zu tun gehabt hatte. Und eine Schwester ihrer Mutter, die in Deutschland lebt.«

»Ist sie auch krank?«, fragte Jan Hansen.

Ivar schüttelte den Kopf.

»Nein. Sie ist mit einem Deutschen verheiratet und arbeitet in der IT-Branche. Die Familie lebt in einem Vorort von Hamburg. Sie hat angegeben, dass sie Adda seit über zehn Jahren nicht mehr gesehen hat.«

»Und was hat sie noch erzählt?«, fragte Wagner.

Ivar K versuchte, mit seinem Nikotinkaugummi eine Blase zu machen, aber das gelang ihm nicht wirklich.

»Sie beteuerte mir gegenüber, wie furchtbar tragisch das alles sei. Das Schicksal der ganzen Familie sei furchtbar tragisch. Sie hatte Glück. Natürlich trägt sie die Erbanlage in sich und hat sich darum auch gegen eigene Kinder entschieden. Aber ganz augenscheinlich leidet sie unter einem großen Schuldgefühl und hat Zeit ihres Lebens das Bedürfnis gehabt, sich von Krankheit und Tod zu distanzieren.«

Eriksen nahm einen Schluck Kaffee und schlürfte vernehmlich.

»Das kann man eigentlich ganz gut verstehen.«

»Sie hat alles einfach verdrängt«, warf Lena Lund kühl ein. »Sie ist geflohen.«

Ivar K ignorierte ihre Bemerkung.

»Adda Boel war sehr engagiert und Vorstandsvorsitzende des dänischen Landesverbandes für die Bekämpfung des Alpha-1-Antitrypsin-Mangels, der wiederum Teil eines Dachverbandes ist, in dem mehrere, sogenannte seltene Krankheiten vereint sind.«

»Was gibt es noch?«, fragte Wagner. »Freunde, Nachbarn, Netzwerke, mit denen wir in Kontakt treten sollten?«

Ivar K legte seine Hände auf die Aufzeichnungen.

»Da ist nicht viel. Sie muss sehr einsam gewesen sein. Ein Nachbar gab an, dass sie erst seit etwa einem Jahr in der Øster-gade wohnte. Seinen Angaben zufolge war sie unauffällig, nett und leise.«

Wagner ließ die Worte unkommentiert im Raum stehen. Un-auffällig, nett und leise. Warum musste sie sterben?

»Wo hat sie denn vorher gewohnt?«, fragte Eriksen.

»In einer Wohnung im zweiten Stock ohne Aufzug in der Læssøesgade, aber sie kam nicht mehr die Treppen hoch. Wie wir alle wissen, verfügte das Haus in der Østergade über einen Aufzug.«

»Okay«, sagte Wagner. »Haben wir schon mit dieser Orga-nisation gesprochen? Alpha-1?«

Jan Hansen nickte, sein Kaffeebecher schwebte irgendwo zwischen Tischplatte und Mund.

»Ich habe mit ein paar Vorstandsmitgliedern gesprochen, aber ohne weitere Ergebnisse. Sie beschreiben sie als fleißig und engagiert, allerdings haben sie auch erzählt, dass sie zunehmend geschwächter von ihrer Krankheit war. Sie hat viel gekämpft, sich auch an die Presse gewandt, um die Freigabe eines be-stimmten Medikaments zu erreichen.«

»Eines, das hilft?«, fragte Eriksen.

Hansen strich sich mit der Hand über den Kopf, auf dem sich aus der ehemaligen Glatze eine Igelfrisur entwickelt hatte.

»Kann sein. Im Ausland wird es offensichtlich schon einge-setzt. Aber genau genommen … die Krankheit ist so selten, dass kein Pharmakonzern Geld in die Forschung steckt. Es lohnt sich ganz einfach nicht, eine Medizin für so wenig Erkrankte herzustellen.«

»Könnte einer aus diesem Kreis, in der Organisation ein Motiv gehabt haben, Adda Boel umzubringen?«, fragte Wagner seinen Kollegen.

Jan Hansen schüttelte den Kopf.

»Das kann ich mir nur schwer vorstellen. Sie war beliebt, beharrlich, aber wie ich bereits sagte, schon ziemlich geschwächt.«

Er sah die anderen an und wusste, was sie dachten. Sie wäre so oder so bald gestorben. Warum sollte jemand sie umbringen wollen?

»Wir müssen uns wohl oder übel auf die Vergewaltigungstheorie konzentrieren«, entschied er. »Es deutet alles auf Totschlag im Affekt hin. Unter Umständen kannte sie den Täter, aber aller Voraussicht nach war die Tat nicht geplant.«

»Yes!«

Lena Lund hatte die Faust in die Luft gestreckt. Etwas in Wagner protestierte.

»Wir sind hier nicht beim Handballspiel.«

Er hatte kaum die Worte ausgesprochen und die Auflehnung in ihrem Blick gesehen, als sein Handy klingelte. Paul Gormsens Stimme war wie Balsam für seine Seele.

»Wir haben ihn. Wir haben das DNA-Profil entschlüsselt. Treffer!«

»Habt ihr einen Namen?«

»Jepp, den haben wir.«

KAPITEL 25

Nie wieder. Nie wieder. Nie wieder.

Der Punchingball gab bei jedem Schlag nach. Francesca konnte nicht aufhören, das Leder mit Schlägen zu traktieren. Der Schweiß lief ihr über Stirn und Rücken. Sie verausgabte sich

so, damit die Gedanken über den Artikel und über die Gegen-
darstellung, die sie veröffentlichen musste, in eine hintere Ecke
ihres Bewusstseins geboxt wurden. Für eine kurze Zeit nur an
die Peripherie verdammt, während ihr ganzer Körper bei jedem
Schlag erzitterte.

Nie wieder.

Sie presste die Kiefer fest aufeinander, während sie den Punchingball auf seinen Platz verwies. Er war ihr unsichtbarer
Feind. Der Absender der Mail war dieselbe Person, die auch bei
ihr eingebrochen war, ihren Wagen in die Luft gesprengt und
der Presse die Geschichte mit der Putzfrau gesteckt hatte. Diese
Person hasste sie, und sie hasste diese Person.

»Ich muss schon sagen. Die sollten dich öfter mal in der
Presse anprangern!«

Lob von Kasper war so selten wie die Chance, ihn mit einem
geraden Fußtritt zu treffen.

Sie hörte auf zu schlagen und verschnaufte. Ihre Arme und
Hände prickelten. Aber zumindest war die blutrote Wut der
vergangenen Stunden verblasst, und sie hatte endlich wieder das
Gefühl, klar denken zu können.

»Komm, wir trainieren Paraden.«

Er griff sie von der Seite an, sie setzte den Beinhebel ein und
brachte ihn mit einem Karatewurf zu Boden. Dann kam er von
hinten, sie rammte ihm einen Ellbogen in den Magen und kon-
terte mit einem Schulterwurf. Dann attackierte er sie von vorne
und bekam einen harten Knietritt in sein Suspensorium.

»Verdammte Kacke, bist du auf hundertachtzig heute.«

»Wärst du das etwa nicht an meiner Stelle?«

Das Einzeltraining endete mit einer Übungsreihe für Fuß-
tritte. Hinterher gingen sie wie immer nach nebenan, um zusammen einen Kaffee zu trinken. Durch den warmen Kaffee-
dampf musterte sie ihn. Seit zehn Jahren trainierte sie jetzt schon
bei Kasper und hatte es bis zum gelben Gürtel in Tai Fu gebracht. Gelber Gürtel und drei Streifen. Sie hatte nicht mehr als
fünf Sekunden gebraucht, um den Vergewaltiger in jener Nacht

142

zu überwältigen. Fünf Sekunden, die sie jetzt fast bereute. Aber ihr Instinkt hatte die Führung übernommen, bevor sie nachdenken konnte. Aufgebaut und gestützt durch jahrelanges Training bei jenem Mann, der mittlerweile auch junge Polizeischüler in taktischer Selbstverteidigung unterrichtete. Es genügte nämlich nicht, ausgefeilte Kampftechniken zu lernen, bei denen der Gegenspieler mitspielte und kooperierte. Das ließ sich zu nichts gebrauchen, wenn man eines Tages vor dem unberechenbaren Gewaltverbrecher stand, das hatte sie am eigenen Leibe erfahren müssen. Deshalb kam sie hierher. Niemand sollte jemals wieder in der Lage sein, rein physisch die Gewalt über sie zu haben. Das hatte sie sich damals geschworen und bis zum heutigen Tage eingehalten.

»Warum erzählst du denen nicht einfach, dass du hier trainierst? Warum muss das so ein Geheimnis sein?«, fragte Kasper, mit dem sie schon vor Jahren ein Abkommen geschlossen hatte, dass ihre Einzelstunden eine Sache zwischen ihnen bleiben sollte. »Mir erscheint es leichter, es einfach zu sagen«, fügte er hinzu und ließ ein Stück Zucker in seinen Kaffee plumpsen. »Der muss ja ziemlich übel zugerichtet gewesen sein, dieser Vergewaltiger da.«

Sie hatte ihn mit einem Tritt in den Schritt ausgeschaltet, ihm den Ellenbogen ins Gesicht gerammt und es mit einem weiteren Tritt in den Brustkasten abgeschlossen. Es stimmte, so etwas erwartete man nicht von einem Politiker und schon gar nicht von einer fünfundvierzigjährigen Frau. Sie hätte unter Umständen das Maß an Gewalt reduzieren können, aber mit erhöhtem Risiko, dass es auf Kosten ihrer Gesundheit und der des Opfers hätte gehen können. Das kurze Verhör auf der Wache und die Aussage des Mädchens waren ausreichend gewesen, dass sie wieder auf freien Fuß gesetzt wurde. Aber auch die Polizisten hatten sie gefragt, warum sie dazu in der Lage gewesen war und wo sie ihr Können erworben hatte. Sie hatte ihnen eine Ausrede serviert.

»Das geht niemanden etwas an«, erwiderte sie ihrem Trainer.

Und das entsprach ihrer Haltung, die sie ihm von Anfang an mitgeteilt hatte. Damals, als sie das kleine Trainingsstudio entdeckt hatte und Kaspers Techniken noch in den Kinderschuhen steckten. Jetzt war er hot, vielleicht schon zu hot. Er hatte Erfolg. Er würde mit ihr sehr gut Reklame machen können, das wusste sie sehr wohl, wollte es aber nicht.

Er hob die Hand wie ein Verkehrspolizist an einer gefährlichen Kreuzung.

»Nein, schon gut, schon gut, wenn du das so willst. Ich verstehe es nur nicht. Aber das habe ich wohl nie getan.«

Sie lächelte, wusste, dass es kein freundliches Lächeln war.

»Es ist auch gar nicht mein Bestreben, dass du es verstehst. Du sollst es nur akzeptieren.«

Während sie das sagte, kam ihr der Gedanke, dass er es sein könnte. Es könnte jeder sein, also auch er. Aber, was wusste er über ihre Vergangenheit? Sie hatte ihm in all den Jahren nichts erzählt. Sie hatte niemandem jemals etwas erzählt. Und doch gab es einen Menschen, der ihre Geheimnisse kannte.

Kapitel 26

Es war nicht weit dorthin. Nur zwei Minuten von der Redaktion, eigentlich hatte sie schon viel früher gehen wollen. Aber sie hatte keine Kraft gehabt, das riesige Loch in der Häuserfassade anzusehen und sich an die Minuten der Gewissheit zu erinnern, dass Ida Marie dort in den Ruinen gelegen hatte. Ida Marie und ihr ungeborenes Kind.

Das Unglück war nicht eingetreten. Zumindest kein Unglück mit Ida Marie als Hauptperson. Aber ein abgewendetes Unglück war nicht gleichbedeutend mit Glück. Es war unheimlich, wie schnell man sich daran gewöhnte, dass fast alles so war wie zuvor.

Undefinierbarer Baulärm bildete eine Art Hintergrundmusik beim Anblick des verrußten, abgestützten Gebäudes. Sie sah

144

Wagner in Begleitung von Lena Lund den Tatort in der Østergade in seinem schwarzen Passat verlassen. Das Gefühl, das sich
tief in ihrem Inneren meldete, erinnerte sie bedenklich an Eifersucht. Fachlicher Natur natürlich, beruhigte sie sich. Ihr gefiel
es gar nicht, dass Lena Lund die Ermittlungsarbeit und Wagners
Aufklärungsprozess aus nächster Nähe verfolgen konnte. Es gefiel ihr einfach nicht, dass diese Frau neben ihm im Auto saß und
sein Vertrauen genoss.

So wie das rot-weiße Absperrband sie und andere Zivilisten
vom Tatort fernhielt, stand Lena Lund praktisch buchstäblich
zwischen ihr und Wagner und versperrte ihr den Zugang. Sie
hatten bisher immer eine irgendwie geartete Zusammenarbeit
gehabt, aber auf der letzten Pressekonferenz hatte er abwesend
und abweisend auf sie gewirkt und ihr kein einziges Mal in die
Augen gesehen. In der Regel hatten sie gegenseitig Nutzen voneinander. Aber sie hatte das ihr so vertraute Wohlwollen nicht
entdecken können. Auf der anderen Seite hatte sie auch keine
Neuigkeiten geliefert. Vielleicht war sie ja Teil des Problems.
Seit langem hatten sie nicht viel mehr als formellen Kontakt gehabt. Und ihre Entdeckung auf Facebook hatte sie auch nur mit
Bo geteilt. Sie hatte Ida Marie gegenüber kein Wort über Peter
Boutrup geäußert, ihre Freundin hatte keine Ahnung, wer das
war.

Auch Wagner wusste nichts von Peter Boutrup. Er hatte keine
Ahnung, dass er existierte. Er wusste also auch nicht, dass er
Dictes Sohn war. Und so war es ihr im Moment auch am liebsten. Sie sah keine Veranlassung, herumzuerzählen, dass ihr Sohn,
den sie als Säugling zur Adoption freigegeben hatte, wieder aufgetaucht war, nachdem er für Totschlag im Gefängnis gesessen
hatte. In ihrem Leben gab es genügend Missverständnisse und
Fehlschläge, um eine ganze Tafel vollzuschreiben, warum sollte
sie die allergrößte Niederlage lautstark verkünden?

»Geht es Ihnen wieder besser?«

Die Stimme kam von hinten. Sie drehte sich um und sah in
die freundlichen Augen eines beleibten Handwerkers in einem

weißen Overall über einem dicken, dunkelblauen Sweatshirt. Er hatte eine Zigarette in der Hand und nahm einen tiefen Zug.

»Ich erinnere mich an Sie. Ihnen ging es gar nicht gut an dem Tag.«

Er nickte zur anderen Straßenseite hinüber. Da erkannte sie ihn wieder, er war der Bauarbeiter, mit dem sie zusammenge-standen hatte, als die Feuerwehrleute die Tote gefunden hatten.

»Ja, danke, ganz gut.«

Hinter ihm erhob sich das Gerüst, das nach wie vor mit Plas-tikfolie verkleidet war, die im Wind flatterte. Einer seiner Kol-legen stand weiter oben auf einer Plattform und reinigte die gelben Backsteine mit einem Sandstrahlgebläse. Das war der Baulärm, der die Straße erfüllte.

»Sie war ein süßes Mädchen«, sagte er unvermittelt.

Dabei betrachtete er gedankenversunken das zerstörte Ge-bäude.

»Es ist eine Schande, dass so etwas passiert ist«, fügte er hinzu.

Plötzlich schoss ihr ein Gedanke durch den Kopf.

»Haben Sie eigentlich auch schon mit der Polizei gesprochen? Die sind doch bestimmt überall herumgelaufen und haben die Leute befragt?«

Er schüttelte den Kopf.

»Wir waren noch auf einer anderen Baustelle, die zuerst fer-tig werden musste. Oben am Marselis-Boulevard. Wir sind erst heute wiedergekommen. Die melden sich bestimmt bei uns, wenn sie etwas wissen wollen.«

»Aber Sie haben doch nichts Besonderes gesehen, oder? Ich meine, an dem Tag selbst?«

Sie hörte, wie neutral ihre Stimme dabei klang.

Er nahm einen weiteren Zug von seiner Zigarette. Dicte konnte förmlich sehen, wie er den Rauch bis tief in die Lungen einatmete, eher er ihn wieder ausstieß. Er hielt die Zigarette von sich weg und musterte sie.

»Eigentlich sollte man ganz damit aufhören.«

»Tja ...«

»Vor allem wenn man an diese Lungenkrankheit denkt, die sie hatte. Total am Ende war sie. Ging immer irre langsam mit ihren Einkaufstüten die Straße entlang, da haben wir auch mal geholfen.«

»Beim Tragen?«

»Ja, aber nur, wenn wir sowieso Pause gemacht haben. Das war ja nicht auszuhalten. Obwohl es einen Aufzug gab.«

Er senkte die Stimme.

»Ein paarmal hat sie uns als Dankeschön ein Bier ausgegeben. Das dürfen wir eigentlich nicht annehmen, Personalpolitik, Sie wissen schon! Darum haben wir es heimlich getrunken.«

Sein Lächeln war auch in der Stimme zu hören. »Doch, sie war echt in Ordnung.«

»Und an diesem besonderen Tag? Haben Sie die Frau da auch gesehen?«

Er schüttelte den Kopf.

»Und am Tag davor?«

»Na, das war doch das mit den Einkaufstüten. Sie hatte Gäste erwartet, hat sie uns erzählt. Sie sah ganz fröhlich aus.«

»Gäste …«

In diesem Augenblick klingelte Dictes Handy. Bos Nummer stand auf dem Display.

Irritiert nahm sie das Gespräch entgegen. »Ja?«

»Es gibt eine Pressekonferenz um drei«, verkündete er, sie hörte, dass er Auto fuhr. »Außerplanmäßig, es muss Neuigkeiten geben.«

Sie sah auf die Uhr. Es war Viertel vor.

»Ich komme.«

Sie drehte sich um, aber der Bauarbeiter hatte seine Zigarettenpause beendet und sich wieder auf den Weg zum Gerüst gemacht. Er wandte den Kopf und nickte ihr zu.

»Machen Sie es gut.«

»Warten Sie.«

Er blieb stehen. Sie suchte verzweifelt nach einer Formulierung, die nicht nach Journalistin klang.

»Sie wurde ein paar Stunden vor der Explosion umgebracht. Haben Sie davon gehört?«

Erneut schüttelte er den Kopf.

»Ich bin da im Moment nicht so auf dem Laufenden. Die Arbeit hat Vorrang, so viel wie geht. Sie wissen schon, die Krise.«

»Ich dachte ja nur, vielleicht haben Sie oder einer ihrer Kollegen etwas gesehen, was für die Aufklärung des Falles nützlich sein könnte? Eine Person, die in die Wohnung gegangen ist oder wieder herauskam, zum Beispiel.«

Sie warf die Hände in die Luft. »So was in der Art.«

Er starrte in die Luft. Ein Auto hupte, ein Radfahrer fuhr auf den Bürgersteig. Es war ein ganz normaler Tag, und die Straßen waren voll mit Menschen. Sie dachte zuerst, er hätte die Frage vergessen, als er plötzlich antwortete.

»Na ja, da war dieser Typ. Er ist ganz früh morgens aus dem Haus gekommen. Wir hatten gerade angefangen, dann war es wohl so gegen acht? Ich habe mir gedacht, dass er bestimmt der Gast war, von dem sie erzählt hatte.«

»Könnten Sie den beschreiben?«

Er gab eine Beschreibung, die auf jeden zweiten Mann gepasst hätte. Sie warf einen erneuten Blick auf die Uhr.

»Ich muss leider los. Sind Sie morgen auch noch hier?«

Er nickte und ging weiter. Dann rief er ihr über die Schulter zu: »Sie finden uns hier noch die ganze Woche.«

Sie zögerte einen Moment, ob sie ihm ihre Visitenkarte geben sollte, aber darauf stand, dass sie Journalistin war, und das fand sie unpassend. Für ihn war sie bisher nur eine Frau, die Opfer einer Bombenexplosion geworden war.

»Vielleicht sehen wir uns mal wieder«, sagte sie zum Abschied. »Und vielleicht fällt Ihnen noch etwas ein?«

Er nickte zwar, erwiderte aber nichts.

Die Pressekonferenz war sehr kurzfristig anberaumt worden, deshalb saßen auch nur eine Handvoll Journalisten und Fotografen im Saal des Polizeipräsidiums. Wagner und Hartvigsen performten wie gewohnt. Hinter ihnen hatten sich ein paar ihrer Teamkollegen postiert. Dicte fiel auf, dass Lena Lund einen gewissen Abstand zu ihnen hielt.

Bo war schon da, als sie eintraf. Er hatte in einem vertrauten Gespräch mit der kleinen Renate Rotkäppchen von der Zeitung *Stiftens* gestanden. Dicte hatte ihr diesen Spitznamen gegeben. Die beiden warfen sich das ausgelassene Lachen wie einen Ball hin und her.

Die Konferenz war ausgesprochen kurz. Wagner eröffnete sie. Dicte sah, dass sie die volle Ausrüstung dabeihatten, mit PowerPoint und Leinwand und allem Drum und Dran.

»Wir haben diese Pressekonferenz einberufen, weil sich neue Erkenntnisse in dem Adda-Boel-Fall ergeben haben.«

Die Zuhörer rutschten unruhig auf ihren Stühlen hin und her. Der Adda-Boel-Fall. Jetzt hieß er nicht mehr der Solarium-Fall, dachte Dicte. Adda Boel war befördert worden und hatte den Status einer wichtigen Leiche erhalten.

»Wir haben die Ergebnisse der DNA-Analysen der Spermaprobe, die wir in der Vagina der Toten, sowie der Speichelprobe, die wir auf ihrer rechten Brust gefunden hatten.«

Speichel und Sperma. Es gab keine Grenzen der Intimsphäre, die Ermittler in einem Mordfall einhalten mussten. Jedes noch so private Detail wurde enthüllt. Dicte hoffte tief im Inneren, dass sie in Frieden sterben durfte, wenn der Tag der Tage gekommen war. Und dass ihr Körper nicht von allen Seiten betrachtet werden würde, was eine Obduktion unweigerlich mit sich brachte. Wenn sie nicht ohnehin schon vorher vor Wut über Bos hemmungsloses Flirten krepierte. Rotkäppchen und er unterhielten sich nach wie vor, hatten aber jetzt ihre Stimmen gesenkt.

»Wir haben einen Treffer in unserer Datenbank gehabt, und darum suchen wir nach diesem Mann.«

Wagner klickte mit der Maus auf dem Bildschirm. Bo und Rotkäppchen verstummten. Dicte starrte auf die Leinwand. Plötzlich gab es keinen Sauerstoff mehr im Saal, sie konnte keine Luft holen. Bitte nicht. Nicht das auch noch.

»Peter Andreas Boutrup«, sagte Wagner. Sie hörte seine Stimme wie aus großer Entfernung und spürte, dass Lena Lund sie eindringlich beobachtete. »Er wurde letzten Mittwoch aus dem Staatsgefängnis von Ostjütland in Horsens entlassen, also am Tag des Mordes an Adda Boel oder am Tag davor. Das ist noch unklar. Seitdem hat ihn niemand gesehen.«

Wagner richtete seinen Blick auf die versammelten Journalisten.

»Wir fahnden nach ihm und stellen die Fotos ins Netz, damit Sie sie runterladen können.«

Mahnend fügte er hinzu:

»Er ist nicht irgendjemand. Er hat gerade vier Jahre wegen fahrlässiger Tötung abgesessen.«

»Wie sicher sind Sie, dass er es war?«, fragte der Kollege von *Politiken*.

Dictes Puls schlug so laut, dass sie die Antwort kaum verstehen konnte. Da spürte sie den Druck von Bos Hand auf ihrer Schulter.

»Lassen Sie es mich so formulieren: Wir würden uns sehr gerne mit ihm unterhalten.«

KAPITEL 27

Wagner hatte das Gefühl, dass ihn die Augen auf der Leinwand verfolgten, als er nach der Pressekonferenz die Unterlagen einsammelte. Dieser intensive Blick kam ihm so bekannt vor, aber obwohl er seine Erinnerung durchforstet hatte und alte Fälle durchgegangen war, die relevant sein könnten, war das Ergebnis gleich null. Er hatte noch nie zuvor mit dem gesuchten Peter Boutrup zu tun gehabt, weder beruflich noch privat.

Natürlich hatten sie die ganz große Maschinerie in Gang gesetzt. Der Mann musste so schnell wie möglich gefunden werden, alle verfügbaren Informationen über ihn mussten untersucht werden. Sein Team hatte bereits begonnen, alles zu überprüfen: seine Familienverhältnisse und seine letzte bekannte Adresse, seinen ehemaligen Arbeitsplatz und alle Details, die von Bedeutung sein könnten. Und ab heute mit Unterstützung der Presse.

Er betrachtete das Foto von Boutrup, das die Medien ab jetzt von der Website der Polizei herunterladen konnten. Blondes, wuscheliges Haar, blaugrüne Augen, hohe Wangenknochen. Aber er sah auch die Persönlichkeit, die sich hinter dieser formellen, frontalen Archivaufnahme verbarg. Man sah die Andeutung eines ironischen, distanzierten Lächelns, das dem Fotografen galt oder auch dem Rest der Welt. Aber da war noch was anderes. Das war ein Mann mit Geheimnissen, dachte Wagner, während er den Computer herunterfuhr. Irgendwie fühlte er eine gewisse Geistesverwandtschaft. Dieser Mann strahlte etwas aus, was so selten geworden war in diesen Das-Innere-nach-außen-stülpen-Zeiten: Er kämpfte mit einem persönlichen Konflikt, ein Kampf, den er austragen musste. Und das hatte sich in seinem Gesichtsausdruck niedergeschlagen.

Als das Foto von der Leinwand verschwand, war auch das Rätsel verpufft, und Wagner schüttelte den Kopf über sich selbst. Peter Andreas Boutrup wurde der Vergewaltigung und des Mordes bezichtigt, und er hatte bereits einen Menschen auf dem Gewissen. Es war dumm und äußerst unprofessionell, ihm andere Eigenschaften anzudichten als die Bereitschaft, Menschen zu töten.

Im Vertrauen darauf, dass seine Kollegen weiter an dem Fall Boutrup arbeiteten, folgte er der Aufforderung des Leiters der Kriminaltechnischen Abteilung und nahm den Aufzug in den vierten Stock des Gebäudes. Auf dem Weg überlegte er kurz, ob er Lena Lund hätte mitnehmen sollen. Er hatte sie dort bisher noch nicht vorgestellt. Warum hatte er sie nicht gebeten, ihn zu begleiten?

Eine mögliche Antwort schaffte nicht den Weg bis in sein Bewusstsein, bevor er den Finger auf die Klingel neben der immer verschlossenen Tür der Kriminaltechnischen Abteilung setzte.

Dahinter befanden sich diverse Beweismittel und Archive gesammelter Spuren, die im besten Fall eine ganze Reihe von Verbrechern zur Strecke bringen und sie für Jahre hinter Gitter schicken konnten.

Erlaubt war es, sich über die Namen der Beschäftigten so seine Gedanken zu machen. Zum Beispiel war es berechtigt, sich zu fragen, ob Per Bang aufgrund seines Namens zum Bombenexperten geworden war.

Dieser Gedanke löste zum Glück die fruchtlosen Spekulationen über Peter Boutrup und auch Lena Lund ab, als Wagner das Büro betrat, das Per Bang mit seinem Kollegen, dem Brandexperten John Henriksen teilte. Sie hatten ihn offensichtlich schon erwartet.

»Ich habe Haunstrups Anruf bei mir so verstanden, dass ihr was für uns habt?«

Er hatte zwar keinen Druck ausgeübt, aber die Frustration darüber, dass sie in Bezug auf die technischen Details bei der Bombenexplosion nach wie vor im Dunkeln tappten, hatte sich nicht gerade förderlich auf die Ermittlungen ausgewirkt. Es hatte sich angefühlt, als müsste man eine Gleichung mit mehreren Unbekannten lösen.

»Ja, verzeih, dass es so lange gedauert hat«, sagte Henriksen, als hätte er Wagners Gedanken gelesen. »Wir haben so schnell wie möglich gearbeitet, waren aber gezwungen, mehrere Instanzen einzuschalten. Diese Sache ist größer als sonst.«

Wagner murmelte halbherzig etwas von Verständnis. Jedes noch so kleine Detail hatte klassifiziert, rubriziert und identifiziert werden müssen. Die Kriminaltechniker traf keine Schuld, trotzdem war der Zeitverlust mehr als ärgerlich.

Per Bang übernahm das Wort mit einem Vortrag, der an Militärsprache erinnerte:

»Okay, in aller Kürze: Beide Bomben, in der Østergade und die im Parkhaus, waren Gasbomben; die Gasflaschen wurden zur Explosion gebracht, der zusätzlich Benzin zugeführt wurde, um gleichzeitig einen Brand zu erzeugen.«

»Gas?«, fragte Wagner nach. »So wie in London? Diese Bomben, die dann doch nicht explodiert sind?«

Bang nickte.

»Korrekt. Exakt so wie in London. Und auch an anderen Orten. Es ist eine sehr einfache Methode, eine Bombe herzustellen. Vorausgesetzt natürlich, der Scheiß funktioniert.«

Bang war ein muskulöser Typ, Mitte dreißig, bekannt für seine Direktheit, die ans Unverschämte, und für eine Gewissenhaftigkeit, die ans krankhaft Pedantische grenzte. Letzteres schlug sich in seinem Äußeren nieder, wo kein Haar an der falschen Stelle saß und der Anzug wie angenäht wirkte. Aber vor allem wirkte es sich auf seine Arbeit aus, und dort war es eine willkommene Eigenschaft, wenn es sich um so etwas Sensibles wie die Ursachen und den Verlauf einer Explosion handelte.

Der Brandexperte Henriksen war zumindest äußerlich das genaue Gegenteil. Er war schlank, allerdings ganz offensichtlich kein Sportler, und machte sich nicht besonders viel aus seiner Garderobe. Seiner Ansicht nach taten es auch ein paar Hosen vom Discounter und ein passendes Hemd. Aber das Pedantische und das Interesse am Detail teilten sie ebenso wie das Büro.

»Besonders in einer Hinsicht ein sehr außergewöhnlicher Fall, weil zwei Druckgasflaschen aus unterschiedlichen Ursachen explodiert sind«, bemerkte Henriksen und spielte auf die Sauerstoffflasche an.

Wagner nickte, während sich Bang mit präzisen Bewegungen einen Laptop auf den Schoß zog.

»Ich habe hier etwas, was du dir ansehen solltest. Setz dich!«

Wagner erwartete als Nächstes die Anweisung »Präsentier das Gewehr!«. Gehorsam ließ er sich auf den Stuhl neben Bang nieder und bekam einen Film vorgespielt.

»Das ist von einer arabischen Homepage«, erklärte ihm Per Bang. Auf dem Bildschirm erschien ein Soldat, der aussah wie ein al-Qaida-Krieger. »Die sehen verdammt noch mal alle aus wie die Jungs von der Band *Bagdad Dagblad*, aber da gewöhnt man sich dran.«

Die Bildqualität war nur mäßig, man konnte jedoch ohne Schwierigkeiten sehen, was der Mann vorhatte. Er benutzte Wachs, Kabel und ein Handy. Die Kamera zoomte näher heran, als der Mann eine Handvoll Streichhölzer nahm und den Schwefel der Zündköpfe pulverisierte. Das Ganze wurde dann auf eine sehr clevere Art und Weise zusammengebaut, die Wagner nicht ganz begriff. Am Ende des Films wurde eine Gasflasche auf einem Acker neben einem Auto zur Explosion gebracht. Hinterher schwenkte die Kamera auf das Auto beziehungsweise auf das, was davon übriggeblieben war: die Karosserie. Damit endete der Film.

Wagner saß einen Augenblick reglos auf dem Stuhl und versuchte, das Gesehene zu verdauen. Per Bang hob mit gewohnter Akkuratesse an, seinem Kollegen zu erklären, wie sie erst nach Räumung der Ruine und Untersuchung der Leichenfundstelle vorgegangen waren, um den Herd der Explosion zu ermitteln.

»Wir haben drei verschiedene Proben genommen. Zuerst mit einem trockenen Baumwollhandschuh, dann mit einem feuchten Baumwollhandschuh und schließlich mit einem Baumwollhandschuh, der mit Aceton getränkt war. Wir hatten keine großen Hoffnungen, eine Spur zu finden.«

Wagner nickte. Er wusste, wie flüchtig Sprengstoffe sein konnten. Innerhalb kürzester Zeit konnten Spuren verlorengehen, ganz einfach weil sie sich auflösten.

»Wir haben diese Handschuhe ins chemische Labor des Katastrophenschutzes geschickt. Dort haben sie Spuren von Kaliumchlorat von den Streichhölzern gefunden. Sie stammten vom Stutzen der Gasflasche. Wir haben vorhin den Bericht erhalten.«

»Wie schon erwähnt, war ein Benzinkanister an die Gasflasche montiert worden«, warf John Henriksen ein. »Man wollte einen maximalen Effekt erzielen, Explosion und Brandentwicklung.«

Wagner war sich noch nicht ganz sicher, ob er wirklich die

Vorgehensweise mit der Gasflasche begriffen hatte, wie sie ihm im Film gezeigt worden war.

»Gasbomben. Könnte ich das bitte noch einmal erklärt bekommen? So Schritt für Schritt?«

Per Bang hätte eine Auszeichnung in Pädagogik verdient. Oder eben für seine Beschreibung von Bombenbauplänen, dachte Wagner, als ihm alles mit einer Geduld erklärt wurde, die umgekehrt proportional zur Erschütterungsempfindlichkeit von Nitroglyzerin war.

»John und die anderen haben bei der Untersuchung Reste einer Gasflasche gefunden. Sie hat 12 Liter gefasst. Schwer. Aber sie kann ohne weiteres in einem Rucksack transportiert werden, und du kannst sie einfach so im Bauhaus kaufen.«

In Wirklichkeit klang das alles wie eine Einkaufsliste für einen neuen Film über die Olsenbande. Per Bang beschrieb, wie einfach es für jeden sei, sich eine kleine Glühbirne, den Schwefel von Streichhölzern, Wachs, Kabel und ein Handy zu besorgen. Die Vorgehensweise bestand darin, den Schwefel mit Wachs zu versiegeln, in einem Behälter an der Gasflasche zu befestigen und ihn mithilfe eines Handys zu entzünden.

»Zwei Kabel werden im Handy angebracht, dann stellt man es auf Vibrationsfunktion«, sagte Bang. »Wenn du das Handy von einem anderen Telefon aus anrufst, aktivierst du den Mechanismus, der das Vibrieren auslöst. Das wiederum liefert der Glühbirne Strom, die ihrerseits den Schwefel entzündet, das Stearin fängt Feuer, und das gelangt dann in das flüssige Gas.«

»Und bang«, murmelte Wagner.

»Bang«, sagte Bang. »Du hast es ja eben im Film gesehen. Da steckt Wumms dahinter.«

»Genug, um bis ins nächste Stockwerk zu schießen?«

Sie hatten das Problem schon in der SOKO diskutiert. Was hätte genug Druck entwickeln können, um bis in Adda Boels Wohnung zu rasen und sie fast bis zur Unkenntlichkeit zu entstellen?

»Ausreichend. Wenn man eine Gasbombe baut, ersetzt man am besten einen Teil des Gases mit Sauerstoff. Dadurch kommt es zu einer Detonation und nicht nur zu einer Verbrennung. Und der Effekt kann noch zusätzlich durch die Zugabe von Acetylen verstärkt werden.«

»Acetylen?«, fragte Wagner.

»Das ist ein Schweißgas.«

»Habt ihr davon auch Spuren gefunden?«

Bang schüttelte den Kopf.

»Acetylen lässt sich nach einer Sprengung nicht mehr nachweisen. Aber in Anbetracht der Sprengkraft würde ich sagen, dass aller Wahrscheinlichkeit nach Acetylen mit im Spiel war.«

Per Bang stand auf und holte mehrere Plastiktüten mit Gegenständen aus einem Schrank, die er auf seinen Schreibtisch legte.

»Hier. Das hier ist ein Schaltkreislauf eines Handys, den wir ganz in der Nähe der Gasflasche gefunden haben.«

Er hielt eine der Tüten Wagner hin, der sich den Inhalt genau ansah.

»Das ist ein Prepaid-Handy«, erklärte ihm Henriksen. »Es ist praktisch unmöglich, die zurückzuverfolgen.«

»Und das hier«, Bang zeigte ihm eine andere Tüte, »das ist der Verschluss einer Gasflasche. Der wurde mit einem unglaublichen Druck bis ins erste Stockwerk geschossen und hat vermutlich – nun bin ich kein Rechtsmediziner, aber ich würde vorschlagen, unser Herr Gormsen sollte da mal einen Blick drauf werfen – dem Opfer die Halsverletzungen zugefügt, die im Obduktionsbericht beschrieben wurden.«

Henriksen spielte seine technische Trumpfkarte aus:

»Das Feuer infolge der Explosion hat sich sehr schnell in den ersten Stock ausgebreitet und die Sauerstoffflasche des Opfers erhitzt, die kurz darauf ebenfalls explodiert ist. Vielleicht wurde dieser Vorgang noch beschleunigt durch das Austreten von Sauerstoff aus einem defekten Schlauch.«

Der Brandexperte schob die Plastiktüten beiseite und verteilte einen Stapel Fotos auf der Tischplatte. Die Bilder der Zerstörung in der Østergade starrten Wagner an.

»Wie schon gesagt, haben wir Spuren von Benzin gefunden. Wir haben Brandproben gesichert und die zum Technischen Institut geschickt, die unsere Annahme bestätigt haben.«

Mit der Spitze seines Kugelschreibers zeigte er auf eine Stelle bei einer der Aufnahmen.

»Hier haben wir das Benzin gefunden.«

Bang zeigte auf einen Punkt in unmittelbarer Nähe.

»Und hier hat die Detonation stattgefunden. Der Benzinkanister stand also direkt neben der Gasflasche.«

Wagner lehnte sich zurück und versuchte, das alles mit größerer Distanz zu betrachten.

»Und wer hat das eurer Meinung nach getan? War das Ziel, jemanden zu töten? Oder alternativ: War das Ziel, einen begangenen Mord zu vertuschen, der mit bloßen Händen verübt wurde?«

Die beiden Technikexperten saßen einen Augenblick schweigend da. Das war nicht ihr Terrain, das wusste Wagner nur zu gut. Sie konnten einfach eine Antwort verweigern und würden trotzdem ihre unangefochtenen Positionen als Experten behalten. Es konnte ihnen sogar vollkommen gleichgültig sein, aber das war es ihnen eben nicht.

»Jeder kann an die Dinge kommen, die man dazu benötigt«, brach Bang das Schweigen. »Natürlich ist es naheliegend, an arabische Immigranten zu denken, aber diese Homepages kann jeder einsehen.«

Henriksen sammelte seine Fotos wieder ein und steckte sie zurück in die Klarsichthülle.

»Das wäre ein ganz schönes Wagnis, zu glauben, dass man so einen Mord vertuschen könnte. So präzise kann dieser Verschluss nicht treffen, unter keinen Umständen. Aber eines ist klar, die Explosion hat zuerst die Aufmerksamkeit von dem Mord genommen und ganz eindeutig einen Großteil der Spuren vernichtet … Wer weiß?«

Wagner stand auf. »Auf jeden Fall muss es dem Mörder sehr entgegenkommen, dass der Tatort dermaßen verwüstet und die Spurensicherung dadurch ungleich schwieriger wurde.«

»Ich habe gehört, es gibt Aufnahmen von einer Überwachungskamera?«, fragte Bang. »Ein Mann mit einem Rucksack ist darauf zu sehen?«

Wagner nickte.

»Ja, wir suchen noch nach ihm. Eine Theorie geht davon aus, dass ihm bei der Flucht ins Ausland geholfen wurde, darum müssen wir uns wohl an Interpol wenden.«

»Nichts für ungut«, warf Bang ein. »Aber die Bombenleger in London hatten auch ihre Gasflaschen in Rucksäcken transportiert.«

Wagner wandte sich zum Gehen. Er musste an den Mann mit dem Rucksack denken, und gleichzeitig tauchten die Bilder von Alexander auf, von einem Kaufhausdetektiv auf frischer Tat ertappt. Wie kurz war der Weg von der einen falschen Handlung zur nächsten? Was für einen Impuls hatte einen jungen Mann dazu bewegt, sich mit Sprengstoff und einem Handy ausrüsten zu lassen? Alexander hatte ihm ins Gesicht geschrien, dass er Bock gehabt hatte, zu stehlen. Würde er auch eines Tages einfach Bock haben, eine Bombe zu zünden? Aber warum? Weil er sich der Macht gegenüber ohnmächtig fühlte? Weil ihn sein eigener Vater verhörte und verdächtigte? Machte gerade diese Machtausübung es den jungen Menschen so schwer, zwischen richtig und falsch zu unterscheiden?

Der unerträgliche Gedanke meldete sich, dass er eines Tages gezwungen sein könnte, seinen eigenen Sohn festzunehmen. Er hoffte inständig, dass er dann selbst in der Lage sein würde, zu wissen, was richtig und was falsch war.

Er zog die Tür hinter sich zu und kehrte in sein Büro zurück.

KAPITEL 28

»Er kann doch auch unschuldig sein.«

Dicte pulte am Etikett der Wasserflasche. Bo starrte sie mit einem Gesichtsausdruck an, den sie als ungläubig deutete.

»Also, theoretisch gesehen«, fügte sie hinzu. »Es gibt doch keine Zeugen. Und man ist schließlich so lange unschuldig, bis einem das Gegenteil bewiesen werden kann.«

Bo schwieg und studierte sehr interessiert die Speisekarte. Sie waren im Café Viggo an der Flusspromenade vom Århus Å. Die Pressekonferenz war erst zwanzig Minuten her, und Dicte fühlte sich, als wäre sie von einem großen schwarzen Loch verschluckt worden.

»Ich habe nicht gesagt, dass du ihn anzeigen sollst«, verteidigte sich Bo, nachdem sie zwei belegte Sandwichs bestellt hatten, obwohl Dicte genau wusste, dass sie keinen Bissen herunterbekommen würde. »Aber du solltest dir darüber im Klaren sein, was es bedeuten könnte, wenn du schweigst.«

»Bedeuten?«

Sie wusste genau, was er damit meinte, aber die Gedanken an mögliche Konsequenzen schob sie weit von sich. Sie hatte ja nichts getan. Und hatte auch keine Kenntnisse darüber, dass ihr Sohn etwas getan hatte – außer sich mit seiner Schwester via Facebook zu verabreden, und das war nicht strafbar. Es war ebenfalls nicht strafbar, seine Mutter zu sein. Und diese Tatsache war keine Information, zu deren Bekanntgabe sie verpflichtet war.

»Wenn du Informationen zurückhältst, die zur Aufklärung eines Mordes beitragen können, ist das wahrscheinlich irgendeine Straftat. Aber was weiß ich schon?«

Plötzlich sah er sie mit müdem Blick an.

»Du bist doch die Kriminalreporterin von uns beiden.«

»Aber was soll es ihnen nützen, wenn ich erzähle, dass er mein Sohn ist? Ich kenne ihn doch gar nicht. Ich habe ihn nur ein paarmal gesehen.«

Sie hörte die Sturheit in ihrer Stimme und verfluchte diese Situation. Aber sie musste an dem festhalten, was sich für sie richtig anfühlte. Sie musste an Lena Lund und ihre Methode der autoritären Machtausübung mit unterschwelligen Drohungen denken. Sie hasste so etwas. Wagner war in Ordnung, aber was hätte er eigentlich noch sagen müssen? Ihr Gefühl sagte ihr, dass Lena Lund wie eine hungrige Löwin im Hintergrund lauerte und darauf wartete, dass der Löwe keinen Hunger mehr hatte, um sich dann endlich aufs Fleisch stürzen zu können. Niemals würde sie ihren Sohn dieser kleinen selbstgerechten Person vor die Füße werfen, mit ihren perfekten Zähnen und egoistischen Zielen.

»Was würdest du tun an meiner Stelle?«

Bo hob die Augenbrauen und trank einen Schluck von seinem Kaffee, schwarz, ohne Zucker.

»Wenn zum Beispiel Tobias wegen eines schweren Verbrechens gesucht werden würde?«, spielte sie auf Bos Sohn an, der schon Teenager war. »Würdest du dich vorher nicht erst einmal selbst mit ihm unterhalten wollen?«

»Bevor ich was?«

»Na, bevor du zur Polizei gehen würdest.«

Bo lächelte ihr über den Rand seines Kaffeebechers zu.

»Ich würde nicht im Traum daran denken, wegen einer Sache, die mein Sohn gemacht haben soll, zur Polizei zu gehen.«

»Und wenn er verschwunden ist?«

»Dann würde ich ihn suchen und finden. Und die Wahrheit herausbekommen.«

»Und wenn er schuldig ist?«

Jetzt hatte sie ihn. Sein Blick begab sich auf Wanderschaft durch das Restaurant, und sie spürte mit großer Zufriedenheit, wie das Band zwischen ihnen dadurch an Stärke gewann.

»Kann man nicht in unterschiedlichem Maße schuldig sein?«, Bo wand sich. »Ich würde auf jeden Fall alles tun, um einen Teil seiner Schuld von ihm zu nehmen. Ich glaube, das ist so ein Naturgesetz.«

Ihre Sandwichs wurden serviert. Bo stürzte sich gierig auf seins.

»Aber hattest du nicht von Anfang den Verdacht, er könnte was mit der Bombe im Solarium zu tun haben? Wegen Facebook und alldem. Das heißt, das Ergebnis dieser DNA-Analyse …«, er vermied das Wort »Sperma« und dafür war sie ihm sehr dankbar, »… ist eher die Bestätigung deines Verdachts.«

»Ich habe ihn nicht der Vergewaltigung und des Mordes verdächtigt!«

»Nein, aber du hast ihn verdächtigt, die Bombe installiert zu haben, und hast sogar vermutet, dass er dich in die Luft sprengen wollte, obwohl mir da noch immer das Motiv fehlt.«

Sie klappte ihr Sandwich auf und inspizierte die Schichten aus Schinken, Käse und Salat. Aber ihr Mund öffnete sich nicht, um hineinzubeißen, sondern lediglich, um jenes Kind zu verteidigen, das sie vor Jahren im Stich gelassen hatte.

»Er hat genügend Gründe, wütend auf mich zu sein. Ich bin seine Mutter und habe ihn weggegeben. Ich wollte ihn nicht haben.«

»Du konntest ihn nicht behalten«, korrigierte sie Bo. »Das ist ein wesentlicher Unterschied. Hör bitte auf mit deinen Selbstvorwürfen.«

»Ich versuche, mich nur in ihn hineinzuversetzen.«

Rein theoretisch wusste sie, dass sie nicht die Schuld für sein missglücktes Leben übernehmen konnte. Sie wünschte sich, dass sie sich selbst eines Tages dazu überreden könnte, das auch tatsächlich zu glauben. Gleichzeitig wusste sie, dass auch er seine Vorwürfe gegen irgendjemanden richten musste. Und dass er in seinem Weltbild, ohne zu zögern, seine eigene Mutter erschießen konnte, die ihn als Säugling weggegeben hatte.

Bo streckte seine Hand aus und griff nach ihrer.

»Wie ich schon sagte, eines ist jetzt wichtiger denn je: Du musst ihn finden, unbedingt.«

Sie dachte an das Foto, das ab jetzt allen zur Verfügung stand. Es war keine gute Aufnahme, aber man konnte sein kantiges Gesicht, die hohen Wangenknochen und das schulterlange, fast weiße Haar erkennen. Bo hatte recht. Auch wenn der eigene Sohn das größte Verbrechen begangen hatte, würde man immer den Wunsch haben, seine Version der Geschichte zu hören. Und das traf offensichtlich auch zu, wenn dieser Sohn als Baby zur Adoption freigegeben wurde und schon längst die dreißig überschritten hatte. Sie hatte keine große Lust, Peter Boutrups Geschichte zu hören, wenn sie tatsächlich von Vergewaltigung und Mord handelte, zusätzlich zu der Tat, für die er im Gefängnis gesessen hatte. Aber sie musste das tun. Sie hatte auch keine Lust auf eine Konfrontation mit ihm. Sie wollte ihm nicht gegenübersitzen und als schlechte und unzuverlässige Mutter beschimpft werden, die ihr Kind im Stich gelassen hat. Sie wollte nicht in den Sumpf seines erbärmlichen Lebens gezogen werden und seiner Hartherzigkeit und seinem eiskalten Blick ausgesetzt sein. Aber sie musste das tun. Sie musste ihn unbedingt finden.

Sie legte ihr Sandwich auf Bos Teller und stand auf.

»Gehst du?«

Sie griff nach ihrer Jacke, warf sich die Tasche über die Schulter und nickte.

»Bon appetit.«

Zurück in der Redaktion druckte sie Boutrups Foto aus und schrieb mithilfe der Angaben auf der Homepage der Polizei, so kurz und knapp es ging, ein paar Notizen über die Person des Gesuchten auf.

Davidsen kam näher und sah ihr über die Schulter.

»Also, so sieht dieser Penner aus. Wie doof kann man eigentlich sein? Kaum aus dem Knast raus und gleich das nächste Ding gedreht. Hat man so was schon mal gehört?«

Eine sarkastische, verletzende Antwort lag ihr auf der Zunge, aber Dicte schluckte sie hinunter.

»Schon komisch, man kann es ihm nicht ansehen!«

Cecilies Neugier hatte sie einmal quer durch den Raum zu Dictes Schreibtisch getrieben.

»Was ansehen?«, fragte Dicte.

»Na, dass er pervers ist«, erklärte Cecilie, »und Spaß daran hat, eine wehrlose Frau zu vergewaltigen und sie hinterher auch noch zu töten. Das ist doch wohl pervers!«

Dicte las ein letztes Mal ihren Artikel durch, drückte dann auf »Senden«, und steckte das Foto in ihre Tasche. Dann setzte sie sich ins Auto und machte sich auf den Weg nach Ry.

KAPITEL 29

»Weißt du eigentlich, dass nach dir gefahndet wird?«

Eine Hand streckte sich durch den Türspalt, packte ihn am Kragen und zog ihn in die Wohnung. My und Kaj folgten ungefragt nach.

»Was soll das heißen, gefahndet?«

Als gäbe es nicht schon genug Leute, die ihn suchten. Sollten sich die Bullen da jetzt auch noch einmischen?

Die Hand ließ ihn los und legte sich auf seinen Arm. Lange, scharfe und knallrote Nägel bohrten sich durch die Jacke, und Lulus Körper presste sich gegen seinen. Sie hatte sich eine lange Strickjacke übergeworfen, aber er wusste genau, dass sie darunter ihre Arbeitskleidung trug: Korsage, Stringtanga, Strapse und halterlose Strumpfhosen. In der Regel in derselben Farbe wie ihr leuchtend roter Lippenstift.

»Habe ich vor kurzem im Radio gehört. Die verdächtigen dich wegen Vergewaltigung und Mord. An dieser Toten da in der Stadt.«

»Adda«, sagte My und tanzte auf einem Bein. »Das stimmt nicht. Hat keine Richtigkeit. Voll falscher Dampfer. Er tötet keine.«

»Nee, klar …« Lulu sah dennoch skeptisch aus. »Das habe ich ja auch gar nicht gesagt. Die Bullen sagen das. Die Presse.«

My verzog ihr Gesicht zu einer Grimasse: »Presse. Pisspresse. Bekloppte Idioten. Können nicht bis zehn zählen oder richtig buchstabieren … KAMEL zum Beispiel …«

»Kamel? Warum denn ausgerechnet Kamel?«, fragte Lulu, ohne auf eine Antwort zu warten und offensichtlich mit Mys Sprachlabyrinthen vertraut. »Ich habe gleich einen Kunden, ihr müsst noch einen Augenblick warten. Aber in der Zwischenzeit: Im Badezimmer findest du allerlei Kram. Wenn ich du wäre, würde ich zusehen, ein bisschen Haare und Bart loszuwerden.«

Sie legte den Kopf auf die Seite und musterte ihn kritisch.

»Oder vielleicht nur eins von beiden. Die Haare, würde ich sagen.«

»Kamel. Karamell. Camel«, sagte My auf und war so bei Catos Lieblingszigarettenmarke gelandet. Auf diese Weise hatte alles eine mystische Bedeutung, was aus Mys Mund kam.

Sie wurden durch den Flur in einen kleinen Raum geführt.

»Miriam ist in der Klinik. Sie kommt bald.«

Als Lulu das sagte, spielte die Türglocke die erste Strophe eines alten deutschen Schlagers, dessen Titel sich im Nebel der Geschichte verlor, so wie auch Lulus Herkunft. Deutsch war sie, ja, aber woher stammte sie, und wie war sie hierhergekommen? Aber was sollte daran schon spannend sein? Sie hatte Cato aufgenommen, als ihn niemand wollte. Sie hatte ihm ein Zuhause gegeben, diese Wohnung in der Anholtsgade, und ihn mit Gratissex und freier Kost und Logis am Leben gehalten. Bis zum heutigen Tag.

Lulu ließ sie stehen. Im Flur hörten sie die Stimmen. Lulus rauchige Frauenstimme und die Stimme des männlichen Kunden, ein leiser, vorsichtiger Sopran. Kurz darauf hörten sie die dazugehörigen Geräusche aus dem Schlafzimmer. My sah aus, als wäre sie taub geworden. Oder, dachte er, sie war im Laufe der Monate abgestumpft, in denen sie sich durchgeschnorrt hatte und hier und da auf einem Sofa mit Kaj hatte schlafen dürfen. Sie schnappte sich eine Zeitschrift, er ging ins Badezimmer. Dort stand tatsächlich genug Zeug herum, mit dem man sich alle möglichen Haare entfernen konnte, elektrisch und manuell. Er starrte sein Spiegelbild an und sah einen Fremden. Lulu hatte recht gehabt. Die Haare mussten ab. Einmal den Schädel glattrasiert und den Bart gestutzt, der einen Großteil des Gesichtes bedeckte. Das war dringend nötig.

Der Kunde war bereits wieder gegangen, als er das Badezimmer verließ. Lulu sah frisch und sauber aus und strich ihm anerkennend über die Wange. Sie hatte nach ihrer Sitzung ein wenig Parfum aufgelegt.

»Stammkunde?«

Sie nickte. »Zweimal die Woche. Er ist immer pünktlich, weiß genau, was er will, und bezahlt, ohne zu meckern.«

»Klingt nach einem Traumjob. Ist er schon älter?«

»Das genaue Gegenteil. In den Dreißigern. So ein IT-Typ. Hat mir mal gesagt, er sei zu beschäftigt, um eine Freundin zu haben. Er hat es lieber unkompliziert.«

»Wo ist Cato?«

Lulu nahm ein altmodisches goldenes Feuerzeug vom Couchtisch und zündete sich eine Zigarette an.

»Zigaretten holen.«

Dann bekam ihre Stimme einen hellen, fast frechen Klang. »Camel«, fügte sie hinzu und warf My einen Blick zu, die wiederum ihren Hab-ich-doch-gesagt-Gesichtsausdruck aufsetzte.

Lulu ließ sich auf einen Sessel mit Blumenbezug fallen, schlug die Beine übereinander und wippte mit dem Fuß, der in den hochhackigen Pumps steckte. Sie war Anfang vierzig, sah aber aus wie eine künstlich gepflegte Granate mit straffer Haut und Kussmund. Nur ihre Augen sahen älter aus, sogar älter, als sie tatsächlich waren.

»Ganz ehrlich. Das ist jetzt zehn Tage her. Keine Erklärung. Gar nichts. Nur das mit den Zigaretten hat er gesagt, aber natürlich ist das irgend so ein kranker Witz von ihm.«

Er setzte sich neben My aufs Sofa, Kaj hatte es sich schon länger unter dem Couchtisch auf dem Teppich bequem gemacht.

»Und du hast seitdem nichts gehört? Weißt nicht, wo er sich aufhält?«

Sie schüttelte den Kopf und stieß gleichzeitig Rauch aus.

»Und als Nächstes fragst du bestimmt, warum er abgehauen ist.«

»Warum ist er abgehauen?«

»Rache«, antwortete My. »Der alte Traum von Rache. Der alte Plan von Gerechtigkeit.«

Gierig nahm Lulu einen Zug von ihrer Zigarette.

»Er hatte gerade einen Entzug gemacht und war seit Monaten clean.«

My rollte mit den Augen. Eine wortlose Geste, die mehr als deutlich davon erzählte, dass bisher jeder Entzug von Cato nur genau bis zur nächsten Flasche, der nächsten Tablette oder der nächsten Kippe gehalten hatte.

»Und ob er durchgehalten hat«, sagte Lulu mit Nachdruck und öffnete für einen kurzen Moment die Tür in ihr privates Seelenleben einen Spaltbreit. Aber sie hatte jahrelange Übung darin, diese Türen schnell wieder zuzuschlagen, und das tat sie dann auch. »Es lief alles super. Morgens stand er auf, las Zeitung oder sah fern und half, so gut er konnte. Er ging einkaufen oder setzte sich unten ins Café am Mølleparken, trank Kaffee und aß was Süßes und kam dann spät am Nachmittag zurück.«

Nachdenklich betrachtete sie den Rauch ihrer Zigarette, der zur Zimmerdecke zog. Hatte sie Cato wirklich geliebt? Ganz bestimmt. Cato hatte die ungewöhnlichsten Typen von Frauen angesprochen, Lulu war in vielerlei Hinsicht der mütterliche Typ.

»Und dann, eines Tages …?«

»Ja, eines Tages fing er an, von dir zu sprechen, von deiner Entlassung und euren Plänen.«

Glänzende Augen sahen ihn an. »Er dachte ja die ganze Zeit, dass du noch dabei bist. Du warst sein verficktes Vorbild.«

Das war ein Vorwurf, aber den konnte er wegstecken.

»Er hatte mich in Horsens besucht, zwei Tage vor meiner Entlassung. Wollte, dass ich mitmache, hatte aber überhaupt keinen richtigen Plan. Da wusste ich nicht, dass er schon von hier abgehauen war, davon hat er nichts erzählt.«

My und Lulu starrten ihn an. Sogar der Hund fixierte ihn mit den Augen.

»Ich bin nicht mehr so wie früher.«

Er streichelte den Hund, in der Hoffnung, wenigstens von ihm ein wenig Solidarität zu erfahren. »Vier Jahre hinter einer Tür ohne Klinke. Da hat man viel Zeit, nachzudenken.«

Lulu zog die Augenbrauen zusammen und wischte sich Tabak aus dem Mundwinkel.

»Ja, das hat man wohl.«

»Nicht wohl. So ist es. Mir ging es so. Und das Fazit davon ist, dass das Leben zu kurz ist.«

Er holte tief Luft und sehnte sich zurück in den Wald mit der frischen Luft, statt Lulus Rauch einzuatmen. Er sehnte sich nach den Bäumen und dem Lichtspiel zwischen den Stämmen. Und der Dunkelheit, die sich am Abend über alles senkte.

»Das Fazit ist, dass ich nicht länger mit dabei bin.«

Er senkte den Blick und sah auf seine Hände, die den Hund streichelten. Er wusste, dass er diesen Satz korrigieren musste, obwohl er diese ganze Situation unerträglich fand. »Das Fazit *war*, dass ich schon lange nicht mehr mit dabei *war*.«

Er ließ den Hund los und breitete die Arme aus.

»Und dann ist das alles passiert!«

In seinem Kopf türmten sich die Einzelheiten zu einer explosiven Mischung auf: Adda, das Solarium, Mys Erscheinen und Catos Verschwinden. Und jetzt noch die Tatsache, dass nach ihm gefahndet wurde.

Lulu lächelte.

»Und jetzt wirst du gezwungen, dich wieder mit etwas zu beschäftigten, dem du eigentlich den Rücken kehren wolltest?«

»Ja, so in der Art.«

»Hast du wirklich geglaubt, dass das einfach so geht? Sich abwenden? Euren gemeinsamen Plänen und Versprechen den Rücken kehren?«

Für seinen Geschmack wusste sie entweder zu viel, oder sie bluffte gut. Er versuchte, gleichgültig auszusehen.

»Das hat unsere Vergangenheit zerstört. Soll es jetzt auch noch unsere Zukunft zerstören dürfen?«

Wortlos sah sie ihn an, aber er konnte ihre Gedanken lesen. Sie machte ihm Vorwürfe. Weil er als Einziger von einer Zukunft sprechen konnte. Die anderen hatten keine. Nicht mehr.

Kapitel 30

»Im Kreisverkehr nehmen Sie bitte die zweite Ausfahrt.«

Dicte lenkte ihren Fiat, wie ihr geheißen wurde. Die GPS-Dame schien sich ihrer Sache sicher zu sein, aber es half ihr nicht viel. Dicte verfuhr sich trotzdem, musste umdrehen und zurückfahren, bis sie endlich die richtige Abfahrt ins Stadtzentrum von Ry fand.

Zentrum war vielleicht ein bisschen zu hoch gegriffen. Ry war ein winziges Städtchen, das von den Seen Knudssø, Ramsø, Rye Mølle Sø und dem Großen Mossø umgeben war, Letzterer der zweitgrößte seiner Art in Dänemark. Mit seiner umwerfend schönen Natur, sanften Hügeln und den schönen Tälern verlieh es dem Begriff »Provinzloch« eine vollkommen neue Dimension. »Atemloch« war angemessener, wie eine grüne Lunge lag es da, und wäre sie besserer Laune gewesen, hätte sie diesen Ausflug bestimmt genossen.

Aber die hatte sie nicht, und darum genoss sie ihn auch nicht. Sie parkte neben dem Bahnhof, schnappte sich ihre Tasche und steuerte die Hauptstraße hinunter direkt auf das Ry-Park-Hotel mit seiner dominanten roten Fassade zu. Sie schob die Eingangstür auf, trat an die Rezeption und kam sich vor wie ein Idiot in einem schlechten amerikanischen Film, als sie sich zwang, das Foto aus der Tasche zu holen und es auf den Tresen zu legen.

»Ich weiß, dass es sich merkwürdig anhört«, sagte sie der jungen Frau an der Rezeption. »Aber ich suche jemanden. Und zwar ihn hier.«

Die junge Frau musterte erst sie, dann das Foto. Dicte kam der Gedanke, dass die Frau ihr Gesicht aus der Zeitung kannte. Schließlich war ihr Porträt so häufig abgebildet gewesen, dass sogar ein so junger Mensch sie mittlerweile einmal zu Gesicht bekommen haben konnte. Innerlich hoffte sie, dass dem nicht so war.

Die junge Frau schüttelte den Kopf. Sie hatte ein rundes Gesicht und dicke Lippen, die sie beim Sprechen sehr bedächtig bewegte, als würden sie stören.

»Wer ist das? Ist er aus dem Gefängnis geflohen?«

»Die Polizei fahndet nach ihm.«

Wegen Mordverdachts, wollte Dicte zuerst hinzufügen, hielt sich aber dann doch zurück. Nicht, dass es irgendeinen Unterschied gemacht hätte. Die Neuigkeiten über die Fahndung kursierten seit der Pressekonferenz bestimmt längst im Netz, so dass ganz Dänemark in Kürze von dem flüchtigen Mörder wissen würde.

»Und er soll hier in Ry sein?«

Sie betonte den Namen der Stadt besonders. Ihre Augen waren weit aufgerissen, und sie biss sich in die Unterlippe, die prall wie eine Blase aussah, die gleich platzen würde.

»Das ist nur eine Idee!«

Dicte verließ das Hotel mit dem unguten Gefühl, dass sie in kürzester Zeit die ganze Stadt in Panik versetzen könnte. Sie sollte ihre Vorgehensweise gut überdenken. Sie lief die Fußgängerzone hinunter, vorbei an Pizzaläden und Modeboutiquen auf der Suche nach einem Café, wo sich Besucher der Stadt hinsetzen würden, um einen Kaffee zu trinken. Als sie schließlich fündig wurde, stand sie vor einem Etablissement, das mit seinen derben Holzbänken und Tischen eher an eine bayerische Bierstube erinnerte. Es gab einen langen Bartresen und ein Klavier, an dessen Tasten sie sich einen Westernpianisten vorstellte, während die anderen Gäste mit Stühlen um sich warfen und Kugeln durch die Luft zischten. Im *Ambolten* – der Amboss, so hieß der Schuppen – standen alte Stalllaternen auf den Tischen, die allerdings tagsüber nicht brannten. Es waren nur sehr wenig Gäste da sowie ein freundlicher, aber vollkommen desinteressierter Barkeeper, der nicht einmal fragte, wer der Gesuchte auf

169

dem Foto sei. Er schüttelte nur wortlos den Kopf und wandte sich einem Gast am Tresen zu, um die Unterhaltung über ein Fußballspiel wiederaufzunehmen.

Sie bestellte trotzdem einen Kaffee, nahm sich eine Zeitung und setzte sich an einen Tisch in der Ecke, um ihre Gedanken zu sortieren. Wonach suchte sie eigentlich? Objektiv betrachtet war die Wahrheit die, dass ihr Sohn aller Wahrscheinlichkeit nach Adda Boel vergewaltigt und dann getötet hatte. Sie hatten sein Sperma gefunden. Und seinen Speichel. Die Frau war nicht durch die Bombenexplosion getötet worden, sondern weil jemand seine Hände um ihren Hals gelegt und zugedrückt hatte. Alle Indizien sprachen dafür. Konnte es wirklich noch eine andere Wahrheit geben?

Der Bauarbeiter auf dem Gerüst hatte von einem Mann erzählt, den Adda Boel zu Besuch erwartete, für den sie Lebensmittel gekauft und auf den sie sich gefreut hatte. War dieser Mann Peter Boutrup? Hatten sie sich gekannt? Aber woher? Vielleicht hatten sie sich im Internet kennengelernt, als Boutrup im Gefängnis saß? Wenn nicht, musste diese Verbindung wesentlich älter, noch vor dem Gefängnisaufenthalt entstanden sein. Warum sollte er sonst Adda Boel als praktisch erste Person nach den vier Jahren in Horsens aufgesucht haben?

Dicte nahm einen Schluck von dem warmen Kaffee. Horsens. Es gab noch einen, der mit dieser Stadt in Verbindung stand. War Matti Jørgensen die Verbindung zwischen den beiden? Matti kannte Peter Boutrup. Er musste auch Adda Boel kennen, schließlich hatte sie seine Wohnung gemietet. Aber wie gut kannte er sie? Hatte er die beiden einander vorgestellt?

Die Liste der unbeantworteten Fragen war unendlich lang. Sie leerte den Becher, verließ das Café und betrat auf dem Weg zurück zum Auto einige der Boutiquen in der Fußgängerzone. Der Bahnhof sah aus wie eine große Backsteinvilla aus dem vorigen Jahrhundert. Im Gebäude befand sich eine Touristeninformation, bei der sie ebenfalls vorbeilief, das Foto in die Luft hob und ein Kopfschütteln als Antwort bekam. Unschlüssig blieb sie auf dem Gleis stehen und studierte die Abfahrtszeiten. Der Zug aus Århus passierte auf seinem Weg nach Ry die Orte Viby, Hørning, Skanderborg und Alken. Sie notierte sich die Stationen, ohne zu wissen, wozu sie diese Information benötigen würde. Dann fuhr ein Zug ein. Beinahe wäre sie eingestiegen, um das Personal und die Passagiere zu befragen, entschied sich aber dagegen. Sie würde irgendwann den Zug von Århus nach Ry nehmen und sich Zeit lassen. Auf dem Weg zum Auto kam ihr eine Idee. Sie wiederholte ihren Gang durch die Stadt und besuchte erneut die Orte, an denen sie nach Peter Boutrup gefragt hatte. Aber dieses Mal zeigte sie ein anderes Foto.

Die junge Frau an der Hotelrezeption schüttelte erneut den Kopf. Das taten auch alle anderen, bis sie wieder im *Ambolten* ankam, wo der Barkeeper sein Gespräch über Fußball beendet hatte.

»Ja, ich erinnere mich. Sie war vor kurzem hier«, sagte er ohne zu zögern. »Hübsches Mädchen. So eine vergisst man nicht so schnell.«

»Hat sie sich mit jemandem getroffen?«

Er schüttelte den Kopf.

»Mit keiner Seele. Sie hatte nur einen Kaffee und war etwa eine halbe Stunde hier.«

»Hatten Sie den Eindruck, dass sie auf jemanden gewartet hat?«

Nachdenklich sah er in eine Ecke des Raumes, vielleicht hatte Rose dort gesessen.

»Ja, jetzt, wo Sie es sagen, glaube ich tatsächlich, dass sie gewartet hat. Sie saß am Fenster und hat sich oft umgedreht. Und sie hat auch oft auf die Uhr gesehen.«

KAPITEL 31

Das Treffen mit Francescas Kontaktperson fand an der Schleuse statt, wo der Odder Å und der Norsminde Fjord sich trafen und eine seichte Flusslandschaft bildeten, die viele Zugvögel anlockte.

»Ich warte schon seit einer Viertelstunde.«

Die Stimme war gedämpft, fast flüsternd. Die Ortsvorsitzende der Partei mit einem Sitz im Folketing sah auf ihre Uhr und ließ dann den Blick über das kleine Fischerdörfchen gleiten, wo die Boote in dem seichten Wasser den Sandboden berührten. Weiter draußen waren die größeren Kutter vertäut.

»Ich hatte Probleme mit meinem Wagen.«

»Davon habe ich schon gehört.«

»Nein, das Auto meinte ich nicht. Mein Leihwagen, irgendetwas stimmte mit der Kupplung nicht, ich musste es austauschen lassen. Das hat gedauert.«

Sie taxierten sich. Eva Frandsen war so alt wie sie, und bisher waren sie ganz gut miteinander zurechtgekommen. Sie hatte gehofft, bei ihr auf Verständnis zu stoßen, zumal Eva Frandsen selbst die Erfahrung hatte machen müssen, von der Presse abserviert zu werden. Enthüllungen über sogenannte »Unstimmigkeiten im Privathaushalt« hatten vor vier Jahren dazu geführt, dass sie ihren Posten als Fraktionsvorsitzende aufgeben musste.

Als sie sich endlich dazu bequemte, ihren Arm in Francescas einzuhaken, blitzte ein versöhnlicher Zug in ihren Augen auf.

»Es ist hart, stimmt's?«

Sie gingen spazieren, dicht nebeneinander, Eva Frandsen führte. Sie besaß ein Sommerhaus in der Gegend, kannte sich also gut aus. Francesca nickte.

»Da ist jemand, der mich aus der Politik drängen will. Jemand, der meinen Wahlsieg verhindern will.«

Ihr Weg führte sie hinunter an den Hafen, vorbei am Fischhändler und den Kuttern, weiter am Fjord entlang, dessen Wasser in der Septembersonne glatt und blau schimmerte, von silbernen Sicheln durchzogen.

»Weißt du, wer es ist?«

»Nein.«

»Keine Ahnung?«

»Nein.«

Eva Frandsen blieb abrupt stehen. Sie war nicht groß, hatte aber breite Schultern und sah in ihrer blau-grün gemusterten Jacke und ihrem durchdringenden Blick aus wie ein Pfau auf der Balz. Aber ihre Stimme war alles andere als durchdringend. Jedes Wort, das ihre Lippen verließ, ob sie eine flammende Rede im Parlament hielt oder sich einen Schlagabtausch mit einem übereifrigen Journalisten lieferte, klang, als würde sie mit einem Kleinkind sprechen, das es zu beruhigen galt. Mild und mütterlich und mit der unerschütterlichen Ruhe einer Århusianerin.

»Du musst mir gegenüber ehrlich sein, Francesca. Du musst doch eine Idee haben, wer dahintersteckt. Balleby?«

War sie Freund oder Feind? Ihr Gesichtsausdruck wollte Krieg, ihre Stimme Frieden. Eva hatte um dieses Treffen gebeten, Francesca fragte sich die ganze Zeit, ob sie ein kameradschaftliches Gespräch führte oder ob sie eine Unterstützungserklärung erhielt.

»Vielleicht«, antwortete Francesca vorsichtig. »Vielleicht aber auch nicht. Ich bin mir nicht sicher, ob er genug Fantasie für so etwas hätte.«

Eva lächelte. Francesca betrachtete ihre Schuhe, Laufschuhe, von Ecco wahrscheinlich. Eva Frandsen war eine pragmatische Frau.

»Einer von den Jüngeren?«

»Oder jemand von außen. Nicht aus der Politik.«

»Du meinst aus dem kriminellen Milieu?«, fragte Eva. »Die müssen sich doch eigentlich auch in die Hosen machen vor Angst, wenn du Bürgermeisterin wirst.«

Das klang einleuchtend. Vielleicht war das sogar wahrscheinlicher. Am liebsten hätte sie sich selbst davon überzeugt, dass ein ganzes Milieu hinter ihr her war. Das wäre irgendwie eher zu verstehen als die Hasskampagne eines gesichtslosen Einzelnen.

»Du musst dem unbedingt Einhalt gebieten. Damage control! Du musst mit so offenen Karten wie möglich spielen und ihnen trotzdem nicht das geben, was sie haben wollen.«

Francesca registrierte den sanften Druck am Unterarm dankbar als Aufmunterung.

»An der Parteispitze, im *Borgen*, macht man sich große Sorgen. Wir brauchen dich hier in Århus, deine Kampagne ist abgegangen wie eine Rakete.«

»Na ja.«

»Doch, natürlich, ich meine das ernst. Da sind wir alle einer Meinung. Deine Rettungsaktion war ein Volltreffer, besser kann man das nicht ausdrücken. Wie bestellt.«

Sie legte den Kopf auf die Seite. »Aber das war sie natürlich nicht, oder? …«

»Nein, das war sie nicht.«

»Man kann ja genauso gut das Gegenteil in die Wege leiten«, sagte Eva daraufhin. »Ein anonymer Blog zum Beispiel, der unschöne Wahrheiten über deine Widersacher verbreitet. Wir müssen hier kreativ denken.«

»Ein Blog? Über Balleby? Wer sollte den denn schreiben?«

Eva zuckte mit den Schultern.

»Denk mal drüber nach.«

Francesca ließ den Blick hinaus auf den Fjord wandern. Sie hielt nicht viel von dem Vorschlag, erkannte aber, dass er ein Hilfsangebot war, wenn auch ein etwas unbeholfenes. Plötzlich überkam sie das Bedürfnis, sich der Frau neben ihr anzuvertrauen, während sie einem Kutter auf dem spiegelglatten Wasser hinterhersah. Aber sie hielt sich zurück. Sie wusste, dass sie dieser Schwäche anderen gegenüber nicht nachgeben durfte als jenen, denen sie hundertprozentig vertrauen konnte. Und so jemanden gab es einfach nicht. Trotzdem wusste sie, dass diese Situation von ihr ein bisschen mehr persönlichen Einsatz erforderte.

»Wie überlebt man so etwas eigentlich, Eva? Wie hält man diesen Druck aus?«

Eva lächelte, während sich ihre Schuhe einen Weg durch den hohen Strandhafer auf einer Landzunge bahnten, auf der ein vom Wind verwildertes Sommerhaus stand. Die Landschaft war flach wie ein Messer und tauchte mit scharfer Kante ins Wasser ein. Flach und wunderschön, eingehüllt in ein besonderes Licht, wie in einem holländischen Gemälde.

»Tja. Mir ging es nicht besonders gut. Mich darfst du nicht nach einem Geheimrezept fragen, wie man am Ende heil dasteht und alles in Sicherheit gebracht hat. Das funktioniert nämlich nicht.«

Eindringlich sah sie Francesca in die Augen. »Hinterher ist nichts mehr so, wie es war. Die Unschuld – wenn es denn eine gegeben hat – ist zerstört.«

Der Zynismus war trotz der Milde in Eva Frandsens Stimme unüberhörbar. Sie hatte damals lange ausgehalten. Vielleicht zu lange. Viele hatten sie dafür bewundert, mit welchem Gleichmut sie die Anklagen pariert hatte; die Presse hatte beinahe täglich ein neues Leck aufgetan: hier eine Rechnung, die sie und ihr Mann nicht zurückgezahlt hatten, dort ein kleiner Kredit, der zurückgefordert, aber nicht ausgelöst worden war. Sie hatte hilflos mit ansehen müssen, wie etwas sehr Privates – ihre persönliche Finanzlage und die ihres Mannes – in aller Öffentlichkeit ausgebreitet wurde. Und trotzdem hatte sie die ganze Zeit über alle Fragen ruhig und höflich beantwortet und versucht, alle Anschuldigungen von sich zu weisen. Als es schließlich nicht mehr tragbar war, hatte sie sich zurückgezogen und einen weniger prominenten Posten innerhalb der Partei zugeteilt bekommen.

»Wenn du wissen willst, wie man das überleben kann, dann lass dir dieses eine sagen: Man muss an die Alternativen denken«, sagte Eva Frandsen und lenkte Francesca mit sanftem Druck gegen den Ellenbogen zurück zum Fischhändler. »Denn man wird verrückt und beschwört sich, dass sie einen nicht unterkriegen werden und dass es Wichtigeres gibt als das.« Sie legte den Kopf ein wenig in den Nacken und fuhr fort, als würde sie auf einer Versammlung sprechen: »Man denkt an den großen Wurf. Was man alles verändern wollte. An die Ideale und all das andere, an das man glaubt. Und fragt sich, ob die noch in einem sind.«

175

Sie nickte hinüber zu dem erst kürzlich renovierten Nors-minde Kro, der mittlerweile alles andere als ein ordinäres Gast-haus am Wegesrand war, sondern im Ruf stand, eine feine Küche und gesalzene Preise zu bieten. »Wollen wir uns einen Kaffee im Kro genehmigen?«

Francesca verstand das als einen Befehl und nickte. Da würde noch was kommen, da war sie sich ganz sicher. Eva Frandsen hatte nicht um dieses Treffen gebeten, um mit ihr über innere Werte und politische Ideale zu reden.

Sie rückte damit raus, als der Kaffee getrunken, der Kuchen gegessen und der Ausblick gehörig bewundert worden war.

»Sag mir doch bitte eines«, Eva lehnte sich vor und sprach mit gesenkter Stimme. »Ist noch mehr aus dieser Richtung zu er-warten? Hast du noch weitere Überraschungen auf Lager?«

Der angriffslustige Pfauenblick war wieder da, Macht fun-kelte in ihren Augen.

»Ich wurde gebeten, das zu fragen. Wir hatten in letzter Zeit genug Krisen, wenn du verstehst, was ich meine.«

Sie verstand das ausgezeichnet. Die Mitglieder der Regierung lieferten sich interne und mitunter auch öffentlich ausgetragene Kämpfe, und dem Regierungschef wurden die vielen Aus-landsreisen vorgeworfen. Es gab einfach zu viele Konflikte. Und es gab keinen Bedarf für weitere, die zusätzliche Negativ-schlagzeilen für die Partei in Christiansborg bedeuteten.

»Nichts, was mit Politik zu tun hätte.«

Eva Frandsen bat den Kellner um die Rechnung und sah Francesca fest in die Augen.

»Alles hat mit Politik zu tun.«

Kapitel 32

»Weiterbildung? In London?«

Hatte sie davon gewusst? Vielleicht. In den letzten Monaten hatte sie Schwierigkeiten gehabt, sich alle Einzelheiten zu merken.

»Ich glaube sogar, dass du dir das in deinen Kalender geschrieben hast«, sagte Bo. »Weißt du, wo meine Tasche ist?«

Diese Tasche war keine gewöhnliche Tasche. Sie war wie ein verbrauchtes Gesicht, das schon viel erlebt und gesehen hatte. Sie war braun und höchst unpraktisch aus Leder, übersät mit Aufklebern und Narben von den verschiedensten Konfliktherden und Ecken der Welt. Außerdem war der Schulterriemen kaputt. Selbstverständlich liebte Bo diese Tasche.

»Im Schrank, rechts, glaube ich.«

Er wühlte im Regal und zog schließlich das Monster heraus. Die Erinnerung an gefährliche Missionen, von denen er in buchstäblich letzter Minute nach Hause gekommen war, schossen ihr in den Kopf bei dem Geruch des Leders. Aus diesem Grund hatte sie die Tasche auch in die hinterste Ecke des Schrankes gestopft, fiel ihr wieder ein.

»Wer kommt denn sonst noch mit? Jemand, den man kennt?«

Sie setzte sich auf die Bettkante. Er würde eine Woche weg sein, aber dieses Mal war es kein gefährlicher Auftrag. Trotzdem machte es sie nicht froh.

Er antwortete nicht sofort, sondern ging ins Badezimmer, um seine Sachen einzupacken.

»Das wird bestimmt stinklangweilig«, rief er von dort. »Du kennst mich doch, nach zwei Stunden auf der Schulbank werde ich nervös.«

»Kommen noch andere von *Avisen* mit?«

Er tauchte wieder im Zimmer auf mit seinem faltbaren Necessaire im Arm, das man an einen Haken im Zelt aufhängen konnte. Bo war nie beim Militär gewesen und war ansonsten ein sehr friedliebender Mensch, aber auf Reisen hatte er eine ausgesprochene Vorliebe für armeeerprobte Ausrüstungen. Er hatte auch keine Probleme damit, in der digitalen Welt von heute das klassische khakifarbene Modell der Fotografenweste mit einer Million unnötiger Taschen anzuziehen. Ein bisschen Macho musste man schon sein dürfen.

177

»Jens Christian Poulsen von der Auslandsredaktion. Den kennst du doch? Sonst weiß ich keinen.«

»Dann wird es doch bestimmt lustig.«

Sie sagte das, weil sie wusste, dass Poulsen als Erstes die lokalen Kneipen inspizierte und gerne Partys organisierte. Hatte sie wirklich von diesem Fortbildungstermin gewusst? Sie musste das unbedingt in ihrem Kalender überprüfen.

»Hast du Rose angerufen?«

»Noch nicht.«

Sie sah ihm beim Packen zu. Das dauerte nie lange. Währenddessen arbeitete ihr Kopf auf Hochtouren, wie sie Rose dazu bewegen könnte, ihr von Ry und ihrem Treffen mit Peter Boutrup zu erzählen. Parallel dazu meldete sich ihre alte Unruhe wieder zu Wort, und ganz automatisch tauchte das starke Bedürfnis auf, einfach nach der Tablettenbox zu greifen. Das wäre so einfach. Damit könnte sie auch diese Woche ohne Bo überstehen, in der die Einsamkeit sie überfallen würde. Niemand zu Hause. Nur sie, allein mit ihren tausend Gedanken und dem schleichenden Verdacht, dass sie nicht klarkam. Wie hatte es so weit kommen können, dass sie von so wenig in Angst und Schrecken versetzt werden konnte? Oder doch von so viel?

Bo sah sie mit einer Nüchternheit an, die ihr gar nicht gefiel, während er seine Tasche zumachte.

»Mach dich locker. Du wirst das prima schaffen. Du brauchst mich überhaupt nicht.«

Darüber hatten sie schon so oft gesprochen, die ewige Wiederholung tat ihr in den Ohren weh. Ihm musste es genauso gehen.

»Du machst doch ohnehin, was du für richtig hältst«, sagte er und streichelte seine Tasche wie einen guten, alten Freund.

»Ganz egal, was ich sage oder mache.«

»Das stimmt doch gar nicht. Ich tue doch das, was du sagst. Ich versuche, ihn zu finden.«

Er nickte freundlich.

»Aber wenn du ihn dann gefunden hast, ist es vorbei. Dann

gehst du solo weiter, wie immer. Dann ist es dir nämlich egal, wer hinter den Kulissen steht und sich um dich Sorgen macht, weil er dich liebt.«

Er trat auf sie zu und nahm ihr Gesicht in seine Hände.

»Du glaubst, du bist abhängig von diesen Tabletten, und kämpfst wahnsinnig, um von ihnen loszukommen. Aber das Einzige, was dich richtig high macht, ist gerade diese Spannung, wenn es gefährlich wird.«

Er lächelte.

»In dieser Hinsicht sind wir gar nicht so verschieden.«

Waren sie einen Schritt weitergekommen? Hatte er diese Erkenntnis gefunden, dass sie einander loslassen mussten, um sich wieder finden zu können? Dass sie hinaus in die Welt mussten, um diese zu spüren, um einander wieder berühren und spüren zu können?

»Ich finde, du solltest Rose anrufen.«

Vielleicht rief sie aus Trotz nicht sofort an, sondern setzte ihn an der Haltestelle der Flughafenbusse ab und fuhr raus nach Süden, Richtung Odder, auf Matti Jørgensens Hof. Es war schon spät, die Dämmerung umhüllte das Anwesen und machte es fast unmöglich, das Schild von Inger-Kirstine-Fashion zu erkennen.

Das Haus war dunkel, aber unter der Garagentür schien Licht hindurch, und schon von weitem hörte sie Musik. Es klang nach Metal-Rock, Bo hätte die Band bestimmt gekannt. Matti Jørgensen sah aus, als hätte er seit ihrer letzten Begegnung weder Overall noch Sweatshirt gewechselt. Er hantierte mit einem Schraubenschlüssel herum, hatte Motorenöl an den Händen und schwarze Flecken im Gesicht. Das Motorrad, das bei ihrem letzten Besuch draußen auf dem Rasen gestanden hatte, thronte in der Mitte der Garage und war ganz offensichtlich der Mittelpunkt seiner Anstrengungen und Aufmerksamkeit.

»Ja, bitte?«

Er sah nicht feindselig aus, aber auch nicht gerade freundlich.

»Ich gehe davon aus, dass Sie von der Fahndung gehört haben?«

Er nickte, ließ sie rein und schloss hinter ihr sorgfältig die Tür.

»Ich hab es im Fernsehen gesehen.«

»Und was glauben Sie?«

Er schüttelte seinen großen Kopf, so dass sich die tätowierten Zungen an seinem Hals wanden. Dann kniete er sich neben sein Motorrad.

»Das ist schwer zu *beurteilen*«, sagte er.

Er löste eine Schraubenmutter und sah zu ihr hoch. »Ich glaube nicht, dass er so dumm wäre. Das ist meine Meinung.«

Er drehte vorsichtig die Mutter ab und legte sie auf eine Zeitung, die er neben sich auf dem Boden ausgebreitet hatte.

»Aber der sitzt ganz schön in der Tinte«, fügte er hinzu.

Sie kniete sich ebenfalls hin und sah ihm bei der Arbeit zu. Es hatte etwas Zärtliches und fast Feierliches, wie diese großen Hände die kleinen Teile des Motorrads berührten. Sie hatte keine Ahnung von diesen Maschinen, deshalb schoss ihr der Gedanke durch den Kopf, ob er mit seiner Frau ähnlich zart umging. Eine Stimme in ihr sagte, dass das wahrscheinlich nicht der Fall war.

»Wissen Sie, wo er vor dem Knast gewohnt hat? Auf einem Bauernhof, stimmt das? Hatte er den gemietet? Und hat er einen Job?«

Während sie ihre Fragen stellte, wurde ihr bewusst, wie wenig sie über ihn wusste. Hatte ihr Sohn eine Ausbildung gemacht? Hatte er überhaupt jemals einen Job gehabt oder sein Leben lang von Sozialhilfe gelebt?

»Ich glaube, er hat wahrscheinlich als *Zimmermann* gearbeitet oder so was Ähnliches«, hörte sie, während sie auf Jørgensens Rücken starrte, er verharrte tief gebeugt über seiner Maschine. »Ich glaube, er hat auf Djursland gewohnt. In der Nähe von Grenå, so was. In irgendeinem Kaff da.«

Er stand auf und holte sich einen Lappen aus einer Tüte, die am Türgriff eines Schrankes hing.

»So, mehr gibt es nicht. Ich weiß auch nicht, warum ich Ihnen überhaupt so viel erzähle.«

»Als er damals verhaftet wurde, war das da? War das nicht auf diesem Bauernhof?«

Matti Jørgensens Gesicht blieb ausdruckslos, während er gewissenhaft das Motorrad mit dem Lappen polierte. Er antwortete nicht.

»Wissen Sie, was damals passiert ist?«

Er seufzte und hörte auf zu polieren.

»Verdammt noch mal, sind Sie hartnäckig. Haben Sie nicht gehört, was ich gesagt habe? Mehr gibt es nicht.«

Sie überlegte kurz, ob sie ihm sagen sollte, dass sie von den krummen Geschäften seiner *Inge-Kistine* wusste, entschied aber dann, dass es nicht der richtige Zeitpunkt war, frech zu werden.

Als sie nach Hause kam, hatte Rose zwei Nachrichten hinterlassen, auf dem Festnetz und auf ihrem Handy, das sie auf lautlos gestellt hatte. Es war zwar schon nach zehn Uhr, aber sie rief dennoch zurück.

»Er ist überhaupt nicht gekommen«, sagte eine offenkundig empörte Rose, die ebenfalls ferngesehen hatte. »Er ist einfach nicht gekommen.«

»Was weißt du von ihm? Wo hält er sich auf?«

Das war wahrscheinlich nicht die beste Taktik, aber sie war müde und wollte endlich Antworten haben. Bo war weit weg, und in ihr trugen Besonnenheit und Verzweiflung einen harten Kampf aus.

»Das weiß ich nicht.«

»Aber er wollte sich doch in Ry treffen. Hat er dir gegenüber angedeutet, dass er in Ry wohnt? Oder wenigstens in der Nähe?«

»NEIN, Mama, das hat er NICHT!«

»Wie oft habt ihr euch geschrieben? Hast du noch was davon auf deinem Rechner?«

»Ich habe alles gelöscht«, log Rose, ohne sich besonders viel Mühe dabei zu geben. »Das geht dich nämlich gar nichts an.«

181

»Er wird wegen Mordes gesucht.«

»Dann geht es wohl eher die Polizei etwas an.«

»Dann gib es denen.«

»Das würdest du mir doch nie verzeihen. Es soll doch niemand wissen, dass du die Mutter eines Mörders bist, oder? Vielleicht sogar eines zweifachen Mörders.«

»Hat er dir gegenüber jemals Grenå erwähnt? Oder eine kleine Ortschaft in der Nähe? Hat er dir von seiner Vergangenheit erzählt?«

»Warum willst du ihn so unbedingt finden? Es ist nämlich nicht sicher, ob er von dir gefunden werden will.«

Die Müdigkeit, die sie überfiel, war kolossal. Sie erhob sich vor ihr wie eine gigantische Mauer und drohte sie zu zerquetschen.

»Vielleicht kann ich ihm helfen.«

War das wirklich ihr Motiv? Oder wollte sie vielmehr sich selbst helfen?

»Es ist nicht sicher, ob er sich helfen lassen will«, erwiderte Rose.

Kapitel 33

»Es sieht aus wie eine Liquidierung. Aber er ist außer Lebensgefahr, sagen die Ärzte.«

»Bei McDonald's? Durchs Fenster?«

Wagner setzte sich im Bett auf und suchte mit den Füßen am Boden nach seinen Hausschuhen. Ida Marie bewegte sich unruhig im Bett, schlief aber gleich wieder ein, als er mit seinen Kleidungsstücken überm Arm und dem Handy am Ohr aus dem Schlafzimmer hinunter ins Wohnzimmer schlich.

»Ein sogenanntes ›drive-by-shooting‹«, erklärte der wachhabende Beamte. »Wollen Sie die Namen von den Kollegen haben, die zuerst vor Ort waren?«

Wagner machte sich Notizen, während Kollege Heinesen die Namen der Beamten vom Bereitschaftsdienst aufsagte, die spät am Abend zum Tatort in den Randersvej gerufen worden waren.

»Und wie hieß das Opfer?«

»Ein Omar Said, zweiundzwanzig Jahre alt. Ist bisher nicht aktenkundig geworden, soweit wir das sagen können, aber Martinsen ist der Ansicht, er würde aussehen wie der eine Bombenmann mit dem Rucksack. Er saß mit einem bei McDonald's, den du eigentlich kennen müsstest: Zeraf Hazim, ein führendes Mitglied der Haslebande.«

»Danke«, sagte Wagner. »Ich übernehme ab jetzt.«

Ein Blick auf die Uhr: 23:30. Er rief Ivar K an und verabredete einen Treffpunkt. Dann zog er sich an, schrieb Ida Marie eine SMS und fuhr das Auto aus der Garage. Es war kühl.

Während er durch die Dunkelheit den Viby Ringvej entlangfuhr, klangen die Worte des wachhabenden Beamten in seinen Ohren nach. Liquidierung. *Drive-by-shooting*. Die offizielle Pressestrategie der Polizei hingegen war, in der Öffentlichkeit die Konfliktbereitschaft zwischen den Einwandererbanden und den Rockern herunterzuspielen. Er hoffte darum, dass der Kollege seine Ausdrucksweise mäßigen würde, wenn er mit jemandem außerhalb der Mauern des Polizeipräsidiums sprechen sollte. Das war eine Gratwanderung. Zwar sollte man sich nicht unnötig zum »Baghdad Bob« machen und Offensichtliches in der Presse abstreiten: So wie Saddam Husseins Informationsminister im Irakkrieg, der abgestritten hatte, dass die Amerikaner in Bagdad eingefallen seien, obwohl sie praktisch vor seiner Haustür standen. Auf der anderen Seite konnten so starke Ausdrücke wie »Bandenkrieg« und »Vergeltungsschlag« provozieren und noch mehr Unruhe erzeugen. Intern war es der Polizei bekannt, dass die Rocker mehrere Morde an namhaften Anführern der Einwandererbanden planten. Dennoch schien es den Behörden sinnvoller, dieses Wissen der Öffentlichkeit gegenüber abzustreiten, obwohl einige Zeitungen in Umlauf gebracht hatten, dass eine Liste mit Namen jener existierte, die demnächst liquidiert werden sollten.

Er bog in den Randersvej ab und sah sofort die Einsatzwagen von Polizei und Spurensuche vor McDonald's stehen. Er stutzte, als sein Blick auf einen Wagen fiel, der ihm sehr bekannt vorkam. Wenn er sich nicht irrte, war das Lena Lunds leuchtend weißer Opel, der direkt vor dem Restaurant hielt, so dass sich das Licht in den glänzenden Fensterscheiben spiegelte. Was hatte sie an einem Tatort zu suchen, zu dem sie nicht gerufen worden war? Kein Polizist fuhr in seinem Privatauto zum Tatort. Der Weg über die Polizeidirektion war unumgänglich, um die wichtigsten Informationen, seine Waffe, Handschellen und wenigstens einen Dienstwagen mit Funkverbindung gestellt zu bekommen. Wer hatte Lena Lund Bescheid gegeben? Wie lautete ihr Auftrag? Sein Unbehagen nahm noch zu, als er sich ein Paar blaue Überschuhe anzog und schon von weitem die beiden Kollegen Ivar K und Lena Lund wild gestikulierend im McDonald's stehen sah. Die Zeugen und das Personal hielten sich im hinteren Teil des Fast-Food-Ladens auf, um der Spurensicherung nicht im Weg zu stehen. Als er über das Absperrband stieg und die Tür aufzog, konnte er die verbissene Auseinandersetzung der beiden hören, in der Ausdrücke wie »zufälligerweise«, »Subversion« und »Idiot« fielen.

Er atmete tief durch, während er an dem Aquarium mit den Karpfen im Neonlicht vorbeiging. Ein Techniker zeichnete weiße Kreise um die Spuren des Anschlags.

»Guten Abend. Was haben wir denn hier?«

Ivar K platzte fast vor Wut.

»Sie behauptet, dass sie ganz zufällig auf dem Weg von einer Familienfeier hier vorbeigekommen ist. Aber ich sage, jemand hat ihr einen Tipp gegeben.«

Lena Lunds Gesichtsausdruck blieb vollkommen neutral.

»Ich war auf dem Weg nach Hause. Ich habe sofort gesehen, dass hier etwas passiert ist, deshalb habe ich sofort umgedreht und bin zurückgefahren.«

Wagner entschied sich zu schweigen, statt nichtssagende Kommentare abzugeben.

»Da saßen zwei im Auto«, fuhr Lena Lund fort. »Die fuhren ganz dicht am Bürgersteig vorbei, und der Mann auf dem Beifahrersitz feuerte zwei Schüsse aus einer Pistole ab. Das Auto war schwarz. Die Nummernschilder sollen mit ZP beginnen, sagt ein Zeuge, der am Nachbartisch saß.«

Es gab tatsächlich zwei Einschusslöcher, die ihren Weg durch die Scheiben gefunden und ein Netz aus feinen Rissen verursacht hatten. Wagner überprüfte die Einschüsse, das hätte weitaus schlimmer enden können. Ein Unschuldiger hätte getroffen werden können, ein Kind oder ein Erwachsener. Unfreiwillig musste er an die Male denken, an denen er mit Alexander nach dem Schwimmen einen Burger essen gegangen war. Damals, als sie solche Sachen noch zusammen unternommen hatten.

Als er sich umdrehte, sah er, dass Hans Martinsen von der Bereitschaft mit ausgestreckter Hand auf ihn zukam. Das enthob ihn der Verantwortung, Lena Lunds Ermittlungsergebnisse zu kommentieren, und er überließ sie für einen Moment noch Ivar K.

»Wo wurde er getroffen?«

»Es waren ein Streifschuss am Hals und ein Steckschuss in der Schulter«, sagte Martinsen. »Er hat Riesenglück, dass er noch am Leben ist.«

»Und wo ist er jetzt?«

»Im Kreiskrankenhaus, dem alten. Sein Kumpel ist sofort verschwunden, als der Krankenwagen kam, wurde mir gesagt.«

»Und der war vor euch da?«

Er nickte. »Einen Wimpernschlag. Wir waren ganz draußen in Tilst und trotzdem am nächsten dran.«

»Weißt du, ob man ihn schon verhören kann?«

Martinsen zuckte mit den Schultern.

»Ihr könnt es drauf ankommen lassen. Aber ich glaube, es müsste gehen.«

»Und du bist der Meinung, dass es unser Mann sein könnte? Von der Østergade?«

Hans Martinsen war ein erfahrener Polizist, und Wagner war

185

immer der Ansicht gewesen, dass man sich auf dessen Einschätzung verlassen sollte.

»Da bin ich mir ziemlich sicher.«

»Wer hat ihn begleitet?«

»Zwei von unseren. Alex Jensen und K. A. Lindegaard. Damit sich niemand versucht fühlt, den Job zu beenden.«

»Sehr gut.«

Wagner fasste einen Entschluss und nickte Lena Lund zu.

»Sie übernehmen die Zeugenaussagen. Sie sind ja schon bestens eingearbeitet. Und du, Ivar, kommst mit mir ins Krankenhaus.« Und mit einem Blick zu Lena Lund fügte er hinzu: »Wir sehen uns morgen früh um neun im Büro!«

Er wartete keine Antwort ab, sondern wandte sich zum Gehen und nahm es als eine Selbstverständlichkeit, dass Ivar K ihm auf den Fersen folgte.

»Bitte, was hat die da am Laufen?«

Ivar Ks lange Arme beschrieben große Kreise, als er Wagner eingeholt hatte.

»Beruhig dich, wir nehmen meinen Wagen.«

»Sie muss einen Kontakt bei der Bereitschaft haben«, entschied Ivar K, während er sich in Wagners Passat warf und anschnallte. »Blöde Tussi. Glaubt wohl, die kann hier einfach auftauchen und sich überall reindrängeln. Wozu soll das gut sein?«

Ja, wozu sollte das gut sein? Was hatte Lena Lund auf ihrer Agenda, wenn sie denn eine hatte? War es Hartvigsen, der ihm mithilfe von Lena Lund im Nacken saß? Wagner setzte zurück, blinkte, bog auf den Randersvej ein und fuhr Richtung Krankenhaus. Er zweifelte keine Sekunde daran, dass Lena Lund ihn angelogen hatte, dass sich die Balken bogen.

Im Krankenhaus mussten sie noch zwei Stunden warten, ehe sie den Verletzten befragen konnten, der von zwei Beamten bewacht wurde.

Wagner erkannte in Omar Said sofort den Mann von der Überwachungskamera. Er war gutaussehend, unverkennbar arabischer Herkunft. Seine Haut wirkte vor dem Hintergrund des weißen Bettlakens noch dunkler. Er hatte einen buschigen, pechschwarzen Bart und kurze Haare in derselben Farbe. Sein Gesicht und seine Nase waren schmal und lang und sahen irgendwie traurig aus, seine Augen allerdings betrachteten ihn voller Skepsis. Das Kopfteil war hochgestellt, so dass er quasi aufrecht im Bett saß, mit verbundenem Arm und einem dicken Verband um den Hals. Mehrere Verwandte des Verletzten hatten sich im Krankenzimmer versammelt, alle mit ähnlich dunkler Hautfarbe und ähnlichen Gesichtszügen. Die Frauen trugen Kopftücher. Bei einigen von ihnen wirkte das stramm sitzende weiße Kopftuch wie ein modisches Accessoire, das dazu diente, ein hübsches Gesicht einzurahmen. Die Männer trugen westliche Kleidung. Alles in allem sah es aus wie ein Krankenzimmer einer modernen dänischen Familie mit Migrationshintergrund.

Die beiden Beamten baten die Familienangehörigen, das Zimmer zu verlassen, woraufhin Wagner und Ivar K alles andere als freundliche Blicke kassierten. Dann wendeten sie sich an den Verletzten.

»John Wagner. Ich bin von der Polizei Ostjütland, Kriminaldezernat. Das ist mein Kollege Ivar Kristiansen. Wir hätten ein paar Fragen, die wir Ihnen gerne stellen würden.«

Omar Said starrte mit ausdruckslosem Gesicht in den Raum vor sich. Etwas sagte Wagner, dass diese Befragung schwer werden würde. Deshalb entschied er sich, es anders zu versuchen.

»Haben Sie Schmerzen? Sagen Sie Bescheid, wir holen den Arzt.«

Der Mann starrte weiter geradeaus, reglos.

»Sie hatten großes Glück«, schloss sich Ivar K dieser Taktik an. »Die sagen, Sie sind in ein paar Tagen hier raus.«

Weiterhin keine Reaktion.

»Konnten Sie sehen, wer geschossen hat?«, fragte Wagner und stellte sich direkt vor Said, der daraufhin seinen Blick ein Stück zur Seite wandte. »Konnten Sie jemanden wiedererkennen?«

»Sie können sich das alles sparen«, sagte der Mann plötzlich.

»Ich habe nichts zu sagen. Sie können mir gerne alles Mögliche vorwerfen, aber ich werde mich nicht dazu äußern.«

Das war zwar nichts Ungewöhnliches, dennoch war Wagner irritiert. Schweigen konnte einem im Bandenkrieg das Leben retten. Denn derjenige, den man heute verpfiff, konnte einen morgen schon auf offener Straße abknallen.

»Sie haben eine Bombe in dem Solarium in der Østergade angebracht«, sagte Ivar K. »Das können wir beweisen.«

»Dann tun Sie das doch.«

»Wir haben sowohl Augenzeugen als auch Aufnahmen einer Überwachungskamera, die zeigen, dass sie am 11. September, dem Jahrestag des Terroranschlags gegen das World Trade Center in New York, von der Fußgängerzone in die Østergade abgebogen sind und das Solarium mit einem schweren Rucksack betreten haben. Zwei Minuten später haben Sie das Geschäft wieder verlassen. Mit einem wesentlich leichteren Rucksack.«

»Das war ich nicht.«

»Wo waren Sie dann am Dienstag zwischen 14:30 und 15:30?«

»Ich habe Ihnen doch schon gesagt, dass ich mich dazu nicht äußern werde.«

»Wenn Sie sich nicht äußern wollen, können Sie auch nicht die Anschuldigung zurückweisen, dass Sie auf den Aufnahmen zu sehen sind«, entgegnete Ivar K.

»Ich war auf einem Familienfest.«

»Zeugen?«

Wagner war sich sicher, dass Omar Said mit einer langen Liste von Zeugen aufwarten konnte. Ein zufriedener Ausdruck strich über sein Gesicht, als er antwortete:

»Meine Familie: mein Vater, meine Brüder, Cousinen, Tanten und Onkel.«

»Haben Sie die Bombe selbst gebaut?«, fragte Ivar K.

Die Frage schien ihn geradezu zu belustigen. Seine Augen blinzelten. Wagners Hoffnung löste sich auf, als Said sagte:

»Hören Sie. Sie werden mich niemals mit dieser Sache in Verbindung bringen können, derer Sie mich beschuldigen. Sie werden keine Beweise finden. Ich war das nicht. Ich bin nicht der, nach dem Sie suchen.«

Ihre Blicke trafen sich, und Wagner musste sich eingestehen, dass er soeben die zweite Lüge des Tages aufgetischt bekommen hatte, ohne irgendetwas dagegen ausrichten zu können.

KAPITEL 34

Sein Gesicht war überall zu sehen, im Fernsehen, in den Zeitungen und Zeitschriften. Man konnte ihm nicht entkommen. Seine Augen – und dieser intensive Blick, der ihrem so glich – starrten sie von allen Seiten an und erinnerten sie an die wenigen Gespräche, die sie von Angesicht zu Angesicht gehabt hatten. Sie erinnerten sie an die kurzen Momente, in denen sich sein innerer Vorhang ein Stück gelüftet und sie die Hoffnung gehabt hatte, zu ihm durchzudringen. Um dann nur wieder erneut abgewiesen zu werden.

Dicte parkte ihren Fiat und ging auf das Gebäude zu, in dem sich eine Holzhandlung befand. Wenigstens war sie in der Lage, die ganze Geschichte beiseitezuschieben, indem sie etwas unternahm. Sie war immer gut darin gewesen, Taten sprechen zu lassen. Ihre Taten waren zwar nicht immer sachdienlich, aber lieber so, als in einer Starre gefangen zu sein, in der sich nichts mehr bewegte, nicht einmal in die falsche Richtung.

In der Auffahrt stand ein Lieferwagen mit der Aufschrift »Grenå Holzhandlung« in schwarzen Buchstaben auf weißem Grund. Die Holzhandlung bestand aus einem Wohngebäude, einer Halle und einer Garage. Die Halle schien menschenleer zu sein, dafür war sie voller Stapel von Holz, Spanplatten, Latten und Brettern, die den Raum mit dem Geruch von Wald erfüllten. Obwohl sie niemanden sah, betrat sie die Halle und bemerkte gleich, dass es im Schatten wesentlich kühler war als draußen in der Sonne. Auf Zehenspitzen schlich sie durch das Warenlager und sah sich suchend um, als plötzlich der ohrenbetäubende Lärm einer Motorsäge durch den Raum dröhnte. Er kam aus dem hintersten Teil der Halle, wo ein Mann mit einem Visier vor dem Gesicht Holzbretter zerteilte, dass die Späne nur so flogen. Das Sägemehl fiel neben seinen Füßen zu Boden wie frischgefallener Schnee.

Er sah auf, als er nach einem neuen Stück Holz greifen wollte, und entdeckte sie. Er schaltete die Säge aus und klappte das Visier hoch.

»Ja, bitte? Suchen Sie jemanden?«

Sie stellte sich vor und zeigte ihm das Foto.

»Ist das nicht dieser Mörder, nach dem sie fahnden? Sind Sie von der Polizei?«

»Ich bin Journalistin. Und ich habe gehört, dass er früher in der Nähe von Grenå gewohnt und als Zimmerer gearbeitet haben soll.«

Der Mann betrachtete das Foto eingehend, dann schüttelte er den Kopf.

»Ich kenne ihn nicht. Aber ich wohne auch noch nicht so lange hier. Sie sollten den Meister fragen, aber der ist unterwegs.«

»Wann kommt er denn zurück?«

»Ich rechne gegen Mittag mit ihm. Aber glauben Sie nicht, dass er mal was gesagt hätte, wenn er ihn kennt? Wir haben ihn ja alle im Fernsehen gesehen?«

»Wo könnte ich noch fragen? Für wen kann er noch gearbeitet haben?«

Der Mann griff nach einem Stück Holz und legte es auf seinen Sägebock. Dann schaltete er die Motorsäge wieder ein und rief ihr durch den Lärm zu:

»Das kann ich nicht sagen. Für eine kleinere Firma vielleicht. Oder selbständig. Das tun viele, wenn sie fertiggelernt haben. Dann hat man keine Lust mehr, für andere zu arbeiten, und die Zeiten waren ja günstig dafür. Sind es immer noch.«

Bevor sie von zu Hause losgefahren war, hatte sie mithilfe des Branchenverzeichnisses eine Liste möglicher Arbeitgeber zu-

190

sammengestellt. Als sie wieder im Wagen saß, überflog sie die Namen und tippte die zweite Adresse ins Navi: Vagn's Schreiner- und Handwerkerbedarf in Gjerrild. Sie fuhr den Mellemstrupvej entlang, vorbei an einem Reiterhof und durch eine Stadt mit Namen Veggerslev. Drei Kilometer vor Gjerrild passierte sie ein Wäldchen, das den Ort umgab. Das Nonnenkloster Maria Hjerte stand gleich am Ortseingang, unmittelbar hinter dem Schild »Willkommen in Gjerrild«. Dahinter wand sich die Stadt wie eine lange Schlange zwischen der Kirche und dem Ortsausgang, an dem sich ein Supermarkt befand. Sie folgte den Anweisungen der freundlichen Frauenstimme ihres Navigationsgeräts, bis ihr mitgeteilt wurde, dass sie ihr Ziel auf der rechten Seite erreicht habe. Das Problem war nur, dass sich auf der rechten Seite ein endloser Acker erstreckte. Vagn's Handwerkerbedarf existierte offensichtlich nicht mehr oder war umgezogen.

Sie entschied sich für einen dritten Namen auf der Liste und fütterte die Navi-Madame mit neuem Material. Rimsø lag vier Kilometer von Gjerrild entfernt. Das Land wurde hier für den Ackerbau genutzt, die Erde sah fruchtbar und fett aus. An einigen Stellen waren die Äcker schon gepflügt worden, an anderen standen noch die Stoppeln vom Vorjahr.

Der kleine Holzhandel lag am Rand der Ortschaft. Er hatte eine eigene kleine Windmühle und war in einem ehemaligen, freiliegenden Gutshof untergebracht. Die etwas ramponierte Kletterrosenidylle bestand aus einem Fachwerkhäuschen, inklusive abgeblätterten Sprossenfenstern und einem Mauerwerk, das nach neuem Kalk schrie. In der Auffahrt auf einem kleinen Parkplatz standen ein PKW und ein Lieferwagen, beides ältere Modelle. Der PKW hatte zwei Kindersitze. Der nächste Nachbar schien mehrere Kilometer entfernt zu sein. Sie fuhr einen großen Bogen, um zu wenden, und passierte einen großen Haufen Rindenmulch, hinter dem sich ein Stapel unbehandelter Bauhölzer erhob, aller Wahrscheinlichkeit nach Kiefer.

Dicte hielt auf der Auffahrt und ging zum Haupthaus, um zu

klingeln. Sie hatte sich umgesehen, aber außer einer grauge-
streiften Katze kein Lebewesen entdecken können. Ein Hund
bellte, als sie ihren Finger auf die Klingel drückte, und kurz darauf erschien eine Frau in der Tür. Sie war jung, höchstens Ende
zwanzig und praktisch farblos. Fahle Haut, bleiches Haar und
bleiche Lippen in einem schmalen Gesicht. Sogar die Augen
hatten ein sehr helles Blau, wie eine zu stark verdünnte Was-
sermalfarbe. Hinter ihr im Flur türmten sich Schuhe und Spielsachen.

»Ist der Zimmermeister zu Hause?«

Die Frau beugte sich nach unten und nahm ein kleines
Mädchen auf den Arm, das höchstens ein Jahr alt war. Dem
Kind lief der Rotz aus der Nase, und ihre Mutter fischte automatisch ein Taschentuch aus der Hose und wischte ihn ab. Ganz
zärtlich und vorsichtig waren ihre Bewegungen.

»Nein, er ist unterwegs.«

»Vielleicht können Sie mir ja helfen.«

Dicte holte das Foto aus der Tasche. Die Frau betrachtete es
lange.

»Peter«, sagte sie. »Nach ihm wird doch gefahndet. Wer sind
Sie?«

»Familie.«

Journalistin wäre jetzt fehl am Platz gewesen, sagte ihre In-
tuition. Hier draußen auf dem Land machten alle zu, wenn sie
das hörten. Das Gesicht der Frau veränderte sich, es sah aus wie
Glas, fast durchsichtig. Sie rückte das Kind auf ihrer Hüfte zurecht und sagte:

»Ich dachte, er hat keine Familie.«

»Doch, das hat er. Und ich suche ihn, um ihm zu helfen.«

Mit diesen Worten überzeugte sie sich auch selbst.

»Ich glaube, dass er unschuldig ist. Ich glaube nicht, dass er
diese Frau umgebracht hat. Hat er hier bei Ihnen gearbeitet?«

Die andere nickte. In diesem Augenblick schoss der Hund
aus dem Haus und jagte hinter dem Kater her, der mit aufge-
stelltem Schwanz über den Hofplatz floh. Das kleine Mädchen

begann zu quengeln. Die Frau wiegte es in ihrem Arm hin und her.

»Sie hat Hunger. Ich muss jetzt mit ihr rein.«

»Wissen Sie, wo er gewohnt hat?«

»Nicht genau. Aber er kam immer mit dem Fahrrad, also kann es nicht ganz so weit weg sein. Manfred weiß es. Er hat Peter damals geholfen, irgendetwas an seinem Haus zu reparieren.«

»Wo finde ich diesen Manfred denn?«

Das Kind weinte mittlerweile lauthals.

»Er ist beim Dorfpolizisten. Ja, so nennen wir ihn ... Da sollte ein neues Dach aufs Haus. In Gjerrild.«

Sie sprach den Ort *Gerrild* aus. Sie habe zwar die Adresse nicht, aber das Haus stünde in der Nähe der Kirche. Im Pfarrhof wüssten sie Bescheid. Ehe Dicte noch weitere Fragen stellen konnte, zog sie sich ins Haus zurück. Der Hund, ein pudelartiger Mischling mit zotteligem Fell, konnte noch so eben gerade durch den Spalt hineinschlüpfen, bevor die Tür ins Schloss fiel.

Dicte fuhr die Strecke zurück durch das kleine Wäldchen nach Gjerrild. Die Kirche war einfach zu finden. Weiß gekalkt und stolz stand sie auf der höchsten Erhebung der Stadt. Das Haus daneben war wahrscheinlich der Pfarrhof, vermutete sie. Ein großer, vierseitiger Hof mit schwarzem Fachwerk, der frisch gestrichen aussah. Sie klingelte, und ein gutaussehender Mann, nicht älter als fünfunddreißig, öffnete die Tür.

»Sind Sie der Pfarrer?«

»Meine Frau ist Pfarrerin. Kann ich Ihnen dennoch behilflich sein?«

»Ich bin auf der Suche nach dem Dorfpolizisten.«

Er sah aus wie aus einem Modemagazin für Männer entsprungen, für den eher rustikalen Geschmack. Er trug Cordhosen, Öljacke und kniehohe Gummistiefel. Es fehlte nur noch ein Jagdhund an seiner Seite.

»Jørgen Thomsen. Der wohnt dort drüben in dem roten Haus. Neben der Schule.«

Er streckte den Arm aus. Sie sah zwei Männer auf einem

Hausdach. Sie bedankte sich, ließ den Wagen stehen und lief quer über den Kirchplatz auf das rote Haus zu.

Dort angekommen, drehte sie sich um und warf einen Blick auf die Kirche, den Pfarrhof und den Mann der Pfarrerin, der ihr nachgesehen hatte.

Sie blieb einen Augenblick still stehen, sog den Geruch des Herbstes ein und versuchte, den Ort zu erspüren. Auf der einen Seite befand sich das Licht, die Helligkeit, von der anderen Seite drängte die Dunkelheit. Hinter der Stadt erstreckte sich der Wald mit seinen Schatten und schien die Häuser förmlich vor sich her an die Küste zu schieben. Und plötzlich wusste sie, dass er hier gelebt hatte. An diesem Ort, gefangen zwischen Licht und Dunkelheit, dass er sich hier zu hause gefühlt hatte. Bis zu dem Tag, an dem etwas geschehen war, das sein ganzes Leben verändert hatte.

Auf dem Dach war ein Poltern zu hören. Einer der Männer saß rittlings auf dem First, der andere stand ganz oben auf einer Leiter und arbeitete ihm zu. Aber er bemerkte sie.

»Sind Sie Manfred?«

Der Mann nickte zu seinem Kollegen auf dem Dachfirst.

»Er sitzt da oben. So ist er näher bei Gott. MANfred«, schrie er, und Manfred sah nach unten. »Hier will jemand mit dir sprechen.«

Manfred hatte etwas im Mund und einen Hammer in der Hand, er gestikulierte wild und deutete an, dass er gleich kommen würde. Er war ein kleiner Mann; flink wie ein Eichhörnchen kletterte er vom First, fand die Sprossen der Leiter, und schon stand er vor ihr auf dem Boden.

Dicte verlor keine Zeit und wiederholte ihre Anfrage von vorhin. Manfred stand einen Augenblick reglos da, als müsse er seine Antwort abwägen.

»Sehen Sie das da hinten?«

Er nickte in Richtung Küste und Licht. »Er hat an der Steilküste gewohnt, in einem alten Fischerhaus, das er billig gekauft hatte und das eine liebevolle Hand brauchte.«

Er sah sie an. »Und das hat es von ihm bekommen. Eine liebevolle Hand. Etwas, was er bestimmt selbst nie erfahren hatte.«

Dicte ignorierte den Stachel, der sich in ihr Herz bohrte.

»Und er hat also für Sie gearbeitet? Wann war das denn?«

»Ja, er hat ein paar Jahre für mich gearbeitet, ehe er in den Knast ging. Das muss 2002 gewesen sein, oder so. Er hatte gerade seine Ausbildung beendet, ein Jahr in einem Betrieb gearbeitet und sich was für eine Anzahlung zusammengespart.«

»War er dort allein?«

»Ab und zu habe ich ein Mädchen gesehen, ich kann mich aber nicht an ihren Namen erinnern. Ich glaube aber nicht, dass sie ein Liebespaar waren, sie wirkte auf mich eher, wie eine, die nicht alleine klarkam. Da stimmte irgendwas mit ihrem Bein nicht.«

»Inwiefern? Hat sie gehumpelt?«

Er schüttelte nachdenklich den Kopf.

»Nein, eher so, als würde sie es nicht unter Kontrolle haben.«

»Wissen Sie, woher sie kam?«

»Nein. Sie hat auch nie viel gesagt, war ziemlich schüchtern. Ich habe sie seitdem auch nie wieder gesehen.«

Dicte war überrascht von den verschiedenen Zügen ihres Sohnes. Ein schüchternes Mädchen mit einem zuckenden Bein. Das klang, als hätte er sich um eine Hilfsbedürftige gekümmert. Oder war es in Wirklichkeit andersherum?

»Wer wohnt denn jetzt in dem Haus?«

Manfred zuckte mit den Schultern.

»Niemand, soweit ich weiß. Ich bin schon lange nicht mehr da gewesen. Es liegt auch ziemlich abseits der Straße.«

»Ein Fischerhaus, haben Sie gesagt?«

»Sie können es gar nicht verfehlen. Es liegt in zweiter Reihe, davor stehen zwei Fachwerkhäuser. Er hat sich eine Dachgaube gebaut, die ist grau gestrichen. Und das Haus ist gelb.«

Manfred kratzte sich mit dem Hammer am Kinn.

»Das ist echt ein hübsches Häuschen gewesen.«

Sie fuhr einfach auf das Licht und die Helligkeit zu, und plötzlich lag das Meer vor ihr, die Bucht unterhalb von Djursland im
Nordosten, die Stadt und den Wald im Rücken. Das Wasser sah
blass und glatt aus, aber sie konnte sich vorstellen, wie der Wind
an seiner Oberfläche zupfte und die Schiffe sich durch die Wellen kämpften. Weit draußen sah sie einen Frachter, der auf Ree-
de lag und auf den nächsten Auftrag wartete. Die Steilküste
erhob sich direkt hinter dem Strand. Sie folgte einem schlam-
migen Feldweg, der die grünen Felder mit Präzision zerteilte.
Die Wege hier hießen Lunkærvej, Noldervej und Resækvej und
klangen so ganz anders als andere Straßennamen.

Auf einem Pfahl saß eine Möwe und schlief, als sie sich den
gelben Fischerhäusern näherte, die an der Kante der Steilküste
standen. Sie hob zuerst nur schläfrig den Kopf, und als sie an
der steilen Wand vorbeifuhr, konnte Dicte sie im Rückspiegel
in den Himmel ragen sehen, als wären Freiheit und Raum unendlich, als gäbe es keine Grenzen.

So muss er sich hier gefühlt haben, dachte sie, als sie den Motor ausschaltete. Die ultimative Freiheit: steil nach unten und
hoch in die Luft und rechts und links nur Meer, Küste und
Strand.

Sie ließ die Schlüssel stecken, warf die Autotür zu und ging
langsam zu dem Haus in der zweiten Reihe. Es war wie die
anderen auch gelb und hatte eine graue Dachgaube, die sich
über die gesamte Länge des Gebäudes erstreckte. Man konnte
noch deutlich sehen, dass sich der Besitzer vor Jahren sehr um
das Anwesen gekümmert hatte. Es war umgebaut und ausge-
bessert worden, aber jetzt stand es leer und verfiel, die gelbe
Farbe blätterte ab, und Feuchtigkeit und Fäulnis machten den
Holzbalken unter der grauen Farbe und den Fensterrahmen
zu schaffen. Wohnte jemand da drin? Gehörte ihm das Haus
nach wie vor? Manfred hatte gesagt, dass er nicht dort sei,
aber vielleicht stimmte das nicht? Oder vielleicht war ein Zeichen von ihm da. Ein Hinweis, der sie auf seine Spur führen
könnte.

Sie versuchte, durch die Fenster zu sehen, aber die Gardinen waren zugezogen, kein einziger Lichtstrahl drang hinein. Sie wollte eigentlich klingeln, wusste hinterher aber nicht mehr, warum sie stattdessen die Türklinke heruntergedrückt hatte.

Sie trat in einen kleinen Flur und von dort ins Wohnzimmer. Es war ein weißes und schlichtes Haus: weiße Wände, weißgestrichener Fußboden, eine Sofaecke mit weißem Bezug und weiße Bücherregale, in denen sich Berge von Büchern stapelten. Allerdings war das Weiß nicht mehr ganz so weiß. Die Möbel und der Fußboden waren schmutzig, die Gardinen graubraun. Sie konnte sich sehr gut vorstellen, dass es früher sehr gemütlich und schön in diesem Zuhause gewesen war. Es stand kein Krimskrams herum, man hatte nur die Natur vor der Tür als Gesellschaft. Auch kein Fernseher, soweit sie das sehen konnte. Dafür hingen ungerahmte Bilder und Zeichnungen an den Wänden, ganz offensichtlich von ein und demselben Künstler. Ein Motiv zog sich durch alle Arbeiten: ein riesiger, brennender Baum. Sie trat ganz nah heran, um die Signatur zu lesen: PEB. Peter Boutrup?

Sie ging weiter in die Küche. Dort beschlich sie ein ungutes Gefühl. Auf dem Tisch stand benutztes Geschirr, in der Spüle stapelten sich Teller. Es roch nach Rauch! Ihr Herz begann wild zu schlagen. Hier wohnte jemand, im Haus ihres Sohnes. Sie hatte kein Recht, hier zu sein. Vielleicht war es der neue Eigentümer. Vielleicht …

»Hände hoch, sonst puste ich dir die Birne weg.«

Die Stimme war männlich, verlebt, brüchig und voller Hass. Langsam hob sie die Hände, während sich ihr Körper eigenständig dazu entschied, alle Muskeln anzuspannen und sich auf ein Projektil vorzubereiten, das unter Umständen gleich eindringen würde.

»Ich wusste nicht, dass hier jemand wohnt.«

Die Angst raubte ihr den Speichel, ihr Mund war trocken, die Zunge klebte am Gaumen. Das Herz hämmerte wie ein Motor ohne Öl. Ihre Augen brannten.

»Dreh dich um.«

Vorsichtig befolgte sie die Aufforderung. Der Mann hatte einen Schritt nach hinten gemacht. Er hatte halblanges, zerzaustes Haar, hohe Wangenknochen, die Augen glänzten. Er trug eine verdreckte Jogginghose und war obenrum nackt.

»Und jetzt geht es raus. Und marsch!«

Er wedelte mit dem Gewehr.

»Sonst bekommst du dieselbe Behandlung wie die letzten Gäste.«

Sie wollte fragen, wer er sei, aber die Angst schnürte ihr den Hals zu. Psychopath war ein Wort, das ihr sofort in den Sinn kam. Sie war mit einem Psychopathen in einem fremden Haus gefangen, und niemand wusste davon. Wenn sie nicht vorsichtig war, würde sie im Haus ihres Sohnes sterben.

Sie schob sich an dem Mann vorbei. Er stank nach Schweiß, ungewaschenen Haaren und Rauch. Während sie langsam durch Wohnzimmer und Flur das Haus verließ und sich auf ihren Wagen zubewegte, erwartete sie jeden Augenblick, eine Kugel in den Rücken zu bekommen.

KAPITEL 35

Das Café war keiner dieser Szenetreffs, in denen man hübsche Frauen in Markenklamotten und Geschäftsmänner antraf, die laut am Handy über ihren letzten Coup sprachen. Ein Blick auf das Publikum verriet sofort, dass dies das Café der Unterprivilegierten war, ein soziales Projekt der Gemeinde mit dem Ansatz, psychisch Kranke zu resozialisieren. Hier bedienten Menschen, die in dem nicht immer so feinmaschigen Netz der Sozialbehörde hängengeblieben waren, ihre Leidensgenossen, die Kumpel aus der Nachbarschaft, des Treppenaufgangs, der Umgebung. Die an den Rand Geschobenen bedienten die Ausgestoßenen. Vielleicht fühlte er sich deshalb so wohl dort.

»Kaffee«, bettelte My, die Kaj in der Wohnung in der Anholtsgade mit einer Portion Hundefutter zurückgelassen hatte. »Und Sandwich.«

Peter B bestellte bei Sofie, die manisch depressiv war und bis über beide Ohren mit Tabletten vollgepumpt. Die Frau mit der Kurzhaarfrisur war dreiundfünfzig und hatte ein Leben lang in einem inneren Konflikt mit sich gestanden, bis endlich die Diagnose Schizophrenie gestellt wurde. Da war sie vierzig. Diese Geschichte hatte sie ihm einmal vorgetragen, als er vor langer Zeit mit Cato im Café gesessen und ein Bier getrunken hatte. Drei Selbstmordversuche hatte sie hinter sich, mittlerweile nahm sie regelmäßig ihre Medikamente, die ihr Gesicht in eine starre Maske verwandelten. Sie sah aus wie jemand, der in einer Wirklichkeit lebte, die von den meisten als die einzig richtige angesehen wurde.

»Und?«, fragte Sofie. »Wo habt ihr ihn gelassen?«

Er bezahlte und beobachtete sie, wie sie die Becher mit Kaffee füllte. Hier gab es keine Espressomaschine. Man bekam einen Filterkaffee und ein Sandwich aus Toastbrot mit je einer Scheibe Gummikäse und Formschinken. Aber das Lokal war ordentlich und sauber, und in der Regel benahmen sich die Gäste auch anständig.

»Das wollte ich dich gerade fragen.«

Er sah sich im Café um, in dem vier Menschen mittleren Alters, zwei Männer und zwei Frauen, an einem Tisch am Fenster saßen und Karten spielten. Die anderen Gäste saßen paarweise an Tischen und tranken Kaffee oder helles Bier. Zwei saßen allein. Der eine Gast war eine Frau in einer grauen Jacke, den Wollschal um den Hals gewickelt. Ihr Blick schweifte in die Ferne, mit den Händen hielt sie einen Becher Tee umklammert. Der andere einsame Gast, ein junger Mann mit dicken Brillengläsern und Dreitagebart, saß konzentriert über einen Skizzenblock gebeugt und zeichnete und machte sich Notizen.

Sofie schob die Zuckerdose über den Tresen.

»Ich hab ihn schon seit Tagen nicht mehr gesehen.«

»War Lulu nicht bei dir und hat nach ihm gefragt?«

»Dooch, aber das ist auch schon eine Woche her. Sie rechnet wohl auch damit, dass er einfach wieder auftaucht.«

Sie griff nach einem Glas, füllte es mit Wasser und trank es leer. »Das tut er in der Regel ja auch.«

»Wo kann er denn sonst noch sein? Wen kennt er noch?«

Sie ließ ihren Blick durch den Raum schweifen, der einem Innenarchitekten Magenkrämpfe verursacht hätte. Kommunales Design war noch das Netteste, was man darüber sagen konnte. Und braun. Braune Gardinen, hellbraune, laminierte Tische, beigefarbene Wände und braune Lampen, die über jedem der acht Tische hingen.

»Die da drüben«, sagte sie und zeigte zu den Kartenspielern. »Er hat ab und zu bei denen mitgemacht, wenn ihnen der vierte Spieler für Whist fehlte.«

Sie lehnte sich über den Tresen.

»Hey, Kleeblatt. Hat einer von euch den Langen gesehen, ihr wisst, der, der ab und zu bei euch mitspielt?«

»Cato?«

Eine sehr dicke Frau machte einen Stich, nahm die Karten an sich und riss sich vom Spiel los. »Meinst du den Cato?«

»Cato, ja, genau der«, sagte My mit überdeutlicher Betonung, aber vollem Mund.

Die Frau schüttelte den Kopf.

»Ich habe ihn schon lange nicht mehr gesehen. Ich dachte, der ist auf Entzug.«

»Er ist verschwunden«, erläuterte Sofie. »Ihn hat schon seit Wochen keiner mehr gesehen.«

»Vielleicht ist er vor die Hunde gegangen«, sagte einer der Kartenspieler und fuhr fort: »Pass.«

»Wo geht man hin, wenn man vor die Hunde geht?«

Diese Frage müsste er sich eigentlich auch selbst beantworten können, dachte Peter Boutrup. Allerdings hatte er diesen Schritt nie gemacht, über den Abgrund hinaus. Warum, wusste er auch nicht, denn Inspiration dafür hatte er ausreichend in seinem Umfeld gehabt.

»Probiert es mal im Obdachlosenasyl am Ende der Jæger-gårdsgade.«

Der Mann mit dem Skizzenblock hatte sich zu Wort gemeldet. Er betrachtete Peter durch die dicken Brillengläser. »Zumindest sind dort viele, die vor die Hunde gegangen sind.«

Dort hatte er Cato nur ein einziges Mal abgeholt, als dieser einen Megarausch in Kombination mit Methadon gehabt hatte, das er damals regelmäßig von der Apotheke am Store Torv bezog. Es war zwar eine schlechte Idee, My mitzunehmen, aber sie konnte man nicht einfach irgendwo parken, stattdessen gingen sie nach Hause, um vorher Kaj zu holen.

»Ein Hund, um damit vor die Hunde zu gehen«, sagte My belustigt und befestigte die Leine an Kajs Halsband.

Voller Fürsorge untersuchte sie den Hund, wie eine Mutter, die zu lange von ihrem Kind getrennt war.

»Kaputt, tststs.«

Sie nahm den kleinen Metallstern vom Halsband, auf dem der Name des Hundes und eine Telefonnummer standen. Und richtig! Der kleine Stahldraht, der den Stern befestigte, war aufgebogen und kurz davor, abzufallen. Mit einer tiefen Sorgenfalte auf der Stirn ließ My den Stern in ihrer Jackentasche verschwinden.

»Das kriegen wir wieder in Ordnung«, versprach er, wie er ihr immer versprochen hatte, ihr Leben in Ordnung zu bringen. Aber würde es ihm auch bei dieser Sache gelingen? Da war er sich nicht so sicher.

Sie liefen die ganze Strecke zu Fuß. My hüpfte neben ihm auf und ab, Kaj tänzelte mit federndem Gang vor ihnen her, die Nase dicht über dem Bürgersteig und darauf bedacht, keinen Laternenpfahl auszulassen. Er selbst, der Dritte in diesem sonderbaren Bund, trug jetzt eine Glatze und einen Bart, der mithilfe von Miriams Haarfärbemittel tiefschwarz war. Er war der Ansicht, dass dieses Trio die beste Tarnung war, die er sich wünschen konnte.

Das Obdachlosenasyl lag am Hafen, hier durften die Besucher

ihre mitgebrachten Getränke verzehren, was sowohl für die Angestellten als auch die anderen Gäste oft eine Herausforderung bedeutete. Die Besucher waren Frühpensionierte und andere, die hier ihre Karrieren als staatlich anerkannte Pflegekinder begonnen hatten. Ins Asyl führten mehr Stufen hinunter als in das Café, von dem sie kamen. Und dort sah man jene Menschen, aus Fleisch und Blut, die gemeint waren, wenn die Zeitungen vom »Bodensatz der Gesellschaft« und von den »sozialen Außenseitern« sprach. Es waren die selten Interviewten. Die Heimatlosen. Die Vogelfreien. Die Mittellosen. Im Asyl gab es keine Körpervisite oder Registrierung. Man konnte einfach kommen, ohne dass jemand Fragen stellte. Sofern geöffnet war.

An diesem Tag saßen sie draußen.

»Die haben geschlossen. Die haben alles gekürzt!«, sagte ein sehr bärtiger Mann, der mit seinen Kumpeln auf der Bank saß, ein Bier in der Hand, einen schwarzen Hund zu seinen Füßen. Kaj beschnupperte freundlich den Artgenossen, der zur Begrüßung mit dem Schwanz wedelte.

»Pass bloß auf, sie ist läufig, das liederliche Biest«, sagte ein Zweiter auf der Bank und lachte so laut auf, dass es in seiner Brust rasselte. »Wenn euer Polizeihund sie besteigt, verlangen wir Alimente, da kannste einen drauf lassen!«

»Dermaßen!«, fügte eine dritte Stimme hinzu. Sie gehörte einer Frau, die mehrere Schichten Kleidung trug und sie aus roten Augen ansah. Sie hustete und nieste.

»Verdammte Erkältung.«

»Du hast bestimmt 'ne Lungenentzündung«, sagte der Mann mit dem langen Bart. »Weil die alles kürzen. Jetzt müssen wir hier draußen in der Kälte hocken.«

»Kennt ihr einen Typen, der Cato heißt?«

Den kannten sie. Das war ein Netter. Der gab immer was von seinem Biervorrat ab. Super Typ. Aber sie hatten ihn in letzter Zeit nicht mehr gesehen.

Und selbst wenn sie ihn gesehen hätten, wäre wahrscheinlich jede Erinnerung von ihren alkoholvernebelten Gehirnen gelöscht worden, dachte er. My brachte es auf den Punkt: »Die haben Löcher im Kopf, da, wo der Erinnerer sitzt.«

Sie trotteten wieder nach Hause, wenn man ein Minibordell als ein Zuhause bezeichnen konnte. Kaj wirkte aufgeputscht nach seiner Begegnung mit der Hündin und schnupperte an allem und jedem. My sah nachdenklich aus.

»Vielleicht hat er es verkauft!«, sagte sie schließlich.

»Was verkauft? Und wer?«

»Cato. Er hat gesagt, er hat was, für das er Geld bekommen kann.«

Er blieb mitten auf der Nørregade stehen.

»Wovon redest du da? Was sollte er denn bitte verkaufen können? Er besitzt doch nichts, hat noch nicht einmal genug, um sich ein Busticket zu kaufen?«

My hatte einen geheimnisvollen Blick aufgesetzt. Ihre Augen verengten sich zu Schlitzen. Sie spitzte die Lippen.

»Er hat gesagt, dass es viel Geld wert ist.«

KAPITEL 36

»Zwei Flakgeschütze, zwei Maschinengewehre, verschiedene Automatikwaffen sowie einige Pistolen und Handgranaten.«

Die Hand mit der Zimtschnecke wedelte durch die Luft, während der erfahrene Polizeibeamte das Ergebnis der letzten Razzia aufzählte, als stünde es auf einem Einkaufszettel für den Schlachter. Samuel Weinreich leitete die aktuellen Ermittlungen im Bandenkrieg, die Wagner parallel zu seinem Fall verfolgt hatte. Das gute, kollegiale Klima sorgte glücklicherweise dafür, dass Weinreich keine Probleme damit hatte, seine Ermittlungsergebnisse mit anderen zu teilen. So auch in diesem Fall über die Waffenfunde, die anlässlich diverser Hausdurchsuchungen im Rahmen des Bandenkriegs in Århus sichergestellt worden waren. Im Gegenzug hielt Wagner seinen Kollegen mit allen Einzelheiten im Adda-Boel-Fall auf dem Laufenden und erzählte ihm auch von dem vollkommen nutzlosen Verhör des verletzten Omar Said im Krankenhaus.

»Die sagen nie was. Das ist wie bei den Rockern. Die sitzen lieber ihre Strafe im Gefängnis ab, als den Rest der Gruppe mit reinzuziehen.«

Sie saßen in der Kantine. Eine Thermoskanne Kaffee stand auf dem Tisch und machte fiepende Geräusche. Wagner lehnte die Zimtschnecke dankend ab, obwohl sie vorzüglich aussah. Aber er hatte Sodbrennen.

Weinreich dagegen stopfte sie sich genüsslich in den Mund.

»Du fragst dich bestimmt, wie das alles zusammenhängt«, sagte er mit vollem Mund und schluckte runter. »Ich kann verstehen, wenn sie damit Francesca Olsen Angst machen wollten. Denn sie verheißt schlechte Neuigkeiten für die Banden, für beide Seiten! Sie will sie aus der Stadt vertreiben, deren Versammlungsorte schließen, sie am liebsten vierundzwanzig Stunden am Tag überwachen lassen und so weiter und so fort.«

Er fuchtelte ein weiteres Mal mit der Hand, jetzt hielt sie nur noch eine halbe Zimtschnecke. Wagner wusste, was er meinte. Francesca Olsen saß den Banden im Nacken, wie noch kein Bürgermeister vor ihr es je gewagt hatte.

»Wenn die also – ich meine Omar Said und seine Jungs – in einem Aufwasch auch noch das Selbstbewusstsein der Rocker empfindlich erschüttern können, passt das doch hervorragend. Deshalb verstehe ich das mit dem Solarium auch. Damit haben sie nämlich das Herz der Geldwäsche getroffen. Mit dem Einbruch bei Francesca Olsen und den Explosionen haben sie gleich zwei Dinge auf einmal erreicht: Sie haben politisch ein Zeichen gesetzt und dem Erzfeind einen Schlag verpasst. Das reimt sich doch alles sehr gut zusammen.«

Weinreich nahm einen herzhaften Bissen von seinem Teilchen und kaute weiter.

»Aber dein Mord da ist eine andere Sache. Du fragst dich, ob die Banden was damit zu tun haben?«

»Ich suche nach Zusammenhängen. Tun wir das nicht immer?«

Weinreich nickte.

»Aber hier kann ich keine sehen. Da geht es um etwas anderes. Du solltest nicht Äpfel mit Birnen vergleichen, das wäre mein Rat. Wenn diese Gruppen Morde begehen, dann bringen die sich gegenseitig um. Etwas anderes ergibt keinen Sinn.«

Er hatte das schon einmal gehört und hatte auch versucht, sich selbst davon zu überzeugen. Aber irgendetwas zog ihn nach wie vor in die andere Richtung.

»Mein Problem ist, dass ich nicht an Zufälle glaube. Alles hat eine Ursache. In der Regel ist das so.«

Weinreich schob sich das letzte Stück von der Zimtschnecke in den Mund und rieb sich die Krümel von den Händen.

»Aber wie passt das dann alles zusammen? Warum sollten Omar Said und seine Männer eine schwerbehinderte Frau umbringen, die in keiner Verbindung zum Bandenmilieu steht?«

»Ich glaube ja auch nicht, dass sie es waren. Aber Tatsache ist, dass die Explosion im Solarium schuld daran war, dass wir die eigentliche Todesursache erst viel später als üblich ermitteln konnten. Denn sonst hätte jemand sie vorher gefunden – eine Freundin kam zum Beispiel in der Regel donnerstags von 15:30 bis 16:30 –, und Gormsen hätte die Todesursache feststellen können.«

Weinreich betrachtete ihn eine Weile schweigsam. Dann leerte er seinen Kaffeebecher.

»Ich glaube es trotzdem nicht«, sagte er. »Die würden sich mit so etwas nicht belasten, wenn sie nicht gezwungen wären. Oder wenn sie daraus einen Nutzen ziehen könnten, aber den kann ich beim besten Willen nicht erkennen.«

Er stand auf.

»Aber wir beide bleiben im Kontakt, okay? Jede noch so kleine Information könnte für uns beide interessant sein.«

Wagner nickte.

»Es gibt da einen Zusammenhang. Und ich werde ihn herausfinden.«

»Oder wenn sie daraus einen Nutzen ziehen könnten.«

Weinreichs Worte drehten sich in seinem Kopf, während er mit Lena Lund zum Kantorparken in Vejlby unterwegs war, um mit der besagten Freundin Astrid Bak zu sprechen, die jeden Donnerstag zu Besuch gekommen war.

»Was könnte das für ein Nutzen sein?«

Aber auch Lena Lund wusste keine Antwort. So, wie sie auch am Morgen seinen Fragen ausgewichen war, warum sie einfach unangemeldet an Tatorten auftauchte und ganz offensichtlich ihre eigene Theorie über den Fall hatte. So wie die, dass Dicte Svendsen involviert war. Die Informationen über den Besuch bei Svendsen waren ins morgendliche Abteilungsmeeting eingeflossen, während er sich innerlich noch mit der McDonald's-Sache beschäftigte. Wie nebenbei hatte Lena Lund das erwähnt, als hätte sie gehofft, er würde es schlucken. Aber es hatte ihn wütend gemacht. Er war noch immer wütend. Je mehr er darüber nachdachte, desto mehr verfluchte er Hartvigsen Personalentscheidung, ihm Lena Lund ins Team zu setzen. Warum sollten sie Dicte Svendsen da mit reinziehen, wenn jeder glasklar sehen konnte, dass sie gar nichts damit zu tun hatte? Er überholte einen Tankwagen, der sich einen Hügel hinaufquälte.

»Warum haben Sie mir nicht davon erzählt? Das verstehe ich einfach nicht?«, sagte er mit Blick auf den Verkehr vor ihm und die niemals endenden Straßenarbeiten.

Lena Lund unterdrückte einen Seufzer.

»Ich wiederhole. Ich habe Sie gefragt, ob es in Ordnung wäre, sie zu überprüfen. Und nur das habe ich getan.«

»Aber Sie haben mich nicht über das Ergebnis in Kenntnis gesetzt.«

Jetzt hörte man den Seufzer, fast demonstrativ klang er.

»Aber es gab kein Ergebnis. Kein unmittelbares. Es war nur so ein Gefühl, und ich komme nicht mit Gefühlen zu Ihnen. Ich warte, bis ich etwas in der Hand habe.«

Er wandte sich zu ihr. Sie aber drehte den Kopf weg und sah aus dem Seitenfenster.

»Außerdem bin ich der Ansicht, dass es nur förderlich sein kann, wenn jemand sie unvoreingenommen und mit frischem Blick prüft. Jemand, der sie nicht kennt.«

Er hörte Hartvigsen da sprechen und verkniff sich eine scharfzüngige Antwort. Stattdessen zwang er sich, Fragen zu stellen, denn bei einer Dicte Svendsen wusste man nie, insofern hatte Lena Lund natürlich recht.

»Sie meinen also, sie hat etwas mit dem Solarium-Fall zu tun? Inwiefern?«

Sie sah ihn an mit diesem Blick einer übereifrigen Ermittlerin.

»Weil sie lügt. Oder nicht die Wahrheit sagt oder wie wir das auch immer nennen wollen. Haben Sie Frau Svendsen bei der letzten Pressekonferenz gesehen?«

Er hatte sie registriert, aber kein einziges Mal zu ihr hingesehen.

»Ich habe sie die ganze Zeit beobachtet. Und sie hat besonders stark reagiert, als das Foto von Boutrup gezeigt wurde.«

Lena Lund richtete den Blick nach vorne: »Sie kennt ihn. Sie weiß, wer er ist, darauf verwette ich meine Polizeimarke.«

Wagner fuhr schweigend weiter. Dann wuchs ein Lächeln in ihm bei der Vorstellung, dass diese beiden Frauen in einem Raum saßen: Dicte Svendsen und Lena Lund waren in vielen Dingen vollkommen verschieden, aber es gab auch Ähnlichkeiten. Dieser Drang, als Einzelkämpfer zu arbeiten, die Lust an Geheimniskrämerei und das extrem egoistische Bedürfnis, sich hervorzutun und besser als alle anderen zu sein. Er konnte sich keinen Menschen vorstellen, mit dem Dicte größere Schwierigkeiten haben würde als mit Lena Lund, und andersherum. Bei dieser Unterhaltung wäre er für sein Leben gerne ein Floh im Fell vom alten Svendsen gewesen.

Nachdem sie von der Befragung der Freundin Astrid Bak zurückgekehrt waren, rief er seinen guten Freund Kim Meinert an, mit dem er in seiner Zeit schon an zwei großen Mordfällen gearbeitet hatte. Meinert war mittlerweile pensioniert und lebte in Ålborg. Er war einer der Kollegen, die ihre Chance im Zuge der Polizeireform genutzt und sich früh in den Ruhestand verabschiedet hatten. Wagner kam ohne Umschweife zur Sache.

»Wir haben eine sehr gute Ermittlerin von euch geerbt. Lena Lund. Kennst du sie?«

»Die eiserne Lady!«

Wagner hörte das Grinsen förmlich. »Dann wünsche ich euch Glück auf. Das werdet ihr gebrauchen können.«

»Wie meinst du das?«

»Das hast du bestimmt schon selbst festgestellt, sonst hättest du nicht angerufen. Du hast einen Fuchs im Hühnerstall, wenn ich diese etwas unpassende Metapher verwenden darf. Lena Lund ist eine Expertin darin, in einem Ermittlerteam Zwietracht zu säen, ihre Vorgesetzten infrage zu stellen und hinter dem Rücken aller zu agieren. Aber in einer Sache hast du recht: Sie ist wirklich gut!«

»Aber wohl auch nicht unfehlbar?«

»Weit entfernt! Ich könnte dir gleich fünf Beispiele nennen für ihre missglückten Methoden. Zu harsch bei der Zeugenbefragung; zu starke Fixierung auf den Hauptverdächtigen, ohne Berücksichtigung von Alternativen; zu eigenständige Ermittlungen. Warum, glaubst du, ist sie nach Århus gezogen?«

Wagner überlegte kurz, ob er sich zum Schutz bekreuzigen sollte. Das war eine Dicte Svendsen mit Polizeimarke und einem Ehrgeiz, der so groß war wie das Hochhaus, das zum Glück doch nicht am Hafen von Århus errichtet werden würde.

»Was weißt du denn von ihr? Ich meine Familie, Freund und so weiter.«

»Vergiss es.«

»Warum?«

»Das ist vermintes Gelände«, sagte Meinert. »Ich kenne die ersten zehn jungen Polizeibeamten, die es versucht haben.«

»Na ja, ich wollte doch nicht ...«

»Nein, klar, sie macht einen schon neugierig. Aber an die

kommt niemand ran. Nur, warum bloß nicht? Sie wohnt allein, zumindest hat sie es damals getan.«

»Sie ist fünfunddreißig«, sagte Wagner. »Sie muss doch ein Leben haben, neben dem Job, meine ich. Oder wenigstens eine Vergangenheit?«

Meinert hustete, als er sich wieder meldete, klang seine Stimme nicht mehr so fröhlich: »Hatten wir denn damals eins? Ein Leben neben dem Job? So richtig?«

Wagner musste an die Jahre mit Nina denken. Sie hatte sich um die Kinder gekümmert. Er musste auch an Alexander denken, den er kaum noch wiedererkannte. Er versuchte das Unbehagen abzuschütteln und gab nur einen kehligen Laut als Antwort.

Kaum hatte er das Gespräch mit Kim Meinert beendet, klingelte sein Handy. Erik Haunstrup von der Kriminaltechnischen Abteilung war dran.

»Ich habe Neuigkeiten vom ENFSI-Labor in Den Haag geschickt bekommen.«

»Ja, erzähl?«

»Die norwegischen Kollegen haben den Sohlenabdruck identifizieren können. Der ähnelt zum Verwechseln einem Abdruck aus einem anderen Fall, den sie behandelt haben.«

Wagners Hoffnung stieg wie das Quecksilber in einem Thermometer bei Sonnenbestrahlung.

»Die Schuhe sind von der Marke Adidas Superstar G2, in der Wölbung der Sohle ist eine silberner Niete angebracht und an der Schuhspitze sind spezielle Nähte verarbeitet. Sie haben mir zugesagt, ein Foto zu schicken.«

Wagner nickte, obwohl der andere ihn nicht sehen konnte.

»Gute Arbeit. Setz dich doch bitte mit dem Hersteller in Verbindung und frag den, wie viele von denen nach Dänemark importiert und in welchen Geschäften sie verkauft wurden.«

KAPITEL 37

Dicte fuhr, als wäre der Teufel hinter ihr her. Der bewaffnete Mann war ihr bis zu ihrem Wagen gefolgt, den Finger am Abzug. Panisch hatte sie die Tür aufgerissen, den Motor gestartet und war davongerast, am ganzen Körper zitternd. Mehrmals war sie in ihrer Aufregung sekundenlang gefährlich nahe an die Kante der Steilküste geraten. Hektisch hatte sie immer wieder im Rückspiegel überprüft, ob er sie verfolgte. Sie spürte noch den Abdruck der Gewehrmündung auf ihrem Rücken.

Der Wagen protestierte gegen die unfreundliche Behandlung und scherte immer wieder aus. Verzweifelt hielt sie nach einem Haus Ausschau, nach einem Zeichen von Zivilisation, aber sie musste eine ganze Strecke Richtung Stadt fahren und die Küste hinter sich lassen, bevor sie den ersten Hof erblickte. Vielleicht drückte sie aus lauter Erleichterung aufs Gaspedal, aber das hätte sie nicht tun sollen: Schmutz auf der Fahrbahn brachte den Fiat ins Schlingern, und ehe sie es sich versah, saß der Wagen in einer tiefen Schlammlache. Die Reifen drehten durch, ohne festen Boden zu gewinnen.

»Jetzt komm schon, verdammt.«

Sie betätigte das Gaspedal, so, wie sie es gelernt hatte, und kontrollierte mit einem Blick in den Rückspiegel die Straße hinter sich. Zum Glück aber sah sie nur den verschmutzten Weg, der sich durch die Landschaft schlängelte. Keine Spur von einem Mann mit Gewehr.

Schließlich gab sie auf und schaltete den Motor aus, eine unheimliche Stille umgab sie. Von der Straße führte in ein paar Metern Entfernung ein kleiner Weg auf den Hof. Konnte sie das riskieren? Was, wenn niemand zu Hause war? Natürlich konnte sie jederzeit die Polizei rufen, aber wie sollte sie denen erklären, dass sie einfach so in ein Haus eingedrungen war? Das war alles nicht so einfach.

Ein letztes Mal überprüfte sie, dass ihr auch niemand gefolgt war. Dann öffnete sie vorsichtig die Fahrertür und stieg aus. Ihre

Beine knickten unter ihr weg, und sie musste sich am Autodach festhalten. Dann erst nahm sie ihre Tasche und machte sich auf den Weg, zuerst ging sie, dann lief sie, so schnell sie konnte.

Die Auffahrt war gigantisch und verlassen, bis auf die obligatorische Katze, die auf einer Mauer saß und sich putzte. Es war ein sehr moderner Hof. Die Scheune sah nagelneu aus und das große, glänzende Getreidesilo auch. Das Wohngebäude war ein modernes Einfamilienhaus und hätte genauso gut auf einem großzügigen Grundstück in Risskov stehen können. Allerdings hätte es dann wahrscheinlich auch das Doppelte gekostet.

Sie drückte die Klingel und zuckte zusammen.

»Bitte seid zu Hause«, flüsterte sie. »Lasst mich rein!«

Es dauerte eine Ewigkeit. Dann endlich hörte sie Schritte, und ein Mann in ihrem Alter öffnete die Tür. Er trug ein langärmeliges weißes Unterhemd, das er in seine Arbeitshose gesteckt hatte, die wiederum von roten Hosenträgern gehalten wurden. In einer Hand hielt er ein Käsebrot, auf dem letzten Bissen kaute er noch herum.

»Sind Sie von der Getreide- und Futterzentrale?«

Diese Frage verschlug ihr für einen Augenblick den Atem, sie musste nach Luft schnappen.

»Ich wollte nur … Ich bin draußen im Schlamm steckengeblieben … Ich war an der Klippe beim Fischerhäuschen … Das mit der grauen Dachgaube.«

Der Mann legte die freie Hand gegen den Türrahmen und lehnte sich dagegen.

»Ich warte nämlich auf die Futterzentrale und habe mir so lange einen Happen zu essen gemacht.«

Er wedelte mit dem Käsebrot in der Luft. »Sie sehen, ehrlich gesagt, aus, als hätten Sie ein Gespenst gesehen. Geht es Ihnen gut?«

Dicte bekam keine Gelegenheit, zu antworten, denn der Mann ließ den Türrahmen los, trat einen Schritt zur Seite und machte eine einladende Geste. »Kommen Sie doch erst mal rein. Und dann müssen wir Sie aus dem Schlamm da rausholen.«

Sie folgte ihm, zog die Tür hinter sich zu und unterdrückte das starke Bedürfnis, die Kette vorzuhängen. Sie war hier in Sicherheit. Kein Grund zur Panik. Er führte sie in eine geräumige Küche mit schweren Eichenmöbeln.

»Wollen Sie einen Kaffee?«

Er wartete die Antwort nicht ab, sondern griff nach der Thermoskanne, füllte einen Becher voll und stellte ihn mit einem Teelöffel auf den Küchentisch. Sie setzte sich dazu. Vor ihr standen Milch und Zucker.

»Meine Frau ist gerade in London«, erzählte er unaufgefordert, als würde er sie als Gesprächspartner vermissen und darum den erstbesten Ersatz dankend annehmen. »Sie ist mit unserer Tochter heute Morgen losgeflogen, von Tirstrup. Mit Ryanair. Das ist, ehrlich gesagt, billiger als ein Wochenende in Kopenhagen, hat sie gesagt.«

Jedes »ehrlich gesagt« wurde von einem Kopfschütteln begleitet. Sie nahm einen Schluck Kaffee, der eine angenehme Wärme im Körper verbreitete und ihre Angst dämpfte.

Sie holte das Foto von Peter Boutrup aus der Tasche und schob es ihm über den Tisch zu.

»Ich bin auf der Suche nach ihm hier. Er hat mal in dem Fischerhäuschen gewohnt.«

Der Mann betrachtete das Foto und nickte.

»Peter. Aber das ist schon ein paar Jahre her. Wir hatten gerade angefangen zu bauen, und er hat uns immer wieder bei Kleinigkeiten geholfen. Das war ehrlich gesagt eine schlimme Geschichte.«

»Was ist denn passiert?«

Der Mann sah aus dem Küchenfenster auf die leere Auffahrt.

»Keiner weiß genau, was wirklich passiert ist. Wir haben nicht so viel mitbekommen, aber es gab ja einen Toten. Der wurde erschossen, und Peter kam ins Gefängnis. Also so …«

»Und was ist aus dem Haus geworden?«

»Ich glaube, er hat es vermietet. Vielleicht hat er mittlerweile auch verkauft.«

Der Mann nahm einen großen Schluck. Sie konnte in seinen Augen sehen, dass in ihm Vorbehalt und Erzählfreude gegeneinander kämpften.

»Ich kann mir eigentlich nicht vorstellen, dass er wieder hier zurückkommen wird. Die Erinnerungen, Sie wissen schon …«

»Ich war vorhin im Haus und wurde von einem Mann mit dem Gewehr bedroht.«

Das klang so dämlich, und sie begriff nicht, warum sie ihm das erzählte. Wozu sollte das gut sein? Und trotzdem hatte sie nach wenigen Minuten fast die ganze Geschichte ausgebreitet. Von ihrer Suche in den Baumärkten der Umgebung, der Begegnung mit Martin und seiner Frau und von den Ereignissen im Fischerhaus.

»Er ist mein Sohn. Aber ich kenne ihn nicht.«

Der Mann nickte, und es sah aus, als würde er es verstehen.

»Ich konnte ihn immer gut leiden«, sagte er. »Er war, ehrlich gesagt, ziemlich gewissenhaft. Uns hat er nie etwas getan, war immer freundlich und so. Darum war das ja so ein Schock.«

Sie schwieg. Plötzlich wusste sie, dass sie zuhören musste.

»Meine Tochter. Sie war damals zehn Jahre alt.«

Er senkte den Kopf. »Sie hat eine Behinderung, Mongolismus.«

Er stand auf und holte aus dem Wohnzimmer ein gerahmtes Foto. Vater, Mutter und Kind vor dem nagelneuen Haus in der Sonne. Das Mädchen strahlte übers ganze Gesicht, das die charakteristische Flächigkeit und die schräg gestellten Augen hatte. Ihre Haare waren zu Zöpfen geflochten, in denen weiße Schleifen saßen.

»Sie heißt Andrea.«

»Sie sieht süß aus.«

Sie sah, wie er schluckte.

»Sie ist unser einziges Kind. Peter war wirklich nett zu ihr, sein Hund war immer mit dabei, ein Schäferhund, und dann haben sie zu dritt gespielt. Sie haben Ball gespielt oder Stöcke geworfen oder so was, es war immer, als ob …«

213

Er blinzelte und schüttelte wieder den Kopf.

»Es war, ehrlich gesagt, so, als ob Peter, aber auch der Hund einen ganz besonderen Zugang zu Andrea hatten, sie strahlte immer so. Ich weiß gar nicht, wen sie mehr liebte, Peter oder Thor.«

Er hatte also einen Hund gehabt, der Thor hieß.

»Das war ein toller Hund. Folgte ihm auf den Fuß, gehorsam wie nur irgendwas. Grenzenlose Liebe.«

Er stellte den Bilderrahmen auf den Küchentisch und betrachtete das Foto eine Weile gedankenversunken. Seine Frau war drall, hatte Lachgrübchen und dunkles, kurzgeschnittenes Haar. Die Tochter hatte ihre Augenfarbe: Dunkelblau.

»Was ist mit dem Hund passiert?«

Er riss sich vom Foto los.

»Der ist doch erschossen worden. Was ich gehört habe, ist, dass es irgendwie zu einer Auseinandersetzung kam, und jemand hat den Hund erschossen, und den hat Peter dann wohl umgebracht. Obwohl keiner wirklich weiß, was da abgelaufen ist. Soweit ich weiß, hatte er gestanden, und das war es dann.«

Wieder musste er schlucken.

»Das klingt vielleicht total verrückt, aber dieser Hund bedeutete ihm wirklich sehr viel. Vielleicht war ihm einfach alles andere egal, als er getötet wurde.«

Dicte schloss die Augen. Sie hatte diese Geschichte schon einmal gehört, aber noch nicht so, voller Emotionen. Der Mann leerte seinen Becher und sah auf die Uhr.

»Na, dann wollen wir mal zusehen, dass wir Sie da aus dem Matschloch holen. Zum Glück haben wir ja einen Traktor.«

Sie verließen das Haus. Es war nicht mehr so diesig wie zuvor, so, als hätte sich der Nebel über der Küste gelichtet, damit das Licht an Kraft gewinnen konnte. Der Traktor machte seine Sache gut, und Dictes Fiat war innerhalb von Sekunden befreit.

»Sie haben vorhin gesagt, dass es zu einer Auseinandersetzung gekommen war. Wissen Sie, was er für Freunde hatte?«

Der Mann lächelte.

»Na, eher so von der Schattenseite der Gesellschaft, würde ich sagen. So von allem etwas. Einmal sind wir ihm begegnet, da hatte er zwei ... sagen wir leichtlebige Damen an seiner Seite. Die waren aus Århus zu Besuch gekommen, wo sie ein Bordell betreiben. Aber das wirkte nicht so, als wäre das ein Geheimnis ...«

»Eine letzte Frage noch.«

Sie hatte die Fahrertür geöffnet, bereit, sich zu verabschieden.

»Als ich in dem Haus von Peter war, habe ich Bilder an den Wänden gesehen. Die waren alle mit PEB signiert.«

Er nickte.

»Das kann schon hinkommen. Er hat mir erzählt, dass er das Licht hier draußen so gerne mochte.«

»Viele von den Arbeiten haben einen brennenden Baum als Motiv. Sie wissen nicht zufällig, warum?«

Er schüttelte den Kopf.

»Wissen Sie, ob er religiös war?«

Er schien angestrengt in seiner Erinnerung zu graben.

»So gut kannten wir ihn auch nicht. Aber einmal hat er gesagt, dass er sich gut vorstellen könnte, dass es eine Hölle gibt. Denn er hätte sie mit eigenen Augen gesehen.«

KAPITEL 38

Es war Samstagmorgen um halb acht, und die Kirche war menschenleer.

Francesca ging langsam durch den Mittelgang auf den Altar zu. Ihr Haar war mit einem Tuch bedeckt, den Kopf hielt sie gesenkt. Sie trug einen langen schwarzen Mantel, der bis zum Boden reichte. Ihre Beine fühlten sich schwer an, wie Fremdkörper schleppte sie sie hinter sich her. Auch ihr Herz war schwer.

Sie war früh am Morgen von Telefonklingeln geweckt worden. Ein Journalist, Karl Henriksen, hatte sie um einen Kommentar zu einer Geschichte gebeten, die in der Sonntagsausgabe seiner Zeitung, der *NyhedsPosten*, erscheinen sollte. Sie wusste sofort, dass er nur ein Handlanger von diesem Jimmi Brandt war, der die Story über die schwarzarbeitende Putzfrau veröffentlicht hatte.

»Was denn für eine Geschichte?«

Sie hätte niemals das Gespräch annehmen sollen, hatte sie noch gedacht, während sie sich aus Asbjørns Umarmung löste und dabei dem Blick des Mannes begegnete, der über ihrem Bett am Kreuz hing. Ein Stich hatte sie durchfahren und einen Ort tief in ihrem Inneren berührt, wo die Lehrsätze und Gebete aus ihrer Kindheit für alle Zeit verwahrt waren. Hatte sie diese Gebote alle verraten? Wann war sie das letzte Mal in der Kirche und bei der Beichte gewesen?

»Können Sie bestätigen, dass Sie sich in mehreren Fällen Sex mit jungen Männern erkauft haben?«, fragte Karl Henriksen.

»Wie bitte?«

»Einer unserer Journalisten ist im Besitz eines Interviews mit einem Mann namens Klaus Bonderup, zweiundzwanzig Jahre alt, der damals als Callboy in einer Escortfirma gearbeitet hat. ›AlloverEscort-Service.com‹ heißt sie und vermittelt im Internet entsprechende Dienste.«

»Das kann ich mit Bestimmtheit dementieren. Ich habe noch nie zuvor von dieser Firma gehört«, log sie ganz automatisch.

»Auch nicht von ›AlwaysCompleteDiscretion.com‹, die ein Ableger davon ist?«

»Nein, das hat nichts mit mir zu tun.«

Sie saß aufrecht im Bett, hatte Asbjørn den Rücken zugewandt. Jede Faser ihres Körpers war in Alarmbereitschaft.

»Worauf zum Teufel wollen Sie hinaus? Warum sollte ich damit zu tun haben?«

Der Journalist erklärte ihr die Umstände ausführlich und sehr geduldig.

»Ich mache hier auch nur meinen Job. Ich wurde gebeten, Sie anzurufen, um Ihnen bezüglich des Artikels einige Fragen zu stellen und Ihnen die Möglichkeit einer Stellungnahme einzuräumen.«

»Na, dann grüßen Sie bitte Jimmi Brandt von mir und richten Sie ihm aus, wenn Sie auch nur eine Zeile davon drucken, werden Sie wegen Verleumdung verklagt. So schnell können Sie keine neue Auflage drucken.«

»Wir verfügen allerdings über zwei unabhängige Quellen, die unsere Geschichte bestätigen.«

»Und wie viel haben Sie denen bezahlt?«

Darauf erwiderte er nichts. Ihr Gehirn stand kurz vor einer Implosion. Sie musste Zeit schinden, um nachdenken zu können.

»Hören Sie. Sie werden einen Kommentar bekommen, aber nicht jetzt in diesem Moment.«

»Wann dann?«

Die Gedanken wirbelten wie Pfeilspitzen durch ihren Kopf und verursachten stechende Kopfschmerzen. Sie drehte sich zu Asbjørn um, der nackt auf dem Bett lag, das Laken bedeckte seinen Schritt, seine Brust hob und senkte sich gleichmäßig. Aber in seinen Augen sah sie aufrichtige Sorge.

»Später«, sagte sie. »Heute Nachmittag. Ich rufe Sie an.«

»Zeitpunkt?«

»Um 15 Uhr.«

Sie ging das Telefonat in Gedanken durch, wie ein Gespräch mit dem Bösen höchstpersönlich, während sie vor dem Altar niederkniete und sich bekreuzigte. Gab es den Teufel wirklich? Sollte man sich die Hölle tatsächlich als einen Ort vorstellen, wo die Seele buchstäblich verbrannte? Ihr Glaube war bisher immer sehr, wie sie es nannte, vernunftbetont gewesen. Sie hatte sich an die Gebote gehalten, aber hatte die Vorstellung eines zwar strengen, aber barmherzigen Gottes gehabt. Die Hölle gab es nicht, zumindest nicht im wortwörtlichen Sinn. Und den Teufel gab es auch nicht, oder etwa doch? Wenn ja, da war sie sich sicher, wandelte er in Gestalt eines Menschen auf der Erde.

Sie holte den Rosenkranz aus der Manteltasche und ließ die Perlen durch ihre Finger gleiten, während sie das Glaubensbekenntnis und das Vaterunser vor sich hinmurmelte. Fest hielt sie die Augen geschlossen und versuchte sich auf die Rosenkranzgebete zu konzentrieren. Sie fuhr fort mit drei »Gegrüßet seist du, Maria, voll der Gnade für Glauben, Hoffnung und Liebe«, dann folgten ein »Ehre sei dem Vater« sowie mehrere Perlen des schmerzhaften Rosenkranzes. Sie sprach den Text zu Jesu Leiden am Ölberg in Gethsemane; Jesu Geißelung; Jesu Krönung mit Dornen; Jesu Tragen des Kreuzes und Jesu Kreuzigung.

»Nach dem letzten Abendmahl geht Jesus mit seinen Jüngern in den Garten Gethsemane: Jesus weiß, er wird bald sterben, und er bittet seine Jünger zu wachen und mit ihm zu beten. Aber sie schliefen ein, und Jesus war allein in seiner Todesangst: ›Vater, willst du, so nehme diesen Kelch von mir, doch nicht mein, sondern Dein Wille geschehe!‹«

Die letzten Worte wiederholte sie dreimal: »Doch nicht mein, sondern Dein Wille geschehe!«

Was war Gottes Wille mit ihr? Was wollte er ihr mit den Ereignissen, die ihr gerade widerfuhren, sagen? War es ein Test? Hatte er ihr am Ende doch nicht vergeben? Oder hatte er das, wollte aber sichergehen, dass *sie* sich vergab?

Zwei Stunden lang saß sie und betete und spürte, wie sie ihre alte Kraft wiedererlangte, und ihre Konzentration auf die Gebete wurde größer und größer. Da tauchten Erinnerungen auf, die Rituale und Stimmungen aus ihrer Kindheit. Die Tage in Italien, in der kühlen Kirche, an der Hand der Großmutter. Die Messen in Dänemark, die sie mit Vater und Mutter besucht hatte, die zur Hochzeit konvertiert war. Sie erinnerte sich an ihre eigene Hochzeit mit William in England. An die Beerdigung ihres Vaters in Italien und die lange Prozession seines Sarges durch den Ort. Eine Perlenkette an Ereignissen, wie der Rosenkranz durch eine dünne, aber feste Schnur miteinander verbunden, die sich wie ein roter Faden durch ihr Leben zog.

Sie beendete ihr Rosenkranzgebet mit dem Mariengebet: »Unter deinen Schutz und Schirm fliehen wir, O heilige Gottesgebärerin; verschmähe nicht unser Gebet in unseren Nöten, sondern erlöse uns jederzeit von allen Gefahren, O du glorreiche und gebenedeite Jungfrau. Amen.«

Die Schnur konnte jederzeit reißen. Nur die Gebete und der Rosenkranz hielten im Moment die Welt und den unausweichlichen Zusammenbruch auf Distanz. Nur die Gebete konnten ihr die Kraft geben, weiterzumachen und den Teufel in die hinterste, dunkle Ecke des Aberglaubens zu verbannen.

Als sie sich erhob, wusste sie genau, was sie zu tun hatte.

Kaum hatte sie ihre Haustür aufgeschlossen, griff sie zum Telefon, rief den Fraktionsvorsitzenden an und erzählte ihm die ganze Geschichte und wie sie vorzugehen gedachte.

Nachdem er den ersten Schock überwunden hatte, sagte er: »Du spielst ein gefährliches Spiel. Das könnte zu einem herben Rückschlag bei der Sympathie der Wähler führen.«

Das war möglich, darüber war sie sich im Klaren. Aber es gab noch eine andere Möglichkeit, und daran klammerte sie sich.

»Ich glaube, dass es in die andere Richtung geht. Ich habe viele weibliche Wähler. Die werden mich verstehen und unterstützen, wenn ich die Sache so schildere, wie ich es vorhabe.«

Am anderen Ende der Leitung wurde schwer geatmet.

»Mir gefällt das gar nicht«, sagte er.

»Aber die Alternative ist um ein Vielfaches schlimmer. Eine Lüge kommt früher oder später immer ans Licht der Wahrheit.«

Er hatte große Zweifel, aber am Ende gab er ihr recht.

»Ja, vielleicht gibt es im Moment tatsächlich keinen anderen Weg.«

»Ich weiß, was ich tue«, sagte sie. »Es ist zeitgemäß, dass auch Frauen sich auf diesem Gebiet so verhalten.«

Exakt um 15 Uhr rief sie in der Redaktion der *NyhedsPosten* an und bestätigte die Story, verweigerte allerdings jeden Kommentar. Danach kontaktierte sie Hans Erik Lemvig von der Zeitung *Stiftens*, der ihr immer wohlgesonnen gewesen war, und bat um ein vertrauliches Gespräch unter vier Augen.

KAPITEL 39

Der Baum war grau, kein einziges Blatt hing daran. Er sah tot aus, als hätte ein minderbegabter Künstler ihn aus Asche geformt.

Aber selbst so durfte er nicht lange verweilen. Eine Feuerkugel kam wie ein Meteor aus dem Nichts angeschossen und stürzte auf ihn herab; in Sekundenschnelle standen Zweige und Äste in Flammen. Und plötzlich türmte er sich vor ihr auf, der Höllenbaum, flammend und lodernd, als würde er alles in seiner Nähe mit in dieses infernalische Nichts reißen.

Die Hitze war extrem, wie auch das Böse, das ihr das Feuer entgegentrieb. Sie hatte sich zu nah herangewagt. Eine unsichtbare Kraft hatte sie in den Bann der siedenden, brennenden Luft gepresst. Ihr lief der Schweiß in Strömen herunter. Sie hatte das Gefühl, zu zerschmelzen, ihre Haut tropfte, löste sich auf. Es würde nicht lange dauern und die Höllenflammen hätten sie für immer verschlungen.

Ihr blieb nur die Hoffnung, dass jemand sich ihrer erbarmen würde und ihr einen kalten Lappen auf die Stirn legte, um das Feuer in ihr zu ersticken.

Kurz bevor sie zu verschwinden drohte, geschah das Wunder. Etwas Kaltes berührte ihre Hand. Es stieß immer wieder dagegen und winselte.

Sie wachte auf, das Knistern der Flammen hallte in ihren Ohren nach. Aber das Kalte an ihrer Hand war noch da. Ein Stoß, noch einer. Sie sah in Svendsens besorgte Augen und spürte die kalte Hundeschnauze an ihrer Hand.

»Braver Hund. Brav.«

Der Traum begann sich zu verflüchtigen. Sie streichelte den Hund, der seinen Kopf gegen ihre Hand und in die Decke bohrte. Sie sehnte sich nach Bos Körper dicht an ihren gedrängt, und wenn alles verlorengehen sollte, so würde ihr doch wenigstens das bleiben.

Sie stand auf und holte sich Zeitung und Brötchen beim Bäcker, versuchte einen ganz normalen Sonntag zu verbringen, nur eben allein. Sie brühte sich zur Feier des Tages eine ganze Kanne Kaffee auf, denn in der Woche trank sie nur löslichen. Dann schmierte sie Butter auf ein Mohnbrötchen und legte eine dicke Scheibe Käse obendrauf. Sie ließ sich viel Zeit mit dem Lesen der *Sonntagszeitung*. Sie tat all das, was im Alltag niemals stattfand. Und dennoch konnte sie sich nichts vormachen. In ihrem Inneren brannte es lichterloh. Und das würde es so lange tun, bis sie ihn gefunden hatte, vielleicht auch noch länger, nämlich bis diese verdammte, verhängnisvolle Angelegenheit einen Abschluss gefunden hatte.

Sie saß am Esstisch, blätterte die Zeitung durch, goss sich Kaffee nach und zwang sich dazu, das ganze Brötchen zu essen. Sie hatte sich auch die *NyhedsPosten* gekauft, aus zwei Gründen. Zum einen hatte der Aufsteller getitelt, dass die Bürgermeisterkandidatin Francesca Olsen zugegeben hatte, junge Männer für Sex bezahlt zu haben. Außerdem aber bot diese Zeitung die meisten Kontaktanzeigen: kurze codeartige Textblöcke, in denen Prostituierte um Kunden warben.

Als Erstes nahm sie sich den Artikel über Francesca Olsen vor und erinnerte sich dabei an einen anderen Beitrag von demselben Journalisten, in dem es um Schwarzarbeit ging. Vor über fünfzehn Jahren sollten Olsen und ihr damaliger Mann eine Putzfrau schwarz beschäftigt haben. Und jetzt das hier. Das roch alles sehr nach einer Hetzkampagne, als hätte jemand beschlossen, diese Frau um jeden Preis zur Rücknahme ihrer Kandidatur zu zwingen. Die Zeitung hatte zwei junge Männer aufgetan, die bezeugten, der Bürgermeisteranwärterin über einen Escortservice gegen Bezahlung für sexuelle Dienste zur Verfügung gestanden zu haben. Der eine im Oktober 2000, der andere im Sommer 2003. Und die Protagonistin der Story hatte sich dafür entschieden, alles zuzugeben. Dicte registrierte mit einer gewissen Genugtuung, dass Francesca Olsen weder versuchte, sich zu verteidigen, noch sich zu entschuldigen. Sie wurde auch nicht mit der Bemerkung zitiert, dass die Presse diese Geschichte bei einem männlichen Kollegen niemals veröffentlicht hätte. Aber genau so verhielt es sich, das wusste Dicte nur allzu gut. Die Journalisten verfügten über Unmengen an Geschichten über männliche Politiker und deren oftmals zügellose Libido, aber keine davon wurde als nennenswert oder relevant genug erachtet, um abgedruckt zu werden. Allerdings hatte es vor einiger Zeit die Story eines männlichen Kollegen in die Schlagzeilen gebracht, der eine Affäre mit einem sehr jungen Mädchen gehabt hatte. Vielleicht war die Feststellung doch angebracht, dass sich die Grenzen der Presse verschoben hatten, was diese als interessant für die Öffentlichkeit ansah. War Francesca Olsen das erste Opfer in einem neuen Krieg, in dem die Grenzen der Berichterstattung neu gezogen wurden, was für die Presse als relevante oder unerhebliche Information bewertet wurde? Wenn dieser junge Politiker keine Affäre gehabt hätte, sondern sich den Sex gekauft hätte, wäre die Story wahrscheinlich niemals gedruckt worden.

Dicte musste an die Autobombe denken und den Einbruch bei der Politikerin, und sie überlegte, ob diese Pressehatz gegen Francesca Olsen in irgendeiner Verbindung mit der Detonation im Solarium und somit indirekt mit den Ermittlungen gegen Peter Boutrup zusammenhing. Auf jeden Fall musste es einen Maulwurf geben, der die Journalisten häppchenweise mit Informationen versorgte, ziemlich sicher gegen Bezahlung. Sie musste auch an ihr Interview mit Olsen denken und an die Angst, die sie in ihren Augen gesehen hatte. Wovor hatte sie solche Angst? Wusste sie, wer sie da zum Rückzug aus den politischen Geschäften zwingen wollte? Vielleicht war die Zeit reif für ein zweites Gespräch.

Nach dem Artikel über Francesca Olsen stürzte sich Dicte auf die Kleinanzeigen, die mit diversen Sexangeboten aufwarteten. Es war mühselig, aber sie wusste nicht, wie sie anders hätte vorgehen sollen. Sie rief alle 0900-Nummern an und gab sich als

Vermittlerin für einen wohlhabenden und vielbeschäftigten Kunden aus, der auf der Suche nach Bordellen mit dänischen Frauen sei. Keine Thaifrauen. Keine afrikanischen oder osteuropäischen Frauen.

Bei den Nummern, die kein Band laufen ließen, wurde sie sehr freundlich und zuvorkommend behandelt und erhielt Details über die verschiedenen Leistungen, die angeboten wurden, sowie die Preise. Sie bekam auch andere Serviceinformationen: über den jeweiligen Hygienestandard, Zeiteinheiten und Diskretion.

Nach ein paar Stunden war sie fertig und hatte eine Liste mit fünfzehn Adressen in Århus und Umgebung. Sie fuhr in die Stadt und wollte sie systematisch aufsuchen, wohl wissend, dass ihre Erfolgschancen relativ gering waren. Es war Jahre her, dass der Bauer aus Djursland Peter Boutrup in Begleitung mit den zwei Prostituierten gesehen hatte. Wie groß war die Wahrscheinlichkeit, dass sie auch heute noch in diesem Gewerbe tätig waren und vor allem noch in Århus lebten?

Die beiden ersten Adressen auf der Liste waren Nieten. Weder in der Langelandsgade noch in der Trepkasgade wurde geöffnet. Sie sah auf die Uhr. Es war halb elf, und es war Sonntagmorgen. Wahrscheinlich nicht die optimale Öffnungszeit für so ein Etablissement. Vielleicht gab es ja doch so etwas wie Ruhe- und Feiertage für das Personal im horizontalen Gewerbe.

Trotzdem fuhr sie die dritte Adresse auf ihrer Liste an. Das Souterrain eines Wohnhauses in der Samsøgade war mit einer Gittertür verschlossen. Daran hing ein Schild, das den Besucher aufforderte, die Klingel zu betätigen, wenn er Zugang zum Keller wünschte. Dicte drückte auf die Klingel, und kurz darauf wurde die Tür einen Spalt geöffnet. Eine blonde Frau Anfang dreißig tauchte hinter der Sicherheitskette zwischen Tür und Rahmen auf. Dicte stellte sich vor.

»Ich habe heute Morgen angerufen. Sind Sie Tammi?«

»Ach, Sie.«

Dicte nahm das als eine Bestätigung. Tammi schloss die Tür,

nahm die Sicherheitskette ab und bat die Besucherin einzutre-
ten. Sie führte sie durch einen Flur, der in einer Art Vorraum
endete, in dem ein paar Stühle und Sofas standen, die einen sofort an Haushaltsauflösung denken ließen. Auf einem Couchtisch stand eine Vase mit verstaubten Plastikblumen, daneben
lag eine Packung Marlboro Light, darauf ein grünes Feuerzeug.
Das hier war auf jeden Fall kein Luxusbordell.

»Ehrlich gesagt bin ich auf der Suche nach jemandem.«

Dieses Geständnis sorgte zunächst für Irritation. Und es sah
ganz danach aus, als würde die Frau anheben, um etwas von Zeit
verschwenden zu sagen und dass sie keine Servicekraft sei, die
zufälligen Passanten irgendwelche Informationen geben würde.

»Ich bin gerne bereit, für die Zeit zu bezahlen, die Sie sich für
mich nehmen«, fügte sie schnell hinzu, nicht wissend, ob das
ein richtiger Zug gewesen war.

Schweigend standen sie sich einen Augenblick gegenüber und
taxierten einander. Ihr Beruf ließ sich nicht an ihrem Äußeren
ablesen, weder an ihren Augen noch am Gesichtsausdruck oder
an der Kleidung. Sie war ungeschminkt. Ihre Haut war glatt und
jung, das blonde Haar zu einem Pferdeschwanz gebunden. Sie
trug Jeans und ein grünes T-Shirt. Ihre Augen waren freundlich,
lediglich ihre Bewegungen wirkten eine Spur zu nervös: die
Hand, die ins Haar griff; eine unbedachte Kopfwendung.

»Okay«, sagte Tammi nach einer Weile Bedenkzeit. »Zehn
Minuten. Dreihundert Kronen.«

Sie wedelte mit der Hand und deutete an, dass sie sich setzen
sollte. Dicte holte das Foto aus der Tasche und schob diskret
ihre Visitenkarte hinterher. Eine von denen, die nur ihren Namen und ihre Telefonnummer nannten und nichts über ihren
Beruf verrieten.

Tammi betrachtete das Foto.

»Ich glaube, den habe ich schon mal gesehen. Wer ist das?«

»Er wird wegen Mordes gesucht.«

»Und Sie sind?«

Was sollte sie darauf antworten? Sie wählte einen anderen Weg.

»Haben Sie Kinder?«

Eigentlich erwartete sie keine Antwort, bekam aber eine.

»Ich habe einen fünfjährigen Sohn. Warum?«

»Ich habe auch einen Sohn. Ich war sechzehn, als ich ihn bekam und zur Adoption freigegeben habe.«

Die Frau nickte zum Foto auf dem Tisch.

»Ist das Ihr Sohn?«

Dicte antwortete, indem sie schwieg. Tammis Blick klebte an der Aufnahme.

»Ich konnte mich damals nicht um ihn kümmern. Ich dachte, ich hätte das Richtige getan.«

Tammi schluckte, erwiderte jedoch nichts.

»Aber ich hoffe, dass ich ihm jetzt helfen kann. Ihm die Hilfe zukommen lassen kann, die ich ihm damals nicht geben konnte.«

Klang das wie aus einer schlechten Soap? Ja, das tat es. Und die Ironie des Schicksals war, dass es der Wahrheit entsprach. Das eigene Leben ließ sich manchmal auf einige wenige Klischees reduzieren: Leben und Tod, Schuld und Sühne, Liebe, Rache, Einsamkeit.

Tammi war bis an die vordere Kante des Sofas gerutscht. Sie streckte die Hand aus, griff nach der Zigarettenschachtel und schüttelte eine Zigarette heraus. Das Feuerzeug klickte, als sie sie anzündete und tief einatmete.

»Man macht es eben nur so gut man kann, oder?«

Sie stieß den Rauch aus. »Darüber hat niemand zu richten.« Sie hob das Foto hoch.

»Hübscher Kerl. Vielleicht kennt Laila ihn.«

Sie stand auf, öffnete eine Tür und rief den Namen den Flur hinunter. Kurz darauf erschien eine zweite Frau. Etwas jünger vielleicht, in Jeans und einem enganliegenden, ärmellosen T-Shirt, unter dem der Push-up-BH die Brüste vorteilhaft platzierte. Auch bei ihr war der Beruf nicht an der Oberfläche erkennbar, allerdings entdeckte Dicte ein ausgeprägtes Körperbewusstsein, eine größere Sorgfalt für Details: künstliche Nägel mit schönen Mustern; sonnengebräunte makellose Haut; das kleine Tattoo eines Seepferdchens auf der Schulter; bauchfreies Outfit mit einem goldenen Ring im Nabel.

»Kennen Sie den hier?«, fragte Dicte auch sie.

Tammi schob das Foto so hin, dass Laila es sehen konnte. Dicte beobachtete sie aufmerksam und bemerkte die kleinsten Reaktionen. Ein Glitzern in den Augen, ein Zucken der Mundwinkel, die veränderte Art, Luft zu holen.

Laila schüttelte den Kopf.

»Habe ich noch nie gesehen.«

Fünf Minuten später stand sie wieder draußen auf der Straße. Die Zeit war um, und es hatte keinen Zweck, weiterzubohren. Sie hatte versucht, Laila auszufragen, war aber nicht auf Entgegenkommen gestoßen.

Sie setzte sich in den Wagen. Der Traum der letzten Nacht tauchte wieder auf. Der brennende Baum. Symbolisierte er die Hölle, durch die Peter Boutrup hatte gehen müssen?

Schweißgebadet war sie aufgewacht und mit dem untrüglichen Gefühl, dass sich etwas Unheilvolles, Böses näherte. Sie hatte es im Feuer gesehen, in dem Holz, das in Flammen aufgegangen war.

Plötzlich wusste sie ganz sicher, dass es diesen Baum in Wirklichkeit gab. Er stand an einem Ort, der für ihren Sohn von großer Bedeutung gewesen war, und wartete als eine Art Wächter über etwas, das vor langer Zeit geschehen war.

Sie machte sich auf den Nachhauseweg mit dem Entschluss, die Suche nach ihm von einer anderen Seite anzugreifen. Der Gedanke ließ sie nicht los, dass sie mit dem Baum auch die Wahrheit finden würde.

KAPITEL 40

»My weiß was. Da gibt es etwas, was sie mir aber nicht erzählen will.«

»Ist das die Möglichkeit!«

Miriam gähnte und drehte ihm den Rücken zu. Ihr Körper strahlte eine Wärme aus, die ihn erregte. Er presste sich an sie.

»Heute keine Arbeit, heut hab ich frei«, murmelte sie in ihr Kopfkissen. »Einfach nur ausruhen.«

Glücklicherweise war er in ihren Augen keine Arbeit. Das war er nie gewesen. Ihre Freundschaft war immer erotischer Natur gewesen, wenn sich die Gelegenheit dazu bot. Und das hatte sich auch trotz der Jahre in Horsens gehalten, wie er feststellen konnte, obwohl er damit niemals gerechnet hätte. Miriam hatte sich mit großer Bereitwilligkeit und echter Freude auf ihn eingelassen – auch wenn so einiges an ihr unecht war: von den Brüsten über die Wimpern bis zu ihren schwarzen Haaren. Er versank in ihrem Körper und ihren Kurven, froh darüber, so für eine Weile die schweren Gedanken vertreiben zu können.

My und Kaj schliefen auf einer Matratze im Wohnzimmer, das hatte sie ohne Theater akzeptiert. Aber bei My konnte man sich nie sicher sein. Er hatte das ungute Gefühl, das mit ihr irgendetwas nicht stimmte.

»Sie hat gesagt, dass Cato etwas besitzt, was er verkaufen will. Etwas, wofür er sehr viel Geld bekommen könnte. Aber sie hat es nicht weiter ausgeführt.«

Miriam drehte sich auf den Rücken und starrte an die Decke. Verführerisch und einladend nahm sie seine Hand und schob sie in ihren Schoß.

»Hmm.«

Ihr Körper spannte sich an, als er über ihren Oberschenkel streichelte. Ihre Haut war zart wie Samt.

»Davon weiß ich nichts, aber Cato hatte immer Geheimnisse, so viel ist sicher. Bei ihm gab es immer eine doppelte Buchführung. Ah, das ist herrlich, mach weiter!«

Seine Finger fanden ihren Weg zwischen ihre Beine und versanken in ihrer feuchten Höhle der Lust. Diese fing er ein, wie er einen verschreckten Vogel fangen würde, mit zarter Hand, damit die Lust nicht verlorenging. So liebte sie es, darin widersprach sie dem Klischee einer Prostituierten. Miriam, die einen harten, unbarmherzigen Alltag lebte, hatte es persönlich am liebsten sanft und zärtlich.

Er hatte sie immer mal wieder fragen wollen, warum. Auch früher schon. Denn er war immer davon ausgegangen, dass Miriam eines Tages damit aufhören würde, ein neues Leben beginnen, einen neuen Job finden würde. Sie hatte alle Voraussetzungen dafür. Sie war clever, schnell und fleißig. Aber sie schien doch festzuhalten an diesem Leben, das sich in seiner unbequemen Art doch als so bequem erwies. Schnelles Geld auf steinigem Weg, was sich allerdings erst später im Leben zeigte, wenn der Ekel sich zu Wort meldete. Und das tat er immer, das hatte er schon oft beobachtet. Ekel darüber, was man sich von anderen gefallen lassen und was man sich selbst angetan hatte. Aber in diesem Augenblick und in den jetzigen Zeiten war sie wahrscheinlich dem Glück so nah, wie man ihm als Prostituierte nur kommen konnte. Das wusste sie sehr genau, und sie wusste auch, dass es eines Tages ein Ende haben würde.

Er wollte nicht respektlos sein und würde nur in sie eindringen, wenn sie ihn darum bat. Vorerst setzte er seine Finger wirkungsvoll ein und wanderte den Pfad entlang, auf dem so viele zuvor den Weg in sie genommen hatten. Von denen sich aber die wenigsten die Mühe gemacht hatten, ihr dabei Gutes zu tun. Er fand ihre empfindlichen Stellen, die wie Knospen aufsprangen und darum baten, liebkost zu werden. Sie stöhnte laut, und es machte ihn froh, als sie mit langen, schweren Stößen zum Orgasmus kam. Ganz außer Atem, als wäre sie eine Runde durch den Wind gelaufen.

Erst danach lud sie ihn zu sich ein, sich in ihr zu vergraben. Dann schliefen sie ein und wachten etwa eine Stunde später wieder auf.

»Bleibt ihr noch? Ist es hier sicher genug?«

»Nichts ist sicher im Moment.«

»Vielleicht solltest du die anrufen und ihnen deine Version erzählen.«

Während sie die Worte aussprach, hörte er bereits ihre innere

Ablehnung und Skepsis. In ihrer Welt war die Polizei keine Instanz, an die man sich freiwillig wandte, auch nicht in seiner. Schlechte Erfahrungen hatten das Vertrauen zerstört.

»Das finde ich nicht.«

»Ja, vielleicht hast du recht …«

Er war froh, dass sie ihn nicht fragte, ob er es getan hatte. Er fragte sich, ob sie glaubte, dass er schuldig war. Vielleicht tat sie das. Und vielleicht war er es auch.

»Entweder ist das ein großer Zufall oder es ist eine Falle«, sagte er, um ihrer Frage zuvorzukommen.

»Aber von wem?«

»Cato, möglicherweise.«

Sie stützte sich auf einen Ellenbogen.

»Das kann er doch gar nicht auf die Beine stellen. Zumindest nicht allein.«

Der Gedanke war ihm auch schon gekommen. Nicht allein, nein, ganz bestimmt nicht. Aber mit wem sollte er das zusammen gemacht haben? Catos Bekanntenkreis bestand aus Menschen wie denen auf der Bank vor dem Obdachlosenasyl. Wozu waren die noch in der Lage? Was konnten die auf die Beine stellen?

»Aber wer dann?«

»Was ist mit dem damals in Gjerrild? Der Tote? Der Thor erschossen hat? Könnten nicht seine Freunde damit zu tun haben? Seine Familie?«

In diesem Augenblick wünschte er sich, sie würde die alte Geschichte ruhen lassen. Er konnte die Erinnerung an diesen Tag und an alles, was danach geschehen war, nicht aushalten. Außerdem hielt er nichts davon, in der Vergangenheit zu graben und immer nur zurückzuschauen. »Oder Feinde aus dem Knast? Hast du welche?«

Das hatte er. Auch solche, die aus dem Knast die Fäden ziehen konnten.

»Die sind der Meinung, ich hätte einen Kumpel verpfiffen. Da kommen alle in Frage. Solche wie wir geraten doch immer in Schwierigkeiten.«

Sie sahen sich an, ihr Blick war ganz klar.

»Ja, solche wie wir.«

Sie klang fröhlich. Miriam hatte in ihrer wilden Jugend beschlossen, in der Sexbranche zu arbeiten, wie sie es nannte. Miriam kam aus sogenanntem guten Hause. Ihre Eltern und Geschwister hatten ihr damals den Rücken zugekehrt. Miriam hatte einen Freund gehabt, der aber nicht in der Lage war, sie seiner Familie vorzustellen. Miriam, die an ihren Entscheidungen so störrisch festhielt wie ein Esel, obwohl alles um sie herum in Auflösung begriffen war. Mit Ausnahme von Lulu, natürlich. Sie löste sich nicht in Wohlgefallen auf.

»Aber du warst am besagten Tag bei Adda und hast mit ihr geschlafen?«

Er seufzte, das Gesicht in ihrem Hals vergraben.

»Natürlich war ich bei ihr und habe mit ihr geschlafen. Das war unsere Absprache gewesen. Das war das Erste, was ich nach der Entlassung getan habe.«

»Wart ihr ein Paar?«

An der Decke bildeten zwei Flecken ein Gesicht. Ohren, Nase, Mund. Haare. Der Mund lächelte in einer Weise, dass es fast weh tat.

»Waren wir mal. Das ist lange her. Bevor sie krank wurde.«

Er erlaubte sich einen kurzen Moment der Erinnerung. Addas Gang über die Auffahrt, für ihn war sie ein Sommervogel. Ihr Lächeln und ihre Haare, die das Gesicht umrahmten, damals auf der Wiese im strömenden Regen. Ihr Körper, der immer schon so zart und leicht gewesen war, dass man sie sich einfach über die Schulter legen und mit ihr herumlaufen konnte, während sie wie ein kleines Ferkel schrie. Auch an die Angst in ihren Augen erinnerte er sich, die er so gut hatte verjagen können. Er hatte ein Arsenal an Witzen und schlagfertigen Antworten parat, alles nur ihr zuliebe. Er hatte alles gesammelt, was ihr Freude machen konnte.

Miriam stützte sich auf beide Ellenbogen.

»Eines Tages möchte ich auch geliebt werden. Das nur als Randbemerkung. So richtig geliebt!«

Er gab ihr einen Kuss auf die Nasenspitze.

»So ein Quatsch! Die Liebe ist eine einzige von der Werbung aufgeblasene Geschichte. Nee, du. Ein Hund. Da macht man nichts verkehrt!«

Er schlug die Decke zur Seite.

»Da wir gerade über Hunde sprechen. Ich finde, es ist auffällig still dort drüben.«

Er zog sich an und überlegte kurz, wer von ihnen Brötchen und Zeitung holen gehen könnte. Vor allem die Zeitung war wichtig. Er musste doch auf dem Laufenden bleiben.

Er öffnete die Tür zum Wohnzimmer. Weit und breit keine My und kein Kaj. Das Bett war ordentlich gemacht, was überhaupt nicht zu ihr passte.

»Vielleicht sind sie runtergegangen, Brötchen holen«, schlug Miriam vor, als sie neben ihm im Türrahmen auftauchte.

»Sie hat keine Öre«, sagte er, während sich eine Eiseskälte in ihm ausbreitete. »Sie ist einfach gegangen, glaube ich. So, wie sie es eben tut.«

Miriam umarmte ihn.

»Sie kommt aber wieder, oder? Sie würde doch nichts Unüberlegtes machen, so auf eigene Faust?«

Aber genau das war es, dachte er. Genau das hatte sie immer getan. My ließ sich nichts sagen, von niemandem.

KAPITEL 41

Axel Andreasen, der Fraktionsvorsitzende der Opposition in Århus, sah aus wie ein Pokerspieler, der soeben gegen seinen größten Widersacher verloren hatte.

»Ich habe das Einzige getan, was mir möglich war«, sagte Francesca. »Und die Meinungsumfragen bestätigen, dass ich die richtige Entscheidung getroffen habe.«

Die Tageszeitungen lagen vor ihnen auf dem Tisch verstreut: die Sonntagsausgabe der *NyhedsPosten* mit der exklusiven Skandalmeldung auf Seite eins sowie die von *Stiften*, deren Lokalreporter die Story seines Lebens schreiben durfte, ein Interview mit der Bürgermeisterkandidatin über ihr Verhältnis zu gekauftem Sex. Daneben lag ferner die Montagsausgabe von *Jyllands-Posten Århus*, in der die Wählerumfrage veröffentlicht worden war. 58 % der Wähler unterstützten sie nach wie vor und waren der Ansicht, die Presse sei zu weit gegangen und das Sexualleben eines Politikers habe den Bürger nicht zu interessieren. 25 % würden sie nicht wählen, während 17 % unentschieden waren.

»Trotzdem, Francesca«, seufzte der Fraktionsvorsitzende und schüttelte den Kopf. »Trotzdem.«

»Trotzdem was?«

Sie merkte, wie seine Abneigung und Bedenken ihr Kraft gaben. Sie hatten sich bei ihm zu Hause getroffen: ein einstöckiges, von einem Architekten entworfenes Einfamilienhaus in Højberg. Zu fünft saßen sie am Tisch: der Fraktionsvorsitzende, sie, der ehemalige Oppositionsführer Anders Fink, ihr Rivale Erik Balleby sowie die Ortsvorsitzende Eva Frandsen, die aus Christiansborg angereist gekommen war. Sie hatte den unmittelbaren Kontakt zum Staatsminister, der keinen Ärger mit der Fraktion aus Århus haben wollte. Eine Krisensitzung anlässlich der aktuellen Ereignisse.

Francesca sah sich die Mitglieder der Runde an. Was wussten die schon? Die meisten von ihnen gehörten einer anderen Generation oder einem anderen Geschlecht an, wo das öffentliche Interesse an ihren sexuellen Präferenzen von vornherein ausgeschlossen war. Man konnte ohne Probleme schwul sein – mit allen nur erdenklichen experimentellen Variationen – und gleichzeitig Vorsitzender einer Partei oder eines großen Konzerns werden. Da sprach nichts dagegen. Solange man ein Mann war, galten andere Regeln.

Nur Eva Frandsen. Von ihr hatte sie ein bisschen mehr Verständnis erwartet, aber vielleicht klopfte da auch der Neid an? Eva mit den vernünftigen, pragmatischen Schuhen und einem bestimmt genauso vernünftigen und pragmatischen Sexualleben, wenn sie denn überhaupt eines hatte.

Wie schon so oft zuvor war die Bevölkerung den Politikern weit voraus. In diesen neopuritanischen Zeiten schien sich tatsächlich eine Gegenbewegung zu formieren, das konnte sie ganz deutlich spüren. Nicht bei allen, aber bei vielen. Die meisten waren müde, für eine Sache moralische Bedenken zu mobilisieren, bei der es sich um ein einfaches und menschliches Bedürfnis handelte.

»Trotzdem«, sagte der Fraktionsvorsitzende. »Trotzdem darf darüber diskutiert werden, ob das nicht ein Zeichen für mangelndes Urteilsvermögen ist. Überleg mal, Francesca. Du warst zu diesem Zeitpunkt eine vom Volk gewählte Politikerin. Du warst Vorsitzende der Kommission für Soziale Angelegenheiten. Dir muss klar gewesen sein, dass diese Geschichte eines Tages ans Licht kommen würde. Musstest du wirklich unbedingt dieses Extrem wählen?«

Wut stieg in ihr auf. Sie lehnte sich über den Tisch und stieß dabei fast eine Kaffeetasse um. Sie wusste, dass sie jetzt die Worte aussprechen musste, die sie eigentlich niemals hatte sagen wollen.

»Und wie steht es mit dir? Würdest du mir in die Augen sehen und beteuern können, dass du in deinem ganzen Leben noch nie bei einer Nutte warst? Dass du dir noch nie Sex gekauft hast?«

Erschüttert sah er sie an, aber in seinen Augen glitzerte auch ein Funken Unsicherheit. Schließlich gab es ja auch *Frau* Fraktionsvorsitzende, die den Kaffee gekocht, die Häppchen vorbereitet hatte und in der Küche mit dem Geschirr klapperte.

»Das hat nichts mit dieser Sache zu tun.«

»O doch, das hat es. Für Männer gelten andere Regeln. Die dürfen ihrem inneren Druck Erleichterung verschaffen und ins Bordell gehen und gut ist. Sieh mich nicht so an, denn ich *weiß*, dass du das auch schon getan hast. Du weißt, dass ich die freie

233

Entscheidung befürworte und gegen die Kriminalisierung der Freier und der Prostituierten bin. Aber was ist mit uns Frauen? Wo sollen wir hingehen?«

Und sie sagte die Wahrheit. Er hatte den einschlägigen Etablissements der Stadt einen Besuch abgestattet, man musste nur die richtigen Leute kennen, um an diese Information zu kommen. Sie versuchte, ihre Stimme unter Kontrolle zu bekommen, damit sie nicht schrill klang.

»Ich habe nichts anderes getan, als Männer in einer ähnlichen Situation tun würden. Ich war Single. Ich habe viel gearbeitet, und ich war eine öffentliche Person. Das sind erschwerte Bedingungen, wenn man ausgehen will, um sich einen seriösen und diskreten Sexualpartner aufzureißen, wenn die große Liebe gerade nicht vor der Tür steht und anklopft.«

Sie drehte die Handflächen nach oben und registrierte in diesem Moment, dass sie schon wieder viel zu wild gestikulierte. Das italienische Blut. Manchmal verfluchte sie es, denn es grenzte sie aus.

»Ich habe mich so diskret wie nur möglich verhalten. Ich habe mich an einen – wie ich dachte – professionellen Escortservice gewandt. Aber leider Gottes gibt es für so etwas keine Gebrauchsanleitung, und schwache Menschen gibt es überall. Ich hatte ein paar sehr gute Sexualkontakte, und ich würde es wieder tun, wenn ich das Bedürfnis danach hätte.«

»Mit Männern, die über zwanzig Jahre jünger sind als du?«

Das war die sanfte Stimme von Eva Frandsen. Irritation und Neid mischten sich da, dachte Francesca. Es war unglaublich, dass man tatsächlich an allen Fronten kämpfen musste.

»Du kannst dich gerne in dieser Runde umhören, ob die Herren auf die Idee kämen, zu einer Prostituierten in ihrem Alter zu gehen.«

Sie sah Balleby förmlich vor sich, wie er sich mit einer übergewichtigen Fünfzigjährigen abmühte. Sie sah Eva ins Gesicht und versuchte einen Tonfall anzuschlagen, der sie beide zu einem Team machen sollte, zwei gegen die anderen. Die beste

Methode war immer, den Feind auf seine Seite zu ziehen und ihn zum Freund zu machen.

»Was ich sagen will, ist, dass alle Menschen, die in der Sexbranche und im Escortbusiness arbeiten, selbstverständlich jung und hübsch sind, wenn sie nicht auf der Straße anschaffen gehen. Und das gilt sowohl für Frauen als auch für Männer.«

Aber die Diskussion, wenn man das so nennen wollte, wurde fortgesetzt. Wie zu erwarten, versuchte Balleby Argumente für eine Neuwahl des Bürgermeisterkandidaten zu sammeln. Aber die anderen zögerten, nicht zuletzt wegen der guten Umfrageergebnisse in der *Jyllands-Posten*.

»Wir können doch nicht zu einer populistischen Partei mutieren und blind irgendwelchen Wählerumfragen folgen«, protestierte Balleby. »Wir sind eine seriöse liberale Partei und können uns solche Leichen im Keller nicht leisten.«

Sie wartete geduldig, bis alle ihre Vorurteile und verstockten Einstellungen geäußert hatten. Sie hatte es so genossen damals, wirklich genossen. Das Internet war ein Geschenk des Himmels gewesen für eine wie sie, bei der das Blut ab und zu in Wallung geriet und der Druck Erleichterung verlangte. Und die Befriedigung war nur ein Klick entfernt, hatte sie da herausgefunden. Lediglich ein Codewort, eine extra Mailadresse und eine Halbmaske oder hochgesteckte Haare und eine dunkle Sonnenbrille brauchte es dazu. Und schon konnte sie via Kamera mit Männern in Kontakt kommen, denen sie niemals in der Realität begegnet wäre, weil sie keine Zeit hatte und auch gar nicht wusste, wie man das anstellte. Datingseiten, Pornoseiten, Escortservice. Sie kannte alles. Ihr Appetit war groß, und darüber freute sie sich. Denn es hatte auch Zeiten gegeben, in denen der bloße Gedanke an Sex ihr den Magen umgedreht hatte. Paradoxerweise war das in ihrer Ehe so gewesen.

»Du bist doch religiös!«, Balleby formulierte es eher wie eine Frage. »Ist das für eine Katholikin keine Sünde? Oder geht man danach einfach in die Kirche, beichtet eine Runde und kauft sich damit den Sündenerlass?«

Sie wägte kurz ab, ob er überhaupt einer Antwort würdig war. Balleby mit einer Frau, die so übergewichtig war wie der Fraktionsvorsitzende und so unsexy wie Eva Frandsen an einem schlechten Tag.

»Ich bin nicht verheiratet«, sagte sie stattdessen. »Nicht mehr. Ich bin ein erwachsener, verantwortungsbewusster und modern denkender Mensch und betrachte meinen Körper und meine Lust als etwas, worauf ich stolz sein kann.«

Das schien der richtige Augenblick zu sein, einen Schlussstrich zu ziehen. Sie ließ ihren Blick über die Anwesenden gleiten und hatte mit jedem von ihnen Mitleid. Die Fettleibigkeit des Fraktionsvorsitzenden, Eva Frandsens langweilige Verklemmtheit, Ballebys Mundgeruch und die viel zu eng sitzenden Hemden. Ein jeder von ihnen hatte Angst vor ihrer Sexualität, so wie die Inquisition Angst vor der Ketzerei gehabt hatte. Angst davor, die Kontrolle und Macht über jene zu verlieren, die alles entschieden, nämlich die Wähler.

Sie nickte ihnen freundlich zu.

»Ich gehe davon aus, dass wir hier fertig sind. Ihr wisst, wo ihr mich finden könnt.«

Dann erhob sie sich und ging.

Kapitel 42

Das Telefon klingelte, gerade als sie sich an diesem Morgen auf den Weg in die Redaktion machen wollte. Dicte erkannte Tammis Stimme sofort wieder. Sie hatte eine Sanftheit, die so gar nicht zu dem Bild einer Prostituierten passen wollte. Aber sie hörte auch eine Nervosität darin, als würde jemand neben ihr stehen und ihr eine Pistole an die Schläfe drücken.

»Sie müssen mir versprechen, dass das hier unter uns bleibt.«

»Das verspreche ich.«

»Laila ist nur sehr vorsichtig. Das ist die Branche! Wir müssen alle vorsichtig sein.«

»Das verstehe ich gut.«

»Mein Sohn hat Diabetes.«

Das kam etwas unvermittelt, aber Dicte griff den Themen-wechsel dankbar auf. »Das tut mir leid. Das muss schwer für Sie sein.«

»Ist schwerer für ihn. Es ist immer schlimmer für die Kinder, oder?«

Es herrschte Schweigen in der Leitung. Dann erklang Tam-mis Stimme erneut:

»Laila stammt aus Ry. Ihre Eltern leben noch dort. Sie ist dort auch zur Schule gegangen, aber dann hat sie nach der Neunten hingeschmissen und ist mit einem Typen zusammengekommen und nach Århus gezogen. Sie hatte keine Kohle und ist dann ir-gendwann anschaffen gegangen. War seine Idee.«

»Ein Zuhälter?«

»Irgendwie schon. Aber das ging nicht lange gut. Laila ist cle-ver und hatte bald keine Lust, jemandem Geld zu geben, der dafür aber nicht die Beine breit machen musste. Seitdem macht sie es allein.«

»Glückliche Huren, also?«, rutschte es Dicte heraus. »Seid ihr das?«

Tammi schwieg, Dicte hätte sich die Zunge abbeißen können. Hatte sie mit dieser Frage jetzt alles verdorben?

»Bestimmt nicht glücklicher als so viele andere«, antwortete Tammi nach einer gefühlten Ewigkeit. »Unser Job ist ja auch ein bisschen was anderes als normal.«

»Kennt Laila Peter?«

»Ja, sie kennt ihn.«

»Aus Ry damals? Oder von später?«

»Laila und ich sind Kolleginnen. Gute Kolleginnen.«

»Da bin ich mir ganz sicher. Und ich verspreche Ihnen, dass das hier unter uns bleibt.«

»Sie hat mir gesagt, dass sie gemeinsame Bekannte haben.«

»Aus der Schulzeit?«

»Auch von heute.«

Die Nervosität in ihrer Stimme wurde immer deutlicher. Sie fing an zu zittern, und Dicte hörte das Knipsen des Feuerzeugs und das Geräusch von Rauch, der eingesogen wird.

»Sie haben das nicht von mir, okay? Es ist in der Anholtsgade. Aber die genaue Adresse habe ich nicht.«

»Ein Bordell?«

Das folgende Schweigen deutete sie als Bestätigung.

»Ich muss los, Mogens braucht sein Insulin.«

Es klickte in der Leitung, bevor sich Dicte bedanken konnte.

KAPITEL 43

»Meine Fresse, ihr seid doch krank.«

Bevor sie reagieren konnten, hatte Alexander die Tür mit einer Wucht hinter sich zugeworfen, wie es in letzter Zeit seine Art war. Ida Marie zuckte zusammen. Wagner legte ihr eine Hand auf die Schulter.

»Er meint es nicht so … Er hat es auch schwer im Moment.«

Ida Marie stand auf und begann die Teller in die Küche zu tragen. Wagner folgte ihr mit den Cornflakes und dem leeren Milchkarton.

»Das ist ja auch nicht normal, das verstehe ich schon«, sagte Ida Marie mit dem Rücken zu ihm, während sie das Frühstücksgeschirr in die Spülmaschine einräumte. Der sechsjährige Martin blieb am Esstisch sitzen und mampfte eine Banane. »In seinen Augen sind wir nur zwei alte Knacker, die jetzt auch noch ein Kind bekommen und ihn zum zweiten Mal zum großen Bruder machen. Damit hat er einfach nicht gerechnet.«

»Normal! Was ist schon normal?«

Sie richtete sich auf, sah ihn an und legte eine Hand auf ihren Bauch.

»Normal ist, wenn das Screening ergibt, dass dem Baby nichts fehlt. Normal ist es, wenn der eigene Sohn nicht beim Diebstahl erwischt wird. Normal ist, wenn man nicht haarscharf einem

Bombenanschlag auf ein Solarium entgeht und wenn der eigene Mann sich nicht unentwegt mit dem Tod und dem Unglück anderer Menschen beschäftigt.«

Sie drehte sich um und klapperte mit den Gläsern, die sie noch in die ziemlich volle Spülmaschine zu stellen versuchte.

»Normal ist auch, wenn sich ein Elternpaar auf die bevorstehende Geburt seines Kindes freut.«

»Wir freuen uns doch.«

»Ich tue das. Du auch?«

Tat er es etwa nicht? Doch, natürlich freute er sich. Das war schließlich die normale Reaktion.

»Es ist ja auch eine große Verantwortung«, wandte er ein und wusste, dass es falsch klang. »Es geht doch darum, alles richtig zu machen«, fügte er hilflos hinzu. »Heutzutage ist es ja fast wie eine Wissenschaft.«

Zu seiner großen Erleichterung wurde sie nicht wütend. Stattdessen kam sie zu ihm und umarmte ihn, da merkte er, wie sehr er das vermisst hatte.

»Du bist ein guter Vater«, sagte sie. »Gut und liebevoll.«

»Aber nicht gut genug!«, murmelte er.

»Was ist schon genug? Es genügt doch nie. Es ist eine niemals endende, grenzenlose Aufgabe, aber das ist doch gerade das Schöne daran, Kinder zu haben. Grenzenlose Liebe. Grenzenlose Verantwortung. Grenzenloser Kummer. Grenzenlose Freude.«

Er hielt sie fest im Arm, spürte ihren Herzschlag, dachte daran, dass sie jetzt zu zweit war. Zum ersten Mal seit dem Schock war er erfüllt von Zärtlichkeit und Dankbarkeit. Zum ersten Mal konnte er das Kind vor sich sehen und sich den Tag vorstellen, an dem er es in seinen Armen hielt. So ein kleines, warmes Etwas, das so rein und wunderbar roch. Sie hatten lange gedacht, dass ihnen dieses gemeinsame Glück vergönnt war.

»Grenzenloses Glück!«, murmelte er, das Gesicht in ihren Haaren vergraben.

Auf dem Weg ins Präsidium arbeitete es in seinem Kopf. Krank und normal. Die beiden Begriffe tanzten durch seine Gedanken. Krank und normal. Als hätte ihn jemand an den Haken genommen und würde ihn nicht mehr loslassen. Was war das für eine Gesellschaft, die ihre Bevölkerung in diese Kategorien einteilte? Er hatte das Gefühl, dass durch das Leben ein alles teilender Graben ging. Die an der Macht definierten, was normal war und was nicht. Kinder mussten sich in der Schule Spezialuntersuchungen unterziehen und bekamen danach unter Umständen schon im frühen Alter das Prädikat »unnormal« aufgedrückt. Andere erhielten Diagnosen wie: ADHS, Autismus, Asperger-Syndrom oder Zwangsstörung. Er kannte das alles, weil einige Freunde seiner Kinder einfach mit so einer Aussage konfrontiert worden waren, wie ein zusätzlicher Nachname, der an einem für immer klebenblieb. So wie Alexander vermutlich ab jetzt zum Dieb abgestempelt wurde. Ida Marie hatte einen Termin fürs Screening. Was wäre, wenn die feststellten, dass mit dem Kind etwas nicht in Ordnung war? Würde man dann nicht einen kleinen Eingriff machen, um sich des Beschwerlichen und Unangenehmen zu entledigen? Natürlich würde man das tun.

Das gehörte zwar nicht dazu, trotzdem musste er an Adda Boel denken. Auch sie war nicht normal gewesen. Ein weiterer Mensch, der nicht ins System passte, der die Gesellschaft nur Geld kostete und darum mehr Belastung als Bereicherung war. Er überlegte, ob ihr Tod damit zu tun hatte. Sie hatten alle möglichen Motive in Betracht gezogen, aber es war ihnen schwergefallen, sich einen Grund auszudenken, warum jemand einen behinderten Menschen töten sollte. Aber vielleicht war das schon die Erklärung. War es vorstellbar, dass Adda Boel getötet wurde, weil sie behindert gewesen ist?

Er entschied sich dafür, diesen Gedanken bei der morgendlichen Runde anzusprechen und sich detaillierter mit ihrer Krankheit und den Verbänden zu beschäftigen, in denen sie Mitglied gewesen war. Seltene Krankheiten. Wenn man an einer schweren Krankheit litt, war man ein anderer Mensch. Aber natürlich war es ein Unterschied, ob man Arthrose hatte oder an einer so seltenen Krankheit litt wie Adda. Einige Krankheiten bekamen mehr Aufmerksamkeit als andere. Einige waren populärer als andere. Brustkrebs zum Beispiel. In der Apotheke und an anderen Stellen konnte man sich kleine rosa Schleifen kaufen und damit den Kampf gegen Brustkrebs unterstützen. Dagegen war auch nichts zu sagen. Aber wer ließ Schleifen für eine seltene Krankheit produzieren? Wer wollte über eine Krankheit informiert werden, die nur ein minimales Risiko in sich barg, dass man an ihr erkrankte? Wer hatte Interesse, auf diesem Gebiet zu forschen? Wer nahm die Mühen auf sich, eine Medizin für eine Krankheit zu entwickeln, die nur für sehr wenige Patienten und damit Käufer infrage kam?

»So sieht er also aus.«

Ivar K hatte aus der Kriminaltechnischen Abteilung einen Ausdruck mitgebracht, auf dem ein ganz normaler Sportschuh zu sehen war. Den hatte die ENFSI geschickt, nachdem norwegische Polizeitechniker den entscheidenden Hinweis gegeben und den Sohlenabdruck identifiziert hatten.

»Aber es gibt ein Problem«, fuhr er fort, während eine Thermoskanne die Runde machte und die langen Arme des Gesetzes sich nach einem der Brownies streckten, die auf dem Teller in der Tischmitte lagen.

Wagner fand, dass es fast zu einfach klang, um wahr sein zu können.

»Adidas bestreitet allerdings, dass dieser Schuh aus ihrem Sortiment stammt.«

»Aber deren Logo ist doch sehr gut sichtbar«, bemerkte Jan Hansen und deutete auf das bekannte Zeichen am Rand.

»Trotzdem. Sie sagen, es handele sich dabei um eine Fälschung.«

»Und was bedeutet das für unsere Ermittlungen?«, fragte Lena Lund.

»Das bedeutet«, Ivar K warf ihr einen kalten Blick zu, »dass wir von der Adidas-Zentrale aus Deutschland keine Information zu erwarten haben, an wen sie diesen Typ von Schuh verkauft haben. Wenn wir zum Beispiel wüssten, dass der *Schuhring* von diesem Typ Schuh eine Partie in der Größe X gekauft hat, könnten wir diese Firma kontaktieren, unter Umständen den Kreis auf Århus eingrenzen und herausbekommen, wie viele Paar Schuhe in dieser Stadt in Umlauf gebracht wurden. Vielleicht könnten wir auf diesem Wege den Käufer identifizieren.«

»Wissen wir mittlerweile etwas über die Schuhgröße?«, fragte Wagner.

»Yes. Und das ist auch die große Neuigkeit. Größe 40. Das bedeutet, dass der Abdruck eindeutig nicht von Peter Boutrup stammt, es sei denn, er hat sehr kleine Füße.«

Hansen warf einen Blick in die Akte.

»Hier steht nichts über die Schuhgröße, aber er ist 1,85 m groß, da wäre 40 viel zu klein.«

Wagner fasste zusammen.

»Das heißt, es gibt eine weitere Person, die sich ebenfalls in der Wohnung aufgehalten hat, und zwar unmittelbar vor dem Todeszeitpunkt des Opfers. Das kann entscheidend sein.«

»Vielleicht waren sie ja zu zweit, zwei Männer«, sagte Lena Lund.

»Größe 40. Das ist doch eher eine Frauengröße«, warf Hansen ein und biss herzhaft in einen Brownie.

»Vergewaltigung und Erwürgen? Wohl kaum!«, sagte Lena Lund mit Nachdruck und sah sich im Kreis um. »Auch Männer können kleine Füße haben.«

»Und Frauen merken manchmal einfach nicht, wenn ihnen ein Schuh zu groß ist!«, schoss Ivar K zurück.

Wagner legte die Hände flach auf den Tisch.

»Okay. Wir benötigen die Schuhgrößen aller Personen, die im Laufe der letzten Woche im Leben der Adda Boel Zugang zu ihrer Wohnung hatten. Was hatte sie für eine Größe?«

»36.«

Sie diskutierten weiter. Es gab keine Neuigkeiten zu Peter Boutrup, allerdings war Lena Lund nach wie vor felsenfest davon überzeugt, dass er über Dicte Svendsen aufzuspüren sei. Sie habe sie ein paarmal observiert.

»Sie fährt in der Stadt herum und befragt Nutten. Warum tut sie das? Vielleicht ist sie auch persönlich in den Fall involviert?«

»Sie ist Journalistin!«, betonte Ivar K. »Und außerdem die Leiterin der Kriminalredaktion einer Tageszeitung, natürlich ist sie involviert. Hast du dich bei ihnen erkundigt?«

»Bei den Nutten?«

»Wir nennen sie in der Regel Prostituierte«, warf Eriksen vorsichtig ein.

»Natürlich habe ich mich bei ihnen erkundigt.«

Ivar K's Augenbrauen wanderten nach oben.

»Und?«

»Keine wollte was sagen. Da sind alle Türen verschlossen.«

»Offensichtlich nicht für Dicte Svendsen«, sagte Ivar K. »Hast du in deinem Bericht nicht geschrieben, dass sie sich bei einer Adresse über eine Dreiviertelstunde aufgehalten hat?«

»Vielleicht können wir das Interview schon in ein paar Tagen in ihrer Zeitung lesen«, warf Kristian Hvidt ein.

Lena Lund schüttelte den Kopf.

»Mich würde es nicht besonders überraschen, wenn sich herausstellte, dass sie persönlich involviert ist. Ich frage mich, was für eine Schuhgröße *sie* hat?«

Der Verdacht lag wie hingeworfen auf dem Tisch, doch niemand nahm ihn auf. Vielleicht war das ein Fehler, man sollte Lena Lund auf keinen Fall unterschätzen, dachte Wagner.

»Welches Motiv sollte Dicte Svendsen gehabt haben, sich in der Wohnung aufzuhalten?«, fragte er vorsichtig.

Lena Lund zuckte mit den Schultern.

»Ich bin nach wie vor der Ansicht, dass sie Peter Boutrup kennt. Und sein Sperma wurde in der Leiche gefunden. In welcher Form sie mit ihm und somit mit dem Fall in Beziehung steht, können nur unsere Ermittlungen ergeben. Aber es ist dennoch naheliegend, von einer Verbindung auszugehen.«

Sie sah Wagner fest in die Augen

»Dicte Svendsen ist für ihre Alleingänge bekannt. Sie würde also niemals freiwillig zu uns kommen, wenn sie neue Erkenntnisse hätte.«

Wagner seufzte lautlos. Er musste an Hartvigsen denken und sah sich gezwungen, vorsichtig vorzugehen. Deshalb akzeptierte er auch, dass Lena Lund Dicte im Auge behielt. Er nickte und hatte gleichzeitig das ungute Gefühl, Dicte zugunsten des Hausfriedens zu opfern.

»Wenn wirklich zwischen ihr und Boutrup eine Verbindung bestand, finden Sie die heraus. Selbstverständlich müssen wir dem nachgehen.«

Lena Lund sah zufrieden aus, Wagner versuchte, seinen Ärger zu unterdrücken. Sie hatten eigentlich nicht genug Leute, um jeder Spur und eventuellen Sackgasse nachzugehen. Aber das konnte er ihr nicht sagen, ohne zu riskieren, dass sie direkt zu Hartvigsen rannte und sich beschwerte. Das wollte er unbedingt vermeiden, es war noch zu früh, Hartvigsen in die Sache mit einzubeziehen, außerdem wollte er jeder Auseinandersetzung über die Versetzung von Lena Lund im Moment ausweichen. Er war dankbar, als Ivar K diesen Teil der Diskussion mit seiner nächsten Frage beendete: »Was ist eigentlich mit Francescas Verhältnis zur Presse? Um nicht zu sagen mit ihrem Verhältnis zu Verhältnissen? Kann uns das nicht irgendwie weiterhelfen?«

Ivar K sah zu Wagner, der nickte. Daran hatte er auch schon gedacht.

»Francesca Olsen wird unter Druck gesetzt«, sagte er. »Es muss jemanden geben, der diese Informationen besitzt und jemanden kennt, der sie haben will. Ivar und Eriksen, könnt ihr euch mal darum kümmern?«

Es entstand eine Pause, in der niemand etwas sagte. Wagner wusste nicht, wie er seine Gedanken über »krank und normal« in Worte fassen sollte, versuchte es aber dennoch.

»Diese Organisation, der Adda Boel vorsaß ... Wo sitzt die? Haben wir da eine Adresse? Und Namen von anderen Mitgliedern in Schlüsselpositionen?«

Jan Hansen reichte ihm ein Blatt Papier quer über den Tisch. Wagner ließ seinen Blick über die Seite gleiten.

»Ich weiß, dass ihr schon mit einigen aus dem Vorstand gesprochen habt, aber vielleicht sollten wir es noch einmal versuchen. Um herauszubekommen, was da vor sich geht. Was bewegt sich auf politischer Ebene? Personell? Woher beziehen sie ihre Gelder, wenn sie Unterstützung bekommen? Spenden, Staatsgelder oder anderes? Wofür wird es verwendet? So was eben.«

Normal, unnormal, normal, unnormal. Die Wörter peitschten durch seinen Kopf. Er hatte das Bedürfnis, mehr Klarheit zu bekommen. Sein eigenes Leben klarer zu sehen. Eine Pause wäre das Richtige, in der keiner etwas von ihm wollte und er sich nicht zerreißen musste, um es allen recht zu machen.

Sie beendeten ihr Meeting, und jeder machte sich an seine Arbeit.

Er saß in seinem Büro und starrte auf die Aktenberge, als Meinert aus Ålborg anrief.

»Ich weiß ja nicht, ob es eine Relevanz hat, aber ihre Eltern sind schräge Leute.«

Unbehagen stieg in ihm auf. Sollte er abwiegeln und sagen, dass Lena Lund kein Problem mehr war? War er zu weit gegangen? Was sollte er mit dem Wissen über ihre Eltern anfangen?

»Wo hast du die denn getroffen?«, fragte er stattdessen.

»Beim Golfen. Sie spielen beide, wie sich zeigte, und beim 19. Loch bin ich zu ihnen gegangen ... also an der Bar, verstehst du?«

»Ja?«

»Ich hatte das über Umwege erfahren, denn sie stehen nicht im Telefonbuch! Aber als ich mich umgehört habe, ganz diskret versteht sich, hat meine älteste Tochter erzählt, dass sie ...«

Wagner wünschte sich sehnlich, Meinert würde endlich zur

Sache kommen. Aber er musste erst seine Geschichte loswerden über die Tochter, die sich an ein Mädchen erinnerte, mit der sie früher zum Reiten gegangen war und die sich dann als Lenas kleine Schwester Sally entpuppt hatte. Ferner erfuhr er, dass Sallys Vater der Besitzer des ersten Kinos in der Stadt sowie mehrerer Eigentumshäuser gewesen sei. Aber eines Tages habe er alles verkauft und sich in die Anonymität zurückgezogen.

»Aber wie ich schon sagte, habe ich sie also gefunden. Man sieht sofort, dass Lena die Tochter ihrer Mutter ist. Schön, strahlend und eiskalt, wenn du mich fragst ...«

»Meinert ...«

»Lass mich, ich bin pensioniert, ich darf sagen, was ich will.«

»Und was willst du mir sagen?«

Meinert hustete lautstark in den Hörer. Wagner hielt ihn von seinem Ohr weg und erinnerte sich an den immensen Zigarettenkonsum seines Kollegen. Aber das war Vergangenheit. Heutzutage durfte nirgendwo mehr geraucht werden.

»Die haben es doch tatsächlich geleugnet! Kannst du das glauben?«

»Was haben sie geleugnet?«

»Na, dass Lena ihre Tochter ist. Sie würden diese Person nicht kennen, ich würde mich irren und sollte sie augenblicklich in Ruhe lassen. Verdammt und zugenäht. Die haben mich behandelt wie so einen aufdringlichen Penner, der ein paar Kronen für ein Bier haben will.«

»Und du bist dir ganz sicher ...?«

»Ja, und wie ich mir da sicher bin, so sicher wie mein Name ...«

Der Rest des Satzes verschwand in einem geräuschvollen Räuspern und anschließendem saftigem Husten.

»So, jetzt ist es besser. Kannst du das Verhalten verstehen?«

Das konnte Wagner nicht.

»Na, ich wollte mich nur melden, um dir zu sagen, dass da irgendwas nicht normal ist, nicht stimmt.«

Da war es schon wieder, normal, unnormal, dachte Wagner.

»Aber du sollst wissen, ich mache weiter. Ich habe die Spur

aufgenommen. Das ist doch alles viel zu sonderbar, um es einfach auf sich beruhen zu lassen, oder?«

»Ja, hast recht«, murmelte Wagner, obwohl ihm nicht ganz wohl dabei war. Das ganze Lena-Lund-Projekt schien ihm auf einmal nicht mehr richtig zu sein. Man sollte es sein lassen, aber das konnte er Meinert jetzt unmöglich sagen. Deshalb beendete er das Gespräch und bedankte sich für die Informationen. Obwohl es im Büro ziemlich warm war, lief es ihm kalt den Rücken herunter. Wer verleugnete sein eigenes Kind?

Er würde das nicht tun. Und deshalb nahm er auch den Hörer ab, als eine Stunde später die Schuldirektorin anrief, um ihm mitzuteilen, dass Alexander nicht in der Schule erschienen war.

KAPITEL 44

Die wöchentliche Beilage »Krimizone« war Gegenstand der Krisensitzung in der Redaktion an diesem Morgen. Keiner hatte richtig Zeit, sich dafür Geschichten auszudenken. So war die Beilage kurz nach ihrer Lancierung schon zum Stiefkind der Redaktion geworden. Alle hatten genug damit zu tun, die Tageszeitung mit Stoff zu füllen.

»Okay, ich hab mir Folgendes überlegt«, sagte sie in die Runde, die sich am Couchtisch versammelt hatte. »Die Debatte um Prostitution wütet gerade in den Medien.« Sie nahm ihre Finger zu Hilfe und zählte auf: »Soll sie verboten werden? Sollen die Kunden kriminalisiert werden? Sind die Prostituierten unglücklich über die unersättliche Sexlust ihrer männlichen Kunden oder gibt es so etwas wie ›glückliche Huren‹?«

»Eine Themenbeilage?«, fragte Cecilie.

Dicte nahm einen Apfel aus der Schale. Inspiriert von den neuen Zeiten der Reinlichkeit hatte einer der Mitarbeiter wohl auch beschlossen, dass ab jetzt nur noch Gesundes auf den Tisch kam. Die Zeiten von Brötchen und Brownies waren Vergangenheit. Sie biss herzhaft in das Obst.

»Ja, genau. Zumindest gibt es viele verschiedene Perspektiven, aus denen man das betrachten kann. Wo befinden sich die Bordelle? Wie viele gibt es davon? Wie hoch ist der Prozentsatz ausländischer Frauen? Wie sieht es mit den Preisen aus? Was sagen die Nachbarn?«

Holger streckte sich und gähnte.

»Das ist doch eine Leichtigkeit. Da rufe ich einfach mal beim Statistischen Landesamt an.«

Cecilie stieß ihm mit dem Ellenbogen in die Seite.

»Nein, aber jetzt mal ehrlich. Wie sollen wir diese Etablissements denn finden? Steht man da nicht vor verschlossenen Türen?«

Davidsen griff nach einer Banane und betrachtete sie, als hätte sie ihn beleidigt.

»Wenn die Türen so verschlossen wären, gäbe es ja keine Kunden! Es muss einen Weg geben, um das herauszufinden.«

Er schälte die Banane mit schnellen Bewegungen.

»Natürlich gibt es das.«

Holger ließ die Finger vom Obst und goss sich stattdessen einen Becher schwarzen Kaffee ein. »Wir Männer können uns ja ein bisschen umhören.«

Dicte musste innerlich schmunzeln. Sie waren dabei. Sie konnte ganz deutlich sehen, wie die Begeisterung wuchs, was an sich schon schwer genug war, weil die Journalisten nicht mehr das waren, was sie einmal waren. Vielleicht auch, weil die Zeitungen nicht mehr waren wie früher. Jetzt konnte sie auch den nächsten Schritt machen.

»Ich habe am Wochenende ein bisschen recherchiert.«

Sie holte die Liste mit den Bordellanschriften hervor und erzählte, dass sie diese Adressen zusammengestellt hatte, indem sie alle 0900-Nummern der Kontaktanzeigen in der *Nyheds-Posten* angerufen hatte.

»Aber die Liste ist noch nicht komplett. Ich habe zum Beispiel gehört, dass es in der Anholtsgade noch ein Bordell geben soll. Aber das steht noch nicht hier drin.«

Sie wedelte mit der Liste. Holger griff danach und betrachtete sie mit großem Interesse. Cecilie, seine Freundin, wirkte ziemlich nervös.

»Überlasst das ruhig mir«, sagte Holger, »ich werde schon was aufspüren, das das Statistische Landesamt ganz grün vor Neid werden lässt.«

»Man muss es mit der Recherche ja auch nicht übertreiben, oder? Apropos, wie geht es denn dem Cowboy drüben in der großen Stadt? Hat er seine Stiefel noch an?«

Da war eine Nuance in ihrem Tonfall, die Dicte ganz und gar nicht gefiel. Zu spät erkannte sie die Falle.

»Es wird ihm wohl schwerfallen, sie anzulassen, da der kleine Rotschopf von der *Stiften* auch mit von der Partie ist.«

In ihrem Kopf explodierte die Stille, dann hörte sie gar nichts mehr, als wäre sie taub geworden. Sie hoffte, dass man ihr die Erschütterung nicht ansah.

»Das läuft bestimmt super!«, sagte sie, während der bloße Gedanke daran in ihrem Kopf Bilder vom bösen Wolf und dem Rotkäppchen in den verschiedensten erotischen Stellungen erzeugte.

»Na ja, so wie man ihn kennt, hat er seinen Oswalt Kolle bestimmt nicht zu Hause gelassen«, kicherte Cecilie und warf Helle einen Blick zu, die wahrscheinlich auch schon ihre Begegnung mit dem ortsansässigen Cowboy gehabt hatte.

Dicte spürte, wie sie errötete, und in diesem Augenblick hasste sie Bo. Nicht nur dafür, was er in London anstellte – dafür auch –, sondern auch und vor allem dafür, dass er sie so unvorbereitet ins offene Messer hatte laufen lassen. Er kannte Cecilie und die anderen gut genug. Er wusste genau, dass sie jede Gelegenheit ergreifen würden, obwohl sie natürlich an der Oberfläche alle sehr gute Kollegen waren. Am liebsten wäre sie aufgestanden und gegangen, aber das wäre zu offensichtlich gewesen. Darum zwang sie sich, zu bleiben und sich auf das Einzige zu konzentrieren, was sie ungefähr so gefangen nahm wie die Gerüchte um Bo und Renate Guldberg.

»In Wagners Abteilung gibt es eine Neue. Lena Lund. Kennt die jemand von euch?«

Sie hatte das weiße Auto sofort bemerkt, das ihr von Zuhause bis in die Redaktion gefolgt war.

Sie sah zu Davidsen, der früher Chef der Kriminalredaktion gewesen war.

»Weißt du, woher sie kommt?«

»Ålborg, glaube ich.«

Er wiegte den Kopf hin und her.

»Aber ich kann ja mal ein paar Kollegen da oben befragen. Johannes Sjølin zum Beispiel von der *Ålborg Stiftstidende*. Wir haben damals zusammen beim *Viborg Stifts Folkeblad* ein Praktikum gemacht.«

»Okay.«

»Was ist denn mit ihr?«, wollte Holger wissen. »Ist sie etwa auch rothaarig?«

Dicte ignorierte die Spitze und warf das Apfelgehäuse in hohem Bogen in den Papierkorb. Zum Glück traf sie.

»Ich glaube, sie verfolgt mich.«

»Verfolgen? Meinst du im buchstäblichen oder eher im übertragenen Sinne?«

Holger hob die Augenbrauen weit über den Rand seiner neuen Brille, die ihn klüger aussehen ließ, als er tatsächlich war.

»Sowohl als auch.«

»Das ist doch bloße Schikane der Presse«, rief ein aufgebrachter Davidsen, der es liebte, Paragraphen zu reiten. »Das ist Unterdrückung der Meinungsfreiheit. Wir sollten denen eine Klage auf den Hals hetzen.«

Dicte genoss einen kurzen Augenblick die Vorstellung, dass Lena Lund vor den Richter musste, verwarf diese Idee aber sofort wieder.

»Wir unternehmen vorläufig gar nichts in diese Richtung«, sagte sie. »Lasst uns lieber ein paar Informationen über sie zusammentragen. So ganz im Verborgenen.«

Mit vielsagender Miene wandte sie sich an Davidsen, der sich in seinem Stuhl aufrichtete.

»Du kannst dich getrost auf mich verlassen.«

Nachdem alle mit Aufgaben versorgt waren und sich an die Arbeit gemacht hatten, setzte sich Dicte an ihren Rechner und starrte auf den Bildschirm, während die soeben ertragene Kränkung Salz in die Wunde ihrer verletzten Seele rieb. Konnte das wahr sein? Hatte Bo deshalb so vage geantwortet, als sie ihn fragte, wer alles mit nach London fuhr?

Sie wusste genau, dass sie es auf sich bewenden lassen sollte, aber sie konnte es nicht. Also richtete sie eine Hot-Mail-Adresse ein und holte sich die E-Mail-Adresse von Renate Guldberg aus dem Netz. Sie schickte ihr eine Mail, in der sie sich als Leserin ausgab, die eine Frage an sie hätte. Sie habe vor kurzem als Kriminalreporterin für *Stiften* eine Geschichte über den gesuchten Peter Boutrup geschrieben, und sie wolle gerne wissen, ob es schon Neuigkeiten in dem Fall gebe. Kurz darauf erhielt sie die Abwesenheitsnotiz: ›Ich bin auf einer Fortbildung und werde erst am Montag, dem 8. Oktober, wieder in der Redaktion zu erreichen sein. In dringenden Fällen wenden Sie sich bitte an meine Kollegin Ida Bjørnvig …‹

Dahinter folgte die E-Mail-Adresse der besagten Person. Dicte starrte lange auf die Antwortmail, bis sie sich schließlich überwinden konnte und sie wegklickte. Gleichzeitig meldete sich das Verlangen, das Glas mit den Tabletten zu öffnen. Wer blieb ihr denn, wenn Bo sie im Stich ließ? Rose war noch immer wütend auf sie. Anne hatte sich schon seit Ewigkeiten nicht mehr gemeldet, und Ida Marie war verstimmt wegen ihrer Facebook-Beschuldigungen. Und Wagner? Der schickte eine andere Frau. Sie sah aus dem Fenster, und dort stand er: Lena Lunds strahlend weißer Opel.

Sie unterdrückte ihre Verärgerung und googelte im Netz die Adressen der beiden Schulen in Ry. Sie nahm ihre Tasche und ging pfeifend die Treppe hinunter, allerdings nicht auf den

Parkplatz, sondern durch den Hinterausgang auf den Telefontorvet. Auf dem Weg zum Bahnhof sah sie sich immer wieder um, aber weit und breit war keine Lena Lund zu sehen.

Vom Bahnhof in Ry nahm sie ein Taxi und fuhr zur ersten Adresse, zur Knudssøskole. Sie meldete sich beim Direktor an und erzählte, sie sei auf der Suche nach einer alten Klassenkameradin ihrer Tochter, Laila. Ob sie eventuell im Archiv die Listen der ehemaligen Schüler einsehen dürfe. Der Schulleiter zeigte sich sehr entgegenkommend, und sie wurde in die Bibliothek geführt, wo eine Abteilung der Schulchronik vorbehalten war.

»Einiges von den alten Unterlagen ist leider noch nicht digitalisiert«, erklärte er und ließ sie in aller Ruhe den Stapel mit Schülerlisten und alten Fotos durchsehen, die bis in die Fünfzigerjahre reichten.

Nach einer Weile des Blätterns gab sie auf, bedankte sich freundlich und nahm ein Taxi zur zweiten Adresse, der Mølleskole, an die sie sich von ihrem ersten Besuch in Ry erinnerte. Die Schule lag am Skanderborgvej, mitten an der Hauptstraße und ganz in der Nähe des Cafés *Ambolten*. Vor dem Gebäude befand sich eine Bushaltestelle.

War ihr Sohn auf diese Schule gegangen? Dann hatte es in Ry auch ein Kinderheim gegeben. Vielleicht gab es das immer noch, sie musste es unbedingt überprüfen.

Die Direktorin Pia Tandrup war ebenfalls freundlich, aber sie hatte es sehr eilig und fragte Dicte, ob es für sie in Ordnung sei, wenn sie im Archiv eingeschlossen werden würde. Sie könne jederzeit anrufen, wenn sie Hilfe benötige.

»Aber natürlich, kein Problem, vielen Dank.«

Sie setzte sich mit dem Stapel an einen Tisch am Fenster, mit Blick auf den Schulhof, der verlassen und trist aussah. Ihr Sohn war 1978 zur Welt gekommen. Also konnte sie davon ausgehen, dass er als Sechs- oder Siebenjähriger eingeschult worden war, im Jahr 1985. Sie blätterte durch die Listen, fand die entsprechende und überflog die Namen, bis sie auf einen ersten

Hinweis stieß: Laila Bak. In Lailas Klasse gab es keinen Peter, also versuchte sie es in der Parallelklasse 1 B. Bingo! Peter A. Boutrup stand da. Fieberhaft durchsuchte sie den Stapel mit den Klassenfotos, während sich in ihrem Kopf die Fragen türmten. Wie hatte er als kleiner Junge ausgesehen? Wem ähnelte er? Wie war er als Siebenjähriger?

Mølleskole, 1B, 1985 stand auf dem Foto, das die ganze Klasse auf dem Schulhof aufgestellt zeigte. In der ersten Reihe hockten die Kinder, die Mädchen mit breitem Lächeln und schönen Frisuren, die Jungen sahen aus, als würden sie lieber auf dem Bolzplatz sein, als dort stillzustehen. Sie fand ihn in der letzten Reihe, ganz links am Rand. Ihre Handflächen wurden feucht. Er blickte direkt in die Kamera, aber dennoch sah es so aus, als würde er durch den Betrachter hindurchsehen. Er war unverkennbar und doch auch wieder nicht. Ein Junge mit blondem, fast weißem Haar und einem viereckigen, blassen Gesicht. In seinen Augen waren Ablehnung und Distanz zu lesen.

Lange saß sie so und betrachtete ihn. Was war in seinem Kopf damals nur vor sich gegangen?

Endlich konnte sie den Blick lösen, um auch die anderen Klassenkameraden genauer zu studieren, einen nach dem anderen. Am Ende blieb ihr Blick an einem aufgeschossenen Jungen hängen, der neben ihrem Sohn stand und ihm nonchalant den Ellenbogen auf die Schulter gelegt hatte. Ein langes, schmales Gesicht, schmale Schultern, dunkle Augen. Sein Name stand unter der Aufnahme: Cato Nielsen. Irgendwie kam er ihr bekannt vor.

KAPITEL 45

Das war ungefähr der letzte Ort auf der Welt, den er wiedersehen wollte. Nein, wenn er es ganz genau nehmen würde, müsste er sagen: der vorletzte Ort.

Miriams kleine Blechkiste war nicht besonders geeignet für

die Fahrt an die Küste. Immer wieder hatte er die Befürchtung, vom Wind über die Felder geweht zu werden oder dass der Wagen beim geringsten Kontakt mit einem Schlagloch auseinanderbrach. Ab und zu trommelte ein Regenguss wilde Rhythmen auf das Autodach, und manchmal fühlte es sich an, als würde eine Salve aus dem Schrotgewehr auf ihn niedergehen.

Er kam nur langsam voran.

Damals hatte er alles über Vögel gewusst. Über den Zug der Tauben im April, über Mäusebussarde, Sperber, Wespenbussarde, Rohrweihen, Kornweihen, Merline. Sogar den Fischadler hatte er beobachten können, wie er über das große blaue Meer geschwebt war, während Thor neben ihm gestanden und aufgeregt gesabbert hatte. Er war mit dem Hund spazieren gegangen, durch den Buchenwald in Nederskov und dem Nadelwald in Overskov. Er kannte den Platz bei den Äckern, nordöstlich der Gemeinde, von wo aus man mit Güllegeruch in der Nase den Leuchtturm sehen konnte. Und er hatte in den frühen Morgenstunden Hirsche beobachtet, wie sie in den Ort gezogen waren und alles Essbare auf ihrem Weg verschlungen hatten.

Doch von einem Tag auf den nächsten war es zum verbotenen Land für ihn geworden. Er hatte den Schlüssel im Schloss umgedreht und ihn unter den weißen Stein gelegt. Er hatte alle Rechnungen beglichen. Freunde wussten, dass sie dort jederzeit unterkommen konnten, wenn sie Lust hatten. Sie sollten nur ein bisschen Bares in die Schublade in der Küche legen oder ihm etwas aufs Konto überweisen. Dieses Konto hatte er an seinem ersten Tag in Freiheit sofort aufgelöst.

Eine Zeitlang hatte er das Häuschen an Kumpel vermietet, die gerade aus dem Knast kamen. Einige hatten den Ort geliebt, andere hatten unter Agoraphobie gelitten, wegen der Weite, der vielen Natur und des offenen Meers. So hatte er das Anwesen halten können, ohne jemals zurückzublicken. Er hatte es hinter sich gelassen; hatte sich oft überlegt, es endlich zu verkaufen. Das Geld hatte er mehr als nötig, aber plötzlich wa-

254

ren die Zeiten schlecht dafür, und die Frage drängte sich auf, wie viel er nach einem Kauf tatsächlich in den Händen halten würde.

All diese Gedanken trommelten in seinem Kopf wie der Regen aufs Autodach, als er das Haus an der Klippe erreichte. Hatte My hier Unterschlupf gesucht? Hatte sie die Nase von Miriam und seiner Liebschaft voll gehabt, war sie vielleicht sogar eifersüchtig geworden? Oder gab es einen anderen Grund, weshalb sie sich Kaj geschnappt und die Wohnung in der Anholtsgade so unerwartet verlassen hatte, wie sie im Wald von Ry aufgetaucht war? Ihm fiel kein anderer Ort ein, an dem sie hätte Zuflucht finden können. Denn sie würde niemals freiwillig zurück in das Kollektiv gehen, die Einrichtung für betreutes Wohnen psychisch Kranker, von dem sie ihm voller Abscheu erzählt hatte, aber wo sie während seiner Haft mehrere Male gewohnt hatte. Es wäre für sie unmöglich, alleine im Wald von Ry zu überleben, deshalb war er sich ziemlich sicher, dass sie nicht dorthin gegangen war. Hatte sie sich auf die Suche nach Cato gemacht? Hatte sie gedacht, sie könnte ihm imponieren oder ihm gar auf ihre unbeholfene Art helfen?

Er parkte vor dem Haus und stieg aus. Es regnete noch immer. Er hatte sich nicht vorstellen können, wie einsam und leer es sich anfühlen würde ohne sie. Der Schlüssel lag unter dem weißen Stein, er fragte sich ängstlich, was ihn im Inneren wohl erwarten würde. Die Gardinen waren zugezogen. Von außen sah alles unverändert aus und gleichzeitig auch nicht. Es wäre Zeit für einen neuen Anstrich und ein paar Reparaturen. Immerhin war er vier Jahre lang nicht mehr hier gewesen.

Er schloss auf. Der Gestank war das Erste, was ihm entgegenschlug. Rauch. Es musste jemand vor kurzem im Haus gewesen sein, und zwar ein starker Raucher. Allerdings sah das Wohnzimmer nicht so aus, als hätte sich dieser Jemand dort häufig aufgehalten. Die Möbel standen an ihrem angestammten Platz, alles sah unbenutzt aus, mit Ausnahme einer Decke und eines Kopfkissens mit Troddeln, die zerknüllt auf dem Sofa lagen. Er ließ die Bilder an den Wänden unbeachtet und ging direkt ins Schlafzimmer.

Dort sah es aus wie nach einem Einbruch, hatte die Polizei das Schlafzimmer auf der Suche nach ihm so zugerichtet? Wohl kaum. Er vermutete vielmehr, dass vor den Beamten einfach ein sehr unachtsamer Gast dort gewohnt hatte. Das Bettzeug war dreckig und zerknittert, und es roch noch stärker nach Zigarettenrauch. Neben dem Bett standen überquellende Aschenbecher. Er sah in den Papierkorb und fischte eine leere Schachtel heraus. Camel. Cato war also in seinem Haus gewesen. Warum war er nicht früher auf die Idee gekommen, dass Cato dort eine Zwischenstation auf seinem Feldzug machen würde?

Er ließ sich aufs Bett sinken. Vermutlich hatte er mittlerweile zu viel Distanz zu allem gewonnen, um es mit Catos Plänen in Verbindung zu bringen, wenn er denn welche hatte und nicht einfach nur in seine alten Gewohnheiten zurückgefallen war. Nichtsdestotrotz. Er war da gewesen und wieder verschwunden. Aber wohin?

Er ging in die Küche, auch hier herrschte Chaos: Gebrauchte Teller lagen übereinandergetürmt, Töpfe mit Essensresten, die am Boden festgebrannt waren, alte Pizzakartons, leere Bierdosen. Aber keine Anzeichen von Drogen. Keine benutzten Spritzen, kein Gummiband, um den Arm abzubinden, kein Silberpapier, keine angekohlten Löffel, auf denen kleine Klumpen Heroin über brennender Flamme aufgelöst worden waren. War Cato am Ende tatsächlich clean geworden?

Er begann aufzuräumen, Teller und Töpfe abzuwaschen, fuhr kurz zum nahegelegenen Supermarkt, kaufte große, schwarze Müllsäcke. Im Wohnzimmer schüttelte er die Kissen und Decken aus und wischte die größten Spinnenweben weg.

Es dauerte, bis er sich an die Bilder gewöhnt hatte. Er hatte lang mit ihnen gelebt, und sie waren ein Teil von ihm gewesen. Jetzt aber waren sie nur noch Fremdkörper und Feinde. Er hatte sie gemalt, um sich zu erlösen. Damals hatte er gedacht, wenn die Esche in Flammen aufging, würden sie alle in die Freiheit entlassen werden. Aber der Baum hatte nicht gebrannt. Er stand nach wie vor an seinem Platz, er hatte ihn selbst gesehen. Und in ihm gab es ihn auch noch, er wuchs beständig. Aber damit hatte er seinen Frieden gefunden. Ihm blieb nichts anderes übrig, als zu akzeptieren, dass in ihm ein Baum wuchs und mit seinen Wurzeln die Eingeweide umschlang. Das hatte er in Horsens gelernt.

Er fand sie, als er die Säcke raustrug und sie neben den Mülleimer stellte. Sie lag hinter dem grünen Mülleimer, als hätte sie jemand weggeworfen. Sie war mit Lehm beschmiert und nass vom Regen. Kaum wiederzuerkennen, trotzdem erkannte er sie sofort. Mys Strickmütze. Die sie sich immer über ihre mausgrauen Haare tief ins Gesicht zog, so dass diese hinterher ganz platt am Kopf lagen. Die Mütze, die sie in den kalten Nächten draußen in Ry gewärmt hatte. Deshalb war sein erster Gedanke auch nicht, wie die Mütze dorthin gekommen war und was das eventuell bedeuten könnte, sondern dass sie frieren könnte, weil sie nichts zum Wärmen hatte. Er konnte sie förmlich hören, wie sie neben Cato auf und ab hüpfte und sich beschwerte:

»Friere. Friere den Kopf.«

Zumindest hoffte er es. Cato hatte nie viel Geduld mit My gehabt. An einem Tag strich er ihr über die Haare und am nächsten trat er mit Füßen nach ihr. Wahrscheinlich weil er sie nie richtig verstanden hatte.

Er schloss das Haus hinter sich ab und legte den Schlüssel an seinen Platz unter dem weißen Stein. Als er im Wagen saß, überkam ihn ein heftiger Schmerz im Herzen, im buchstäblichen Sinne. Er wusste, dass es Sehnsucht war.

KAPITEL 46

»Hey, Baby, wir geht es dir?«

Sie hörte, wie pathetisch ihr »Okaay« klang. Ihre Stimme war hauchdünn, wie eine Membran, die jederzeit reißen und Worte freisetzen könnte, die sie lieber nicht sagen sollte.

»Und was gibt es Neues? Hast du ihn gefunden?«

Sie riss sich zusammen und erzählte Bo die Neuigkeiten. Sie berichtete von den Bordellen, von Tammi und Laila, von ihrem Besuch in der Mølleskole und sogar von ihrer Fahrt nach Djursland und der unangenehmen Begegnung mit Cato. Sie spürte, wie es sie erleichterte, davon zu sprechen.

»Ich vermisse dich, Bo.«

Sie bereute den Satz auf der Stelle. Sie wusste genau, dass er sie nicht vermisste, und die Demütigung würde auf dem Fuß folgen, weil er es nicht erwiderte. Außerdem hörte er wahrscheinlich nur den Vorwurf, dass er nicht bei ihr war. Es war schon alles schiefgelaufen, was möglich war.

»Ich komme doch bald wieder nach Hause«, lautete seine Antwort, die sie auch erwartet hatte. »Ich bin zurück, bevor du es merkst.«

Sie dachte an ihre Tabletten. Das passierte ihr immer seltener, aber genau in diesem Augenblick sehnte sie sich nach der Betäubung. Sie vermisste den Puffer, der sich mit deren Hilfe zwischen ihre Wahrnehmung und die Realität schob. Wenigstens gelang es ihr, das Gespräch mit einem gewissen Maß an Würde zu beenden.

Noch lange nach dem Telefonat stand sie mit dem Hörer in der Hand da und fühlte sich erbärmlich. Sie ging mit dem Hund spazieren und versuchte, einen Überblick über ihr Leben zu bekommen. Bo und Renate. Rose. Peter B. Anne und Ida Marie. Alle Beziehungen mussten neu gestaltet werden, Schritt für Schritt. Vertrauen, Liebe, Respekt. Diese Aufgabe kam ihr unüberschaubar und unüberwindbar vor, aber eigentlich begann der Prozess auch mit ihr selbst. Es lag an ihr, in ihrem Leben klare Beziehungen zu den Menschen aufzubauen, die sie liebte. Und dafür benötigte sie in erster Linie Abstand, um das Gefühl genauer betrachten zu können, das sie jahrzehntelang bedrückt hatte: die Tatsache, dass sie es zugelassen hatte, ihren Sohn aus den Augen zu verlieren.

Es war ein Büßergang, eine Pilgerreise, die sie nur allein antreten konnte. Aber es war auch eine Reise, für die sie einen zweiten Mitspieler brauchte, und er wollte nicht mitmachen, da war sie sich auf einmal ganz sicher. Wenn sie ihn fände, würde er im selben Augenblick alle Brücken abreißen und sie dorthin zurückschicken, wo sie hergekommen war. Er würde ihr nicht helfen können, weil er – wie Rose es so klug formuliert hatte – sich selbst nicht helfen lassen wollte.

»Anholtsgade. Direkt über dem Plattenladen an der Ecke.«
Holger posaunte seine neuesten Rechercheergebnisse stolz heraus. »Ich habe mich ein bisschen auf der Straße umgehört. War eigentlich gar nicht so schwer. Ich habe das Haus auch eine Weile beobachtet, und tatsächlich ist da der ein oder andere verklemmte Heini reingegangen und wieder herausgekommen.«
»Es könnte doch auch einer der Bewohner gewesen sein.«
Davidsen hatte der Fruchtschale die Freundschaft gekündigt und sich eine Tüte Salzlakritze mitgebracht, in die er pausenlos seine Hand steckte.
Dicte merkte sich die Hausnummer.
»Hast du geklingelt?«
Holger nickte und fischte sich ein Lakritz aus Davidsens Tüte, die dieser in die Runde hielt.
»Da hat eine Blondine aufgemacht … Haste nicht gesehen! Dolly Parton, go home. Aber sie war nicht besonders entgegenkommend.«
»Was hast du ihr denn gesagt?«
»Na, das Übliche eben. Dass ich Journalist bin und einen Beitrag über die Bordelle der Stadt mache und mich erkundigen wollte, wie es ihr damit geht, als Prostituierte zu arbeiten.«
Cecilies Sarkasmus war zuckersüß.
»Das ist wirklich sonderbar, dass sie da nicht mit dir sprechen wollte.«
Holger kratzte sich am Kopf und schüttelte den Kopf.
»Ja, oder? Fand ich auch.«

»Vielleicht hättest du um eine Kostprobe bitten sollen«, schlug Davidsen vor.

»Sie hätte mich doch wenigstens reinbitten und mir eine Preisliste oder so was Ähnliches geben können.«

Dicte hörte dem Gespräch eine Weile zu, dann verabschiedete sie sich und verließ, die Tasche über die Schulter geworfen, die Redaktion. Wahrscheinlich würde sie ebenso unmissverständlich abgewiesen werden wie Holger, obwohl sie der Ansicht war, wesentlich diplomatischer vorgehen zu können. Aber zumindest war sie gezwungen, es zu versuchen.

Sie sah auf die Uhr. Kurz vor 10 Uhr, war das zu früh? Zwar konnte sie es sich nicht vorstellen, dass um die Zeit schon Kunden unterwegs waren, aber unter Umständen weckte sie jemanden. Aber sie hatte ohnehin nicht vor, das zu berücksichtigen. Deshalb betrat sie, ohne zu zögern, das Gebäude und klingelte an der besagten Tür. Es dauerte nur wenige Sekunden, bis sie Schritte aus der Wohnung hörte und die Tür geöffnet wurde. Auch hier mit Sicherheitskette.

»Wenn Sie was verkaufen wollen … hier bestimmt nicht.«

Die Frau im Türspalt war zwar freundlich, wirkte aber misstrauisch. In ihrem Blick konnte Dicte lesen, dass sie in ihrem Leben schon zu oft reingelegt worden war und dass ihr das nie wieder passieren sollte.

»Ich verkaufe nichts.«

»Sind Sie von den Zeugen Jehovas?«

Dicte musste lächeln.

»War ich mal. Aber das ist lange her.«

Diese Frau, die ihren unerwarteten Besuch jetzt mit mehr Interesse betrachtete, war so weit von Dolly Parton entfernt, wie es nur ging. Ihr Haar war zwar gefärbt – sie trug es pechschwarz und ganz kurzgeschnitten –, und unter dem T-Shirt zeichneten sich ein Paar Brüste ab, die zu perfekt aussahen. Aber ihre ganze Erscheinung hatte nichts Babydollartiges. Vor ihr stand eine erwachsene, reife Frau mit vorsichtiger Neugierde in den Augen.

»Ist es denn möglich? Ich meine, da rauszukommen?«, fragte sie.

»Es hat seinen Preis.«

Die Frau nickte nachdenklich.

»Hat das nicht alles auf dieser Welt? … Sind wir uns schon einmal begegnet?«

Dicte schüttelte den Kopf. Was für eine Rolle spielte diese Frau im Leben ihres Sohnes? Sie war sich auf einmal ganz sicher, dass die beiden einander kannten.

»Ich bin auf der Suche nach jemandem«, sagte sie und vermied das Wort »Journalist«. »Nach meinem Sohn. Er heißt Peter Boutrup. Ich glaube, Sie kennen ihn.«

»Sind Sie von der Polizei?«

»Nein.«

»Journalistin?«

»Ja, aber das hat hiermit nichts zu tun … Hören Sie … Er benötigt meine Hilfe. Ich weiß, dass er sie gar nicht haben will, aber könnten Sie ihm bitte ausrichten, wenn Sie ihn sehen, dass ich ihm helfen kann?«

Im Treppenhaus waren Schritte zu hören. Ein Mann mit schweren Schritten kämpfte sich schnaufend die Stufen hoch. Der Gesichtsausdruck der Bordellbesitzerin bekam plötzlich einen formellen und geschäftsmäßigen Zug. Die Neugier war wie weggewischt.

»Ich muss jetzt arbeiten. Sie müssen gehen.«

»Würden Sie ihm das bitte ausrichten?«

»Gehen Sie jetzt. Ich kenne ihn nicht.«

»Ich kann Ihnen ein Foto zeigen.«

»Nicht notwendig.«

Die Schritte hatten fast ihren Treppenabsatz erreicht.

»Hier, nehmen Sie meine Karte.«

Dicte zog eine Visitenkarte aus der Tasche. Die Frau zögerte, griff dann aber danach und drückte die Tür zu. Eine Sekunde lang stand Dicte reglos davor. Dann machte sie sich auf den Weg nach unten und ging an einem keuchenden Mann vorbei, der dringend ein paar Kilo abnehmen sollte. Sie wusste, dass sie ihn von irgendwoher kannte, konnte ihn aber nicht sofort zuordnen. Erst als sie unten auf der Straße stand, fiel es ihr wieder ein. An seinen Namen konnte sie sich zwar nicht erinnern, aber er war ein bedeutendes Mitglied der Opposition im Stadtrat, Fraktionsvorsitzender oder etwas in der Richtung.

Kapitel 47

»Spenden. Fondsgelder. Zuschüsse unterschiedlicher Herkunft, kommunaler und staatlicher. Es ist schwer, weil wir so wenige sind.«

Wagner hörte aufmerksam zu. Das konnte er in der Regel sehr gut, aber an diesem Tag fiel es ihm besonders schwer. Trotzdem bemühte er sich.

Seiner Meinung nach war es eine Kunst, zuzuhören. Ein guter Zuhörer besaß die Fähigkeit, zu inspirieren. Ein guter Zuhörer warf ab und zu eine Frage ein, zum einen, um eine Antwort zu beschleunigen, aber auch, um zu signalisieren, dass man sich an dem Gespräch beteiligte und interessiert war.

»Wie viele Menschen leiden an dieser Krankheit?«

»Sie ist ziemlich selten«, antwortete der zweite Vorstandsvorsitzende, Anders Jeppesen, der nur Träger der Krankheit war, aber nicht selbst daran erkrankt. Hauptberuflich war er Vizedirektor der kürzlich kollabierten Århusianischen Bank, die mit zwei anderen Geldhäusern fusioniert wurde. »Wenn alle, die daran erkranken, leben würden, könnten wir in Dänemark von etwa dreitausend Menschen mit einem Alpha-1-Antitrypsin-Mangel ausgehen. Zurzeit gibt es siebenhundert gemeldete Erkrankte. Was ziemlich viel über die Überlebenschancen aussagt.«

Wagner musste unweigerlich an das Lied von den zehn kleinen Negerlein denken.

»In so einer kleinen Organisation kennt man sich gegenseitig doch bestimmt ganz gut«, ergriff Jan Hansen das Wort. »Können

Sie uns etwas über Adda Boel erzählen? Wie war sie als Mensch? War die Zusammenarbeit mit ihr angenehm? Hatte sie Feinde?«

Wagners Gedanken schweiften ab, nachdem Hansen übernommen hatte. Sie kreisten um Alexander, der die Schule schwänzte und sich in der Stadt herumtrieb. Alexander, der vor kurzem noch ein kleiner Junge gewesen und jetzt auf einmal so unerreichbar war. Er wusste nicht, was er tun sollte, war sich aber gleichzeitig sicher, dass er gerade einen entscheidenden Fehler beging.

Anders Jeppesen war ein Engagierter, das war nicht zu übersehen. Er hatte ihnen erzählt, dass seine Frau ebenfalls Trägerin des Gens war und eines ihrer drei Kinder, die sechzehnjährige Tochter, die Diagnose bekommen hatte. Ihr zuliebe arbeitete er aktiv in der Organisation mit. Die Familie wohnte in einem relativ neuen Einfamilienhaus in Risskov, auf der richtigen Seite des Strandvejens. An den Wänden hing moderne, wahrscheinlich ziemlich teure Kunst, wie Wagner feststellte, die großen Panoramafenster boten einen schönen Blick auf einen noch größeren Garten; Designermöbel überall und eine offene, schwarzweiß gehaltene Küche, in der sie vor einer Tasse Espresso saßen, die von einer gigantischen Kaffeemaschine hergestellt worden war, die einem Roboter aus einem Science-Fiction-Film glich und wahrscheinlich über ähnlich viele Funktionen verfügte. Und in der Garage war Wagners Blick auf einen Passat neueren Modells gefallen, der nicht wie sein eigener über sechs Jahre auf dem Buckel hatte.

»Adda war ein Arbeitstier«, erzählte Anders Jeppesen. »Sie war unablässig unterwegs, auch noch, als sie die Krankheit immer mehr geschwächt hat. In ihren Augen war Lobbyarbeit das Wichtigste, dass die Öffentlichkeit mehr darüber erfuhr. Und sie wollte langfristige Pläne, Investitionen in die Forschung und so. Sie war auch unsere Repräsentantin in der Dachorganisation ›Seltene Krankheiten‹.«

»War sie denn beliebt?«, fragte Wagner. »Kannten Sie sich auch privat?«

Anders Jeppesen schüttelte den Kopf, nahm einen Schluck Espresso und setzte das winzige Tässchen zurück auf die Untertasse.

»Natürlich war sie beliebt, aber das war ja nicht ihr Ziel, sie wollte etwas bewegen. Privat hatten wir keinen Kontakt. Wir kamen, wenn ich das so sagen darf, aus sehr unterschiedlichen Verhältnissen.«

»Könnten Sie das ein bisschen ausführen?«

»Ich glaube, sie stammt aus eher unterprivilegierten Verhältnissen. Keine nennenswerte Ausbildung, aber ein Gespür für Vereinsarbeit. Ich hatte immer den Eindruck, dass sie aus einer zerrissenen und dysfunktionalen Familie kam. Das war ihr anzumerken.«

Wagner hörte den Hauch von Anspannung in der Stimme des Vizevorstands. Er sah die Problematik bildlich vor sich. Eine Organisation, deren Mitglieder aus allen Gesellschaftsschichten stammten, die nur eine Sache miteinander verband: dass ihre Gene auf eine ganz bestimmte Weise zusammengesetzt waren.

»Darf man davon ausgehen, dass es in Ihrer Organisation unterschiedliche Interessensgruppen gegeben hat?«

Anders Jeppesen sah skeptisch aus.

»Theoretisch kann man das natürlich so sagen, dass es unterschiedliche Interessen gab, weil hier Menschen mit unterschiedlichen Lebensgeschichten zusammenkommen. Aber es geht auch um die Notwendigkeit, strategisch und längerfristig zu denken und zu planen.«

»Könnten Sie das ein bisschen ausführen?«, wiederholte Hansen.

»Na, manchmal lässt sich das auf die eine Frage reduzieren. Was macht man mit einer Spendensumme? Soll sie den Betroffenen und deren Angehörigen hier und jetzt ausgeteilt werden oder sollte sie mit Hinblick auf die Erforschung der Krankheit investiert werden? Etwas, was den folgenden Generationen zugutekommen würde.«

Wagner nickte und schob den Espresso von sich, er war ihm zu bitter.

»Könnten wir eventuell eine Liste der Mitglieder erhalten, Namen, Adressen und Telefonnummern? Über welche Summe verfügte Ihre Organisation zurzeit?«

Anders Jeppesen erhob sich und schaltete die Espressomaschine aus.

»Glauben Sie mir, wie sind eine arme Organisation. Wenn Sie auf der Suche nach einem Motiv sind, da gibt es nichts zu holen. Den genauen Betrag erfahren Sie von unserem Kassenwart Wilhelm Hald. Wenn Sie einen Augenblick warten, drucke ich Ihnen eben die Mitgliederliste aus.«

Er verschwand im Inneren des Hauses, und Hansen nutzte die Gelegenheit, um sich im angrenzenden Wohnzimmer umzusehen. Wagners Gedanken wanderten zurück zu Alexander und vor allem zu Ida Marie, die sich am frühen Morgen einem Screening und einer anschließenden Fruchtwasserpunktion unterzogen hatte. Jetzt mussten sie auf das Ergebnis warten.

»Hier, bitte sehr!«

Wagner nahm die Liste in Empfang und warf einen flüchtigen Blick darauf. Aber keiner der Namen sagte ihm unmittelbar etwas.

Im Polizeipräsidium angekommen, gab es Neuigkeiten. Auf der Halbinsel Djursland östlich von Århus hatten die Beamten ein Waffenlager ausgehoben. Samuel Weinreich, der Bandenkriegsexperte, war geradezu ekstatisch, als sie sich in der Kantine auf ein schnelles zweites Frühstück trafen, um sich gegenseitig auf den neusten Stand zu bringen.

In Kürze sei mit einer Racheaktion vonseiten der Rocker zu rechnen, meinten die einschlägigen Quellen aus dem Milieu. Und an Waffen mangelte es ihnen nicht. Oder anders: Ab jetzt fehlten lediglich jene, die auf einem Hof in der Nähe von Kolind entdeckt worden waren.

»Der hatte verdammt noch mal überall Waffen rumliegen«,

sagte Weinreich, während er auf seinem Käsebrötchen herumkaute. »Bei der ersten Durchsicht haben wir zwanzig Gewehre, eine Maschinenpistole und sechs weitere Pistolen mit Munition gefunden. Unter dem Bett lag ein geladener Revolver, eine abgesägte Flinte war in der Schublade, fünf Pfeffersprays hier und da verteilt, ein Klappmesser auf dem Couchtisch und ein Springmesser auf dem Küchenschrank. Und in seinem Wagen haben wir noch mal vier Pistolen und hundert Patronen sichergestellt.«

»Verbindungen zum Rockermilieu?«, fragte Wagner, der sich nur ein Glas Milch und einen Joghurt geholt hatte.

»Bis auf weiteres unklar. Aber er wird jetzt erst mal vier Wochen in Untersuchungshaft sitzen, wer weiß, was wir noch herausfinden. Entweder das oder eine Verbindung zu den Einwandererbanden. Der Krieg wird so oder so kommen, befürchte ich.«

»Du glaubst, da sind noch mehr Waffen in Umlauf?«

Weinreich nickte.

»Wir sehen nur die berühmte Spitze des Eisbergs. Aber sag es keinem weiter.«

»Was hat denn der Mann zu seiner Verteidigung gesagt?«

Bevor er antwortete, ließ Weinreich ein Stück grüne Paprika zwischen seinen Zähnen verschwinden.

»Er hat behauptet, er habe Feinde und fühle sich bedroht und unwohl.«

Wagner dachte, dass er sich auch unwohl fühlen würde mit so vielen Waffen im Haus.

»Omar Said«, sagte Weinreich kurz darauf, nachdem er das Käsebrötchen verputzt und ein Salamibrötchen dessen Platz auf dem Teller eingenommen hatte. »Er gehört zu einer Gruppe von fünf jungen Männern, die wir schon eine Weile zusammen mit der Finanz- und der Sozialbehörde beobachten.«

Wagner bedeutete ihm mit einem Kopfnicken, dass er fortsetzen sollte. In dem Krankenhaus, in dem Said versorgt wurde, hatte es Schwierigkeiten gegeben. Eine der Krankenschwestern hatte sich von einem seiner Besucher bedroht gefühlt und sich daraufhin geweigert, ihre Arbeit fortzuführen. Daraufhin hatte die Krankenhausleitung zwei der Besucher des Hauses verwiesen, die mit Beschimpfungen und Drohungen um sich geworfen hatten, bis schließlich die Polizei gerufen werden musste.

»Ähnliches machen wir auch mit fünfundzwanzig Geschäften, die nachgewiesenermaßen mit dem Rockermilieu in Verbindung stehen, darunter auch Solarien, allerdings nicht das berühmte in der Østergade, soweit ich weiß.«

Wagner nahm einen Schluck Milch, die seinem Magen wesentlich besser bekam als der Espresso.

»Geistert hier Al Capone durch die Stadt?«

Weinreich nickte.

»Aber die Rocker haben wir unter Kontrolle. Wenn wir sie nicht auf die eine Weise drankriegen, dann können wir sie immer noch wegen Steuerhinterziehung belangen. Denn es ist uns nicht gelungen, ihren Verbrauch an Luxusgütern, vor allem teuren Autos und so weiter, mit der Tatsache in Einklang zu bringen, dass die meisten von ihnen von der Stütze leben.«

»Und jetzt versucht ihr dasselbe bei den Einwandererbanden?«

Weinreich hob seine Kaffeetasse. Dieser war nicht von einem seelenlosen Roboter hergestellt worden, sondern von einer der Kantinendamen in einer gigantischen Filtermaschine. Wagner wusste aus Erfahrung, dass in diesem Falle selbstgemacht nicht für Qualität stand.

»Das ist unsere Absicht, und es wird uns auch gelingen. Auch die fahren nämlich in dicken Autos herum, tragen Markenklamotten und haben auch sonst ziemlich kostspielige Gewohnheiten, während die meisten von ihnen staatliche Hilfe kassieren. Das passt doch einfach nicht zusammen. Allerdings …«

»Allerdings, was?«

Weinreichs Hand machte eine Bewegung in der Luft wie ein Flugzeug in Turbulenzen.

»Die Finanzen der Einwanderer sind noch schwerer zu durchleuchten als die der Rocker. Das liegt an deren komplexen Familienstrukturen. Gelder, die aus dem Ausland und ins Ausland transferiert werden. Kredite, die nicht zurückverfolgt werden können, weil es keine Transaktionen gibt. Aber wie gesagt: Omar Said haben wir schon im Visier. Ich dachte, du könntest das vielleicht für deine Ermittlungen verwenden.«

Wagner bedankte sich und stand auf. Das waren wichtige und nützliche Informationen. Es war immer von Vorteil, gut informiert zu sein.

»Eine Sache noch«, sagte Weinreich und winkte ihn zurück. Wagner setzte sich wieder hin, während sein Gegenüber die Stimme senkte. »Seine Mutter ist sehr krank. Sie wartet darauf, eine Strahlenbehandlung zu bekommen, aber wie wir alle wissen, herrschen in diesem unseren Land ja Behandlungsengpässe.«

Wagner sah seinen Kollegen nachdenklich an. Ethische Bedenken meldeten sich bei ihm zu Wort. Er wollte gar nicht wissen, woher Weinreich diese Information hatte. Er hatte offenbar seine Quellen, die er aber am besten für sich behielt.

»So!«, sagte Weinreich erleichtert, als wäre ihm eine schwere Last von den Schultern genommen worden. »Jetzt ist es raus. Du kannst damit machen, was du willst, vielleicht willst du es auch gar nicht verwenden. Man kann zur Beschleunigung der Vorgänge beitragen, wenn du verstehst, was ich meine. Oder man setzt sie unter Druck und schickt sie zurück in ihre Heimat.«

»Man hat in Dänemark doch ein Anrecht auf Behandlung?«, warf Wagner irritiert ein. »Haben nicht alle ein Recht darauf? Im Rahmen dieser Behandlungsgarantie?«

»Na ja, Recht und Recht!«

Weinreich wischte ein paar Krümel vom Tisch. »Man muss seine Rechte auch kennen, und das tun bei weitem nicht alle.«

Die Versuchung war groß, spürte er, als er kurze Zeit später in seinem Büro saß. Sie benötigten dringend einen Durchbruch im

Adda-Boel-Fall. Sie mussten Peter Boutrup finden und ihn verhören. Er war schließlich nach wie vor der Hauptverdächtige, mit großem H. Allerdings gab es mittlerweile so viele Seitenstränge, die von den eigentlichen Ermittlungen ablenkten. Ein schnelles Geständnis und ein paar Namen von Omar Said könnten da Wunder bewirken. Aber es war deshalb ethisch nicht vertretbar, ihn mit dem Versprechen, dass seine Mutter eine schnelle Behandlung zugesagt bekäme, unter Druck zu setzen? Oder?

Er drehte und wendete den Gedanken, bis er vollkommen durcheinander war. Da entschloss er sich, für Ablenkung zu sorgen und zu Erik Haunstrup in die Kriminaltechnische Abteilung zu gehen. Vielleicht gab es dort Neuigkeiten.

»Ich kann jetzt zumindest mit Sicherheit sagen, dass sich am Tag vor der Explosion zwei Personen in der Wohnung aufgehalten haben«, sagte Haunstrup. »Wir haben eine DNA-Probe vom Speichel am Wasserglas genommen und festgestellt, dass sie nicht mit der DNA von Peter Boutrup übereinstimmt.«

»Lass mich raten. Die DNA ist nicht in der Datenbank!«

Haunstrup schüttelte den Kopf.

»Nix. Null. Wir haben es hier also mit einer Person zu tun, die in dieser Hinsicht noch nicht auffällig geworden ist.«

»Das Gleiche wie bei dem Sohlenabdruck? Gibt es von der Seite Neues?«

»Es kann dieselbe Person sein, aber das lässt sich nicht sagen. Also, leider nein, keine Neuigkeiten. Aber wir arbeiten dran.«

Er verließ die Abteilung und musste schon wieder an Alexander denken. Was sollte aus ihm nur werden in einer Stadt, in der es an allen Ecken haufenweise Waffen gab, die Banden sich auf offener Straße bekämpften und Bombenanschläge und Mord zur Tagesordnung gehörten? Was war nur aus Århus geworden? Sentimentalität war hier fehl am Platz, und normalerweise setzte auch immer sein Sinn für Realismus ein, aber manchmal musste man auch kurz innehalten dürfen, um sich seine Gedanken zu machen. In welche Richtung entwickelte sich dieses Land, wo Gewalt und Macht den normalen Bürger davon ab-

halten konnten, zu McDonald's zu gehen, oder eine Krankenschwester, ihrer Arbeit nachzugehen? Wer zog in Wirklichkeit
die Fäden in Dänemark, seinem Land, auf das er sein Leben lang
so stolz gewesen war und das er so aufrichtig liebte?

Er war kein Befürworter härterer Strafen und von mehr Poli-
zeipräsenz. Er hatte immer an die Veränderungen von innen geglaubt. Hatte auf das Verantwortungsbewusstsein und den Sinn
für Gemeinschaft vertraut. Aber das war einmal. Jetzt war es anders. Alles hatte sich verändert.

KAPITEL 48

»Du weißt genau, dass ich das nicht kann. Das sind sensible
Informationen.«

Dictes Kontakt in der Sozialbehörde war nicht so entgegenkommend, wie sie gehofft hatte.

»Es geht nicht um einen Artikel. Das wird niemals an die
Öffentlichkeit gelangen.«

Mia Nellemann schnaubte in den Hörer. Es ließ sich nicht
sagen, ob es an ihrer Erkältung lag oder ob sie abweisend klingen wollte.

»Das ist ja noch schlimmer. Ich kann doch keine geheimen
Daten für den Privatgebrauch herausgeben.«

»Darfst!«, korrigierte sie Dicte. »Du darfst nicht, aber du
kannst schon!«

»Silbenstecher!«

»Sturkopf!«

Mia musste lachen. Dicte nutzte die Chance.

»Ich komme gleich mit Kuchen vorbei, kannst du Kaffee bereitstellen?«

»Kaffee kann ich bereitstellen, aber das ist auch das Einzige!«

»Vergiss den Namen nicht, Cato Nielsen. Ich bin mir ziemlich sicher, dass ihr ihn in der Kartei habt. Bis gleich!«

Sie dachte nicht mehr so oft daran zurück. Aber die Sozial-behörde hatte sie auch schon einmal unter ihre Fittiche genom-men. Damals war sie jung und dumm gewesen und hatte Dinge gemacht, die sie später bereute. Mia Nellemann war einer ihrer Anker gewesen, Mia hatte an sie geglaubt. Sie hatte ihr zuge-traut, sich ein Leben außerhalb der Zeugen Jehovas aufzubauen, eine Ausbildung zu machen und klarzukommen, ohne die Fa-milie, die sie verstoßen hatte. Mia hatte damals als Sachbearbei-terin auf dem Sozialamt in Åbyhøj gearbeitet.

Die Erinnerungen meldeten sich zu Wort, während sie die Guldsmedgade hinunterging, um in der Konditorei »Emmerys« den besten Kuchen der Stadt zu kaufen. Es war eine Zeit in ihrem Leben, die sie am liebsten verdrängte. Trotzdem holte sie die alten Bilder manchmal hervor und betrachtete sie eingehend, um sie dann wieder wegzupacken. Sie erinnerte sich nicht so sehr an Details, vielmehr an den inneren Schmerz, die Verwir-rung und die Angst vor dem Ewigen Blutbad, bei dem die Läm-mer von den Böcken getrennt wurden und die Auserwählten ins Tausendjährige Reich ziehen durften.

Und sie gehörte schon lange nicht mehr zu den Auser-wählten. Sie war eine Abtrünnige. Sie hatte ein uneheliches Kind zur Welt gebracht und außerdem ein Verbrechen be-gangen. Sie hatte die Auflage bekommen, sich regelmäßiger ambulanter psychiatrischer Betreuung zu unterziehen. Sech-zehn Jahre alt war sie gewesen, aber nicht der Psychiater hatte sie wieder auf die Beine gebracht, sondern Mia Nellemann. Mia, die sich immer Zeit für sie nahm, Mia, die in ihr die ei-gene, verlorene Tochter sah. Aber das begriff Dicte erst viel später.

Die kleinen Gesten machten den Unterschied. Eine Tasse Kaffee und zehn Minuten extra, um über dies und das zu quat-schen. Mal ein Sandwich, das sie sich teilten. Im Sommer ne-beneinander auf der Bank vor dem Gebäude in der Sonne sitzen. Eine aufmunternde Umarmung. Lob, wenn sie gute Noten am Abendgymnasium bekommen hatte.

Natürlich war es nicht dasselbe wie mit Anne. Mia war keine beste Freundin, sondern eher wie Familie. Den Einfluss, den Mia auf sie gehabt hatte, wusste sie erst viel später zu schätzen. Und jetzt war sie auf dem besten Weg, ihre Retterin von damals zu korrumpieren. Zu der sie mit Kuchen angeschlichen kam, um etwas von ihr zu bekommen. Das wusste Mia, und Dicte wusste es natürlich auch.

Sie entschied sich für je zwei unwiderstehliche Schokoladenkuchen und Nusstörtchen und lief einmal quer durch die Stadt zum Rathaus, wo Mia ihr Büro in der Abteilung »Kinder und Jugendliche« hatte.

Mia strahlte. Das hatte sie schon immer getan. Ein strahlendes Lächeln, das helle Haar, die leuchtenden Augen, die einen ganz besonderen Glanz besaßen. In ihrem Blick lag immer aufrichtiges Interesse, so auch an diesem Tag. Sie war eine waschechte Århusianerin und sprach mit einem so breiten Dialekt, dass er sogar für Dicte gewöhnungsbedürftig war. Aber unglaublich charmant. Sie war Ende fünfzig, doch das Alter stand ihr sehr gut. Feine Lachfalten umspielten ihre Augen, und silberne Fäden durchzogen die blonden Haare, die in einem wilden Knoten von einer Spange gehalten wurden.

»Du hast dich gar nicht verändert.«

»Lügnerin«, lächelte Mia geschmeichelt.

»Wer sagt denn, dass das ein Kompliment war? Wo ist mein Kaffee?«

Sie warf die Tüte mit dem Kuchen auf den Schreibtisch. Mia gehörte nicht zu den Schlanksten, und sie liebte Kuchen. Dicte hatte den Verdacht, dass sie sich ausschließlich davon ernährte. Mia erhob sich, um Kaffee und zwei weiße Porzellanbecher zu holen. Als sie wieder zurückkam, war das Lächeln aus ihrem Gesicht verschwunden.

»Du hast ihn dir angesehen?«, fragte Dicte. »Ist es eine traurige Geschichte?«

Mia versuchte neutral auszusehen, während sie Kaffee eingoss. Dicte riss die Kuchentüte auf. Schweigend saßen sie sich gegenüber und genossen den Geschmack von Schokolade, der sich mit dem Aroma des Kaffees mischte.

»Ich weiß nicht, wozu du die Informationen benötigst, und ich will es auch gar nicht wissen.«

Mia legte ihr Kuchenstück fast andächtig auf die Tüte.

»Und du bekommst von mir nicht mehr als diesen Kaffee.« Sie nahm einen Schluck.

»Aber ich darf Fragen stellen?«

»Du kannst fragen, und dann sehen wir, ob ich darauf antworten will.«

»Es gibt also eine Akte über ihn.«

»Ja, die gibt es.«

»Und wie weit reicht die zurück?«

»Bis zur Geburt.«

»Und die war?«

»1978.«

Das war das Jahr, in dem ihr Sohn zur Welt kam.

»Wurde er aus seinem Elternhaus entfernt?«

»Das geht dich nichts an.«

Mia biss vom Schokoladenkuchen ab und schien die Zurückweisung so sehr zu genießen wie den Geschmack der Süßspeise.

»Okay, dann rate ich. Er wuchs auf in einem Kinderheim in Ry oder auch bei Pflegeeltern dort. Er ging auf die Mølleskole. Und hatte Probleme. Rein in die Institutionen und wieder raus. Drogen. Kriminalität. Ein verlorenes Kind.«

»Ein sehr vielversprechendes Kind«, widersprach Mia, die Beschützerin der Schwachen. »Bis irgendetwas Schlimmes passierte, als er circa zehn Jahre alt war. Danach ging es nur noch bergab.«

»Wo wohnt er? Was macht er heute? Wovon lebt er?«

Mia leckte sich genüsslich alle Finger einzeln ab.

»Mann, war das ein leckerer Kuchen. Und teuer, was? Du musst wirklich verzweifelt sein!«

»Verzweifelt ist mein zweiter Vorname.«

Mia lächelte.

»Stimmt, das hatte ich vergessen. Aber nur für einen kurzen Moment!«

»Ich werde dir die Geschichte später genau erzählen, versprochen.«

Mia Nellemann seufzte.

»Die letzte bekannte Adresse ist in der Anholtsgade, Århus C. Aber bis Anfang September hat er sich in der Entzugsklinik Skråen in Odder aufgehalten.«

»Entzug!«

»Ja, so was in der Art. Aber mit Erfolg, soweit ich weiß. Vier Monate war er dort, ein Musterpatient. Hochmotiviert, wie es heißt.«

KAPITEL 49

Jemand hatte auf Facebook eine Gruppe eingerichtet, als Unterstützungsforum für sie. Mittlerweile hatte die über tausend Mitglieder. »Way to go, Francesca! Endlich eine Frau, die zu ihrer Sexualität steht!«, oder: »Du bist echt ein Hammer, Francesca!« Die aufmunternden Beiträge waren eindeutig in der Mehrzahl.

Aber es gab auch die anderen Stimmen. Die verärgerten. Die selbstgerechten. Die enttäuschten.

Eigentlich hätte sie diese Einträge ignorieren müssen, aber etwas in ihr zwang sie dazu, sie dennoch zu lesen. Jeden einzelnen.

»Widerliche Hure. Glaubst du wirklich, wir wollen so eine wie dich als Bürgermeisterin? Hast du dich zur Nominierung hochgeschlafen?«

Oder aber sie bekam unzweideutige Angebote: »Was du brauchst, ist ein richtiger Mann. Ich komme gerne mal vorbei und zeige dir, was ein Schwanz so kann.«

Zusätzlich musste sie sich auch den Kollegen im Rathaus gegenüber verhalten. Den Blicken ausweichen, die mehr sagten als Worte, oder die sich von ihr abwandten, sobald sie um die Ecke bog. Aufmunternde Bemerkungen, die falsch und hohl klangen. Oder die offene, unverfälschte Anklage von einigen, vor allem jenen etwas ältlichen Sekretärinnen, die jeden Abend direkt nach der Arbeit nach Hause fuhren, um ihrem Mann das Essen zu machen.

Wenn ihr alles zu viel wurde, suchte sie Zuflucht in ihrem Trainingsstudio und absolvierte eine Einheit nach der anderen am Punchingball. So wie jetzt. Poff, poff, poff. Die Schläge waren rhythmisch und präzise. Der Schweiß lief ihr in Strömen herunter.

Poff, poff, poff. Sie wollte sie zusammenschlagen. Alle, die es nur gut meinten. Alle, die sie falsch verstanden. Alle, die keine Ahnung hatten, worum es eigentlich ging. Alle Heuchler. Aber vor allen: sich selbst.

Sie hatte es seit der Scheidung weit gebracht, aber es hatte seinen Preis gehabt. Und diesen bezahlte sie jetzt. Den Preis dafür, dass sie sich von ihren Fesseln befreit und sich für ein Leben ohne Ehemann entschieden hatte; den Preis dafür, dass sie sich von einer unterdrückten Hausfrau und Mutter zu einem politischen Alphatier entwickelt hatte.

Als sie sich damals zum BWL-Studium angemeldet hatte, hatte William sie nicht ernst nehmen wollen. Und er hatte auch nicht bemerkt, wie sie sich veränderte. Aber wenn sie zurückdachte, war das der Ort gewesen, an dem ihre politischen Ideen zum Leben erweckt wurden. Wahrscheinlich keimte auch zeitgleich ihre Selbstständigkeit auf. Plötzlich hatte sie erkannt, wie alles zusammenhing: dass auch sie Einfluss nehmen konnte. Nicht nur auf ihr eigenes Leben, sondern auch auf ihre Umwelt. Sie begriff die Möglichkeit, erst sich selbst zu befreien und dann anderen in die Selbstständigkeit und zur Wiedererlangung ihrer Würde zu verhelfen. Eines Tages hatte sie im Versammlungshaus der Studenten, im Stakladen, einer Debatte zwischen zwei Abgeordneten beigewohnt. Kurz darauf wurde sie Mitglied der größten Oppositionspartei. Sie wollte Gleichheit und Freiheit, beides, sofort. Sie war liberal, aber soziale Gerechtigkeit stand ganz oben auf ihrer Agenda, und ihr Plan war es, auf lokaler Ebene anzufangen und sich auf die nationale Ebene hochzuarbeiten. Von dieser Plattform aus war sie nämlich in der Lage, die Williams dieser Welt in Schach zu halten.

Aber sie bezahlte einen hohen Preis. Es kostete viel Kraft, den eigenen Ambitionen treu zu bleiben und doch bis an die Spitze zu kommen. In einer Welt, in der Muskeln und Testosteron ein Vorteil darstellten, während Brüste und Hüften sowie der Unwille, diese Details hinter unförmigen Kleidungsstücken zu verbergen, als eine Bedrohung gesehen und damit zum Nachteil wurden.

Eigentlich hatte sie gedacht, dass die Gesellschaft schon weiter war und diese Fragestellung kein Problem mehr darstellte. Sie war keine Feministin, zumindest nicht im radikalen Sinne des Wortes. Und sie war auch nicht links. Sie war immer der Ansicht gewesen, dass Können, Fleiß, Intelligenz und Ambitionen genug seien, um ans Ziel zu kommen.

Poff, poff, poff. Die Schläge taten in den Händen weh, der Schmerz zog bis in die Arme hoch, aber sie ließ nicht nach.

Es war nie genug. Aber daran hatte sie selbst am meisten Schuld. Sie hatte Fehler begangen. Der größte davon begleitete sie mit einer nie endenden Trauer. Nein, vielleicht war das gar nicht ihr größter Fehler. Vielleicht gab es da noch einen, der sich jetzt als weitaus größer erwies.

Schlag auf Schlag zersplitterte ihre Schutzhülle und drängte sie immer tiefer in ihre Erinnerung. Sie wollte aufhören, konnte es aber nicht aufhalten. Und plötzlich brach alles aus ihr heraus, als wäre es die ganze Zeit im Inneren des Punchingballes gefangengehalten worden und suchte sich nun den Weg nach draußen.

Sie musste an den kleinen Jungen denken, den sie einst gekannt hatte. Er war einer von Williams Jungen gewesen, aber dieser war anders als die anderen. Vielleicht weil sie gerade zum zweiten Mal eine Fehlgeburt erlitten hatte.

Er war kein Baby mehr gewesen, aber sehr klein für sein Alter.

Instinktiv hatten sie einander gesucht und gefunden. Die Mutter, der ein Kind fehlte, und der Junge, dem die Mutter fehlte.

Es war das erste – und auch das einzige – Mal, dass sie sich gegen William durchgesetzt hatte. Dieser Junge gehörte zu ihr. Das war die einzige Bedingung, die sie stellte. Seit fünf Jahren waren sie schon verheiratet gewesen und hatten vergeblich versucht, Kinder zu bekommen. Sie bekam ihren Willen, und die beiden – Pflegemutter und Kind – wuchsen unzertrennlich zusammen.

Er war die ganze Zeit bei ihr, wie ein kleines, mageres Affenkind. Er war sechs, als er zu ihr kam. Er hatte unzählige Krankheiten und Mangelerscheinungen, weil seine Mutter drogenabhängig gewesen war und ihrem Kind viele Schäden mitgegeben hatte. Er war sehr oft krank, und sie pflegte ihn hingebungsvoll, immer verfolgt von der Angst, dass er ihr eines Tages weggenommen werden könnte.

Poff, poff.

Ihre Schläge prasselten auf den Ball ein, so wie die von William früher auf sie. Aber den Jungen hatte er nie angefasst. Kein einziges Mal. Nicht, solange sie ihn beschützte.

Aber am Ende hatte sie ihn doch verloren. Sie verlor ihn aus den Augen, und die Ereignisse, die dazu geführt hatten, hatte sie entweder erfolgreich verdrängt oder einfach vergessen.

Wo lebte er jetzt? Sie hatte keine Ahnung. Sie hatte vor langer Zeit ein Kind geliebt. Genau genommen hatte sie zwei Kinder geliebt, das eine davon war ihr eigenes.

»Aber du machst das jetzt nicht mehr, oder? Du hast doch jetzt mich.«

Sie hatten miteinander geschlafen, Asbjørn stützte sich auf die Ellenbogen und sah sie mit strengem Blick an.

»Bist du eifersüchtig?«

Sie lächelte und spielte mit seinen Haaren. »Das ist doch alles schon so lange her.«

»Aber du machst das jetzt nicht mehr, oder?«

»Jetzt habe ich doch dich.«

»Und brauchst keinen anderen?«

Sie schüttelte den Kopf. Sie hatte weder Lust noch Zeit dazu. Er war alles, was sie sich wünschen konnte, zumindest rein physisch. Alles andere konnte sie sich anders erfüllen. Und trotzdem hatte sie diese Sehnsucht. Die Sehnsucht nach einem Menschen, der alles abdecken konnte. Einem, den sie sowohl physisch als auch psychisch lieben und begehren konnte. Einem, mit dem sie alles teilen konnte, auch all das, was man nicht teilen konnte.

»Ich brauche keinen anderen.«

Sie streichelte ihm über Brust und Oberarm, wo sich die Haut über die Muskeln spannte und blonde, fast goldene Haare sie an ein reifes Getreide denken ließen.

»Aber du darfst auch nicht vergessen, dass wir uns so kennengelernt haben. Wenn ich die beiden anderen nicht ausprobiert hätte, wäre ich dir unter Umständen nie begegnet.«

Selbstverständlich waren es mehr als diese zwei gewesen, aber sie brachte es nicht übers Herz, ihm das zu sagen. Es waren auch Nieten dabei gewesen. Unangenehme Erfahrungen, die sie am liebsten für immer vergessen wollte. Aber die meisten hatten ihr Genuss bereitet, und die beste Begegnung war die mit Asbjørn gewesen.

»Erinnerst du dich noch?«

Seine Stimme hatte etwas Verträumtes, er war ein hoffnungsloser Romantiker, viel mehr als sie.

»Das Hotel? Scandic? Nicht wirklich der exotischste Ort der Stadt«, gab sie zu, »aber erschwinglich.«

»Du warst so schön. In deinem blauen Kleid. Seide. Mit Trägern, die immer runtergerutscht sind. Und diese Kurven. Hmm.«

Er rückte dicht an sie heran, sie genoss die Wärme seines Körpers, aber tief in ihr war es kalt. Sie hatte versucht, die Mails zu vergessen, aber es war fast unmöglich. Sie hatte sich auf ihre Arbeit konzentriert, vor allem auf ihre Ziele als zukünftige Bürgermeisterin. Sie würde sich zuerst um soziale Fragen küm-

mern. Alle wussten, dass etwas mit den Abläufen in den So-
zialämtern nicht stimmte. Seit der Fernsehsendung über die
fehlende Bereitschaft zur Zwangsentfernung war deutlich geworden, dass es mit der Kultur in der Gesellschaft nicht so weit
her war, wie es eigentlich sein sollte. Das Wohl des Kindes
wurde nicht als oberste Priorität gesehen. Und daran musste
sich etwas ändern.

Das Wohl des Kindes. War sie dem gerecht geworden? In
dem einen Fall würde sie auch heute noch mit Ja antworten.
Aber in dem anderen? Da wuchs ihre Unsicherheit.

Asbjørn begann mit ihren Brüsten zu spielen und ließ seine
Hände an ihrem Körper hinabgleiten. Wie immer legte er eine
Ausdauer an den Tag wie ein Tour-de-France-Fahrer, und meist
gefiel ihr das auch sehr. Aber nicht an diesem Abend.

»Ich muss kurz mal eben was überprüfen, caro.«

Sie schubste ihn mit einem Kuss von sich, um ihn nicht vor
den Kopf zu stoßen. Sie setzte sich vor ihren PC, fühlte sich von
einer unsichtbaren Kraft nahezu in den Computer hineingezogen.

Sie öffnete ihren Mail-Account. Ihr Herz schlug wild, als sie
den Namen des Absenders las: Jubi15. Ehe sie es verhindern
konnte, hatte sie die Mail geöffnet, wissend, dass dadurch nur
ein weiterer Giftpfeil in ihre Richtung abgefeuert werden
würde. Der Text bestätigte ihre schlimmsten Befürchtungen:

»Ich weiß, dass du ihn getötet hast.«

KAPITEL 50

»Du brauchst Hilfe«, sagte Miriam. »Ich glaube, sie will dir einfach nur helfen.«

»Das ist nicht notwendig.«

Er spürte, wie sehr sie versuchte, in ihn einzudringen. Diese
verfluchten Weiber, die immer wollten, dass man sein Innerstes
nach außen kehrte. Warum musste es so enden?

»Und ob es das ist. Es ist mehr als notwendig.«

»Aber ich will keine Hilfe, habe ich doch gesagt.«

Sie bürstete sich die Zähne und stieg dann unter die Dusche. Sie wusch sich nach jedem Kunden. Er hörte das Wasser aus dem Duschkopf plätschern und sah die Umrisse ihres Körpers hinter der mattierten Glasscheibe. Eigentlich hatte er vorgehabt zu verschwinden. Aber die Entdeckung von Mys Mütze hatte ihn so dünnhäutig gemacht. Verflucht seien My und ihre dämlichen Ideen.

Miriam kam in ein großes weißes Handtuch gehüllt aus der Dusche. Ihre Haut auf Schulter und Hals war mit Wassertropfen benetzt, und die hochgesteckten Haare lockten sich von der Feuchtigkeit.

»Du wirst verdächtigt, Adda Boel getötet zu haben. Sie haben alle möglichen Beweise, die gegen dich sprechen. Du hast schon mal im Knast gesessen. Du hast kein Alibi.«

Sie zählte es mit den Fingern auf.

»Jetzt ist My verschwunden. Und du suchst auch nach Cato. Wir haben keine Ahnung, was er vorhat. Wir wissen auch nicht, was sich My ausgedacht hat. Du hast ihre Mütze gefunden … Und jetzt habe ich gleich keine Finger mehr übrig …«

Er sah, wie sie sich zu einem Lächeln zwang, aber es war ein ängstliches.

»Und dann kommt da jemand vorbei, der dir helfen kann und will, und du zeigst ihr den Mittelfinger. Weißt du, was das ist?«

Er hatte keine Gelegenheit, zu antworten, aber das war offenbar auch gar nicht vorgesehen.

»Das ist scheißarrogant. Das ist verdammt noch mal scheißarrogant.«

Sie öffnete das Handtuch und begann sich abzutrocknen.

»Lulu ist derselben Meinung. Wir können dir ja nicht helfen. Und Cato. Ehrlich, der befindet sich irgendwo zwischen Methadon und Überdosis. Was können wir dagegen tun? Nichts, wir habe nicht das Hirn und die Möglichkeiten, um ihn aufzuspüren.«

»Er ist im Haus an der Küste gewesen.«

Sie stellte ein Bein auf den Stuhl und rieb sich erst den einen Oberschenkel, dann den anderen, bis sie ganz rot waren. Die schmale Haarlinie in ihrem Schoß war ein bisschen heller als das kurze schwarze Haar auf ihrem Kopf.

»Ach was.«

»Ich habe keine Hinweise auf Drogen gefunden. Nur Zigaretten. Ich glaube, er ist clean.«

»Das bezweifle ich.«

»Ich glaube ja auch, dass er gefährlich ist.«

Sie richtete sich auf, warf das Handtuch über den Stuhl und holte aus der Kommode einen frischen String heraus und zog ihn an.

»Noch ein Grund, diese Hilfe anzunehmen.«

Sie kam auf ihn zu, offensichtlich ohne darüber nachzudenken, dass sie nur mit einem Tanga bekleidet war. Ihre Brüste standen gerade in der Luft.

»Ist sie wirklich deine Mutter?«

»Ja.«

»Sie wirkte, als wäre sie richtig versessen darauf, etwas zu unternehmen.«

»Damit sie eine gute Story bekommt. Das ist das Einzige, woran sie dabei denkt.«

»Und wenn nicht? Man hört sofort, dass du keine Kinder hast.«

»Du doch auch nicht.«

»Was weißt du denn darüber?«

Er sah sich demonstrativ im Raum um, so, als würde er nach dem Kind suchen. Er wusste, dass er sie damit ärgerte, vielleicht verletzte er sie sogar.

»Ich habe hier noch nie ein Kind gesehen. Soweit ich weiß, hast du auch noch nie eins gehabt. Das wird wahrscheinlich ein Traum oder nur Einbildung sein.«

Die Ohrfeige kam wie aus dem Nichts angesaust. Und es aktivierte sofort Erinnerungen. Seine Hand schoss nach vorne, ohne dass er es verhindern konnte, und verdrehte ihr den Arm.

281

»Das machst du nie wieder.«

Seine Stimme war ruhig, aber in seinem Inneren herrschte Chaos. Er war dorthin zurückgekehrt, wo alles angefangen hatte. In den Garten mit der Esche und zu der Hoffnung, dass ein Blitz einschlagen und sie alle töten würde.

Miriam befreite sich aus seinem Griff. Aber ihr Blick war weder ärgerlich noch irritiert.

»Wann begreifst du es endlich, dass auch andere Menschen ein schweres Leben haben? Na? Wann begreifst du endlich, dass man nicht immer eine Wahl hatte? Wann verabschiedest du dich endlich von deiner alten Wut auf deine Mutter, die damals unter Umständen die einzige Entscheidung getroffen hat, zu der sie in der Lage war? Vielleicht hatte sie gehofft, du könntest ohne sie ein besseres Leben führen. Was für einen Wert kann man als Mutter haben, wenn man als Mensch keinen hat?«

Hart wie Stein klangen ihre Sätze, schwer und hart ihre Stimme, die ihn mitten in den Magen rammte.

»Mein Kind ist gestorben. Ich habe gesoffen, Drogen genommen. Das Kind hatte einen schweren Alkoholschaden. Aber das ist schon sehr lange her.« Sie hob die Hand, richtete den Zeigefinger auf ihn und stach damit bei jedem Wort Löcher in die Luft. »Das spielt jetzt keine Rolle mehr. Aber denk darüber nach, bevor du andere verurteilst. Man tut, was man tut. Und das hat man nicht immer alleine in der Hand.«

Sie trat ganz dicht an ihn heran. Ihr Atem roch nach Zahnpasta. Er spürte nichts, wusste aber, dass es ihn eines Tages einholen würde. Wenn alles zu spät war, würde er es bereuen, aber jetzt war es ihm unmöglich.

»Man kann so vieles vergessen«, sagte Miriam. »Man kann vergessen, wie spät es ist, und man kann vergessen, zu essen und auf sich achtzugeben. Aber ein Kind, das vergisst man nie.« Sie stieß ihn zurück, und er kam ins Straucheln. »Verdammt noch Mal, das vergisst man nie in seinem Leben. Und jetzt kannst du ruhig abhauen. Wenn du dir nicht helfen lassen willst, ist dir nicht zu helfen.«

282

KAPITEL 51

Dicte parkte und stieg aus. Das Haus in Kasted lag einsam vor ihr und erwartete sie. Der Tag war lang gewesen und ohne nennenswerte, aufheiternde Augenblicke. Abgesehen von ihrem Besuch bei Mia Nellemann hatte er keine Leckerbissen für sie bereitgehalten.

Sie warf die Autotür zu. Svendsen stand schon hinter dem Fenster und erwartete sie sehnsüchtig. Sie sah seine Umrisse und die charakteristischen weichen Ohren, die ihn aussehen ließen wie einen Hund, der einen Napoleonshut trägt.

Sie hatte den weiten Weg zu der Entzugsklinik »Skråen« in Odder gemacht, aber leider ohne Ergebnis. Erst spät war ihr Lena Lunds weißer Opel hinter sich aufgefallen.

Während sie den Schlüssel im Schloss umdrehte und den ausgelassenen Hund begrüßte, musste sie lächeln bei dem Gedanken an ihre Widersacherin. Sie hatte in einer Parkbucht auf der Landstraße angehalten und beobachtet, wie Lena Lund weitergefahren war und schließlich in einiger Entfernung an einer Bushaltestelle angehalten hatte. Dicte war den ganzen Weg über die Felder gelaufen, und Lena Lund bemerkte sie erst, als sie ans Beifahrerfenster klopfte.

Sie wiederholte den darauffolgenden Wortwechsel im Kopf, während sie Svendsen Essen gab und den Ofen anstellte, um sich eine Tiefkühlpizza zu machen und damit Bo und seinem Essen aus den »guten alten Tagen« den Stinkefinger zu zeigen.

»Haben Sie sich verfahren?«

Dicte war die Ausgeburt an Freundlichkeit, nachdem Lena Lund das Fenster heruntergekurbelt hatte.

»Nein, Sie?«

»Man kann ja nie wissen mit euch Bullen von außerhalb, darum wollte ich meine Hilfe anbieten.«

»Das ist sehr aufmerksam von Ihnen …«

»Um zurück zum Präsidium zu finden, müssen Sie einfach nur umdrehen und auf dieser Straße direkt in die Stadt fahren.

Sie sollten das nächste Mal durch ein paar Pfützen fahren, wenn Sie erfolgreicher sein wollen bei einer – wie heißt das noch bei euch? – Verfolgung, stimmt's? So etwas lernt ihr doch auf der Polizeischule!«

Lena Lund sah aus, als würde sie vor Wut gleich platzen. Dicte sah, wie sie rot wurde und mit den Händen das Lenkrad umklammerte.

»Sie kennen ihn«, stieß die Polizistin hervor. »Sie schnüffeln ihm hinterher, waren in allen Bordellen der Stadt. In was für einer Verbindung stehen Sie zu ihm?«

»Zu wem?«

Dicte klimperte unschuldig mit den Wimpern.

»Sie wissen genau, wen ich meine. Peter Boutrup. Sie wissen, wer er ist, und noch einiges mehr. Sie halten Informationen zurück, und ich könnte Sie hier und jetzt festnehmen und zum Verhör mitnehmen.«

»Darüber würde sich Wagner bestimmt freuen. Sie haben nichts in der Hand. Und Sie werden auch nichts erfahren, wenn es nach mir geht. Sie können sich ruhig die Anstrengungen sparen.«

Das war das passende Schlusswort gewesen. Wahrscheinlich hatte sie einen Fehler begangen, aber wenigstens hatte sie es mit dem größten Vergnügen getan. Sie drehte sich auf dem Absatz um und ging zurück zu ihrem Wagen. Dort wartete sie mehrere Minuten, bis sie sah, dass Lena Lund wendete und zurück in die Stadt fuhr.

Erst als sie sich sicher sein konnte, dass weit und breit kein weißer Opel mehr zu sehen war, wagte sie sich zurück auf die Landstraße und machte sich auf zur Entzugsklinik, die wie ein großer roter Kasten am Ortsausgang von Odder lag.

Sie betätigte die Klingel an der Pforte und bat darum, mit dem Leiter der Klinik sprechen zu dürfen. Aber Thorkild Madsen, wie er hieß, befand sich in einer Besprechung. Sie wurde gebeten, das Sekretariat anzurufen und sich einen Termin geben zu lassen. Sie versuchte alles, um sich bei dem gesichtslosen Pförtner einzuschmeicheln, aber es war, als würde sie mit einem Gefängniswärter um außerordentlichen Freigang verhandeln. Ihr wurde nicht geöffnet, und sie musste unverrichteter Dinge in die Redaktion zurückkehren.

Sie saß im Wohnzimmer und aß ihre Pizza, genehmigte sich ein Glas Rotwein und wünschte sich sehnlich, alle Erinnerung an die Explosion im Solarium ausradieren zu können. Es fühlte sich an, als wäre alles danach aus dem Ruder gelaufen. Als hätten die Detonation und Adda Boels Tod ihr Leben vollkommen verändert.

Dann zappte sie durch die Programme, dänische Kanäle, CNN, BBC und Sky News. In den USA war der Immobilienmarkt kollabiert, und die Aktien waren ins Bodenlose gestürzt. Auch die Auswirkungen auf den dänischen Aktienmarkt konnte man bereits absehen. Die Finanzwelt schien sich auf dem Weg in eine tiefe Rezession zu befinden. Die Menschen verloren hohe Prozentsätze ihrer Ersparnisse, es gab hohe Verluste bei den Rentenversicherungen und auf dem Wohnungsmarkt. Ein massiver Pessimismus zeichnete sich ab, und die ersten Selbstmorde wegen finanziellen Ruins wurden von *over there* gemeldet.

Im eigenen Land traf die Krise alle möglichen und unmöglichen Stellen. Handwerker, die sich bis vor kurzem ihre Aufträge hatten aussuchen können, standen plötzlich unter großem Druck. Vielleicht konnte sie unter diesen Umständen wenigstens den Preis für die Dachdeckerarbeiten ein bisschen nach unten drücken. So drehte sich das Karussell, und das alte Sprichwort »Des einen Tod ist des anderen Brot« gewann an Aktualität. Wo würde das alles enden? War das womöglich das Ende der Welt, wie man sie bisher gekannt hatte: das Spiel von Angebot und Nachfrage und Kapitalismus auf eigene Gefahr?

Sie saß im Sofa und erschauerte bei dem Gedanken. Ihre Hand streichelte Svendsen, der die ungeteilte Aufmerksamkeit genoss. Eine Stimme in ihr sagte, dass niemand von dieser Krise unberührt bleiben werde. Bald schon werde sie ihre Fangarme in jeden Winkel dieser Welt ausgestreckt haben, und alle müssten sich mit Konsequenzen auseinandersetzen, die niemand für möglich gehalten hätte. Alle würden davon in Mitleidenschaft gezogen werden. Die Talfahrt der Aktienmärkte würde sich bald zu der reellen Frage um Leben und Tod ausweiten, auch in Dänemark.

Sie hatte die Nachrichten übersprungen, die nur düstere Bilder vom Zustand der Welt zeichneten, und war bei der Sendung »Frag Charlie« auf dem dänischen Kanal TV2 hängengeblieben. Es war schon nach zehn Uhr, und sie fragte sich gerade, ob es nicht Zeit wäre, ins Bett zu gehen, als es an der Tür klingelte.

Svendsen, der in seinem Korb eingeschlafen war, wurde so davon überrumpelt, dass er erst beim zweiten Klingeln aufwachte und zu bellen anfing. Dabei hatten sich alle Haare auf seinem Rücken aufgestellt. Seine Alarmbereitschaft übertrug sich auf Dicte, und sie spürte eine Gänsehaut.

Sie löschte das Licht in der Küche, damit sie vom Küchenfenster unbemerkt den Eingangsbereich einsehen konnte. Unter dem Licht der Lampe stand eine Frau in einer langen schwarzen Jacke mit hochgeschlagenem Kragen. Zuerst konnte sie die Frau nicht erkennen, aber dann drehte sie sich ein Stück zur Seite, und Dicte erkannte die Prostituierte aus der Anholtsgade, der sie ihre Visitenkarte gegeben hatte.

Sie packte den Hund am Halsband und öffnete die Tür. Ihr Besuch hatte sich zwar bemüht, nur ein dezentes Make-up aufzulegen, trotzdem waren die Mascara verschmiert und ihre Augen rot.

»Hallo. Wollen Sie hereinkommen?«

Die Frau nickte. Svendsen schnüffelte an ihrer Jacke und fasste den Entschluss, dass er das Bellen einstellen konnte.

»Der tut nichts.«

»Ich heiße Miriam.«

»Kommen Sie rein, Miriam. Ich bin allein zu Hause.«

»Aber Sie haben doch den Hund.«

Miriam ließ Svendsen an ihren Händen und ihrer Jacke schnuppern.

»Er riecht Kaj.«

»Kaj?«

»Ja, das ist ein Schäferhund.«

Dicte führte sie ins Wohnzimmer. Sie fühlte sich verunsichert und ärgerte sich darüber.

»Möchten Sie auch ein Glas Wein?«

»Nein danke. Ich trinke keinen Alkohol.«

Dicte wusste, dass sie ihren Besuch überrascht ansah.

»Ja, ich weiß. Eine Hure, die weder raucht noch trinkt!«

Miriam lachte, und ihr Lachen klang angenehm und keine Spur verbittert oder hart. Wenn überhaupt, war sie traurig.

»Glauben Sie mir, ich habe in meinem Leben schon genug davon gehabt.«

»Dann setzen Sie sich doch wenigstens. Soll ich Ihnen die Jacke abnehmen?«

Miriam setzte sich auf die vorderste Kante eines Korbstuhls, behielt aber die Jacke an.

»Er braucht Ihre Hilfe«, sagte sie. »Er will sich nicht helfen lassen, aber er braucht Sie, das weiß ich.«

»Wissen Sie, wo er sich aufhält?«

»Er hat ein paar Tage bei uns gewohnt.«

Auf einmal brach sie in Tränen aus, Dicte sprang auf und holte die Küchenrolle. »Es tut gut zu wissen, dass sich jemand um ihn Gedanken macht.«

»Auch wenn es nur eine Hure ist?«

Dicte lächelte.

»Ja, auch dann. Wo ist er denn jetzt?«

Miriam tupfte sich die Tränen ab.

»Seit My und Kaj verschwunden sind, hat er wie neben sich gestanden.«

»Der Hund?«

»Ja, und seine Besitzerin. Ein Mädchen, sie heißt My.«

Miriam knetete das Papier zwischen ihren Händen zu einem

Ball. »Sie ist für ihn eher so etwas wie eine Schwester. Ich weiß nicht viel darüber, was die beiden verbindet. Aber My ist auf jeden Fall nicht ganz normal.«

»Wer ist denn schon normal? Wie ist sie denn?«

Miriam fing an, gedankenverloren kleine Fetzen von ihrem Papierball abzureißen.

»My ist Autistin, glaube ich. Sie kommt irgendwie von einem anderen Planeten. Aber hier oben ist sie vollkommen in Ordnung.« Sie tippte sich mit dem Zeigefinger auf die Stirn. »My friert immer. Wenn sie nicht gerade schwitzt.«

Miriam lächelte zaghaft. »Sie ist nicht ganz normal«, wiederholte sie.

»Und mein Sohn? Wissen Sie, wo er jetzt ist?«

»Ich bin mir nicht ganz sicher. Aber ich glaube, ich weiß, wo er ist.«

KAPITEL 52

Der Polizeibericht war sechs Jahre alt und von der Direktion aus Grenå verfasst worden, die mittlerweile als neue Sektion in der Polizei Ostjütland aufgegangen war. Der Stil entsprach der charakteristischen Bullensprache mit verschnörkelten Ausdrücken und steifen Wendungen, garniert mit einigen orthographischen Fehlern, die das Dokument für eine Bewerbung auf dem freien Markt disqualifizieren würden.

Aber der Inhalt war interessant, und Wagner las den Bericht eingehend, bevor er zum Hörer griff und seinen Namensvetter John Petersen anrief, der als Verfasser angegeben und als einer der ersten Beamten am Tatort eingetroffen war. Es erforderte mehrere Telefonate und Warteschleifen, bis endlich eine tiefe Bassstimme in der Leitung erklang.

»John Petersen.«

»John Wagner hier, Polizei Ostjütland, Kriminaldezernat. Ich habe hier den Bericht von Ihnen über die Verhaftung des Peter Boutrup am 7. September 2004 in Gjerrild vorliegen.«

»Ja, der Fall ist ja wieder aktuell geworden. Haben Sie ihn gefunden?«

»Leider noch nicht.«

»Aber Sie haben natürlich den Tatort überprüft, nehme ich an? Draußen in Gjerrild?«

Einer der ersten Einsätze war selbstverständlich die Untersuchung von Boutrups Haus gewesen.

»Ja, klar. Wir waren da, aber ohne Ergebnis. Ich bin beim Lesen des Berichts über ein paar Kleinigkeiten gestolpert und wollte Sie dazu befragen. Könnten Sie mir da weiterhelfen?«

»Schießen Sie los!«

»Es geht aus dem Bericht nicht eindeutig hervor, wer Sie gerufen hat.«

»Ja, das war er selbst. Der Täter, Peter Boutrup. Er gab an, dass er einen Mann erschossen habe, der bei ihm eingebrochen sei. Da gab es kein Versteckspiel.«

John Petersen hatte eine reine Bassstimme. Wagner, der früher im Chor gesungen hatte, mochte diese weiche, tiefe Tonlage.

»Können Sie sich erinnern, wie er geklungen hat? War er aufgeregt? Hat er geweint?«

»Nein, nichts davon. Er war sehr sachlich und klang äußerst gefasst. Und als wir bei ihm ankamen – das war echt kein schöner Anblick, ein toter Hund und ein toter Mann –, war er sehr entgegenkommend und beantwortete alle Fragen. Nur aus dem Mädchen haben wir praktisch keinen Ton herausbekommen …«

John Petersen räusperte sich so laut, dass es dröhnte.

»Ich glaube, sie war Autistin oder so etwas Ähnliches. Sie wirkte auf mich sehr mitgenommen, wir haben keinen zusammenhängenden Satz aus ihr herausbekommen. Sie trauerte vor allem um den Hund, daran kann ich mich noch erinnern. Fast hysterisch.«

»Blieb Boutrup die ganze Zeit unverändert bei seiner Aussage? Dass zwei Männer bei ihm eingedrungen sind und seinen Hund erschossen haben, woraufhin er den einen der Männer erschossen hat und der zweite fliehen konnte?«

»Ja, ganz genau so.«

»Und was war mit dem Mädchen? Wo war sie während des Schusswechsels?«

Wagner hörte ein Rascheln, dann klang es so, als würde sich sein Gesprächspartner etwas in den Mund stecken.

»Im Schlafzimmer, wurde uns gesagt«, schmatzte er. »Verzeihen Sie, Nikotinkaugummi. Ich gewöhne mir gerade das Rauchen ab.«

Wagner drehte diskret die Augen zur Decke. Offenbar hatte jede Abteilung ihren Nikotinsüchtigen.

»Im Schlafzimmer? Waren die beiden ein Liebespaar, was meinen Sie? Darüber steht im Bericht nichts.«

»Das kann ich mir auch nur schwer vorstellen. Das waren Freunde, war eher mein Eindruck. Er hatte etwas sehr Beschützendes ihr gegenüber, der Arzt hat ihr kurz darauf ein Beruhigungsmittel gespritzt.«

»Und die Tatwaffe war Boutrups Jagdgewehr? Wo wurde das gefunden?«

»Das hat er uns ausgehändigt. Wir haben es der Ballistik übergegeben, und damit war alles erledigt. Es war eindeutig die Schusswaffe. Es war kurz zuvor damit geschossen worden, Boutrups Fingerabdrücke waren überall, und die Patronen entsprachen der Munition, mit der Hans Martin Krøll getötet worden war.«

»Aber es gab keine Schmauchspuren an Boutrups Körper, geht aus den Unterlagen hervor? Gibt es eine Erklärung dafür?«

»Soweit ich das verstanden habe, hatte es mit der Waffe an sich zu tun, die einfach kaum Schmauchspuren erzeugt.«

»Die Sache war also Ihrer Meinung nach klar? Kein Zweifel bezüglich Täter, Tatwaffe oder Motiv?«

»Null. Überhaupt kein Zweifel. Er nahm seine Strafe klaglos an, und auch bei der Verhandlung gab es keine Kursänderungen. Alles lief schnurgerade!«

»Ja, das ist genau, was ich meine«, sagte Wagner leise, wie zu sich selbst.

»Wie bitte?«

»Ist das nicht ungewöhnlich?«

Er konnte fast hören, wie sein Kollege am anderen Ende der Leitung mit den Schultern zuckte, während er energisch weiterkaute. Ganz offensichtlich war es ihm ziemlich egal, aus welchen Gründen ein Täter sich für ein sofortiges Geständnis entschied.

Wagner bedankte sich und legte auf. Dann blätterte er die Akte erneut durch. Die beiden Einbrecher, Hans Martin Krøll und Poul Dahl, kannten ganz offensichtlich Peter Boutrup aus Jugendjahren, in denen dieser ein ziemlicher Radaubruder gewesen war und die Nähe zu anderen Jugendlichen gesucht hatte, die immer wieder mit dem Gesetz in Konflikt gerieten. Boutrup hatte sich zwar nicht explizit dazu geäußert, aber zwischen den Zeilen stand, dass die drei augenscheinlich noch eine Rechnung offen hatten. Zumindest waren wohl Krøll und Dahl dieser Meinung gewesen.

Er entschied sich dafür, dass sie als Nächstes überprüfen sollten, wo sich Dahl in der Zwischenzeit aufgehalten hatte.

Ein weiteres Mal blätterte er die Akte durch, irgendetwas stimmte da nicht. Das Ganze war viel zu einfach und glatt.

Er hatte diverse Anrufe getätigt und, so gut es ging, ein Profil von Boutrup zusammengestellt. Aber das Bild, das entstand, war sehr verwirrend. Auf dem Papier war er ein Mann mit ansehnlichem Strafregister. Ein paar kleinere Vergehen wie geringfügiger Diebstahl in der Jugend – da musste er unwillkürlich an Alexander denken –, Handgemenge und Mitwirken bei einem einfachen Autodiebstahl; danach folgten einige Jahre als Musterbürger, in denen er eine Ausbildung zum Zimmerer absolvierte, ein Haus kaufte und es renovierte und nach außen ein vollkommen normales Leben führte, mit Hund und Freunden und auch Freundinnen, die kamen und gingen. Diese guten Jahre waren durch den Mord an Krøll abrupt beendet worden, es folgten vier Jahre im Staatsgefängnis in Horsens. In dieser Zeit hatte er an den Folgen einer Nierenerkrankung gelitten und erst nach vielen Wochen im Krankenhaus und intensiver Dialysebehandlung die Niere eines Hirntoten transplantiert bekommen.

Er betrachtete die Fotos aus dem Archiv, in der Boutrup mit der Nummer 51–511 geführt wurde. Was ist dein Geheimnis?, fragte er sich.

Er war sich ganz sicher, dass sie diesen Mann bald finden würden. Aber er war bei weitem nicht sicher, ob sie jemals in die Nähe der Wahrheit gelangen würden.

Er musste an Lena Lund denken, die so überzeugt davon war, dass Dicte Svendsen in diesen Fall involviert war. Welche Rolle hatte Dicte, wenn es so war? Stimmte es wohlmöglich doch, dass Boutrup und sie sich kannten, aber wenn ja, woher?

Es klopfte an der Tür, und Erik Haunstrup von der KTU steckte seinen Kopf herein.

»Hast du Zeit?«

Wagner winkte ihn herein.

»Was gibt es Neues?«

Haunstrup setzte sich und legte einen Hefter auf den Tisch.

»Der Sohlenabdruck. Wir sind einen Schritt weitergekommen. Es hat sich herausgestellt, dass dieses Fabrikat im Zeitraum vom 3.5 bis 25.7 in allen Kvickly-Filialen als ›echte‹ Adidas-Schuhe verkauft wurde.«

»Gut. Sehr gut. Lass uns die Läden in Århus zuerst überprüfen, das erscheint mir am wahrscheinlichsten. Wenn wir nichts finden, können wir den Radius nachträglich erweitern.«

»Wir sind schon dabei. Wir erhalten alle Kredit- und EC-Belege aus dieser Periode, damit die Ermittler sie durchgehen können. Wir kennen bald alle beim Namen, die sich in dieser Zeit in Århus ein paar Adidas-Schuhe mit Karte gekauft haben. Es geht da um etwa zweihundert Paare. Schuhe, meine ich.«

»Das ist aber viel Arbeit.«

Haunstrup nickte.

»Aber nicht unmöglich.«

Nicht unmöglich. Er wiederholte die Worte, nachdem Haunstrup gegangen war, als er am Fenster stand. Er sah hinunter auf die Straße und auf den Parkplatz, auf dem die Dienstwagen hielten und in der kleinen Werkstatt repariert wurden. Das war ein komplizierter Fall, aufwendige Ermittlungen, und es gab viele verschiedene Bilder, die sich ergaben, verschiedene Szenarien, die zum Vorschein kamen. Es war problematisch, nicht zuletzt weil Omar Said stumm und Peter Boutrup verschwunden waren. Aber trotzdem gelang es ihnen, sich Schritt für Schritt vorwärtszukämpfen, und jetzt, nach so langer Zeit, spürte er zum ersten Mal so etwas wie Optimismus. Noch war kein Ziel in Sicht. Aber langsam fielen einzelne Puzzlestücke auf ihren Platz, so, als würde man ein kompliziertes Chorstück einstudieren wollen. Am Anfang kann man nicht hören, wie die einzelnen Stimmen zusammenklingen sollen. Aber nach und nach bekommt man ein Gespür dafür, wie schön es klingen wird, wenn alle zusammen mit dem Orchester singen.

So ging es ihm im Augenblick. Er hatte das Gefühl, dass es schwierig war. Aber eben nicht unmöglich.

KAPITEL 53

Dicte schnürte den Rucksack zu und betrachtete zufrieden ihr Werk. Dann zog sie sich einen alten Pullover an, darüber die wasserdichte Jacke, nahm das Paar Gummistiefel, das sie in der hintersten Ecke des Schrankes in der Garage fand, wo sie sich im Laufe der Zeit eine feine Schicht aus grünem Schimmel zugelegt hatten. Die Morgensonne fing gerade an, den Himmel mit Farbe zu versehen und ihr Licht über die Felder zu werfen, als Dicte den Wagen rückwärts aus dem Carport fuhr. Sie hatte gewendet und war im Begriff loszufahren, als ein zweiter Wagen mit so hoher Geschwindigkeit in die Kiesauffahrt schoss, dass die Steine in alle Himmelsrichtungen stoben.

Bo machte eine Vollbremsung und stieg aus. Sie machte keinerlei Anstalten, es ihm gleich zu tun, sondern kurbelte lediglich das Fenster herunter.

»Willst du mir aus dem Weg gehen?«

Mit einem Lächeln auf dem Gesicht beugte er sich ins Fahrerfenster und gab ihr einen Wiedersehenskuss, der allerdings auf ihrer Wange landete, weil sie den Kopf abwendete.

»Willkommen zu Hause, Bo«, sagte er, als sie stumm blieb. »Hattest du eine gute Zeit?«

»Hattest du eine gute Zeit?«

Aus ihrem Mund klang die Frage wie ein einziger Vorwurf, deshalb befand sie, dass sie auch gleich noch einen hinterherschieben konnte: »... mit Rotkäppchen?«

Er sah sie demonstrativ verwirrt und fragend an.

»Rotkäppchen? ... Ach so, die?«

Unschuld und Schalk kämpften in seinem Blick um die Vorherrschaft. »Die hatte ich ganz vergessen. Und ich bin ihr auch nicht so oft über den Weg gelaufen.«

»Eine ganze Woche in London, in einem Hotel und auf der gleichen Schulbank, und du willst ihr nicht so oft über den Weg gelaufen sein?«

Sie wollte sich aufhalten, die Worte zurück in den Mund stopfen, aber es war bereits zu spät.

»Okay, ich hätte dir erzählen sollen, dass sie mitfährt, aber du hattest genug, worüber du dir Gedanken gemacht hast. Außerdem habe ich doch keinen Einfluss darauf, wer sich zu so einem Kurs anmeldet.«

Er richtete sich auf und trat mit der Stiefelspitze in den Kies. Sie gab es auf, ihre Wut zu unterdrücken.

»Stimmt, es ist auch wesentlich einfacher, es eine Cecilie in der Redaktionskonferenz erzählen zu lassen.«

Er öffnete den Mund, um etwas zu sagen, aber Dicte gab ihm keine Gelegenheit dazu. Sie musste schnell weg, bevor es noch schlimmer wurde.

»Ich hab es eilig, ich muss jetzt los. Wir sehen uns. Ich weiß noch nicht, wann ich zurückkomme.«

Er warf einen Blick auf den Rücksitz, wo ihr Rucksack lag.

»Gehst du campen?«

»So was in der Art. Bis dann.«

Kaum hatte sie ihn mit durchdrehenden Reifen in der Einfahrt stehenlassen und war auf der Landstraße abgebogen, wunderte sie sich über ihre Reaktion. Es war dumm, ihm nicht zu sagen, was sie vorhatte. Es war auch dumm, wie eine beleidigte Sechzehnjährige zu reagieren. Sie müsste es besser wissen. Und sie wusste es auch, theoretisch. Aber manchmal gelang es ihr eben nicht, ihre Mitte zu finden. Natürlich hatte sie gewusst, dass er an diesem Tag zurückkommen würde, aber hatte mit Absicht nicht nachgesehen, wann. Wenigstens würde Svendsen ein bisschen Gesellschaft bekommen.

Sie nahm die Autobahn Richtung Silkeborg und fuhr in Ry ab. Sie kannte den Weg. Ihre amateurhafte Facebook-Recherche zu Roses Ausflug nach Ry hatte sie an den richtigen Ort geführt. Sie war die ganze Zeit so nah dran an Peter B. gewesen, ohne es zu wissen.

Am Internat bog sie ab und parkte. Sie holte den Rucksack vom Rücksitz und überprüfte ein letztes Mal, ob sie alles dabeihatte: Zelt, Schlafsack, Isomatte, Wechselwäsche, Jogginganzug, ein paar Dosen und Kartoffelbrei aus der Tüte, Suppentüten, Schokoladenriegel, einen Kanister mit Trinkwasser und löslichen Kaffee. Sie war nie ein Outdoorfreak gewesen, aber ein paar Grundsätze hatte sie auf den diversen Trips während ihrer Ehe mit Torben dann doch gelernt. Und auch mit Bo und seinen Kindern hatte sie zwei Natururlaube absolviert: eine Woche im Kanu den Gudenå hinunter und eine Woche Zelten an einem schwedischen See. Das musste genügen für dieses Unternehmen, das unter Umständen zur Tauglichkeitsprüfung ihres Lebens werden könnte.

Sie sah den Wald, der sich schier unendlich vor ihr erhob. Der Herbst war da, und die Kälte drang schon bald durch ihre Jacke. Die Sonne hatte sich gerade über den Horizont geschoben, als schon die ersten Wolken auftauchten. Jetzt drängelten sie sich am Himmel und vertrieben das Licht. Die feuchte Luft verhieß Regen. Dicte hoffte, dass sich dieses Versprechen nicht einlösen würde.

Miriam hatte ihr eine sehr gute Beschreibung gegeben, und als sie nach etwa einer Dreiviertelstunde an dem Grillplatz vorbeikam, wo die Naturfreunde in einer Hütte übernachten konnten, war sie sich ganz sicher, richtig zu sein. Eine halbe Stunde lief sie den Berg hinauf, an der Grenze zwischen Nadel- und Laubwald. Der Aufstieg war hart, es brannte in ihren Oberschenkeln, und der Rucksack fühlte sich an, als hätte jemand Steine hineingelegt. Dann erreichte sie eine Anhöhe und hörte das Plätschern des Baches unter sich. Da entdeckte sie sein Versteck. Das Zelt unter den Bäumen war grün und braun und verschmolz mit den Farben des Mooses und des Waldbodens. Die Feuerstelle befand sich kaum sichtbar in einer Mulde. Man musste wissen, wonach man auf der Suche war, um die Stelle zu finden. Ein Ahnungsloser würde direkt am Versteck vorbeilaufen können, ohne zu bemerken, dass es ein Unterschlupf war.

Er saß auf einem Stein beim Feuer und hatte ihr den Rücken zugewandt. Er trug eine enganliegende bunte Strickmütze und eine blaue Nylonjacke und war damit beschäftigt, etwas in einem Topf zu kochen, der an einem Metallstativ über dem Feuer hing. Sie begann die Anhöhe hinabzusteigen und war nur wenige Meter von ihm entfernt, als ein Ast unter ihren Füßen knackte und er sich umdrehte. Sie registrierte, dass er einen kurzgeschnittenen Vollbart trug. Sie registrierte auch, dass er kein bisschen überrascht wirkte. Irritiert, aber nicht überrascht.

»Was willst du hier?«

Das war ihr Sohn, den sie ein Jahr lang nicht mehr gesehen hatte. Und die Begegnungen davor waren auch nur sehr kurz und oberflächlich gewesen. Davor hatte sie die Geburt erlebt, dazwischen hatte es keinen Kontakt gegeben. Sie nickte zum Topf.

»Ich dachte, du würdest mich vielleicht auf eine Tasse Suppe einladen.«

Vielleicht war das zu forsch gewesen. Seine Verachtung sprang auf die Dampfwolke aus dem Topf und wehte ihr direkt ins Gesicht.

»Hier ist Selbstbedienung. Bring deinen eigenen Becher mit, dann können wir darüber sprechen.«

Sie streifte den Rucksack ab und stellte ihn auf die andere Seite der Feuerstelle. Schweigend wühlte sie darin, bis sie ihren alten Emaille-Becher gefunden hatte. Sie tauchte ihn in die blubbernde Suppe und unterdrückte einen Fluch, als sie sich dabei verbrannte.

»Na dann, zum Wohl.«

Sie legte den Rucksack auf die Seite und setzte sich darauf.

»Gemütlich hast du es hier.«

»Spar dir deine Floskeln, okay? Trink die Suppe und dann geh wieder nach Hause. Du hast hier nichts zu suchen.«

Sie hatte zwar keinen warmherzigen Empfang erwartet, aber seine Worte taten trotzdem weh und zeigten nur wieder, wie ausweglos die Situation war. Sie betrachtete ihn. Unter seiner Mütze schaute kein einziges Haar hervor, sie vermutete, dass er sich den Schädel kahlgeschoren hatte, um den Fahndungsfotos so wenig wie möglich zu ähneln. Sie erinnerte sich daran, wann sie ihn das letzte Mal gesehen hatte. Auf dem Parkplatz vor dem Krankenhaus, flankiert von zwei Gefängniswärtern. Sie erinnerte sich auch, dass er kein einziges freundliches Wort an sie gerichtet hatte. Ein Gespräch mit ihm war wie ein Griff ins Gefrierfach.

»Du schaffst das hier nicht allein. Die werden dich bald finden, und dann stehst du da wie ein sehr schuldiger Verdächtiger.«

»Ja, und?«

»Die haben deine DNA in Adda Boels Leiche gefunden. Sie haben Zeugen, die gesehen haben, wie du das Haus verlassen hast« – sie unterließ allerdings hinzuzufügen, dass sie wahrscheinlich bisher die Einzige gewesen war, die sich mit den Bauarbeitern unterhalten hatte – »und sie wissen, dass du schon ein-

mal getötet hast und die Möglichkeit bestand, dass du zum Tat-
zeitpunkt physisch am Tatort gewesen bist.«

»Weil ich nicht hinter Gittern saß. Sag es ruhig, wie es ist.«
Sie nickte.

»Du hast zum fraglichen Zeitpunkt nicht im Gefängnis gesessen, weil du entlassen bist. Weißt du, wie viele Verbrecher
entlassen werden und sofort eine neue Straftat begehen?«

»Und was für ein Motiv sollte ich gehabt haben?«

»Sex. Ein sehr überzeugendes Motiv in Anbetracht der Tatsache, dass du vier Jahre gesessen hast.«

Sein Lächeln kam so unerwartet, wie die Wolken verschwunden waren und der Sonne den Weg geebnet hatten. Sie sah sich
selbst in diesem Lächeln.

»Glaubst du etwa, man hat im Knast keinen Sex?«

Sie war auf sein Ablenkungsmanöver vorbereitet.

»Erzähl mir, was passiert ist.«

»Einen Teufel werde ich tun.«

»Aber du kannst nicht hier bleiben. Du kannst deine Spuren
nicht verwischen. Du musst doch leben, benötigst Vorräte, und
außerdem wird es jeden Tag kälter.«

Sie nahm einen Schluck von der Suppe. »Ich kann dir helfen.
Ich habe Kontakte zur Polizei. Aber zuerst müssen wir darüber
sprechen, was wirklich passiert ist.«

Noch im Moment, als sie »wir« gesagt hatte, wusste sie, dass
es ein Fehler war. Aber es hatte sich an ihre Zungenspitze ge-
drängelt und war einfach über die Kante gefallen.

Er nahm sich einen Becher Suppe. Er war ihr Sohn, und sie
sah es an seinen Bewegungen. Diese effektive, etwas ungeduldige Art, in eine Sache einzutauchen.

Er führte den Becher zum Mund, und auch diese Bewegung
war ihr vertraut. Von Rose. Vorsichtig, aber trotzdem mit einem
Anflug von Ungeduld und dem unvermeidlichen Resultat, dass
er sich die Zunge verbrannte und die Hand mit dem Becher weg-
zuckte.

»Pfui!«

Er spuckte die Suppe aus.

»›Wir‹ machen überhaupt gar nichts, hörst du? Du bist kein Teil von einem ›wir‹. Das bist du nie gewesen. Dafür hast du dich entschieden, und dann kannst du nicht einfach kommen und die Spielregeln ändern.«

Der Inhalt seines Bechers hatte sich offensichtlich dank seiner vielen Worte abkühlen können, denn er nahm erneut einen Schluck und behielt ihn dieses Mal im Mund.

Er hatte sich verändert, dachte sie plötzlich. Er war nicht mehr so wie bei ihrer ersten Begegnung. Sie hätte nicht sagen können, was es war, aber etwas hatte sich verändert.

»Hat Miriam geredet?«, fragte er, weniger aufgebracht.

Sie nickte.

»Sie macht sich große Sorgen um dich.«

»Miriam, die glückliche Hure. Ich habe sie vor langer Zeit mal mit hierhergenommen und wirklich gedacht, ich könnte sie bekehren.« Seine Stimme triefte vor Sarkasmus: »Romantisches Wochenende zu zweit.«

Dicte versuchte, sich das vorzustellen, aber sie sah nur Miriam mit ihrer verschmierten Mascara vor sich.

»Ich konnte gestern Abend nicht so viel Glücklichsein an ihr entdecken. Genau genommen wirkte sie sehr unglücklich.«

Vielleicht hatte nicht er sich in Wirklichkeit verändert, dachte sie. Vielleicht bestand die Veränderung nur darin, dass sie seine unterschiedlichen Facetten kennengelernt hatte. Aus der Sicht der Zeugen: des Bauern aus Gjerrild, dessen Tochter Peter und seinen Hund Thor geliebt hatte. Des Zimmermeisters, der lobend über Peters Arbeitskraft geredet hatte. Miriams, die den Mann beweint hatte, der sich nicht helfen lassen wollte, aber sich auch nicht selbst helfen konnte.

»Sie mag dich sehr.«

»Was weißt du denn schon davon?«

»Sie hat geweint.«

»Miriam weint, wenn jemand eine Fliege tötet.«

»Erzähl mir von My.«

Er machte sofort zu. Sein Tonfall und sein Gesichtszug wurden hart und verschlossen. Wenn zuvor ein Hauch von Nachgiebigkeit in seinen Augen geflackert hatte, war die mit einer Bewegung davongefegt worden.

»Das geht dich überhaupt nichts an.«

»Miriam sagt, sie sei wie eine Schwester für dich.«

Er starrte sie an, ohne ein Wort zu sagen.

»Sie hat mir auch erzählt, dass sie abgehauen, verschwunden ist.«

»Das ist ja eine unerschöpfliche Informationsquelle, diese Miriam«, erwiderte er.

»Ist Cato auch verschwunden?«

»Hat Miriam das gesagt?«

Seine Stimme zitterte, seine Augen waren dunkel wie zwei Gewehrmündungen, die auf sie gerichtet waren.

»Nein, das habe ich mir erschlossen. Ich glaube nämlich, dass ich das zweifelhafte Vergnügen hatte, ihm zu begegnen.«

Schweigend trank er von seiner Suppe.

»Wo?«, fragte er schließlich.

Zum ersten Mal gab es etwas, was er von ihr wissen wollte. Er klang auch viel ruhiger. Dicte sah ihn plötzlich auf einem Stein an der Klippe sitzen, mit Blick über die Küste bei Gjerrild, den Hund an seiner Seite. Ein friedvolles Bild. Vielleicht folgten beide einem Vogelschwarm mit den Augen oder einem Schiff auf den Wellen. Um sie herum gab es unendlich Platz: hoher Himmel, weites Meer. Die Botschaft dieses Anblicks war: Das war ihr Platz, dort gehörten sie hin.

»In deinem Haus. Ich habe dort nach dir gesucht. Aber er war vor mir da. Mit einem Jagdgewehr. Ich gehe davon aus, dass es geladen war.«

»Du bist ja viel rumgekommen.«

Der Sarkasmus war zurück. Aber er war ihr lieber als seine Wut. Sie erzählte ihm von ihrer Flucht, ihrer Begegnung mit dem Bauern und von dem Foto von sich, seiner Frau und der Tochter, das er ihr gezeigt hatte.

»Andrea.«

Er sagte es ins Feuer gewandt, das nur noch aus Glut bestand. Vielleicht ließ sie seine Stimme so warm klingen. »London. Sie wird es bestimmt super finden, oben in den Doppeldeckerbussen zu sitzen und alles sehen zu können.«

»Er hat mir erzählt, dass sie Thor so geliebt hat.«

»Sie waren die besten Freunde.«

Er klang fast träumerisch, doch dann riss er sich zusammen. Sein Kopf schnellte herum.

»So, und jetzt musst du gehen und mich in Frieden lassen.«

Sie schüttelte den Kopf.

»Ohne dich gehe ich nirgendwohin.«

»Du mischst dich einfach so in mein Leben. Was gibt dir das Recht dazu? Warum interessiert dich das auf einmal?«

Die Frage war mehr als berechtigt. Sie führte sich wie ein Sheriff auf, der die Grenze zum Nachbarstaat überquert hatte. Sie hatte keine Gerichtsbarkeit, nur das Recht, das sie sich herausnahm.

»Sankt Dicte, oder was? Willst du deinen Heiligenschein zum Glänzen bringen? Willst du dich sonnen in der Bewunderung der Leute für diese mutige Journalistin?«

Er zwinkerte ihr zu. »Oder ist es, weil du mich so unbeschreiblich liebst?«

Die letzten Worte gewannen die Meisterschaft in Hohn. Zum ersten Mal spürte sie Wut in sich aufsteigen.

»Jemand hat mir eine E-Mail geschickt, in der steht, dass es schade sei, dass ich nicht mit dem Solarium in die Luft geflogen bin. Auf diese Weise bin ich in diesem Fall involviert. Und das bist du auch, obwohl ich mir wünschte, es wäre anders. Das Schicksal hat dafür gesorgt, dass sich unsere Wege erneut kreuzen.«

Sie starrten einander an.

»Ich habe am Anfang gedacht, dass du diese Mail geschrieben hast. Ich habe auf Facebook gesehen, dass du mit Rose Kontakt hattest.«

Er schenkte ihr ein Lächeln, und es war ihr unmöglich, es als freundlich oder gehässig zu lesen. Es war wie sein ganzes Wesen, schwer zu greifen.

»Wer sagt denn, dass ich es nicht getan habe?«

KAPITEL 54

Die Stille war erlösend. Sogar die Vögel hatten aufgehört zu singen, die Brise war nicht mehr als ein kleiner Windhauch, der die Blätter der Bäume zum Rascheln brachte, sich aber auf dem Rückzug in die Dunkelheit befand. Er starrte mit leerem Blick hinauf ans Zeltdach.

Einen ganzen Tag. Sie hatten einen ganzen Tag zusammen verbracht. Er fühlte sich, als hätte ihn jemand stundenlang unter Wasser gedrückt, um ihn danach kopfüber an einem Baum aufzuhängen. Er war erschöpft, alle Glieder schmerzten, und er fühlte sich leer, Worte und auch Gedanken waren aufgebraucht.

Und sie lag nebenan in ihrem amateurhaft aufgebauten Zelt. Wahrscheinlich fror sie in dem Sommerschlafsack, mit dem er sie hatte kämpfen sehen, ohne wasserabweisenden Überzug und mit einer Isomatte, die so dünn war wie der Kaffee, den sie trank. Aber sie lag da. Und sie würde die Nacht über auch dort liegenbleiben. Sie war die Sturheit in Person.

Er rückte seinen Körper im Schlafsack zurecht und faltete die Hände im Nacken. Für einen kurzen Moment streifte ihn der Gedanke, zu beten. Einen Gruß in den Himmel schicken und darum bitten, dass dieser Alptraum bald ein Ende haben möge. Aber er glaubte an keinen Gott. Den Glauben hatte er gehabt, daran konnte er sich gut erinnern. Aber der hatte sich aufgelöst, war ihm entrissen worden, so, wie man eine Nuss knackt, aufbricht, ihren Inhalt isst und die Schale wegwirft. Die Strafen – »Pferd«, »Kiste« und »Ringe« – hatten ihn nicht gebrochen, aber sie hatten ihm den Glauben genommen. Auch den Glauben an die Liebe. Und das wusste er mit Sicherheit: Liebe war nichts anderes als Macht, Macht und nochmals Macht. In den verschiedensten Formen und mit den unterschiedlichsten Gesichtern, selbstverständlich, denn sie war gerissen, diese Liebe. Wie auch ihre. Die seiner Mutter. Wie immer drehte sich alles immer nur um Macht.

Aber nie wieder sollte jemand das Vergnügen bekommen, Macht über ihn zu haben. Auch nicht, wenn sie noch so wohlmeinend war.

Er seufzte und wünschte sich, er würde unter freiem Himmel liegen und die Sterne sehen, allein oder mit einem Hund als Gesellschaft, der ihn wärmte. Was diese Frau reden konnte! Als würden für sie die Worte zur freien Verfügung stehen, um sie kreuz und quer miteinander zu verbinden. Er war eigentlich auch ganz gut darin, aber er besaß nicht ihre Ausdauer. Er wollte sie loswerden, aber sie folgte ihm auf Schritt und Tritt. Den Berg hinunter zum Internat, um Wasser zu holen, oder nach Ry, um die notwendigsten Besorgungen zu erledigen. Shit, am Ende hatten sie sogar ihren Wagen zum Einkauf in die Stadt genommen, weil er eingesehen hatte, dass er sie ohnehin nicht loswerden würde.

Sie dachte offensichtlich, ihm helfen zu können. Dass er es nicht selbst konnte. Letzteres war zwar durchaus im Bereich des Möglichen, aber eine Sache war ganz sicher: Er würde alles tun, damit er nicht in ihre Schuld geriet. Denn dann würde sie genau das bekommen, worauf sie aus war: Macht.

Ein bekanntes Gefühl stieg in ihm auf. Schon lange hatte er keinen Hass mehr empfunden. Eigentlich war er davon ausgegangen, dass die Zeit des Hassens vorbei war, weil die Jahre in Horsens ihn gelehrt hatten, dass er zu nichts führte. Hass war für Amateure, solche wie Cato, die dem nichts entgegensetzen konnten. Aber vielleicht hatte Cato ja doch recht. Vielleicht war dieser Hass der notwendige Katalysator, die Energie, um seine Situation zu ändern.

Er musste etwas unternehmen.

Er kroch aus dem Schlafsack und zwängte sich durch die Zeltöffnung. Dann lauschte er. Aber sie schlief, da war er sich ganz sicher. Es war Viertel vor zwei, und der Tag war anstrengend gewesen, auch für sie.

Er sah hoch in den Himmel. Die Wolken hatten sich wieder versammelt und vor den Mond geschoben, der aber noch genügend Licht spendete. Er musste weg von hier, dachte er, und zwar sofort. Er musste einen Ort finden, an dem er ungestört nachdenken konnte. Danach wollte er My finden und sie zurückholen, damit er endlich Ordnung in sein Leben bringen konnte, vielleicht zum ersten Mal in seinem Leben. Aber dafür benötigte er keine Hilfe von anderen.

Vorsichtig schob er sich wieder ins Zelt und begann zu packen. Ganz zum Schluss, als alles schon verstaut war, rollte er das Zelt zusammen und befestigte es an seinem Rucksack. Dann warf er einen letzten Blick auf ihr Zelt und verdrängte den Gedanken, dass seine Mutter darin lag und schlief. Sie war nie eine Mutter für ihn gewesen und würde es auch jetzt nicht werden.

Dann machte er sich auf den Weg, tiefer in den Wald hinein.

Kapitel 55

Francesca wurde vom Klingeln des Telefons wach und wusste, dass es nur schlechte Neuigkeiten sein konnten. Es konnte nicht anders sein, schließlich war es erst sieben Uhr morgens.

Aber sie hatte schon eine Routine entwickelt. Nach einem kurzen Gespräch mit dem Fraktionsvorsitzenden bat sie Asbjørn darum, die Zeitungen mit dem Fahrrad zu holen. Das hätte sie lieber nicht tun sollen. Als er zurückkam, hatte er Tränen in den Augen und diesen verletzten Ausdruck, den sie mittlerweile so gut kannte.

Sie wusste warum, nachdem sie die Schlagzeilen der *Nyheds-Posten* überflogen hatte:

»Das Frischfleisch der Bürgermeisterkandidatin« und darunter stand: »Francesca Olsen, Bürgermeisterkandidatin in Århus, begnügt sich nicht damit, junges Gemüse mithilfe von Escortfirmen aufzustöbern. Zu Hause im Bett hat sie einen festen Partner – und zwar in doppelter Hinsicht. Er heißt Asbjørn Jepsen, ist knackige 25 Jahre alt und studiert Politologie an der Universität von Århus.«

Der Artikel dazu war schnell durchgelesen und hatte praktisch den identischen Inhalt wie die Überschrift. Ergänzt wurde lediglich, dass sie sich im Internet kennengelernt hatten und ihr erstes romantisches Treffen im Scandic Hotel verbrachten, wo sie eine Suite für eine Nacht gebucht hatte. Daraus schloss sie, dass ein Angestellter oder wahrscheinlich ehemaliger Angestellter des Hotels diese Information an die Presse weitergegeben hatte. Außerdem wurde erwähnt, dass Asbjørn im Stadtteil Trillegården wohnte, und zwar interessanterweise genau dort, wo Francesca Olsen an jenem berühmt gewordenen Abend einen Vergewaltiger krankenhausreif geschlagen und eine junge Frau vor einer furchtbaren Erfahrung bewahrt hatte. Dieses Detail war nicht besonders schwer zu ermitteln, man musste nur Asbjørn Jepsen im Telefonbuch nachschlagen.

»Es tut mir so furchtbar leid, caro.«

Sie setzte sich neben ihn aufs Bett und strich ihm über den Rücken. Er hatte sein Gesicht in den Händen vergraben. »Ich kann sehr gut verstehen, wenn du hier rauswillst. Ich kann nicht verlangen, dass du so etwas aushalten musst.«

»Ich will hier nicht raus. Aber vielleicht stimmt es ja«, seine Stimme klang dumpf, sie sprach mit seinem Nacken. »Vielleicht bin ich ja auch gar nicht mehr für dich.«

»So ein Unsinn! Du bist so viel für mich.«

Sie meinte das aufrichtig und küsste seinen Nacken und dann die tränennassen Wangen, um ihre Worte zu unterstreichen. Aber vielleicht wäre er doch nicht so froh, wenn sie ausführen würde, was er für sie bedeutete, dachte sie dabei: Du bist derjenige, der mich davor bewahrt, verrückt zu werden. Ich will dich, weil du nicht mehr von mir verlangst, als ich dir geben kann. Dich kann ich kontrollieren, du überforderst mich nicht. Ich liebe dich auf die Art und Weise, wie ich lieben will. Und du liebst mich so – im Großen und Ganzen –, wie ich geliebt werden möchte. Du begehrst mich, gibst mir Halt, und du stellst nicht so viele Fragen.

Aus ihren Küssen wurde mehr, und sie ließ ihn gewähren, unter den Augen der einsamen Jesusfigur an der Wand tröstete er sie beide. Hinterher starrte sie an die Decke und zuckte zusammen, als sie sich an ihre Gedanken zuvor erinnerte. Ihr wurde bewusst, dass ihr Verhältnis – abgesehen von der Gewalt – ihrer Ehe mit William zum Verwechseln ähnelte. Es gab nur einen entscheidenden Unterschied: Dieses Mal war sie der Boss.

»Die Presse wird dich ansprechen. Am besten ist, wenn du gar nichts sagst. Verweise sie einfach alle an mich, ich kümmere mich um die.«

Sie lagen eng aneinandergeschmiegt, sie hörte sein Herz schlagen und spürte eine große Zuneigung.

»Ich schäme mich für nichts«, sagte er.

»Das weiß ich, und ich danke dir dafür. Aber bitte, der Einfachheit halber, lass bitte mich mit der Presse reden, okay?«

Sie sah ihm in die Augen, Stolz kämpfte gegen Nervosität. Dann schließlich nickte er und seufzte.

»Okay, wenn es dich glücklich macht.«

Sie lächelte und küsste ihn auf die Brust.

»Glücklich ist heute vielleicht nicht gerade das passende Wort.«

Es gelang ihr aber dennoch, ihn zu beruhigen. Sie schickte ihn nach Hause mit dem Versprechen, dass sie sich später sehen würden, wusste aber schon, dass sie diese Verabredung wieder absagen musste. Es gab so vieles zu erledigen. Die Partei wollte beruhigt werden, und auch in Hinblick auf die Presse musste sie Schadensbegrenzung betreiben. Letzteres würde unter Umständen nicht so schwer werden, da es in denselben Themen-bereich wie die Escortfirmen fiel. Aber sie wusste, dass die Bombe bald platzen würde. Jetzt war sie sicher, dass jemand Informationen weitergegeben hatte, die nur sie und William besaßen. Und William würde niemals damit hausieren gehen, das würde nur ihm selbst schaden, und es war nicht sein Stil. Auf diese Weise war er – so absurd das auch sein mochte – der einzige Mensch, dem sie trauen konnte. Aus diesem Grund war sie auch zu dem Entschluss gekommen, dass sie mit ihm Kontakt aufnehmen musste, sosehr sie diese Vorstellung auch verabscheute. Sie musste ihn an den Tag vor fünfzehn Jahren erinnern, den sie selbst die ganze Zeit über zu vergessen versucht hatte. Das Problem war nur, dass sie keine Ahnung hatte, wo er lebte. Sie hatten seit ihrer Trennung nicht mehr miteinander gesprochen, sie hatte sich absichtlich aus seinem Leben herausgehalten.

Kaum hatte sie die Tür hinter Asbjørn geschlossen, machte sie sich im Internet und im Telefonbuch auf die Suche. Sie wusste immerhin, dass er einen neuen Namen angenommen hatte, aber nicht welchen. Nach zwei vergeblichen Versuchen beim Einwohnermeldeamt und über Bekannte, die an zentralen Stellen in den verschiedenen Behörden saßen, gab sie die Hoffnung auf, ihn über die dänischen Kanäle zu finden. Das war nahezu unmöglich. William kannte dieses System allzu gut, und sie war sich sicher, dass er dafür gesorgt hatte, alle Spuren zu tilgen.

Ruhelos lief sie durchs Haus, dann kochte sie sich einen Kaffee. Danach rief sie die Journalisten an und bestätigte ohne Umschweife die Geschichte mit Asbjørn, allerdings schilderte sie ihre Version, aus einer anderen Perspektive. Seit Jahrhunderten hatten Männer – und besonders mächtige Männer – das Patent darauf, sich eine jüngere Frau, oft sogar Jahrzehnte jünger, als Partnerin zu nehmen. In der männlichen Welt war es mit Prestige verbunden, eine jüngere Frau zu erobern, die nicht nur gut aussah, sondern auch noch was im Kopf hatte. Vielleicht, fügte sie polemisch hinzu, sei jetzt die Zeit der Frauen einfach gekommen, und sollte ihr Lebensstil auf Interesse stoßen, stünde sie gerne bereit, mehr darüber zu erzählen. Ja, sie liebte einen jüngeren Mann. Ja, sie begrüßte es, dass er jung und gutaussehend und klug war. Sie mochte die jugendliche Männlichkeit und Neugierde. Die jungen Menschen wären noch nicht in Agonie versunken, wie so viele in ihrem Alter. Sie wollten etwas erreichen. Sie waren an allem, was neu war, interessiert. Sie strotzten vor Hoffnung, Zukunftsglaube, Kraft und Energie. Warum sollte frau sich nicht in all das verlieben dürfen?

Sie war zufrieden mit sich und ihren Antworten. Kurz darauf hatte sie eine Idee, wie sie William finden könnte. Sie stellte die Abstellkammer auf den Kopf, in der sie alles aufhob. Alte Koffer, ausgediente Bücher und Unterlagen, die sie laut Gesetz aufbewahren musste, die aber keine Verwendung mehr hatten. In einer der Schubladen fand sie, wonach sie gesucht hatte: ein altes Adressbuch. Darin standen Namen und Telefonnummern von Menschen, zu denen sie schon vor langem den Kontakt abgebrochen hatte. Gott sei Dank. Eine davon war Williams Schwester, Shirley, eine mittlerweile fünfundfünfzigjährige Jungfer, die, soweit sie wusste, in ihrem Elternhaus in einer Vorstadt von London gelebt hatte. In dem Haus, in dem sie geboren worden war und ihr ganzes Leben verbracht hatte.

Francesca wiegte das Adressbuch in der Hand und starrte auf die Handschrift. Es war Shirleys eigene. Sie erinnerte sich genau an den Tag, sie war schwanger mit Jonas gewesen, und William und sie hatten seine Schwester in London besucht. Das war der Tag, an dem Shirley ihr erzählt hatte, warum sie niemals geheiratet und Kinder bekommen hatte.

Als Jonas ein paar Monate später zur Welt kam, wünschte sie sich, sie hätte diese Geschichte viel früher erfahren. Aber wahrscheinlich hätte das Unglück auch mit dem Wissen seinen Lauf genommen. Sie konnte ja nicht ahnen, dass auch sie Trägerin des Gens war.

KAPITEL 56

Der Hund stand fünf Meter vom Zelt entfernt und war an einem Baum festgebunden. Es war ein Schäferhund, der sie mit traurigem Blick betrachtete, als sie aus dem Zelt krabbelte. Dann begann er zu winseln.

»Hallo, du.«

Das Tier sah freundlich aus, deshalb wagte sie es, sich vor ihn hinzuhocken, damit er sie in aller Ruhe beschnuppern konnte. Vorsichtig wurde sie inspiziert, während die Millionen von Sensoren in seiner Nase lautstark unter Hochdruck arbeiteten. Schließlich schien er mit dem Ergebnis zufrieden zu sein und stupste sie mit seiner Schnauze an.

Dicte band die Leine vom Baum und strich ihm übers Fell.

»Wenn du mal nicht der Kaj bist?«

Seine Ohren reagierten beim Laut des Namens.

»Wo mag denn dein Besitzer sein?«

Erst da bemerkte sie, was sie schon viel früher hätte sehen können. Sein Zelt war weg. Seine gesamte Ausrüstung war über Nacht verschwunden. Hatte er den Hund am Baum festgebunden? Warum hatte er ihn nicht einfach mitgenommen?

»Shit!«

Sie hätte sich am liebsten selbst getreten. Da hatte sie in ihrem Zelt gelegen und geschnarcht, erschöpft nach einem langen, anstrengenden Tag der Annäherung. Und sie hatte gedacht, dass sie begonnen hatten, einander besser zu verstehen. Aber er hatte sich doch für die Flucht entschieden.

Sie packte ihre Sachen zusammen. Das Feuer war kalt, es war nichts zurückgeblieben. Sie drehte eine kleine Runde, um ganz sicher zu sein. Das Einzige, was sie entdeckte, war der Ast, mit dem er im Feuer herumgestochert hatte. Vorsichtig hob sie ihn mit ihrem Schal auf und zeigte dem Hund das Ende, an dem Peter den Ast festgehalten hatte.

»Such, Kaj. Such!«

Einen Versuch war es wert. Und tatsächlich fing der Hund

an zu winseln und zu wedeln, hob die Nase in die Luft, schnupperte und überprüfte dann die Stelle, an der sein Zelt gestanden
hatte.

»Guter Hund. Brav so!«

Sie wendete alles an, was sie vor gefühlten hundert Jahren mit
Svendsen in einem Hundetrainingskurs gelernt hatte. Dann
schulterte sie den Rucksack und nahm die Leine in die Hand.
Sie ließ Kaj die Richtung vorgeben, während sie gleichzeitig
versuchte, den Gedanken zu unterdrücken, dass eventuell auch
ein Fremder den Hund im Morgengrauen in der Nähe ihres
Zeltes festgebunden haben könnte.

Und My? Wo war My? Während sie dem Hund durch den
Wald folgte, keimte in ihr das Gefühl einer bevorstehenden Katastrophe, als sie sich eingestand, was das alles bedeuten konnte.
Wenn nicht Peter den Hund zurückgelassen hatte, musste derjenige gewusst haben, wo Peter zu finden war.

Sie schob die Befürchtungen beiseite und konzentrierte sich
auf die Strecke und den Hund, der immer eifriger wurde und
so stark an der Leine zerrte, dass ihre Handflächen brannten.

»Ruhig, ganz ruhig.«

Sie versuchte ihn zurückzuhalten, aber er zog sie weiter, der
Weg führte sie zwischen den Bäumen hindurch, quer über
Lichtungen und Anhöhen, entlang gewundener Waldpfade, wo
einen Wurzeln und Äste leicht zu Fall bringen konnten. Sie war
vollkommen erschöpft, als sie endlich den See erreicht hatten,
wo sie sofort sein Zelt und eine neue Feuerstelle entdeckte, an
der er scheinbar unbeschwert stand und in seinem Topf rührte.
Dann ließ sie den Hund los, der auf sein Herrchen losstürzte.
Dieser begrüßte ihn herzlich, hockte sich hin und streichelte
ihn ausgiebig, bevor er hochsah und sie entdeckte.

»Wo hast du ihn gefunden?«

Keine überflüssigen Kommentare, keine Begrüßung. Sie hatte
sich daran gewöhnt und erzählte ihm die Details, während der
Hund um ihn herumsprang und an seinem Jackenärmel zerrte.

»Cato«, murmelte er und streichelte Kaj.

»Woher wusste er, wo du bist?«

Er zuckte mit den Schultern und setzte das Rühren im Topf fort. »Vielleicht von My. Aber er ist früher auch oft hier gewesen. All das hier …«

Er sah auf und machte eine weitschweifende Bewegung mit dem Arm, »… das gehörte einmal uns.«

Er sah sie an und schien mit sich auszuhandeln, wie sein nächster Zug aussehen sollte.

»Okay, eine Schale Haferbrei und dann verschwindest du. Ist das eine Abmachung? Ich kümmere mich um den Hund.«

»Ich nehme gerne ein bisschen Haferbrei, danke.«

Ihre Blicke bohrten sich ineinander. Die Worte lagen unter der Oberfläche wie Fischschwärme in dem glatten See, der sich vor ihnen erstreckte. Aber es war nicht der geeignete Moment für weitere Worte, also setzten sich beide auf ihre Rucksäcke und aßen ihren Brei.

»Zucker?«

Er reichte ihr ein paar Zuckerbriefchen, die er wahrscheinlich in einem Café hatte mitgehen lassen. Sie streute Zucker auf den Brei, den er in ihren Blechteller gefüllt hatte.

»Zimt und Butter sind im Augenblick leider aus.«

»Du bist also mit Cato in Ry zur Schule gegangen? Seid ihr zusammen aufgewachsen? Im Kinderheim?«

Sein Gesicht wirkte verschlossen.

»Und was ist mit My? Wann kam sie mit ins Bild? Und Miriam? Hast du sie erst später kennengelernt?«

Sie nahm einen Löffel Brei.

»Jetzt komm schon, Peter. Du kannst das doch nicht alles ewig für dich behalten? Adda! Was ist mit ihr? Woher kennst du sie? Denn du hast sie gekannt, oder?«

Plötzlich warf er den Kopf in den Nacken und lachte laut auf.

»Das ist so krass. Bist du immer so? Hältst du nie die Luft an?«

Er nickte in Richtung des Tellers auf ihrem Schoß.

»Jetzt iss endlich auf, verdammt. Und danach machst du dich vom Acker. Das ist ein Befehl, *Mutter*!«

»Und was ist, wenn ich keine Befehle annehme?«

»Dann bekommst du die Hosen voll.«

Für einen kurzen Moment sah sie den Humor in seinen Augen, der sein ganzes Wesen veränderte. Sie bekamen einen milden Glanz, die Mundwinkel verzogen sich zu einem schiefen Lächeln. Dann winselte der Hund, und sein Gesichtsausdruck wurde wieder ernst.

»Der will etwas«, sagte er.

Er aß den Rest seines Breis, stellte den Teller auf den Boden und erhob sich.

»My«, sagte er zum Hund. »Such My.«

Er griff sich an den Kopf und zog Mys Strickmütze aus. Dann hielt er sie Kaj hin, der ausgiebig daran schnüffelte. Aufgeregt begann er mit dem Schwanz zu wedeln.

Peter seufzte. Dicte konnte an seiner Körpersprache ablesen, dass er nicht davon ausging, dass diese Geschichte glücklich enden würde.

»Okay«, sagte er zum Hund. »Dann lass uns losgehen und sie suchen.«

Er packte alles zusammen und ging ohne ein weiteres Wort oder einen Blick. Dicte schlang den letzten Bissen herunter, warf sich den Rucksack über die Schulter und folgte ihnen.

KAPITEL 57

»Down-Syndrom?«

Die Krankenschwester nickte. Ida Marie war neben ihm zu Eis erstarrt. Er spürte die Kälte, die sie ausstrahlte und die sich wie Raureif überall im Zimmer ausbreitete.

»Es tut mir sehr leid. Aber es gibt keinen Zweifel. Beim Screening wurde ja bei der Nackenfaltenmessung eine Abweichung festgestellt, die sich bei der Fruchtwasseruntersuchung bestätigt hat.«

Sie sprach professionell und freundlich mit ihnen. Wagner

war ihr trotz der schrecklichen Situation dankbar dafür. Er benötigte diese Professionalität. Kein falsches Mitgefühl oder sinnlose Solidarität. Nicht die Krankenschwester, sondern sie hatten das Problem.

»Und was machen wir jetzt?« Aus seinem Mund kamen diese Worte, obwohl er ihn nicht bewusst geöffnet hatte. Aber er spürte, dass die Frage nach mehr Auskunft und Information in der Luft lag.

»Die meisten Betroffenen entscheiden sich für einen Abort«, antwortete die Krankenschwester. »Heutzutage werden wenige Kinder mit Down-Syndrom zur Welt gebracht.«

Ida Marie wimmerte leise. Er nahm ihre Hand, die war kalt und weich. Sie saßen im Sprechzimmer der Geburtsstation des Skejby-Krankenhauses. Vor ihnen lagen die Aufnahmen vom Screening ihres gemeinsamen Kindes. Die sagten ihm nicht so viel, anders als Ida Maries schnelle Atemzüge und die krampfartigen Zuckungen, die durch ihren Körper gingen. Wie absurd war dieses Leben. Ihnen wurden gerade Neuigkeiten über das Leben mitgeteilt, das sie gezeugt hatten, und er verbrachte die meiste Zeit seines Lebens mit dem Tod. Vielleicht war es Zeit für eine Veränderung. Er rieb ihre Hand und räusperte sich.

»Und was ist dieses Down-Syndrom genau? Ist das so ähnlich wie Mongolismus?«

Die Krankenschwester setzte sich auf den Stuhl ihnen gegenüber. Das Rascheln ihres Kittels fand er angenehm. Sie verkörperte genau die Autorität, nach der er im Moment verlangte, und darum war er paradoxerweise froh, dass sie eine Uniform trug.

»Dabei handelt es sich um einen Fehler am Chromosom 21. Diese Kinder zeichnen sich in der Regel durch eine geistige Behinderung aus. Sie entwickeln sich sehr viel langsamer als gleichaltrige Kinder.«

Die Worte waren sorgfältig gewählt und wurden schonend vorgetragen. Aber Wagner sah es vor sich. Ein Kind, das weder lesen noch schreiben lernte und nicht begreifen lernte wie andere. Ein Kind, das niemals erwachsen und selbständig werden, sondern immer abhängig von der Hilfe anderer sein würde. Ein Bürger der Gesellschaft, der in bestimmten Kreisen als nachrangig betrachtet wurde, als jemand ohne Daseinsberechtigung, gerade weil die moderne Wissenschaft es ermöglichte, die Geburt eines solchen Kindes zu verhindern. Ein Kind, das nicht in das Bild des Normalen und Geduldeten passte.

»Und das Aussehen?«, fragte er.

»Früher nannte man es Mongolismus wegen der physiognomischen Merkmale der schräg gestellten Augen und des breiten Gesichts. Die Nackenfalte ist ein Kriterium, natürlich, aber es gibt eine Reihe von anderen Merkmalen, die von Kind zu Kind verschieden sein können.«

»Wie lange haben wir Zeit?«

Wagner war sich durchaus bewusst, dass er die Unterhaltung allein führte und Ida Marie vollkommen verstummt war. Er empfand es als seine Pflicht, so viel Klarheit wie möglich zu schaffen.

»Sie haben etwa eine Woche Zeit, um eine Entscheidung zu treffen. Der Abort muss dann innerhalb einer Woche erfolgen.«

»Es muss weggemacht werden.«

Es wurde ganz still im Raum. Ida Marie wiederholte die Worte mit einem Nachdruck, der Wagner überrumpelte.

»Es muss weggemacht werden. Wir können das Leben mit einem behinderten Kind nicht bewältigen.«

Sie sah ihn mit trockenen, müden Augen an. »Wir können das Martin gegenüber nicht verantworten. Und schon gar nicht Alexander.«

Der Tag zog sich schleppend dahin. Ida Marie insistierte darauf, zur Arbeit zu gehen, und benahm sich auf einmal so normal, dass er ganz misstrauisch wurde. Auch er war genötigt, zu einem Termin zu erscheinen, fühlte sich aber mehr tot als lebendig, als er mit Ivar K in die Auffahrt der Villa in Skødstrup fuhr, wo der Vizevorsitzende des Dachverbands »Seltene Krankheiten«

wohnte. Er hatte die Liste der Krankheiten überflogen, die vom Verband betreut wurden, und fühlte sich plötzlich wie ein Mitglied der Zielgruppe. Allerdings zählte das Down-Syndrom nicht dazu, wahrscheinlich galt das nicht einmal als eine Krankheit im klassischen Sinne.

Henrik Laurvig war Arzt. Der Vorsitzende wohnte in Kopenhagen, und Adda Boel hatte am meisten mit ihm zu tun gehabt.

Laurvigs Haus lag in einer ruhigen Wohnstraße in der Nähe einer Schule und diverser Einkaufsmöglichkeiten. Ein ganz durchschnittliches dänisches Einfamilienhaus mit Zweitwagen der Frau in der Garage und einem schwarzen Labrador, der sie wedelnd an der Seite seines Herrchens begrüßte, das wie sein Hund die Freundlichkeit in Person war.

Sie wurden zu Kaffee und Gebäck eingeladen und durften sich in weichen Möbeln im Kaminzimmer niederlassen, wo das Feuer um ein paar Scheite tanzte. Auf den Terrakottafliesen lagen gemusterte Teppiche, und die offene Küche ging in das Wohnzimmer über, so, wie es sich gehörte.

»Ja, das mit Adda ist eine schreckliche Geschichte. Wir waren schockiert, aber das versteht sich ja von selbst.«

Er war ein kleiner, kompakter Mann, seinem Hund nicht unähnlich, der sich auf einen der Teppiche am Kamin gelegt hatte. Sie hatten auch denselben Gesichtsausdruck: eine Mischung aus Traurigkeit und Fröhlichkeit, unter der eine gewisse Nervosität schwang. Wie immer, wenn Menschen Besuch von der Polizei bekamen.

»Aber Sie glauben doch nicht, dass Addas Tod etwas mit ihrer Krankheit zu tun hat? Soweit ich das verstanden habe, wurde sie von einem Einbrecher erwürgt.«

»Das ist reine Routine«, beschwichtigte Ivar K ihn und ließ seinen Körper in einen der tiefen Sessel sinken. »Wir versuchen eine Bestandsaufnahme ihres Lebens zu machen, und Sie sind ein kleines Puzzlestück in diesem großen Bild.«

Henrik Laurvig schien sich dank dieser Worten ein wenig zu entspannen.

»Vielleicht könnten Sie uns ein bisschen von Ihrem Verband erzählen?«, schlug Wagner vor, um den Mann auf vertrautes Terrain zu führen. »Wir sind in diesem Bereich ja vollkommen unbewandert.«

Sie bekamen eine, wie Wagner fand, kurze Version des Standardvortrags geboten. Der Dachverband bestehe aus über dreißig verschiedenen Unterorganisationen, die alle eine seltene Krankheit repräsentierten. Auf diese Weise war er Sprachrohr für Menschen, die an Krankheiten litten, die sonst wenig Beachtung fanden, weder vonseiten der Politik, der Gesellschaft noch des Gesundheitssystems. Ziel sei unter anderem, Druck zu erzeugen, damit die Kranken schneller eine Diagnose gestellt bekämen – immer wieder mussten sie aufgrund von Unwissenheit ungebührlich und nervenaufreibend lange warten –, ferner wolle man die Forschung im Bereich der selteneren Krankheiten vorantreiben und einen besseren Überblick im Patientenverlauf gewährleisten.

»Die meisten Betroffenen erleben die Sachbearbeiter der Gemeinden als unzulänglich«, sagte Laurvig. »Sie werden von Büro zu Büro geschickt, müssen sich immer wieder mit neuen Mitarbeitern auseinandersetzen, ohne dass einer von ihnen zum Beispiel eine Haushaltshilfe bewilligt oder ein zusätzliches Hilfsmittel wie einen Rollator oder ein Spezialpflegebett.« Laurvig hatte sich warmgeredet. »Besonders für die Eltern von Kindern, die an diesen Krankheiten leiden, sind das traumatische Erfahrungen. Denn sie haben keine Vergleichsmöglichkeiten. Für einige kommt die Diagnose einem Todesurteil gleich. Es wurden Untersuchungen durchgeführt, die zeigen, dass die Angehörigen sich häufig im Zustand eines permanenten Posttraumatischen Stresssyndroms befinden. Unsere Aufgabe ist es, das Dasein dieser Menschen zu erleichtern: für die Erkrankten und die Angehörigen.«

Das allgemeine Bild war deprimierend. Es war schon ein großes Unglück, krank zu werden, aber gleich zweifach schrecklich, an einer seltenen Krankheit zu leiden, für die nur wenige

Verständnis zeigten. Das erinnerte Wagner an seinen Gedanken mit der rosa Brustkrebsschleife: Einige Krankheiten waren populärer als andere. Einige hatten Prominente als Frontfiguren. Andere wiederum mussten die Basisarbeit allein bewältigen.

»Und wie sieht es aus mit den Finanzen?«, fragte er. »Soweit ich weiß, bekommen Sie Mittel aus den verschiedenen Fonds und Sozialtöpfen. Aber haben Sie auch private Mittel? Und hatte Adda Boel damit zu tun?«

Laurvig nickte.

»Ab und zu erhalten wir eine Erbschaft oder eine private Spende.«

»Große Summen?«

Henrik Laurvig zögerte.

»Das kommt drauf an, was Sie mit groß meinen. Für uns groß, ja. Das kommt vor.«

»Wann war die letzte private Spende?«

Laurvig räusperte sich.

»Das war eine größere Erbschaft, vor etwa einem Jahr.«

»Von welcher Summe sprechen wir?«, meldete sich Ivar K aus den Tiefen seines Sessels zu Wort.

»Vier Millionen Kronen. Ein wohlhabender Geschäftsmann hatte uns in seinem Testament bedacht. Seine Tochter hatte unter einer Krankheit gelitten, die sich Spielmeyer-Vogt-Syndrom nennt.«

»Was ist das für eine Krankheit?«, fragte Ivar K.

»Unheilbar«, antwortete Laurvig. »Sie greift das zentrale Nervensystem an. Im Alter von fünf bis sieben Jahren beginnt sie mit dem Verlust der Sehkraft, darauf folgen Epilepsie und der Verlust motorischer Fähigkeiten. Die Kranken sterben in der Regel im Alter von zwanzig bis fünfundzwanzig Jahren. Oder eben auch früher, wenn es sich um verwandte Unterarten dieser Krankheit handelt.«

»Und davon wissen die Eltern von Anfang an?«

Laurvig nickte.

»Das ist schwer, mit so einer Diagnose weiterzuleben, sowohl für die Erkrankten als auch für die Angehörigen.«

Wagner versuchte es sich vorzustellen. Wie war es, ein Kind zu bekommen, von dem man wusste, dass es so jung sterben würde. Und schmerzvoll. Auf einmal erschien ihm das Down-Syndrom als ein überwindbares Hindernis, und er schämte sich. Diese Eltern konnten es sich nicht einfach anders überlegen und das Kind abtreiben lassen. Nicht, wenn die Krankheit erst im Vorschulalter auftrat.

»Was ist mit dem Geld geschehen?«, brachte sich Ivar K zur Abwechslung mal mit einer praktischen Frage ein. »Wie wurde es eingesetzt? Nur für die Kinder, die an derselben Krankheit leiden wie die Tochter des Spenders?«

»Hmm. In diesem Fall herrschte leider ein bisschen Verwirrung. Wir unterstützen nicht, dass eine Krankheit bevorzugt behandelt wird. Das Geld wurde dem Dachverband gespendet und nicht der Spielmeyer-Vogt-Vereinigung, die sehr klein und ohne Schlagkraft ist. Aber er hatte die Spende an den Wunsch geknüpft, explizit diese Krankheit zu berücksichtigen.«

»Und haben Sie das getan?«

Henrik Laurvig hielt ihnen den Teller mit den Keksen hin, nahm sich selbst einen und biss hinein.

»Wir haben uns dafür entschieden, es aufzuschieben, und haben den gesamten Betrag angelegt.«

Sein Gesicht sah mit einem Schlag schuldbeladen und traurig aus. »Leider lief das mit der Finanzierung nicht so erfolgreich.«

Er sah den Polizisten in die Augen. »Es ist eigentlich nicht erwünscht, dass diese Informationen an die Öffentlichkeit geraten. Aber Ihnen kann ich ja sagen, dass wir falsche Berater hatten. Ich befürchte, die Finanzkrise hat alles vernichtet.«

»Die ganze Summe?«, fragte Wagner.

»Alles. Wir hatten für das Geld Aktien in einem Geldinstitut gekauft, das später in Konkurs ging.«

»In der Århusianischen Bank? Weil Anders Jeppesen, der

zweite Vorstandsvorsitzende in der Alpha-1-Vereinigung, dort Vizedirektor war?«

Laurvig nickte.

»Er hat gekonnt Werbung für sich gemacht. Adda hat den Vorschlag dann im Vorstand des Dachverbandes eingebracht. Sie war davon überzeugt und der Auffassung, dass das Geld sich vermehren sollte, um in die Zukunft und in die Forschung investiert werden zu können.«

»Und dann hat sich das alles in Luft aufgelöst«, sagte Ivar K lakonisch. »Da gab es doch garantiert welche, die davon nicht so begeistert waren?«

KAPITEL 58

Der Hund hielt immer wieder an und wartete auf sie, aber seine Ungeduld wuchs mit jeder Minute. Etwas Unbestimmbares trieb ihn an, ließ ihn immer schneller die Waldpfade entlanglaufen, über kleine Gräben springen oder durch einen Bach waten.

Sie sprachen nicht viel, aber ihr Schweigen war behaftet mit einer Frage und der schweren, dumpfen Erwartung, dass etwas bevorstand, das alles verändern würde.

»Du solltest nach Hause gehen«, wiederholte er seine Aufforderung, aber dieses Mal klang sie so, als hätte seine Überzeugungskraft alle Energie verloren. »Das hier ist nicht dein Problem.«

Sie erwiderte nichts. Es war anstrengend genug, mit ihm Schritt zu halten.

Außerdem konnte sie ihm unmöglich antworten, dass sein Problem auch das ihre sei. Oder dass er ihr Problem war, was wahrscheinlich eher der Wahrheit entsprach. Wenn sie das sagen würde, würde er ihr den Kopf abreißen, das wusste sie.

»Das ist mein Leben. Das geht dich nichts an.«

Er sprang über einen Baumstumpf und lief im Zickzack durchs Gestrüpp. Sie hatten eine Lichtung erreicht, die Sonne schien zwischen den Wolken hindurch und tauchte die Landschaft in grüne und gelbe herbstliche Farben.

Es gab eine Zeit, da war dein Leben auch meins, dachte sie. Da konnte ich dein Leben in mir spüren. Ich hätte dafür kämpfen können, dich zu behalten. Aber ich habe mich gegen dich entschieden.

Sie folgte ihm mit Blicken, wie er sich vom Hund führen ließ. Von der Krankheit, an der er gelitten hatte, war nichts mehr zu sehen. Sein Körper war schmal und muskulös, seine Bewegungen geschmeidig wie die eines Fußballspielers auf dem Rasen: ökonomisch, sorgsam, wie von jemandem, der seinen Körper in- und auswendig kannte.

Ihr war es schwergefallen, etwas für ihn zu empfinden. Er war so abweisend. So hart. Aber als sie ihn so vor sich herlaufen sah, gehetzt, um das Wohlbefinden eines anderen Menschen besorgt, wurde sie plötzlich von Mitgefühl überwältigt. Und von Ohnmacht. Denn tief im Unterbewusstsein war ihr klar, was ihm bevorstand – und auch ihr. Und sie wusste, dass ihn das zerbrechen würde.

Unerwartet öffnete sich die Baumreihe, und vor ihnen erstreckte sich das Postkartenmotiv. Das Tal mit Wäldern und Wiesen, so weit das Auge reichte. Und weiter unten das Internat, wo sie ihr Auto geparkt hatte. In der Nähe eines Hofes standen Pferde auf einer Wiese. Die Landschaft bestand aus Hügeln und Tälern, aus Seen und Flüssen. Man konnte es zwar von dort aus nicht sehen, aber weiter im Landesinneren – gar nicht so weit von ihnen entfernt – lag der höchste Berg Dänemarks, der Himmelbjerg.

Der Hund rannte den Hügel hinunter. Sie folgten ihm und näherten sich dem Hof, an dem sie am Tag zuvor auf Miriams Anweisung hin in den Wald abgebogen war. Für einen Augenblick verschwand der Hof aus ihrem Blickfeld, und der Wald umschloss sie erneut. Aber dann war er wieder zu sehen, viel näher als zuvor, und sie hörten Kajs Bellen. Und dann folgte ein Geräusch, das durch Mark und Bein ging. Wie ein Wolf in einer

Vollmondnacht. Ein langgezogenes Geheul, das von einer großen und unerfüllten Sehnsucht erzählte und von Genen, die unzählige Hundegenerationen überdauert hatten.

Sie kamen näher und konnten ihn sehen. Er saß am Fuß eines
großen, freistehenden Baumes. Seine Schnauze zeigte hoch zu
den großen, starken Ästen.

»Neeiiin!«

Er schrie und stürzte gleichzeitig den Hügel hinunter. Sie sah
es von weitem, sie sah die Gestalt, die dort hing. Mausgraue
Haare flatterten im Wind: Eine viel zu große Jacke offenbarte
darunter eine kleinen, mageren Mädchenkörper. Die Schlinge
um ihren Hals hatte den Kopf nach unten, auf die Brust gedrückt.

Dicte blieb stehen. Sie wollte weitergehen, sie wollte helfen
und trösten, aber etwas hielt sie zurück, und sie suchte verzweifelt nach einer Erklärung, warum. Dann plötzlich wusste sie es.
Es war der Baum. Der freistehende, große Baum mit den gräu-
lichen Ästen. Sie erkannte ihn wieder, auch den Hof aus roten
Backsteinen im Hintergrund. Als sie ihn das letzte Mal gesehen
hatte, stand er in Flammen.

KAPITEL 59

»Lass sie los. Du darfst nichts anfassen.«

Er vernahm ihre Worte, doch er hörte sie nicht. Andere Laute,
ein Rauschen erfüllte seinen Kopf. Das Rauschen eines riesigen
Meeres der Leere. Das Rauschen von unendlichen, unwegsamen
Weiten ohne Leben. Von einem Dasein ohne jeden Sinn. Das
Rauschen der Ödnis.

Er umklammerte den Körper, der am Baum hing, weil er sich
an etwas festhalten musste und weil er etwas tun musste. Er war
so leicht. So federleicht. Die Füße waren nackt und dreckig.
Mys kleine Füße, die sie im Schlafsack an seinen gerieben hatte.
Jetzt waren sie kalt wie Eis.

»Das ist ein Beweismaterial, Peter. Du hinterlässt Spuren an ihrem Körper.«

Konnte sie nicht einmal den Mund halten? Konnte sie nicht verstehen, dass er das tun musste?

Er ignorierte sie, ließ My los und sah sich suchend nach etwas um, auf dem er stehen konnte. Da entdeckte er den Kasten, der auf der Pferdekoppel lag. Die Kinder aus dem Internat verwendeten ihn wahrscheinlich, um auf die Pferde zu kommen. Er rannte auf die Koppel, holte den Kasten und stürzte zurück. Es war ein Sprudelkasten. Den konnte er gut gebrauchen.

»Wir müssen die Polizei benachrichtigen. Das hier ist ein Tatort.«

Er erwachte aus seinem Dämmerzustand, als hätte ein Wecker neben seinem Ohr geschrillt.

»Du rufst nirgendwo an. Die können dein Handy orten.«

»Dann fahren wir zu einer Telefonzelle in Ry. Die werden früher oder später sowieso auf mich kommen, wenn sie eins und eins zusammenzählen. Aber es verschafft uns Zeit.«

Jetzt sah er sie zum ersten Mal an, senkte aber den Blick sofort wieder. Ihre Augen durchbohrten ihn, wollten zu viel auf einmal von ihm. In diesem Augenblick wurde ihm klar, dass er all die Jahre ununterbrochen an sie gedacht und davon geträumt hatte, bei ihr zu sein. In den unendlichen Stunden in der »Kiste« oder auf dem »Pferd« oder an den »Ringen« war sie seine einzige Hoffnung gewesen, an die er sich geklammert hatte. Aber sein Hass darüber, dass sie ihm nicht beigestanden hatte, war ebenso groß. In diesem Moment wünschte er sich nur, dass die Erde sich auftun und sie verschlingen würde.

»Ich kann nicht tatenlos zusehen, wenn ein junges Mädchen ermordet wurde. Denn das hier ist kein Selbstmord, das weißt du, oder?«

Natürlich wusste er das. Das war nicht einmal einer Antwort würdig. Jedem musste sofort klar sein, dass My nicht in der Lage gewesen wäre, auf den Baum zu klettern und sich aufzuhängen. Jemand musste das getan haben. Cato hatte es getan. Cato, der

322

ein Exempel statuieren und sich an ihm rächen wollte, weil er sich geweigert hatte, mitzuspielen. Cato, der von einem Hass erfüllt war, den er offensichtlich nie richtig gesehen hatte. Cato, der Kaj am Baum festgebunden hatte, um sicherzugehen, dass sie My fanden.

Er stieg auf den Kasten und zog sein Messer aus der Hosentasche. Mit einem Schnalzen klappte die Klinge auf und glänzte in der Sonne. Dann packte er den Körper ein zweites Mal, dieses Mal weiter oben. Ganz steif war er. Er streckte den Arm und schnitt das Seil durch, Mys Gewicht sank in seinen Arm, sie war so leicht wie ein überirdisches Wesen aus dem Wald. Vorsichtig, ganz vorsichtig stieg er mit ihr von der Sprudelkiste und hielt sie im Arm, Wange an Wange, als würden sie tanzen. Etwas in ihm zerbrach in diesem Augenblick, als würde eine Schnur zerreißen, wie jene, die er soeben durchgeschnitten hatte. Er wusste, was es war. Es war das Versprechen, das er gegeben und gebrochen hatte und von dem er jetzt ohne seinen Willen erlöst worden war. Er bohrte sein Gesicht in ihr Mäusehaar und murmelte in die verfilzte Strähne an ihrem Kopf: »My, meine My. My, meine My.«

Schweigend stand er eine Weile mit ihr im Arm, bis er sie vorsichtig ins Gras legte. Da knickten plötzlich gegen seinen Willen seine Beine unter ihm weg, und er kauerte neben ihr, während sein Körper die Regie übernahm und die Tränen über seine Wangen laufen ließ. Er versuchte, sich dagegen zu wehren, aber erfolglos.

Er wusste nicht, wie lange er so gesessen hatte, aber plötzlich spürte er ihre Hand auf seiner Schulter.

»Peter. Du musst sie jetzt loslassen.«

Er ließ sie los, wie er so vieles in seinem Leben losgelassen hatte.

»Sie ist nicht durch das Seil gestorben. Sieh doch. Sie hat einen Schlag auf den Kopf bekommen. Auf die Seite.«

Sie zeigte auf die Stelle, ohne den Körper zu berühren. »Das wird ihren Tod bewirkt haben. Es hat stark geblutet. Das Blut ist zwar getrocknet, aber du hast was abbekommen.«

Er sah an sich herunter, sie hatte recht. Auf seiner Kleidung waren Blutspuren zu sehen. Aber das war ihm nur recht, schließlich hatte er schon vorher ihr Blut an seinen Händen gehabt.

»Das ist noch nicht so lange her«, sagte seine Mutter, die so verdammt vernünftig war. »Jemand hat sie nach ihrem Tod im Baum aufgehängt.«

Sie sah an dem Stamm hoch.

»Was ist mit diesem Baum? Willst du es mir nicht bitte erzählen? Das ist der Baum auf deinen Bildern, stimmt's?«

Die Esche mit ihrer grauen Rinde. Der Baum, der eigentlich Leben und Lebensfreude symbolisieren sollte, aber in seinem Leben nur als Symbol für den Tod stand. Vernichtung. Demütigung. Erniedrigung.

»Du weißt, was dieser Akt bedeuten soll, oder? Derjenige, der My hierhin gehängt hat, wollte diesen Ort für dich zerstören. Mit Absicht, aber das weißt du besser als ich.«

Sie packte seinen Arm. Ihr Griff war stark. Zum ersten Mal fühlte er sich ihr gegenüber schwach und unterlegen. »Du kannst nicht hierbleiben, wenn du verhindern willst, dass sie dich finden.«

Er erwiderte nichts. Starrte nur wortlos auf den roten Fleck an Mys Schläfe und wünschte sich, er könnte ihn zudecken.

»Wo willst du jetzt hin?«

Er schüttelte den Kopf. Es gab keinen Ort mehr, er hatte alle seine Möglichkeiten ausgeschöpft.

»Vielleicht hat es jetzt einfach ein Ende.«

Er sah ihr an, dass das die falsche Antwort war.

»Du kommst mit zu mir nach Hause«, sagte sie resolut und zog ihn hoch. »Wir fahren zu einer Telefonzelle, ich rufe die Polizei an, und dann fahren wir zu mir nach Hause.«

Erneut schüttelte er den Kopf, aber ihm fehlte die Kraft, um es mit Nachdruck machen zu können.

»Hör zu, Peter. Sieh mich an!«

Sie drehte seinen Kopf zu sich. Er wusste genau, dass sie die Chance nutzte, um die Oberhand zu gewinnen. Ob sie es genoss? Wie wenn man ein wildes Tier fängt und mit der Zähmung beginnt? Das waren zwar seine Gedanken, aber sie waren weit weg, und er war nicht in der Lage, sie in Worte zu fassen und ihr ins Gesicht zu schleudern.

»Du musst mir alles erzählen. Aber das kannst du machen, wenn wir zu Hause sind und du dich ausgeruht, ein Bad genommen und was zu essen bekommen hast. Du stehst unter Schock.«

Sie hielt seine Oberarme fest und schüttelte ihn.

»Hörst du, was ich sage? Wir müssen uns eine Strategie ausdenken. Die Polizei wird garantiert zu mir kommen und mich befragen. Ich kann Zeit schinden, aber ich werde nicht verhindern können, dass sie dich am Ende doch finden.«

»Du sollst da nicht mit reingezogen werden.«

Er hörte seine kraftlose Stimme.

»Ich bin doch schon längst involviert. Mehr, als ich mir je hätte ausmalen können. Und jetzt ist deine DNA auf Mys Körper, garantiert.«

Sie taten das, was sie gesagt hatte. Er konnte sich nicht dagegen wehren.

Kapitel 60

Die Trillerpfeife ertönte und hallte durch den Raum, der Trainerassistent machte das Zeichen für ein Time-out. Die kleinen Spieler versammelten sich um ihren Trainer und steckten die Köpfe zusammen, bekamen eine scharfe Ansage vom Trainer, begleitet von einigen aufmunternden Worten. Dann nahmen sie sich alle an den Händen und sagten im Chor ihren Schlachtruf auf, die letzten Worte wurden in die Luft geschrien. Danach strömten die Handballspieler wieder zurück aufs Spielfeld, strotzend vor Selbstbewusstsein.

Francesca hatte sich in eine der hinteren Reihen gesetzt. Sie war quasi allein, die Halle war so gut wie menschenleer, abgesehen von den Eltern der Spieler und einigen wenigen Fans. Schließlich spielten hier eben keine Profispieler, sondern Kinder aus Lystrup in einem Freundschaftsspiel gegen Lisbjerg.

Die wenigen, die sie erkannten – und sie war nicht so naiv, zu glauben, dass sie sich inkognito in der Stadt bewegen konnte –, würden hoffentlich annehmen, dass sie das öffentliche Angebot für Kinder und Jugendliche in Augenschein nahm. Aber nicht die Spieler beobachtete sie, sondern den Trainerassistenten, denjenigen, der das Time-out eingefordert hatte. Villy Andersen nannte er sich jetzt.

Er war achtundfünfzig Jahre alt, wohnte in einer Zweizimmerwohnung in Lystrup, arbeitete in der Kirche der Kommune als Gemeindehelfer und bekleidete das Amt des Trainerassistenten bei den Jugendteams.

Sie holte ihre Brille aus der Tasche – die sonst nur selten zum Einsatz kam – und konnte ihn sich genauer ansehen. Er hatte sich nicht viel verändert. Man konnte jeden beliebigen Teil seines Körpers wählen und würde diesen als gewöhnlich beschreiben. Gewöhnlicher Körperbau, ein bisschen gedrungen. Gewöhnliche Körpergröße – der Pass sprach von einem Meter achtundsiebzig, aber unter Umständen war er mit zunehmendem Alter ein bisschen geschrumpft. Gewöhnliches Gesicht, das zum Rest des Körpers passte. Ultrakurzes Haar wie ein Soldat. Ein Stiernacken mit ausgeprägten Halsadern. Gerade Nase, eng anliegende Ohren, engstehende Augen. Schöner Mund. Freundlich. Unauffällig. Wenn man nur die Einzelteile betrachtete.

In der Halbzeit nahm er ein paar der Spieler beiseite und legte seinen Arm um ihre Schultern. Er beugte sich dicht zu ihnen hinunter, schüttelte sie hin und her, spielerisch, wuschelte in ihrem Haar und lächelte, fast liebevoll.

Die Eltern der Kinder saßen im Zuschauerraum. Sie sahen in ihm vielleicht auch nur eine Ansammlung von Einzelteilen. Francesca knautschte die Handtasche auf ihrem Schoß und dachte an den Punchingball und an die Stunden, die sie damit verbracht hatte. Nur ein einziges Ziel hatte sie immer gehabt: alles aus ihm herauszuprügeln. Auf ihm so brutal und unerbittlich herumzutrampeln, bis ihre Wunden und ihr Hass sich in Tod verwandeln würden.

Kaum hatte die Trillerpfeife das Ende des Spiels verkündet, strömten die Kinder in alle Richtungen. Der Sieg war an die Gastgeber gegangen. Die Lystrup-Liliputaner waren den anderen haushoch überlegen gewesen.

Sie stand auf und ging die Treppe zum Spielfeld hinunter. Sie musste sich dazu zwingen, war aber gleichzeitig dankbar, ihm an einem öffentlichen Ort zu begegnen.

»Villy.«

Sie benutzte seinen neuen Namen. Er wirbelte herum, sie konnte an seinen Bewegungen sehen, dass er ihre Stimme erkannt hatte.

»Fran!«

Er kam auf sie zu. Sie hatte sich oft vorgestellt, wie wohl eine Begegnung mit ihm sein würde. Sie hatte gehofft, sie wäre stark genug und könnte ihm entgegentreten. Aber er war ihr nach wie vor überlegen, das spürte sie. Sein Blick wich keine Sekunde von ihr, mit unglaublicher Sogkraft, ließ ihren freien Willen schwanken. In Gedanken hielt sie ein Kreuz in die Luft, um ihn abzuwehren.

»Ich höre und lese so viel über dich. Wie geht es dir?«

Er griff ihre Hände, und sie begrüßten sich mit einem Kuss auf die Wange. Seine Lippen waren kühl.

»Danke. Gut.«

Mehr bekam sie einfach nicht heraus.

»Dich drehen sie ja im Moment ganz schön durch die Medienmangel, was? Das muss weh tun.«

Weh tun, dachte sie. Du hast keine Ahnung davon, was Schmerz ist.

»Das geht schon«, stieß sie hervor. »Ich überlebe das.«

Als er die Hand hob, dachte sie, er wolle sie ohrfeigen. Instinktiv wich sie aus, wie ein scheuer Hund. Sie sah Genugtu-

327

ung in seinen Augen aufblitzen, als er dann die Hand zum Kopf hob, um sich über die Stoppeln zu streichen.

»Wie hast du mich gefunden? Über Shirley?«

Natürlich hatte Shirley ihn angerufen. Natürlich war er auf ihren Besuch vorbereitet gewesen. Wie dumm sie war. Sie nickte.

»Es war unmöglich, dich über die offiziellen dänischen Kanäle ausfindig zu machen, sogar für jemanden wie mich.«

»Gut. So war es ja auch gedacht.«

In der Halle herrschte Aufbruchsstimmung. Die Spieler verschwanden in den Umkleidekabinen zum Duschen mit Taschen und Handtüchern. Der Trainer und ein paar Freiwillige begannen aufzuräumen. William sah auf die Uhr. Dann senkte er die Stimme.

»Du, wir können jetzt hier nicht ewig herumstehen. Aber ich wohne ganz in der Nähe. Wir könnten uns bei mir treffen, sagen wir in einer Stunde?«

Sie hatte keine Lust, aber hatte sie eine Wahl? Er gab ihr die Adresse, und sie gab vor, die Zeit ohne Probleme für Einkäufe nutzen zu können. Dann setzte sie sich ins Auto und fuhr zu Netto und zum Metzger, während sie krampfhaft versuchte, die Angst unter Verschluss zu halten, und sich einredete, dass er keine Bedeutung mehr für ihr Leben hatte. Aber in ihr war das Bild eines zerfetzten Punchingballs.

Eine Stunde später stand sie vor seinem Wohnhaus aus gelbem Backstein, älteren Datums und ganz in der Nähe des Bahnhofs. Ganz schön tief gesunken, dachte sie, wenn man es mit den Jahren in England und ihrer gemeinsamen Zeit in Dänemark verglich.

Sie sah auf die Uhr. Sie war fünf Minuten zu früh, weshalb sie noch ein Stück durch die Siedlung lief und erfolglos versuchte, die Erinnerungen auf Abstand zu halten. Aber sie waren stärker: ihre erste Begegnung, als sie nach dem Abitur als Aupair nach Sussex in die Familie der Sinclairs gekommen war. Sie hatte ihn schon an ihrem ersten Tag dort getroffen. William stammte aus gutem Hause, wohnte in einer kleinen Wohnung im Nachbarhaus, hatte gerade seine Ausbildung beendet und große Pläne für die Zukunft. Er ging bei den Sinclairs ein und aus wie ein Sohn des Hauses – erst viel später erfuhr sie, dass er mit Frau Sinclair ein Verhältnis gehabt hatte.

Francesca betrachtete die Steinplatten unter ihren Füßen, achtete sorgsam darauf, nicht auf die Fugen zu treten. Sie erinnerte sich an die Verliebtheit zwischen ihnen als eine schnelle, heftige und sehr heimliche Angelegenheit. Er war zwölf Jahre älter als sie, kannte die Welt und hatte die Fähigkeit, seine Worte so zu wählen, dass ihm alle alles glaubten. Sie hatte ihn vorbehaltlos bewundert. Vielleicht hatte sie deshalb nie gewagt, ihm Fragen zu stellen oder in seiner Vergangenheit zu bohren, in der es Ungereimtheiten gab, die er ihr aber nie näher erklärte. Dazu gehörte zum Beispiel der Tod zweier seiner drei Schwestern, die an einer mysteriösen Krankheit gestorben waren.

»Fran?«

Sie sah ihn die Straße heraufkommen, die Sporttasche über die Schulter geworfen. Er trug jetzt Jeans, Sweatshirt und Lederjacke. Seine soliden schwarzen Stiefel vermittelten den Eindruck, einen Mann vor sich zu haben, der sein Leben im Griff hatte. Er lächelte sie an und holte einen Schlüssel aus der Jackentasche.

»Lass uns hochgehen und einen Kaffee trinken. In meinem bescheidenen Heim.«

Dann fügte er fröhlich hinzu. »Ich verreise nur noch mit leichtem Gepäck. Eins, zwei und drei, und ich kann aufbrechen mit allem, was ich brauche. Das ist mir sehr wichtig.«

»Das kann ich gut verstehen.«

Die Wohnung verursachte ihr Übelkeit. Sie erkannte Gegenstände wieder, die sie seit Jahren nicht mehr gesehen hatte. Familienerbstücke von ihm: eine Kommode; die Degas-Kopie einer Balletttänzerin aus Bronze; das Gemälde einer Treibjagd mit Hunden über der Kommode. Sie erinnerte sich daran, wie oft der Anblick sie mit Grauen erfüllt hatte: der panische, chancenlose Fuchs; die Hunde im Blutrausch; die Jäger auf ihren Pferden mit steifen Blicken. Das unsichtbare Netz, das sich langsam immer enger um die Beute zog.

Aber er hatte sich neue Möbel gekauft. Sie waren leichter und heller. Und an der Wand hing ein Flachbildschirm. Ein gelber Kanarienvogel saß in seinem Käfig und sah einsam statt fröhlich aus.

»Ich konnte die alten Möbel nicht behalten. Allein der Sessel hätte den ganzen Platz im Wohnzimmer eingenommen«, sagte er, als hätte er ihre Gedanken gelesen. »Die hier sind gut, billig und bedeutungslos. Ikea ist genau richtig. Setz dich doch.«

Sie gehorchte und ließ sich auf einen freischwingenden Sessel sinken. Er machte Kaffee in der kleinen Küche, was sie entspannte, weil er beschäftigt war und sich nicht darauf konzentrieren konnte, Böses zu tun. Währenddessen versuchte sie, ihre Strategie auszufeilen, aber die löste sich in nichts auf, als er mit einem Tablett in den Händen ins Wohnzimmer kam und Kaffee eingoss.

»Du bist ja eine richtig große Nummer in der Stadt geworden, muss man schon sagen. Stadträtin, jetzt Bürgermeisterkandidatin. Und zu guter Letzt auch noch der rettende Engel, habe ich gelesen. Glückwunsch.«

»Und du? Neuer Name, neuer Job?«

Er nickte.

»Jeder kann jederzeit ein neues Leben anfangen, sage ich immer. Meins ist bescheiden. Ich arbeite als Gemeindehelfer in der Kirche.«

Sie sah es vor sich. Die Finger immer in der Nähe vom Rohmaterial: den Kindern. Immer Kinder. Aber sie war nicht mehr Teil dieses Spiels, was sie irgendwie erleichterte. Sie vermied auch, ihn weiter zu der Namensänderung zu befragen, aber wahrscheinlich hatte er Drohungen erhalten und sich schließlich für den einfachsten Weg entschieden.

»Ich habe E-Mails geschickt bekommen«, sagte sie und setzte die Kaffeetasse ab. »Morddrohungen.«

Er lachte auf. Er konnte auf die verschiedenste Art und Weise lachen, dieses Lachen gehörte nicht zu der schlimmsten.

»Was erwartest du denn? Du steckst deine Nase überall rein, Fran.«

»Aber alle Details, die in den Medien breitgetreten wurden … Da gibt es jemanden, der die Presse mit diesen Informationen versorgt.«

Ihr gefiel die Rolle der Bemitleidenswerten nicht, es erinnerte sie zu sehr an die Rolle eines Opfers. Ein weiteres Lächeln, auch dieses noch im Bereich des Ungefährlichen.

»Diese Geschichten kann man doch alle herausbekommen, wenn man will. Auf jeden Fall stammen sie nicht von mir, das weißt du aber, oder?«

Sie beeilte sich zu nicken.

»Nein, das habe ich auch nie geglaubt. Ich wollte von dir nur hören … wie du es damals erlebt hast. Du weißt schon, der Tag mit Jonas. Vor fünfzehn Jahren.«

Seine Hand schoss nach vorne und griff die Kaffeekanne. Sie fuhr zusammen und hoffte inständig, dass er es nicht bemerkt hatte.

»Wie ich diesen Tag erlebt habe? Das ist aber eine sonderbare Frage. Du meinst den Tag, an dem er starb?«

Natürlich meinte sie diesen Tag, das wusste er doch ganz genau. Sie nickte.

»Warum?«

»Weil es jemanden gibt, der die Geschichte kennt. Dort draußen läuft einer rum, der über alles Bescheid weiß.«

»Über was Bescheid weiß, Fran?«

Sie schloss die Augen. Sie hatte gehofft, er würde sie nicht so quälen, aber das war wahrscheinlich zu viel verlangt in Anbetracht der Tatsache, wie sehr er solche Situationen genoss.

»Wie Jonas starb. In meiner Erinnerung wussten nur wir beide davon. Du und ich. Darum frage ich dich jetzt: Irre ich mich?«

Lange saß er schweigend da und starrte sie an.

»Ja«, sagte er schließlich. »Du irrst dich. Aber das weißt du tief in dir, stimmt's? Du weißt, dass es noch eine dritte Person gab, aber du willst dich nicht erinnern.«

KAPITEL 61

Die beiden Hunde vertrugen sich gut. Das war mehr, als was man über die beiden Männer sagen konnte, stellte Dicte fest, etwa eine halbe Stunde nachdem sie zu Hause angekommen waren.

»Lass mich das zusammenfassen. Ihr habt also die Leiche des Mädchens, deiner Freundin, gefunden, an einem Baum aufgehängt. Ihr habt sie heruntergeholt, den Tatort verlassen und erst dann – anonym – die Polizei gerufen?«

Bo hatte seine milde Stimme aufgesetzt. Die einen in so viele Fallen locken konnte. Aber Peter B ließ sich nicht locken. Einen Augenblick zu lange bekämpften sich die beiden mit Blicken. Dann stieß ihr Sohn den Stuhl zurück und stand vom Tisch auf, als wäre der Umstand eines gemeinsamen Essens mit begleitendem Gespräch für ihn vollkommen unbekannt oder einfach nicht von Interesse. Er verhielt sich so, wie sein erster Eindruck es vermittelte: wie ein Einzelgänger, ein Einsiedler, den sie im Wald aufgesammelt hatte. Seine Kleidung war dreckig und übersät mit Blutflecken, die Lider waren gesenkt, die Finger benötigten dringend den Kontakt mit einer Nagelbürste.

Wortlos stampfte er übertrieben laut die Stufen zu Roses altem Kinderzimmer hoch, das sie notdürftig für ihn hergerichtet hatte. Nicht, dass seine Abwesenheit einen großen Unterschied machte. Seit sie von Svendsens Bellen und Bos skeptischer, aber schweigender Miene empfangen worden waren, hatte er nicht mehr als insgesamt zehn Wörter von sich gegeben.

Aber jetzt hatte Bo sein Schweigen gebrochen, sie konnte außerdem seine Gedanken lesen und hatte Schwierigkeiten, seinem Blick standzuhalten.

Er drehte seinen Hals in Richtung Treppe, die Boutrup soeben dröhnend hinaufgestiegen war.

»Na, das war dann wohl zu viel für unseren fröhlichen Naturburschen.«

»Hör auf, Bo.«

Er selbst sah alles andere als fröhlich aus.

»Aufhören! Ich habe gerade erst angefangen. Du schleppst ohne jede Vorwarnung einen flüchtigen Strafgefangenen mit nach Hause. Was erwartest du von mir? Dass ich den roten Teppich ausrolle und ein Dreigängemenü zubereite?«

»Das ist doch nur vorübergehend. Es kommt alles wieder in Ordnung.«

Ihr schlechtes Gewissen meldete sich. Sie hatte es nicht geschafft, ihn vorher anzurufen und darauf vorzubereiten. Er hatte sie zwar hintergangen mit dieser Renate Guldberg, aber deswegen verdiente er noch lange nicht, in eine Sache mit hineingezogen zu werden, die als »Strafvereitlung« bezeichnet werden konnte. Nicht ohne vorher informiert zu sein, worum es bei der ganzen Sache ging.

»Alles ist relativ«, sagte er. »Wie vorübergehend?«

Der Unterton in der Frage sagte etwas anderes, da sprach das Alphatier in ihm: Kannst du bestätigen, dass ich nach wie vor der Mann im Haus bin? Es irritierte sie, dass sie angesichts einer solchen Tragödie blöde Spielchen spielen sollte, darum wurde ihre Antwort ungewollt bissig.

»Unter Umständen so vorübergehend wie deine Erinnerungslücke über die Teilnehmerliste in London.«

Sie bereute es und versuchte es zu retten, bevor er darauf reagieren konnte.

»Du hast selbst gesagt, dass ich ihn finden soll. Du hast selbst gesagt, dass du in so einer Situation alles tun würdest, um deinem Sohn zu helfen.«

Bo nahm die Packung Rosinen, die auf dem Tisch lag.

»Ich meinte damit aber eigentlich nicht, einen Mord zu decken.«

»Ich decke keinen Mord. Ich habe bei der Polizei angerufen!«

Er hatte die Ellenbogen auf den Tisch gestützt und sich nach vorn gelehnt. Dort am Tisch hatten sie ein schnelles Abendbrot gegessen. Dicte hatte angenommen, dass Peter das am meisten brauchte. Essen, Schlaf und danach vielleicht ein Bad. Hatte gehofft, er würde dann ein bisschen mitteilsamer sein, aber eigentlich hatte sie große Zweifel. Er war so geübt darin, sich zu verschließen. Es schien für ihn unmöglich, jemandem zu vertrauen – und schon gar nicht ihr.

»Ich gehe davon aus, dass du einen Plan hast.«

Bo stopfte sich eine Handvoll Rosinen in den Mund. »Es wäre schön, wenn du mich einweihen würdest. Denn ich wohne auch hier.«

»Okay.«

Das war nur fair. Also erzählte sie alles. Sie füllte die Wissenslücken, die durch seinen Aufenthalt in London entstanden waren. Während sie sprach, überprüfte sie unablässig sein Gesicht nach Anzeichen dafür, dass er verstand, warum sie das getan hatte. Die Erkenntnis machte sie zwar wahnsinnig wütend, aber sie war von seiner Anerkennung so abhängig wie ein kleines Schulmädchen vom Lob ihres Lehrers. Sie hasste es, ihn in etwas Illegales mit hineinzuziehen, aber sie hatte keine Wahl.

»Es ist nur eine Frage der Zeit, bis sie ihn hier finden«, sagte sie. »Außerdem könnten Wagner oder diese Lena Lund jederzeit unangekündigt bei uns vor der Tür stehen.«

Sie wagte es, ihre Hand auf seine zu legen.

»Ich habe uns dadurch nur ein bisschen Zeit erkauft, das ist alles. Aber ich konnte ihn doch nicht einfach aufgeben lassen? Seine DNA wird auf Mys Körper zu finden sein. Und meine Zeugenaussage wird als mehr als fragwürdig gelten, weil ich seine Mutter bin.«

Bisher hatte er zumindest nicht die Hand weggezogen.

»Ehe wir uns versehen, ist er wegen Vergewaltigung und Doppelmord verurteilt. Das konnte ich nicht zulassen.«

Er sah aus, als würde er alles in Ruhe abwägen. Ganz langsam zog er seine Hand unter ihrer hervor und kratzte sich am Kinn.

»All das setzt allerdings voraus, dass er den Mund aufmacht.«

Sie nickte.

»Das wird schon noch kommen.«

Sie sagte es mit mehr Überzeugung in der Stimme als in ihrem Herzen. Wann würde es zu spät sein? Wann würden sie mit einem richterlichen Beschluss auftauchen und ihn mitnehmen? Wie groß war sein eigenes Interesse daran, als freier Mann aus dieser Sache hervorzugehen?

Das Telefon klingelte. Sie sahen einander an. Als hätten sie es abgesprochen, stand Bo auf und ging in den Flur. Sie hörte ihn ein paar kurze, energische Sätze sagen und dann auflegen.

Er kam zurück.

»Das war die Südostjütländische Polizei. Die haben nach dir gefragt.«

»Und was hast du gesagt?«

Sein Blick war klar und offen.

»Ich habe gesagt, dass du weggezogen bist.«

Sie spürte, wie das Blut aus ihrem Kopf entwich.

»Bo, zum Teufel.«

Er grinste.

»Es war Davidsen aus der Redaktion. Ich habe ihm versprochen, dass du gleich zurückrufst.«

KAPITEL 62

»Ich habe die verdammten Kirchenbücher durchgesehen. Dieser Sache wollte ich auf den Grund gehen, zum Teufel auch. Ich ...«

Den Rest des Satzes erstickte Erik Meinert wie gewohnt in einem Hustenanfall. Wagner wartete geduldig und hielt den Hörer ein gutes Stück vom Ohr weg, bis sein Kollege aus Ålborg

sein Ritual mit dem bekannten geräuschvollen Räuspern abgeschlossen hatte.

»Hua, das tat gut. Das hat schon die ganze Zeit auf der Brust
gedrückt, ich konnte keine Luft bekommen. Wo war ich ste-
hengeblieben?«

»Bei den Kirchenbüchern.«

»Genau. Es existiert eine Sally.«

»Sally?«

»Lena Lunds Schwester.«

»Alter?«

»Dreiunddreißig. Drei Jahre jünger als Lena. Ich weiß noch
nicht genau, ob es relevant ist, aber gefunden habe ich Folgendes: Sally hat seit 1993 mehrere Aufenthalte in Entzugskliniken
und in der psychiatrischen Abteilung hinter sich. Der letzte bekannte Aufenthaltsort: Århus.«

»Hat sich Lena eventuell deswegen zu uns versetzen lassen?«

Wagner musste an den Abend denken, als Lena zufällig bei
McDonald's aufgetaucht war. Hatte sie da nicht etwas von einer
Familienfeier erzählt? Vielleicht hatte sie sogar die Wahrheit
gesagt.

»Das kann schon sein. Aber irgendetwas an dieser Geschichte
stinkt gewaltig«, sagte Meinert. »Da will jemand etwas unter
den Teppich kehren.«

Geheimnisse, dachte Wagner, nachdem er das Telefonat beendet hatte. Alle Familien haben ihre Geheimnisse, Umstände,
die geheimgehalten werden, weil man sie nicht ins Licht der Öffentlichkeit zerren will. Was war in Lena Lunds Familie vorgefallen, dass die Eltern zumindest die eine Tochter verleugnen?

Es gab so viel, was man gerne für sich behalten wollte. Er
dachte an seine eigene Familie. War die so anders? Alexander,
der beim Diebstahl erwischt worden war und jetzt auch noch
die Schule schwänzte. Der Embryo mit Down-Syndrom, der
in ein paar Tagen aus Ida Maries Gebärmutter entfernt werden
würde. Wenn es in seiner Macht stünde, würde er dann nicht
auch dafür sorgen, dass diese Information den inneren Kreis

nicht verließ? Allerdings hatte ihm seine berufliche Erfahrung gezeigt, dass gerade familiäre Geheimnisse häufig die Aufklärung eines Falls behinderten. Die einzelnen Mitglieder deckten sich aus den unterschiedlichsten Gründen, die überhaupt nichts mit dem eigentlichen Verbrechen zu tun haben mussten. Untreue, Eifersucht, missverstandene Loyalität und Wunsch nach Diskretion. Wenn es drauf ankam, zählte die Zugehörigkeit zu einem Clan, und die Rücksichtnahme auf seine Nächsten hatte Vorrang.

Er lehnte sich in seinem Bürosessel zurück und sah hinunter auf den Parkplatz vor dem Präsidium. Er fasste alle Details des Falls zusammen. Sie waren mittlerweile sicher, dass zum Zeitpunkt des Mordes an Adda Boel neben Peter Boutrup noch eine weitere Person in ihrer Wohnung gewesen war. Lena Lund verdächtigte Dicte Svendsen, aber das konnte er sich nicht vorstellen. Seine Vermutung war vielmehr, dass Lena Lunds Verdacht von ihrem Ehrgeiz genährt wurde und von dem Drang, ihre Versetzung und Hartvigsens Entscheidung zu rechtfertigen, sie als Wächterin der Moral in Sachen Selbstjustiz einzusetzen. Jetzt war als neuer Ermittlungsansatz die Vier-Millionen-Erbschaft dazugekommen, die aufgrund schlechter Beratung und der weltweiten Finanzkrise verlorengegangen war. Ein Fanatiker konnte mit Leichtigkeit Adda Boel die Schuld für den Verlust des Geldes zuschreiben. Sie hatte sich dafür eingesetzt, das Geld zu investieren und vor allem auch wie und wo es eingesetzt werden sollte. Peter Boutrups DNA war in Adda Boels Körper gefunden worden. Die Frage aber blieb, wie es ihnen gelingen sollte, ihn, den Sohlenabdruck und die vier Millionen in Zusammenhang zu bringen.

Er hatte gerade beschlossen, sich in der Kantine einen Happen zu holen, als das Telefon klingelte. Es war Weinreich, der ihm mitteilte, dass Omar Said ihn sprechen wolle. Er versuchte Lena Lund zu erreichen, aber sie war weder über das Mobiltelefon noch übers Funkgerät zu erreichen. Das musste er ansprechen oder ihr sogar einen Verweis dafür geben. Also entschied er sich dafür, Ivar K mit ins Krankenhaus zu nehmen. Omar Said saß aufrecht in seinem Krankenbett, er war ganz allein, von den vielen Angehörigen fehlte jede Spur. An diesem Tag war er gesprächiger als bei ihrer ersten Begegnung.

»Die sagen, ich soll mit Ihnen sprechen.«

In Wagners Ohren klang es, als würde ein Oberbefehlshaber seine Untergebenen zum Appell rufen.

»Wer sagt das?«

Said warf den gesunden Arm in die Luft. »Ich erinnere mich nicht an seinen Namen. Derjenige, der sich mit den Bandenkriegen beschäftigt.«

»Weinreich? Er hat gesagt, Sie sollen mit mir sprechen? Über was denn?«

Wagner fühlte sich nicht wohl. Offenbar hatte Weinreich die Initiative für ihn ergriffen und eine Grenze überschritten, die er selbst nicht passiert hätte. Er wusste, was gleich kommen würde.

»Meine Mutter ist krank. Sie hat Krebs. Und sie wartet auf eine Behandlung, aber nichts geschieht. Und der Krebs kann sich weiter ausbreiten.«

Ivar K schob einen Stuhl an die Tür und setzte sich darauf wie ein Sheriff in einer Westernstadt vor sein Gefängnis, ausgestreckte Beine, die Arme vor der Brust verschränkt. Wagner nahm einen Stuhl neben Saids Bett. In den Augen des jungen Mannes sah er echte Sorge. Zweiundzwanzig Jahre alt und eine Mutter auf der Onkologie. Das war nicht schön, auch wenn man ein Bandenmitglied war. Und jetzt sollte diese Mutter als Ware missbraucht werden und auf diese Weise zu einer entscheidenden Figur im Krieg um den Drogenmarkt werden.

»Das tut mir für Sie und Ihre Familie sehr leid. Aber ich verstehe nicht, was das mit mir zu tun hat.«

»Er hat gesagt, dass Sie mir helfen können. Fäden ziehen und so. Verdammt Mann, ich liege hier nur rum … Ich muss etwas tun.«

Das Unbehagen kroch Wagner den Nacken hoch, und der

Drang, die Sache fallenzulassen und sie anderen zu überlassen, war mit einem Mal übermächtig. Aber wenn er jetzt einen Rückzieher machte, dann müsste ein anderer die unangenehme Entscheidung treffen, ob es ethisch vertretbar war, die Behandlung einer tödlichen Krankheit als Druckmittel in einem Mordfall zu verwenden. Er sah zu Ivar K. »Was hatten Sie sich denn da vorgestellt, Omar? Wie, glauben Sie, kann ich Ihnen helfen?«

»Sie können mit den Ärzten reden. Sie können eine schnellere Behandlung erwirken.«

»Und was ist, wenn Sie recht haben sollten?«, sagte Wagner und fügte hinzu: »Und ich bin mir gar nicht so sicher, dass Sie da richtig liegen.«

Omar Said holte tief Luft und atmete lange aus. Er drehte den Kopf und sah zur Tür, als würde er jeden Augenblick einen grausamen Rächer mit Maschinengewehr im Anschlag erwarten.

»Wenn Sie dafür sorgen, dass meine Mutter so schnell wie möglich behandelt wird, dann erzähle ich Ihnen, was ich weiß.«

»Ich dachte, Sie wüssten nichts«, ließ sich Ivar K gedehnt von seinem Sheriffplatz aus vernehmen. »Aber das hat sich vielleicht seit letztem Mal geändert?«

Omar Said zuckte mit den Schultern und sah mürrisch aus.

»Dürfen wir davon ausgehen, dass Sie uns sagen können, wo die Bombe herkommt und wessen Idee das war?«, fragte Wagner.

Bevor Said antworten konnte, klingelte Wagners Handy. Er entschuldigte sich und ging auf den Flur, wo ihm Weinreichs Stimme ins Ohr krächzte.

»Es tut mir leid, aber das ist doch verdammt noch mal der einzige Weg, um weiterzukommen«, sagte dieser nach ein paar einleitenden Worten. »Du kannst ihm sagen, dass sie morgen früh mit der Chemotherapie beginnen.«

»Was um alles in der Welt geht hier vor?«

»Komm wieder auf den Teppich!«, sagte Weinreich. »Wir bedienen uns nur der Gangstermethoden.«

»Aber wir sind keine Gangster, verdammt und zugenäht!«

Weinreich lachte, aber es klang nicht überzeugend.

»Natürlich sind wir das nicht. Unter uns: Die hätten morgen sowieso mit der Behandlung angefangen. Das hat mir der Oberarzt gesagt, wir haben also niemanden manipuliert oder die Reihenfolge verändert. Können wir das dann nicht für unsere Zwecke verwenden?«

Im Krankenzimmer lag ein junger Mann, der ihm etwas Wichtiges über die Bomben im Solarium und unter Francesca Olsens Auto sagen konnte. Er hatte Antworten auf die Fragen, mit denen sie sich herumgeschlagen hatten und nicht weitergekommen waren. Es war mehr als verlockend, das musste er sich eingestehen. Er beendete das Telefonat und kehrte zu Omar Said zurück.

»Okay. Hier sind die Bedingungen. Ich will Folgendes wissen: Wer, was, wo und warum? Wer hat sich für einen Bombenanschlag entschieden? Was wollte er damit erreichen? Wo wurden die Sprengsätze hergestellt? Warum ausgerechnet das Solarium und das Auto von Francesca Olsen?«

Omar Said sah ihn mit ausdrucksloser Miene an.

»Ich muss sicher sein können, dass Sie mir keinen Scheiß erzählen. Sie erzählen alles und ohne etwas zurückzuhalten. Dann garantiere ich Ihnen, dass die Ärzte morgen früh mit der Chemo Ihrer Mutter beginnen.«

Ivar K sah ihn mit gestiegenem Respekt an. In Omar Saids Gesicht hingegen las er blanken Hass und erwartete, jeden Augenblick als »Bullenschwein« oder mit Schlimmerem beschimpft zu werden. Aber dann nickte Said und starrte vor sich in den Raum.

»So viel zu dem gerechten dänischen Gesundheitssystem. Aber ich stimme zu. Fragen Sie mich, und ich gebe Ihnen die Antworten, die ich habe.«

»Wer hat den Plan entworfen, im Solarium und im Auto eine Bombe zu platzieren?«

Said fühlte sich alles andere als wohl, antwortete aber, ohne jedoch Wagner dabei anzusehen.

»Das kann ich nicht beantworten, aber ich kann Ihnen etwas anderes sagen. Der Auftraggeber hat sich an uns gewandt, aber ich kann Ihnen den Namen nicht sagen. Ein Däne. Früher Junkie, jetzt aber clean. Er war auf Entzug, jetzt hat er ein Projekt – aber fragen Sie mich nicht, was für eins. Ihm fehlte das nötige Geld für das Projekt und noch etwas anderes.«

»Drogen?«, riet Wagner.

Said schüttelte den Kopf.

»Waffen«, schlug Ivar K vor.

Said nickte.

»Waffen. Deshalb hat er uns die Informationen verkauft. Er wusste natürlich, dass wir mit den Rockern im Krieg sind. Und uns gab er dafür die Information, dass sie in diesem Solarium ihr Drogengeld waschen.«

»Und Francesca Olsen?«, fragte Wagner.

Said drehte sich um und senkte seine Rückenlehne, damit er sich zurücklegen und den Blick an die Decke richten konnte, als wäre er allein im Raum.

»Er wusste, dass wir sie nicht als Bürgermeisterin haben wollen und großes Interesse daran haben, ihr so viel Angst einzujagen, damit sie sich zurückzieht. Er hatte Informationen über sie, die wir an die Presse weiterverkauft haben. Ich glaube, er kennt sie ziemlich gut.«

»An die *NyhedsPosten*?«, fragte Ivar K. »An diesen Idioten Jimmi Brandt?«

Omar Said nickte.

»Wir haben ihm die Sachen häppchenweise serviert.«

»Was ist mit dem Timing? Warum sollte die Explosion ausgerechnet an diesem Tag zu dieser Uhrzeit stattfinden?«

»Er hatte uns die Information gegeben, wann Francesca Olsen sich in Kopenhagen aufhalten würde. Dann sagte er, dass wir noch einen Nebengewinn einkassieren und eine bestimmte Journalistin plattmachen könnten, die sich im Solarium aufhalten würde. Sie hatte uns schon lange genervt. Er hatte auf Facebook gesehen, dass sie …«

Wagner spürte, wie sein Puls sich erhöhte. Tatsächlich tauchte Dicte Svendsen im Bild auf, genau wie Lena Lund es vermutet hatte.

»War er allein?«

Said schüttelte den Kopf.

»Er hatte eine Frau dabei.«

»Können Sie die beschreiben?«

Omar Said beschrieb eine Frau mit langen blonden Haaren, einem ovalen Gesicht und hellblauen Augen.

Wagner sah zu Ivar K, der kaum erkennbar den Kopf schüttelte. Die Beschreibung sagte ihnen beiden nichts, trotzdem machte Wagners Herz wilde Sprünge. Etwas in ihm sagte, dass sie sich der Wahrheit um den Sohlenabdruck näherten.

Erneut wurde er vom Klingeln seines Handys unterbrochen. Auf dem Display erkannte er, dass es Lena Lund war, und ging hinaus auf den Gang.

»Wo sind Sie?«

»Im Krankenhaus von Skejby«, antwortete sie und präsentierte ihm die dritte Überraschung an diesem Tag.

»Sie wissen doch bestimmt, dass Peter Boutrup hier behandelt wurde?«

Er nickte. Selbstverständlich wusste er das. Boutrup hatte ein Nierenleiden gehabt und die Niere eines Hirntoten transplantiert bekommen.

»Ich habe mich ein bisschen umgehört, so ganz inoffiziell, und habe mich mit einer sehr netten und auskunftswilligen Krankenschwester unterhalten. Es steht fest, dass sie mehrmals hier war, um ihn zu besuchen.«

»Wer?«

Während er die Frage stellte, wusste er bereits die Antwort, und die möglichen Konsequenzen prasselten auf ihn ein, bevor Lena Lund sagte: »Dicte Svendsen. Das bestätigt, was ich die ganze Zeit gesagt habe. Sie kennt ihn und ist somit eindeutig in den Fall involviert.«

Wagner konnte förmlich vor sich sehen, wie ihre Faust siegessicher Löcher in die Luft stieß. Er fühlte sich wie die Frau vom Fischer. Drei Überraschungen. Drei erfüllte Wünsche. Auf den letzten hätte er gern verzichtet.

KAPITEL 63

Dicte stopfte die blutverschmierte Kleidung in die Waschmaschine und drückte den Startknopf, bevor ihr Gehirn sie warnen konnte, dass sie dabei war, Beweismaterial zu vernichten. So würde es zumindest die Polizei sehen. Aber was bedeutete schon »schuldig« oder »unschuldig«? Es gab Fakten und es gab Mutmaßungen, und es war notwendig, die beiden auseinanderzuhalten. Was war in Ry vorgefallen? Tatsache war, dass sie im Zelt geschlafen hatte. Sie glaubte es zwar nicht, aber theoretisch hätte Peter B – wie sie ihn heimlich nannte – My im Morgengrauen im Baum aufhängen, den Hund an ihrer Nachtstätte anbinden und dann zum See gehen und vorgeben können, dass er von ihr die Nase voll hatte und in der Nacht umgezogen war. Theoretisch gesehen hätte ihr Sohn My umbringen können. Und da stand sie nun, möglicherweise sehr naiv und von ihm manipuliert, damit sie an seine Unschuld glaubte, ohne dass er ein Wort dazu gesagt hätte. Nicht einmal der Versuch einer Erklärung.

Sie wartete, bis die Trommel sich drehte, und fragte sich, ob das Blutband ihre Instinkte außer Kraft setzte. Die Gewissheit seiner Unschuld war stark. Aber woher kam diese Überzeugung? Hatte sie das geringste Fundament angesichts der Vermutungen, was wahrscheinlich passiert war? Oder glaubte sie einfach das, was sie glauben *wollte*? Wie eine Mutter ihren Sohn sehen wollte?

Sie verließ das Waschhaus und kehrte zurück ins Haupthaus mit einem Korb frischer Wäsche unter dem Arm, die sie aus dem Trockner geholt hatte. Sie hatte in der Redaktion angerufen und gesagt, in den nächsten Tagen von zu Hause aus arbei-

ten zu wollen. Sie hatte genug Material, um Artikel zu schreiben. Aber wie immer war es verlockender, sich zuerst der einfachen Aufgaben anzunehmen. Wäsche zusammenlegen war
nicht besonders glamourös. Aber es war durchaus geeignet, um
die Gedanken zu sortieren, vor allem in Anbetracht dieses
Chaos mit einem mundfaulen Flüchtigen im Haus war es wunderbar, seine Hände benutzen zu können.

Er hatte zwei Stunden geschlafen. Jetzt hörte sie das Plätschern der Dusche, und wenn sie sich nicht irrte, auch einige
Strophen eines undefinierbaren Liedes, die durch das Prasseln
hindurchdrangen. Sie musste kleinmütig zugeben, dass der
Mann genauso unmusikalisch war wie seine Mutter. Bo war in
die Redaktion gefahren, wofür sie sehr dankbar war. Zwei Hähne
im Haus zur selben Zeit war nicht gerade die Grundvorausset-
zung für Gemütlichkeit.

Sie ließ den Plastikkorb mit den Handtüchern und Ge-
schirrtüchern auf den Boden plumpsen und begann die Wäsche
zusammenzulegen. Wenige Minuten später hörte sie, wie der
Schlüssel in der Badezimmertür umgedreht wurde. Und da
stand er plötzlich vor ihr, glattrasiert und in sauberen Sachen.
Er sah anders aus und wirkte auch verändert.

»Die kommen, das weißt du, oder?« Er klang fast ausgelassen.

»Wer?«

»Die Polizei, natürlich. Was wirst du tun, wenn sie plötzlich
vor der Tür stehen?«

»Ihnen die Wahrheit erzählen, hoffe ich. Ich hoffe, du hast sie
mir erzählt, bevor sie auftauchen.«

Sie legte das zusammengefaltete Geschirrtuch auf den Couchtisch, nahm ein neues aus dem Korb und reichte es ihm.

»Du kannst auch ein bisschen arbeiten für die kostenlose Ver-
pflegung.«

Er betrachtete das Tuch in seiner Hand, als würde er nicht
wissen, was es ist. Dann legte er es sehr gehorsam zusammen
und gab sich besonders viel Mühe, alle Seiten glattzustreichen,
legte es auf das andere und nahm sich ein neues aus dem Korb.

344

»Okay«, sagte sie und griff nach einem Handtuch. »Zeit für den Austausch von Gefälligkeiten. Du hast Essen, eine Dusche und eine Unterkunft bekommen. Jetzt bist du dran. Erzähl zumindest, was dieser Baum für dich bedeutet?«

Sie wusste genau, dass er sie nach wie vor überprüfte und sich bei weitem noch nicht dafür entschieden hatte, ihr zu vertrauen. Mys Hund kam zu ihm und schnüffelte an seinem Bein, er streichelte ihm über den Kopf, bevor er sich ein neues Handtuch nahm und auch das beinahe übertrieben sorgfältig zusammenlegte.

»Früher haben die Bauern eine freistehende Esche im Garten ihres Hofes gepflanzt. Der Aberglaube nämlich sagte, dass der Baum bei Gewitter – und die konnten in den Zeiten reetgedeckter Häuser gefährlich sein – den Blitz anziehen würde und so den Hof vor dem Untergang bewahren könnte. Das nannte man einen Brandbaum.«

Kaj hatte sich auf Svendsens Schlafkissen breitgemacht, Svendsen selbst hatte sich in den Hundekorb im Hausflur zurückgezogen. Offenbar nahmen auch die Hunde teil an dem niemals endenden Kampf um Dominanz.

»Wenn du das erzählst, klingt das so positiv. Ich dachte, du hasst den Baum.«

»Der Aberglaube sagte auch, dass der Hof abbrennt, wenn man den Baum fällt.«

»Damit ich das richtig verstehe. Du hasst diesen Baum und hast dir immer gewünscht, er würde in Flammen aufgehen?«

Sie nahm das letzte Handtuch aus dem Korb. Er schüttelte den Kopf.

»Der Baum, das bin ich. Das waren wir. Er war das, was geschehen ist.«

»Ich bin mir nicht sicher, ob ich das verstanden habe.«

»Wir sind verbrannt. Um den Hof zu retten, wurden wir quasi lebendig verbrannt.«

»Und der Hof ist der Ort, wo du aufgewachsen bist? Der rote Hof in der Nähe der Esche, an der My hing?«

Er ließ sich auf einen Stuhl fallen. Müde sah er aus, obwohl er geschlafen hatte. Er sah zehn Jahre älter aus als seine einunddreißig.

»Im Kinderheim ›Titan‹. So hieß das damals. Aber es ist schon seit langem geschlossen. Die Gebäude gehören jetzt zu dem Internat, und die verwenden es für ihre Pferde.«

Es wurde still im Wohnzimmer. Nur Kajs schwere Atemzüge waren zu hören. Dann klingelte das Telefon, und Dicte ging in den Flur, um den Anruf entgegenzunehmen. Es war Davidsen. Sie hatte vergessen zurückzurufen.

»Lena Lund. Willst du die Story haben oder nicht?«

Seine Stimme klang mürrisch, aber so war es manchmal bei ihm.

»Verzeih mir. Die Zeit ist mir davongelaufen. Die Antwort lautet Ja.«

Immerhin hätte sie das alles in Gang gesetzt, schien sein Schweigen zu sagen. Sie hätte wenigstens zurückrufen können.

»Das ist eine fürchterliche Geschichte«, sagte er schließlich. »Grausame Geschichten erschaffen fürchterliche Menschen.«

Manchmal sprach Davidsen wie ein besonders anschaulich geschriebener Artikel, und dieser wäre äußerst geeignet, um die Aufmerksamkeit der Leser zu fesseln. Ihr Interesse an Lena Lund wuchs.

»Schieß los!«

»Okay. Mein Kontakt hatte leider keine Informationen aus erster Hand, darum musste er ein bisschen tiefer graben.«

Davidsen warf ihr noch einen Happen hin. »Die Geschichte hat tatsächlich in keiner Zeitung gestanden. Da wurde von unterschiedlicher Seite so viel Druck ausgeübt – Lunds Vater, ein gewisser Henry A. Lund, war Besitzer des ersten Kinos von Ålborg sowie mehrerer Eigentumshäuser –, dass der damalige Chefredakteur von der *Ålborg Stiftstidende* sich gegen eine Veröffentlichung entschieden hatte.«

346

»Und die Story ist?«

Sie hörte, wie Davidsen von einem Apfel abbiss und gewissenhaft kaute.

»Wir müssen siebzehn Jahre zurückgehen. Lenas Freundin Marie wird Opfer einer schweren Vergewaltigung. Sie wird eines Abends auf der Toilette einer Bar in der Jomfru Ane Gade in einer schrecklichen Verfassung aufgefunden. Der Täter ist der ehemalige Freund von Lena, ein Mike Vindelev-Holst. Die Freundin erinnerte sich nicht mehr an Details, aber ist sich sicher, dass er es war. Lena deckte Mike und behauptete, sie sei mit ihm zusammen gewesen. Sie konnte offenbar nicht fassen, dass er so etwas getan haben sollte, außerdem scheint es so, als sei sie noch immer in ihn verliebt gewesen. Einen Monat später aber vergewaltigt er Lenas Schwester und wird dann endlich angezeigt, verhaftet und verurteilt.«

»Wie alt sind sie gewesen?«

»Lena war achtzehn, Sally sechzehn. Sie hat die Vergewaltigung nie überwunden, wurde drogenabhängig und psychisch instabil. Die Eltern haben Lena nie verziehen. Sie verleugnen sie nach wie vor.«

»Und deswegen wurde aus Lena Lund eine ehrgeizige Ermittlerin? Um die Fehler der Vergangenheit wieder gutzumachen?«

Davidsen räusperte sich.

»Das kann natürlich auch eine Überinterpretation sein. Aber naheliegend ist es schon, ja.«

Sie legten auf. Dicte blieb einen Augenblick stehen und betrachtete Peter B durch den Türspalt, wie er im Wohnzimmer saß, eine Hand auf Kajs Kopf und mit einem traurigen Blick in den Augen. War das ein Vergewaltiger und Mörder, den sie da sah? War sie auch, wie Lena Lund, beherrscht von einem Gefühl, das sie blind machte und entfernt an Liebe erinnerte?

KAPITEL 64

Francesca schloss die Tür auf und spürte den unstillbaren Drang, alles zu berühren, was ihr gehörte, ihr ganz allein, inklusive ihres Körpers.

Sie hatte nur eine Stunde in Williams Wohnung verbracht, doch es hatte genügt, sie in dieser kurzen Zeit in die Vergangenheit zu katapultieren. Zurück in jene Jahre, in denen sie nicht Herrin über ihren eigenen Willen gewesen war, sondern ihm die Herrschaft überschrieben hatte, so, wie man mit einer einfachen Unterschrift die Kontrolle des eigenen Bankkontos einem anderen übertragen konnte.

Während sie bei ihm gesessen und Kaffee getrunken hatte, waren die Erinnerungen gekommen. An die fünf Jahre in England, die sie als Menschen reduziert hatten zu seinem Anhängsel. Sie erinnerte sich an die Art und Weise, wie er dafür gesorgt hatte, dass sie das Vertrauen in ihre eigenen Ratgeber verlor. Sie hatte von ihrem Vater eine beträchtliche Summe sowie ein Haus außerhalb von Neapel geerbt, doch am Ende hatte sie Williams Anwalt, seinen Steuerberater, seine Bank und seinen Arzt übernommen (Letzterer hatte einen etwas leichtfertigen Umgang mit dem Ausstellen von Rezepten für Beruhigungstabletten gehabt). Sie erinnerte sich daran, wie es ihm fast unmerklich gelungen war, sie von ihrer Familie zu entfernen, von ihrer Mutter und ihrer Stiefschwester: Konnte sie sich sicher sein, dass sie wirklich nur ihr Bestes wollten? Waren sie in Wirklichkeit nicht wahnsinnig eifersüchtig auf ihr neues Leben und ihre Erbschaft? Hatten sie das Recht, ihr Leben zu verpesten mit ihren Forderungen nach Liebe und Aufmerksamkeit? Als ihre Mutter zu Besuch gekommen war, hatte er sofort ein Verdachtsmoment in sie eingepflanzt. Die Schwiegermutter war trotz ihres Alters noch eine sehr gutaussehende Frau gewesen, aber William versuchte ihr einzureden, dass sie der eigenen Tochter ihre Schönheit neidete. Warum wollte sie sich damit abfinden? Warum sollte sie sich davon herunterziehen lassen und sich von der eigenen Mutter demütigen lassen, die nicht begriff, dass ihre Tochter für etwas Großes bestimmt war an der Seite eines Mannes, der sie liebte, wie noch nie zuvor ein Mann eine Frau geliebt hatte?

Nach den ersten zwei Jahren zogen sie nach Jersey, wo Williams Idealismus gefragt war und seine Karriere bei der uneigennützigen Tätigkeit im Kinderheim Haut de la Garenne seinen Lauf nahm. Jersey war die Insel der Wohlhabenden, und sie bekamen schnell einflussreiche Freunde und nützliche Kontakte. Sie hatten den Ruf als respektable Mitbürger, die ein soziales Gewissen besaßen und den Willen zeigten, sich für die Insel einzusetzen, die alle liebten.

Sie war so jung und so dumm gewesen. Sogar als die Gewalt in ihr Leben Einzug hielt, zuerst in kleinem, dann in immer größerem Stil, hatte sie das nur als eine logische Erweiterung seiner Kontrolle über sie gesehen. Es wäre ihr nicht eingefallen, Fragen zu stellen. *Sie* musste den Fehler begangen haben, sonst wäre sie nicht bestraft worden. Sie hatte seine Erwartungen nicht erfüllt. Die Bestrafungen, hatte er ihr gesagt, seien sein pädagogisches Mittel und sollten sie für das Schlechte in der Welt rüsten. Sie sollten sie stärken, sie gegen Schmerzen und Enttäuschung durch andere immun machen. Und auf eine sonderbare, verdrehte Weise war ihm das auch gelungen. Es funktionierte, hatte sie zwischendurch voller Dankbarkeit gedacht. Die gebrochenen Rippen, die blauen Flecken und Ergüsse von seinen Würgegriffen. Das alles machte sie unfähig, irgendetwas zu spüren. Das Problem war nur, dass sie auch keine Freude am Leben empfinden konnte. Alles wurde eins. Es gab den Schmerz, und es gab die Abwesenheit von Schmerz, und manchmal zog sie den Schmerz vor, weil sie dann wenigstens spürte, dass sie am Leben war.

Erst viele Jahre später – nach Jonas' Tod – hatte sie das alles mit klarerem Blick sehen können: wie er sie manipuliert hatte, damit er ihr Leben unter Kontrolle hatte und sie ihm fügsam folgte. Und das, obwohl sie nach Dänemark zurückkehrten, sie das BWL-Studium beendete und sich für Politik zu interessieren begann. Und auch trotz der Geburt ihres Sohnes. Oder vielleicht gerade wegen der Geburt. Ein Ereignis, das der Anfang vom Ende war und schließlich dazu führte, dass sie sich endlich von ihm trennte.

Sie ging durch ihr Haus und ließ die Finger über die Designermöbel gleiten, über die italienischen Aquarelle, die sie bei dem Künstler persönlich in Neapel gekauft hatte, über das große Bett im Kolonialstil, ein Erbstück ihrer Mutter, und auch über den Jesus am Kreuz, der wie immer teilnahmslos an der Wand über dem Bett hing. Sie hatte es geschafft. Sie hatte sich Williams entledigt, so, wie eine Schlange ihre Haut abstreift. Die zusätzliche Haut, die er ihr übergezogen hatte, war vernichtet worden. Nichts von ihm war übriggeblieben, außer ein paar wertvollen Schmuckstücken, die sie geistesgegenwärtig behalten hatte. Aber nichts von Bedeutung. Er hatte ihr Leben verlassen, und so war es auch jetzt noch. Besonders jetzt.

Aber es hatte einen hohen Preis gehabt, ihn loszuwerden. Es hatte Kraft und Zeit gekostet. Und es war auf Kosten ihrer Erinnerung gegangen. Denn sie hatte sich nicht erinnern können. Mit dem Abtöten des unvorstellbaren Schmerzes hatte sie gleichzeitig etwas anderes verloren. Das wurde ihr deutlich, als sie heute bei William gesessen hatte, und deshalb war dieser Besuch auch nicht umsonst gewesen. Das Wiedersehen mit ihm hatte sie nämlich nicht nur an das erinnert, was sie gehasst, sondern auch an das, was sie geliebt hatte.

Sie ging ins Badezimmer, zog sich aus und blieb eine Weile nackt vor dem Spiegel stehen, beglückt darüber, dass dieser Körper ihm nie wieder Zugang gewähren musste. Sie ließ das warme Wasser über ihn laufen und wusch alles weg, den Wangenkuss, seine Hand auf ihrer Schulter zum Abschied, die Berührung seiner Möbel. Sie wusch den Anblick des Gemäldes mit dem zu Tode erschreckten Fuchs und die Erinnerung an den Kanarienvogel in seinem Käfig ab.

Nach der Dusche wickelte sie sich in ihren Bademantel ein. Sie setzte den Kessel mit Wasser auf, mahlte Kaffeebohnen und holte die Espressokanne aus dem Schrank. Sie machte sich einen starken Kaffee, setzte sich ins Wohnzimmer, die Füße auf dem Sofa und den Kaffee in Reichweite.

Mit nur wenigen Worten war es William gelungen, ihre Erinnerung zu aktivieren. Wie hatte sie das nur alles vergessen können? Wie hatte sie nur den Jungen vergessen können? Wie hatte sie ihr eigenes schlechtes Gewissen vergessen können?

Es war ein sonniger Tag gewesen. September und blauer Himmel. Jonas war fünf Jahre alt. Sie hatte wie immer an Jonas' Bett gewacht und sich in einem Zustand zwischen Realität und Unwirklichkeit befunden. Und plötzlich hatte sie alles ganz klar gesehen, sie erkannte, dass die vergangenen drei Jahre von einer angsterfüllten Kenntnis einer Zukunft aufgefressen worden waren, die nicht existierte. Alles hatte dem Kind zuliebe zurückweichen müssen, das friedlich in seinem Bett lag und schlief, nicht wissend, was es mit seinem Dasein erschütterte und welche Leben dadurch betroffen waren. Alles hatte sich um ihn gedreht, den Sohn des Hauses. In seinem Kielwasser waren einige Schiffbrüchige ertrunken. Einer von ihnen war ein anderes Kind gewesen, das aber nicht ihr leibliches war.

Sie hatte sich in einer seltenen, stillen Stunde aufs Sofa gesetzt und war eingeschlafen. Plötzlich spürte sie eine Hand, die ihren Arm streichelte. Automatisch hatte sie die Berührung erwidert, noch im Schlaf, bis sie aufwachte und erkannte, dass sie eingeschlafen war und somit Jonas im Stich gelassen hatte. Dann sah sie, wer sie gestreichelt hatte und neben ihr mit sehnsüchtigem Blick stand.

Wie sie so dasaß in ihrem Bademantel, den Kaffeebecher dicht an den Körper gepresst, erinnerte sie sich sehr genau an ihre Brutalität, mit der sie aufgesprungen war und den Jungen von sich gestoßen hatte. Er war schon so groß gewesen. Hatte Pickel im Gesicht gehabt und war in den Stimmbruch gekommen. In jenem Moment hatte er nur Ekel in ihr ausgelöst, dabei hatte er früher einmal die ganze Bandbreite an Muttergefühlen aktivieren können.

»Geh weg. Hau ab. Ich kann dich nicht mehr ertragen«, hatte sie ihn angefaucht.

Aber er hatte es nicht verstanden. Wie sollte er auch? Sie war all die Jahre wie eine Mutter zu ihm gewesen. Als er sich nicht vom Fleck rührte und sie weiter mit seinen viel zu großen Augen und mit diesem eindringlichen, sehnsüchtigen Blick anstarrte, hatte sie die Kontrolle verloren und ihm ins Gesicht gebrüllt: »Verschwinde. Ich liebe dich nicht mehr. Ich will dich nicht wieder sehen.«

Sie erinnerte sich an seine Tränen, die wie Fontänen aus seinen Augen schossen, aber das hatte ihr Herz nicht erweichen können. Im Gegenteil, es war ihr eher wie eine gigantische Provokation vorgekommen, als würde jemand in sie eindringen und ihr etwas antun.

»Ich hasse dich! Hörst du? Ich hasse dich, du kleine Schmeißfliege.«

Er war davongeschlichen. Oder anders gesagt: Sie war immer davon ausgegangen, dass er davongeschlichen war. Ihre harten Worte und die darauffolgende Tat fanden an einem anderen, unwirklichen Ort statt. Alle Regeln und Gesetze waren aufgehoben. Vom Gesetz der Schwerkraft bis zu den zehn Geboten. Was danach geschah, war eine Sache zwischen ihr und ihrem Gott und niemand anderem. Zumindest hatte sie das immer gedacht.

Das Telefon klingelte. Es war der Fraktionsvorsitzende, sein Schnaufen erinnerte sie an ein altes Pferd.

»Wir müssen uns zusammensetzen, Francesca. Ich habe gerade einen Anruf bekommen von einem Journalisten, der meint, zu wissen, dass du dein eigenes Kind umgebracht hast.«

»Und?«

Sie fühlte sich überraschend ruhig, sowohl innerlich als auch äußerlich.

»Er hat gesagt, die wollen die Geschichte nächste Woche bringen.«

»Das ist Erpressung. Die wollen, dass ich meine Kandidatur zurückziehe.«

»Davon hat er nichts gesagt. Ich glaube, die werden in jedem Fall veröffentlichen.«

»Sag ihm, dass er sich zum Teufel scheren kann.«

»Das kann ich nicht. Du darfst nicht vergessen, dass du auch der Gruppe gegenüber Verantwortung hast.«

»Du willst also, dass ich zurückziehe?«

Sein Atem klang wie ein Blasebalg, und sie spürte, wie ihr der Boden unter den Füßen weggezogen wurde.

»Das kommt ganz darauf an, wie es mit der Wahrheit aussieht. Bisher lag die Presse ja immer richtig. Wie lautet die Wahrheit, Francesca? Kannst du mir das verraten? Kannst du mir garantieren, dass es eine Lüge ist?«

KAPITEL 65

Svendsen bellte so laut, als würde ein maskierter Mörder hinter der nächsten Ecke stehen, bereit, das Haus mit seiner AK47 zu zersieben.

Dicte sah durch das Fenster, wie Wagners schwarzer Passat in die Auffahrt bog. Er hielt neben der Hecke, die Bo hatte schneiden wollen – spätestens bis Sankt Johannistag, versprochen. Das war drei Monate her. Im Wagen saßen zwei Personen. Wagner und Lena Lund. Sie fand das zu früh, viel zu früh. Der Südostjütländischen Polizei konnte es unmöglich gelungen sein, die Verbindung zwischen My und ihr herzustellen und dann die Ostjütländischen Kollegen von der Mordkommission kontaktiert zu haben. Es musste etwas anderes sein, was die beiden zu ihrer Expedition aufs Land bewegt hatte.

Die stiegen aus und warfen die Türen zu. Ein schönes Paar, fand Dicte. Wagner in Salz-und-Pfeffer-Muster, kurze Haare,

353

gebogene Nase, südländische Hautfarbe und seine obligatorische Tweedjacke. Und Lena Lund mit ihrem perfekt ovalen Gesicht und in einem perfekt sitzenden Hosenanzug. Svendsens Bellen hatte eine alarmierende Lautstärke erreicht. Sie schaffte es noch, die Treppe hochzurennen und an Roses Zimmertür anzuklopfen. Peter B lag auf dem Bett und las ein Buch.

»Du bleibst hier. Und kein Laut, hörst du?«

Er sah vom Buch auf. Es war *David Copperfield* von Charles Dickens.

»Steht die Kavallerie vor der Tür?«

Sie antwortete nicht, sie sah nur die brennende Esche vor sich. Vielleicht war er innerlich schon so verkohlt, dass er gar nicht mehr zu retten war.

»Mir fehlt nur noch eine einfache Antwort auf eine einfache Frage«, sagte sie. »Warum kannst du sie mir nicht geben? Damit ich ihnen mit etwas in der Hand begegnen kann.«

Sie wartete. Würde er jetzt seine Unschuld beteuern? Oder seine Schuld eingestehen? Sie gab ihm eine Sekunde, zwei. Aber seine Entgegnung bestand nur darin, dass er seine Nase im Buch vergrub und umblätterte. Bei Sekunde drei klingelte es an der Tür. Jetzt bellten zwei Hunde.

»Du machst es mir wirklich nicht leicht.«

Er sah nicht vom Buch auf, als er erwiderte: »Wer hat denn gesagt, dass es leicht sein würde?«

Sie schloss die Tür zu Roses Zimmer hinter sich und ging runter.

»Guten Tag. Wir dachten, wir schauen mal vorbei.«

Wagner war ungewöhnlich formell. Er wirkte unbeholfen, fast, als würde er sich entschuldigen, in ihre Privatsphäre eingedrungen zu sein.

»Sie haben sich doch bestimmt schon kennengelernt. Dicte Svendsen. Lena Lund, unser neues Mitglied im Ermittlerteam.«

Sie gaben sich die Hände, vollkommen absurd war das. Wie eine Brise aus Kaffeeduft und Zimtschnecken aus der Kantine strich die Erinnerung an die Zeiten über ihre Haut, als Wagner und sie sich in seinem Büro gegenübergesessen hatten. Schon oft hatten sie sich zur Aufklärung eines Falles zusammengetan und hatten in der etwas unglücklichen Allianz aus Polizei und Presse zusammengearbeitet. Aber dieses Mal nicht. Jetzt war alles anders.

»Dürfen wir reinkommen?«

Lena Lund hatte sich bis unter die Zähne mit ihrem Lächeln bewaffnet.

»Aber selbstverständlich.«

Dicte führte sie ins Wohnzimmer, das nur unwesentlich aufgeräumter war als bei Lunds letztem Besuch. Die zusammengelegte Wäsche stapelte sich auf dem Couchtisch. Ob ein erfahrener Detektiv sehen könnte, dass sie von zwei verschiedenen Menschen gefaltet worden war? Die Paranoia hatte sie fest im Griff, als sie sich im Raum nach Hinweisen umsah, die auf den neuen Gast des Hauses hindeuten konnten.

»Neuer Hund?«

Lena Lund streichelte Kajs Kopf. Er quittierte die Zuwendung, indem er an ihrer Hose schnüffelte, allerdings in ungebührlicher Höhe.

»Feriengast.«

»Ein ganz schöner Brocken, so größenmäßig. Aber das gibt einem wahrscheinlich Sicherheit.«

»Wenn ich Sicherheit wollte, würden wir jetzt hier nicht zusammensitzen. Ich will nicht unhöflich sein, aber ich war gerade auf dem Weg zur Arbeit.«

Sie sah zu Wagner, der an der Terrassentür stand und durchs Fenster sah.

»Was kann ich für euch tun?«

Er drehte sich zu ihr um. Müde sah er aus, aber sie kannte ihn besser. Seine Augen führten einen in die Irre, weil er schwere Lider hatte und dadurch immer etwas schläfrig wirkte.

»Ich habe mitbekommen, dass du den gesuchten Peter Boutrup kennst?«

Sie hatte keine Zeit, nachzudenken.

»Ja.«

»Warum hast du uns das nicht früher erzählt?«

»Ich kann euch nichts von Belang dazu sagen«, log sie. »Meine Verbindung zu ihm ist unbedeutend.«

»Aber eng genug, um ihn letztes Jahr häufiger im Krankenhaus besucht zu haben.«

Lena Lund hatte sich in den Sessel gesetzt und ihre Beine fest zusammengepresst. Wahrscheinlich, um Kaj nicht einzuladen. Wagner sah Dicte an und wartete offenkundig auf eine Antwort von ihr.

»Ich kenne ihn, wie ich schon sagte, oberflächlich. Ich wollte seine Geschichte für eine Reportage über Gefängnisinsassen und über die Debatte um Organtransplantationen verwenden. Er wartete dort auf eine neue Niere.«

Die Unwahrheiten purzelten ihr ohne Mühe aus dem Mund. Lena Lund sah skeptisch aus. Wagner hatte sich wieder zum Fenster gedreht, ihm war die Situation sehr unangenehm. Dictes Gedanken überschlugen sich. Lena Lund hatte offenbar in ihrer niemals endenden Jagd herausbekommen, dass sie letzten Sommer ein paarmal im Krankenhaus gewesen war. Und als sie Wagner diese Information vorgelegt hatte, hatte er keine andere Wahl gehabt, als dem nachzugehen. Das war eine herbe Niederlage. Sie hätte nicht gedacht, dass sie in diese Richtung recherchieren und sogar etwas herausfinden würden. Es gab doch so etwas wie Schweigepflicht. Aber offensichtlich hatten sie nichts über ihr Familienverhältnis erfahren.

»Du hast ihn also in letzter Zeit nicht gesehen?«, fragte Wagner.

Sie zögerte eine Sekunde zu lang. In diesem Augenblick schlug Lena Lund zu.

»Ist er hier? Verstecken Sie ihn?«

»Warum um alles in der Welt sollte ich ihn verstecken? Ich kenne ihn doch kaum?«

Lena Lund sprang auf.

»Er ist hier. Ich weiß, dass er hier ist.«

»Lund!«

Wagner legte eine Hand auf den Arm der Kollegin. In diesem Moment brachen in Dicte alle Dämme.

»Was zum Teufel ist eigentlich los mit Ihnen? Versuchen Sie, Ihr eigenes Fiasko auf mich zu übertragen? Von damals, als sie einen Vergewaltiger gedeckt haben und am Ende Ihre Schwester in seine Fänge geriet?«

Lena Lund schnappte hörbar nach Luft, sagte jedoch nichts. Die Stille war so gewaltig, als hätte Dicte den Stift aus einer Handgranate gezogen und diese unter das Sofa rollen lassen. Sie wusste genau, dass sie sich zusammenreißen musste, aber sie konnte sich nicht halten.

»Ihre beste Freundin hat Mike als den Täter identifiziert. Aber Sie waren so verblendet, dass Sie die Wahrheit nicht akzeptieren konnten. Sie haben ihn gedeckt, und am Ende war Sally die Leidtragende.«

Sie trat ganz dicht vor Lena Lund und starrte ihr in die Augen, die weit aufgerissen waren, wie bei einer Puppe, eingefroren in einem Moment großer Fassungslosigkeit.

»Wer weiß, ob Sie es hier nicht genauso machen? Und die Aufmerksamkeit von den eigentlich wichtigen Dingen ablenken? Ich habe nämlich niemanden totgeschlagen oder Bomben in einem Solarium und einem Auto gezündet. Und ich habe verdammt noch mal auch kein Sperma irgendwo hinterlassen, oder was Sie da sonst noch für Spuren entdeckt haben.«

Dicte holte schnell Luft, um niemandem die Möglichkeit zu geben, sie zu unterbrechen. Das fühlte sich einfach zu gut an. Die Kränkungen der letzten Tage mit weißen Autos dicht an ihrer Stoßstange und Lena Lunds unverhohlener Verdächtigung bahnten sich ihren Weg in einer Kaskade aus Worten.

»Wann begreifen Sie endlich, dass Sie in einer Sackgasse stehen? So wie damals. Oder was ist Ihr eigentliches Ziel? Müssen Sie irgendeinem Vorgesetzten gegenüber beweisen, dass Sie diese unkontrollierbare Tante Dicte Svendsen unter Kontrolle haben? Während Sie eigentlich gleichzeitig nur eine neue Ausgabe von Mike Vindelev-Holst decken wollen?«

Svendsen begann wieder lauthals zu bellen, Kaj knurrte. Sie wusste, dass sie gebrüllt hatte. Sie wusste auch, dass sie sich auf gefährlichem Terrain bewegte. Jetzt war es ihre Schulter, auf die sich Wagners Hand legte.

»Komm, beruhig dich, setz dich hin!«

Sie blieb stehen, wie ein trotziges Kind. Das war immer noch ihr Haus, und wenn er sich von einer kleinen Tussi mit perfekten Zähnen an der Nase herumführen ließ, war das seine Sache.

»Deine sogenannte tüchtige Kollegin war vielleicht ein bisschen zu tüchtig. Sie hat mir indirekt gedroht. Sie hat mich verfolgt. In ihren Augen bin ich eine Bedrohung der Rechtsordnung, so, wie sie es damals vor sechzehn Jahren gewesen ist.«

Mit einem Kopfnicken wandte sie sich wieder Lena Lund zu.

»Und, habe ich recht? Sally musste in die Klapse und wurde drogenabhängig. Sie haben große Schuldgefühle. Jeden verdammten Tag nagt es an Ihnen, und Sie lassen es an anderen aus.«

Sie zeigte mit dem Finger auf die Polizistin, die mit ausdrucksloser Miene vor ihr stand.

»Er ist hier«, sagte Lena Lund mechanisch. Als ob sie Dicte gar nicht zugehört hätte. »Ich weiß, dass Sie ihn verstecken.«

»Sie hatten es von Anfang an auf mich abgesehen. Vielleicht sogar schon bevor sie nach Århus kamen. Sie kamen mit der Mission, mich fertigzumachen und mich dafür dranzukriegen, wofür Sie eigentlich hätten verurteilt werden müssen: dass Sie einen Täter gedeckt haben.«

»Dicte, es reicht.«

Sie sah Wagner an und schüttelte den Kopf.

»Ihr müsst euch einen richterlichen Beschluss holen, wenn ihr mein Haus durchsuchen wollt.«

Das klang trotzig und roch verdächtig nach einem Schuldeingeständnis. Sie wollte noch etwas hinzufügen, aber in diesem Augenblick ertönte Svendsen fröhliches Bellen, als Bos Wagen in der Auffahrt erschien und ihr kleines Kammerspiel unterbrach. Wagner schien erleichtert aufzuatmen.

»Oh, welchem Umstand verdanken wir die Ehre?«, fragte Bo überrascht, als er durch die Haustür trat. Er war die Fröhlichkeit in Person. »Braucht ihr Hilfe bei einem Fall? Dann seid ihr bei uns genau richtig. Das Haus ist voller Verdächtiger, in der Garage liegen Bomben, und auf dem Dachboden leben Ratten.«

In diesem Augenblick hörten sie einen dumpfen Knall im ersten Stock.

»Seht ihr?«, sagte er gut gelaunt. »Wir haben hier einfach keine Ruhe.«

Lena Lund sah zu Wagner. Sie hatte den Schock verwunden, und die Ermittlerin in ihr war wieder erwacht.

»Da ist jemand oben. Die verstecken ihn, ich weiß es.«

Bo warf die Arme in die Luft.

»Natürlich verstecken wir ihn. Ich bitte Sie!«

Wagner bedeutete seiner Kollegin mit einem Kopfnicken, dass sie jetzt gehen würden. Lund sah aus, als wollte sie protestieren, aber Bos breites Lächeln und die Körpersprache ihres Vorgesetzten schienen sie davon abzuhalten. Sie verließ das Haus, ohne Dicte eines Blickes zu würdigen. Aber der Ausdruck in ihrem Gesicht schwor Rache.

Wagner blieb in der Tür stehen, während Lena Lund zum Wagen ging.

»Ich hoffe, du weißt, was du tust, Dicte.«

»Das hoffe ich auch.«

Sie sahen einander an. Erinnerte er sich auch an die Male, in denen ein Treffen in seinem Büro sie beide zu Verbündeten auf Verbrecherjagd gemacht hatte? Bei denen sie ihn in Geheimnisse einweihte, die sie aufgespürt hatte, und er im Gegenzug ihr als Vertreterin der Presse ein bisschen mehr Informationen hatte zukommen lassen, als es professionell vertretbar gewesen war? Nicht ganz nach Vorschrift. Nicht im Stil von Lena Lund. Aber es hatte funktioniert, oder etwa nicht? Sie hatten Wege genommen, die vor ihnen keiner gegangen war.

Wagner nickte ihr und Bo zu.

»Passt auf euch auf. Wir sind hier noch nicht ganz fertig.«

Sie schloss die Tür hinter ihm, das Bellen der Hunde in den Ohren und Bos Hand auf ihrer Schulter. Die Berührung gab ihr das Gefühl von Sicherheit und versprach damit mehr, als er vermutlich halten konnte.

KAPITEL 66

Verdammtes Regal. Einen Moment lang dachte er, dass die Bullen nach oben stürmen würden, um ihn wieder hinter Gitter zu stecken. Allein der Gedanke daran ließ ihn erstarren.

Peter Boutrup hörte die Stimmen im Wohnzimmer. Jedes einzelne Wort drang durch die Dielen. Er fühlte sich gefangen. Rettungslos verloren, gefesselt und geknebelt von ihren verdammten guten Absichten. Warum konnten sie ihn nicht einfach gehenlassen? Warum sollte er dort sitzen bleiben, wie ein gefangenes Tier?

Gute Absichten waren ihm in seinem Leben oft genug begegnet. Und sie hatten meist nur die schlimmsten Handlungen mit einer bunten Borte versehen. Sein Leben war gepflastert von guten Absichten.

Vorsichtig hob er das Regal auf. Es war umgefallen, als er sich ein Buch hatte herausnehmen wollen. Es schien, als stünde in diesem Haus nicht viel auf stabilem Fundament. Das passte sehr gut zu dieser Situation, die kein bisschen stabil und sicher war.

Er rollte sich aufs Bett und sah aus den großen Fenstern über den Balkon nach Westen. Geboten wurde ihm eine Aussicht auf eine kleine, idyllische Ortschaft: eine Kirche, ein weißes Nachbarhaus mit gehisster Flagge. Diese verdammte dänische Idylle. Theoretisch könnte er einfach die Tür öffnen, seinen Rucksack vom Balkon werfen und hinterherspringen. Theoretisch könnte er jederzeit abhauen und sich von ihren klammernden Bemühungen befreien, ihn retten zu wollen.

Er starrte aus dem Fenster und versuchte, die Lust und den Mut dazu in sich aufzuspüren. Aber die Müdigkeit war stärker. Er war dabei, sich aufzugeben, das spürte er, aber da war noch ein anderes Gefühl, und er zermarterte sich sein Gehirn, um es beschreiben zu können, während sein Blick über die gepflegten Gärten der Ortschaft glitt. Kletterrosen. Strohdächer. So wenig dynamisch wie stehendes Gewässer, nein, vielen Dank, da zog er doch lieber einen rauschenden Bach vor oder einen eiskalten See mit Geheimnissen auf seinem tiefen Grund. Oder noch besser: den weiten Blick auf ein raues Meer von einer Klippe aus.

Die Sehnsucht raubte ihm fast den Atem. Thor. Die Klippen. Sein Haus am Meer. Eines Tages würde er dorthin zurückkehren, das wusste er. Eines Tages würde er selbst über sein Leben bestimmen dürfen.

Er lauschte. Die Stimmen kamen jetzt aus dem Flur. Die Eingangstür wurde geöffnet. Gingen sie wieder weg? Tatsächlich, sie hauten ab.

Erleichterung breitete sich in ihm aus, er fühlte sich, als würde er schweben. Da wurde ihm klar, wie nervös er gewesen sein musste. Außerdem wurde ihm bewusst, dass jemand anderes ein hohes Risiko eingegangen war, um ihn zu schützen, und dass sie das ihm zuliebe getan hatte.

Aber das hasste er. Dankbarkeit schulden. Das hatte er im Gefängnis zu oft erleben müssen, wo jeder jedem etwas schuldete. Aber war das hier nicht doch anders?

Er wog das Für und Wider ab, während sein Körper, jeder Muskel, jede Sehne von einer Müdigkeit befallen wurden, die ihn ganz schwer machte.

Er hatte vorgehabt, es ganz allein zu machen, niemanden zu involvieren und schon gar nicht sie, seine Mutter. Allerdings hatte sie sich eingemischt. Sie hatte sich ihm zwar aufgedrängt, aber sie hatte ihm zuliebe auch einiges riskiert. Mit ruhiger und eiskalter Stimme hatte sie ihnen gesagt, dass sie mit einem richterlichen Beschluss wiederkommen müssten, bevor sie ihr Haus durchsuchen durften.

Er drehte den Kopf von dem Kletterrosenidyll vor dem Fenster weg. Dann übernahm das System, das ihn schon so oft gerettet hatte. Er begann zu zählen: die Holzplanken an der Decke; die Astlöcher in den unbehandelten Balken; die Lamellen der Gardine; die Bücher im Regal. Sie sind im Haus; Vater, Mutter und Kind. Sie sitzen in der Küche und spielen ein Spiel. Sie lachen und necken sich. Familie …

Er blieb stecken. Dann musste er an My denken und sah sie am Baum hängen, hasste sich für seine Sturheit. Da hörte er Miriams Stimme: Man tut, was man tut. Und das hat man nicht immer allein in der Hand.

Er war es so leid, wütend zu sein. Er war es leid, anderen die Schuld für sein erbärmliches Leben zu geben. Niemand hatte versprochen, dass es gerecht zuging in der Welt, und vielleicht hatte seine Mutter damals tatsächlich keine Wahl gehabt.

Miriams Stimme meldete sich ein zweites Mal zu Wort, obwohl er das nicht wollte: Man kann so vieles vergessen. Man kann vergessen, wie spät es ist, und man kann vergessen, zu essen und auf sich achtzugeben. Aber ein Kind, das vergisst man nie.

KAPITEL 67

»Haben Sie ihr gedroht?«

Lena Lund starrte aus der Windschutzscheibe, während Wagner den Wagen geschickt an den Baustellen im Zentrum von Århus vorbeisteuerte. Er meinte, ein kleines Lächeln in ihrem Mundwinkel zu sehen.

»Ich habe sie über die Konsequenzen aufgeklärt, die private Ermittlungen haben können.«

»Sie haben ihr also gedroht! Und die Geschichte mit Ihrer Schwester? Stimmt die?«

Er zweifelte keine Sekunde daran, wollte es aber unbedingt aus ihrem Mund hören. Er hatte auch keinen Zweifel mehr daran, dass Lena Lund von diesem Fall abgezogen werden musste, wusste aber nicht, wie er das bewerkstelligen sollte. Das würde nämlich zumindest ein Gespräch mit Hartvigsen erfordern, und das wollte er am liebsten verhindern.

»Sie versteckt ihn.«

»Das kann schon sein. Das wird sich zeigen. Aber Sie haben mir meine Frage noch nicht beantwortet.«

Er war ratlos. Er war es einfach nicht gewohnt, dass Kollegen oder Untergebene ihre eigenen Regeln aufstellten. Bisher war es immer zuerst um den Fall gegangen. Der Fall hatte immer an erster Stelle gestanden.

Er spürte, wie sie auf dem Beifahrersitz alle Muskeln anspannte und dabei kerzengerade saß.

»Ich weiß nicht, was meine Vergangenheit mit diesem Fall zu tun haben sollte.«

Juristisch gesehen, hatte sie natürlich recht, solange sie nicht verurteilt worden war, was nicht der Fall sein konnte, weil sie sonst nicht dort sitzen würde. Aber Dicte Svendsens Beschuldigungen hatten Licht in die Geschichte gebracht, der er selbst auf der Spur gewesen war. Leider bestätigten sie seine schlimmsten Befürchtungen.

»Ich finde, Sie sollten mir die ganze Geschichte erzählen und mich dann entscheiden lassen, ob es etwas mit diesem Fall zu tun hat oder nicht.«

Er fuhr über die Kreuzung bei der Søndergade, wo die Fußgänger unruhig an der Ampel standen und auf Grün warteten.

»Was Dicte Svendsen angeht, übernehme ich ab jetzt.«

Sie schnaubte.

»Sie beschützen sie. Sie ist schuldig, dass es zum Himmel stinkt.«

Erneut sah er sich gezwungen, die beiden Frauen zu vergleichen. Dicte Svendsen hatte in der Vergangenheit ebenso viel Hiebe wie Lob erhalten. Sie war mehr als einmal durch die Mühlen der Pressemaschinerie gedreht worden, weil sie sowohl ethische als auch juristische Grenzen überschritten hatte bei

ihrer Jagd nach Verbrechern und der Aufklärung von Strafta-
ten. Diese Methode löste bei Lena Lund ganz deutlich einen
starken Widerstand aus, die – abgesehen davon, dass sie Hartvigsens schärfste Waffe gegen Svendsen war – sich offenbar in
ihrer Jugend als Privatperson in einen Kriminalfall eingemischt
hatte und nicht gut dabei weggekommen war. Jeder Mensch
hatte eine Achillesferse, und das war die von Lena Lund. Trotzdem war sie eine hervorragende Ermittlerin, und auch gegen
ihren Ehrgeiz war nichts einzuwenden. Aber in diesem Fall
wollte er sie lieber nicht mehr einsetzen. Seiner Meinung nach
machte sie daraus eine persönliche Sache.

»Hören Sie«, sagte er und wog jedes seiner Worte sorgsam
ab, während er den Wagen auf dem Parkplatz vor dem Präsidium abstellte. »Sie haben in diesem Fall eine Menge erreicht
und vorangetrieben, und ich leugne auch nicht, dass ich Svendsen genauer auf die Finger hätte schauen sollen. Vielleicht sollten wir tatsächlich einen richterlichen Durchsuchungsbeschluss
beantragen. Aber es gibt darüber hinaus noch andere Ermitt-
lungsaspekte, die wir ebenfalls weiterverfolgen sollten.«

»Sie lassen sich von ihr blenden und täuschen.«

Er hatte nicht das Bedürfnis, darauf zu antworten, aber der
Vorwurf klebte an ihm, als sie in den Aufzug stiegen und hoch-
fuhren. Dennoch musste er lächeln. Die Ironie der Geschichte
war nämlich, dass Lena Lund mit ihrem blendenden Lächeln
niemals in der Lage wäre, ihn zu blenden und zu täuschen. Und
ja, das hatte Dicte Svendsen mit der unordentlichen Frisur und
dem nie perfekt sitzenden Make-up vielleicht getan. Aber was
er auch immer über Svendsen hörte, er konnte sie einfach nicht
als Komplizin oder schlimmer noch als eine Mörderin sehen.

Kaum hatte der Aufzug angehalten, ging er direkt in Ivar Ks
Büro.

»Said. Hat er noch was gesagt?«

Ivar K nickte.

»Einer aus der Bande hatte den Typen, von dem sie die Informationen bekommen haben, als sauber befunden. Mustafa

heißt der Kumpel. Er arbeitet in einer Entzugsklinik, die der Informant gerade verlassen hatte. Irgendwo in Odder. Soll ich da mal vorbeifahren und das prüfen?«

»Ja, sehr gut. Vergiss nicht, nach der Frau zu fragen, mit der dieser Typ zusammen war.«

»Yes.«

Wagner hatte gerade die Tür zu seinem Büro geöffnet, als sein Telefon klingelte. Ein Kollege von der Südjütländischen Polizei war am Apparat.

»Wir haben hier etwas Merkwürdiges, was unter Umständen mit eurem Solariumfall zu tun haben könnte.«

»Lass hören.«

»Wir haben heute früh einen anonymen Anruf erhalten, den wir zu einer Telefonzelle in Ry zurückverfolgen konnten. Es ging um den Mord an einer jungen Frau.«

Wagner hatte davon im Radio gehört.

»Ich hatte nicht den Eindruck, dass es eine Verbindung zu unserem Fall geben könnte«, sagte er vorsichtig.

»Die gab es ja auch unmittelbar nicht. Aber ihr fahndet doch noch nach diesem Peter Boutrup, oder?«

»Klar. Habt ihr eine Spur von ihm gefunden?«

Der Kollege am anderen Ende der Leitung holte geräuschvoll Luft.

»Das Opfer starb aller Wahrscheinlichkeit nach durch einen Schlag gegen die Schläfe. Es scheint, dass es auch nur ein einziger Schlag gewesen ist. Sie wurde post mortem in einem Baum aufgehängt, aber jemand hat sie später wieder abgeschnitten und sie fast liebevoll auf den Boden gelegt. Unsere Vermutung ist, dass es die Person oder die Personen gewesen sind, die auch den Anruf getätigt haben.«

»Sie meinen also, die haben das Opfer gekannt?«

»Für uns sieht es danach aus, ja. Wir haben die Tote als eine My Johannesen identifiziert, sechsundzwanzig Jahre alt. Soweit die Akten es zeigen, ist sie ihr Leben lang in Heimen gewesen und hat die unterschiedlichsten Diagnosen bekommen, die ein

Psychologe besser erklären könnte, aber es klingt alles nach Autismus. Sie hat eine Zeitlang allein gelebt und zuletzt in so einem Haus für betreutes Wohnen, mit Menschen gleicher Behinderung. Ein ganz armes Menschlein, wenn Sie mich fragen.«

Wagner tat es gut, so viel Wärme und Freundlichkeit in der Stimme seines Kollegen zu hören. Das war wie Balsam für seine Nerven, vor allem nach seinem Trip mit Lena Lund.

»Und Sie sagen, zwischen der Toten und dem gesuchten Boutrup bestünde eine Verbindung?«

»Hmm, ja, auf eine sehr ungewöhnliche Art und Weise. Die Tote hatte in ihrer Jackentasche eine Hundemarke, Sie wissen schon, diese Metallplatten, die an den Hundehalsbändern hängen.«

»Ja, und?«

»In Dänemark muss man alle Hunde registrieren lassen, das macht eine ganz schöne Summe aus im Jahr mit Versicherung und so. Wir haben die Angaben auf der Metallplatte überprüft, die Telefonnummer war die vom Handy der Toten, das wir nicht gefunden haben. Aber sie war nicht als Besitzerin des Hundes eingetragen.«

»Boutrup?«

»Ganz genau«, sagte der Kollege und klang fast erleichtert. »Ein Peter Boutrup, gemeldet im Staatsgefängnis in Horsens, hat in den vergangenen vier Jahren die Hundesteuer bezahlt.«

»Und welche Rasse ist der Hund?«

»Ein Schäferhund, ein Rüde. Sein Name ist Kaj.«

Wagner beendete das Gespräch und ging, ohne zu zögern, zu seinem Vorgesetzten. Im Hinterkopf klang Lena Lunds Vorwurf nach: Sie beschützen sie. Sie lassen sich von ihr blenden und täuschen.

»Verdammt, Svendsen«, murmelte er, während er den Gang hinunterlief, um zu Hartvigsens Büro zu gelangen. Dabei fragte er sich, ob er jemals für das, was er glaubte, was geschehen war, eine zufriedenstellende Antwort bekommen würde. »Was hast du nur wieder angestellt?«

Im Laufe der darauffolgenden, sehr kurzen Unterredung stellte er den Antrag auf einen richterlichen Durchsuchungsbeschluss für Dicte Svendsens Haus.

KAPITEL 68

»Er muss hier weg. Jetzt, sofort.«

Bo wühlte in seiner Jacke, die auf dem Haken in der Garderobe hing. Kurz darauf zog er die Hand wieder heraus, an der ein Schlüssel baumelte. Dicte kannte diesen Schlüssel, und sie hatte ihn all die Jahre lang gehasst. War jetzt der Tag gekommen, an dem sie gezwungen war, ihn zu lieben?

Sie versuchte, sein Hilfsangebot abzuwenden: »Du gehst ein sehr großes Risiko ein. Wir können doch einen anderen Unterschlupf für ihn finden.«

Er nahm ihre Hand, drückte den Schlüssel in ihre Handfläche und schloss ihre Finger darum.

»Hör auf mit dem Quatsch. Die können jederzeit vor der Tür stehen mit ihrem Beschluss und das Haus durchsuchen.«

Der Schlüssel schnitt sich in ihre Haut, als sie die Hand zur Faust ballte. Es war der Schlüssel zu Bos Wohnung in der Stadtmitte, die er zur Hälfte als Fotoatelier nutzte. Er hatte von Anfang an darauf bestanden, sie zu behalten, und dies auch all die Jahre durchgezogen, seit sie zusammenlebten. Meistens verwendete er es als seinen Arbeitsplatz als freiberuflicher Fotograf, in Zeiten, wenn die Auftragslage für die *Avisen* schlecht aussah. Aber es war auch der Ort, an den er sich zurückzog, wenn es in ihrer Beziehung kriselte und die Worte zu messerscharfen Waffen wurden. Eine Einzimmerwohnung, die er sich zum Großteil aus den vielen Preisgeldern finanziert hatte, die er national und international für seine Fotos erhalten hatte, zuzüglich zu dem Ertrag aus dem Verkauf seines Hauses nach der Scheidung.

»Jetzt komm schon. Alles muss hier weg. Seine Sachen, sein

Hund. Keine Spur von ihm darf hier zu finden sein. Du fährst ihn hin, ich wisch zur Sicherheit alles ab.«

»Abwischen?«

Das Ganze entwickelte sich langsam zu einer Farce.

»Die Fingerabdrücke. Man kann nie wissen, worauf die so kommen.«

Sie sah ihn lange an, war sich des Geschenks bewusst, das er ihr machte. Würde sie bis in alle Ewigkeit dafür bezahlen müssen? Sie war nicht in der Lage, diese Frage zu formulieren, dafür aber konnte sie die Antwort in seinen Augen und seiner Körperhaltung lesen, die betont nonchalant war. Er erwartete keine Wiedergutmachung. Er wusste genau, dass sie auch nach dieser Episode die Wohnung weiterhin hassen würde. Er entschuldigte sich damit vielmehr für London und vielleicht auch für etwas anderes, worüber sie lieber nichts erfahren wollte. Aber er versprach wenigstens nicht, dass er sich ändern würde, denn was hätte das für einen Sinn?

Sie beugte sich vor und küsste ihn auf die Wange.

»Danke.«

Die Zunge des Hundes hing ihm aus dem Maul, er japste, als hätte er seit Stunden nichts zu trinken bekommen. Zwischendurch winselte er, während sie sich im Feierabendverkehr durch die Stadt schoben. Kajs Unruhe schien sich auf den Mann im Beifahrersitz zu übertragen, der ständig hin und her rutschte. Und auch sie blieb nicht unberührt, sondern behandelte die Kupplung von Bos Auto schlecht.

»Es ist nur eine Frage der Zeit«, sagte Peter B und streckte einen Arm nach hinten, um den Hund am Kopf zu streicheln. »Ich kann nicht verstehen, dass ihr darauf Bock habt.«

Verschlossen und ablehnend war er in der gesamten Zeit seines abrupten Auszugs aus Dictes Haus gewesen. Man hätte glauben können, er versuche mit seiner aufgesetzten Langsamkeit absichtlich seine Flucht zu boykottieren.

»Das verstehe ich allmählich auch nicht mehr so richtig«, erwiderte sie. »Vielleicht sollte ich dich einfach an der nächsten Ecke rauslassen, dann kannst du selbst sehen, wie du aus der Sache rauskommst.«

Er lachte.

»Wow. Ruhig Brauner!«

»Dann hör endlich auf mit deiner Verweigerungshaltung und nimm deine Situation ernst! Das ist dein Leben. Das geht alles den Bach runter, wenn du nicht endlich anfängst, den Mund aufzumachen.«

Sie meinte das ganz ehrlich. In ihr begann sich Gleichgültigkeit zu melden. In was für eine Sache hatte sie sich da wieder hineinziehen lassen? Und Bo auch. Und für wen das Ganze? Für einen undankbaren Gelegenheitsverbrecher, der vielleicht einen, vielleicht auch keinen zweiten Mord begangen hatte?

»Mir ist noch nie so ein undankbarer Mensch begegnet!«

Sie hatte die M. P. Bruunsgade erreicht und begann, sich nach einem Parkplatz umzusehen. Ihr innerer Druck stieg mit jeder Sekunde, sie gab es auf, das zu ignorieren. »Eins kann ich dir sagen, wärst du nicht mein Fleisch und Blut, dann würde ich dich sofort auf die Straße setzen.«

»Das war Folter.«

Sie hörte seine Worte, aber hörte nicht hin.

»Was?«, erwiderte sie irritiert. »Schön oben auf dem Bett zu liegen, während die anderen die Führung übernehmen und die Polizei aus dem Haus lotsen?«

»Damals. Das war Folter. Im wortwörtlichen Sinne.«

»Folter, ich bitte dich. Hilf mir endlich auf die Sprünge.«

Sie entdeckte einen Parkplatz. Ihr Herz hämmerte, nicht aus Angst vor der Situation oder der Tatsache, dass die Polizei ihn jederzeit finden könnte, sondern weil die aufgestaute Wut rauswollte. Hauptsächlich war sie auf sich selbst wütend, stellte sie fest. Sie hätte ihn niemals aufsuchen dürfen. Sie hätte ihn sich selbst überlassen sollen.

»Du hörst nicht zu.«

»Nein, das tue ich tatsächlich nicht. Wir sollten uns nämlich beeilen, damit uns keiner sieht, verstehst du das?«

Erst als sie die Wohnungstür hinter ihnen zugezogen hatte und der Rucksack, ein paar extra Decken sowie der Karton mit Lebensmitteln abgestellt worden waren, begriff sie, was er gesagt hatte.

»Folter?«

Sie sah ihm zu, wie er die Wohnung inspizierte, wo riesige Großformate von Bos Aufnahmen und andere von seinen etwas berühmteren Kollegen an den Wänden hingen.

»Ach das. Ist egal. Hier ist es super.«

Sie stutzte. Das war das erste Mal, dass er in ihrer Gegenwart ein positives Wort verwendet hatte. Super. Und das stimmte auch. Super und schlicht. Eine Matratze und ein paar Teppiche auf dem Boden. Hatten da schon andere außer Bo geschlafen?

Sie zwang sich, den Blick von der Schlafgelegenheit zu der kleinen Teeküche zu wenden und weiter zu Bos Arbeitstisch mit den diversen elektronischen Gerätschaften. Das Einzige, was fehlte, war sein Computer, ein Laptop, den er immer dabeihatte und bei Bedarf an den großen Bildschirm anschloss.

Die Bilder an den Wänden waren nichts für zarte Seelen. Die meisten waren Kriegsfotos aus den Krisengebieten der Welt, wo Bo so viele Fotos geschossen hatte, wie Soldaten Menschen erschossen hatten.

»Folter«, wiederholte sie, stellte den Karton mit den Lebensmitteln auf den Küchenboden und schaltete den Kühlschrank ein. »Erzähl.«

Er warf seinen Rucksack in die Ecke und ließ sich auf die Matratze fallen.

»Wir sind alle damit aufgewachsen«, sagte er. »Es wurde zu einem festen Bestandteil des Alltags. Ein Teil unseres Lebens.«

»Wir alle? Wer ist das?«

»My. Cato. Adda. Miriam. Ich. Die anderen.«

»Matti? Matti Jørgensen? Dem das Solarium gehört?«

Er nickte.

»Und viele andere.«

»Wo sind die heute?«

Er zuckte mit den Schultern.

»Peter, wo?«

Dann begann er aufzuzählen, seine Finger waren bald aufgebraucht.

»Marie hat sich erhängt; von Karsten haben wir seit zehn Jahren nichts mehr gehört; Sussi ist tablettenabhängig geworden und ist arbeitsunfähig; die ganz Kleinen sind einfach verschwunden: Anders und Lene und Lissi; Cato wurde Junkie; My wurde krank; Adda wurde krank; ich … bin wegen Mordes im Gefängnis gelandet; Matti wurde krank.«

»Krank? Inwiefern?«

Er zuckte erneut mit den Schultern.

»Nicht ganz so schlimm. Er kommt schon klar. Aber wenn man ihn einsperrt, zum Beispiel in ein neues, fluchtsicheres Gefängnis – auch wenn er nur der Wärter ist –, dann gerät er in Panik.«

Sie erinnerte sich, wie stark Matti geschwitzt hatte, als er sich in das kleine Auto hatte klemmen müssen.

»Klaustrophobie? Das hat er mir gegenüber sogar erwähnt.«

Er nickte.

»Aber das ist das Geringste. Wir leiden alle darunter, die einen mehr als die anderen. My zum Beispiel. Bei ihr war es ganz extrem. Man konnte sie nirgendwo festhalten.«

»Bist du deshalb in den Wald gegangen?«

Er antwortete nicht. Stattdessen erhob er sich, trat ans Fenster und öffnete es. Er sah über die Dächer der Stadt und holte tief Luft.

»Warum, Peter? Was ist passiert?«

Mit dem Rücken zu ihr erzählte er die ganze Geschichte. Und als er sich danach wieder zu ihr umdrehte und mit einem einzigen Blick eine größere Nähe unmöglich machte, gestand er, dass er seine Geschichte noch nie zuvor erzählt hatte.

KAPITEL 69

Asbjørn machte mit einer SMS Schluss. Ihm gehe es schlecht, schrieb er. Er sei gezwungen, sein Leben zu überdenken. Er bat um Verständnis, die Umstände hätten das bewirkt. Zwischen den wenigen Zeilen las Francesca heraus, dass seine Entscheidung mit seiner Familie zu tun hatte. Seine Eltern hatten nichts von ihrem Verhältnis gewusst, und sie verstand sehr wohl, dass es für sie ein Schock gewesen sein musste, ihren Sohn in eine Affäre mit einer machthungrigen Frau in den Wechseljahren verstrickt zu sehen. »Klimakteriumszicken« wurden solche wie sie genannt, oder? Natürlich konnte sie ihn verstehen. Aber die Enttäuschung hinterließ dennoch einen schalen Geschmack im Mund.

Selten hatte sie sich so leer gefühlt. Sie hatte die Fraktionssitzung im Rathaus verlassen und war mit dem Auto durch sein Stadtviertel gefahren. Dann hatte sie vor seinem Haus geparkt und aus dem Fenster gestarrt. Bei ihm war Licht. Ab und zu meinte sie sogar seine Silhouette im Küchenfenster zu erkennen, schmale Taille und die schönen, breiten Schultern, auf denen jedes Hemd stramm saß; der muskulöse Hals und sein klassisches Profil. Wenn er es wollte, wenn er überhaupt aus dem Fenster nach unten sehen würde, könnte er ihren Wagen auf dem Parkplatz stehen sehen. Wenn er es wollte, hätte er Kontakt mit ihr aufnehmen können, sie auf dem Handy anrufen und sie hochbitten können. Aber das tat er nicht. Weil er es nicht wollte.

»Oh, Asbjørn, mio caro. Asbjørn, Asbjørn, mein Geliebter.«

Sie nahm Abschied. Die Erinnerungen an ihn und an die Berührungen seines Körpers schwebten aus dem geöffneten Fenster und mischten sich mit der Abendluft. Sie wendete den Wagen und fuhr aus seinem Leben.

Es war schon dunkel, als sie endlich in die lange Straße in Skåde einbog, wo bläuliche Lichtschimmer in den Fenstern der Häuser hinter den Hecken von den Leben vor den Fernsehern erzählten. Sie fuhr in die Garage und stieg aus. Mit einem Knall warf sie die Fahrertür zu, dass es nur so schepperte, sie vergaß aber, das Licht in der Garage anzuschalten, bevor die Innenbeleuchtung ausging. Neben der Tür, die in die Waschküche führte, tastete sie nach dem Schalter, aber als sie ihn endlich gefunden hatte, rührte sich nichts. Sie musste also wohl oder übel im Dunkeln nach ihrem Schlüssel wühlen, während sie sich vornahm, die Birne auszuwechseln. Plötzlich hielt sie inne, weil sie meinte, ein Geräusch gehört zu haben. Ein Rascheln aus einer Ecke der Garage.

»Miez, miez«, rief sie.

Die Nachbarskatze kam häufiger mal zu Besuch. Sie hatte sich offensichtlich in Francescas selbstgemachten Thunfischsalat verliebt. Ihr war an diesem Abend ein bisschen Gesellschaft sehr willkommen. Ihr gefiel die Vorstellung eines weichen pelzigen Tieres auf dem Schoß im Sofa beim Zappen und einem Glas Whiskey.

»Miez, miez. Na komm. Wir sehen mal nach, was ich für dich habe.«

Endlich fand sie das Schloss und drehte den Schlüssel um. Da spürte sie, dass etwas an der Türklinke hing, ein geknotetes Seil. Sie wusste intuitiv, dass sie es sein lassen sollte, trotzdem tasteten sich ihre Finger am Seil herunter, bis sie einen weichen Pelz an einem steifen kalten Körper berührten. Sie wollte laut aufschreien, aber es kam nur ein hilfloser, erstickter Laut heraus. In diesem Moment wurde sie hart von hinten gestoßen und ins Haus geschoben. Nach Zigaretten stinkende Finger drückten ihr den Mund zu, und etwas Spitzes wurde ihr in den Rücken gedrückt.

»Miau, Francesca. Hier ist dein kleines Kätzchen. Erinnerst du dich an mich?«

Seine Stimme war vollkommen entstellt in der Nachahmung eines Schnurrens. In ihrem Kopf herrschte ein wildes Chaos, und ihr Herz schlug im Takt dazu. War das ihr Ende? Würde es so enden? Ein Teil von ihr wollte einer übermächtigen Müdigkeit Platz machen und sich ergeben, aber ihr Körper wollte etwas anderes. Der wehrte sich gegen den Griff, sie trat mit den Beinen um sich, traf aber nur ins Leere. Der Mann lachte ihr ins Ohr, sie spürte seinen Bart gegen ihre Haut kratzen.

»Du kannst dich so viel wehren, wie du willst. Es wird dir nichts nützen.«

Aus dem Augenwinkel sah sie die Pistole in seiner Hand. Er führte sie ins Wohnzimmer, machte Licht an. Mit der einen Hand hielt er sie fest, mit der anderen streifte er den Rucksack ab und legte ihn auf den Küchentisch. Es gelang ihm, ihn mit einer Hand aufzumachen und eine Rolle Gaffer Tape und eine Schere herauszufischen, die Pistole blieb die ganze Zeit auf sie gerichtet.

Dann schob er die Waffe in seinen Hosenbund und band ihre Hände mit dem Tape auf dem Rücken zusammen. Er wählte einen soliden Stuhl und stieß sie darauf. Als er ihr rechtes Bein am Stuhl festbinden wollte, trat sie nach ihm, hörte seinen Kiefer knacken und sah Blut von seiner Lippe tropfen.

»Sitz still, du blöde Kuh.«

Der Faustschlag in den Magen nahm ihr die Luft. Aber er reichte nicht aus, um sie außer Gefecht zu setzen, und einen weiteren Tritt zu verhindern. Sie hörte, wie die Pistole über die Terracottafliesen schlitterte. Sie hob ihr Knie und stieß es ihm in den Schritt, um ihn gleich darauf mit ihren Beinen in den Schwitzkasten zu nehmen. Sie fielen hintenüber, und ein stechender Schmerz schoss durch ihren Hinterkopf, als sie hart auf dem Boden aufschlug. Es wurde dunkel um sie herum, obwohl sie versuchte, dagegen anzukämpfen. In den Sekunden ihrer Ohnmacht gelang es ihm, ihre Beine an den Stuhl zu fesseln und sie aufrecht hinzusetzen. Er trat einen Schritt zurück und betrachtete sie. Dann wischte er sich mit dem Ärmel Speichel und Blut vom Mund, hob die Pistole auf und zielte auf sie. Erst jetzt sah sie ihn zum ersten Mal richtig an. Die dunklen Augen, aus denen die Tränen wie aus Fontänen schießen konnten, die langen Arme, der magere Körper, der jetzt einem erwachsenen Mann gehörte. Ein Zucken ließ seinen Körper er-

schüttern, wie ein Hund, der eine Fliege aus seinem Fell verscheuchen wollte. Sie kannte dieses Zucken. Er hatte es immer
schon gehabt.

»Du?«

Er grinste. Er hatte Blut im Mund, und sie war zufrieden mit
sich, dass sie ihn wenigstens ordentlich getroffen hatte.

»Hast du nicht all die Jahre auf mich gewartet? Hast du nicht
immer gewusst, das wir uns eines Tages wiedersehen würden?«

Sie wollte den Kopf schütteln, während die einzelnen Puzzlestücke auf ihren Platz fielen. Aber er tat zu sehr weh, darum
hielt sie ihn still, heftete aber ihren Blick auf ihn, um deutlich zu
machen, dass sie keine Angst hatte.

»Was willst du?«

Er spuckte Blut auf ihren Boden.

»Keine Sorge, von dir will ich nichts. Ich habe von deinen jugendlichen Liebhabern gehört. Lächerlich. Eine alte Tante wie
du!«

»Na ja, Jugend allein genügt mir nicht. Nein, ein appetitli-
cher, muskulöser Körper, darum geht es mir.«

Sie ließ ihren Blick abschätzend über seinen Körper gleiten.
Er hatte sich kaum verändert, sah aus wie ein Kind. Arme und
Beine so dünn wie Streichhölzer und ein schmales, langes und
trauriges Gesicht.

»Na prima, danke. Ich begrüße dein mangelndes Interesse.«

Er kam einen Schritt auf sie zu, packte ihre Haare und riss
ihren Kopf mit einem Ruck in den Nacken. Die Mündung der
Pistole drückte er unter ihr Kinn.

»Wo ist er?«

Tropfen seines blutigen Speichels regneten auf sie herab.

»Wer?«

»Das weißt du ganz genau. Die Zeit ist reif. Jetzt wird abge-
rechnet. Wo ist er?«

Das klang zwar melodramatisch, aber sie zweifelte keinen
Augenblick daran, dass er es ernst meinte. Eigentlich hatte sie
keine Probleme damit, ihm den Weg zu der gewünschten Per-

son zu zeigen, aber auf einige Fragen benötigte sie erst noch Antworten.

»Diese E-Mails, waren die von dir?«

»Natürlich waren die von mir. Von wem hätten sie sonst sein sollen? Wer hätte das noch alles wissen können?«

»Und diese Informationen hast du in den vielen Jahren mit dir herumgeschleppt? Warum? Armer Cato. Armer, armer Cato.«

Sie ließ ihre Stimme ganz weich klingen, wie damals, als sie ihn im Arm gehalten und gewiegt hatte, wenn er bei ihr Trost gegen die vielen Schläge gesucht hatte, die ihm das Leben versetzt hatte. Seine Reaktion war unmittelbar und sofort sichtbar. Seine Züge lösten sich auf, seine Lippen zitterten, aus der Nase lief Rotz. Erneut erschütterte ein Zucken seinen Körper, aber er kämpfte dagegen an und gewann die Kontrolle. Das machte ihn noch verbissener.

»Ich wusste die ganze Zeit, dass ich das eines Tages würde verwenden können. Mir ist die Sache, die ich an diesem Tag gesehen und gehört habe, egal, aber ich habe immer gewusst, dass ich es eines Tages verwenden kann.«

»Was ist mit dem Einbruch bei mir? Die Bombe in meinem Auto und im Solarium?«

Er zog einen Stuhl heran und setzte sich. Sie sah seine Hände zittern, als er die Camel-Packung herausholte und sich eine Zigarette zwischen die blutigen Lippen schob.

»Du bist die einzige Mutter, die ich je hatte. Wenn du wüsstest, wie sehr ich dich geliebt habe.«

Die Sanftheit, die dadurch in ihr geweckt wurde, kam so unerwartet, wie eine ferne Erinnerung an Liebe. Seine Stimme war voller Trauer. Trauer und Vorwurf. Er hatte jeden Grund, ihr Vorwürfe zu machen. Sie hatte ihn geliebt, und plötzlich hatte sie einfach damit aufgehört. Sie hatte ihm den Teppich unter den Füßen weggezogen; ihm den einzigen Halt genommen, den er je gehabt hatte.

»Es tut mir so furchtbar leid, Cato. Ich hatte einfach keine Kraft mehr. Wenn das in irgendeiner Weise ein Trost für dich ist, kann ich dir sagen, dass ich danach aufgehört habe, mich selbst und andere zu lieben. Die Wahrheit ist vielleicht, dass ich nie in meinem Leben jemanden so sehr geliebt habe wie dich damals.«

Zum ersten Mal sah sie Anzeichen von Unsicherheit in seinem Gesicht.

»Ich habe dich verkauft. Für Reue ist es jetzt zu spät.«

»Mich verkauft?«

»Ich brauchte Geld. Diese ganzen Storys über dich in der Zeitung. Die habe ich denen verkauft, ich habe sie den Jungs von der Einwandererbande verkauft. Auch die letzte Geschichte, die dich fertigmachen wird.«

Seine Unsicherheit war jetzt wie weggeblasen.

»Mein ganzes Leben hat sich immer nur um eins gedreht: Rache. Ich will ihn finden und mich an ihm rächen, im Namen für alle, die er zugrundegerichtet hat. Und ich gehe auch über Leichen.«

»Adda Boel?«

Er schüttelte den Kopf.

»Die hat nichts damit zu tun. Nicht, wie du denkst. Also, los jetzt. Gib mir die Adresse. Einen Namen. Dann kannst du dich um die Überreste deines erbärmlichen Lebens kümmern.«

Ein Racheengel. Sie musste fast ein Lächeln unterdrücken. Wer hätte das gedacht, dass ihr kleines Äffchen sich eines Tages zu einem Desperado entwickeln würde? Von den vielen Kindern wäre er der Letzte gewesen, auf den sie gesetzt hätte.

Sie gab ihm die Informationen, die er haben wollte, ohne ein Zittern in der Stimme.

Er verließ das Haus durch die Garage ohne ein Wort des Dankes.

Sie benötigte eine halbe Stunde, um sich von den Fesseln zu befreien. Sie hatte sich auf die Seite fallenlassen und war mit dem Stuhl auf dem Rücken wie mit einem Schneckenhaus zum Küchenschrank gekrochen, wo es ihr schließlich gelang, das Tape mithilfe eines scharfkantigen Topfes aufzuschneiden.

Danach hatte sie sich mit einem Whiskey aufs Sofa gesetzt, den sie sich als Belohnung versprochen hatte. Sie wusste, dass es vorbei war. Der Teil ihres Lebens, den sie seit dem Ereignis so mühselig und unter großen Anstrengungen aufgebaut hatte, war definitiv vorbei. Ihr blieb nur noch eine Sache zu tun: Sie wollte diese Geschichte unter ihren Bedingungen erzählen dürfen, bevor es andere für sie taten.

Sie durchsuchte ihre innere Kartei nach Journalisten, aber keiner von ihnen hatte das richtige Format für diese Art von Story. Mut brauchte man dazu, aber auch Einfühlungsvermögen und die richtige Perspektive.

Am Ende blieb nur eine einzige Person übrig, die diese Geschichte für sie schreiben konnte. Sie hatte ihr nicht viel Bedeutung zugemessen, schließlich hatten sie sich auch gerade erst kennengelernt. Aber etwas an ihr flößte Vertrauen ein und nicht zuletzt Respekt. Außerdem war sie eine Kriminalreporterin, und darum ging es doch bei dieser Angelegenheit: Es ging um Verbrechen und Strafe.

KAPITEL 70

Was war das Leben eines Menschen wert? Und wer setzte dessen Wert fest?

Dicte schlug in den frühen Morgenstunden die Augen auf. An der Oberfläche herrschte Idylle. Bo lag eng an sie geschmiegt und schlief. Die Welt draußen war von Nebel verhüllt, aber die Herbstsonne hatte bereits den Kampf aufgenommen, um ihn zu vertreiben.

Es wurde langsam heller, dennoch lag eine Last auf ihr, als würde sie unendlich in die Tiefe stürzen. Bald würden sie vor ihrer Tür stehen: die Behörden – in Person von Wagner –, die mit dem Durchsuchungsbeschluss herumwedelten. Auf der Jagd nach einem Menschen, dessen Wert proportional zu seiner Bedeutung für sie war: Wenn sie Peter B fanden, erleichterte das ihre Arbeit. Sie hätten einen Verdächtigen vorzuzeigen und könnten ihren Vorgesetzten und der Öffentlichkeit gegenüber beweisen, dass sie ihre Arbeit gut gemacht hatten. Alle Indizien führten zu ihm. Und Lena Lund führte die Truppe als Polizeihund an, die Schnauze tief in der Spur vergraben. Sie konzentrierten sich gerade auf ihre Beute und vergaßen in ihrem Blutrausch, nach links und nach rechts zu sehen.

Sie betrachtete Bo, der tief schlief, Haarsträhnen klebten auf seiner Stirn, und er sah selig und unbekümmert aus. Sie beneidete ihn darum. Denn eigentlich hätte auch er Grund, sich zu sorgen. Er hatte sich für eine Seite entschieden, hatte sich für sie entschieden und riskierte dadurch, einen hohen Preis zu zahlen, weil er einem Flüchtigen seine Wohnung zur Verfügung stellte. Das war strafbar, wie so vieles andere, was sie in den letzten Tagen unternommen hatte.

Alles hatte seinen Preis. Wie hoch war der Preis für einen Menschen, und wer setzte diesen Preis fest? Die Gesellschaft? Taten das die Sozialbehörden, die Verantwortung übernahmen, wenn die Familien nicht mehr funktionierten, aber am Ende gedemütigte Kinder und Jugendliche ausspuckten? Menschen wie My oder Cato oder Adda, denen nicht derselbe Wert zugesprochen wurde wie denen auf der anderen Seite des Bürotischs? Oder war es das Gesundheitssystem, das Diagnosen aussprach und auf diese Weise den Menschen Preisschilder auf den Rücken klebte, die Preise für Behandlungen und Medizin? Oder waren es am Ende wir selbst, die unseren Wert bestimmten? War es an uns, an jedem Einzelnen, zu sagen: Ich bin etwas wert? Es kann schon sein, dass ich krank bin oder am Rande der Gesellschaft lebe, aber ich kann etwas, und ich will etwas: Ihr werdet schon sehen!

Sie strich Bo eine Strähne aus der Stirn. Er schnaufte im Schlaf, und sie kuschelte sich eng an ihn und genoss die Wärme seines Körpers.

Sie hatte immer Stärke bewiesen und war ihrer Methode treu geblieben. Sie war davon überzeugt, dass sie selbst die Zügel in der Hand behalten musste. Wenn sie hart arbeitete und Resultate vorweisen konnte, dann war sie etwas wert, in erster Linie für sich selbst, aber auch für andere: für die Zeitung, für Bo, für das Finanzamt und für die Gesellschaft. Nur dann konnte sie sich in die Augen sehen und sich beglückwünschen: Gut gemacht, Dicte!

Aber in letzter Zeit schien dieses Weltbild auf den Kopf gestellt. Es gab Menschen, die sich von den vielen verschiedenen Preisschildern, die an ihnen befestigt worden waren, nicht freimachen konnten. Menschen, die ihr ganzes Leben mit Bewertungen leben mussten, die andere über sie ausgesprochen hatten und die deshalb niemals ganz werden konnten. Niemals. Menschen, die nur halb oder noch weniger waren, reduziert vom Leben, Erlebnissen und ihrer Herkunft – Koordinaten, die sie nicht ändern konnten. Ihr Sohn war einer von ihnen. Ihr gefiel das zwar nicht, aber sie musste sich eingestehen, dass sie ihn in diese Situation gebracht hatte. Und so ging es immer weiter. Wir platzieren einander auf der Preisskala des Lebens. Einige sind im Sonderangebot, andere nur für künstlich in die Höhe getriebene Preise zu erhalten. Es war eine Schande. Es war Sünde. Und es war ungerecht. Aber es war, wie es war, und selbst wenn sie es gewollt hätte, konnte sie es nicht mehr ändern.

Sie legte sich auf den Rücken, das Kissen unter den Kopf gestopft, und ließ ihren Gedanken freien Lauf. Tief hinein in philosophische Fragen hatte sie sich begeben, als Bo plötzlich neben ihr etwas Unverständliches murmelte, sich umdrehte und wie zufällig den Arm um sie legte. Sie wartete darauf, dass seine Atemzüge wieder gleichmäßiger wurden, aber stattdessen öffnete er ein Auge und sah sie prüfend an.

»Womit quälst du dich?«

»Gar nichts.«

»Dieses ›gar nichts‹ sieht ziemlich ernst aus.«

Er drehte den ganzen Kopf zu ihr, so dass ihre Nasen sich berührten. Sie tauchte in das Grau seiner Augen ein, suchte Halt in seinem Lächeln.

»Glaubst du, ich tue das Richtige?«

Sein Lächeln breitete sich über das ganze Gesicht aus.

»Du tust immer das Richtige. Nur manchmal auf die falsche Art und Weise.«

Sie war nicht in der Lage, sein Lächeln zu erwidern.

»Die kommen bald, das weißt du, oder?«

»Natürlich. Soll ich schon mal runtergehen und ein paar belegte Brötchen vorbereiten? Einen Kaffee können die doch bestimmt auch gebrauchen?«

Seinen Vorschlag unterstrich er mit seiner Hand, die er unter die Decke und auf ihren Oberschenkel schob.

»Hmm. Dick Butter. Salz und Pfeffer. Käse. Ein paar süße Teilchen.«

»Wie kann dich das alles so unberührt lassen?«

Er näherte sich der Innenseite ihres Oberschenkels. Warme Lippen küssten ihre Wangen und Nase.

»Unberührt ist mein zweiter Vorname. Die reine Jungfräulichkeit, wenn du mich fragst.«

Seine Zunge spielte an ihren Lippen herum, sie erwiderte den Kuss und spürte, wie ihr geteiltes Ich sich zusammenfügte und in diesen Kuss legte.

»Ich habe dich ganz offensichtlich vermisst.«

Er nahm ihre Hand und führte sie zum Beweis zwischen seine Beine. Sie wurde von der Wärme und dem Lachen aus den Tiefen ihres Inneren überrumpelt.

»Sag bloß, du stehst auf so was hier?«

»So was? Du meinst dich?«

Er zog sie näher an sich heran und glitt zwischen ihre Beine. Ohne sie um Erlaubnis zu fragen, drang er in sie ein, dann blieb er reglos liegen und sah sie an, mit diesem Lächeln von vorhin.

»Bo, zum Teufel. Was hast du vor? Die können jederzeit die Tür einschlagen.«

Er tat so, als würde er angestrengt nachdenken, während er sich vorsichtig zu bewegen begann. Dann platzte er mit seinem Vorschlag raus.

»Was ich vorhabe? Bum, bum, bum … Ein paar Orgasmen, vielleicht? Die letzten, bevor wir in unsere Einzelzellen geworfen werden.«

Sie waren wieder eingeschlafen, als es an der Tür klingelte und der Hund klang, als würde eine Armada von Postboten draußen stehen.

»Verdammt.«

Sie löste sich aus Bos Umarmung und schob die Decke zur Seite, die sich um sie gewickelt hatte. Wie um alles in der Welt hatte sie wieder einschlafen können?

»Lass mich das machen!«

Er sprang sehr schnell aus dem Bett, überraschend energisch und warf sich Kleidung über. Sie hörte sein lautes Trampeln bis nach unten. Sie sah aus dem Dachfenster. Wagners schwarzer Passat stand vor der Tür. Und ob das nicht schon genug Demonstration der Macht war, parkte auch ein Streifenwagen mit Blaulicht daneben. Ein gefundenes Fressen für die Nachbarn.

Sie zog sich ebenfalls an und ging nach unten. Bo hatte Wagner und zwei Beamte ins Wohnzimmer gebeten. Wagner reichte ihr einen Umschlag.

»Wir haben einen richterlichen Durchsuchungsbeschluss.«

Es fiel ihm schwer, ihr dabei ins Gesicht zu sehen, das spürte sie ganz deutlich, und es machte sie traurig.

»Bitte sehr. Legt los.«

Sie breitete die Arme aus und wirkte viel gönnerhafter als beabsichtigt.

»Kaffee?«, fragte Bo und sah die beiden Polizeibeamten an, die sehr verlegen aussahen. »Milch, Zucker, Sahne?«

Wagner nickte den Kollegen zu, die sich daraufhin im Haus verteilten.

»Jetzt setz dich doch endlich«, sagte Bo dröhnend aus der Küche, wo er den Kaffee vorbereitete.

»Keine Lena Lund heute?«

Wagner setzte sich und antwortete mit einer Gegenfrage.

»Wo ist der Hund?«

»Wieder bei seinem Besitzer«, erwiderte Dicte.

»Peter Boutrup?«

Jetzt war sie an der Reihe, zu schweigen. Er beugte sich auf seinem Stuhl vor.

»Mir ist selbstverständlich klar, dass er sich nicht mehr im Haus aufhält. Aber er ist hier gewesen, das weiß ich jetzt. Wir können nach Spuren suchen. Wir können das ganze Haus auf den Kopf stellen, wenn du das willst. Aber du kannst uns natürlich auch einfach sagen, in welcher Verbindung du zu ihm stehst.«

Er lehnte sich wieder zurück. »Du bist nicht dumm, Dicte. Wir beide waren immer gut darin, uns der Wahrheit von zwei verschiedenen Richtungen anzunähern.«

Er warf eine Hand in die Luft, aber die Geste wirkte kraftlos. »Vielleicht könnten wir das wieder versuchen.«

»Und Lena Lund?«

»Lena Lund, tja.«

Er starrte eine ganze Weile in die Luft, dann sah er sie an, wie sie ihn kannte, mit festem Blick.

»Das ist sehr unglücklich gelaufen mit ihr, das muss ich zugeben. Vieles hätte anders laufen können, und ich verstehe gut, dass du wütend und frustriert warst.«

Ihm war es genauso ergangen, konnte sie in seinem Gesichtsausdruck ablesen, und eine Welle der Sympathie überflutete sie beide, während Bo draußen in der Küche mit dem Geschirr klapperte und vor sich hin pfiff.

»Nicht Boutrup müsst ihr suchen«, sagte sie. »Er hat nichts mit den Morden zu tun.«

Sie sah, dass er aufmerksam zuhörte, trotz der gesenkten, schläfrig wirkenden Lider. So gut kannte sie ihn immerhin. Aber auch so schlecht. Denn er zählte auf:

»Er ist am Tatort gewesen. Seine DNA-Spuren sind eindeutig. Du kennst alle Indizien, und im Prinzip sind das erdrückende Beweise. Außerdem konnten auch an My Johannsens

Leiche DNA-Spuren in Form von Haaren und Sekreten sichergestellt werden. Die sind gerade im Labor.«

Sie nickte.

»Das ist ja gerade das Problem. Aber er ist nicht euer Mann.«

»Wer dann? Du musst mir was geben, Svendsen.«

Sie lächelte. War der Weg zurück doch nicht versperrt? So oft
hatte sie ihm Geschenke überreicht, und er hatte sich über sie
beschwert und sie dann trotzdem geöffnet.

»Cato Nielsen.«

»Wer ist das denn?«

Sie erzählte ihm das, was sie wusste, ohne Peter B und My zu
erwähnen. Er nickte. Das schien mit einer Information über-
einzustimmen, die er schon bekommen hatte. Ein Name offenbar, auf den sie im Laufe der Ermittlungen gestoßen waren.

»Und wo finde ich ihn?«

»Wenn ich das wüsste, hätte ich ihn euch längst vorbeige-
bracht. Aber er hat etwas Größeres vor.«

Wagner riss die Augen auf, auch die Augenlider hoben sich
fast vollständig.

»Rache? Wo? Wie?«

Wenn sie es wüsste, hätte sie es ihm gesagt. Aber sie hatte
keine Ahnung. Und auch Peter B hatte keine konkrete Idee gehabt.

Wagner stand auf. Die beiden Beamten kamen zurück und
hatten die Handflächen nach oben gedreht. Er schickte sie raus,
um im Streifenwagen auf ihn zu warten.

»Und er? Peter Boutrup?«

Wagner nahm den Becher Kaffee dankbar an, den Bo ihm
wortlos reichte.

»Warum versteckst du ihn? Warum riskierst du so viel für
ihn?«

Sie sah ihn an. Was für einen Wert maß sie sich selbst bei, wenn
sie nicht aufhörte, die Wahrheit zu verleugnen?

»Weil er mein Sohn ist.«

KAPITEL 71

»Bringt ihn in die Ausnüchterungszelle.«

»Wir sollen ihn einsperren?«

»Ja.«

»Bist du dir sicher?«

»Ganz sicher. Lasst ihn dort ein paar Stunden sitzen, ich komme später runter.«

Wagner sah auf das Telefon in seiner Hand, bevor er auflegte. Für einen Moment war es so, als hätte er das Wort »Telefon« vergessen. Er konnte sich auch nicht an den Namen des Beamten erinnern, mit dem er soeben gesprochen hatte. Dieser war in eine Schule in Viby gerufen worden, wo ein Schüler seinen Lehrer bedroht und gesagt hatte, er würde zurückkommen und sie alle abknallen. Die Schule war sofort evakuiert worden, und der Junge wurde festgehalten. Ach ja. Vagn Erik Emdrup, hieß er. Wie hatte er das nur vergessen können?

Er musste sich konzentrieren. Er starrte seine Hände an, die den Hörer aufgelegt hatten. Und er dachte an Dicte und an das, was sie für ihren Sohn getan hatte. Keine Spur von Unsicherheit. Keine Bedenken. Wie es ihre Art war, hatte sie sich kopfüber in die Geschichte gestürzt, obwohl sie nicht in der Lage war, weder die Tiefe des Wassers noch die Strömung abzuschätzen, die alle ins Verderben reißen konnten.

Dafür gebührte ihr Anerkennung. Sie nahm Risiken in Kauf. Sie war bereit, sich, ihr Leben und ihre Position aufs Spiel zu setzen, um einen Mann in Schutz zu nehmen, dessen Chancen mehr als schlecht standen. Sie hatte Recht gebrochen, die Polizei belogen, ihre Kollegen und ihren Chef hintergangen. Sie war ausschließlich ihrem Gefühl gefolgt. Das hätte fürchterlich schiefgehen können – das konnte es auch jetzt noch.

Er lehnte sich in seinem Bürostuhl zurück. Dicte Svendsen spielte mit hohem Einsatz. Und was tat er?

Er riss sich zusammen und rief Ivar K wegen dieses Cato Nielsen an.

»Dein Name tauchte bei Dicte Svendsen auf.«

»›Ivar‹?«, fragte er und klang geschmeichelt.

»Nein. Cato Nielsen.«

»Ach so, der.«

Ivar K war unter anderem mit eben diesem Namen aus der Entzugsklinik »Skråen« in Odder zurückgekommen.

»Wir müssen ihn finden. Und diese Frau, von der Omar Said gesprochen hat. Überprüf bitte Cato Nielsens Akte. Er war in einem Kinderheim in Ry und ist in den verschiedensten Heimen aufgewachsen.«

Wagner beendete das Telefonat und ging bei Jan Hansen vorbei, der die Aufgabe zugewiesen bekommen hatte, alle Belege im Fall des Sohlenabdrucks zu überprüfen.

»Okay, ich bin bereit für ein paar Vorschläge.«

Hansen nahm einen Klarsichthefter vom Tisch, räusperte sich und schob seinen Stuhl ein Stück zurück.

»Ich bin ungefähr fünfhundert Quittungen durchgegangen. Davon stammten zweihundertsechsundfünfzig Belege aus Kvickly-Filialen in der Umgebung von Århus. Die verbleibenden einhunderteinundfünfzig wurden mit Karte bezahlt. Und davon waren vierundsechzig Frauen.«

Er schob seine große Hand in eine der Klarsichthüllen und zog ein Papier heraus, das er Wagner reichte.

»Das sind sie. Mit Adresse und Telefonnummer.«

Wagner überflog die Liste, aber auf den ersten Blick kam ihm kein Name bekannt vor.

»Okay, du musst die Liste durchgehen«, sagte er und gab sie Hansen zurück. »Jetzt geht es darum, einen bekannten Namen zu finden. Einen, der schon mal genannt wurde, vielleicht nur peripher mit dieser Sache zu tun hat. Und wenn du dafür jedes Verbrecheralbum überprüfen, die DNA-Datenbank kontaktieren, Fingerabdrücke vergleichen, das Einwohnermeldeamt oder die Kfz-Behörde anrufen musst, Hauptsache, wir finden eine Verbindung.«

Jan Hansen nickte und machte sich gleich an die Arbeit. Wagner sah auf die Uhr. Er ging in die Kantine und holte sich was zu essen, obwohl sein Körper nach etwas anderem als Lebensmittel verlangte. Er war erschöpft. Die Konfrontation mit Dicte Svendsen hatte ihn viel Kraft gekostet, und als er ins Präsidium zurückgekommen war, hatte ihn dort die Nachricht von der Schule in Viby erwartet. Er fühlte sich entkräftet. Er war so müde, dass er meinte, tagelang schlafen zu können, ohne aufzuwachen.

Um sich aufzumuntern, holte er sich eine Zimtschnecke und einen Becher Kaffee, setzte sich in eine Ecke der Kantine und versuchte, die Gedanken zu sortieren. Die Geschichte mit Dicte Svendsens Sohn, den sie als Teenager bekommen und zur Adoption freigegeben hatte, kannte er. Er hatte sie vor vielen Jahren mal gehört. Man könnte meinen, dass mit einer Adoption die Sache abgeschlossen sei, aber so war das nicht für Svendsen. Es schien, als würde nichts jemals aufhören. In allem musste herumgewühlt werden, darum durfte es ihn nicht überraschen, dass sie auch diese Geschichte nicht auf sich hatte beruhen lassen können. Schon gar nicht, wenn es um ihr eigen Fleisch und Blut ging. Denn so war sie nun mal, wie isoliert sie auch erscheinen mochte, rein familiär betrachtet – er hatte die Geschichten über die Abkehr von der Zeugen-Jehova-Familie von Ida Marie erzählt bekommen. Sie wollte ihre Liebsten um sich haben, sie an sich binden. Wie viele Jahre hatte sie wohl diese Leere in sich gespürt, wenn sie an ihren Sohn dachte? Wie sie ihn gefunden hatte – oder er sie –, konnte er nur erraten, aber er vermutete, dass es etwas mit seiner Nierenerkrankung zu tun hatte. Und jetzt deckte und versteckte sie ihn. Und obendrein war es ihr gelungen, die Aufmerksamkeit auf eine andere Person zu lenken: Cato Nielsen.

Wagner kaute seinen letzten Bissen und spülte ihn mit dem Teerkaffee aus der Kantine herunter, für den sich sein Magen fast immer rächte. Das hatte sie gut gemacht. Allerdings ging es ihm auch wahnsinnig auf die Nerven. Aber in erster Linie war es raffiniert gemacht.

Auf dem Weg zur Ausnüchterungszelle steckte er den Kopf ins Zimmer seines Vorgesetzten. Christian Hartvigsen war damit beschäftigt, mit einer feuchten Serviette einen Ketchupfleck von seiner Krawatte zu reiben. Aber die Serviette löste sich auf und hinterließ kleine weiße Kügelchen auf dem grauen Stoff, während der rote Fleck hartnäckig blieb.

»Das sieht aus wie Blut.«

Hartvigsen gab auf.

»Meine Frau dreht durch, wenn sie das sieht. Das war ein Geburtstagsgeschenk von ihr. Kommen Sie rein!«

Er ließ die Krawatte in Ruhe und warf die Serviette in den Mülleimer.

»Und was gibt es Neues?«

Wagner setzte sich auf die vorderste Kante des Stuhls.

»Ich möchte eine Beurlaubung vom Dienst beantragen.«

»Sie möchten was?«

»Beurlaubung vom Dienst. Sie hatten mir das damals nach Ninas Tod angeboten. Jetzt möchte ich das in Anspruch nehmen.«

Hartvigsen stopfte die Krawatte mit seinen dicken, eher für Handfesteres gemachten Fingern unter seinen Cardigan. Wagner fragte sich, wann er wohl die Zeit dazu fand, den kleinen Hof, den seine Frau und er in Skødstrup besaßen, zu bewirtschaften.

»Ach so, ach ja, das wollen Sie also.«

Er seufzte. »Wir stehen hier gerade unter ziemlichem Druck. Wann hatten Sie denn gedacht zu pausieren?«

»So bald wie möglich.«

Wagner erhob sich. Er musste schnell weg, bevor Hartvigsen anfangen konnte, Ursachenforschung zu betreiben. Es gab so viele Gründe, dass er sie gar nicht alle aufzählen und auch im Moment nicht sagen konnte, welcher am wichtigsten war.

»Ich wollte Ihnen das nur schon einmal ankündigen. Können wir das später besprechen?«

»Lena Lund?«, fragte Hartvigsen. »Läuft das nicht so gut?«

»Ich habe ihr wirklich eine Chance gegeben, aber sie arbeitet zu einspurig ... und auch zu einzelgängerisch.«

Es war gesagt. Zumindest das, was es dazu vorläufig zu sagen gab. Unter Umständen würde noch mehr hinzukommen, das konnte niemand wissen.

»Aber sie ist gut, oder?«

Wagner nickte.

»Ohne sie würden wir viele Informationen nicht zur Verfügung haben«, erwiderte er, um wenigstens fair zu bleiben.

»Über Dicte Svendsen?«

»Unter anderem.«

Er hätte gerne noch mehr gesagt, sich und seine Ermittlungsmethoden verteidigt, an denen er nach wie vor festhielt. Am Ende des Tages vertraute er in erster Linie seinem Instinkt, aber das hätte er so nicht sagen können. Er gestand sich ein, dass er kein Polizist mit politischem Fingerspitzengefühl war. Sein Antrieb war die Verbrecherjagd und nicht die Auszeichnungen und eine mögliche Beförderung zu einem angesehenen Schreibtischjob. Aber dafür erntete man in der Regel keine Anerkennung.

Hartvigsen nickte und wandte sich wieder seiner Krawatte zu.

Wagner sah auf seine Uhr. Zwei Stunden war es jetzt her. Er ging in den Keller und ließ sich von dem Beamten eine der Ausnüchterungszellen aufschließen. Alexander lag zusammengekauert auf der Pritsche, die Beine vor der Brust, die Arme um den Körper geschlungen und die Kapuze seiner Jacke tief ins Gesicht gezogen. Ein Strich in der Luft, der zusammengefaltet worden war, wie der letzte vergebliche Versuch des Künstlers, bevor er das Blatt Papier in den Mülleimer warf.

Er zitterte am ganzen Körper.

»Frierst du?«

Alexander drehte sich zu ihm um. Seine schwarze Mascara – sein neuer Style – war verschmiert. Er weinte.

Wagner stand einen Augenblick ratlos vor ihm, tausend Gedanken tobten gleichzeitig durch seinen Kopf. Dann gewann der eine. Er dachte an Dicte Svendsen, an ihre Sturheit und an ihren Mut. Es würde nichts ändern. Morgen würde das alles wieder vergessen sein, Alexander würde wieder die Tür hinter sich zuwerfen und bittere Worte durch die Luft schleudern.

Trotzdem.

Er trat in die Zelle, setzte sich auf die Pritsche und nahm seinen Sohn in die Arme.

Lange hatten sie so gesessen, als schließlich Wagners Handy in seiner Jackentasche klingelte. Er zog es heraus, das Display zeigte Jan Hansens Nummer an.

»Ja?«

»Sally Marianne Andersen. Sie hat am 4. Mai ein paar Adidas-Schuhe im Kvickly von Åbyhøj gekauft.«

»Und?«

»Sie ist auch Mitglied im Dachverband ›Seltene Krankheiten‹ und zwar über eine Vereinigung, die Spielmeyer-Vogt heißt. Ihr sechsjähriger Sohn leidet offenbar an einer Krankheit, die mit diesem Syndrom verwandt ist.«

Jan Hansen holte tief Luft.

»Ein Todesurteil, soweit ich das verstanden habe.«

KAPITEL 72

»Ich werde meine Kandidatur zurückziehen. Ich wurde Opfer einer Hetzkampagne, und es hat keinen Sinn, dagegen anzukämpfen.«

Dicte saß Francesca Olsen in deren Wohnzimmer gegenüber, umgeben von klassischen Möbeln und mediterraner Kunst an den Wänden. Die Madonnenfigur auf dem Fenstersims lächelte friedvoll und war somit ein geeigneter Kontrast zu Olsens Gesichtsausdruck. Verschwunden war das offene, auf einer leeren Seite aufgeschlagene Buch, dem sie bei ihrer ersten Begegnung gegenübergesessen hatte. In ihrem Gesicht war Wut zu sehen, vielleicht war das sogar Hass, aber es strahlte auch Lebendigkeit aus, ihre ganze Körpersprache tat das, wie sie da in Jeans und einem kreischend gelben T-Shirt auf dem Sofa saß, offene wellige Haare, den einen Fuß aufgestellt, das Knie unterm Kinn. Eine rastlose, unbezwingbare Lebendigkeit, eine federnde, brodelnde, tanzende Lebendigkeit. Francesca Olsen hatte sich vielleicht geschlagen geben müssen, aber sie ertrug ihre Niederlage mit Stil und einer Überlegenheit, wie es nur wenigen Menschen gelingen würde.

»Ich habe meine Koffer gepackt und werde nachher noch aufbrechen und in mein Haus nach Italien fahren. Am Sonntag wird in der Zeitung stehen, dass ich meinen Sohn getötet habe.«

»Haben Sie das denn getan?«

Das Aufnahmegerät leuchtete rot auf, wenn jemand sprach.

»Ja.«

Die Bestätigung kam ohne Zögern. »Und ich würde es auch heute wieder tun.«

Wie ein Echo hallte das Geständnis durch den Raum. Dicte schielte zur Madonnenfigur, um zu sehen, ob sie eine Reaktion zeigte. Ob sie ihr Gesicht hob und Francesca einen vergebenden oder einen vorwurfsvollen Blick zuwarf.

Francesca berührte intuitiv das kleine Kreuz um ihren Hals. Es sah aus wie ein Erbstück: filigraner Silberschmuck mit Steinen, eventuell Rubine.

»Ich möchte meine eigene Geschichte erzählen, so, wie ich sie sehe. Mir war es wichtig, dass Sie es sind, weil ich Ihnen vertraue.«

Dicte wusste nicht richtig, wie sie darauf reagieren sollte. Einerseits war sie geschmeichelt, andererseits war klar, dass ihre Interviewpartnerin Bedingungen stellte und sie damit zu beeinflussen versuchte.

»Wenn ich das richtig verstanden habe, geht es in diesem Interview um die Gründe, warum Sie getan haben, was Sie getan haben? Stimmt das?«

Francesca Olsen sah sie lange an, es kam Dicte wie Minuten vor, bis sie endlich nickte.

»Genauso ist es. Eines möchte ich noch hinzufügen: Sie schreiben die Geschichte. Nicht ich. Ich lese den Text gerne auf inhaltliche Fehler durch und möchte auch am liebsten korrekt zitiert werden, aber die Formulierungen sind die Ihrigen und der Tonfall auch.«

Ihre Hände ließen das Kreuz los und wurden auf den Tisch gelegt, eine offene Geste.

»Ich bin diejenige, die hier ein großes Risiko eingeht. Aber da Sie das letzte Mal einen sehr klaren und sachlichen Artikel geschrieben habe, glaube ich, dass Ihnen das erneut gelingen wird.«

Wieder fehlten Dicte die Worte. Sie fand Francesca weder besonders sympathisch noch das Gegenteil davon, aber die in Kürze ehemalige Bürgermeisterkandidatin erweckte ihre Neugier, wie es bisher nur wenigen gelungen war. Vielleicht war das eine geeignete Grundlage.

»Aber Sie sind sich dessen bewusst, dass das ein juristisches Nachspiel haben wird?«

Sie nickte.

»Natürlich wird es zu einem Gerichtsverfahren kommen, und ich werde wegen Mordes angeklagt. Mir ist bewusst, dass ich mit einer Strafe zu rechnen habe, aber ich hoffe, die Richter werden in der Urteilsfindung meine damalige Situation und die meines Kindes mit in Betracht ziehen.«

»Wann und wo fand das alles statt?«

»Vor fünfzehn Jahren, im September 1993. Wir wohnten damals in Ry.«

Dicte hielt die Luft an. Ihr innerer Alarm hatte sich eingeschaltet.

»Wo in Ry?«

»Mein Mann, William, war zehn Jahre lang der Direktor des Kinderheims ›Titan‹ in Ry. Dort war eine Dienstwohnung angeschlossen ...«

»In Ry?«

Francesca unterbrach sich selbst. »Sie sind ja ganz blass. Stimmt etwas nicht?«

Dicte fühlte sich wie ein Computer, der eine Warnung vor dem bevorstehenden Systemzusammenbruch meldete. Peter B, My, Cato. Die Bomben. Der Mord. Die Informationen drehten sich in immer schnelleren Kreisen. Es drohte ein Stromausfall.

»Darf ich ganz kurz auf die Toilette?«

Sie wurde in ein weiß gekacheltes Badezimmer geführt, am oberen Fliesenrand verlief ein blaues Blumendekor. Alles war so sauber. Sie ließ sich ein bisschen Wasser über die Handgelenke laufen. Die Kühle der Fliesen umschloss sie und linderte ihr Fiebergefühl. Sie hätte es ahnen können. Das hatte alles miteinander zu tun, von Anfang an. Der Einbruch in Olsens Haus. Die Autobombe und der Anschlag aufs Solarium. Auch der Mord an Adda Boel? Bei Letzterem war sie sich nicht sicher, aber bei allem anderen ja. Alle Geschichten hatten miteinander zu tun, so wie auch jeder Mensch mit jedem anderen in einer Verbindung stand. Alle waren gefangen in den Netzen aus Vergangenheit, Lügen und Schweigen.

Sie sah in den Spiegel und las in ihrem Blick den Fluchtimpuls. Aber jetzt war sie ein Teil des Ganzen geworden. Sie hatte alles aufs Spiel gesetzt und musste diese Reise zu Ende bringen, die sie schon so weit gebracht hatte. Sie trocknete sich die Hände ab und kehrte zurück zu Francesca Olsen und ihrer Geschichte.

»Vielleicht könnten Sie mir ein bisschen über Ihren Sohn erzählen? Wie alt war er, als Sie … als er starb?«

»Er war fünf. Er hieß Jonas. Er war sehr schwer krank und wäre bald gestorben, er hatte noch wenige Wochen zu leben oder ein bisschen länger.«

Francesca lehnte sich im Sofa zurück. Sie wirkte frei, fand Dicte. Eine Seite von ihr, die ihr vorher nicht aufgefallen war.

»William hatte zwei Schwestern gehabt, die gestorben sind, als sie noch klein waren. Ich wusste damals nichts davon, aber seine dritte Schwester hat es mir später erzählt – genau genommen, als ich mit Jonas schwanger war –, dass nämlich ihre Eltern Träger eines Gendefekts waren, der eine Krankheit hervorruft, die mit dem Spielmeyer-Vogt-Syndrom verwandt ist. Sie heißt CLN2, die klassische Spätinfantile NCL. Beide Schwestern waren daran erkrankt und gestorben, die eine im Alter von fünf, die andere mit zehn Jahren. William und seine dritte Schwester waren unvermeidlich Träger des Gens, bei ihnen brach aber die Krankheit nicht aus.«

»Hatte Ihr Mann Ihnen nichts von dem Risiko erzählt?«

Francesca schüttelte den Kopf.

»Er hatte das nicht als Krankheit akzeptiert. Für ihn war das eine Schwäche des Geistes, die sich im Körper manifestierte. Sich einzugestehen, dass es eine Krankheit war, wäre gleichbedeutend gewesen mit dem Eingeständnis, dass mit ihm etwas nicht stimmte.«

Sie sah Dicte an. »Und mit William stimmte immer alles. Aber nicht nur das. Er konnte auch nichts falsch machen.«

»Und dann kam Jonas?«

Francesca hatte wieder das Kreuz zwischen den Fingern. Die Rubine glitzerten in dem einen Sonnenstrahl, der seinen Weg ins Wohnzimmer gefunden hatte und die Staubpartikel zum Tanzen brachte. Ihre Stimme klang auf einmal ganz mild.

»Ja, und dann kam Jonas. Er wurde krank, als er zwei Jahre alt war.«

»Und wie zeigte sich die Krankheit?«

»Es fing mit epileptischen Anfällen an, aber schon mit drei Jahren war er vollkommen erblindet, geistig behindert und hatte akute motorische und sprachliche Probleme. Die Krankheit verursacht einen schnellen und grauenvollen Verlust an Nervenzellen. Das erwartete Lebensalter liegt zwischen zehn und fünfzehn Jahren.«

Francesca richtete ihren Blick auf Dicte, eindringlich und wissend, dass sich niemand wirklich in ihre Lage versetzen konnte.

»Sie wissen, dass Ihr Kind sterben wird. Es ist ein sehr schmerzvoller Tod. Jeder Tag bringt größere Schmerzen, größeres Leid für den Menschen, den man über alles liebt. Man kann nichts machen, es gibt keine Behandlung, keine Hoffnung. Versuchen Sie, sich das vorzustellen.«

Es war, als würde sich das rote Licht des Aufnahmegerätes in ihren Augen spiegeln, wenn sie sprach. Als würde sich dahinter noch ein anderes Leben verbergen.

»Der Tag, an dem das alles geschah, war der schlimmste gewesen. Er hatte viel mehr Anfälle gehabt als je zuvor. Das Ganze spitzte sich zu. Ich war vollkommen erschöpft, hatte seit Wochen Tag und Nacht an Jonas' Bett gewacht. Ich befand mich in einem Zustand, der nichts mit dem Leben anderer zu tun hatte.«

Wieder griff sie nach dem Kreuz um ihren Hals, rieb es, ließ es wieder los, rieb es erneut, ließ es wieder los.

»Es war einfach und schmerzfrei. Er schlief. Ich nahm ein Kissen, und er hörte einfach auf zu atmen.«

Schweigen breitete sich aus, als wäre die Tat in diesem Raum geschehen. Die rote Lampe erlosch, als hätte sie jemand mit seinem letzten Atemzug ausgepustet. Dicte versuchte, sich in die Situation hineinzuversetzen. Die Entscheidung, die man treffen musste. Die Alternative. Die Tat. Und hinterher?

»Wie lebt man mit so etwas weiter?«

Der Anflug eines Lächelns huschte über ihr Gesicht.

»Man sagt sich, dass es gar keine andere Wahl gab. Und man entscheidet sich dafür, für andere Kinder zu kämpfen, für ein besseres Leben, um jenen eine Alternative zu bieten, die bei ihrer Geburt in der falschen Schublade gelandet sind. Unabhängig davon, ob es sich dabei um eine Krankheit handelt, den sozialen Status oder etwas anderes.«

»Das heißt, es gibt eine direkte Verbindung von ihrem kranken Kind zu der Position, an der Sie heute stehen?«

»Na ja. Vielleicht keine direkte Verbindung, aber eine Verbindung gibt es da schon, ja. Ich will dafür kämpfen, dass Kinder und Jugendliche in einem gesünderen Umfeld aufwachsen.

Sie sollen nicht verwöhnt, vollgestopft und in Watte gepackt werden, aber die Möglichkeit bekommen, ihre Fähigkeiten zu nutzen, zu zeigen, dass sie jemand sind und etwas können.«

»Und die Kinder vom Kinderheim? Die Titan-Kinder? Was ist mit denen? Wie gehören die in das Bild?«

Es kribbelte am ganzen Körper. Welchen Platz hatten Peter B und My in dieser Geschichte? Wo war deren Ende, deren Happy End mit Haus in Italien?

»Mit den Kindern hatte ich nicht viel zu tun. Das war Williams Aufgabe. Als Jonas auf die Welt kam, habe ich die meiste Zeit ohnehin mit ihm verbracht. Aber es gab einen. Ein Kind. Einen Jungen.«

»Ja?«

»Er kam als Sechsjähriger zu uns. Ich hatte schon so lange gekämpft, um endlich schwanger zu werden, und er kam zum richtigen Zeitpunkt in mein Leben. Seiner habe ich mich angenommen, und er folgte mir überallhin wie ein kleiner Hund. Aber als ich Jonas bekam, habe ich ihn immer weniger an mich rangelassen, ihn verstoßen. Am Ende hatte ich einfach keine Kraft mehr für ihn übrig. Er war älter geworden und nicht mehr so niedlich wie früher ...«

Sie sah auf.

»Das ist mein größtes Verbrechen. Nicht das mit Jonas. Er durfte seinen Frieden finden. Aber das andere. Er war vor kurzem bei mir ...«

Cato, dachte Dicte. Der kleine, magere Junge mit den langen Armen.

»Ja?«

»Ich hatte ihn all die Jahre nicht gesehen. Nicht seit diesem Tag.«

»Und der Einbruch, die Bomben?«, fragte Dicte. »Die Geschichten über Sie in der Zeitung? War das alles er? War er damals Zeuge, als sie Jonas getötet haben?«

Francesca bestätigte alle Fragen mit einem Kopfnicken. Dicte beugte sich vor.

»Wo ist er jetzt?«

»Auf einem Rachefeldzug.«

»Und wo genau? Für was will er sich rächen? An wem will er sich rächen?«

»An William, glaube ich. Zuerst an mir. Dann an ihm. Ihm gilt die Rache noch viel mehr als mir. Vielleicht sind auch noch andere dran. Es gab einen Arzt, der ins Titan kam und beteiligt war. Und einen Mitarbeiter, der Williams verlängerter Arm war.«

»Können Sie mir etwas über William erzählen?«

Sie schüttelte den Kopf.

»Das muss er selbst tun, wenn er es noch kann. Aber ich kann Ihnen sagen, wo er wohnt. Und wenn Sie ihn vor Cato finden, dann kann ich Ihnen eine Sache versprechen: Sie werden eine Geschichte zu hören bekommen, die Sie so noch nie gehört haben.«

KAPITEL 73

»Natürlich kann ich mich an sie erinnern. Aber sie war nur eine Figur im Hintergrund, ich habe seitdem keinen Gedanken an sie verschwendet.«

Sie hielten gegenüber vom Bahnhof in Lystrup und stiegen aus. Peter B knallte die Tür mit Nachdruck zu.

»Cato war ständig bei ihr, aber wir anderen hatten nichts mit ihr zu tun.«

Dicte überprüfte die Hausnummern.

»Das ist da drüben, auf der anderen Straßenseite.«

Sie liefen quer über die Straße und gingen auf ein gelbes, zweistöckiges Backsteingebäude zu.

»Francesca Olsen hatte also nichts mit dem Betrieb im ›Titan‹ zu tun?«

Peter B blieb vor der Eingangstür stehen.

»Hier ist es. Sein Name muss hier irgendwo stehen … Nein, sie hatte damit überhaupt nichts zu tun.«

397

»Du musst das doch mitbekommen haben, dass sie für den Posten der Bürgermeisterin kandidiert? Du wusstest auch, dass ihr Auto in die Luft gesprengt wurde. Du musst doch eine Verbindung gesehen haben. Warum hast du nichts gesagt?«

Sie hörte den Vorwurf in ihrer Stimme. Er hatte ihr nur kleine Brocken seiner Wahrheit hingeworfen, aber genauso viel zurückgehalten. Wie sollte sie ihm vertrauen können? Aber er zuckte nur mit den Schultern.

»Was hätte das für einen Unterschied gemacht? Die Leute glauben nur das, was sie glauben *wollen*, und sie sehen auch nur das, was sie sehen *wollen*. Über mich war schon von vornherein ein Urteil gefällt worden, und das hat noch Bestand.«

Er fuhr mit dem Finger die Klingelschilder ab und drehte sich dann zu ihr um.

»Es gab Gerüchte, dass er sie geschlagen haben soll. Sie lief oft mit Sonnenbrillen rum. Aber sie war nur ein Schatten in unserem Leben, ohne jede Bedeutung für mich. Wollen wir klingeln?«

Dicte nickte.

Sie sah, wie er tief Luft holte. Die Leichtigkeit in seinem Tonfall klang aufgesetzt, aber da konnte sie sich nicht sicher sein. Vielleicht aber lag die Angst der Vergangenheit darunter und brodelte.

»Wahrscheinlich ist er einfach ein alter Mann«, sagte er.

Er klingelte. Keine Reaktion. Er klingelte ein zweites Mal, wieder keine Reaktion. Dann ließ er seinen Blick erneut über die Klingelschilder gleiten und betätigte einen anderen Knopf. Wenige Augenblicke später ertönte die Stimme einer älteren Frau durch die Gegensprechanlage.

»Wer ist das?«

»Hier ist die Post«, antwortete er. »Ich habe ein Päckchen für Villy Andersen. Wenn Sie so freundlich wären und mir aufmachten, dann spart er sich den Weg zur Post, um es abzuholen.«

»Darüber wird er sich aber freuen«, sagte die Frau. »Sie können es ihm ja einfach auf die Fußmatte legen.«

»Haben Sie vielen Dank!«

Der Türöffner summte, und er stieß die Tür auf. Sie gingen in den 2. Stock hoch, Dicte hatte die Befürchtung, dass die Frau jeden Augenblick aus lauter Neugier im Treppenhaus erscheinen würde, aber nichts dergleichen geschah. Bei Villy Andersen Wohnungstür angekommen, klingelten sie ein drittes Mal. Aber auch dieses Mal blieb alles still. Sie drückte die Türklinke herunter, die Tür ging auf. Sie betraten einen Ort des Chaos.

»Verdammte Scheiße!«

Das hier sah nicht aus wie in einem zerstörten Solarium. Hier war keine Bombe explodiert, und nirgendwo lagen Splitter und verkohltes Material. Trotzdem gab es die Zeichen von Verwüstung. Umgeworfene Möbel, Vasen, Kissen und Aschenbecher auf dem Boden verstreut. In einer Ecke lag die zerbrochene Bronzefigur einer Balletttänzerin. Dicte unterdrückte den Drang, die Bruchstücke aufzuheben. Sie rückte auch nicht das Bild an der Wand zurecht mit dem Jagdmotiv, das schief hing, als wäre jemand mit voller Wucht dagegengeschleudert worden. Eine Kaffeekanne lag umgekippt auf dem Couchtisch, der Kaffee war bereits eingetrocknet. In einem Käfig am Fenster saß ein Kanarienvogel.

Dicte trat näher heran. Der Vogel hatte sowohl reichlich Wasser als auch Körner.

»Das muss hier in den letzten vierundzwanzig Stunden passiert sein.«

Peter B fuhr mit einem Finger über den Kaffeefleck auf dem Tisch, ohne dadurch etwas zu verwischen.

»Ja, so in etwa.«

An einigen Stellen waren die Bücher aus dem Regal gefallen. Es sah nicht aus, als hätte jemand etwas Bestimmtes gesucht, sondern vielmehr so, als wäre ein Ellenbogen mit Absicht gegen eine Bücherstütze gekommen und hätte dadurch einen Wörterregen verursacht. Dicte beugte sich nach unten, während Peter B eine Runde durch die kleine Wohnung drehte.

»Finger weg«, sagte er. »Nichts anfassen.«

Sie entdeckte etwas zwischen den Büchern auf dem Boden und hob es hoch. Es war ein Fotoalbum. Sie hockte auf dem Teppich und blätterte es durch. Wenn man von der Kleidung ausging, waren das Aufnahmen der letzten zehn Jahre. Er sah weder eins von Francesca noch von einem ihr bekannten Gesicht. Lauter fremde Menschen starrten sie an. Peter B beugte sich über sie.

»Das ist er.«

Er zeigte auf das Foto eines Mannes in einem gelbblauen Trainingsanzug mit einem Ball unter dem Arm. Er war umringt von einer Gruppe von kleinen Jungen, die ebenfalls Trainingsanzüge mit gelben und blauen Streifen anhatten. Er war Ende fünfzig, mittelgroß und muskulös, mit kräftigen Beinen und kurzen Armen. Sein Haar trug er kurzgeschoren, wie beim Militär. Sein Nacken war feist, und es bildeten sich Falten, was man sehr gut sehen konnte, weil er sein Gesicht von der Kamera abgewandt hatte, um einem Jungen zuzulächeln. Er hatte etwas Onkelhaftes. Man erwartete fast, dass er gleich eine Tüte Bonbons auspacken und sie spendieren würde.

»Die sehen doch ganz fröhlich aus«, sagte sie.

»Die kennen ihn nicht.«

»Wo ist er jetzt? Wo hat Cato ihn hingeschleppt? Denn das hier war doch Cato, oder?«

Er schnupperte, als würde die Luft ihm eine Antwort geben können.

»Ja, Cato. Ich weiß vielleicht, wo er ist.«

»Schon wieder die Esche? Da, wo das Titan gewesen ist? Glaubst du wirklich, dass er so berechenbar ist?«

Er drehte die nächste Seite im Fotoalbum um. Viele fröhliche Menschen. »Die Frage ist, was notwendig, was unumgänglich ist.«

»Die Erfüllung seines Schicksals? Gerechtigkeit?«

Er nickte. »Zumindest das, was Cato als Gerechtigkeit empfindet. Und das, was auch die anderen als Gerechtigkeit empfinden würden. Das habe ich bis vor ein paar Jahren auch getan.«

»Aber dann hast du das aufgegeben?«

»Ich habe es aufgegeben, weil es keinen anderen Zweck hat, als weiteren Hass zu säen. Aber sosehr ich ihn auch gehasst habe, ich wollte endlich davon frei sein.«

Sie konnte ihn gut verstehen. Er wollte endlich seinen Frieden haben. In seinem Leben hatte genug Krieg geherrscht.

Sie warf einen letzten Blick ins Album. Er drehte die nächste Seite um, und darauf strahlten ihnen zwei Gesichter entgegen vor einem Strauß weißer Rosen und rosa Nelken.

Villy Andersen trug eine rosa Nelke im Knopfloch. »Århus 5. 5. 2000« stand unter dem Foto.

»Es scheint, dass er noch einmal geheiratet hat«, sagte Peter B.

Dicte sah von Braut zu Bräutigam. Von dem einen Lächeln zu dem anderen. Die Braut war sehr jung, vielleicht nur halb so alt wie ihr Zukünftiger. Sie hatte ein hübsches, ovales Gesicht, perfekte Zähne und perfekt sitzendes Haar. Irgendetwas an ihr kam Dicte bekannt vor.

KAPITEL 74

Wagner hatte noch nie ein sterbendes Kind gesehen.

Das Zimmer hatte nur ein kleines Fenster, das offen stand. Trotzdem schien die Luft still zu stehen. Der Raum war nicht mehr als acht Quadratmeter groß, stand aber ziemlich voll. An der einen Längsseite war ein Krankenhausbett, daneben ein Rollstuhl und ein Toilettenstuhl. Auf einem Beistelltisch lagen diverse Pflegeutensilien: eine Tablettenbox, eingeteilt nach Wochentagen, Windeln, Einmalwaschlappen, ein Stapel Handtücher und eine kleine Schüssel. In dem Bett lag ein sechsjähriger Junge und schlief. Er verschwand quasi unter der Decke, die mit Disneyfiguren bedruckt war: Donald Duck, Daisy und die Kinder, Gustav Gans, Daniel Düsentrieb und Dagobert Duck mit Stock und Gamaschen.

Das Leben des Jungen hatte nichts Disneyhaftes an sich. Das

hier war kein Dornröschen, das schlief und auf seinen Prinzen oder in diesem Fall auf seine Prinzessin wartete. Nicht die gute Fee war mit Geschenken vorbeigekommen, die böse Fee hatte ihm ganz offensichtlich einen Besuch abgestattet. Sie hatte ihn erblinden lassen und dafür gesorgt, dass sein Nervensystem gelähmt war, so dass er keine Kontrolle über seine Bewegungen hatte.

Kasper war erst sechs und hatte jetzt schon keine Zukunft mehr.

Wenn man es nicht besser wüsste, hätte man dasselbe über seine Mutter sagen können, die Wagner noch nie zuvor gesehen hatte, die ihm aber irgendwie bekannt vorkam.

Er hatte noch nie einen Menschen gesehen, der so fragil, fast gläsern wirkte und trotzdem in der Lage war, auf zwei Beinen zu stehen. Es sah aus, als hätte jemand die Haut von Sally Marianne Andersen Schicht für Schicht abgezogen, bis nur noch eine hauchdünne Membran übriggeblieben war, die Muskeln, Sehnen und Knochen bedeckte und von der Luft trennte, die in der Wohnung so stickig wie in einem Vernehmungsraum war. Die Haut um ihre Augen war besonders dünn geworden. Als hätte der Körper alles Blut dort gesammelt, war sie blau und schwarz. Ihr blondes Haar war strähnig und sah ungepflegt aus, obwohl es frisch gewaschen war. Ihre Augen sahen ihn zwar an, aber Wagner war davon überzeugt, dass sie sich nach dem Gespräch an nichts erinnern würde. Diese Augen hatten schon alles gesehen und wünschten sich nur einen Augenblick Ruhe, um das System herunterfahren zu können.

Sie strich dem Jungen mit der Hand über die Wange.

»Na, mein kleiner Freund. Geht es dir gut?«

Aber sie bekam keine Antwort auf ihr leises Flüstern. Sie sah Wagner an und nickte ihm zu. Ihre Stimme klang sehr dünn und zerbrechlich.

»Heute hat er glücklicherweise einen guten Tag. Um zwölf kommen die vom Pflegedienst und kümmern sich um ihn. Und meine Freundin kommt später, damit ich ein paar Stunden arbeiten gehen kann. ... Das heißt ... zumindest war das der Plan heute Morgen, aber jetzt ...«

Sally Andersens Stimme verlor alle Kraft. Ihr Gesicht erstarrte.

»Polizei, sagen Sie?«

Sie sah von Wagner zu Jan Hansen, einerseits konzentriert, aber auch nervös.

»Was wollen Sie eigentlich hier?«

Jan Hansen räusperte sich.

»Können wir uns kurz hinsetzen und uns unterhalten?«

»Unterhalten?«

Sie sah sich im Raum um, als würde sie nicht wissen, wo sie sich befand. Im Profil sah Wagner ihren schmalen Hals und die hohen Wangenknochen, scharf wie Tischkanten. Unter ihrer etwas verwahrlosten Oberfläche war sie eine schöne Frau. Aber ihr hartes Leben hatte sie dieser Hülle beraubt. Sie war die Mutter eines kranken, pflegebedürftigen Kindes. Die Gewissheit, dass die Krankheit nicht aufzuhalten war und dass es keine Hoffnung auf Heilung gab, musste unerträglich sein. Ein hartes Schicksal auch für den stärksten Menschen, und Sally Andersen wirkte alles andere als stark.

»Hier vielleicht«, murmelte sie und führte sie wie eine Schlafwandlerin in eine winzige Küche. Sie setzten sich an einen Klapptisch mit karierter Decke, die voller Krümel und Fettflecken war. Der Abwasch stapelte sich in der Spüle und auf der Ablage. Auf dem Tisch stand ein voller Aschenbecher, daneben lag eine Packung Zigaretten, Camel.

»Wollen Sie?«

Sally Andersen hielt ihnen die Packung hin. Sie lehnten dankend ab, während sie sich eine Zigarette aus der Schachtel klopfte und sie mit einem Feuerzeug, auf der eine nackte Frau prangte, anzündete.

»Wir wollten Sie in erster Linie fragen, ob sie ein Paar Schuhe der Marke Adidas Superstar G2 besitzen, die so aussehen.«

Jan Hansen holte ein Foto aus seinem Klarsichthefter, den

er zusammengerollt in seiner Hand gehalten hatte. Sally Andersen lehnte sich vor und betrachtete die Aufnahme.

»Warum?«

»Wenn Sie bitte nur die Frage beantworten würden«, sagte Wagner freundlich. »Das würde es uns etwas leichter machen.«

Sie schüttelte den Kopf.

»Das glaube ich nicht.«

»Glauben Sie nicht?«

Erneutes Kopfschütteln.

»Nein, solche Schuhe habe ich nicht.«

»Haben Sie Ihre EC-Karte in letzter Zeit ausgeliehen oder sie verloren?«, fragte Wagner.

»Nein.«

Hansen steckte seine Hand ein zweites Mal in eine der Klarsichthüllen und holte ein Blatt Papier heraus.

»Das hier ist eine Quittung vom 4. Mai dieses Jahres. Sie belegt, dass Sie an diesem Tag mit Ihrer Karte ein Paar Schuhe der Marke Adidas Superstar G2 im Kvickly in Åbyhøj gekauft haben.«

Er machte eine Pause, um ihr die Möglichkeit zu geben, ihnen entgegenzukommen. Hansen war ein gutherziger Mensch, der selbst vier Kinder hatte. Wagner wusste, dass ihn diese Situation tief berührte.

»Okay, meinetwegen. Dann habe ich eben diese Schuhe gekauft, na und?«

Ihre Augen sahen sich suchend um, als würden sie nach einem Versteck Ausschau halten. »Ich habe zu tun, ich habe ein krankes Kind ...«

»Könnten Sie uns die Schuhe bitte zeigen?«

Sally Andersen saß wie versteinert vor ihnen, und Wagner dachte zuerst, dass sie Hansens Frage vielleicht nicht gehört oder einfach dichtgemacht hatte. Aber dann stand sie plötzlich auf, verschwand im Flur und kam Sekunden später mit den Schuhen in der Hand zurück. Hansen nahm sie entgegen und steckte sie in eine Plastiktüte.

»Was zum Teufel tun Sie da, Mann?«

»Kennen Sie einen Mann namens Cato Nielsen?«

Sie schwieg. Wagner sah, wie es in ihr arbeitete. Ihre Lippen bewegten sich lautlos.

»Das ist mein Freund. Aber er ist nicht hier. Ich habe ihn schon seit ein paar Tagen nicht mehr gesehen.«

»Woher kennen Sie ihn?«

Sie seufzte. Es war ein langer Seufzer. Dann klopfte sie ihre Asche ab.

»Von der Arbeit.«

»Im Skråen in Odder?«

Sie nickte.

»Ja, vom Skråen. Ich arbeite da fünfzehn Stunden die Woche, in der Küche.«

Sie lächelte, aber ihre Augen nicht. »Das wissen Sie doch schon alles. Und bestimmt auch, dass ich früher in der Klinik untergebracht war. Aber jetzt bin ich clean.«

Das Wort »untergebracht« sagte sie mit einem Ton voll beißender Ironie. Jan Hansen nickte ihr freundlich zu.

»Sie haben also einen Entzug dort gemacht. Wann war das?«

»1999.«

Sie sah hoch zu ihnen, als würde sie weitere Fragen erwarten, als diese aber nicht kamen, entschied sie sich dafür, weiterzuerzählen.

»Ich habe William … also Villy, meinen Exmann, während meines Aufenthaltes kennengelernt. Er arbeitete vor allem mit den ganz jungen Drogenabhängigen. Ich kannte ihn schon von früher …«

»Und dann haben sie geheiratet und Kasper bekommen?«, fragte Wagner.

Sie nahm einen tiefen Zug von ihrer Zigarette.

»Dann bekamen wir Kasper. Mit drei Jahren wurde er krank. Unsere Ehe hat nicht gehalten. Das hätte sie allerdings auch sonst nicht.«

Sie nahm einen weiteren Zug und fügte hinzu: »Mir steht vom

Amt Hilfe für Kasper über einen Pflegedienst zu, und ich habe zum Glück eine Schwester, die sich sehr um ihn kümmert. Sonst würde ich hier nie rauskommen oder zur Arbeit gehen können.«

»Und wie steht es um Ihre Finanzen?«, fragte Hansen, der Fürsorgliche.

»Die stinken«, räumte Sally Andersen ein.

Sie weiß genau, dass sie verdächtigt wird, dachte Wagner. Sie weiß es, aber ihr scheint es fast egal zu sein.

»Können Sie uns bitte sagen, was Sie in den Tagen vor dem 11. September dieses Jahr getan haben?«

Ein fragender Blick. Wagner fuhr fort: »Wir untersuchen den Mord an Adda Boel, die vermutlich am 10. September in ihrer Wohnung in der Østergade in Århus erwürgt wurde. Kannten Sie diese Frau?«

Sally Andersens Gesichtszüge waren härter geworden. Mit unverhohlenem Hass in den Augen sah sie die beiden Polizisten an.

»Natürlich kannte ich sie.«

»Haben Sie Adda Boel ermordet?«

Wagner hatte diese Frage gestellt und überlegte zu spät, ob der Zeitpunkt richtig gewählt war. Es war alles immer eine Frage des Timings. Eine Frage der Psychologie. Er hoffte, dass sich alles fügte, damit sie diese unselige Geschichte endlich abschließen konnten.

»Ja«, antwortete sie und pustete ihnen den Rauch ihrer Zigarette direkt ins Gesicht. »Ja, ich war das. Ich hatte einen guten Grund dafür, und ich bekomme mildernde Umstände.«

Sie sah sie voller Überzeugung an.

»Ich bekomme Strafrabatt. Mein Sohn liegt im Sterben, und mein Therapeut sagt, dass ich unter einem Posttraumatischen Stresssyndrom leide, weil ich schon so lange mit Kaspers Todesurteil lebe.«

Sie wiederholte: »Ich war das. Und ich habe es allein getan.«

Jan Hansen nutzte die Gelegenheit: »Können Sie uns bitte erzählen, was passiert ist?«

Sie schnipste die Asche ab, ihr Handgelenk war so dünn, dass man es ohne Schwierigkeiten mit Daumen und Zeigefinger umfassen konnte.

»Ich erinnere mich nicht mehr so genau, muss ich gestehen, aber ich weiß, dass ich wahnsinnig wütend war.«

»Wegen der Spendengelder?«

»Ach so, das wissen Sie auch schon. Ja. Vier Millionen! Warum durften wir nicht davon profitieren? Mein Sohn zum Beispiel? Ein kleiner Urlaub in der Sonne mit Pfleger und Krankenschwester? Hätte er das nicht verdient?«

Ihre Stimme, die zuvor so dünn und zerbrechlich gewesen war, nahm an Kraft zu, je größer ihre Empörung wurde. »Oder eine andere Wohnung, mit Fenstern, damit er rausgucken und etwas Schönes sehen kann? Statt dieser ewigen Gänge zum Amt, wo man jedes Mal wieder erklären muss, an was er erkrankt ist und wie lange er noch zu leben hat.«

Sie schüttelte fassungslos den Kopf.

»Aber nein, mein lieber Freund, das Geld sollte *investiert* werden, nicht wahr? Verdammt, hörte sich diese Adda Boel überzeugend an. Die haben ihr alle aus der Hand gefressen. Das Ziel war, die Pharmaindustrie davon zu überzeugen, neue Forschungen zu betreiben. Als würden die sich auch nur für eine Sekunde für diese Krankheit oder eine der anderen interessieren.«

Sie drückte die Zigarette aus und nahm sich eine neue aus der Packung.

»Aber diese Adda hatte ja auch keine Kinder. Sie musste nicht ihrem eigenen Kind dabei zusehen, wie es jeden Tag mehr zu leiden hatte und Schritt für Schritt seine Bewegungsfreiheit verliert. Erst die Sehkraft. Dann diese Anfälle. Und am Ende … in der Terminalphase, wie sie es nennen …«

Sie hielt Wagner und Hansen mit ihrem Blick fest. Die Verwandlung von zerbrechlich in unerbittlich war beeindruckend.

»Also ja, ich gestehe. Ich habe es getan. Und was haben Sie jetzt vor? Wollen Sie mich in den Knast stecken? Wer passt dann auf Kasper auf? Wollen Sie ein todkrankes Kind von seiner Mutter trennen? ... Ich wette, die Presse würde diese Story lieben.«

»Wir glauben nicht, dass Sie die Tat allein begangen haben«, sagte Wagner. »Wir glauben, dass Sie das zusammen mit Cato Nielsen getan haben.

»Cato hatte ein starkes Motiv, seine Informationen an die Mitglieder der Einwandererbande zu verkaufen, um sicherzugehen, dass sie das Solarium und den Wagen von Francesca Olsen mit Bomben in die Luft sprengen. Dieser Plan sollte Ihnen genügend Zeit verschaffen, vor der Detonation in aller Ruhe den Mord an Adda Boel begehen zu können.«

Auf diesen Vorwurf reagierte sie mit Kopfschütteln. Jan Hansen übernahm die Befragung.

»Sie konnten davon ausgehen, dass das Gebäude bereits in Schutt und Asche liegen würde, bevor die Leiche gefunden werden würde.«

»Nein.«

Ihr Blick begann zu flackern. Wagner und Hansen warfen sich einen schnellen Blick zu, bevor Hansen weitermachte.

»Sie wussten, dass man zuerst vermuten würde, dass sie bei der Explosion ums Leben kam, und hofften, dass alle Spuren zerstört sein würden. So war das geplant, habe ich recht? Auf diese Weise gingen die Wünsche von Ihnen beiden in Erfüllung.«

Lange starrte sie durch sie hindurch, dann schließlich zuckte sie mit den Schultern und nickte.

»Darum waren Sie auch unvorsichtig und haben eben diesen Sohlenabdruck hinterlassen, ein Glas angefasst und daran Ihre DNA hinterlassen«, sagte Wagner. »Weil Sie damit gerechnet hatten, dass alles in Stücke gerissen werden würde.«

»Vielleicht, ja«, erwiderte sie gleichgültig.

Ihre Augen inmitten der dünnen, blutunterlaufenen Haut sahen tot aus. Schweigend saß sie da. Aber dann war plötzlich ein Flackern in ihrem Blick zu sehen. Sie schüttelte den Kopf, so dass ihre Haare von einer Seite zur anderen flogen.

»Ihr Bullen. Immer den falschen Fokus. Habt ihr immer noch nicht begriffen, wo das eigentliche Verbrechen stattfindet? Wo die wirklich Schuldigen wohnen? Es hat ausreichend Informationen darüber gegeben, sogar in der Presse ...«

Sie sprang auf und trat an eine Schublade. Als sie sich umdrehte, hielt sie einen Zeitungsausschnitt in der Hand, den sie Wagner reichte.

»Bitte sehr und dazu ein kleines Rätsel: Wo ist die Verbindung? Mehr sage ich nicht, und Sie haben das auch nicht von mir, denn ich kenne jemanden, der dann durchdrehen würde und mich an der Wand zerquetscht wie eine Fliege.«

Wagner begann zu lesen. Sally Marianne Andersen streckte Jan Hansen ihre Arme entgegen und sagte mit zuckersüßer Stimme: »Wollen Sie mir nicht die Handschellen anlegen, mein Freund?«

Kapitel 75

Sie bogen von der Hauptstraße ab und fuhren am Internat vorbei, den Weg weiter hinauf in den Wald. Peter B öffnete das Fenster und amtete tief ein, es duftete, aber schnell drängten sich andere Erinnerungen auf.

Sie sollten gerüstet werden fürs Leben, hatte es immer geheißen. In der Welt herrschten das Böse, Schwächen und Krankheiten, und dagegen galt es anzukämpfen, um überleben zu können. Damit man nicht dahinsiechte, sein Augenlicht und die Kontrolle über seinen Körper verlor und zu einer Pflanze verkümmerte, die langsam starb, Tag für Tag, jede einzelne Stunde. So wie der Junge oben in der Dienstwohnung.

»William war Träger der Krankheit, das wussten wir alle. Seine Familie musste darunter leiden, sein Sohn erkrankte daran. Und wir sollten abgehärtet werden. Wir sollten ein Heer sein, das gegen das Böse in der Welt antreten konnte. Sein Heer.«

Kleine Soldaten hatte er sie genannt. *Meine kleinen Soldaten.*

Bewaffnet mit dem Vermögen zu überleben und ausgestattet mit einem unglaublichen Hass auf die Welt da draußen. Bereit für den Krieg gegen die Schwachen. Gegen die, die an der Härte des Lebens zerbrachen, die keinen Schmerz, keine Dunkelheit, keine extreme Kälte oder Wärme ertrugen.

Er sah seine Mutter an. Er hatte jetzt keine Wahl mehr, das wusste er. Sie hatte ihn gedrängt, ihr alles zu erzählen, hatte ihn ausgesaugt wie ein Blutegel. Das fühlte sich verkehrt an. Sie erfuhr Details, die sie nichts angingen. Er war ein erwachsener Mann, der sich allein mit seinen Dämonen herumschlagen musste. Das Problem war nur, dass es für diese Bedenken jetzt zu spät war. Er musste ihr das alles erzählen, damit es einen Sinn hatte.

Sie schaltete den Motor aus, und sie stiegen aus. Die Esche stand dort, wo sie schon seit Jahrzehnten gestanden hatte. Auf der Koppel waren Pferde. Der rote Hof sah verlassen aus. Da Herbstferien waren, konnten sie davon ausgehen, dass keine Schüler im Internat war. Kein Mensch war zu sehen. Aber ein Wagen stand in der Auffahrt. Ein roter Volvo Kombi älteren Jahrgangs.

Man konnte nichts sehen von außen, aber er wusste, was im Innern des Hauses vor sich ging. So, wie er auch damals gewusst hatte, was geschehen war.

»Die ›Kiste‹ war genau das, was das Wort sagt. Eine Holzkiste mit einem Hängeschloss. Man konnte darin nur hocken, man konnte sich weder hinlegen noch darin stehen. Wenn man in die ›Kiste‹ kam, war das zum einen als Bestrafung gedacht, aber auch eine Übung, um uns auf die Blindheit und die Isolation im Leben vorzubereiten. ›Lernt, auch ohne Augen zurechtzukommen‹, hat er gesagt. ›Seht tief in euch hinein.‹«

»Und wie lange musstet ihr da drinbleiben?«

Er legte eine Hand auf den Stamm der Esche.

»My war einmal zwei Tage hintereinander in der ›Kiste‹. Als sie wieder rauskam, war sie nicht mehr dieselbe. Und ist es auch nie wieder geworden.«

»Das war Folter«, rief seine Mutter. »Diese Methoden wurden früher als Verhörmethoden verwendet, wenn man jemanden zu einem Geständnis zwingen wollte. Ihr seit regelrecht gefoltert worden!«

Als ob er das nicht gewusst hätte. Ihre Stimme klang ärgerlich, so, wie er es erwartet hatte. Sie war Journalistin, und das hier war eine sehr gute Geschichte. Folter! Er sah die Überschrift vor sich: »Folter im Kinderheim«. Die Leute würden darauf abfahren. Auch sie fuhr darauf ab. Er aber hasste den Gedanken. Das war seine Geschichte. Sie gehörte ihnen und niemandem sonst, sie konnte ohnehin niemand außer ihnen verstehen.

»Ist das sein Wagen?«

Er schüttelte den Kopf.

»Vielleicht gehört der William, ich weiß es nicht. Cato hat kein Auto.«

»Aber sie sind hier?«

Er nickte. Er spürte es bis tief in seine Seele, oder vielmehr der Rest, der davon übriggeblieben war, der nicht an diesem Ort zerstört worden war.

»Sie sind hier. Komm mit.«

KAPITEL 76

Wagner und Hansen versammelten die Abteilung im Konferenzraum. Lena Lund war krankgeschrieben, sonst waren alle mit von der Partie. Der Artikel war kopiert worden und wurde ausgeteilt.

»Okay. Wir haben es bald geschafft«, sagte Wagner. »Wir wissen, wer die Täter sind. Wir wissen, wie die Tat geplant wurde und wer die Bomben hergestellt hat. Wir wissen, wo die eine Täterin sich aufhält – mit einem todkranken Kind wird sie nicht abhauen. Uns fehlt noch Cato Nielsen. Und ...«

Er sah seine Kollegen der Reihe nach an. Ivar K kaute sein Nikotinkaugummi und wippte auf dem Stuhl; Jan Hansen goss sich in aller Ruhe einen Kaffee ein, Eriksen kritzelte sich Notizen auf den Block, wahrscheinlich wieder für ein Gedicht anlässlich einer der unzähligen Feiern in seiner großen Familie; Christian Hvidt trank Wasser aus einem Glas, was seinen Kehlkopf hüpfen ließ, und vergrub dann seine große Nase in dem Artikel.

»… uns fehlt ein Zusammenhang zwischen unserem Fall in der Østergade und dieser Sache hier. Lest es durch, dann sprechen wir weiter.«

Er wedelte mit dem Artikel, den er mit wachsendem Grauen durchgelesen hatte. Jetzt saß er still daneben und sah den anderen beim Lesen zu.

»Zum Teufel!«, stieß Ivar K aus.

»Da sagst du was«, pflichtete Hansen ihm in seltener Übereinstimmung bei.

Es ging um eine Geschichte, die seit einiger Zeit in den Medien Wellen geschlagen hatte. Wagner erinnerte sich, dass er damals gedacht hatte, worauf die da im Ausland so alles kommen, als er eines Abends einen Beitrag in den Nachrichten gesehen hatte. Die Headline lautete: »Das Horrorkinderheim auf Jersey«. Es war die Geschichte des Kinderheims Haut de la Garenne auf der britischen Kanalinsel Jersey, in dessen Keller man bei Grabungen die Knochenreste von mindestens zwei Kinderleichen entdeckt hatte. Die Polizei hatte eine gründliche Untersuchung des Heims angekündigt, nachdem Verlautbarungen über einen systematischen Kindesmissbrauch bekannt wurden, der sich über Jahrzehnte hingezogen haben soll, bis das Heim im Jahr 1986 geschlossen worden war. Im Laufe der Ermittlungen hatten die Kriminaltechniker ein Netzwerk aus vier unterirdischen Geheimkammern ausgegraben. Sie hatten dort Fesseln und eine niedrige Wanne mit Spuren von Blut gefunden, und die Untersuchungen waren noch lange nicht abgeschlossen. Die gruseligen Funde deckten sich mit Berichten ehemaliger Bewohner des Heims, die von Strafkammern im Keller von Haut de la Garenne berichteten. Es wurde von einer

Kultur aus Folter und Gewalt gesprochen, in erster Linie zwischen Lehrern und ihren Schülern, allerdings auch unter den Schülern. Ein elfjähriger Junge hatte sich erhängt. Andere Kinder waren einfach spurlos verschwunden. Die ganzen Details wurden unter den Teppich gekehrt, damit das feine Image der Insel als Steuerparadies nicht leiden musste. Keine Behörde und weder die Polizei noch die Politiker hatten in den darauffolgenden Jahren Interesse daran gezeigt, den Gerüchten auf den Grund zu gehen. Erst als ein lokaler Politiker im Jahr 2000 einen Bericht über Kindesmissbrauch lancierte, tauchten nach und nach Enthüllungen und Zeugenaussagen auf.

Minuten verstrichen, bis alle den Artikel gelesen hatten und sich aufsetzten. Wagner konnte nichts anderes in ihren Gesichtern lesen als Abscheu.

»Vorschläge?«

Er sah sich in der Runde um. Ivar K brachte den ersten Wortbeitrag:

»Cato Nielsen ist in Heimen aufgewachsen. Adda Boel ist auch im Kinderheim gewesen. Aber in welchem? Hat das eventuell mit Jersey zu tun?«

»Das können wir herausbekommen. Der Nächste bitte?«

»Peter Boutrup? Was wissen wir über seine Vergangenheit?«, fragte Christian Hvidt. »Wir wissen, dass er Zimmerer ist und auf Djursland gelebt hat. Aber was hat er davor gemacht? Wo kommt er her?«

Wagner nickte.

»Untersuch das. Bestimmt kann die Straffälligen- und Bewährungshilfe uns da Informationen liefern. Und das Sozialamt.«

Ivar K klebte sein Kaugummi an den Becherrand.

»Vielleicht sollten wir auch mal bei der Polizei von Südostjütland anrufen und uns nach dem erhängten Mädchen erkundigen. Diese My Johannesen? Dieser Hund war doch ihre Verbindung zu Boutrup.«

Wagner nickte.

»Tu das, Ivar. Und Hansen …«

Jan Hansen richtete sich auf, seine breiten Schultern sahen noch breiter aus als sonst.

»Wie ist dein Englisch?«

»Quite good, Sir!«

»Versuch mal, die Kollegen in Jersey zu kontaktieren.«

Er wedelte mit dem Artikel. »Versuch, an Namenslisten der Lehrer und Schüler zu kommen, so vollständig und lange zurückreichend wie möglich. Das müsste doch schnell gehen via E-Mail. Noch was?«

»Wir suchen also einen Namen, der an beiden Orten auftaucht? Auf Jersey und in diesem dänischen Kinderheim?«

Die Frage kam von Eriksen. Er hatte schon vor langem aufgehört, an seinem Gedicht zu feilen.

Wagner nickte.

»In erster Linie suchen wir diesen Cato Nielsen. Aber wir suchen auch eine noch unbekannte Person, die möglicherweise an beiden Orten auftaucht.«

Er sah auf die Uhr. Plötzlich hatte er das ungute Gefühl, dass ihnen die Zeit davonlief. Als würden die einzelnen Schichten des Falls in sich zusammenstürzen, und darunter würde sich etwas ganz anderes offenbaren, als er erwartet hatte. War er blind gewesen? War er so mit der Verfolgung von Peter Boutrup beschäftigt gewesen, dass er das Offensichtliche vor seiner Nase nicht gesehen hatte?

Er stand auf.

»Wir haben wenig Zeit. Es muss schnell gehen. Wir treffen uns in einer halben Stunde hier und sehen, wie weit wir gekommen sind.«

Er hätte um ein Haar den Anruf seines Kollegen Meinert aus Ålborg ignoriert, entschied sich aber in letzter Sekunde anders und nahm den Hörer ab.

Meinert fasste sich glücklicherweise preisverdächtig kurz, dafür war die Überraschung, die er bereithielt, umso größer.

»Ich weiß nicht, ob dir bekannt ist, dass Lena Lund und Francesca Olsen miteinander verwandt sind.«

»Inwiefern?«

»Ihre Mütter sind entweder Cousinen oder Großcousinen, das habe ich nicht so richtig herausbekommen.«

»Und woher weißt du das?«

»Eine Freundin meiner Tochter … Eine verlässliche Quelle, soweit ich das beurteilen kann.«

Wagner dankte ihm für die Information und beendete das Telefonat. Wenn er Zeit gehabt hätte, wäre er zu Hartvigsen hochgegangen, um ihn zu fragen, ob er von diesen Familienverhältnissen die ganze Zeit gewusst hatte. Aber die Zeit war knapp, und vor die Frage gestellt, ob es ihm darum ging, Leben zu retten oder sich Gerechtigkeit zu verschaffen, entschied er sich fürs Erstere.

Kapitel 77

Das Titan zu betreten war, als würde man eine andere Welt betreten. Als würden die Wände sich von allen Seiten auf einen zubewegen. Die Dunkelheit tat ihr Übriges und erzählte von den Ereignissen, die dort stattgefunden hatten, von denen man lieber nichts erfahren wollte.

Die Kälte umfing sie bereits, als sie die gebogene Pforte durchschritten. Die Öffnung war mindestens zehn Meter breit, dahinter empfing sie ein Gebäude aus Feldstein, dessen Fenster zerbrochen waren. Dicte lief unsicher auf den unebenen Pflastersteinen, die zur Bauzeit des Hofes verlegt worden waren, damit die Kutschen die Pforte nicht durch Matsch und Schlamm befahren mussten. Der Hofplatz war von Gras überwuchert, ganz offensichtlich fühlte sich hier niemand zuständig. In der einen Ecke lagen zwei Haufen Brennholz, die sich mit Feuchtigkeit vollgesogen hatten, in einer anderen Ecke lag eine große Plane, verdreckt und feucht, neben einem mittleren Berg zerschlagener Fliesen.

Es war ein Dreiseithof, aber offenbar wurde nur noch der Stall genutzt. Das Hauptgebäude war dem Verfall preisgegeben worden, ebenso die Scheune. Sie versuchten, durch die Fensterscheiben zu spähen, die so schmutzig waren, dass es schwer war, etwas zu erkennen. Aber man konnte immerhin ein paar Möbel ausmachen, die kreuz und quer standen; Regale mit nicht einheitlichem Geschirr, Tellern, Untertöpfen und Krügen; ein Stapel Fensterscheiben lag in Sackleinen gewickelt auf dem Boden, auch ein Kinderstuhl, ein paar Lampen und das Eisengitter eines Bettgestells waren zu sehen. Dicte meinte auch das Aluminiumskelett eines kleinen Treibhauses erkennen zu können. Auf einem Schild stand das Wort »Küchenutensilien« in roten Buchstaben. »Gratis« auf einem anderen. Der ganze Raum und seine Gegenstände waren mit Spinnenweben und Staub bedeckt, und sie meinte sogar, eine Maus über den Boden flitzen zu sehen.

»Flohmarkt?«

Sie wusste gar nicht, warum sie flüsterte.

»Möglich. Der Hof gehörte der Gemeinde, das ist bestimmt ganz schön lange her«, flüsterte er zurück.

Sie näherten sich dem Hauptgebäude, das sich bedrohlich und rot vor ihnen auf hohen Kellergewölben und zwei breiten Steintreppen auftürmte, eine an jeder Seite. Sie blieben auf der Seite, in der auch der Flohmarkt stattgefunden hatte, und schlichen an die Giebelfront, wo sie einen Kellereingang fanden, dessen Treppenschacht voll welker Blätter lag. An der Tür hing ein nagelneues glänzendes Hängeschloss. Also gingen sie zur Rückseite des Gebäudes und sahen durch die hohen, vergitterten Kellerfenster. Aber sie sahen nichts, außer brüchigem Zementboden, roten Wänden, von denen die Farbe abgeblättert war, und Heizkörpern, die auf dem Boden große Flecken hinterlassen hatten.

Auf soliden Backsteinsäulen stand eine gemauerte Veranda. Sie stiegen die Treppenstufen hoch. Der Ort war wie geschaffen für Kaffeegesellschaften mit Kuchen und Gebäck und Gästen in Sommerkleidern, dachte Dicte. Aber es standen dort nur ein rostiger Grill und ein paar alte, verdreckte Plastikstühle. Und mitten auf der Terrasse wand sich ein alter Gartenschlauch, zerstört durch frostige Winter.

Das Fenster der Verandatür war eingeschlagen. Auf dem Boden lagen Glassplitter und zeigten an, dass jemand vor ihnen dort gewesen war. Für Peter B war es ein Leichtes, die Hand durch die Öffnung zu schieben und die Türklinke herunterzudrücken.

Dicte atmete den Geruch von Erde und modriger Feuchtigkeit ein, sie roch auch die Tiere, die im Innern des Hauses Zuflucht gefunden hatten, und entdeckte alte Leinensäcke, die von den Mäusen und anderen Nagern durchlöchert worden waren. Spinnenweben in den Ecken und an den Fenstern hüllten alles in einen feinmaschigen Schleier. Es war leer und kalt wie in einem Grab. Sie versuchte, sich Kinder in diesen Mauern vorzustellen. Spielende Kinder, die über den Holzfußboden liefen. Lärm, Unruhe und Lachen. Aber sie konnte es weder sehen noch hören. Es war kein Ort, der Lebensfreude erweckte, vielleicht hatte es die hier nie gegeben.

Er führte sie an seinem Arm durch die Schattenwelt des Hauses, als er abrupt stehenblieb. Sie hatten einen Schlag gehört. »Im Keller.«

Sie schlichen zur Kellertür und öffneten sie, die Geräusche wurden deutlicher. Irgendwo in ihrem Kopf tauchte die berechtigte Frage auf, wie sie dort wieder heil herauskommen sollten. Aber sie entschied sich, die Bedenken zu überhören. Sie waren da. Sie waren so dicht dran.

Sie stiegen mit gesenkten Köpfen die Stufen hinunter, der Geruch von Erde und Schimmel wurde eindringlicher, und es wurde deutlich kälter. Es war ein großer Kellerraum, der sich offensichtlich unter der gesamten Hausfläche erstreckte. Sie liefen einen langen Gang hinunter und öffneten die Tür. Den Anblick, der sich ihr bot, würde sie niemals in ihrem Leben vergessen. Er kam ihr vor wie ein Motiv aus der surrealistischen

417

Malerei. Auf dem nackten Zementboden lag ein nackter Mann, die Hände auf den Rücken gefesselt. Er hatte einen Knebel im Mund, das dicke Seil schnitt ihm tief in Handgelenke und Knöchel. Er erinnerte sie an ein Schwein, das geschlachtet werden sollte.

Neben dem Mann war ein Handwerker zugange. Die betriebsame Gestalt im Blaumann war schon ziemlich weit gekommen. Stein für Stein wurde mithilfe von Hammer und Meißel aus einem bereits ansehnlichen großen Loch herausgeklopft und peinlich genau aufeinandergestapelt. Dahinter befand sich ein kleiner Raum. Neben ihm stand ein kleiner Tisch, auf dem eine ganze Reihe verschiedener Schusswaffen lag, darunter ein abgesägtes Schrotgewehr. Er pfiff ein bekanntes Lied dazu: »Here we go again, happy as can be. All good friends and jolly good company.«

Dictes Körper wurde von einer Panik erfasst, die ihre Glieder lähmte. Sie scannte den Raum. Was hatten sie für Möglichkeiten? Der einzige Weg aus dem Keller war der, auf dem sie hereingekommen waren. Und dann vielleicht noch das Loch in der Wand, das aber möglicherweise nur in eine Falle führte.

»Cato.«

Der Mann schnellte herum bei dem Klang von Peter Bs Stimme, warf Hammer und Meißel zu Boden, schnappte sich das Gewehr und zielte auf sie. Er kniff die Augen zusammen.

»Petrus. Petrine. Petra. Verräter. Feigling.«

»Quatsch«, erwiderte Peter B. »Das weißt du genau.«

»Dann komm her und tu es.«

Die Mündung zeigte jetzt auf den Gefesselten, in dem Dicte Villy Andersen alias William Andersson erkannte. Allerdings sah er jetzt weniger selbstsicher aus als auf den Fotos, die sie gesehen hatte.

»Komm und gib ihm, was er verdient hat.«

Zu ihrem Entsetzen trat ihr Sohn einen Schritt vor und streckte die Hand aus, um das Gewehr entgegenzunehmen.

»Mit dem größten Vergnügen.«

Der Stimmungswechsel erfolgte innerhalb von Sekunden. Cato entblößte seine Zähne, seine Augen schossen tödliche Blicke ab.

»Glaubst du, ich bin ein Idiot?«

Erneut hielt er die Mündung auf seinen Gefangenen, diesmal drückte er sie gegen dessen Wange. Dicte hielt die Luft an. Es war, als würde die ganze Welt die Luft anhalten, bis der Handwerker endlich seine Wahl getroffen hatte. Sekunden später riss es fast Dictes Trommelfell entzwei, als er abdrückte.

KAPITEL 78

»Was haben wir?«

Ivar K räusperte sich. Die Abteilung hatte sich wieder im Konferenzsaal versammelt.

»Bingo! Adda Boel kam im Alter von fünf Jahren in das Kinderheim in Ry, südlich von Århus. Das Kinderheim hieß ›Titan‹ und wurde 1996 geschlossen, weil die Gebäude baufällig waren, die Anlage als unzeitgemäß eingeschätzt wurde und die Instandhaltungskosten als zu hoch galten. Adda Boel wurde danach von einer Pflegefamilie zur anderen gereicht, aber bis zu ihrem siebten Lebensjahr war sie im ›Titan‹ untergebracht. Cato Nielsen kam 1985 als Sechsjähriger ins Kinderheim und wurde als Siebzehnjähriger auf die Gesellschaft losgelassen, als das Kinderheim geschlossen wurde.«

»Und My Johannesen?«, fragte Wagner

»Genau dasselbe! Auch dieses Heim, zwar nicht ganz übereinstimmende Zeiten, aber sie haben sich zweifelsfrei gekannt.«

»Hast du irgendwelche Informationen über das Heim? Jahreszahlen, Angestellte und so weiter?«

Ivar K nickte.

»Ich hab es aus dem Netz. Das war ganz einfach.«

Christian Hvidt wedelte mit seinem Block.

»Das ist richtig. Das Gleiche gilt übrigens auch für Peter Boutrup. Auch er war im ›Titan‹ in Ry.«

Er las seine Aufzeichnungen ab. »Er wurde nach der Geburt zur Adoption freigegeben, aber seine Adoptiveltern gaben ihn zurück, als sie eigene Kinder bekamen. Er hat ein Großteil seiner Kindheit im ›Titan‹ verbracht, von dem gesagt wurde, dass dort mit liebevoller, aber harter Hand erzogen wurde.«

Wagner musste an Dicte denken. Sechzehn Jahre alt, hochschwanger und gezwungen, das eigene Kind zur Adoption freizugeben. Es war nicht ihre Schuld, dass ihr Sohn in ebendiesem Kinderheim gelandet war, aber für sie musste es sich schrecklich anfühlen.

»Dann fehlt uns nur noch Hansen«, sagte er.

Wagner hatte vergeblich versucht, Jan Hansen telefonisch zu erreichen. Aber er hatte gerade den Satz beendet, als die Tür aufging und Hansen hereinkam und mit den Papieren in der Hand wedelte.

»Here we go! Haufenweise Listen. Frisch aus dem Drucker. Was habt ihr herausbekommen?«

Wagner war dankbar für den Tatendrang, den seine Kollegen an den Tag legten. Wie eine Meute von Spürhunden, einige ein bisschen träger als andere, einige älter als die anderen, aber sie waren alle gleichermaßen engagiert und wollten Ergebnisse sehen.

»Okay. Wer war Leiter des Kinderheims in den besagten Jahren. Ein Name bitte?«

»William Garner Andersson«, sagte Ivar K, nachdem er seine Unterlagen durchgesehen hatte. »Er war dort von 1985 bis zur Schließung der Einrichtung 1996 tätig.«

Es war zwar nur ein Gefühl, aber es war nicht wegzureden. Ein Stich tief in seinem Inneren, der Panikwellen durchs System schickte.

»William Garner Andersson«, wiederholte Wagner.

Er sah Hansen an.

»Findet sich dieser Name auch in deinen Listen?«

Hansen begann mit der Suche, aber es standen so viele Namen auf den Listen, dass er die Zettel an die Kollegen verteilen musste.

Am Ende war es aber doch er selbst, der ihn fand.

»Hier. William Garner Andersson. Er ist von 1983 bis 1985 als ›Assistant Care Manager‹ angestellt gewesen.«

Wagner fasste zusammen.

»Meine Hypothese lautet: William Garner Andersson traf in Haut de la Garenne auf eine Kultur des Missbrauchs und der Folter. Er nahm diese Kultur mit, als er nach Dänemark ging, um Direktor im Kinderheim ›Titan‹ zu werden.«

Er sah sich fragend in der Runde um, alle nickten ihm zu, einer nach dem anderen. »Gott weiß, wie viele Kinder in seiner Amtszeit im ›Titan‹ untergebracht waren, aber es müssen viele gewesen sein. Einige davon kennen sich natürlich. Aber warum hat keiner von ihnen etwas gesagt? Warum wurde er nie überführt?«

»Warum sind die Ereignisse in Haut de la Garenne bis heute nicht öffentlich gemacht worden?«, lautete Ivar Ks Gegenfrage.

Sie kannten die Antwort, Wagner versuchte, Worte dafür zu finden:

»Einschüchterung. Drohungen. Kinder sind leicht zu verängstigen. Ihr erinnert euch, wie viele Jahre es gedauert hat, bis sich die Kinder, die in den katholischen Internaten in den USA sexuell missbraucht wurden, zu Wort melden konnten. Mittlerweile laufen in den USA, in Österreich und in Irland Gerichtsverfahren, aber es gibt immer wieder Zeugen, die ihre Aussage zurückziehen.«

»Gehirnwäsche«, warf Christian Hvidt ein. »Vielleicht wurde ihnen eingeredet, dass die Strafen etwas Gutes hatten und nur zu ihrem Besten waren.«

»Aber einen Menschen muss es gegeben haben, der all die Jahre von Gerechtigkeit geträumt hat«, sagte Wagner. »Und dieser Jemand hat schlechte Erfahrungen mit Autoritäten gemacht, die Autoritäten haben ihn und seine Nächsten ein Leben lang unterdrückt und gepeinigt, deshalb wünscht er sich nichts sehnlicher, als Rache zu nehmen.«

»Cato«, sagte Hansen. »Er muss auf der Suche nach diesem William Garner Anderson gewesen sein. Ihn müssen wir unbedingt finden.«

Wagner nickte. Plötzlich tauchten Versatzstücke der Unterhaltung mit der Mutter des todkranken Kindes in seiner Erinnerung auf: ›Ich habe William … also Villy, meinen Exmann … kennengelernt‹. Die Worte bekamen auf einmal eine ganz andere Bedeutung. Natürlich!

»Sally Andersen. Wir müssen sie auf der Stelle sprechen. Holt sie her, wenn es nicht anders geht, aber versucht es erst am Telefon. Das muss jetzt sehr schnell gehen. Sie weiß, wo die beiden sind, ihr Freund und ihr Exmann, und mit ihrer gemeinsamen Vergangenheit abrechnen.«

KAPITEL 79

Francesca lehnte sich in ihrem Sitz zurück, als das Flugzeug die Startbahn in Kopenhagen verließ und sich auf den Weg nach Rom machte.

Sie presste ihre Stirn gegen die Fensterscheibe und genoss den Anblick der Sonne und der klaren Luft. Sie hatte am Morgen den Fraktionsvorsitzenden angerufen und ihm mitgeteilt, dass sie ihre Kandidatur zurückziehen werde. Ferner hatte sie ihm gesagt, dass sie sich auch nicht mehr für die Stadtratswahlen aufstellen lassen wollte und Pläne habe, nach Verbüßung ihrer Strafe Dänemark für immer zu verlassen. Sie hatte angekündigt, dass die Bombe am Sonntag platzen werde. Sowohl Dicte Svendsens Interview mit ihr als auch die Schmierenkampagne in der *NyhedsPosten* würden dann erscheinen. Das war ein perfektes Timing, wenn es sich schon nicht vermeiden ließ.

»Aber du stehst doch für etwaige Kommentare zur Verfügung?«, hatte er in den Hörer geprustet.

»Nein«, lautete ihre einfache und unzweideutige Antwort. »Alle Antworten werden in dem Artikel von Svendsen stehen. Und ich habe dem nichts hinzuzufügen. Keine weiteren Kommentare! Betrachte das als eine Art Vermächtnis, wenn du willst.«

Sie hatte sich für seine Unterstützung bedankt und das Handy ausgeschaltet, bevor er weitere Fragen stellen konnte. Das Mobiltelefon lag, ausgeschaltet, in ihrer Handtasche. Und das würde es auch die nächsten Tage bleiben, während sie gedachte, in der Sonne Kraft zu tanken.

Sie betrachtete die Schäfchenwolken und versuchte, Ordnung in ihre Gedanken zu bringen, die sie die ganze Zeit vor sich hergeschoben hatte. Was war in den vergangenen fünfundzwanzig Jahren geschehen? Wie viel bestimmte man eigentlich tatsächlich selbst über sein Leben? Und wie viel war davon beeinflusst, in welche Situation man geriet und welchen Menschen man auf seinem Weg begegnete?

Sie bereute nichts, darum ging es nicht. Als sie Jonas das Kissen aufs Gesicht gedrückt hatte, war das die einzige Möglichkeit gewesen, die sie gehabt hatte. Es hatte keinen anderen Weg für sie beide gegeben. Aber hätte sie auch so gehandelt, wenn sie nicht William an ihrer Seite gehabt hätte? Er hatte ihr beigebracht, rücksichtslos zu handeln und diese Überzeugung in den Dienst einer höheren Sache zu stellen. Sie wusste aber, dass sie diese Erkenntnis niemals laut aussprechen durfte. Er hatte ihr viel Unsinniges beigebracht und ihr viel Schmerz und Erniedrigung zugefügt. Aber eines hatte sie von ihm gelernt: sich sein Dasein so zu gestalten, wie man es haben wollte und wie man es sich für andere wünschte. War das übergriffig? Ganz bestimmt. War es unzulässig? Auch das. Aber in seltenen Umständen – so wie mit Jonas – war es ihrer Überzeugung nach auch lebensnotwendig gewesen.

Das war ihr Pakt mit William, dachte sie, während das Flugzeug durch die Luft in Richtung Rom schoss. Sie hätte ihn schon vor Jahren in große Schwierigkeiten bringen können. Sie hätte schon während der Jahre in Haut de la Garenne und in Ry mit offenen Augen und Ohren herumlaufen können. Aber sie hatte sich entschieden, sich allem zu verschließen, weil sie die Wahrheit nicht hatte ertragen können. Und auch er hätte sie wegen ihrer letzten Liebestat für Jonas anzeigen können. Aber warum hätte er das tun sollen? Sie hatte immer gewusst, dass er es nicht tun würde. Schließlich war sie sein Lehrling gewesen. Außerdem hätte sie ihn im Gegenzug mit einem Fingerschnipsen zu Fall bringen können.

Liebte sie ihn noch? Sie hoffte nicht. Aber eines war sicher, er würde nie wieder Macht über sie haben. Die wenigen Minuten jedoch in seiner Nähe hatten ihr gezeigt, dass sie noch immer nicht immun gegen ihn war. Er hatte für alle Zeit einen Chip in sie eingepflanzt. Das war seine besondere Fähigkeit, die man je nach Temperament fürchten oder bewundern konnte.

Weder fürchtete sie noch bewunderte sie es, sie hatte es akzeptiert. Er hatte sie zu seinem Eigentum gemacht, und es war zu spät, das zu ändern. Vielleicht hatte er sie so, auf eine merkwürdige Weise, all die Jahre ferngesteuert?

Das verlieh ihr ein bis dahin ungeahntes Gefühl von Freiheit. William war für alles verantwortlich, nicht sie.

Sie legte den Kopf gegen die Nackenlehne und fiel in einen unruhigen Schlaf.

KAPITEL 80

Der Schuss hallte in Dictes Kopf nach, und von der Decke rieselte der Putz, weil Cato in letzter Sekunde den Lauf hochgerissen hatte. Sie hatten Glück, dass das Projektil beim Rückschlag niemanden von ihnen getroffen hatte. Auch Cato hätte so in die Schusslinie geraten können oder eben der geknebelte Mann auf dem Boden, der leise vor sich hinwimmerte. Cato hatte sofort das Gewehr mit Patronen von dem Beistelltisch nachgeladen, wo die Waffen alle in Reih und Glied lagen. Dicte zweifelte keine Sekunde daran, dass sie alle geladen waren.

Peter B stand vollkommen still da, so gefasst und ruhig, als hätte er diese Situation schon tausendmal durchgespielt.

»Du hast My erschlagen. Was hat sie dir getan?«

Cato hatte das Gewehr auf sie gerichtet. Sein Körper wurde von einem Zucken erfasst, er warf den Kopf zur Seite, dann krümmte sich der Rest. Von Ekel bis Unterwerfung konnte diese Geste alles bedeuten.

»Das war ein Unfall. Natürlich wollte ich sie nicht umbringen.«

Er klang sachlich, wie ein Anwalt im Gerichtssaal, der seinen Mandanten verteidigt. Allerdings war dieser Anwalt bis unter die Zähne bewaffnet. Panische Angst ließ Dicte erschauern.

»My ist einfach eines Tages im Haus an der Klippe aufgetaucht, als ich ein ziemlich wichtiges Meeting hatte. Diese Einwanderertypen haben ja keinen Respekt vor Frauen, der wurde ganz nervös und sagte, sie solle abhauen. Und den Hund fand er auch nicht so scharf …«

Cato sah aus, als hätte er diesen Wunsch angemessen gefunden. Erneut ging ein Zucken durch seinen Körper. Offenbar litt er an einem nervösen Tic.

»Du weißt doch selbst, wie sie sein kann«, fuhr er fort. »Wie eine Klette. Sie klammerte sich an mich und schrie, dass ich mit ihr kommen soll und dass du mich suchst. Und dieser Scheißköter hat meinen Kontaktmann die ganze Zeit angeknurrt …«

Er riss das Gewehr herum und zielte erneut auf den Mann am Boden. »Du bleibst GANZ still liegen, sonst puste ich dir die Birne weg, du verdammtes Arschloch …«

William hatte versucht, sich auf die Knie zu wuchten. Stumm ließ er sich umfallen, es klatschte, als sein nackter Körper auf dem Zementboden aufkam.

»Ich habe sie nur weggeschubst«, verteidigte sich Cato. »Vielleicht ein bisschen doller, als ich wollte. Sie ist hintenübergekippt und mit dem Kopf gegen die Tischkante gefallen. Klonk.«

Er begleitete das Geräusch mit der passenden schmerzverzerrten Grimasse.

»Sie ist ohnmächtig geworden. Ich habe versucht, sie wach zu machen, aber das ging nicht. Sie ist gestorben, und da habe ich beschlossen, sie als ein Zeichen zu benutzen.«

»Ein Zeichen wofür?«, fragte Peter B.

Cato verrenkte ein weiteres Mal den Hals, hielt dabei aber das Gewehr überraschend sicher in den Händen.

»Du solltest sehen, wozu ich in der Lage bin. Du solltest wissen …«

Er kam einen Schritt näher und presste das Gewehr auf Peter Bs Brust. »… dass du nicht hättest ablehnen sollen. Dass du dich an unseren Pakt hättest halten sollen.«

Peter Bs Gesichtsausdruck strahlte eine unheilverkündende Ruhe aus.

»Diesen Pakt haben wir geschlossen, als wir fünfzehn waren! Ja, wir haben damals beschlossen, dass wir ihn eines Tages töten werden. Und seine Mithelfer. Aber wir waren Kinder. Jetzt sind wir erwachsen.«

Er schüttelte den Kopf.

»Begreifst du nicht, dass es nichts nützt, sich zu rächen? Das verbaut dir deine Zukunft. Wenn du Lust hast, den Rest deines Lebens hinter Gittern zu verbringen, bitte sehr.«

Er nickte zu William. »Der ist es nicht wert, kapierst du das nicht? Übergib ihn der Rechtsprechung, die werden ihn bestrafen. Das kann dir egal sein, mach dich frei von dem Scheiß!«

Cato lachte höhnisch. »Und das von dir? Was würdest du tun, wenn ich dir wirklich das Gewehr geben würde und du die Macht hast, zu töten? Mich und das Schwein da unten. Was würdest du tun?«

Während er das sagte, stieß er die Gewehrmündung wieder in Williams Brust.

»Er hat uns verkrüppelt. Er hat an den Knöpfen in unseren Köpfen gedreht und uns entwertet. Das Arschloch hat selbst daran geglaubt, dass uns der Scheiß stärker machen würde, das muss man ihm lassen. Aber sieh uns doch an: ein Mörder und eine Psychopathin, ein Junkie und eine Hure. Wir schwimmen seinetwegen im Dreck.«

»Du kapierst gar nichts, Cato! Du entscheidest doch selbst, wer du sein willst.«

Aber Cato war unerschütterlich. Zwar schwankte er jedes Mal hin und her, wenn er Peter B das Gewehr erneut auf die Brust drückte, aber er stellte sich breitbeinig vor ihn, um nicht umzufallen.

»Ich kapiere mehr, als du glaubst. Hatte My denn jemals was zu melden gehabt? Oder Adda? … Und du bleibst schön, wo du bist.«

Dicte sah direkt in die Mündung des Gewehrs. Sie hatte gewagt, einen kleinen Schritt zu machen, wich aber sofort wieder zurück. Ihr Kopf arbeitete auf Hochtouren und bekämpfte gleichzeitig ihre Angst. Ihre Beine wurden weich. Was hatte Cato für einen Plan, wenn er denn überhaupt einen hatte? Niemand wusste, dass sie hier waren. Würde er bereit sein, sie zu opfern, um seine Verbrechen zu verbergen? Sie im Keller zurücklassen – Mutter und Sohn – mit einer Kugel im Kopf?

»Okay, aber da ihr nun schon mal da seid, könnt ihr mir genauso gut helfen«, beschloss Cato. »Packt ihn und dann rein da mit dem Schwein.«

Er nickte in Richtung des dunklen Lochs in der Mauer, das nur halb so groß wie eine Türöffnung war.

Sie hatten keine Wahl. Sie packten den wimmernden Mann unter den Armen und schleppten ihn durch die Maueröffnung. Dictes Augen mussten sich erst an die Dunkelheit gewöhnen. Sie befanden sich in einem fensterlosen Raum. Langsam erkannte sie Gegenstände, wie Berge, die aus dem Nebel auftauchten. Sie blinzelte. Und blinzelte erneut. Und dann wurde sie von einem Grauen überwältigt, als sie begriff, an was für einem Ort sie da standen. Auf den ersten Blick sah es aus wie ein kleiner Turnsaal, es gab Ringe, einen Bock, einen Kasten, Bänke und andere Geräte. Aber das waren keine Turngeräte. Es war, als würde man in das Heiligtum eines Henkers sehen. Das waren Folterinstrumente.

»Und an die ›Ringe‹ mit ihm!«

Peter B übernahm die Führung. Er wusste genau, wie Arme und Beine an den Drahtseilen und mit den Karabinerhaken befestigt werden mussten, die schon ganz rostig geworden waren. Sprachlos sah sie ihm dabei zu, wie der gefesselte Mann an den Ringen hochgezogen wurde. Er hing kopfüber, die Arme auf den Rücken gedreht, außerstande, sich zu bewegen, ohne sich dadurch in Schwingungen zu versetzen, was zu noch größeren Schmerzen und unter Umständen zu einer gebrochenen Schulter führen konnte.

»So mussten wir hängen«, erklärte ihr Cato. »Stundenlang. Gemütlich, was? Und wenn das nicht reichte – und das tat es nie – ging es in die ›Kiste‹ hier.«

Er klopfte auf die Holzkiste mit dem Vorhängeschloss.

»Und es gab natürlich noch das ›Pferd‹. Ein paar Stunden darauf, und es fühlte sich an, als hätte dir jemand eine Feuerwerksrakete durch die Eier geschossen.«

Er trat nach dem Mann an den Ringen, der hin und her baumelte und aufheulte.

»Das tat uns gut. Das tat uns richtig gut, was William? Das hat uns zu starken Individuen geformt. Uns Rüstzeug für die barsche Wirklichkeit gegeben. Stimmt doch, oder?«

Ein weiterer Tritt, härter als der erste. Das Heulen wurde durch Zuckungen abgelöst. Die Schulter des Mannes brach mit einem lauten Knacken.

»Er hyperventiliert, Sie müssen ihm den Knebel aus dem Mund nehmen«, sagte Dicte.

»Niemand bewegt sich. Lasst ihn in Ruhe!«

Cato hatte sich Dicte zugewandt, und Peter B nutzte diesen kurzen Augenblick der Unachtsamkeit und warf sich auf ihn.

428

Die Männer wälzten sich auf dem Boden. Der Mann an den Ringen würgte und drohte zu ersticken. Dicte kniete sich hin und nahm ihm den Knebel aus dem Mund. Er hustete und kotzte, dann wurde er ohnmächtig. Sie sah sich um. Die beiden kämpften, das Gewehr war auf den Boden gefallen. Sie nahm es, packte es am Lauf und schlug mit dem Kolben auf Catos Hinterkopf. Sie traf nicht besonders gut, aber es genügte. Für eine Sekunde ließ er seinen Gegner los, Peter B riss das Gewehr an sich und zielte auf Cato.

»Du Riesenidiot. Was zum Teufel hast du dir dabei gedacht? Wie wolltest du aus der Sache rauskommen?«

Cato wischte sich das Blut vom Mund.

»Für solche wie uns gibt es kein Rauskommen. Wann begreifst du das endlich, Petrus? Für uns gibt es keine Zukunft!«

»Du bist doch total gestört, Mann.«

Peter B presste das Gewehr an Catos Hals. Der grinste ihn nur an.

»Prima«, er spuckte aus. »Bring mich ruhig um und lass dieses Arschloch am Leben. Er bekommt höchstens drei Jahre und ist nach anderthalb wieder draußen.«

»Du hast My getötet. Sie war dir vollkommen egal. Du hättest wenigstens einen Notarzt rufen können.«

Seine Körpersprache, das Gewehr im Anschlag, die Stimme heiser und brüchig, verrieten seine Wut. Gleich macht er es, dachte Dicte. Gleich nimmt er Rache, nicht für seine schrecklichen Jahre, sondern für Mys Tod. Sie musste verhindern, dass ein weiteres Leben vergeudet wurde und dass er ein weiteres Mal alles über Bord warf.

»Erinnere dich bitte an deine eigenen Worte«, sagte sie. »Das ist es nicht wert. Lass die Polizei das übernehmen.«

»Die Polizei!«

Peter B knurrte das Wort fast, als er es aussprach. »Wann haben die jemals für Gerechtigkeit gesorgt?«

»Dann schieß mir doch die Rübe weg, komm schon«, provozierte ihn Cato und streckte ihm seinen Hals entgegen. »Bring's hinter dich. Aber wahrscheinlich hast du nicht die Eier dazu, was Petrus? Die sind dir in den Stunden auf dem ›Pferd‹ weggeschrumpelt. Immer musst du noch einmal drüber nachdenken. Und dann ist es zu spät zum Handeln.«

Peter B krümmte den Finger um den Abzug. In Dictes Kopf herrschte Chaos, ihre Stimme klang gebrochen und unsicher.

»Du hast es doch eben selbst gesagt, Peter. Du entscheidest selbst, wer du sein willst. Du entscheidest, ob du ein Mörder sein willst.«

»Ich war das schon einmal«, erwiderte Peter B, ohne Cato aus den Augen zu lassen. »Vielleicht ist es das ja doch wert.«

Der Klang seiner Stimme passte nicht zur Situation. Ein hohler, dumpfer Unterton. Dicte sah ihren Sohn an, und plötzlich stand da ein anderer Mensch vor ihr als der, den sie bisher gesehen hatte, als hätte ihr jemand einen Schleier von den Augen genommen. Da begriff sie es. My. Das Gewehr. Mys panische Angst vor der »Kiste« und ihre Angst, eingesperrt zu werden. Seine Trauer über ihren Tod und sein Verhalten, als er sie vom Baum geschnitten und sie fast zärtlich auf den Boden am Fuß der Esche gelegt hatte.

»My hätte niemals einen Gefängnisaufenthalt überlebt«, sagte sie. »Du hast ihre Strafe abgesessen.«

Er zuckte zusammen, sah sie an. Betroffen sah er aus, fand sie.

»My hat damals diesen Mann erschossen«, fuhr sie fort. »Sie hat diesen Hans Martin Krøll erschossen, weil der Thor getötet hat, oder? Aber du hast sie gedeckt. Du wusstest, dass du es besser aushalten würdest als sie.«

Er erwiderte nichts. Wie versteinert stand er da. Sie wollte noch mehr sagen, aber in dem Augenblick hörte sie Geräusche. Das Schlagen von Autotüren. Schritte auf steinigem Untergrund. Das Knacken in einem Funkgerät.

»Du kannst dir ein Leben aufbauen«, sagte sie. »Aber das wird dir nicht gelingen, wenn du abdrückst, das weißt du genau.«

Es dauerte eine Ewigkeit. Wie auf einem Bühnenbild, wo alle Figuren in ihren Rollen erstarrt sind. Es knirschte, als der Mann an den Ringen sich bewegte. Dicte kroch der Geruch von Schimmel, Erde und Feuchtigkeit in die Nase und unter die Haut. Da hörte sie Schritte im Haus, eine Stimme ertönte durch ein Megaphon.

»Hier spricht die Polizei. Das Haus ist umstellt. Kommen Sie mit erhobenen Händen raus. Ganz ruhig, dann passiert Ihnen nichts.«

»Verzeih mir, Cato.«

Peter B wedelte mit dem Gewehr. Cato sah ihn verwundert an.

»Mach sie auf.«

Er deutete mit dem Lauf auf die Holzkiste mit dem Hängeschloss. Cato grinste, während sein Gesicht von Schrecken erfüllt war.

»Du spinnst wohl. Das meinst du nicht ernst.«

»Nur kurz, versprochen. Aber ich meine es ernst.«

»Nein.«

»Doch.«

»Das mache ich nicht. Lieber sterbe ich.«

»So ein Quatsch, du Waschlappen. Los, hoch mit dir! Du kommst da gleich wieder raus.«

Cato zögerte.

»Du hast dich eben ja auch nicht getraut. Du würdest niemals abdrücken.«

»Versuch's doch!«

Sekunden verstrichen. Cato starrte Peter B an. Dann folgte er seinen Anweisungen. Sein ganzer Körper zitterte dabei. Die Scharniere der Kiste quietschten.

»Rein da.«

»Du bist doch krank in der Birne!«

Seine Stimme war brüchig, ihm standen die Tränen in den Augen.

»Los, rein da. Oder soll ich dich abknallen?«

Cato gehorchte.

»Abschließen.«

431

Dieser Befehl ging an Dicte. Sie sah plötzlich Bilder von Kindern vor sich, die gezwungen wurden, tagelang in dieser Holzkiste zu verbringen, und alles in ihr weigerte sich.

»Tu es JETZT!«

Sie ließ das Vorhängeschloss zuschnappen. Aus der Kiste war ein herzzerreißendes Wimmern zu hören. Peter B senkte das Gewehr und lächelte.

»Danke. Und jetzt lass uns nach draußen gehen und die Ordnungsmacht begrüßen.«

Er hob den Arm.

»Nach dir, Mutter.«

KAPITEL 81

»Und Sie sagen, Sie hatten einen Pakt geschlossen?«

Der Polizist, der sich als John Wagner vorgestellt hatte, war freundlich. Trotzdem fühlte er sich nicht wohl, sondern eingesperrt. Etwas in ihm schnappte nach Luft.

Peter B nickte, dachte aber unablässig daran, so schnell wie möglich wegzukommen, an einen Ort, an dem er Luft bekam.

»Könnten Sie mir ein bisschen mehr über diesen Pakt erzählen?«

Er hatte nicht viel zu sagen, hatte es nie gehabt. Noch nicht einmal, als sie ihm von der Verbindung nach Jersey erzählten. Woher hätte er das wissen sollen? Es klang wie ein Vorwurf, als hätte jemand schon viel früher aufstehen und William vor einen Richter zerren müssen. Natürlich hätte das jemand tun müssen, warum hatten sie es dann nicht getan? Diese Frage konnte er nicht beantworten. Das würde voraussetzen, dass er in sich und jeden Einzelnen von ihnen hineinsehen konnte, aber er vermutete, es hatte vor allem mit Manipulation zu tun. Die Angst vor Manipulation und vor Drohungen, die tief in ihrem Inneren saß und sich in das Fundament ihrer Persönlichkeiten eingegraben hatte.

»Wir haben ihn gehasst. Wir waren Kinder. Er hatte die Macht über uns, aber wir träumten davon, dass wir ihn töten könnten, weil wir zusammen stärker waren als er.«

Er formulierte es so einfach und klar wie möglich. In ihm wuchs der Wunsch, zu gehen. Zu entkommen. Von diesem Wagner, der zwar sehr nett war, ihn aber mit einem so traurigen Blick bedachte, als hätte er das Unglück persönlich zu verantworten. Und auch weg von ihr, seiner Mutter. Es war unmöglich, in ihrer Nähe zu sein. Als würde man Salz und Pfeffer auf eine Schüssel Hafergrütze streuen: inkompatibel hieß das wohl.

»Das war eine kindliche Phantasie. Aber nicht für Cato. Wir haben alle unseren Schaden davongetragen.«

Sie waren alle so nett zu ihm. Auch dieser muskulöse Typ mit den kurzgeschorenen Haaren. Hansen hieß er.

»Sie ähneln Ihrer Mutter«, sagte er und kassierte dafür einen zurechtweisenden Blick von Wagner. »Die Augen«, fuhr Hansen verunsichert fort. »Und der Mund …«

Er wäre am liebsten aufgestanden, aber wo sollte er hin? Er hatte das Gefühl, dass der Stuhl zu klein, das Hemd zu eng und der Raum zu stickig war. Seine Haut juckte. Überall. Bis auf die Knochen. Er wollte etwas Neues. Luftveränderung. Ein neues Leben.

John Wagner räusperte sich.

»Sie hatten also eine Verabredung mit Adda Boel, sie unmittelbar nach Ihrer Entlassung zu besuchen?«

Er nickte. Darauf konnte er antworten, obwohl er auch das am liebsten für sich behalten hätte.

»Es war ein uraltes Versprechen. Wir waren als Jugendliche ein Paar. Sie kannte nicht so viele. Sie wünschte sich …«

Er legte die Hände vor sich auf den Tisch und ließ seine Erinnerung dahin zurückkehren. Wie er ihren Körper gestreichelt hatte, sie geküsst und getröstet hatte. Er hatte innerlich das beweint, was die Zeit und die Krankheit zerstört hatten. Seine Prinzessin. Mittlerweile grotesk verwandelt, eine wunderschöne Seele in einem entkräfteten und abgemagerten Körper.

»… ein bisschen Liebe. Nähe. Sex.«

Er senkte den Kopf. Adda hätte sich vor Peinlichkeit gewunden, dass jemand davon erfuhr. Aber er konnte sie nicht mehr beschützen.

»Und Cato wusste von diesem Versprechen?«, fragte Wagner.

Er nickte.

»Cato wusste fast alles. Wir waren wie Geschwister füreinander, auch später im Leben. Wir haben gestritten, waren unterschiedlicher Meinung und sauer aufeinander. Aber wir waren Geschwister.«

Er sah hoch. »Das sind wir immer noch. Das ist keine freie Entscheidung.«

»Um wie viel Uhr haben Sie die Wohnung von Adda Boel verlassen?«

»Donnerstagmorgen. Ich habe die Nacht von Mittwoch auf Donnerstag bei ihr verbracht. Ich habe ihr beim Anziehen geholfen und habe den Sauerstoffapparat eingestellt. Und dann habe ich den Bus nach Ry genommen.«

»Und Sie haben nichts Verdächtiges gehört oder gesehen?«

»Nein. Nichts.«

Sie hatten doch jetzt alles schon gefragt, oder? Sie müssten ihn doch bald gehen lassen. Glücklicherweise schienen sie nicht weiter in der Vergangenheit bohren zu wollen. In der Geschichte mit My und der Verbüßung ihrer Strafe. Daran durfte keiner rühren.

Er hatte das Gefühl, dass es gleich so weit war. Wagner klappte den Ordner mit einer endgültigen Geste zu. Seine Gedanken flogen davon. Den Hund hatte er bei Lulu und Miriam untergebracht. Und Miriam hatte ihm versprochen, sie beide nach Gjerrild rauszufahren. Er konnte das Meer schon riechen.

Wagner stand auf, und er tat es ihm nach. Der Polizist streckte ihm die Hand entgegen. Er mochte diesen Wagner, er hatte einen festen, trockenen Händedruck, sprach geradeheraus und hatte die Familienverhältnisse weitestgehend ausgelassen. Ob er wirklich so viel von den Zusammenhängen verstand, wie es schien?

»Ich wünsche Ihnen viel Glück.«

Auch Hansen stand auf und schüttelte ihm die Hand.

Das war alles. Keine Ermahnungen. Kein Anlauf, über die Vormundschaftsangelegenheiten zu reden, und kein Herumstochern in den privaten Dingen, die mit dem Fall nichts zu tun hatten. Er zog die Tür hinter sich zu und dachte an seine Mutter. Mit ihr war es etwas anderes. Sie musste er sich vom Leib halten. Und wenn er sich hinter Stacheldraht verbarrikadieren und sich mit Handgranaten bewaffnen musste, ihr wollte er keinen Zutritt zu seinem Leben gewähren.

Er lächelte und trat hinaus in die Freiheit. Irgendetwas sagte ihm, dass diese Vorsichtsmaßnahmen nicht ausreichen würden.

KAPITEL 82

Die Geräusche im Sallings Café, eine Mischung aus Stimmen und klapperndem Porzellan, wurden in den Hintergrund gedrängt. Ida Marie stand auf.

»So, jetzt weißt du alles.«

Die Umarmung war kurz und fühlte sich unbeholfen an.

»Wir sehen uns.«

Dicte sah ihr nach. Sie hatte nicht mehr diese federnde Leichtigkeit, aber merkwürdigerweise sah es gut und richtig aus. Als hätte sich eine neue Entschlossenheit in ihrem Körper manifestiert. Vielleicht, überlegte Dicte, war es der Entschluss gewesen, zu leben und froh darüber zu sein, was man hatte und was nicht zerstört worden war.

Sie saß nicht lange allein, aber es genügte, um die Leere zu spüren und sich den Duft von heißer Schokolade in die Nase steigen zu lassen und damit den Geruch der Folterkammer zu verscheuchen. Aber das Gesehene konnte es nicht vergessen machen. Der nackte Mann an den »Ringen«. Das »Pferd«, das einem die Geschlechtsorgane zerquetschte, und Cato, wie er zitternd und wimmernd in die »Kiste« gekrochen war. Die Untersuchungen liefen, und die Ergebnisse sollten mit denen in Jersey abgeglichen werden. Derweilen hatte sich Francesca Olsen von ihrem Posten als Bürgermeisterkandidatin zurückgezogen, und die Verbindung von Francesca Olsen und William Andersson war noch nicht an die Öffentlichkeit geraten. Aber das war lediglich eine Frage von wenigen Stunden, und dann würde in den Zeitungen die Debatte über aktive Sterbehilfe wüten. Sie hatte ihren Artikel fertiggeschrieben, der das Deckblatt der Sonntagsausgabe zieren würde. Aber sie musste leider sagen, dass sie sich nicht über diese Art von Aufmerksamkeit freute. Entgegen der gängigen Meinung von der Arbeit eines Journalisten war es für sie kein Sport, das Leben anderer Leute zu zerstören.

»Hallo, mein Schatz. Du siehst aber traurig aus, also kannst du gerade unmöglich an mich denken?«

Bo ließ sich neben sie auf einen Stuhl gleiten und gab ihr einen Kuss auf die Wange.

»Hmm. Das duftet aber gut. Vielleicht sollte ich dich bald mal mit flüssiger Schokolade übergießen und dann ablecken?«

Er hatte es so laut gesagt, dass die Frau am Nachbartisch ihn mit hungrigen Augen ansah.

»Shh.«

»Abgemacht!«

Er verschwand zum Tresen, um noch mehr heiße Schokolade und ein paar Croissants für sie zu holen. Sie vermisste ihn, sobald er aufgestanden war.

»Sag mal, Lena Lund!«, sagte er, als er mit einem vollen Tablett zurückkehrte. »Was hatte die für ein Problem?«

Dicte biss genüsslich vom Croissant ab. Über ihre Kontakte im Polizeipräsidium war es ihr gelungen, die Geschichte Stück für Stück zusammenzutragen.

»Soweit ich das verstanden habe, ist sie praktisch von Hartvigsen geheadhuntet worden. Um sicherzugehen, dass wir uns alle an die Regeln halten.«

»Aber er hatte keine Ahnung von dieser Sally, oder?« fragte Bo. Dicte schüttelte den Kopf.

»Ich glaube auch nicht, dass Lena Lund wusste, dass ihre Schwester Adda Boel umgebracht hatte. Ich glaube noch nicht einmal, dass sie den Verdacht hatte. Aber sie wusste, dass Sally in ihrer Wohnung gewesen ist, und hat alles versucht, das zu unterschlagen. Damit wollte sie wohl eine alte Schuld begleichen.«

»Und das Verwandtschaftsverhältnis mit Francesca Olsen?«

»Zu entfernt, kein Grund, um sie als befangen zu bezeichnen. Klugerweise hatte sie das aber Hartvigsen erzählt, bevor sie auf den Fall angesetzt wurde.«

William und Sally scheinen sich Jahre vor ihrer Ehe auf einem Familienfest kennengelernt zu haben. Als sie sich dann in der Klinik »Skråen« wiedertrafen, war die Basis schon bereitet. Aber dass zwei Menschen mit diesen Erbanlagen ein Kind zeugten, sollte katastrophale Konsequenzen haben.

»Und was jetzt? Was passiert mit Lena Lund?«

»Sie ist vorläufig suspendiert, das wird ein Disziplinarverfahren geben. Aber wer weiß schon … Sie ist gut.«

»Ein bisschen zu gut«, meinte Bo und schlürfte von seiner Schokolade. Mit einem Milchbart auf der Lippe fragte er: »Dann ist ja alles beim Alten?«

Sie dachte kurz nach. Wagner hatte sich vom Dienst beurlauben lassen; Rose stand hinter ihrem Rücken in engem Kontakt mit ihrem Halbbruder Peter B; ihr Sohn hatte sich auf Djursland verschanzt und wollte sie nicht sehen; sie war vor kurzem einer lebensgefährlichen Situation ausgesetzt gewesen, und Bo flirtete mit der Frau am Nachbartisch.

»Doch, das kann man sagen. Alles beim Alten.«

Trotzdem fühlte sich das alles nicht falsch an. In ihrem Leben gab es die Unterscheidung von Richtig und Falsch, von Gut und Schlecht. Jemand musste daran glauben und festhalten. Warum nicht sie?

Sie warf der Frau am Nachbartisch einen warnenden Blick

zu. Es gab schließlich auch die Unterscheidung von Dein und Mein. Vor allem, wenn Liebe mit im Spiel war. Das waren ihre Gedanken, als sie sich vorbeugte und Bo demonstrativ den Milchbart von der Oberlippe leckte.

Leseprobe aus

Elsebeth Egholm

Der Menschensammler

Dicte Svendsen ermittelt

Kriminalroman

Aus dem Dänischen
von Kerstin Schöps

ISBN 978-3-7466-2662-8
Broschur
441 Seiten

Kapitel 1

Der Tod an sich hat nichts Schönes, aber manchmal gibt es mildernde Umstände.

Zum Beispiel die Tatsache, dass die Sonne bei dem Begräbnis schien und eine Amsel sich dazu entschlossen hatte, vom Wipfel einer Birke ein Solo vorzutragen.

Dicte lauschte dem Vogel und dem Rascheln der Blätter im Wind. Dann vernahm sie plötzlich das Geräusch von Erde, die auf Dorothea Svenssons Mahagonisarg mit den blankgeputzten Messinggriffen aufschlug, und vermisste Bo. Natürlich konnte sie eine Beerdigung allein überstehen, und schließlich lag auch nicht ihre eigene Mutter in dem Sarg. Aber etwas fehlte ihr, ein Arm, der sich um ihre Schulter legte, eine Hand, die ihren Nacken berührte. Viel mehr verlangte sie doch gar nicht. Aber er hatte eine gute Entschuldigung, immerhin war es das letzte Spiel der Saison, und AGF-Århus trat vor mehr als 17 000 Zuschauern gegen HIK-Hellerup an. Es gab Dinge, die wichtiger waren als Beerdigungen, zumindest wenn man freiberuflicher Fotograf war und ein Wochenendhonorar einstreichen wollte.

Sie sah sich im Kreis der Trauernden um, die sich um das offene Grab herum aufgestellt hatten. Der Pfarrer hatte die Hände gefaltet.

»Vater unser, der du bist im Himmel …«

Ida Marie hatte rote, geschwollene Augen, die in Tränen ertranken, obwohl Dorothea alles andere als das Musterbeispiel einer Mutter gewesen war. An der einen Hand hielt sie ihren vierjährigen Sohn Martin, in der anderen ein paar langstielige rote Rosen. John Wagner stand dicht hinter ihr und hatte einen Arm um ihren Körper geschlungen. Dicte fragte sich, ob es mit der Aufklärung des Mordes an dem achtzehnjährigen Mädchen aus Hadsten wohl voranging, der seit Tagen die Schlagzeilen

441

der Tageszeitungen beherrschte, zu denen auch einer ihrer Artikel gehörte. Aber im Moment war der Polizist nur Privatmann, und sie würde ihre Fragen zurückhalten und warten, bis sie ihn wieder in seinem Büro erreichen konnte.

Wagners Sohn, der vierzehnjährige Alexander, stand neben ihm, mit dem geistesabwesenden Blick eines Teenagers. Auch Anne und Anders, die gerade mit ihrem Sohn aus Grönland zurückgekehrt waren, gehörten zum engeren Freundeskreis. Auch diese Familie stand dicht aneinandergedrängt, als hätten sich alle Hinterbliebenen in kleinen Gruppen zusammengefunden, um sich gegen den Tod dort unten im Sarg zu schützen. Alle, nur sie nicht. Sie war nur umgeben von Luft, als befände sie sich in einer unsichtbaren Blase.

Sie hörte die Schritte hinter sich, doch ehe sie sich umdrehen konnte, stand er hinter ihr und füllte die Leere aus.

»Da ist was draußen beim Stadion passiert.«

Bo hatte es ihr ins Ohr geflüstert. Der Pfarrer hob die Stimme an: »… vergib uns unsere Schuld, wie auch wir vergeben unseren Schuldigern.«

»Pünktlich zum Schuldenerlass«, murmelte Bo.

Der Pfarrer sah auf und warf ihm einen strafenden Blick zu.

»Stadion?«, wiederholte sie flüsternd, so dass der Pfarrer sie nicht hören konnte. »Du kommst da doch gerade her?«

»Das hat bestimmt nichts mit dem Spiel zu tun«, wisperte er und vergrub sein Gesicht in ihren Haaren.

Das Vaterunser war überstanden, und es war Zeit, dass die Familie vortrat, ihre Blumen auf den Sarg warf und ein letztes Lebewohl sagte. Bo und sie hielten sich zurück und ließen die nächsten Verwandten vorgehen. Er legte einen Arm um sie, und da wurde ihr plötzlich bewusst, wie lange sie sich nicht mehr so nah gewesen waren, sowohl im Bett als auch im Alltag. Es war nicht aus böser Absicht so gekommen. Viel Arbeit und Zeitmangel hielten sie, wie so viele andere, im eisernen Griff, und ihr neuer Posten als Chefin der Kriminalredaktion raubte ihr die letzte Kraft.

»Die haben sich im Radio fast in die Hosen gemacht vor Angst. Auf dem Parkplatz direkt vorm Stadion wurde eine Leiche gefunden. Hab es erst vor zwei Minuten gehört.«

Bo belauschte gerne den Polizeifunk.

»Vielleicht wieder ein Drogenabhängiger?«, schlug Dicte vor.

Sie wussten beide, dass in regelmäßigen Abständen tote Junkies an öffentlichen Orten, auf Toiletten, in Tiefgaragen oder etwas Ähnlichem gefunden wurden. Das war traurig, aber in der Regel nicht ausreichend, um für große Schlagzeilen zu sorgen, außer es wurde vorher bekannt gegeben, dass besonders gefährliche Stoffe auf der Straße im Umlauf waren.

»Nicht bei dem Spektakel. Es klang, als hätten die den Bürgermeister tot aufgefunden und zwar in hochhackigen Pumps und Handschellen und im Wagen des Parteichefs der Rechtsliberalen.«

Bo hatte keinen besonders großen Respekt vor Politikern. Oder, genauer gesagt, keinen Respekt vor Angestellten des öffentlichen Dienstes und am wenigsten vor Polizisten.

Plötzlich war ein Piepen zu hören. Alle sahen auf. Ida Marie hatte soeben ihre Rose ins Grab geworfen, Martin stand hochkonzentriert neben ihr und hielt seine Rose umklammert, als könne er sich nicht überwinden, sie loszulassen.

John Wagner fingerte eilig seinen Pieper aus der Jackentasche und trat einen Schritt zur Seite. Während die Familie Abschied von Dorothea Svensson nahm, beobachtete Dicte, wie Wagner eine Nummer in sein Handy tippte. Bo machte eine Kopfbewegung in seine Richtung.

»Ich fress 'nen Besen, wenn er nicht gerade zum Stadion gerufen wurde!«

»Er ist auf der Beerdigung seiner Schwiegermutter!«

»Egal. Wetten, in wenigen Minuten ist der verschwunden. Vielleicht sollten wir gleich hinterher?«

»Wir gehen doch noch alle zusammen im Varna Palais essen!«

»Nur für eine halbe Stunde«, lockte Bo sie. »Das wird niemand merken!«

Während er auf sie einredete, registrierte Dicte, wie John Wagners Gesichtsausdruck mit dem Handy am Ohr versteinerte. Sie schämte sich dafür, dass die Neugier sie gepackt hatte. Aber Bos Bericht und Wagners Pieper hatten ihren Puls so in die Höhe schnellen lassen, wie es Dorothea Svenssons Beerdigung nicht vermocht hatte.

Wagner beendete das Telefonat und zog Ida Marie beiseite. Seine ganze Körpersprache drückte große Behutsamkeit aus, während er ihr etwas erzählte. Seine Worte schienen sie zunächst zu irritieren, dann jedoch ließ sie ein kurzes Nicken folgen. Dicte sah ihm in die Augen, ehe er sich umdrehte und zum Parkplatz ging. Aber sein Blick war neutral, signalisierte nicht mehr als freundliche Distanz. Gerade das gab den entscheidenden Ausschlag.

Die Trauergemeinde löste sich allmählich auf und strömte vom Friedhof. Dicte ging auf Ida Marie zu, um sie zu umarmen, aber Anne und Anders kamen ihr zuvor, und plötzlich hatte sich eine lange Schlange gebildet. Sie sah zu Bo.

»Okay!«, sagte sie nur und nickte hinüber zum Parkplatz. »Eine halbe Stunde, nicht länger.«

»Das wird niemand merken«, versprach er ihr erneut, diesmal mit einem breiten Lächeln. »Wir sind im Varna, bevor du bis hundert gezählt hast.«

»Und ich bin die Königin von China«, gab sie zurück.

Beim Stadion, das auch NRGI-Park genannt wurde, herrschte Chaos. Massenweise blau und weiß gekleidete Fans strömten aus der Anlage nach einer erneuten, deprimierenden Niederlage der Heimmannschaft. Eigentlich hatten alle den Aufstieg in die Superliga feiern wollen, aber die Spieler waren, so Bo, wohl in Gedanken schon in den Sommerferien gewesen, und es hatte desaströs mit einem 3 : 1-Sieg für die Gegner vom HIK aus Hellerup geendet. Ironie des Schicksals, betrachtete man den Slogan des derzeit angesagtesten T-Shirts in Århus: »Arschklappe, wir sind zurück!« Die T-Shirt-Verkäufer hatten sich fast ein Jahr lang gedulden müssen, bis sie endlich die Ware auf den Markt bringen konnten, um zu signalisieren, dass die Zeit des Darbens in der zweiten Liga nun endgültig vorbei war. Am heutigen Tag schmeckten diese Worte darum bittersüß.

Zusätzlich zu den Ordnungskräften der Polizei, die den Strom der Tausenden von Zuschauern zu den Parkplätzen dirigierten, hatten sich noch andere Uniformierte dazugesellt. Die Kriminalpolizei war mit drei Einsatzwagen und Blaulicht angerückt, und der Leichenwagen, ein ausgedienter Notarztkombi, hielt daneben, wie ein Geier, der sich hungrig auf einen Kadaver mitten in der afrikanischen Savanne gestürzt hatte. In unmittelbarer Nähe zu diesem Fuhrpark, links vom Haupteingang des roten Stadiongebäudes, stand auch Wagners schwarzer Passat. Dicte und Bo hatten keine andere Wahl. Die Polizei hatte bereits alles mit dem rotweißen Absperrband, dem sogenannten »Minenstreifen« versehen. Ihnen blieb nichts anderes übrig, als auf der anderen Seite der Stadion Allee zu parken, die Straße zu überqueren und eifrig mit ihren Presseausweisen zu wedeln. Aber es half nichts. Sie wurden nicht durchgelassen.

»Seid ihr vom Stiften? Wollt ihr wissen, was passiert ist?«

Eine kleine Gruppe schwankender Fans kam auf sie zu, mit blauen und weißen Schals und T-Shirts, die ihre Zugehörigkeit zu »Den Weißen« signalisierten. Die Enttäuschung über die Niederlage hatte sich mit einer seligen Trunkenheit gemischt.

»Wisst ihr denn, was passiert ist?«, fragte Dicte zurück und hob erneut ihren magischen Presseausweis hoch, der vielleicht auf Polizeiabsperrungen keine Wirkung hatte, aber ausgezeichnet dafür verwendet werden konnte, betrunkene AGF-Fans zu beeindrucken.

»Carstens Frau und seine Tochter haben sie gefunden«, erzählte ein stattlicher junger Mann Mitte zwanzig, mit Bierbauch, hicksend und schwenkte dabei seine Bierdose hin und her.

»Wer ist Carsten?«

»Na, Carsten Jensen! Das ist der da hinten«, rief der junge Mann und zeigte mit dem Arm in die Menge. »Die haben verdammt noch mal seine Frau festgehalten. Die wird jetzt verhört!«

»Was hat Carstens Frau denn gefunden?«, fragte Bo.

Rotgeränderte Augen versuchten unter großer Anstrengung, Bos Gesicht zu fixieren.

»Die Leiche natürlich, Mann, was denn sonst? Aufm Parkplatz.«

Es dauerte eine Weile, bis sie Carsten identifiziert hatten, der mit seiner Tochter, einem etwa elfjährigen Mädchen, bei einer Gruppe junger Fans stand, die durcheinanderredeten und wild gestikulierten. Dicte und Bo schoben sich durch die Menge. Sie hatten registriert, dass sie bisher die einzigen Vertreter der Presse waren, was die Sache eventuell etwas leichter machen könnte.

Sie stellten sich vor. Der Blick des Mädchens blieb neidisch an Bos Kamera hängen, die um seinen Hals baumelte.

»Mann, ist die cool. Ich will auch mal Fotografin werden«, sagte sie. »Aber ich muss mir die Kamera selbst kaufen«, fügte sie maulend hinzu.

»Du hast doch bestimmt ein Handy, oder?«, fragte Bo sie schmunzelnd. »Eins, mit dem man auch ganz gute Bilder machen kann. Damit kannst du doch erst einmal üben!«

Das Mädchen nickte. Bo lockte sie ein bisschen von der Gruppe weg, ließ sie seine Kamera halten und zeigte ihr auf dem Display ein paar Fotos vom Fußballspiel. Dicte verstand, was er vorhatte.

»Hast du dein Handy nicht auch vorhin auf dem Parkplatz benutzt? Damit du deinen Freunden später zeigen kannst, was ihr da entdeckt habt?«

Das Mädchen starrte sie an. Dann nickte sie, sah aber Bo dabei an. Bo hatte immer eine gute Wirkung auf Frauen.

»Wenn du Fotografin werden willst, musst du natürlich so viel wie möglich üben«, sagte er einschmeichelnd. »Hättest du nicht Lust, mir die Aufnahmen zu zeigen? Vielleicht kannst du dir so was für deine erste eigene Kamera dazuverdienen.«

Das Mädchen sah hinüber zu ihrem Vater, der in ein Gespräch vertieft war. Sie zögerte.

»Ich habe keine Fotos gemacht«, sagte sie schließlich. »Sondern einen Film. Ich dachte, damit kann ich den Wettbewerb gewinnen.«

»Du hast der Polizei gar nichts von diesem Film erzählt?«, fragte Dicte.

Das Mädchen zuckte mit den Schultern.

»Die haben mich nicht gefragt. Die wollten nur mit meiner Mama sprechen. Wir sind früher rausgegangen. Weil das Spiel so schlecht war, und außerdem musste ich aufs Klo.«

Bo wühlte in seiner Hosentasche, aber er hatte kein Bargeld dabei und sah fragend zu Dicte. Sie fischte einen Zweihundertkronenschein aus ihrem Portemonnaie und betrachtete das Mädchen. Niemand nahm so ein junges Mädchen ernst, schon gar nicht, wenn dessen Mutter dabei war und für eine Aussage zur Verfügung stand.

»Okay, hier. Zeig mal, was du da hast.«

Das Mädchen klickte sich durchs Menu.

»Wir haben da so einen Wettbewerb in der Schule. Wir sollen in den Sommerferien einen Film mit unserem Handy machen. Der darf aber nur eine Minute lang sein.«

Endlich erschienen die Bilder auf dem Display. Die Stimme des Mädchens klang wie ein Voiceover bei einem Dokumentarfilm.

»Das war total gruselig. Sie lag da wie eine Gummipuppe und hatte keine Augen mehr.«

Eine frühere Generation von Teenagern hätte wahrscheinlich einen Schock erlitten und sich psychologisch behandeln lassen müssen, dachte Dicte. Aber nicht die jungen Menschen von heute. Die waren hartgesottener. Sie hatten schon so viel Blut und Gewalt gesehen, dass sie angesichts der grausamen Wirklichkeit kaum mit der Wimper zuckten.

Bo schirmte mit seiner Hand das Display ab, damit sie gegen das Sonnenlicht die Aufnahmen ungehindert sehen konnten. Es war eindeutig eine Leiche, und hier gab es keine mildernden Umstände. [...]